www.tredition.de

Kerstin Grätzer

Seefrau unter roter Socke

Wellen, Wind und Wogen - ich mittendrin und oben drauf

www.tredition.de

© 2016 Kerstin Grätzer
Umschlag, Illustration: Aileen Grätzer
Lektorat, Korrektorat: Aileen Grätzer

Verlag: tredition GmbH, Hamburg

ISBN
Paperback: 978-3-7345-4678-5
Hardcover: 978-3-7345-4679-2
e-Book: 978-3-7345-4680-8

Printed in Germany

„Seefrau unter roter Socke,
Wellen, Wind und Wogen, ich mitten drin und oben drauf"

Zu meiner Person

Geboren 1963 in Thüringen, wuchs ich bis zu meinem sechsten Lebensjahr zusammen mit meiner Cousine bei Tante und Oma auf.

Meine Eltern fuhren zur See als Personal des Fischkombinats Rostock.

1970 zogen wir nach Rostock um, meine Eltern hatten endlich eine Neubauwohnung bekommen. Meine Mutter beendete ihre Seefahrt, blieb an Land und begann beim VEB Schiffselektronik zu arbeiten. Mein Vater fuhr weiterhin zur See.

Ich hatte schon immer große Lust das Gleiche zu tun, aber mein Vater war der Meinung, ich sollte erst mal einen Beruf lernen, irgendein Handwerk, denn das hat ja bekanntlich goldenen Boden, warum also nicht auch für mich? Na, und als ich die zehnte Klasse mit einem ziemlich guten Zeugnis abgeschlossen hatte, bewarb ich mich als Herrenmaßschneiderin in einem kleinen Modeatelier in Rostock. Ich wurde angenommen und lernte Leute zu bekleiden. Das machte auch Spaß, vor allem mich selbst einzukleiden. Ich trug nicht mehr HO und das war gut so. Trotz allem ging ich darin nicht sonderlich auf und bewarb mich nach meiner Ausbildung im Volkstheater Rostock, um noch mehr von der Schneiderei zu erlernen. Sie nahmen mich und ich lernte mehr. Mein Ziel war eine eigene Werkstatt, um mich so recht zu produzieren und Einzelmodelle zu schneidern, um richtig Geld zu verdienen und um meinen Boden zu vergolden. Dafür benötigte ich einen Meisterbrief, um den ich mich bewarb. Schade war nur, dass meine Vorgesetzte ziemlich rot angehaucht war und die Meinung vertrat, nur wer in der Partei seiner Frau stand, hätte ein Anrecht auf dieses Privileg. Der Meinung war ich nicht und geriet mit ihr aufs Heftigste aneinander. Das wollte ich alles nicht.

Da kam der Zufall mir zu Hilfe. Die Deutfracht Seereederei Rostock hatte eine Stellenausschreibung in der Zeitung und ich bewarb mich ohne zu zögern. Endlich eine Chance rauszukommen. Natürlich waren meine Kolleginnen aufgebracht, als sie davon erfuhren. Erst recht meine rote Kostümdirektorin. „Da lockt das große Geld" und lauter solcher Dümmlichkeiten von den Dämlichkeiten wurden mir vorgeworfen, ach und außerdem hätte ich plötzlich doch noch ohne rotes Buch zum Zuschneidelehrgang als Vorbereitung für den Meisterbrief nach Berlin fahren können. Wer hätte das gedacht?

Mein Ziel sah jetzt aber anders aus.

Nach einem dreiviertel Jahr Bespitzelung, (die Staatssicherheit überprüfte jeden Bewerber auf eine reine Weste) erfuhr ich endlich, das mein Traum wahr wird. Ich war ohne „Westverwandtschaft" nicht fluchtgefährdet und mit meinem Vater konnte ich auch nicht zusammen abhauen, denn der fuhr auf seinem Schiff in eine ganz andere Richtung. Also es sprach nichts mehr dagegen. Ich durfte endlich raus.

Während einer dieser Reisen begann ich Aufzeichnungen über meine Erlebnisse zu machen. Tatsächlich wurde dieser Erlebnisbericht erst Jahre später von mir beendet, als ich schon nichts mehr mit der Seefahrt zu tun hatte. Aber da diese für mich schöne Zeit wie ein Programm in meinem Kopf gespeichert ist, fiel es mir nicht schwer all meine Erinnerungen aufzuschreiben. So wie beschrieben ist meine Seefahrt verlaufen. Ich habe nichts dazu gedichtet.

Es sind keine Geschichten, die ein Passagier auf einem Kreuzfahrtschiff erleben würde, sondern Episoden aus der Seefahrt. Ich gehe bewusst nicht auf Schiffsladungen und die ganze Besatzung ein, denn ich war bestrebt über meine Eindrücke und Erfahrungen zu schreiben. Ich denke jeder Lesestoff spricht eine bestimmte Zielgruppe an. Ich würde mir kein Buch über das Gärtnern kaufen, wenn ich lieber koche. So einfach ist das.

Auch wirken sicherlich einige Passagen etwas makaber, so zum Beispiel die Äquatortaufe. Sie war keine lustige Angelegenheit sondern ein Ritual, was übrigens international vollzogen wurde und nicht nur DDR-intern.

Falls einige Bemerkungen oder Aussagen etwas frech ausfallen, ist es tatsächlich mein Empfinden in dieser Situation gewesen und ich kann es einfach nicht beschönigen. Es würde das Ereignis nicht hergeben, wie dargestellt.

Die hier beschriebenen Geschehnisse entspringen nicht meiner Phantasie, aus rechtlichen Gründen darf ich aber auch nicht behaupten sie sind tatsächlich passiert, deshalb nenne ich keine Namen und wenn, sind sie erfunden. Falls sich tatsächlich der Eine oder Andere wiedererkennen sollte, handelt es sich um eine Verwechselung.

Wer nun interessiert ist, lässt sich auf diese Lektüre ein, vielleicht trifft es eine Seefrau oder einen Seemann, die sehr wohl wissen worüber ich berichte und sich selbst an diese Zeit erinnern.

Also tauchen Sie ein in ein Stück Seefahrt, die so wohl nie wieder existieren wird und auch einen Abschnitt DDR-Geschichte widerspiegelt.

Kerstin Grätzer

Für meine liebe Familie, besonders für meine Tochter, die mir mit ehrlicher Kritik auf den richtigen Weg geholfen hat. Dankeschön mein liebes Kind.

1. Kapitel „Die Freiheit winkt"

Die Freiheit winkt. Ist es denn zu fassen? Nach langem Bangen und Zweifeln ob es klappt, ob ich „rot" genug bin und politisch tragbar diesen dämlichen „Honecker-Staat" im Ausland zu vertreten, endlich eine Zusage der „Deutfracht Seereederei Rostock".

Ich war wie aus dem Häuschen. Die Wochen vorher sind vergangen in unsagbarer Spannung nach meiner Bewerbung auf die Annonce in der Ostsee-Zeitung als Wirtschaftshelfer bei der „Deutfracht Seereederei Rostock".

Eine Zusage hatte ich nun, aber war ich auch seetauglich?

So wie für die Seetauglichkeit wurde ich noch nie auf körperliche Gebrechen und Krankheiten untersucht. Von den Zähnen bis zu den Innereien, ich wurde unter die Lupe genommen. Auch gynäkologisch hatte alles in Ordnung zu sein, hätte ja noch gefehlt wegen einer schwangeren Stewardess, oder einem schmerzenden Zahn irgendwo im Ausland Station machen zu müssen. Das kostet doch Valuta! Schlimmer noch einen Arzt aufzutreiben rund rum nur Wasser. Jedoch meine körperliche Verfassung stellte sich als die beste heraus, auch röntgentechnisch durchleuchtet keine Mängel, sowie keine innerlichen Fremdkörper.

Nachdem ich die Hürde der Seetauglichkeit hinter mich gebracht hatte, begann ein Einstellungslehrgang für ungefähr dreißig Bewerber mit allem Pipapo, Theorie und Praxis über Manöver und Rettungsmittel und natürlich auch haufenweise trockenes rotes Zeug, was wir in die Hirne zu speichern hatten. Es war anstrengend das alles im Zeitraffer von drei Wochen aufzusaugen und zu verstehen, aber nach diesen drei Wochen wussten wir eine ganze Menge mehr und der Tag der Entscheidung kam - der Tag der Seefahrtsbuchübergabe und der Flottenbereichseinteilung.

Das Seefahrtsbuch, lang ersehntes Dokument mit zehnjähriger Gültigkeit, was mir erlaubte hemmungslos über die Weltmeere zu fahren. Kostbar zu hüten, wie einen Schatz. Das war ein besonderes Gefühl es in den Händen zu halten.

Doch ein Makel war da. Ich starrte wie hypnotisiert auf meinen Arbeitsvertrag. „Flottenbereich FE 4" hieß damals Spezialschifffahrt. Ich wusste nur so viel, wie andere, Hauptanlaufziel Russland! Damit hatte ich nicht gerechnet.

Ich sah mich schon seit Monaten im Geiste irgendwo unter tropischer Sonne rumgondeln, sodass es mir dermaßen grotesk vorkam nun nach Russland zu fahren. Natürlich fuhren auch Schiffe aus diesem Flottenbereich nach Südamerika, Kuba, Spanien und ähnliches, aber keines davon hatte ich erwischt.

Einige strahlten. „FE I" auf ihrem Blatt Papier, Relation (Fahrtgebiet) Asien-Amerika. Klingt gut, ist gut. War von allen Bereichen der Begehrteste.

Ich war nicht nur sauer, sondern auch geknickt. Nach einem dreiviertel Jahr spannungsvoller Warterei (solange hat es gedauert, ehe ich stasitechnisch richtig überprüft war und eine Antwort bekam. Verhängnisvoll wären zum Beispiel Verwandte in der BRD, zu denen man hätte abhauen können), ist mir nie die Möglichkeit in den Kopf gekommen, dass man mich eventuell in die falsche Richtung schicken würde. Ich dachte meine Abenteuer beginnen endlich. Nicht im Entferntesten zog es mich zu meinen roten Brüdern und Schwestern - deutsch-sowjetische Freundschaft hin oder her. Doch es war eine Tatsache, ich sollte nach Russland.

Die Schriftstücke wurden uns ausgehändigt und man erklärte uns wo wir uns am nächsten Tag zu melden hatten.

Die Dame, an die ich am darauf folgenden Tag geriet, ruhte förmlich in sich in ihrem handgestrickten Rundhalspullover und sah mir sofort an, dass etwas nicht stimmte. Aber ich sagte nichts, wartete nur, bis dann der Schiffsname „Taube" fiel und das Reiseziel „Murmansk" (Sowjetunion). Aus der Traum. Ich hatte es ja schon geahnt. Also doch Russland. Meine Augen wurden tränenfeucht.

„Na so was", sagte mein Gegenüber völlig entspannt und dauergewellt, „für die erste Reise ist so etwas nicht schlecht. Nur drei Wochen Reisedauer und überhaupt, warst du schon mal in der SU?"

Hä, was? Was sollte ich denn da? Natürlich nicht! Da wollte ich noch nie hin!

Das war keine Antwort, das war der blanke Bock, den ich ausstieß.

„Nein!"

„Na gut", sagte die nette wollpulloverte Dame mit mütterlichem Blick, „hier hast du deinen Heuerschein. Lass den Kopf nicht hängen. Du hörst ja wohl morgen nicht gleich wieder auf zu fahren und von der großen weiten Welt wirst du auch noch genug zu sehen bekommen. Die Besatzung der „Taube" ist in Ordnung, die Oberstewardess, deine Vorgesetzte, ein nettes Mädel. Mit der kommst du klar. (Und woher willste das jetzt schon wissen?) Also los! Viel Glück! Bei Einlaufen wieder hier melden." Sprich, ab zu den Russen, dawei, dawei, du bist dabei! Mit wackelnden Fingern und zitterndem Kinn nahm ich resigniert meinen ersten Heuerschein entgegen.

Ich ging und zwar zum Hafentor, nahm ein Taxi, versuchte klar zu denken, denn ich sollte in zwei Tagen aufsteigen. Den Taxifahrer hab ich vorsorglich gleich für diesen Tag engagiert. Der Mann hatte vollstes Verständnis für meine Lage und ich hielt ihn für geeignet mich zu meinem ersten Abenteuer zu chauffieren, denn irgendwie musste ich zum Überseehafen kommen. Mein Papa, der sonst immer für sein Kind da ist, hatte alles versucht um frei zu bekommen, da er auch als Seemann selbst im Einsatz war, aber es klappte nicht. Leider, wäre wirklich einfacher gewesen. Jedenfalls das Taxi mit Fahrer hatte ich sicher. Ist ja auch mal eine Abwechslung `ne kleine Meerjungfrau zu ihrer ersten Schiffsreise zu fahren.

Ich verfiel dem Stress. Schon immer etepetete, brauchte ich ja diverse Mengen an Kosmetik. Eine Unzahl an Reinigungsmilch, Gesichtswasser, Haarspray usw. was man nun mal mit 21 Jahren als Mädchen dringend zum Überleben braucht. Damit nicht genug. Als gelernte Schneiderin hatte ich ein Riesensortiment Klamotten. Zu jeder Gelegenheit das Passende. Mein Problem war nur, was für Gelegenheiten hatte ich auf einem Schiff? Und was zog man dort zu was an?

Egal, der größte Koffer musste her. Ich stürzte los und fand ihn. Er war fade, aus Pappe und spektakulär groß. Ziemlich hässlich, billig, einfach und geschmacklos. Seine Größe machte ihn zu meinem Favoriten. Zum Vergleich zu meiner Körpergröße 1.59 m ein Unikum. Zur Not hätte ich da selber reingepasst. Natürlich hab ich spontan dieses Ding geschnappt und nach Hause geschleppt ohne an die Folgen zu denken.

Und die Folgen folgten. Es überkam mich ein leises Unbehagen beim Packen meiner Pappe, was ich mir nicht erklären konnte und rigoros zur Seite schob. Der große Tag kam. Ich hatte mich morgens von meiner Mama verabschiedet, vollkommen aufgeregt, das erste Mal ohne meine Eltern, denn ich war ein Einzelkind. Verwöhnt, verhätschelt und was weiß denn ich, was man den Einzelkindern gehässig versucht alles anzuhängen. Einiges ist wahr, gebe ich ja zu, aber alles nicht.

Jedenfalls machte sich mein Herz langsam auf Richtung Hose, um da sinnlos rumzuhängen, denn die Zeiten sich zu Hause auszuheulen, wenn irgendwas nicht klappt, waren nun endgültig vorbei. Nun lauerte ich mit Herzklopfen auf mein Taxi. Es brauste pünktlich heran. Der Fahrer stieg eilfertig aus und wollte meinen Koffer, sowie meine Reisetasche „mal so eben in den Kofferraum wuppen", wie er breit grinsend vom Stapel ließ. So wie das „Köfferchen" da stand, groß und hässlich, sah es richtig harmlos aus und man ahnte die Hinterhältigkeit nicht mal im Ansatz. Doch traten ihm fast die Augen aus den Höhlen, als er meinen Koffer ansackte. Ein kurzer Schnaufer und er beförderte ihn hinein.

Wir kannten uns ja schon und als er die „Wuppung" hinter sich gebracht hatte, fragte er, ob die Reise über drei Jahre gehen sollte. Verständnislos hab ich gefragt, ob er das erste Mal den Koffer eines jungen Mädchens hebt und ich doch gerade 3 Wochen „Überlebenstraining" hinter mir hätte und ich ganz genau wüsste, was ich tue!

Natürlich ging ich davon aus, dass alle so verrückt sind wie ich und bevor man etwas vergisst, packt man eben ein. Ich hatte schließlich schon immer „alles" dabei - man weiß ja nie! Also dann, rein ins Taxi und ab die Post, bis zum Hafentor Rostock-Überseehafen. Ich war so aufgeregt, wie der Tag verlaufen würde. Als ich ausgestiegen war, sagte der Taxifahrer brav: „Es ist doch ein Jammer, dass wir nicht in den Hafen fahren dürfen. Wäre einfacher für dich, Mädel.

Früher ging das alles. Tja, aber nun... jedenfalls wünsche ich dir viel Glück".

„Hm, Dankeschön."

2. Kapitel „Der Aufstieg, klar vorn und achtern"

Ich packte meinen Koffer und meine Reisetasche und schleppte alles unter großer Anstrengung bis zum Zoll. Seefahrtsbuch ganz neu stolz gezeigt und durch.

Meine Hände zitterten schon. Der Koffer hatte es in sich und mein Unbehagen war auch wieder da. Gott sei Dank gab sich das Wetter heute von seiner besten Seite, was mir in diesem „tragenden" Zustand bald ein bisschen viel war. Bis zum Duty-Free-Shop, dem sogenannten Seemannsbasar, etwa 50 m, hab ich mich noch gequält. Dann war es aus. Hochrot im Gesicht und beinahe laut fluchend über Gott und die Welt und vor allem über mich, mit meinem Wahn alles, aber auch alles einzupacken für meine „Weltreise", stand ich keuchend da. Mit beinahe raushängender Zunge, Fingern, die sich unansehnlich weinrot um den Koffergriff krallten und einfach nicht mehr gerade werden wollten. Gott, wie peinlich! Unmöglich würde ich mit diesem Gepäck meinen Weg alleine bewältigen. Wie konnte ich nur völlig vergessen, dass ich den Koffer selbst irgendwohin schleppen muss?

Planlos und völlig überfordert überlegte ich, wo ich eigentlich hin wollte. Liegeplatz 23, „Schweine-Pier". So wurden die Liegeplätze bezeichnet, an denen Apatit und Eisenerz gelöscht wurden - natürlich nur im Seemannsmund. Dieses Zeug war gerne flugintensiv, wenn es windete und dort staubte es dermaßen, dass man aussah wie eine gammlige Ratte, wenn man sein Ziel erreicht hatte. Aber von derlei Dingen hatte ich natürlich keine Ahnung. Ich stand nur da und wusste nicht wohin. Drei junge Männer kamen beschwingt auf mich zu. Kein

Wunder, ihre Hände waren leer, der Himmel blau, die Sonne schien, neidisch dachte ich: „Sowas muss ja gute Laune hervorrufen".

Ich weiß nicht, was ich für einen Anblick geboten habe, wahrscheinlich irgendwie verwundet, jedenfalls sahen sie mich mächtig mitleidig an. Bis plötzlich einer der drei Männer mich ansprach. „Na wo will denn der Koffer mit dir hin?" „Na Klasse", dachte ich, „was schon so anfängt, DAS ist wirklich ein ganz, ganz alter dämlicher Witz. Den wendet schon langer keiner mehr an, aber bitte!"

Mit unübersehbarer Heiterkeit über seinen schalen Gag stand er vor mir und lauerte fast spitzbübisch auf eine Antwort.

Ein OPFER! Es stand harmlos vor mir, machte flache Witze und fühlte sich „noch" überlegen. Von Gott gesandt? Mein Hirn war fix am Rattern, wie ich es anstelle, dass er mir den Krempel aufs Schiff transportiert. Da sagte er sooo hilfsbereit: „Na komm schon, sag wo du hinwillst. Ich trag dir das Zeug. Bist doch sicher Neueinstellung?"

- was vermutlich auf meiner Nase scharf eingemeißelt stand.

Ich hauchte ein scheinheiliges „Danke das ist nett, Liegeplatz 23".

„Ach du liebes Bisschen. Na ja, das schaffen wir schon. Los geht`s".

„Jaha, das hast du dir bestimmt einfacher vorgestellt", dachte ich etwas gehässig, jedoch überglücklich, dass nun endlich meine Hände leer waren, noch immer der Himmel blau war, die Sonne schien. Da kommt doch wirklich gute Laune auf. Nun wusste auch ich wie das ist. Herrlich!

Tapfer schleppte er nun meine Klamotten und hat wahrscheinlich schnell gemerkt auf was er sich da eingelassen hatte. Erleichtert trabte ich fröhlich hinterher. Mit Mühe schaffte ich es mir das Lachen zu verkneifen, da der Herkules langsam anfing zu japsen und schwächlich die Schultern hängen ließ. Kein Wort kam über seine verkniffenen Lippen. Auch nicht über meine. Jetzt womöglich was Verkehrtes sagen und ihn gegen mich und meinen Koffer aufbringen wäre dann doch voreilig. Noch konnte ich „mein Schiff" nicht erspähen. So lief ich brav nebenher, zumal ich spürte, wie das Blut sich langsam und wonnig wieder in meinen Fingern verteilte. Aber er hielt durch und wir kamen wohin wir wollten. Die Gangway hoch war sein letzter Akt. Als wir oben ankamen fragte ich höflich, wie ich das wieder gutmachen könnte?

„Das kannst du nicht wieder gutmachen, in zehn Jahren nicht", zischte er unter den Schweißtropfen hervor, die auf seiner Oberlippe perlten.

Und ging. So, der war sauer. Na, na, na! Hatte ich ihn gezwungen? Nein, aber egal, ich war ja nun da, wo ich hin wollte und wie durch ein Wunder auch mein Gepäck.

Der Gangwaymatrose fragte grinsend, ob das mein Freund wäre. „Nee, das war nur der Kofferträger! Ich bin Wirtschaftshelfer und soll mich bei der Oberstewardess melden. Bitte bring mich hin!"

Die freute sich nicht gerade über eine Neueinstellung. Denn bei „Spezial" fuhr man in der Wirtschaft nur mit Oberstewardess und Stewardess, Koch und Bäcker.

In anderen Flottenbereichen hatte die Oberstewardess drei Stewardessen unter ihren Fittichen. Da war die Arbeit besser zu verteilen und weniger Stress.

So, nun hatte sie mich, schön geschminkt und nagelneu!

Wo sowieso schon viel Arbeit zu zweit war, musste sie mir nun erst einmal alles beibringen. Aber irgendwie mochte sie gleich meine Art und ich ihre und uns war klar, wir werden ein Team, egal wie. Hatte der selbstgestrickte Wollpullover mit Rundhals in der Arbeitskräftelenkung doch noch dauergewellt recht behalten!

Der Matrose an der Gangway war so nett, auf dem Weg zu ihr meinen hinterhältigen Koffer zu übernehmen. Als wir in ihrer Kammer ankamen, fragte er, ob ich die Steine für mein Haus im Koffer hätte, was ich wohl während der Reise bauen wollte.

Absolut nicht komisch für mich. Na jedenfalls war er der Letzte, der ihn getragen hat. Vorläufig würde ich vor diesen Kofferwitzen meine Ruhe haben. Auspacken und aus. Nun erfuhr ich, dass wir erst in drei Tagen auslaufen sollten. Also würde ich am Abend nach Hause fahren können.

Der kurze Blick, den ich auf das Schiff werfen konnte, als ich die Pier entlang lief, eingehüllt in Eisenerzstaub von interessant rötlicher Farbe, ließ mich nicht viel erkennen. Es lag verstaubt an der Pier und vermutlich sah ich auch so aus. Im Inneren dann bemerkte ich die wahren Werte. Ein ziemlich altes Mädel, denn das Mobiliar sah schon etwas verwohnt und verjährt aus. Meine Vorgesetzte machte mit mir einen Rundgang, um mir jeden Winkel des Schiffes zu zeigen, schließlich war das hier ab jetzt mein Arbeitsplatz.

Mein erster aufregender Arbeitstag begann. Die Oberstewardess brachte mir bei wie man die Mannschaftsmesse eindeckt, wie man Kammern saubermacht, Gänge fegt, wischt und bohnert, Wäsche bündelt und noch einiges mehr.

Ich war fix und fertig, um nicht zu sagen, ich hatte die Schnauze voll von dem ersten Tag, denn es war kein Zuckerlecken und alles neu und viel zu viel für den Anfang. Das artete in schwere körperliche Arbeit aus und mit dem Gedanken, den Wischeimer vollgefüllt mit Wasser in Zukunft die Niedergänge hoch und runter zu balancieren, während das Schiff womöglich schaukelt, konnte ich mich überhaupt nicht anfreunden. Von meinen restlichen Bedenken, die mir kamen, versuchte ich mich so gut wie möglich abzulenken. Nein, ich wollte meinen Schritt zur See zu fahren mit Gewalt nicht bereuen. Die große weite Welt wartete auf mich, war mir schnurz, ob das erst mal mit Wischeimer und Feudel begann. Nach Feierabend hatte ich keine Lust mehr meine Kammer aufzuklaren, sondern ich wollte nach Hause. Schnell geduscht und ab zu Mama.

Als ich im Bus saß, der nach Rostock Innenstadt fuhr, spürte ich ein Brennen im Gesicht. Als meine Hände die Sache untersuchten, dachte ich, nun kommt sie, die zweite Pubertät. Das Gefühl verpickelt zu sein war echt. Ich war verpickelt. Keine Ahnung, woher dieser plötzliche Ausbruch kam. Auf alle Fälle hatte ich mich so noch nie gesehen.

Das war ein Tiefschlag. „Bekämpfen" dachte ich, „das muss man ganz schnell bekämpfen. Bloß mit dieser Maßnahme musste ich nun bis zum nächsten Morgen warten, denn natürlich hatte ich auch mein Für-alle-Fälle-Antipickelprogramm eingepackt und das lagerte zur Zeit schon auf der „Taube". Mit so was rechnet ja auch keiner. Das

„Schiffswasser" war´s, als ich an das Wasser gewöhnt war, hatte ich auch meine Pickel verloren.

Die letzte Nacht zu Hause, drei Tage waren um. Als ich aufwachte wusste ich, heute ist der ganz große Tag, es geht los. Endlich war es soweit.

Eine eigenartige Stimmung machte sich auf dem ganzen Schiff breit, heute war Auslauftag. Der Zoll hatte jeden Einzelnen in seiner Kammer aufgesucht zwecks Kontroletti, wo jeder allein mit seinem Seefahrtsbuch saß, und war nun von Bord. Das Schiff war freigegeben und auslaufbereit.

„Deckbesatzung klar vorn und achtern, die Stationen besetzen!" klang schön zackig durch die Lautsprecher und ich bekam Gänsehaut, aber wie!

Das war ein ganz besonderer Augenblick. Eine ungewohnte spannende Atmosphäre umgab die ganze Situation. Ich war dermaßen hibbelig und konnte mich nicht erinnern jemals so etwas Ungewisses und Wagemutiges getan zu haben.

Mir wurde komisch. Jetzt gab es kein Zurück mehr. Ich wusste diese Reise sollte nur drei Wochen dauern, aber wer weiß wie lang drei Wochen werden können, wenn es einem nicht gefällt. Meine Neugier siegte und ich ging an Deck um zuzusehen, wie wir die Leinen los schmissen und Rostock langsam verließen. Fasziniert sah ich, wie das Schiff durchs Wasser pflügte, hörte das erste Mal dieses Geräusch, was so ein großes Schiff hervorruft, wenn es durchs Wasser gleitet und sah auf die großen Wellen links und rechts vom Schiff. Meine Gänsehaut wollte einfach nicht enden. Vor lauter Glück hatte ich Tränen in den Augen. Mein Gott, war das ergreifend! Wir fuhren an der Warnemünder Mole vorbei und da es Sommer war, gingen viele Urlauber dort spazieren. Einige sahen durch ihre Ferngläser und winkten. Ich winkte all den fremden Menschen fröhlich zurück und stolz kamen mir die Gedanken, wie gerne wohl diese Menschen mit mir tauschen würden, um auf solch einem großen Schiff in die Welt hinauszufahren. Ganz weit wech, aus der Deutschen Demokratischen Republik! Hihi. Sensationell. Egal, ob jetzt erst mal nach Russland.

Hauptsache ich fuhr endlich zur See. Die ganz große weite Welt angucken!

Plötzlich war ich allein unter lauter fremden Menschen. Irgendwie war mir wirklich ziemlich flau zu Mute. Da es Abendbrotzeit war, konnte ich nicht mehr lange darüber nachdenken, denn ich musste die Mannschaftsmesse eindecken. Und das nahm meine Aufmerksamkeit voll in Anspruch. Ich hatte immerhin vier Backs einzudecken und die Monkey-Messe. Diese Messe (auf Deutsch: „Affenmesse") war der Raum, in welchem die Besatzung mit Arbeitssachen essen konnte. Da die „Taube" ein Wachschiff war, auf dem rund um die Uhr die Maschine besetzt sein musste, wurde dort ebenfalls zu jeder Mahlzeit eingedeckt. Demzufolge musste ich zwei Messen bedienen und zwischen diesen immer hin und herlaufen. Es dauerte eine Weile, bis ich das in den Griff bekam. Es hatte ja nun auch jeder das Bedürfnis die neue Stewardess kennenzulernen und auszuhorchen. Deshalb vergaß ich oft bei dem ganzen Gequatsche mal in die andere Messe zu sehen, ob da vielleicht schon jemand saß. Doch das hatte ich schnell begriffen und da ich schon immer ziemlich flink in meinen Bewegungen war, händelte ich bald beide Messen ohne Probleme. Später bei Seegang hat es mir allerdings unheimlich viele blaue Flecken eingetragen. Denn beide Hände bestückt mit großen Mittagstellern, und das bei Seegang, da blieb nur noch der Beckenknochen als Prellbock für Ecken und Kanten um abzubremsen, damit die Teller nicht schneller flogen als ich. Hätte ich mich daran gehalten was jeder Seemann sagt: „Eine Hand fürs Schiff und eine Hand für mich", hätte ich weniger blaue Flecken gehabt, aber auch länger gebraucht, um die Jungs mit Essen zu versorgen. Wer lässt sich schon gern als lahm abstempeln?

Außer der Oberstewardess und mir gehörten noch der Koch und der Bäcker zum Wirtschaftspersonal. So dick wie der Koch war, so gemütlich war er auch. In seinem Umgangston zwar ein ziemliches Raubein, aber auf alle Fälle gutmütig. Von der Kombüse aus war eine kleine Durchreiche zur Mannschaftsmesse. Dort lugte er immer durch, um zu sehen wie sein Essen schmeckte. Die Besatzungen unserer Schiffe wurden ziemlich verwöhnt, denn es gab dreimal am Tag warmes Essen, also auch abends, wie an diesem Tag - lecker Spinat und Spiegeleier. Der Koch schilpte wieder durch seine Klappe und beobachtete die Jungs („seine alten Frauen"), wie sie genüsslich oder weniger genüsslich vor sich hin schmatzten. Da ein Speiseplan vor jeder Messe hing, konnte sich jeder informieren, was er vorgesetzt bekommen würde und reedereiüblich war die Frage der Stewardessen nach dem Hauptgericht: „Einmal neu?".

Über den Speiseplan informierten sie sich alle, also wusste auch der von mir angesprochene Matrose Bescheid, als ich fragte: „Einmal neu?"

Der Matrose jedenfalls hasste Spinat, „So'n Fraß? Nee, ich nicht!". Im selben Moment sauste ein grüner Flatschen durch die Luft und klatschte ihm schmatzend mitten ins Gesicht. Watsch, und der Koch rief grinsend aus tiefster Inbrunst: „Dann friss doch Arschlöcher". Nicht zu fassen, wie der dort saß und zwinkerte, von oben bis unten grün. Vor lauter Schreck konnte er gar nicht reagieren. Alles grölte. Irgendwer schrie: „Da fehlt ja nur noch das Ei auf dem Kopf." Das war ausschlaggebend. Der Bengel stürzte mehr rutschend aus der Messe, verlor dabei klumpenweise den Spinat und nun hatte ich die Arbeit. Na das war nun auch egal. Der Spaß war es wert. So war eben unser Dicker, fit und flink mit der Kelle gegen seine Kostverächter. Er sprach auch alle Besatzungsmitglieder statt mit Herr Soundso, einfach mit „die alte Frau Schmidt" usw. an. Es waren alle alte Frauen und er war die sogenannte Frau Fuchs, genauer „Gloria Fuchs". Da er gern Kasselerfleisch kochte und aß und das von ihm als Fuchsfleisch (weil rot) benannt wurde, nannte er sich eben selbst Frau Fuchs.

Langeweile hatte er nie, immer am rühren und brutzeln, egal welche Tageszeit. Da die Besatzung des Schiffes schon lange miteinander fuhr, kannten sie sich alle gut und machte das „Köchlein" Programm, waren alle dabei. Eines abends, zwei drei Tage nach Auslaufen, lief ich ganz allein achtern an Deck herum und wusste nichts Rechtes mit mir anzufangen. Da sah ich das Kombüsenschott offen stehen. Gloria wirtschaftete angetan mit Schweißtuch um die Stirn emsig in der Kombüse herum. „Was schleichst du da rum? Komm rein und hilf mit!"

Ich war vielleicht froh. Ich wollte gerade vor lauter Heimweh in mich gehen und mich bemitleiden. Gott sei Dank wurde nun nichts draus. „Was wird denn das?" wollte ich wissen. „Guck mal ans schwarze

Brett!" kam die Antwort. Ich ging um die Ecke zum schwarzen Brett. Dort wo die „Neuesten Nachrichten" aufgehängt wurden und las: „Heute Abend Fuchsfleisch und Schweineschnauze abschmecken in der Monkey!" Aha, also wird es heute doch nicht langweilig. Wir legten dampfende Schweinerüssel und Kasselerknochen auf große Platten und schleppten alles in die Monkey-Messe. Da standen schon ein Kasten Bier, einige Becher Senf, aufgeschnittenes Brot und ein Recorder. Und plötzlich waren alle da, die wachfrei hatten und das große Mampfen in der „Affenmesse" begann. Richtig schön, ohne Besteck, nur die Finger. Die Bierflaschen klebten auch schön fettig, kichernd passten wir auf, dass sie uns beim Trinken nicht aus den Fingern glipschten. „Popeye" (der Spinatgetaufte) war auch da und sah sich vor irgendwelche dümmlichen Sprüche über das Essen loszulassen. Lief er doch Gefahr, diesmal mit nem fettigen Schweinerüssel malträtiert zu werden.

Natürlich haben wir nicht immer in diesem großen Rahmen gefeiert. Zwischen der Kombüse und der Mannschaftsmesse befand sich noch ein schmaler Raum mit einer langen Back und im Boden verankerten Drehstühlen. Übrigens, in der Mannschaftsmesse und der Monkey-Messe waren auch die Stühle im Boden befestigt. So kippten sie beim Schaukeln nicht um.

Also dieser kleine schmale Raum zwischen Messe und Kombüse war die Wirtschaftsmesse, wurde aber von uns allen hochkarätig als „Dorfkrug" bezeichnet. Und in diesem feierte genauso hochkarätig nur die „Weiße Mafia", das Wirtschaftspersonal und uns besonders sympathische Typen hatten Zutritt. Der Rest musste draußen bleiben, da der Dorfkrug hermetisch abgeschlossen wurde. Der absolute Renner der Mixkünste war Glorias „Schlüpferstürmer". Wahrscheinlich hatte „die alte Frau Fuchs" Jahre dazu gebraucht um dieses Getränk genießbar zu machen. Aber auf alle Fälle war das Zeug tatsächlich ungeheuer schmackhaft und der größte Vorteil war, auch wenn man es in riesigen Mengen in sich kippte, hielt man lange zur Stange und am nächsten Morgen viel das Aufstehen nicht schwer.

Es war die Wahnsinnskomposition von Eiern, Gin, Milch, Zitrone und vielem mehr. Einfach Klasse.

Nun waren wir schon einige Tage unterwegs, saßen wieder mal im „Dorfkrug", als es langsam zu schaukeln anfing. „Na endlich, nun wird's gemütlich". Michael, der als Matrose fuhr, guckte mich forschend an. „Gloria, mix den Schlüpperstürmer! Mal sehen, wie lange unser Küken durchhält?"

Wie meint denn der das? Ich saß da wie ein angeschossenes Kaninchen und lauerte regelrecht auf mein grünes Gesicht. Nix.

„Mir ham doch alle mäschtisch een zu loofen!" ‚entfährt es Gloria. „Du sachstes! Da droff een Schlüpperstürmer! Jetzt, fix, her damit, eiskalt!", jetzt wollte ich es wissen, verdammt nochmal!

Nicht mal Glorias Schlüpferstürmer schlug an. Eigenartig. Der Seegang nahm immer mehr zu. Wir mussten schon die Gläser festhalten und uns an die Tischkante krallen. Mir wurde nicht schlecht. Es passierte einfach nichts. Ich beschloss mich ins Bett zu legen und zu warten wie meine Innereien das mit der Schaukelei händelten. Außerdem wollte ich doch lieber allein sein, wenn mir das große Elend kam. Es sollte wirklich keiner zugucken, falls doch was aus mir rausschwappt. Lange hab ich nicht gewartet. Das rhythmische Schaukeln lullte mich mitsamt meinen entspannten Eingeweiden ein und ich schlief wie in einer Wiege. Selten hab ich so gut geschlafen, wie in dieser Nacht. Seekrank bin ich nie geworden und konnte auch nicht mitreden wie es ist. Im Gegenteil. Bei mir stieg stets der Appetit und ich musste laufend irgendwas essen. Die anderen, die es ständig erwischte, bekamen jedes Mal das neue Würgen, wenn sie sahen wie ich essen konnte und ihnen ging es schlecht. Das hat manchmal richtig Spaß gemacht. Ich bedankte mich im Geiste überschwänglich bei meinen braven Innereien für diesen großen Vorteil.

So verlief die Überfahrt ganz gut ohne Komplikationen außer, dass natürlich die große Balzerei schon ziemlich im Gange war.

3. Kapitel „Die Balz"

Da ich zu allen gleich freundlich war und keiner sich bevorzugt fühlte, hatte ich auch einige Zeit die Sympathie aller. Am Schlimmsten waren natürlich die Herren im gesetzten Alter. Diejenigen die auf alle Fälle mein Vater hätten sein können, aber auf der anderen Seite wahrscheinlich nicht so alt werden würden, wie sie aussahen. Mit solchen Dämlichkeiten wie: „Mir ist ein Knopf vom Hemd gerissen. Könnten Sie ihn mir vielleicht wieder annähen? Ein Mann ist ja doch nicht so bewandert in solchen Dingen!" Oder: „Wie wäre es denn mal mit einer Flasche Sekt heute Abend, ganz unverbindlich?" Aber den absoluten Vogel schoss doch der Herr „Kapitän" ab. Ein alterndes, leicht aufgedunsenes Exemplar, natürlich zu mir besonders freundlich. Könnte ja vielleicht klappen, wie bei den anderen bisher auch, wie ich später erfuhr. Er lud mich eines Tages listig zwinkernd ein. Ein alter Seebär wie er könnte mir doch allerhand erzählen, denn er hätte ja die jahrelange Erfahrung. So ein Gespräch könnte doch sehr erfrischend sein und überhaupt unterhielte er sich sehr gerne mit weiblichen Besatzungsmitgliedern. Die Männer hätte man ja sowieso schon den ganzen Tag um sich rum.

Ach so!

Ich erzählte es dem Koch und der Oberstewardess, weil ich dachte, diese beiden hätten hier die Pflicht, mal auf mich aufzupassen. Und beide waren der Meinung es gäbe keinen Grund nicht hinzugehen. Außerdem wäre es nicht nett ausgerechnet den Kapitän vor den Kopf zu stoßen. Ja, wohin denn sonst?

Nun ja, also ich sagte, ich würde mal reinschauen. Tja, es war Feierabend und als ich endlich mit duschen und anziehen fertig war, ging ich zu der bewussten Einladung. Irgendwie war mir komisch in meiner Haut. Ja, es gruselte mich regelrecht. Die Zeit hatte ihn unschön verformt und wenn er nicht so derart selbstsicher auftreten würde, hätte ich angenommen, er leidet äußerst stark unter diesen Umstand. Ich wusste nicht so richtig was ich bei diesem alten „Onkel Kapitän" mit dem lüsternen Blick sollte. Aber selbstverständlich wurde mir das schnell klar.

„Was darf ich denn zu trinken anbieten?"

Der guckte mir gar nicht in die Augen, sondern etliche Etagen tiefer!

Ich trank wenig, wenn überhaupt, dann höchstens ein, zwei Gläser. Aber die Situation erschien mir irgendwie zu schwitzig, um überhaupt etwas zu trinken.

„Nein danke, keinen Alkohol, ich trinke höchstens eine Cola."

„Na, wir sind doch schon erwachsen, da kann man doch ruhig ein Gläschen trinken!" Wir? Erwachsen? Na, na, na!!! Meine Sensoren bimmelten schon mal Alarmstufe rot.

Es war gar nicht so einfach unseren Kapitän, Chef über alles, davon abzubringen.

„Nein danke, ich möchte tatsächlich nur ein Glas Cola." Ich kam mir so verlassen und verschreckt vor und ahnte überhaupt nichts Gutes. Rehlein, dachte ich, sei auf der Hut! Und er kam auch gleich lüstern zwinkernd zur Sache.

„Ja also wenn ich sie so sehe Mädchen, in den engen T-Shirts, dann läuft mir das Wasser im Mund zusammen. Ich bin dein Freund und wenn du irgendwelche Probleme hast, du kannst immer kommen und wenn es nachts halb zwei ist. Du weißt ja wo mein Schlafraum ist. Manchmal träume ich schon nachts von dir. Ich bin ein sehr guter Liebhaber und unter vier Stunden ist bei mir so eine Sache nicht beendet. Was kann dir schon so ein junger Schniepel bieten? Die haben noch gar keine Erfahrung und sind noch nicht trocken hinter den Ohren". In einem Satz vom „Sie" zum „Du". Ich konnte förmlich hören, wie ihm das Wasser im Mund zusammenschlapperte und kreischte innerlich auf. Jetzt wurde mir schlecht. Ich hatte es ja geahnt. Der führte sich auf, wie ein Auerhahn auf der Balzjagd. Das bei seinem Outfit!!! Labberiges T-Shirt, ausgebeulte Hose, DOPPELKINN!!! Was nahm der sich denn raus? Wie komme ich hier bloß wieder weg? Dickliche Finger zuckten wie Sago Maden schon unappetitlich in meine Richtung. Ich hatte mit einem Mal solch große Angst, ich hätte am liebsten laut losgeheult. Mir kam der Gedanke an so Tierchen, die sich totstellen bei Gefahr. Die Idee, ich stell mich tot, mit einundzwanzig, wie schrecklich! Aber was dann? Meine Gedanken wirbelten. Mir fiel sofort der Ernstfall ein: Erste Hilfe, womöglich Mund-zu-Mund-Beatmung! Wenn ich auch nicht seekrank wurde, aber dann....??? Bloß nicht auch noch DAS!!! Warum hilft denn jetzt hier keiner?

Gerade als ich vorsichtig erwähnen wollte, dass ich unser Zusammentreffen unter diesem Aspekt nicht gesehen hätte, verlor ich vor lauter jämmerlicher Angst den Faden, den ich gerade gefunden hatte. Also hörte ich nur verschüchtert zu und hoffte, mich heil aus der Situation schleichen zu können. Wie, war noch völlig unklar.

„Ich werde jetzt gehen, es ist schon spät und ich muss morgen wieder früh aufstehen. Ich hoffe, sie verstehen das?", hoffte ich wirklich.

„Aber eine rauchen wir noch!", bestimmte mein Kapitän.

Igitt!

Das kann doch nicht wahr sein. Süßlich grinsend ließ er nicht locker. Es schien, er hatte noch ganz was Besonderes mit mir vor.

„Also, mir brummt schon der Kopf und ich hab heute schon genug geraucht. Ich würde doch ganz gerne gehen."

„Eine Zigarette noch, so spät ist es ja nun auch wieder nicht!", bettelte er.

„SOETWAS" war auch noch verheiratet! Mit so lieben Frauen, die ich manchmal kennenlernte. Da fehlen einem einfach die Worte.

Obwohl mein Mitleid auch ganz schnell verschwinden konnte, wenn sich einige, zwar wenige, aber die gab es eben auch, dieser Frauen auf dem Schiff präsentierten wie stolze Vögel und uns Stewardessen herablassend behandelten. Die verkannten völlig die Lage. Wir alle auf so einem Schiff, ob Männlein oder Weiblein, kamen raus und sahen uns die Welt an, was unser aller Sinn und Trachten war. Sie saßen nur schön eingemauert in Ostdeutschland und warteten auf ihre lieben Männer mitsamt ihren Reiseberichten. Wer war denn nun besser dran? Die „arme" kleine Stewardess oder „die Frau Kapitän"? Teilweise waren sie auch noch so unansehnlich. Wahrscheinlich ein Garant für ihre Göttergatten, dass sie noch da saßen, wenn sie nach der Reise nach Hause kamen. Da hörte sogar mein Mitleid auf. Die sogenannte Frau

„Kapitän" spreizt sich, lässt sich das Geschirr von den Stewardessen abspülen, obwohl sie vor Langeweile den ganzen Tag auf dem Schiff nicht weiß was sie machen soll. Wenn die wüsste!

Jedenfalls musste er sich endlich mal erheben.

Die Gelegenheit war günstig. Ich rannte aus der Kammer und mir liefen die Tränen vor Angst. Mein Herz hämmerte in den Ohren. Schnurstracks bin ich zur Oberstewardess in die Kammer gerast und hab heulend erzählt was sich abgespielt hat. Sie hatte auch gleich die vernünftigste Idee und sagte: „Wir machen dir die leere Kammer zurecht und du ziehst um, denn zu deiner Kammer hat er einen Schlüssel und es ist besser, wenn du dort ausziehst. Da in der Ecke hört niemand wenn was ist". Was is los??? Unglaublich mit was man alles rechnen musste, wo der doch schon von mit träumte! Im Leben wäre ich nicht auf den Gedanken gekommen, dass so ein alter Mann ernsthaft glaubt, ein junges Mädchen würde sich mit ihm einlassen. Gesagt getan, ich zog um und hatte tatsächlich meine Ruhe.

Einige der Männer konnten nach einer bestimmten Reisedauer auch ziemlich fies werden. Der sogenannte treuliebende Vater. Einfach lächerlich. Es gab hier, wie überall auch, schwarze Schafe. Langeweile und dieser tierische Trieb, wenn Fräulein „Faust" auch nicht weiter hilft, machten manchem doch schwer zu schaffen. Später bin ich auf verschiedenen Schiffen nach Brasilien gefahren. Wir hatten meistens drei bis fünf Häfen. Dann stürzten sie los. Natürlich nicht alle, der größte Teil war wirklich treu, aber es kristallisierte sich meist ein harter Kern heraus, der los musste zum „energiegeladenen Einkaufsbummel".

Hach ja und bei Einlaufen dann der schön in Folie verpackte rote Kasten „Mon Cheri" und so frei von der Leber wech ne Predigt: „Vor Sehnsucht kaum ausgehalten...? In Gedanken immer bei dir...?", schmachtender Blick in Richtung Gattin. Welch eine Impertinenz?

Ach du lieber Gott, da muss doch was zu machen sein in kleiner Form von „Bußgeld" oder „Auswärtsbummelsteuer"?"

Ansonsten verlief die Überfahrt weiterhin ohne große Komplikationen. Wir kamen unserem Ziel immer näher. Auch mit der Mannschaft war ich vertraut und ich kam mir nun auch nicht mehr fremd und einsam vor. Dank Gloria war auch die Arbeitszeit recht lustig. Mit ihm gab es immer was zu lachen. Das ging gar nicht anders. Tatsächlich tönte dann endlich der Lautsprecher: „Klar vorn und achtern, Stationen besetzen!"

Einlaufen Murmansk. In mir brodelte alles vor Aufregung. Wir hatten uns auch über den Landgang unterhalten. Die Oberstewardess kannte Murmansk von innen und außen und hat mir die Freiheit gelassen immer an Land zu gehen, wenn ich nicht arbeiten musste. Oder wenn wir wussten, es waren viele an Land und sie würde das Abendbrot alleine schaffen, dann durfte ich schon am Nachmittag gehen und konnte bis zum Landgangsende wegbleiben. Natürlich nicht ohne die verlorengegangenen Stunden nachzuarbeiten. Und der Chiefmate (1. Nautischer Offizier) musste auch informiert werden. Denn er war außer für die Ladung und die Decksgang auch für die Wirtschaft zuständig. Nebenbei bemerkt, redete er die Besatzungsmitglieder mit Genosse und mit Genossin an. Da legte er großen Wert drauf. Diese Angewohnheit teilten einige der Offiziere mit ihm.

Dafür gab es in meinem Fall keinen Anlass, denn ich war noch immer nicht in der Partei. Es machte ihn jedes Mal komplett fusselig, wenn er mir begegnete und ich ihn mit: „Guten Morgen, Herr Blindkowski", begrüßte.

„Genosse Blindkowski oder Chiefmate!", schnarrte er dann entrüstet zurück.

„Wie Sie meinen, Herr Blindkowski!". Schnarrr, und rauschte ab.

Unsere Arbeitszeit erstreckte sich von morgens 6:45 Uhr bis 13:15 Uhr und begann dann erst am Abend wieder von 16:45 bis 19:15 Uhr. Die Nachmittage waren frei. Wenn kein Manöver war, konnten wir unsere Nachmittage gestalten wie wir wollten. Ob schlafen oder in die Sonne legen, was auch immer. Die meisten Schiffe hatten einen Swimmingpool an Deck und so hielt uns dann nichts mehr, wenn die Sonne schien. Ab ins kühle Nass vom Neid der restlichen Besatzung begleitet, denn die musste bei der Affenhitze ackern, während wir wild im Wasser planschen konnten und einen auf Wellness machten..

Jedenfalls nun waren wir da. Es ging ans Festmachen. Plötzlich gab es einen mörderlichen Stoß und einen lauten Knall. Keiner wusste genau was es war. Wir hielten uns alle aus irgendeinem Reflex fest. Es war, als geriete etwas aus den Fugen. Bald darauf hörten wir was passiert war. Im Hafenbecken von Murmansk gab es eine ziemlich starke Strömung und diese hatte das Schiff mit einer Wucht an die Kaimauer geknallt. Die Folge: ein Loch im Bug. Einige begannen sofort sich zu freuen. Ich begriff nicht warum. Wenn da ein Loch ist und das Wasser hoch genug, saufen wir ab wie die Ratten, was gibt's denn da zu lachen?

Es wurde von Werftzeit geredet und Verlängerung der Reise. Sogar der Koch freute sich. Endlich erfuhr auch ich worum es ging. Da das Schiff schnell wieder funktionstüchtig sein musste, brauchten wir eine Werft, die schnell und zuverlässig war. Und wir erfuhren auch, dass Schweden sich angeboten hatte.

4. Kapitel „Göteborg und die „Schwarze Gang""

Die Werft in Göteborg. Es war alles ziemlich schnell gegangen und die für solche Sachen Zuständigen in Rostock hatten schon alles geregelt. Also ging es los, auf nach Göteborg. Nun freute ich mich auch. Mein erster kapitalistischer Hafen. Endlich einmal den über alles verhetzten „stinkenden und faulenden Kapitalismus" aus der Nähe betrachten. Wie eklig, das wird schön. Denn das wurde uns ja von unseren rotbesockten Oberindianern tagtäglich notorisch in die Schädel gehämmert. Um uns dem „kapitalistischen Blendwerk" gefasst entgegentreten zu lassen.

Diese Halbirren waren tatsächlich davon überzeugt, dass es nichts Schöneres gibt als „Konsum und HO". Als wir nun die Überfahrt hinter uns hatten, ging es mir gar nicht schnell genug an Land zu kommen. Aber erst einmal kamen die Behörden. Es zog sich alles in die Länge. Dann endlich die Durchsage: „Ab sofort Handgeldauszahlung beim Funker!" Wir stürzten alle die Niedergänge hoch. Jeder wollte der Erste sein. 3,50 DM gab es pro Tag zusätzlich zur Heuer als Handgeld.

Gedacht für Taxi oder Busfahrten, wenn man an Land war. Diese konnte man sich immer in der jeweiligen Landeswährung auszahlen lassen. Offiziere bekamen etwas mehr. Diesmal also bekamen wir schwedische Kronen. Da die Reise erst ein paar Tage dauerte, war das Geld auch nicht berauschend viel.

Mir war das im Moment egal. Ich war damit zufrieden und wollte nun aber unbedingt an Land dem Kapitalismus direkt in die hinterhältigen Augen gucken. Leider war nun erst einmal Abendbrotzeit. Ich deckte schnell die Messen ein und sah zu, dass ich sie alle hurtig abgespeist kriegte, denn ich brannte darauf endlich loszusocken.

Zwei Matrosen hatten versprochen auf mich zu warten. Mein Orientierungssinn war schon immer schlecht, eigentlich habe ich gar keinen, was mir auch oft zum Verhängnis wurde und da die Landgangszeit immer begrenzt wurde, in diesem Fall bis 24:00 Uhr, durfte man auch nicht zu spät zurück an Bord kommen. Ansonsten zog man uns zur Rechenschaft und es konnte damit enden, dass Mann und auch Frau das nächste Mal Landgangsverbot bekam. Was, wenn ich das heute so bedenke eine unverantwortliche Schweinerei war, was uns mit dieser Willkürherrschaft alles auferlegt wurde. Niemand durfte alleine an Land gehen. Ab zwei Mann oder mehr, um der sogenannten „Republikflucht" vorzubeugen.

Trotz allem hat es in vielen Fällen geklappt sich unbemerkt auf und davon zu machen. Da hatten sie dann den Kopf voll Fragezeichen, wie so was doch passieren kann, wo alles so gut unter Kontrolle, straff durchorganisiert und durchdacht war.

Nun aber zu meinem Landgang. Die Geschäfte waren natürlich schon dicht, also konnte ich mir nur die Schaufenster ansehen. Ich hab gedacht, ich werd verrückt. So was hatte ich noch nicht gesehen. Es gab einfach alles. Die Jungs mussten mich an der Hand hinterher zerren, weil ich laufend den Anschluss verpasste und ab und zu dazu neigte in die falsche Richtung abzuzischen. Ihnen wäre es beim ersten Mal auch so gegangen, aber es gibt noch mehr zu sehen, wenn wir erst mal drin in der Stadt sind. Wir mussten noch ganz schön lange laufen. Sicher mit leicht verblödetem Gesichtsausdruck vor lauter Staunen, bin ich mit offenen Augen und Ohren durch die Stadt gewandert, um ja auch nichts zu verpassen.

Ich begann provokatorisch vor mich hinzuschnüffeln. Auffallend laut. Manni, einer der Matrosen fragte: „Was hast du denn, gehen sie jetzt mit dir durch?" „Nee, ich versuche das stinkige und faule vom Kapitalismus zu riechen, aber es duftet nur und ich habe einen Wahnsinnshunger".

Wir drehten uns um und standen direkt vor einem tollen Restaurant. Und lachten und lachten, bis wir nicht mehr konnten.

„Pass ja auf, dass der Politische (Politoffizier) das nicht hört", warnte Manni mit wackelndem Zeigefinger. „Der zupft dir gleich dein neues Seefahrtsbuch wieder weg! Aber wenn du solchen Hunger hast und alle Läden sind dicht, dann gehen wir eben einfach mal Essen". Und es wurde ein ganz toller Abend, mitten in einer wunderschönen Stadt. Dieses Lichtergefunkel in allen Farben, einfach fantastisch. Ich wandelte glücklich durch die Straßen und kam mir vor wie Alice im Wunderland. Es war ein Gefühl, wie in eine andere Welt eingetaucht zu sein. An diesem Abend schlief ich glücklich in meiner Koje ein und träumte und träumte vom Einkaufen in dieser aufregenden Stadt. Dass mein Geld vorne und hinten nicht reichen würde, träumte ich natürlich nicht. Es war ein unvergessliches Erlebnis und ich dachte mir, mit etwas Glück werde ich noch viel mehr sehen von der großen weiten Welt. Und ich habe Recht behalten.

Die alten Seebären waren natürlich nicht so genügsam wie ich und waren auch nicht gewillt mit den paar Kronen auszukommen. Wer schon öfter da war, der kannte sich schließlich aus. In Schweden war der Schnaps teuer, also her mit dem Stoff von der letzten Transitausgabe und in Kronen umgewandelt. 40 prozentiger Wodka wurde an die Hafenarbeiter verhökert. Ich hatte natürlich keine Ahnung wie man das macht und ließ Gott sei Dank die Finger davon. Auf meine Frage „Was macht ihr denn da?", bekam ich zur Antwort „Die einzige Variante an richtig fette Kohle zu kommen, „Chinchen!"" - Na was das wohl is?

Gerade als die Jungs alle achtern standen und ihre Flaschen feilschend an den Mann brachten, kamen sechs Männer mit stechendem Blick in schwarzer Uniform die Gangway hoch. Die sogenannte „Schwarze Gang". Die Leute waren vom Zoll und somit berechtigt, jeden hochzunehmen, der sich des Schmuggels verdächtig machte. Das spiegelte sich natürlich in ihren versteinerten Profifilzvisagen vielsagend wieder. Es stand ihnen frei das ganze Schiff umzukrempeln, auf der Suche nach illegalem Schnaps und Zigaretten. Wer die Zollbestimmungen des Landes verletzt und mehr Schnaps und Zigaretten bei sich hatte, als erlaubt und in der Klarierungsliste vermerkt war, in welche übrigens jeder seine Angaben wahrheitsgetreu selber einzutragen hatte, wurde zur Kasse gebeten und musste teilweise mit Seefahrtsbuchentzug rechnen. Diese Leute betraten nun das Schiff und jeder Fluchtweg an Land war abgeschnitten. Die hatten eine knallharte Mimik drauf und in ihren Pupillen konnte ich die Handschellen blinken sehen. Achtern wechselten blitzschnell die Flaschen wieder an ihre einstigen Besitzer über, die Hafenarbeiter grapschten ihr Geld und rannten flugs an ihre Arbeitsplätze zurück. Einige vergaßen sogar in der Hektik ihr Geld wieder an sich zu nehmen. Sie liefen einfach erschrocken davon.

Endlich begriff auch ich was die wollten und der Schreck durchzuckte meine jungen Glieder genau wie die der anderen. Ich hab zwar nicht geschmuggelt, aber ich hatte einem Matrosen den Gefallen getan seine Stange Zigaretten und seine Flasche Schnaps von der Transitausgabe mitzubringen, da er zu diesem Zeitpunkt Wache hatte.

Und genau dieses Zeug stand nun immer noch harmlos in meiner Kammer und gehörte mir nicht. Zusammen mit meiner Flasche Schnaps und meiner Stange Zigaretten. Ich hatte alles doppelt! Mir winkte der Knast! Swedissse Gaaardinen sozusagen!!! Wohin so schnell damit?

Es musste aus meiner Kammer, egal wie. Der Matrose dem Schnaps und Zigaretten gehörten hatte sicher an Deck zu tun und im Hafen sind die Kammern abgeschlossen. Das war mir nun aber doch egal. Zwar kroch die Angst richtig eklig in mir hoch, hinderte mich aber doch nicht in meine Kammer zu wetzen, Fusel und Zigaretten in einen Beutel zu stecken und mit meiner „Schmuggelware" in Richtung Kammer des Matrosen, dem der Stoff gehörte, zu rasen. Beim

Runterstürzen des Niederganges flog ich in die offenen Arme eines schwarzgekleideten Zollbeamten. Bing, das war`s.

„Naah, was hat denn kleines Mädchen in sooo große Beuddel? Lass ma sehn. Aha, so, so, was is denn das? Nich etwa Snapps? Un auch noch Sigaretten? Wo soll das denn hin?" Die Stimme schien freundlich, der Blick jedoch nicht.

Ich war am Boden zerstört, meine Knie schlotterten merkwürdig. Die andern machen damit Geld und keiner erwischt sie und ich bin unfähig das Zeug unbemerkt dahin zu bringen, wo es hingehört. Ich zeigte auf die Kammertür und versuchte ihm, auf Englisch so gut es ging, klarzumachen, dass es ein Versehen sei und überhaupt nichts davon mir gehört. Er wollte mich nicht verstehen. Auch seine lieben fies glotzenden Kollegen nicht, die sich bald dazugesellten. Der nichtsahnende Matrose wurde geholt und nun kam es: Alles, was in der Kammer auf und abzuschrauben ging, wurde auf und abgeschraubt. Sogar die alte, verdreckte Klimaanlage an der Decke wurde aufgeschraubt. Sie funktionierte zwar schon lange nicht mehr, enthielt aber dafür eimerweise Dreck. Das Ding befand sich an der Decke, wie ich schon bemerkte, also kann ich mir jeglichen weiteren Kommentar sparen.

So die Kammer war ja nun in Ordnung, keinerlei Schmuggelware mehr festzustellen, dann lassen wir ihn mal im Dreck stehen und sehen, wo das „Frollein" wohnt.

Na Klasse. So hatte ich dann doch noch endlich einen Grund Großreinschiff zu machen. Durch den vergessenen, ventilierenden Miefquirl an der Decke wurde in dieser Sache tatsächlich viel Staub aufgewirbelt.

Es hat sich gelohnt. Nachdem die netten Herren sich dann doch noch endgültig einig waren, dass meine Kammer absolut rein von „Smuggelware" wäre, verließen sie mich schnöde und setzten emsig ihren Rundgang fort.

Weit sind sie nicht gekommen, denn ich traf sie kurze Zeit später wild gestikulierend in der Kombüse wieder. Jeder eine Literflasche „Rum –

Aroma" in der Hand. Das man das Zeug zum backen nimmt, ist meines Erachtens jedem klar. Nur keinem Schweden.

Es stand „Rum – Aroma" drauf. Rum, Rum, Rum! Es stand nicht nur drauf, es - schnüffel, schnüffel -roch auch noch nach Rum. Schon wieder Snapps, stand auch noch frei rum das Zeug. Das reichte und in der Nähe wieder einmal, ich.

Krall, und schon war ich mitsamt den Flaschen beschlagnahmt. Ob ich da nun vor mich hinkaute und Schmatzgeräusche machte, laufend das Wort „Kaffeetime" erwähnte, war denen so was von egal. Da stand Rum drauf und schon wieder die verdächtige Person in der Nähe! Da muss ja was dran faul sein!

„Wir gehn jets sum Kaptän. Klar?"

„Klar.", sagte ich. War mir alles völlig klar.

So blöd konnte ich gar nicht denken, wie es kam. Ich kaute und schmatzte immer noch und brabbelte auch noch vom Kaffeetime als die seriösen Herren mich zu unserem Herrscher über alles führten. Es gab kein Entrinnen. Wenn ich auch sonst nichts für diesen „Ich-zieh-dich-locker-über'n-Tisch-Baby" übrig hatte, so hat er es doch geschafft diesen Männern klarzumachen, wozu es „Rum – Aroma" auf dieser Welt gibt. Mit so einem „von-oben-herab-Blick- siehste Baby- zu was ICH in der Lage bin", taxierte er mich ab. Tatsächlich wurden die nun auch noch lustig und lachten und lachten und zwar über mich.

Ich konnte dann auch gehen. Mal sehen wie lange?

So, und die wirklich „Straffälligen" waren mir im Nachhinein alle dankbar. Durch den von mir veranlassten Kuddelmuddel hatten sie genug Zeit ihre Schmuggelware in sicheren Verstecken unterzubringen. Und an mir Unschuldslamm wurde sich ewig lange hochgezogen. Die haben sich tatsächlich bei mir für die „professionelle" Hilfe bedankt. Im ersten Moment wusste ich nicht mal was die damit meinten. Mensch, wie naiv! Aber das passiert einem nur einmal. Ich hab das Schmuggeln (Chinchen) auch gelernt. Und nicht lange dazu gebraucht. Obwohl die berühmt berüchtigte „Schwarze Gang" wirklich eine überaus ernst zu nehmende Sache war.

Die Hafenarbeiter, die vor Schreck die Flaschen wieder hingaben und vergessen hatten ihr Geld wieder zurückzunehmen, kamen auch aus berechtigter Angst nicht wieder und so konnten einige die Flaschen noch mal verkaufen. Denn neue Interessenten gab es wie den sprichwörtlichen Sand am Meer.

Nun hatten diese dummdreist doppelt Gute gemacht, und ich Schaf musste dafür bluten.

Die Werft in Göteborg arbeitete sehr schnell und innerhalb von fünf Tagen war unser Leck im Bug leider schon nicht mehr vorhanden.

Nun hieß es wieder „Klar vorn und achtern" und Abschied nehmen von Göteborg und vom Kapitalismus, dem „stinkigen"! Schade. Für mich hätte es ewig dauern können, denn ich hatte so etwas Schönes tatsächlich noch nicht gesehen und erlebt. Für mich war Göteborg nun natürlich die schönste Stadt auf dieser Erde. Wat 'n Wunder, war ja auch mein erster Hafen, in dem ich erlebt habe, dass es nichts gibt, was es nicht gibt. Ich war tieftraurig, denn ich nahm an, dass sich meine weitere Seefahrt nun auf die SU beläuft.

Damit hatt sich`s. Aber es hatte sich damit keineswegs. Ich bekam noch sehr viel mehr von der Welt zu sehen, als ich ahnte und die Städte und Sehenswürdigkeiten waren weitaus schöner und bedeutender als Göteborg.

So. Jedenfalls liefen wir nun aus. Und nun wieder Ziel Murmansk.

5. Kapitel

„Ziel Murmansk, Steinbutt und Sturm"

Da Lösch- und Ladevorgang durch unsere Havarie im Keim erstickt worden war, ging es nun auf ein Neues. Klappe die Zweite. Auf nach Murmi.

Als wir durchs Kattegat liefen, sahen wir Fischerboote. Die Matrosen erzählten mir, dass es einige Kapitäne gibt, die mit den Fischerbooten

Handel trieben. Die Fischer waren Norweger. Sie waren immer an einem Tauschgeschäft interessiert. Fisch gegen Schnaps. Was sonst. Das fand ich interessant. Die Jungs erzählten mir auch, dass so ein Handel immer von der Brücke ausging. Na das musste ich ja nun sehen. Ich fragte die Oberstewardess, ob sie nicht auf die Brücke müsste. Natürlich musste sie. „Ich muss doch den Alten fragen wie viel Schnaps er tauschen will.", verriet sie mir. „Kann ich mit? Ich muss das sehen. Nimm mich mit auf die Brücke!"

„Meinetwegen komm."

Die Niedergänge hoch und wir standen auf der Brücke. Ich war förmlich erstaunt welcher Anblick sich mir bot. Der Rudergänger hatte ein riesiges Plakat in der Hand und hielt es ans Brückenfenster. Es war ein „Gemälde". Darauf war ein riesiges Unikum von Fisch und eine riesige Flasche Schnaps. Bisschen plump vom Zeichenstil her, aber doch eindeutig zu erkennen. Und die Fischer winkten. Na guck mal an, unsere Republikgetreuen wie sie mit den Kapitalisten verhandeln. Das hat mir gefallen. „Wie viel Flaschen Kap`tän?" Das war die Oberstewardess. „Fünf und sag dem Koch Bescheid, er soll erst den Fisch hoch holen, dann den Schnaps runter!"

Unsere Mission war beendet. Schnell an Deck die Fischerboote waren schon ziemlich nah und Frau Fuchs musste ganz fix einen Proviantsack suchen für den Fisch und für den Schnaps. Na und dann hatten wir ganz flink ein tolles Abendbrot an Deck gezottelt. Steinbutt. Riesig große Steinbutts. Gloria stürzte gleich an's schwarze Brett um das „zerbombte Huhn" (Hühnerfrikassee), aus dem Speiseplan zu eliminieren.

Nun stand mit rotem Filzstift geschrieben: „Frischen Steinbutt abschmecken!"

Welche Vorfreude! So was Feines mitten in der Woche. Na das war doch was. Zum Abendbrot fanden sich dann alle ein, sogar jene, die sich sonst schlafen legten vor der Wache. Auch die O-Messe war voll. Nun ging es ans Fisch servieren. Lecker.

Sah gut aus auf den Tellern. Dicke Fische mit Petersilienkartoffeln und einer feinen Soße. Als die Ersten der Jungs versorgt waren und auch einige Offiziere ihre Teller schon hatten, erlebten die Oberstewardess und ich in der Pantry unser blaues Wunder. Man konnte von dort aus die Mannschaftsmesse, sowohl auch die O-Messe durch große Klappen beobachten und sehen was sich dort abspielte und die ganze Bande förmlich bespitzeln. Die fingen an alles auszuspucken und zu schimpfen. Der Koch stand ganz bedrüppelt in der Kombüse und hatte gar nicht so ein großes Maul wie sonst.

„Das is aber hart an der Kotzgrenze, soll'n wir verrecken an deinem stinkigen, salzigen Mistfisch?"

„Das wird teuer Chefkoch, mindestens drei Kisten Bier. Hätten wir bloß den Schnaps gesoffen, da hätten wir gewusst an was wir jämmerlich eingehen.

Du kannst dir den Scheiß-Stinkebutt, den mistigen, ans Knie nageln!"

Also, der Fisch war nicht in Ordnung. Soweit war uns das nun auch klar. Unser Dicker stand in der Kombüse und wusste nicht, ob er weinen oder lachen sollte. Dann rückte er doch mit der Sprache raus.

„Was ich nicht wusste, die hatten den Fisch schon gepökelt und ich versteh doch die Norweger nicht. Ich hab den noch mal gesalzen. Beim Abschmecken hab ich's gemerkt, aber da war's schon zu spät. Hat doch schon am schwarzen Brett gestanden und das „zerbombte Huhn" hätte ich ja nun ooch nich mehr fertig gekriegt. Gib mal den Schlüssel für die Last, Omi". Und weg war er.

Wir räumten die vermatschten Teller wieder ab und der Koch kam mit zwei Kisten Bier, eine für die O-Messe und eine für die Mannschaftsmesse. So, nun gab es eben Brot mit Aufschnitt und seine selbstgemachte Thüringer Leberwurst, die er eigens auf jeder Reise selber machte für besondere Anlässe. Dies war ein Ausnahmezustand, somit ein besonderer Anlass und die („Lewwerwurscht") Leberwurst holte alles wieder raus.

Jedenfalls war das Abendessen und die Stimmung gerettet. Kann ja mal vorkommen so was.

An diesem Abend saßen alle etwas länger in den Messen, denn die Bierkisten mussten gelenzt werden.

Als wir zwischendurch abgeräumt hatten, setzten wir uns mit dazu.

Die Oberstewardess ließ noch zwei Flaschen Gin springen und Gloria mixte nun großzügig Schlüpferstürmer für alle. Es wurde wieder einmal eine von diesen Spontanfeten, welche bekanntlich die lustigsten sind.

Die nächsten Tage verliefen wettermäßig nicht so ruhig.

Wir laschten alles was auf diesem Schiff nicht von alleine stehen blieb.

Ich hatte meine Blumentöpfe vergessen. Sie hingen anmutig in Halterungen an der Wand, vollgepfropft mit Hydronadeln, was eine sehr praktische Sache war. Ich zog von meiner oberen Koje in die untere und verkeilte mich zum Schlafen in der stabilen Seitenlage. So konnte ich nicht rausfallen und mich trotz der unkontrollierten Bewegungen des Schiffes meinen Träumen hingeben.

Der Dampfer hob und senkte sich. Als wir wieder in ein Wellental klatschten, hob es ziemlich unanmutig meine Blumentöpfe aus. Klatsch, knall alles lag unten in einem Nadelwasser-Gemisch. Na prima, und das mitten in der Nacht. Ich hatte keine Lust aufzustehen und auf allen Vieren diesen Mist wieder einzusammeln. Es hatte sowieso nicht viel Sinn bei solchem Wetter etwas aufzuheben, es fiel ja doch wieder runter. Also machte ich die Augen zu ,versuchte das nervtötende Gläsergeklapper zu überhören und schlief schaukelnd wieder ein.

Am Morgen hatte sich alles soweit beruhigt, dass man sich in Ruhe die Zähneputzen konnte. Da unser Luxusliner schon ein paar Jahre zu viel auf dem Buckel hatte, war er natürlich mit Wasserhähnen erster Güte ausgestattet, welche einen ohne viel Aufwand schon am frühen Morgen in den Wahnsinn trieben. Ich weiß nicht welcher schwachsinnige Diplomidiot diese Dinger seinerzeit erfunden hat, jedenfalls wurden sie auf neuen Schiffen nicht mehr montiert, da sie durch ihre aberwitzige Konstruktionsweise unweigerlich zum Untergang verurteilt waren.

Es gab also einen Hahn für kaltes Wasser und einen Hahn für warmes Wasser, die aber nur liefen, wenn man von oben auf sie draufdrückte. Mit einer Hand drücken mit der anderen den Strahl erhaschen waren eins. Wenn das Schiff schaukelt, schaukelt auch der Wasserstrahl und man musste mit der Zahnbürste immer hinterher, was eben manchmal nicht so einfach war. Außerdem ging`s ja auch nicht ohne sich selbst festzuhalten. Deshalb wurde improvisiert, wie öfter mal im Osten.

Es wurden Haken aus Metall um die Hähne gebaut, welche man nach vorne ziehen konnte, um den Hahn zum Laufen zu bringen und somit ein stetes Fließen des Wassers beim Waschvorgang zu gewährleisten. Plötzlich hatte man auch eine Hand für den Zahnputzbecher frei. Leider hatte ich nach dieser Nacht nichts mehr frei, da mein wichtigstes Teil am Waschbecken abhanden gekommen war.

Mein Haken war weg. Das Zähneputzen war wieder einmal ein Erlebnis und die einarmige Akrobatik trieb mich schon am frühen Morgen fast zur Weißglut.

Als ich meine Zähne und den daran hängenden Rest von mir, unter diesen erhärteten Bedingungen gewaschen hatte, robbte ich über den Teppich und wollte von meinen Pflanzen retten, was noch zu retten war. Es war nichts mehr zu retten. Also, Bulleye auf und ab dafür.

Beim Frühstück hab ich den Storekeeper solange drangsaliert, bis er sich bereit erklärte als morgendlichen Auftakt Haken für meine Wasserhähne zu bauen. Und da wir schon mal dabei waren, brauchte ich auch gleich noch einen großen Spiegel in meiner Kammer, damit ich mich von oben bis unten besehen konnte. Auch das hab ich bekommen. Na wer sagt's denn, dass der Frosch keine Haare hat?

6. Kapitel „Und immer noch Kurs Murmansk, Fischkauf und ein heulender Ing."

Und dann schallte es wieder durch die Lautsprecher: „Klar vorn und achtern, Stationen besetzten!"

Willkommen in Russland. Diesmal klappte alles beim Festmachen und auch ich hatte Glück. Pünktlich vor dem Mittagessen waren wir fest. Also verschob sich das Essen nicht und auch nicht mein Landgang. Alles was zum Abendessen nicht da war, meldete sich beim Koch ab, somit wusste er wie viel er vorbereiten musste und wir wussten wie viel wir einzudecken hatten. Da sich über die Hälfte der Besatzung abmeldete, war nicht viel zu tun und ich konnte mir ab Mittag über das Abendessen frei nehmen.

So und nun an Land. Ich ging wieder mit den zwei Matrosen, die mich auch schon in Göteborg mit an Land genommen hatten. Sie hatten glücklicherweise wachfrei und so zogen wir los.

Na, das war alles andere als schön. Nicht zu vergleichen mit Göteborg und auch nicht mit den anderen Städten, die ich sonst kannte. Es fing reichlich komisch an.

Am Zoll wurden wir kontrolliert. Was sollten wir schon schmuggeln? Zu Fuß in die Stadt, das war ein ganz schön weiter Weg. Die Straßen waren in einem devoten Zustand und die Häuser sahen auch nicht viel besser aus.

Es gab unzählige Baustellen, aber arbeiten sah man nur die Frauen. Mit Wattejacke und Tschapka standen sie auf Baugerüsten und schufteten wie ganze Kerle, während die Männer unten an den Mauern lehnten mit 'ner Pulle Wodka und Machorka in der Hand und mächtig einen auf wichtig machten, qualmten und „Wässerchen" soffen und waren höchstwahrscheinlich sehr stolz auf ihre fleißigen Madkas, denen die Schweißperlen auf der Stirn standen. Das ist eben auch eine Lebensphilosophie im angestrebten Kommunismus.

Wir kamen an einem Schmuckgeschäft vorbei. Das passte ganz und gar nicht in das Bild dieser Stadt. Es leuchtete und glitzerte durch die Schaufenster. Es war einfach verlockend.

„Da möchte ich rein, unbedingt. Nur mal gucken. Gucken kostet nichts."

„Na los, das ist wirklich sehenswert." Manni hatte Verständnis und schon stiefelten wir in den Laden.

Wobei ich fast ins Stolpern kam. Direkt am Eingang stand ein echter Soldat in akkurater Uniform mit stechendem Killerblick und Kalaschnikow!!!!! Na prima. Alles unter Kontrolle.

Laut Zollbestimmungen durfte man kein Gold ausführen. Das lief unter Schmuggel und wurde mit Seefahrtsbuchentzug und was weiß ich sonst noch alles geahndet. Jetzt endlich verstand ich auch das Angebot vom „Alten", als er sagte, wenn ich was kaufen möchte, was sonst verboten ist, könnte ich das schon, er schließt es in seinen Safe, denn der Kap'tän würde nicht durchsucht vom Zoll. Auch da wäre er mein Freund. Natürlich nicht ohne Gegenleistung, versteht sich.

„Was ist denn mit dir los?", fragte Manni der Gott sei Dank keine Gedanken lesen konnte. „Du stehst ja da, wie vom Blitz gerührt!"

„Was? Ach nichts, ich musste nur an was denken, kommt lasst uns woanders hingehen, ja?" Obwohl mir die sabbernden Hamsterbacken bildlich vor Augen standen, hatte es keinen Sinn ihnen etwas von dem „Alten" seinen Andeutungen zu erzählen. Wer weiß, was daraus geworden wäre, wenn sie es erfahren hätten. Vielleicht hätten sie es mir nicht einmal geglaubt und ich wäre wahrscheinlich in Teufels Küche gekommen. Außerdem hatte ich nicht vor von dem frivolen Angebot Gebrauch zu machen. Also, fix mal über den „alten Schwamm", Schwamm drüber.

„Es gibt ein Geschäft, wo man tolle Messingsachen und Bilder kaufen kann. Möchtest du dir das mal ansehen?", fragte Andy. „Ja gerne, da kann ich vielleicht straffrei ein Andenken für meine Eltern kaufen." Als wir den Laden gefunden hatten, gab es dort wirklich schöne Dinge. Ich war begeistert. Hübsche Kerzenhalter und Ölbilder gab es dort und es war nicht einmal teuer. Ich suchte mir etwas aus und bezahlte. Nun hatte ich wenigstens erst einmal ein paar sehenswerte Mitbringsel.

„In das Fischgeschäft gehen wir auch noch, Shrimps kaufen.", versprach Manni. „Die sind tiefgefroren und wir legen sie beim Koch in die Last. Das ist was Schönes für zu Hause, wenn wir sie nicht auf der Überfahrt vertilgen." Tolle Idee. Im Geschäft stellten wir uns hinten an. Das war nichts Neues, das kannten wir, zuhause stellte man sich ja auch immer hinten an, ob man den Scheiß brauchte, oder nicht. Weil man meistens hinten nicht sah, was es vorne gab. Ne Schlange war immer interessant, da gabs irgendwas? Also ran hintendran. Die Überraschung kam an der Ladentheke. Schnitzel oder Eisbein? Brauchste oder brauchste nicht!

Vor mir stand ein altes, gebeugtes Mütterchen. Ich dachte gerade, wie gemein es doch ist, wenn sich so eine alte Frau auch noch anstellen müsse. Doch durch unsere Gespräche bekam das Mütterlein mit, dass wir Deutsche waren. Eh ich`s mir versah, knallte die Alte mir mit einer ungeahnten Wucht ihren Ellenbogen in die Seite und beschimpfte uns zahnlos als „Nazis"! Mensch, wie kam die denn da drauf?

Mir summte die ganze Seite nach dem Hieb. Soviel Kraft hätte ich der alten, gebeugten Hutzelpflaume gar nicht zugetraut. Zurückschlagen konnte ich auch nicht, obwohl mir ganz danach war, inmitten russischer Übermacht. In meinem Kopf tauchte unweigerlich die Kalaschnikow auf. Sie guckte giftig, wie eine Hexe und schetterte unverständliches Zeug, begleitet von hasserfüllten Blicken. So ein altes Luder.

Das waren sie also, unsere roten Brüder und Schwestern. Die Kriegsbefreier und Retter der Nation. Mich beschlich das Gefühl, die hätten uns am liebsten die Fresse poliert, statt uns in der Schlange zu dulden und uns ihren Fisch zu verkaufen. Ich war vielleicht schockiert. Jetzt waren wir der Mittelpunkt im Laden. Die Alte hätte ich gerne stehenden Fußes erwürgt. Da hat man noch Mitleid und wird zum Dank misshandelt. Und sagen kannst du auch nichts, umzingelt von 'nem ganzen Haufen Russen. Trotz allem wurde die Schlange kürzer und wir waren endlich dran. Die moppelige Verkaufsmadka knallte mir den Fisch mit Schmacko erbarmungslos ins Papier, uraltes zerfetztes Zeitungspapier, dass das Wasser nur so spritzte, klapperte mit ihren Holzkugeln am Rechenautomat mit einer affenartigen Geschwindigkeit und grapschte mir die Rubel gierig aus der Hand. Mit Sicherheit hat das dralle Fischweibchen mich um den Preis geprellt, denn das fette, fiese Grinsen machte uns schon klar, dass man „vermeintliche Nazis" nur bescheißen muss. „Deutsch-Sowjetische-Freundschaft", das war ja ein Hohn. Mir standen die Nackenhaare senkrecht. „Die" wussten nichts davon, nicht einmal wie das geschrieben wird. Die Russen hatten noch Krieg oder dachten zumindest, dass dieser noch voll im Gange war. Wahrscheinlich wunderten sie sich schon jahrelang warum die Nazis ausgerechnet auf ihr schönes Murmansk keine Bomben mehr warfen. Na wat`n Glück aber auch. Deprimiert verließen wir den Laden. Das war ja nicht zu fassen. Das waren für mich keine Freunde mehr.

„So nun will ich zurück, der Fisch muss in die Last und mein Bock auf Russland hat sich erledigt." Ich hatte es nun wirklich satt. Meine Stimmung war rettungslos im Eimer und doch haben es die Beiden geschafft mich zu überreden noch in den Seemannsclub zu gehen.

„Komm schon, da gibt`s auch 'n Kühlschrank und dein mühsam erstandener Fisch taut auch nicht auf. Das wird heute noch richtig lustig, verlass dich drauf." Manni versuchte mich mit allen Mitteln aufzuheitern. Ich beschloss es zuzulassen. So blöde durfte kein Tag enden.

Als wir ankamen, gab es ein lautes Hallo. Die halbe Besatzung war da. Wir setzten uns dazu, tranken ein Bier und tauschten unsere makaberen Erlebnisse aus. Meine Fischladenstory machte mächtig Eindruck. Ich konnte ihn zwar nicht sehen aber spüren - den blauen Fleck, den der verknitterte Flügel der Alten irgendwo zwischen meinen Rippen hinterlassen hatte. Es tat immer noch weh. Ja, man kann schon was erleben in Russland. Jedenfalls auf das Nest Murmansk war meine Neugier endgültig gestillt und ich hab mir vorgenommen dort nicht noch einmal an Land zu gehen. Wobei ich es dann auch belassen habe. Ich war Jahre später noch mal in der SU und hatte natürlich auch da so einige nette Begebenheiten. Da denkste echt, die sind zu allem fähig. Als wir einmal nach dem Weg fragten, hat uns tatsächlich so einer in die falsche Richtung geschickt (scheißegal wohin die blöden Nazis tappen) und wir irrten orientierungslos durch das schäbigste Viertel von Leningrad. Aber das kommt alles später. Zum richtigen Zeitpunkt werde ich mich dann darüber auch noch auslassen.

Der Abend war nun zu Ende und wir verließen leicht angeheitert aber laut singend den Seemannsclub. Am Hafentor kam abrupt die Ernüchterung, denn wir wurden von den Zöllnern todernstblickend empfangen, was jegliches Gejohle im Keim erstickte. Seefahrtsbücher raus, Taschen auf, strenger Blick, wilde Gesten die dann doch nichts auf sich hatten, da die roten Kumpels nichts Anrüchiges finden konnten.

Was is los? Haben wir Lebra, oder was?

Mit einem abfälligen Winken wurden wir weitergeschickt. Somit hatte die Deutsch - Sowjetische - Freundschaft tief in meinem Inneren einen erheblichen Knacks bekommen, der nun nicht mehr zu kitten war.

War mir nun sowieso alles Jacke wie Hose, in dem Drecknest geh ich nicht mehr an Land und Basta. Lauter Verrückte und Verbrecher, die uns da ans Leder wollten, aus welchen Gründen auch immer. Zurück an Bord haben wir noch ein bisschen weiter gefeiert, denn so konnte man diesen Horrortrip schließlich nicht ausklingen lassen. Aber auch die Zeit in Murmansk ging vorüber und wir liefen aus nach Hause.

Aus unseren drei Wochen Reisedauer sind nun fünf geworden. Das Bordleben nahm nun wieder seinen geregelten Gang.

Bis auf die Balzerei, die immer noch anhielt, war alles ziemlich ruhig. Unser Chief, leider ein unschöner Mensch mit Halbglatzenhaarkranz, hinterhältigen Mausaugen und keinen Lippen, riss sich euphorisch und mit Gewalt einen Knopf vom Hemdkragen unterhalb seines flüchtenden Kinns, welches ich dann reparieren sollte. Das Ereignis könnte man ja mit einem Glas Sekt begießen.

„Pfui Teufel!"

Das Hemd hängte ich ihm tags darauf an seine Türklinke, mit dem Vermerk, in Form eines Zettels angezwickt, das wäre den Sekt nicht wert. Tatsächlich war das Hemd nicht mal Knöpfe wert.

Angekratzt in seiner Mannesehre erzählte er dann lauter, an den Haaren herbeigezogene, Lügen über mich. Da er direkt über mir wohnte, meinte er, dass ihm das wohl jeder glaubt. Ich bediente gerade in der Monkeymesse, als er dort auftauchte. Die Messe war voll besetzt und er war sich seines Erfolges schon sicher. „Ich möchte Sie doch bitten sich nachts ruhiger zu verhalten. Die Geräusche, die aus ihrer Kammer kommen sind teilweise undefinierbar." Haute er mit hochroter Glatze hämisch grinsend raus. Alle starten ihn an. Ich auch. Es hat aber niemand gelacht, aus dem einfachen Grund, der Chief war nicht beliebt, wie selten einer. Ob es überhaupt jemanden gab, der ihm geglaubt hat, weiß ich nicht. Auf alle Fälle hatte er eben aufgehört zu existieren und das nicht nur für mich.

Blödes, plumpes Gequatsche, dabei hätte er vom Alter her gut mein Vater sein können.

Ich hab das damals nicht verstanden und verstehe es bis heute nicht.

Aber solche Individuen gibt es überall. Wenn es sie nicht gäbe, wüsste man nicht was man ignorieren sollte.

Auch eine kleine Erkältung hatte ich mir zugezogen und der II. Nautiker war Spezialist dafür und der Meinung einen rauen Hals könnte man nur mit einem tüchtigen Glas Wein wegspülen - natürlich nach Feierabend in seiner Kammer. Da könnte man sich so richtig in Ruhe auf die Krankheit konzentrieren, mit dem Bild seiner Frau und den fröhlich lachenden Kindern im Nacken. Da ich die Fotografie sehr schön fand, wurde ich mit einem Päckchen Lutschtabletten, fast schon genesen, verdammt schnell wieder entlassen. Sehr einfallsreich sind die Herren der Schöpfung nun nicht, wenn es um bestimmte Dinge geht.

Der I. Ingenieur war auch nicht von schlechten Eltern. Im Alter schon etwas vorgerückt war er trotz allem immer noch gut drauf. Der Gute lief mit seiner eigenen Kiste Tomaten und Buttermilch aus, die er sich dann zum Abendbrot von mir zuteilen ließ.

Das sagt zwar noch nicht alles, aber doch Einiges, oder?

Eines Abends saßen wir, die Wirtschaft gerade beim Abendbrot, als tierische Laute in Form von Wolfsgeheul an unsere Ohren drang. Ich war ziemlich entsetzt. Wer ging denn soweit alles Menschliche von sich zu werfen und rumzulaufen wie ein verwundetes Tier? Konnte ja nur einer sein, den wir kennen. Die anderen lachten. „Das ist der erste Ing.", sagte Gloria. „Das kriegt der immer auf Heimreise. Sein Befreiungsschrei." Huch wie gruselig. „Also nicht weil die Buttermilch alle ist?", staunte ich. Da lief er auch gerade am Schott vorbei, den Kopf in die Luft gerichtet und jaulte ungebremst zum Herzzerreißen gen Schiffsdecke. Mister „Kaputtnik" steuerte auf seine Kammer zu, verschwand darin, jaulte noch `ne kleine Weile weiter und dann war Ruhe.

„Jetzt hat er sich in den Schlaf gejault", lachte die Oberstewardess. „Der hat ja nicht mal beim Zähneputzen aufgehört?", stellte ich fest. „Hast du schon mal `n Wolf gesehen, der sich die Zähne putzt?", fragte Gloria und wir konnten uns nicht mehr halten vor Lachen.

Eine Seefahrt, die ist lustig, eine Seefahrt, die ist schön, ja da kann man die Idioten durch die Gänge jaulen sehn.

Na ja, jedenfalls hat er seine Arbeit getan, also konnte es noch nicht ganz zu spät sein.

Es fuhr auf der „Taube" auch ein Pumpenmann mit, „uns Friedrisch" und der hatte eine eigene Dusche. Die war zwar ein Deck tiefer, aber sie ging abzuschließen. Da ich mit ihm von Anfang an ein Abkommen hatte, sank ich ein Deck tiefer und durfte als Einzige mit in seiner Dusche duschen. Also nicht mit ihm zusammen, sondern alleine versteht sich.

Ich war nicht sehr trinkfest und holte aus diesem Grunde die mir zustehenden Alkoholitäten bei der Transitausgabe nicht ab. Und eben diese Rationen bot ich ihm zum Ausgleich für das Duschen an. Wenn ich ihn fragte was ich denn von der Transitausgabe mitbringen sollte, zwinkerte er listig durch seine Hornbrille und sagte nur: „Ich trinke doch alles, Süße." Das war eine Tatsache und somit geklärt.

Denn sonst hätte ich in der Matrosendusche duschen müssen, wo jederzeit jemand hereinkommen konnte. Die hätten mich doch mitsamt meinem Duschvorhang zum Frühstück exakt zwischen die Spiegeleier geschoben.

Und unsere „Taube" schlich sich zielsicher durch die Gewässer in Richtung Rostock.

7. Kapitel „Eier nach Qual, Vogel flieg, Zoll – Zoll "

Ein neuer Tag brach an und es gab zum Frühstück Eier mit Qual, oder Eier vom Wal. Oder richtiger: Eier nach Wahl, in allen Varianten. Setzei, gekocht weich oder hart, Spiegelei, Rührei mit oder ohne Tomate, Speck, Zwiebel, Champignons, Schnittlauch, Schinken und so weiter. Und natürlich Eier „hochkant". Ich hab geguckt wie'n Frettchen als das einer bestellte. Was weiß denn ich, was Eier „hochkant" sind?

Lachend sagte der Koch: „Das sind Spiegeleier von beiden Seiten gebraten." Aha, na klar, ist ja ganz einfach.

Und dann kam Klausi in die Messe, einer dieser saufrechen Kerle, der mich schon öfter zum Glas Sekt eingeladen hatte, wozu ich die ganze Reise nicht erschienen war. Der dachte auch mit diesem Frühstück kommt sein Tag, an dem er seinen Rachezug gegen mich beginnen könnte. Ganz gelassen und schon rotzfrech grinsend schraubte er sich auf seinen Drehstuhl und lauerte auf mich. Also auch ihn hab ich gefragt, wie all die anderen: „Wie möchtest du deine Eier?" Da ruft dieses Rindvieh richtig, richtig laut: „Gekrault!" Sich sinnlos über die Tische peitschend, grölen die los wie die Vollidioten und kriegen sich nicht mehr ein. Die hatten nicht mit mir gerechnet. Ich war überhaupt nicht bereit mein Selbstbewusstsein kampflos über Bord zu werfen und schrie hemmungslos dazwischen: „Wenn du glaubst, du hast den Beweis der Männlichkeit in der Hose, dann leg ihn hier auf den Tisch! Los, jetzt, sofort".

Das Gegröle schwappte über, jetzt hatte ich die Lacher auf meiner Seite und Klausi wurde so entsetzlich rot. Das sah schon richtig gemein aus. Er holte sich persönlich zwei gekochte Eier aus der Kombüse und wollte gerade verschwinden, als Gloria ihn erwischte und sagte: „Überleg du dir lieber zu **wem** du **was** sagst, du Hornochse!" Und zu mir sagte er lachend: „Kommt der dir noch mal blöd, dann klatscht du ihm Eine und wenn er fragt warum, gleich noch Eine." Ab nun fragte zum Frühstück immer einer: „He Klausi, wie war noch die Sache mit den Eiern?" Hahaha!!! Mich hat er nur noch blöde angegrinst. Er war ja eindeutig der Unterlegene.

So eine Episode kann für eine ganze Reise entscheidend sein. Meistens kamen derartig freche Sprüche schon vor Auslaufen, als kleiner Test wie man auf See mit einer neuen Stewardess umzugehen hat. Entweder ist sie von Anfang an blamiert bis auf die Knochen und hat dann überhaupt nichts mehr zu lachen, oder sie gibt gleich die Kante und jeder wusste woran er war. Ich hab die kleinen Strolche immer gleich in die Schranken gewiesen. Ich fuhr ja nicht zur See, um mich von einem Haufen respektloser Hottentotten fertig machen zu lassen. Das hätte ich auch woanders haben können. Das Mundwerk wird also auch geschult und teilweise kommen Redewendungen heraus, die man sonst im normalen Alltag nicht gebraucht. Aber es hat auch sein Gutes, wenn man auf alles eine Antwort hat, selbst wenn sie zugegeben nicht immer ganz tischrein sind. Sie werden ja auch nur situationsbedingt gebraucht. Außerdem war es mir teilweise richtiggehend wurscht was ich antwortete, Hauptsache die begriffen mich. Ich wollte mir die Welt angucken, deshalb fuhr ich zur See.

Unser Heimathafen Rostock kam nun immer näher und die Aufregung, sowie Vorfreude auf zu Hause, machte sich allgemein breit. Dadurch war das Zusammenleben und Arbeiten an Bord auch wieder etwas lockerer und umgänglicher. Einige packten schon ihre Seesäcke systematisch ein. Nur noch für den alltäglichen Gebrauch verwendbare Dinge blieben draußen. Sogar die Lüsternheit auf die Stewardessen ließ etwas nach, denn man musste sich ja nun wieder mit dem Gedanken an die winkende Gemahlin bei Einlaufen an der Pier bekannt machen. Unser Pumpenmann ließ auch seinen kleinen Geier wieder frei. Eigentlich war es ja ein Bussard. Den hatte er auf der Reise an Deck völlig erschöpft gefunden und ihn mühsam wieder aufgepäppelt. Aber am Ende ging es ihm so gut, dass er immer lauernd auf dem oberen Regalbord saß, wenn sein Herrchen mit frischem Rindfleisch aus der Kombüse eintrudelte.

Dann gab es kein Halten mehr.

Er stürzte von seinem Aussichtsturm direkt auf die Back und verschlang im Nu auf Raubvogelart seine Mahlzeit. Liebevoll hat er ihn tagtäglich gefüttert und verhätschelt, denn er hatte eine besondere Gabe mit diesen kleinen Wesen umzugehen, die ab und zu erschöpft an Deck Station machten. Und nun war auch das vorbei. „Uns Friedrisch" nahm traurigen Herzens Abschied von seinem kleinen Kammergenossen. Aber Friedrich hatte schon immer ein Herz für Tiere. Früher, hat er mir erzählt, lief er immer mit seinem Hund aus. Und auch später päppelte er immer mal einige Vögel auf, die vom Sturm erschöpft an Deck Zuflucht suchten. So stand er nun und wir alle mit und guckten zu, wie der kleine Vagabund noch mal einen Kreis zog, um dann auf Nimmerwiedersehen in der Ferne zu verschwinden. Friedrich wischte sich die Augen unter der Brille und ich mit. „Komm alte Frau Friedrisch mir geischen uns een (wir geigen uns einen — sprich — wir saufen einen).", tröstete Gloria, „Is ja nich alle Taache, wo son Vochel den annern verlässt." Und schon war's aus mit der Trauer, endlich wieder ein Grund zum Feiern. Irgendwie auch um die Aufregung und Freude vor zu Hause etwas zu dämpfen, denn es war ja noch nicht soweit. Und es war noch eine Unmenge an Arbeit zu erledigen - die totale Inventur. Angefangen von der Bettwäsche (auch in den Kammern jedes Einzelnen) über Geschirrtücher, Geschirr, Gardinen, Matratzen, Gläser, Bestecke, Blumentöpfe, sowie Vasen und so weiter. Die Wäsche musste gebündelt werden und Großreinschiff war auf dem ganzen Dampfer angesagt. Alles wurde abgesaugt, gewaschen und geschrubbt, mehr als sonst auf der Reise gewöhnlich war. In den Gängen wurde Farbe gewaschen. Das heißt die Wände von oben bis unten mit Seifenlauge zu schrubben. Damit und noch mit einigen anderen notwendigen Sachen, die es zu erledigen galt, hatten die Oberstewardess und ich weiß Gott alle Hände voll zu tun. Auch die übrige Besatzung stand genauso wie wir in ihrem eigenen Stress. Na und endlich war es soweit. Wir liefen mitten in der Nacht ein und machten, wie konnte es anders sein, an der Schweinepier fest. Ich hatte versucht noch etwas zu schlafen, was mir erst nicht so recht gelingen wollte, dann bin ich wohl irgendwie doch weggeduselt. Von einem lauten Klopfen an meinem Schott wurde ich wach. Erschrocken sprang ich aus der Koje und öffnete die Tür.

Da standen sie, zwei Männer vom Zoll in picobello Uniform, nachts ein Uhr vor meiner Tür und guckten mich erwartungsvoll an. Gott sei Dank hatte ich mich angezogen hingelegt. Eigentlich wollte ich mir bei Einlaufen die Mole ansehen. Die hatten wir allerdings schon hinter uns, ich hatte sie verschlafen. Nun ging es erst aber mal richtig zur Sache. „Haben Sie was zu verzollen?" „Wie? Nein, zu verzollen, ich denke nicht." Mein Gott, was wollten die denn jetzt von mir? „Dann zeigen Sie uns mal Ihre Kammer und alles was Sie im Ausland erworben haben!" Was denn zeigen? Die Hütte war so klein, da reichte ein Blick. So, nun stand ich fassungslos da und sah mir an, wie die zwei Kameraden meine Kammer auseinander nahmen.

Ich kam gar nicht zu mir. Ich dachte tatsächlich, das wäre ein schlechter Traum. Die rupften zackig alle Schränke auf. Einiges durfte ich selber auspacken und zeigen. Ich hatte doch auch schon den Koffer gepackt! Aber das hatte sich dann auch ganz schnell erledigt. Die Sache mit dem gepackten Koffer. Da war nichts mehr gepackt. Da war nur noch ein Chaos. Sie fanden nichts, was auch immer sie suchten. Nein, sie lachten sich schief und krumm über einen grünen Plastikfrosch, den ich mir in Murmansk gekauft hatte und der irgendwie Ähnlichkeit mit Kermit hatte. Blöde Heinis. Dafür haben sie mir die ganze Bude auf den Kopf gestellt. Zwei Stunden lang! Meeeensch!!! Es war nun schon drei Uhr und ich fix und fertig. Und die dermaßen gut gelaunt, als hätten sie das Erfolgserlebnis schlechthin. Zum Teufel aber auch. Egal wo. Ich wurde das Zollopfer, als hätten sich die Kameraden weltweit gegen mich verschworen. Dabei war ich so unschuldig, wie man es nur sein konnte. Aber dieser letzte Akt, gab mir doch zu denken. Das war die kleine fiese Rache unseres Herrn Kapitän. Nicht nachzuweisen, aber doch für mich dermaßen klar. Der kann die Burschen von Zoll mit einem netten Wink doch schon mal los schicken und ich war fest davon überzeugt, dass es an dem war. So, die zwei lustigen Gesellen waren verschwunden. Da klopft es schon wieder an mein Schott. Stinksauer war ich beim Aufräumen und außerdem hundemüde.

„Wer ist da?"

„Ich bin's Volker. Da steht einer an der Gangway und fragt nach dir. Sieht aus wie Stasi. Wie kommt der sonst um die Uhrzeit hierher? Los mach schnell, wer weiß was der will!"

Och nee, ich hatte das Gefühl, ich werd verrückt. Was hab denn ich verbrochen? Erst der Zoll, nun die Stasi, halbe Stunde später womöglich noch Interpol? Die Nacht war fast um ohne Schlaf und mir im Moment ziemlich scheißegal, wer da noch hinterhergehinkt kommt. Da steht die Stasi und fragt nach mir? Mein Herz ging fix noch eins zu tausend, bevor es mir restlos in die Hose sackte. Aber das half ja nun alles nichts. Ich musste wohl oder übel sehen, was der von mir wollte. Angstschlotternd verließ ich meine Kammer und lief zur Gangway. Im Geiste sah ich mich schon in irgendeinem Raum mit heißen Scheinwerfern im Gesicht: „Wussten Sie nicht, dass der Schmuggel von grünen Plastikfröschen verboten ist?" Nee, wusste ich nich! Und wer stand da und wartete? Mein eigener Vater. Diese Idioten. Es war mein

Vater, der selber ein Seefahrtsbuch hatte und natürlich deswegen zu jeder Zeit in den Hafen konnte. Da fiel alles von mir ab. Der Gangwaymatrose verstand gar nichts mehr, als ich ihm um den Hals fiel und mich freute wie ein Schneekönig, weil ich die angebliche STASI drückte!!! Endlich zu Hause. Kaum zu fassen.

Ich konnte allerdings weder vom Schiff, noch konnte mein Vater rauf, da es noch nicht vom Zoll freigegeben war. Aber trotz allem war meine Freude riesig. Nun war alles gut. Wir verabschiedeten uns und morgen kann ich dann nach Hause. Die notwendige Besuchserlaubnis für meine Eltern hatte ich schon ausgefüllt. Sowie sie am Hafentor vorlag, konnten meine Eltern mich besuchen und natürlich mich mitsamt meinem Krempel abholen. Ich war ganz eckig und konnte nun erst recht den Rest der Nacht vor lauter Aufregung nicht mehr einschlafen. Ein neuer Tag brach an und brachte all den Trubel und Stress mit sich, den ein Hafentörn so in sich hat. Angefangen von den vielen Gästen, die sich dann auf so einem Schiff hemmungslos breit machen, über die, die immer kommen wenn ein Schiff einläuft: Inspektoren für alles Mögliche, ablösende Besatzungsmitglieder oder Springer, welche die wieder mitfahrende Besatzung im Hafen zu vertreten haben und deren Arbeit machen, solange einige ein paar Tage in Urlaub gehen. Da hat man schon den Kopf voll und will endlich nach Hause, aber erst mal heißt es arbeiten und ackern was das Zeug hält, denn alles will verdient sein, sogar so ein bisschen Hafenurlaub.

Wir hatten zu tun, dass wir mit dem Abwaschen nach kamen. Wir brauchten ständig saubere Teller und Bestecke für die vielen Ehefrauen, Kinder und Besucher. Und die Kammern unserer Offiziere mussten auch nach wie vor gereinigt werden. Nur mit dem Unterschied, dass man jetzt ewig hinter den Schlüsseln für die Türen her war, damit man überhaupt rein kam. Auf See waren immer alle Schotten offen, aber im Hafen schloss man eben ab. Dauernd hatte einer Gäste - der „Alte" (Kapitän) oder der Chief. Laufende Meter musste Kaffeegeschirr geschleppt werden. Watt'n Stress. Der Koch hatte auch alle Hände voll zu tun. Im Hafen wurden von der Oberstewardess Essenmarken verkauft. Also wer Gäste erwartete kaufte gleich frühmorgens für die mit und zum Mittag kamen Arbeiter und Inspektoren ständig unangemeldet dazu. Also musste unsere Frau

Fuchs auch laufend aufpassen, dass die Portionen ausreichend waren. „Bei der Hektik wird een ja der Saaam floksch" (bei der Hektik wird einem ja der Samen flockig), schimpfte er in seiner Kombüse vor sich hin. Er kochte so viel, wie Essenmarken verkauft waren plus ein paar unangemeldete Mahlzeiten dazu. Selbstverständlich hatten wir am Nachmittag auch nicht unsere Ruhe, so wie auf See. Ununterbrochen rannten, klapperten und quatschten die Besucher und auch die Handwerker in den Gängen und überhaupt auf dem ganzen Dampfer.

Irgendwer wollte dann auch noch mal so zwischendurch Bettwäsche, Handtücher und Getränke, sodass man immerzu in Bewegung war. Widerlich anstrengend, nervtötend und das Schiff glich einem wimmelnden Ameisenhaufen. Ich hatte ständig das Gefühl von Durchzug. Laufend rupfte irgendwo irgendeiner die Schotten auf und peng wieder zu, wie auf so'nem Bahnhofsklo. Kurz mal Zeit für 'ne Zigarette, wenn wer auftauchte, den ich kannte, aber schon stand wieder einer da, der etwas brauchte. Alles immer bei offener Kammertür, jederzeit erreichbar. Ich hasste diese Ungemütlichkeit.

Auf alle Fälle wurde uns im Hafen Rostock allen immer bewusst, was wir doch auf See für ein ruhiges und geregeltes Leben hatten. Vor allen Dingen warteten wir, die wieder mitfuhren, auf unsere Ablösung für den Hafentörn. Und so langsam trudelten dann auch die Springer ein. Doch diejenigen für die niemand kam, mussten ihre Arbeit jeden Tag weitermachen und konnten dann nach Feierabend nach Hause fahren, wenn sie in der Nähe zu Hause waren. Der Rest hatte Pech. Oder aber diejenigen die die nächste Reise nicht mitfuhren, hatten solange bis Auslaufen ihren Posten zu halten. Jedenfalls hatte ich auch endlich mal Feierabend und meine Eltern kamen an Bord, um mich abzuholen. Soweit hatte ich meine Habseligkeiten eingepackt, die mit nach Hause sollten. Der Rest blieb da, denn ich sollte wieder mitfahren. Aber erst mal begrüßte ich voller Freude meine Eltern und zeigte ihnen alles auf dem Schiff wozu ich Zugang hatte, na und dann ab entlang der staubigen Schweinepier nach Hause. Der Horror kam dann auch wieder zähnefletschend am Zollgebäude. Seefahrtsbuch, Besuchserlaubnis zeigen und dann: „Packen Sie mal aus!",sagten die netten Beamten vom Zoll. Menschenskinder, die wussten wohl nicht, was ich schon mit ihren Kollegen durch hatte? „Gerne, wissen Sie, mir hätte jetzt tatsächlich was gefehlt. Ich hab alle Zeit der Welt und packen ist wie Gartenarbeit, da kann man so schön nachdenken." Und das zweite Mal machte mein grüner Frosch aus Plastik den Renner schlechthin. Wieder freuten sich alle, dass ich so ein Vieh mit nach Hause schleppte und ausgerechnet in Russland kaufen musste, wo es doch tatsächlich andere Sachen gab, die man sich von dort mitbringen konnte. Hatte ich allerdings auch. Messingkerzenhalter und Ölbilder mit schönen Rahmen und natürlich Fischkonserven, sowie auch eingefrorene Shrimps. Und nicht zu vergessen, 'nen riesengroßen blauen Fleck, den ich leider nicht mehr zeigen konnte, weil der nach sämtlichen Farbwechseln schon verblasst war. Was weiß denn ich, was die immer alle bei mir gesucht haben. Es sah jedenfalls so aus, als ob genau das nicht dabei war. Das Ein - und Auspacken wurde langsam zu meinem Hobby.

Nun durfte ich wieder einpacken und musste natürlich noch freundlich bleiben. „Schönen Landaufenthalt!", *w*ünschten sie mir noch. (Ihr mich auch!) „Ja, ja mit Sicherheit". Am liebsten hätte ich mich kräftig aufgeregt und meinem Herzen Luft gemacht, angesichts der ganzen Schikane, aber das hätte auch bloß nichts genützt. Also ab dafür und durch. Zu Hause wusste ich gar nicht, wo ich anfangen sollte mit erzählen. Ich war erst mal erleichtert alles hinter mir zu haben. Meine Mutter war ganz entsetzt von den ganzen Balzgeschichten und konnte es kaum fassen, dass sogar der Alte es mit Nachdruck bei mir versucht hatte. Sie war schon der Meinung, das wäre doch nicht das Richtige für mich. Aber alles in allem hatte es mir doch gefallen zur See zu fahren und so ganz Kind war ich auch nicht mehr, um nicht zu wissen, wie man sich in einigen Situationen raus winden kann, ohne sich gleich verzweifelt über die Reling zu stürzen.

Ich fand es toll die erste Reise hinter mir zu haben, freute mich aber auch auf die nächste. Es war einfach was Besonderes so etwas zu erleben, auf einem Schiff durch die Welt zu fahren und sich dabei was anzusehen. Unbeschreiblich das Gefühl auf einem schaukelnden Schiff gewiegt zu werden. Einfach traumhaft. Rundherum nur Wasser. So was von beruhigend, hab ich noch nie erlebt. Immer wenn ich aufgeregt war, oder traurig, oder egal in welcher Stimmung, bin ich an Deck nach achtern gegangen und hab dort auf das Meer gesehen. Und soweit das Auge reicht nur Wasser und Wellen und dieses unverwechselbare Geräusch, wenn ein Schiff durchs Wasser pflügt. Das tut einfach nur gut. Es faszinierte mich immer wieder aufs Neue. Ich hab jedenfalls geschimpft und geschwärmt von meiner ersten Reise. Das hielt sich wohl die Waage. Fakt war, ich werde es immer wieder tun, solange sie mich lassen. Hoffentlich mal woanders hin. Aber ich wollte weiter zur See fahren.

Nach dem ersten Abend mit meinen Eltern hatte ich morgens wieder an Bord zu sein. Also schnappte ich mir ein Taxi und fuhr zum Hafen und nach dem Fußmarsch zur Schweinepier war meine schwarze Lederjacke wieder grau wie meine Haare. Dieses scheiß Apatit flog nur so durch die Luft und setzte sich auf allem und jedem ab. Das i-Tüpfelchen war dann der Staub von Eisenerz, was dort auch gelöscht wurde. So kam zu dem grauen Aussehen noch ein bisschen rostrote Farbe ins Spiel, die meinem Anblick das gewisse Etwas verlieh. So hühnerte ich nett zurecht gemacht auf unsere „Taube", um einen neuen stressigen Hafentag hinter mich zu bringen. Meine zweite Reise führte mich auch nach Murmansk. Verlief ähnlich wie die Erste.

Ich weigerte mich natürlich diesmal überhaupt an Land zu gehen, denn es war nicht zu erwarten, dass der zweite Weltkrieg zwischenzeitlich beendet war. Was ist, wenn die diesmal nicht nur schubsen, sondern schießen? Deshalb will ich mich auch nicht weiter darüber auslassen. Es gibt tatsächlich noch mehr zu berichten. Ich hatte etwas Urlaub nach dieser Reise und auch keine große Lust noch mal nach Russland zu fahren. Da traf dann endlich das Unvorhergesehene ein. Nachdem ich die Aufforderung bekommen hatte mich in der Arbeitskräftelenkung „Spezial" einzufinden, ging ich mit gemischten Gefühlen dorthin. Tatsächlich bekam ich einen Einsatz auf einem Schiff, an welches die Erinnerung dermaßen groß und wert ist aufgeschrieben zu werden.

8. Kapitel: „Südamerika, Füße, Götter, Taufe – es geht zur Sache"

MS „Möwitz", Südamerika, Hauptziel für mich: Rio de Janeiro!! Insgesamt fünf brasilianische Häfen. Kaum zu glauben. Ich kannte nur den Spruch: „Ich sitz hier, die andern fahren nach Rio". Nun war es anders. Die saßen da, ich fuhr nach Rio. Meine Güte! Überglücklich stürzte ich nach Hause. „Mamiii ich fahr nach Riooo!!!!" Ich kann es kaum beschreiben. Es ist so leicht daran zu denken wie alles damals war, aber so schwer es aufzuschreiben.

Die Gefühle, die so hoch kamen. Man durfte raus. Man fühlte sich doch tatsächlich wie auserwählt. Ich darf raus. Weit weg. Klar, Entbehrungen auf der einen Seite, weg von zu Hause für Monate, meine Eltern, aber was für eine Euphorie und was für ein Glücksgefühl. Das alles erleben zu dürfen. Ja zu dürfen. Ich konnte das Privileg kaum fassen, aber ich hab alles genossen. Diese ganze Zeit habe ich genossen, mich auf jeden Landgang gefreut und wahnsinnig viel gesehen. Einfach traumhaft.

So im Nachhinein das alles Revue passieren zu lassen ist aufs Neue ein Erlebnis. Es braucht viel Zeit sich aufzuraffen, um das alles aufzuschreiben, weil es mal begann aus einer Situation heraus, in der ich eben noch genau das getan habe, worüber ich nun versuche zu schreiben. Schöne, unbeschwerte Zeit, ich vergesse sie nie. Es war einfach ein tolles Leben. Nie so recht zu wissen, was kommt jetzt. Was erwartet dich? So wie du es dir vorstellst? In deinen kühnsten Träumen, oder doch ganz anders? Ich denke es hatte wohl beinahe was von einem Aussteigerleben, denn ausgestiegen sind wir ja aus diesem Knast DDR. Und aufgestiegen auf ein Schiff, auf irgendeines, was einen da und dorthin brachte. Natürlich immer mit Spielregeln, durch die man sich mit einem bisschen Geschick durchwand.

Ich jedenfalls hab es geschafft mich durchzuwinden, ohne Speichelleckerei und zu Kreuze kriechen. Tatsächlich denke ich heute manchmal: „Wie hast du doch einige Male aufbegehrt und trotz allem ist es gutgegangen?". Hatte ich einen Schutzengel? Auf alle Fälle träumte ich nun von Rio. Natürlich hatte ich schon Einiges im Fernsehen gesehen. So ganz saudumm ließ man uns Ossis auch nicht hinter unsrer Mauer hocken. Bisschen rausgucken durften wir schon und wenn es ein paar Reiseberichte waren, natürlich nicht zu lang und ausschweifend, um keine unerfüllbaren Hoffnungen zu wecken. Aber immerhin, wir sahen andere Länder auf der Mattscheibe. Und in Erdkunde waren wir auch fit. Also über unsere Welt wussten wir schon perfekt Bescheid, wage ich zu behaupten.

Dass man vielleicht niemals die Möglichkeit hatte sie sich auf eigene Faust anzusehen, stand auf einem anderen Blatt. Außerdem war der Klassenfeind viel zu gefährlich, das war ja mal klar! Auch sollte diese Reise von vornherein gleich viel länger dauern, als meine vorhergehenden Reisen. Ist auch kein Wunder, nach Rio ist ja nicht eben mal um die Ecke, sondern wir mussten den Atlantik überqueren um hin zu kommen. Das hörte sich alles schon so aufregend an. Ich konnte es kaum erwarten. Also Schutzengel hatte ich bestimmt mehrere.

Aber es gab und gibt heute noch ein Sprichwort: „Treten oder treten lassen". Und das Erste war mir doch immer das Wichtigere, denn nur wer auf Granit stößt, fängt an zu denken. Es musste ja nicht auf Teufel komm raus staatsfeindliches Granit sein. Nee, immer besser auf der persönlichen Basis. Da kann dir keiner. Auch wenn es mehr in der anderen Richtung gemeint war.

Heute kann man auch darüber lachen, aber es war bitterer Ernst. Es reichte schon, wenn ein kleiner Neider zu Hause einen Brief an die Reederei schrieb, Die oder Der steigt in Hamburg ab oder sonst wo und sucht sich ein neues zu Hause. Dann war alles aus, auch wenn es erstunken und erlogen war. Solche Fälle gab es zuhauf. Einige Betroffene hab ich kennen gelernt. Ich denke auch das muss erwähnt werden, denn das waren Tatsachen, die heute keiner mehr hören will. Simple Begebenheiten wurden zu schweren Delikten hochgespielt. Wer sucht, der findet. Aber nun auf die MS „Möwitz".

Die Reise dauerte 4 Monate und einen Tag, über Weihnachten und Neujahr. Es war zwar schade zu wissen Weihnachten nicht zu Hause zu sein, aber schön zu wissen, wenn es bei uns kalt ist, fährst du in kuschlig warme Gefilde. War schon toll der Gedanke. Tatsächlich war es auch das selbe Spiel wie bei meiner ersten Reise. Mein Gepäck hatte noch den selben Umfang. Es war sogar noch mehr, denn nun besaß ich, Dank meinem Papa, sogar einen eigenen schneeweißen Seesack, den ich lässig über der Schulter schleppte. Jaha, ich gehörte zum seefahrenden Personal. Das konnte jetzt wirklich jeder erkennen. Nun wusste ich ja wie lang die Reise wird. Jedenfalls hieß es immer vermutliche Reisedauer. In diesem Fall 4 Monate. Aber ich hatte Glück. Mein Vater brachte mich an Bord und somit brauchte ich mich diesmal nicht zu rechtfertigen, ob ich wohl ein Haus bauen wollte.

Die Oberstewardess war rundlich und rothaarig, schneeweiß-sommersprossig und sehr offenherzig dem männlichen Geschlecht gegenüber, ansonsten aber ein feiner Kumpel. Außerdem etwas träge, aber „Nobody is perfect". Ihr Name stand für sich, er passte auch. Ich denke mal Sonja könnte auch zu ihr gepasst haben, also will ich sie so nennen.

Weiterhin hatten wir eine Bäckerin an Bord und einen Koch. Somit war die Wirtschaft komplett. Bettina die Bäckerin und Martin der Koch verstanden sich nicht so gut, was im Verlauf der Reise zu einigen Kampfhandlungen führte.

Auf diesem Schiff gab es einen Swimmingpool. Den galt es nun vor der Benutzung zu streichen. Da wir nun schon ausgelaufen waren mit dem Üblichen „Klar vorn und achtern", stellte sich die Frage: „Wer streicht?". Der Bootsmann und seine Decksgang hatten wohl alle Hände voll zu tun und vermutlich auch nicht allzu große Lust, also stiegen die Oberstewardess und ich in den Pool und begannen zu malen.

Wir hatten diesmal auch eine mitreisende Ehefrau dabei. Die Frau des Chiefmates. Ein riesengroßes Raupenweibchen mit unermesslichem Appetit. Die ließ sich bei uns nie blicken. Nur zu den Mahlzeiten war sie da und aß und aß. Ihre gierigen Augen huschten immer hektisch über die eingedeckten Tische, um ja schnell zu erkennen wo die fetten Happen stehen, um sie hemmungslos an sich zu reißen und in ihren Riesenschlund zu versenken. Die Gute hatte dann auch etliche Kilo zu viel, was ihr auch eigentlich irgendwo ziemlich egal war. Hauptsache immer schön rein in den Suppenschacht. Na besser die anderen werden fett, als ich. Da wir über den Äquator fuhren, wussten wir auch alle, es gibt eine Taufe. Unser übervorsichtiger und unheimlich strenger Kapitän wollte es erst nicht so recht genehmigen. Könnten doch bei solch einer Veranstaltung diverse Unfälle passieren, für die er keinerlei Verantwortung übernehmen wollte. Ungeduldig zuhörend strich er sich immer wieder über seine Igelborsten und brachte seine Wenn's und Abers vor, um das Übel abzuwenden. Aber dann überzeugten ihn all die schon Getauften, dass es eine dringende Notwendigkeit wäre, solch ungetauftem Pack dazu zu verhelfen. Außerdem hatte jeder zu unterschreiben, dass er freiwillig an diesem Spektakel teilnahm. Der „Alte" hatte es also eingesehen und nun Prost Mahlzeit. Keiner wusste was ihm bevorstand, aber genug Schauermärchen wurden schon erzählt.

Die Schlimmste war die Backfrau. Jede freie Minute ritt sie auf dem Thema Taufe herum, was sie sich nur erlauben konnte, weil sie diese Aktion schon hinter sich hatte. Lechzend vor Rachegelüsten schilderte sie die schlimmsten Machenschaften, die einem während so einem Ereignis passieren könnten. Ich schätze Aufseherin in einer Anstalt für schwererziehbare Individuen wäre genau der richtige Job für sie gewesen. So hemmungslos die sadistische Ader raushängen lassen, war wahrscheinlich ihr Traum vom großen Glück.

Ahnungslos nahm ich zu diesem Zeitpunkt die Taufe auf die leichte Schulter und wollte es mir nicht schon im Vorfeld vergruseln lassen. Daher war sie der Meinung, meine große Schnauze würde man mir dabei abgewöhnen. Ich hätte sie dafür killen können. Auf diesem Schiff begann der Leidensweg meiner Krankheiten, die sich fast ausschließlich immer auf meine Füße bezogen. Eines Tages als wir, die Wirtschaft, gerade essen wollten, geschah mein erstes Unglück. Bei leichtem Seegang gab es zum Mittag Kotelette, Kartoffeln und Gemüse. Zu der Zeit aß ich gern das Bratenfett aus der Pfanne über die Kartoffeln. Das konnte ich mir figürlich tatsächlich erlauben. Wir, die Wirtschaft, nahmen uns ja selbst das Essen. Also ging auch ich meinen Teller vollladen.

Die Kartoffeln, mein Kotelette und das Gemüse hatte ich glücklich auf meinem Teller, war aber noch erpicht auf das Bratenfett. Deswegen ging ich kühn mit der Kelle in dieser Riesenpfanne hinter dem Fett her, weil wie gesagt der Dampfer schaukelte. Plötzlich holte der Dampfer über, das Fett knallte aus verkehrter Richtung in die Kelle, schwappte mit Karacho über und spritzte in hohem Bogen auf meinen Fuß. „Zisch". Ich schrie wie am Spieß. Alles an meinem Fuß begann zu schmelzen. Die Socke aus Synthetik, die Sandale aus Plastik und meine Haut. Alles bildete eine schwarze, verbrannte, klebrige Masse und brannte wie Feuer. Durch dieses Ereignis surrte mein Teller mitsamt Belag wie eine Frisbee-Scheibe durch die Kombüse. Ich schrie wie von Sinnen. Das tat dermaßen weh. Martin rannte, bevor ihm schlecht wurde in die Last, holte einen Eimer Eis, goss Wasser drauf, kam wieder, steckte meinen Fuß da rein und noch mal „ZISCH" machte der geschmolzene, schwarze Klumpen unterhalb meines Knöchels. Gerettet. Mensch, das tat höllisch weh.

Sie setzten mich erst mal mitsamt dem Fuß im Eimer in die Messe. „Lass den erst mal da drin, bis der Schmerz sich beruhigt hat. Außerdem riecht das so komisch.", schlug Martin etwas angeekelt und mitleidig vor. Eine Eigenschaft, die mich bei ihm völlig überraschte. Aber ja, es war da, das Mitleid, das musste er eben geboren haben. Als ich endlich meinen Fuß aus dem Wasser nahm und dachte ich könnte es aushalten, weinte ich wieder vor Schmerzen. Meine Güte, der war schwarz! Keiner traute sich mir Schuh und Strümpfe auszuziehen. Ich hab es dann selber versucht. Die Sandale kriegte ich aus. Aber die Socke war an meinem Fuß wie angewachsen und topprabenschwarz.

Mit einer Schere schnippelte ich mir die Socke ab. Die Haut war schwarz und dick angeschwollen. Ich schrie Zeder und Mordio. So ein Pech. Da half nur kühlen und kein Bratenfett mehr.

Ich pumpte mir von einem Matrosen einen Jesus- oder auch Römerlatsch genannt. Das waren so offene Sandalen. Ganz flach und in der DDR sehr beliebt. Kriegte man nur schlecht zu kaufen. Und wenn man sie bekam, kaufte man am besten gleich fünf Paar. Teuer waren die nicht, aber heiß begehrt, sogenannte „Bückware", und daher eine Rarität.

Jedenfalls hatte ich so 'n Ding und humpelte durch die Messe, bis der zweite NO mich erwischte. Das war so ein ganz ruhiger und

Besonnener, zog selber ein Bein bisschen nach, aber ein sehr verträglicher Mensch. Er meinte nun, das müsse er sich mal ansehen.

Na gute Fuhre, dachte ich, wenn der erst anfängt, kannst du gleich in der Koje liegen. Dem war nicht so. Außerdem sah die Geschichte wirklich im wahrsten Sinne des Wortes brenzlig aus.

Er musste einen Krankenbericht schreiben. Und zwar war das ein Arbeitsunfall!

Ja. Ein Arbeitsunfall! Mein eigenes Essen gehörte auch zu meiner Arbeit. Außerdem hatte ich Schmerzen ohne Ende und es eiterte schon. So war ich dann doch ganz froh, als er sich meiner annahm. Der Fuß war oberhalb der Zehen bis zum Spann komplett verbrannt. Die Brandblasen lösten sich und es eiterte. Er verarztete mich so gut er konnte. Also das war dann doch Balsam für meinen geschundenen Fuß.

Viel später, nach der Wende, als wir alle unsere Reedereipapiere, ausgehändigt bekamen, sah ich zum ersten Mal meinen Krankenbericht und hab gestaunt.

Es war tatsächlich als Arbeitsunfall ausgegeben worden. Das war aber auch besser so. Wer weiß, was sonst daraus geworden wäre. Na ja, jedenfalls hatte ich ganz schön damit zu tun. Und es war nicht das letzte Mal während meiner Seefahrt, wo meine Füße zu leiden hatten.

Dieses Schiff war anders als die „Taube", wesentlich größer und vor allem komfortabler. Leider war auch hier die Klimaanlage kaputt, was uns allen später noch schwer zu schaffen machte. Aber es war wie gesagt komfortabler, angefangen mit den Kammern, der Messen, der Pantry bis hin zur Dusche.

Sogar eine Sauna hatten wir, wovon ich auch Gebrauch machte. Allerdings konnte ich sitzen und anheizen, bloß es kam nix. Aus mir. Nicht ein Tropfen Schweiß. Sicherlich irgend so eine seelische, innerliche Blockade meines Körpers nichts freiwillig aus sich raus zu lassen. Ich hab 's dann aufgegeben. Wenn sowieso nix raus kommt, was soll dann die Quälerei?

Wir hatten uns alle so langsam auf unserem schönen Schiff eingelebt und alles ging seinen gewohnten Gang.

Die See war verhältnismäßig ruhig und vor Langeweile legten wir eine Sitzordnung sowie Götternamen für uns in der Mannschaftsmesse fest - Zeus, Herkules, Cäsar usw.. Damit waren wir dann ein paar Tage beschäftigt.

Der Rat der Götter, wie wir uns nannten, hatte gegen den Jagdtrieb unserer Oberstewardess einiges einzuwenden und somit beschlossen wir, dass jeder, der ihr hautnah zum Opfer gefallen war, am nächsten Morgen bei Erscheinen in der Messe „Ich bin ein Schwein" zu sagen hatte. Bei dieser Angelegenheit war ich natürlich außen vor. Ich stand noch nie auf Frauen, also war ich meilenweit davon entfernt mich als Schwein oder gar Sau zu outen. Sie verfolgte nämlich eine ganz simple Taktik: Wer ihr gefiel, den lud sie sich zum Umtrunk auf die Kammer ein. Hatte das arme, betäubte Schwein schon leicht das Schielen und Lallen, schloss sie einfach die Tür ab und fiel laut Tatsachenberichten hemmungslos über ihre Beute her.

Na das gab ja Aufschluss über die nächtlichen Umtriebe auf unserem schönen Schiff. Und das morgendliche Gejohle war auch immer sehr willkommener Auftakt, um einen neuen Arbeitstag heiter zu beginnen.

Wir kamen aus dem Staunen nicht heraus wer alles ein Schwein war. Der Stall füllte sich allmählich. Wobei ja nur die Mannschaftsmesse zu kontrollieren war, da wir auf der gegenüberliegenden Seite und getrennt durch die Pantry und die Kombüse zur 0 - Messe waren. Sonja bekam auch außer unserem Gejohle den wirklichen Anlass nicht mit, sie war in der 0 - Messe zu beschäftigt.

Es hat natürlich auch keiner ein Wort verloren.

Wir Standhaften und die Schweine, waren nun schon eine Weile unterwegs, raus aus der Ostsee, rein in die Nordsee, hatten den englischen Kanal passiert und befanden uns in der Biskaya. Na und da soll's ja nun auch immer schaukeln. War mir sowieso egal. Ich hatte ja nie was dagegen.

Das Einzige was mich tatsächlich nicht mehr kalt ließ war die Taufe, die bevorstand und mit jedem Tag näher rückte.

Die Gespräche kreisten ausschließlich um dieses große Ereignis, dass es schon nervtötend war. Die Bäckerin allen voran war die Rädelsführerin. Besonders am Seemannssonntag, Donnerstag und Sonntag zum Kaffeetime am Nachmittag, wo auch alle kamen und die Messen dafür eingedeckt wurden, hatten sie es auf die Täuflinge abgesehen.

Da hatte auch die Bäckerin frei. Wir, die Oberstewardess und ich wechselten uns mit der Arbeit ab. Es waren Überstunden. Und dann saßen sie alle da. Wenn die Obrigkeit sich nicht herablassen konnte sich mit in die Mannschaftsmesse zu setzten, hatte man zwei Messen mit Kaffee und Kuchen zu versorgen. In der Mannschaftsmesse saß nun unsere Bäckerin dazwischen, sie fuhr mit dem E – Mix (Elektriker) zusammen, und stachelte dann das Gespräch genau auf diesen Punkt.

Ich hätte nach wie vor zum Killer werden können.

„Ich geh mit einer Selters durch die Taufe", bekundete ich wohl schon zum hundertsten Mal. Worauf sich alle kaputtzulachen drohten.

Man hatte eine sogenannte „Ablasskiste" in einem der Gänge installiert, in welche wir Neptun, um ihn milde zu stimmen, diverse Angebotszettelchen werfen konnten. Worauf dann stand: „Ein Kasten Bier vom Täufer Soundso", oder „ein Kasten Sekt", „ein Kasten Goldbrand" usw.

Mein Zettel hatte nur die Bemerkung: „Eine Selters, Stewardess". Peng. Fertig. Hatte ich mir auch vorgenommen. Da konnte kommen, was wolle.

Ja und nun wurde es langsam warm. Alle begrüßten es schon aus dem Grunde. dass wir aus der Schiffspresse, die der Funker in den Messen auslegte, die Temperaturen zu Hause erfuhren.

War schon toll, dass wir es so schön kuschelig hatten.

Der Swimmingpool war gestrichen und wir tummelten uns nachmittags darin. Die Wirtschaft, die Freiwachen und natürlich unser fülliges, mitreisendes Raupenweibchen. Das war ja nun schön. Nur langsam wurde es immer heißer und kein Ende abzusehen. Das Wasser im Pool brachte keine Erfrischung mehr und in den Kammern stand die Luft. Ich bin teilweise nachts bis zu siebenmal duschen gegangen, da es nicht mehr erträglich war.

Das Problem war eben nur, so mal einfach duschen ging nicht. Da die erste viertel Stunde nach Anstellen des Hahnes erst mal nur kochendheiße Brühe kam, schleppte ich mich nachdem ich angestellt hatte wieder in die Koje, um dann aufs Neue loszukrabbeln und mich endlich zu erfrischen. Das waren Strapazen. Und dabei jeden Tag arbeiten.

Und dann noch getauft werden. Da stand der Teufel davor!

Endlich der „große Teich", wir gurkten über den Atlantik, der Äquator rückte immer näher.

Es stand fest eine Woche vor der Taufe hatten die Täuflinge auferlegte Taufpflichten von den Täufern zu absolvieren, sowie jeden Abend ein einstündiges Programm zum Besten zu geben und die Täufer damit aufs Äußerste zu erheitern.

Wobei reihum die Täuflinge ein oder zwei Kästen Bier springen lassen mussten. Die auferlegten Pflichten sahen so aus, dass wir abwechselnd jeden Tag ein anderer ein Programm zu erfüllen hatten, was strikt eingehalten werden musste. Da ergötzte einen auch kein traumhafter Sonnenaufgang, geschweige denn Sonnenuntergang. Jeder dachte nur an seinen bevorstehenden Untergang.

Ich muss nur noch gerechter Weise anführen, dass so eine Taufe keine Pflicht war. Jeder unterschrieb freiwillig ein vorgefasstes Schriftstück, dass er aus freien Stücken und ohne äußerlichen Zwang an dieser glanzvollen Zeremonie teilnehmen möchte. Also wie gesagt es war freiwillig. Bloß dass diese arme Sau, die nicht unterschrieb, den ganzen Rest der Reise nichts mehr zu lachen hatte, weil niemand mehr mit ihr lachte, das stand nirgendwo. Aber es war klar und wir wussten es alle. Man wäre ignoriert worden. Es spricht dann keiner mehr mit dir, geschweige denn trinkt ein Bier mit dir oder sonstige Aktivitäten. Feierabend. Du bist dann ein Eremit auf einem Schiff voller Menschen. Wer riskiert das? Für die Dauer von vier Monaten? Wie gesagt, keine Sau. So eine Reise kann lang werden. Du verhungerst am ausgestreckten Arm und hast keine Chance mehr integriert zu werden. Also was soll's. Man musste durch.

Sogar unsere mitreisende Raupenfrau war von der Partie. Insgesamt elf Täuflinge.

Der Koch sammelte auch schon fleißig Essenreste in einer Tonne, (Fulie genannt, kurz für Foulbrass) schon vierzehn Tage vorher, die achtern in die pralle Sonne gerückt wurde und natürlich schon lebte, da sich einiges Gewürm und Geschmeiß wohnlich darin angesiedelt hatte.

Wir wussten auch, da sollten wir rein. Bis zum Hals. Glatt zum würgen. Wir nichtsnutzigen, ungetauften Kriechtiere! Da war mir dann doch klar, dass ich nicht ohne bleibende Schäden aus dem Spektakel rauskommen würde.

Ratz batz war die Woche um und wir hatten jeden Tag erneut eine Zusammenkunft, um unsere Taufpflichten und das Programm zu besprechen. Wobei das Geplane und Aushecken unserer Sketche tatsächlich viel Spaß brachte und es immer feucht fröhlich zuging. Und es fiel uns eine Menge ein. Tatsächlich hatten wir so viele Ideen, dass die vorgeschriebene Stunde, die wir auferlegt bekamen, eine Woche jeden Abend randvoll mit Lachnummern war.

Dabei waren dann eine Stunde Doktorspiele. Absoluter Renner dabei war mein mir auferlegter Sketch mit der Spirale, der da ging: „Herr Doktor, Herr Doktor ich hab Schwierigkeiten mit meiner Spirale". Darauf der Doktor: „Kommen Sie mal näher!" Und ich musste auf ihn zu hüpfen. Das Gegröle nahm kein Ende. Ich fand das Ding gar nicht so gut. Anscheinend war es das aber. Jedenfalls musste ich drei peinliche Zugaben bringen.

Oder wir rasten alle als Putzweiber verkleidet zum Radetzkymarsch wie verrückt übers Achterdeck und spritzten mit Wasser aus unseren Eimern und schrubbten bis zum Umfallen. Kam auch gut an. Dann fütterten wir uns mit verbundenen Augen gegenseitig auf dem Lukendeckel mit widerlichem Gebräu und Geschmiere, was der Koch zusammengemanscht hatte.

Es fand immer alles achtern statt. War ja auch 'ne riesen Hitze und ganz sauber war es ja auch nie, sodass wir hinterher unsere Schweinereien einfach mit dem C-Schlauch abspulten.

Dann führten wir auch die Modenschau schlechthin vor. Das war sensationell. Die meisten Täuflinge waren männlich. Acht Stück an der Zahl plus wir drei Frauen, Oberstewardess, Raupenfrau und ich. Alle mimten wir auf Frauen. Unsere Modelle fummelten wir ausschließlich aus der Putzlappenkiste, die sich auf jedem Schiff befand und nur aus Lumpen bestand. Aber es waren echte Raritäten dabei. Angefangen von Strapse, bis über Schnürmieder - einfach alles, was man so brauchte, um sich nobel auszustaffieren. Wir sahen genial aus. Und genauso genial war auch unser Auftritt. Jeder einzelne, kommentiert von einem unserer Täuflinge, stakten wir im Takt nach aufreizender Musik an Deck herum und waren alle jeder für sich ein optischer Volltreffer. Perfekt geschminkt und bis zur Unkenntlichkeit entstellt, konnte man uns lediglich an der Größe unterscheiden. Schade, dass es damals im Osten noch keine Videokamera gab.

Natürlich schrieben uns die Täufer auch ein Pflichtprogramm vor, was sich für jeden von uns von Tag zu Tag änderte. Doch alle hatten jeden Tag eines von diesen Dingen zu erledigen.

Zum Beispiel „Deckshund ausführen". Dazu wurde einer der schwersten Pfänder (das ist so'n Ding, was man an die Außenhaut des Schiffes hängt, um beim Anlegen an die Pier diese nicht zu verletzten) an ein langes Tau gebunden, was wir über den ganzen Dampfer zu ziehen hatten - vom Heck bis auf die Back und zurück, die Niedergänge rauf bis auf die Brücke. Dazu hatten wir zu bellen. Das Bellen wurde mit Punkten beurteilt, sowie unser ganzes Tun für jeden Einzelnen mit Punkten bewertet wurde.

Das war ein harter Weg. Mit diesem sauschweren Teil über den ganzen Dampfer zu schleppen, wobei dir der Planet unerbittlich auf die Birne brennt und mit Gewalt dein Gehirn zum Verdunsten anregt. Das hört sich eigentlich leicht an. Aber es war unwahrscheinlich anstrengend und schweißtreibend. Zumal das Ding fast dreiviertel so groß war wie ich. Und an so 'ner langen Leine wiegt so ein Klumpen noch mal so viel. Außerdem sagten uns die Täufer, wie human sie wären, denn man könnte das Ding auch nass machen, was das Gewicht des Pfänders nahezu verdoppeln würde. Doch sie sahen noch mal gnädig davon ab.

Dann gab es noch 'ne große Messingglocke, natürlich über und über mit Grünspan bedeckt, die wir erst mal polieren mussten und als das Ding dann endlich glänzte, hatten wir sie am Hals gebunden und mussten mit diesem strahlenden Ding auf die Brücke traben und dort die Schiffsglocke zum Mittag läuten. Das ging natürlich nicht ohne einen mehrzeiligen Reim, selbstgedichtet versteht sich, den wir dabei vorzutragen hatten.

Schwerstarbeit.

War alles totale Schwerstarbeit für uns nichtsnutziges, ungetauftes Pack.

Manchmal frage ich mich heute, wie hast du das bloß alles geschafft? Ich denke mal, damit ist es genauso gewesen, wie mit anderen fiesen Dingen. Bevor du nicht weißt was auf dich zukommt, hast du es schon hinter dir. Wenn man das alles vorher wüsste, würde sich kaum einer darauf einlassen. Aber so verging eine Qual nach der anderen, ohne zu wissen was noch kommt. Und das war wahrscheinlich gut so.

Das Drama nahm seinen Durchlauf. Die Stunde der Wahrheit rückte immer näher. Bis dahin war alles irgendwie noch Spiel.

Der Abend vor der Taufe war dann auch tatsächlich da. Das ganze Spiel, der Spaß, die Qual bis dahin hatte nun kein Ende. Nein es ging erst richtig los.

An diesem Abend war Transitausgabe. Es wurde streng darauf geachtet, dass keiner der Täuflinge etwas Essbares wie etwa Kekse oder Waffeln, ja nicht einmal Salzstangen ausgehändigt bekam. Nur Schnaps und Zigaretten konnten wir uns auf die Kammern schleppen. Natürlich alles für Neptun vorgesehen, auf keinen Fall durften wir uns damit volldröhnen um womöglich die Angst zu bekämpfen. Und die absolute Härte: kein Abendbrot. Stattdessen hatten wir uns in der Mannschaftsmesse einzufinden und mussten zusehen, wie alle anderen schlemmten und prassten. Natürlich gab es was Besonderes, damit uns recht das Wasser im Munde zusammenlief. Als unsere zukünftigen Peiniger satt und genudelt waren, hatten wir alle niederzuknien. Es wurde uns ein Strafmaß auf die Stirn gepinselt, was den Härtegrad für die Taufe darstellen sollte.

Anhand unserer erworbenen Punkte, der großen Schnauze jedes Einzelnen und den Ablass, den wir in die Kiste gesteckt hatten, wurden wir mit Zeichen versehen. Kreuz, Punkt, Karo usw.. Ich hatte ein Kreuz auf der Stirn und erfuhr auch warum. Mit 'ner Selters in der Kiste und so 'ner großen Klappe kann man nur die härteste Strafe kriegen, die es gab. So, hier haste, Kreuz! Oh Mensch. Die machten wirklich ernst. Außer mir hatte nur noch einer ein Kreuz. Also wenigstens ein Leidensgenosse. Was es richtig zu bedeuten hatte, erfuhr ich erst am nächsten Tag.

So nun waren wir entlassen. Den Kopf voll mit Gedanken wie „kann ja nicht so schlimm werden" und mit knurrendem Wanst verließen wir die Messe, rotteten uns noch mal auf'n Bier zusammen und diskutierten über unser bevorstehendes Schicksal. Jedoch alle Spekulationen übertraf dann die Wirklichkeit, die am nächsten Morgen auf uns zukam. Ich sag's ja. Gott sei Dank hat keiner gewusst was passiert eigentlich wirklich.

Der Morgen kam.

Vom Frühstück ab war ich von meiner normalen Arbeit entbunden bis Taufende, denn ich war ja Täufling. Meine Arbeit in der Messe tat an diesem Tag die Bäckerin. Und das mit Euphorie. Für uns war in der Mannschaftsmesse separat gedeckt. Eine lange Back voll Rappeltuch, (gepresste Putzlappen), gespickt mit übelstriechenden Knochen. Jeder hatte eine Nierenschale voll rotem Reis und grünen Rühreiern vor sich, die ebenfalls auf die fieseste Art stanken und auch so aussahen. Ein Pappbecher voll Nieren und Blasentee rundete das Menü ab. In der Mitte stand eine Torte. Aus Aspik. Nur Fischgräten und Haut von alten Fischüberresten, sowie mit stinkenden Heringsköpfen garniert, lud zum Verzehr ein. In meinem Mund sammelte sich der Speichel, das Phänomen, was auftritt kurz vorm Kotzkrampf. Interessierte aber keine Sau. Ich war noch nie gierig aufs Essen, aber kein Abendbrot und die anderen aßen Rumpsteak mit Champignons, da war dann schon die Qual des Hungers da.

Beflissen wie unsere Bäckerin war, achtete sie mit verschlagenem Iltisgrinsen auch genau darauf, dass auch ja jeder seine Nierenschüssel in sich rein schlang, selbst auf die Gefahr hin, dass uns armen Subjekten die Augen vor lauter Brechreiz aus den Höhlen traten. Meine hatten schon Stiele. Ich würgte und würgte und dachte nur „lass die Scheiße ein Ende haben". Nach dieser Tortur waren wir zum Umziehen entlassen.

Dass wir Frauen nur zwei Teile anhaben durften und die Männer eins, wurde uns schon vorher offenbart. Zu diesem Zweck schnitt ich einen von mir genähten Overall in zwei Teile, schnippelte am Unterteil die Beine bis eine Handbreit überm Knie ab und dachte, das ist noch züchtig, so kannste los.

Nun hatte ich oben was und unten was. Aber drunter durfte nichts.

Plötzlich tutete der Schiffstyphon ganz laut. Das hieß antreten für alle Täuflinge an der Vorkante Aufbauten. Nun rannten wir wie die Blöden raus und standen in Reih und Glied. Einer der Täufer schnappte uns alle, einen nach dem anderen.

„Komm her hier, lecker Bodylotion!", fasste uns hinten in die Hose und schmierte unsere Popos mit einem Gemisch aus Labsal (schwarzes Schmierfett) und grober Sägespäne ein. Das piekste und klebte ganz widerlich. Auf Befehl hatten wir uns alle in die Hocke zu begeben und auf einmal waren alle Täufer versammelt. Sie standen mit Peitschen hinter uns und befahlen uns nun im Entengang, barfuß wie wir waren, vor zur Back zu krabbeln und zurück bis Vorkante Aufbauten.

„Los auf, auf ungetauftes Pack, ihr! Klemmt die Backen zusammen und ab!"

Wer zurückblieb wurde gepeitscht. Das Tempo was sie vorgaben war enorm, sodass ich bald auf allen Vieren vorwärts strebte. Auf dem dermaßen heißen Deck hab ich mir in null Komma nichts die Hände, sowie die Füße verbrannt. Ich hätte schreien können. Zumal wir drei Frauen das Schlusslicht bildeten. Es war viehisch - äußerlich verbrannt, innerlich brodelnd vor Wut. Ich weiß nicht wie ich es geschafft habe. Irgendwann mit der Peitsche im Rücken und völlig zerschunden an

Händen und Füßen kam auch ich wieder da an, wo die Tortur begann. Nun wurden wir so fertig und kaputt ins Lotsenshap gesperrt.

Das Ding befand sich Vorkante Aufbauten und war vielleicht im Quadrat 2,5 mal 2,5 m, vollgestaut mit Utensilien wie Lotsenleiter, Pfänder usw.. Kein Luftloch, nichts zum Sitzen, elf Mann eingesperrt in der glühenden Hitze. Sitzen hätte man sowieso nicht können, da man ja Sägespäne und Labsal am Allerwertesten hatte. Das tat schon so genug weh, denn es piekte und brannte höllisch bei dieser Glut, die den Schweiß zum Laufen brachte. Elende Schikane. Wir standen zusammengepfercht in dem Shap, unerträglich heiß und es stank. Irgendwann tropfte etwas Heißes auf meinen linken Arm, lief träge das linke Bein hinunter und stank penetrant.

Harzer Käse. Die hatten Harzer Käse an die Wände geklebt, der nun zu laufen anfing und vermutlich eine gelbe schmierige Spur an meinem Bein hinterließ.

Der Ekel war ohne Grenzen.

„Was ist, wenn jetzt einer von uns Pipi muss?", japste ich ins Dunkel.

„Hör bloß auf, ich will nicht dran denken, wie das die Beine runter läuft", kam die Antwort aus der anderen Ecke. Der Rest stöhnte ergeben vor sich hin.

Irgendwo oben in der Wand war ein kleines Loch. Dort lief eine Stahlrohrleitung nach außen durch. Um Luft zu holen musste man einem anderen auf die Schultern steigen. Wir wechselten uns ab. Bloß die Raupenfrau hatte Pech. Niemand kriegte sie hoch. Sie musste mit dem schweißigen Mief, der uns umgab, auskommen. Resigniert hechelnd stand sie hilflos da.

Keiner wusste wie spät es war. Es war da drinnen ja auch stockdunkel. Meine Hände und Füße brannten wahnsinnig. Ich konnte nur fühlen, es war alles dick und geschwollen. Nach einer Unendlichkeit ging endlich das Stahlschott auf und es wurde einer mit Namen aufgerufen, der raus durfte. Jetzt konnte derjenige, der als Einziger vergessen hatte seine Uhr abzunehmen, einen Blick darauf werfen.

Drei Stunden waren vergangen. Drei lange Stunden, die wir versucht hatten mit Witzen zu verkürzen. Dabei blieb uns bald die Luft aus und die Komik blieb auf der Strecke. Da keiner sitzen konnte und sich nur noch schlapp irgendwo festhielt, standen wir mehr oder weniger verkrampft und warteten darauf endlich befreit zu werden. Ja, also Einer hatte nun das Glück. Für einen kurzen Moment konnten wir alle mal tief Luft holen und raus sehen. Wir sahen unsere verkleideten Täufer und einige Gerätschaften, die an Deck aufgebaut waren. Mehr nicht. Mit einem Knall schloss sich das Schott wieder. Langsam verging die Zeit. Zu langsam. Nach und nach wurde Einer raus geholt. Ich saß immer noch drin. Mir schwanden schon die Sinne. Reue kam auf über meine große Klappe in der Zeit vor der Taufe, bloß mit solcher Härte hatte ich auch nicht gerechnet.

Dann ging endlich das Schott noch mal auf. Diesmal für mich. Ich war die Vorletzte. Von elf Mann! Als Frau!!! Das war schon bitter.

Als ich rauskam, knickten mir die Beine weg und die Sonne blendete dermaßen, dass mir schwarz vor Augen wurde. Ich dachte noch sauer „das macht die extra", da wurde ich am Arm gepackt und meine erste Station war die Fulietonne.

Eh ich's mich versah hatten sie mich da rein gestopft. Den Deckel mit dem Loch um meinen Hals gelegt, saß ich nun hilflos ausgeliefert in diesem maßlos stinkenden Fass. Ich traute mich nicht meine Hände in dem Matsch zu bewegen, es glibberte alles in der Tonne, es glipschte auch ganz widerlich in meine Klamotte auf die Haut und ich kann kaum beschreiben, wie mir wurde. Automatisch hielt ich die Luft auf Vorrat an, falls die Säcke versuchen sollten mich unterzutauchen.

Vor meinen Augen eine riesengroße Tafel mit den verkommensten Frisuren, so z.B. „Einsame Insel". Das war alles Glatze bis auf ein verwegenes Büschel mitten auf dem Kopf. Oder „Kreuz des Südens" - quer über den Kopf zwei kahle Streifen die sich oben harmonisch kreuzten. Oder „El Russow" - ganz lapidar eine Seite Glatze, eine Seite Haare. „Entscheide dich für eine dieser Frisuren!", schrie einer der Täufer. Es war mir ein Bedürfnis. Ich entschied mich für „El Russow". Spontan dachte ich, da kannst du vielleicht von einer Seite auf die andere kämmen. Besser als gar keine Haare. Also schrie ich zurück: „El Russow!"

Scherenklappern und Angst in mir. Meine schönen Haare. So was von wehrlos und ausgeliefert fühlte ich mich mein ganzes Leben noch nicht. So richtig tief unten in der matschigen Tonne, praktisch in der Scheiße gelandet, so was von verwahrlost und übelst stinkend. Der Ekel vor mir selber kroch von meinen Zehenspitzen, bis in meinen Hals. Sicherlich kam sich jedes harmlose Insekt so vor, was sich in die Lüfte hebt und unwissentlich somit zum Todesflug ansetzt, weil es mit dem hinterhältigen Fliegenfänger dort am Fenster überhaupt nicht gerechnet hat.

Da ich mich von Anfang an geweigert hatte irgendwas zu bieten, außer meiner Selters, hatte ich nun schon Haare lassen müssen. Für so was kam keiner ungeschoren davon.

Plötzlich war es überstanden.

Ohne zu ahnen wie ich aussah, zerrten sie mich aus der Tonne und zur nächsten Station, die Streckbank. Klumpenweise verlor ich den Unrat aus der Tonne, der jetzt von mir abglibberte. Rauf auf das Brett und angeschnallt. Die hatten tatsächlich so`n Ding aus dem Mittelalter aufgebaut. Über meine Füße wurde ein Brett mit zwei Aussparungen für die Füße gelegt und genauso ein Ding legten sie um meinen Hals und Hände, die ich nach oben anwinkeln musste damit dieses Brett sowohl Hals, wie auch Hände festhalten konnte. So angetackert lag ich nun miefend in der Sonne, stank penetrant vor mich hin und konnte mich überhaupt nicht rühren.

Der erste Akt meiner Peiniger war mir einen toten Hering in die Hose zu fummeln. Es wurde mir aufgetragen, diesen auf keinen Fall zu verlieren, da ich sonst mit Strafe rechnen müsste. Dann wurde mir heißer Gin in den Mund geflößt und Senf und Ketchup in die Nase. Was für ein Gefühl! Der Gin war Gin, jedoch den Senf und den Ketchup hatten sie natürlich im Geschmack fies veredelt. Ich dachte: „gleich musst du kotzen". Damit nicht genug. Um den absoluten Brechreiz zu fördern, stampften sie mit einer „Gummifrau" (ein Gerät, was man benutzt, um verstopfte Abflüsse wieder zum fließen zu bringen, Glocke aus Gummi mit Holzgriff, norddeutsch „Pümpel" kennt jeder), genüsslich auf meinem nackten Bauch herum. Die saugte sich an, sog und zog schmatzend an meiner noch glitschigen Haut, dass mir meine vermeintlich restlichen Haare zu Berge standen und meine Eingeweide nicht mehr wussten, wo sie hin sollten. Dann kam die Frage:

„Wie willst du Neptun gnädig stimmen?"

„Mit einer Selters", zischelte ich, schon jenseits von Gut und Böse. Gleich vollführte die Gummifrau einen wilden Tanz auf meinem Bauch. Meine Nerven lagen blank. Ich schwankte zwischen gib was, oder bleib bei der Selters. Ich blieb hart und schrie immerzu: „Eine Selters, ihr Idioten!". Die blieben auch hart und machten weiter.

Irgendwann hatte auch das ein Ende. Sie machten mich los und schleppten mich zu einem Schlauchboot, vollgefüllt mit Meerwasser. Auf dem Weg dahin steckten sie mir noch einen Salzheringskopf in den Mund.

Oben hatte ich den Heringskopf im Mund und unten verlor ich das Vieh aus der Hose. Das war nicht wieder gut zu machen, der war weg. Nachdem ich wieder nur meine Selters feil bot, erklärten sie mir, da müsse man mir wohl den kleinen Popo mit einem glühenden Eisen verbrennen. Auf das Schlimmste gefasst, wartete ich nun darauf was kam. Meine Hose wurde hinten aufgerissen und ich schrie schon mal vorsorglich drauflos, wobei der Heringskopf aus meinem Mund schoss und genauso das Weite suchte wie sein Kollege, der sich vorher aus meiner Hose geschlichen hatte. Eh ich begriff was passierte, war es schon vorbei.

Statt einem heißen Gegenstand, hatten sie mir eine Handvoll Eiswürfel hinten in die Hose gekippt. Mit demselben Effekt wie Hitze. Grauenvoll. Was für ein sinnloses Massaker. Wer gibt denen das Recht, mich so zu quälen? Ich schalt mich ein Rindvieh, dass ich diese Strapazen freiwillig mitmachte und suhlte mich innerlich vor Selbstmitleid. Aber es gab noch kein Ende. „Was gibst du Neptun, um ihn gnädig zu stimmen?" „Eine Selters!", keuchte ich. Dann brachten sie mich richtig zum keuchen. Kopfüber wurde ich in das Schlauchboot getaucht. Ohne Gnade. Ich dachte: „nun ersäufen sie dich auch noch". Da rupfte mich jemand wieder aus dem Wasser. „Was gibst du, um

Neptun milde zu stimmen?" „Eine Selters!" Schwupps war ich wieder unter Wasser. Das Grauen hatte einen Namen: „Taufe". Mir schwanden immer mehr die Sinne. Die bringen dich um. Die machen dich tot. Meine Gedanken wirbelten im Kreis. „Rache". Ich dachte nur an Rache. Ich fühlte mich restlos erniedrigt. Und es nahm kein Ende. „Schweinehunde, wenn ich erst wieder kann wie ich will, räche ich mich an euch allen". Herzliches Lachen der Täufer begleitete meinen Ausbruch. Bloß bis dahin war der Weg noch weit. Das wussten die, ich konnte es nur ahnen.

Tatsächlich fühlte ich mich langsam wie ein Märtyrer. Den Kopf mehr unter, als über Wasser, total erschöpft und fix und fertig, blieb ich nun schon aus purer Wut bei dieser einen Selters. Da gab es nichts zu rütteln. Sie hörten endlich auf mit ihren blöden Fragen: „Was gibst du, um Neptun gnädig zu stimmen?" Vielleicht wollten sie auch nur noch ein bisschen Leben in mir lassen für den Rest, der auf mich zukam. Zack schon stand ich vor einem Stuhl. Aber was für einen!

Der Sitz und die Lehne waren mit groben Drahtbürsten bestückt. Daneben stand, um die Kuriositäten voll zu machen, ein Täufer in Pastorenklamotten. Der Gute sprach mit animalischem Grinsen nun zu mir: „Nimm Platz, du nichtswürdiger Erdenwurm, bereue deine Sünden und sieh hier durch dieses Fernrohr". Ich wurde angeschnallt auf diesem, alle Nerven reizenden Vehikel. Jede Bürstenborste bohrte sich unbarmherzig und gnadenlos spitz in mein zartes Fleisch. Das Fernglas bestand aus zwei zusammengebundenen Flaschen, vollgefüllt mit Meerwasser.

Er reichte mir nun diesen Weitgucker und instinktiv kniff ich die Augen zu. Gott sei Dank. Schon floss mir die Brühe, die auch schon erhitzt war, über meine geschlossenen Augenlider. Obwohl die Augen zu waren, brannten sie, sowie mein ganzes Gesicht. Nun schon ewig der prallen Sonne ausgesetzt, ohne jeglichen Schutz, laufende Meter Meerwasser im Gesicht, schon durch das Tauchen im Boot, merkte ich so langsam, dass ich einen Sonnenbrand bekam. „Siehst du dort hinten was schwimmen in weiter Ferne?", fragte mein Peiniger. „Nein!" „Siehst du nicht die vielen Sektkisten dort treiben?" „Nein, ich seh überhaupt nichts." „Schnallt sie fester!" „Und du schwenkst mal dein

Fernglas rum! Siehst du nun dort die vielen Kisten im Wasser treiben?"
„Nein, nichts treibt, lass mich in Ruhe blöder Heini, ich seh nichts
außer meiner Selters." Mensch, wenn ich bloß eine hätte. Ich hatte
Durst. Hunger auch. Aber mehr noch Durst. Die machten mich
wirklich mürbe. Alles in mir schrie: „Gib auf, sag tausend Kisten, gib
auf." „Eine Selters". Wenn ich schon zugrunde gehe, dann mit dieser
einen Selters. Nichts hatte ich nötiger, als so ne Pulle kaltes Wasser. Sie
banden mich los. Geschafft. Doch eh man Luft holen kann, war ich
schon an der nächsten Quälkiste.

Ein Galgen. Nun gut. Aufgehängt wurde ich nicht. Die Hände banden
sie mir fest, zogen sie nach oben bis über meinen Kopf, steckten mir
einen stinkenden Knochen zwischen die Zähne, wickelten mir
stinkende Knochen wie Lockenwickler in die Haare und stellten ihre
penetrante Frage: „Was bietest du staubgeborene Kreatur, um unseren
Herrscher über alles milde zu stimmen?" „Eine Selters.", nuschelte ich
über den Knochen hinweg. „Geh in dich, überprüf dich, was bietest
du?" „Eine Selters ihr Rindviecher, aus, basta, nichts mehr."

„Zieh hoch!" Gab der Henker im Befehlston von sich. Und sein
Handlanger zog. Meine Arme waren wie Gummi, wurden immer
länger, langsam stand ich schon auf Zehenspitzen und durfte meinen
Knochen im Mund nicht verlieren. Gut, dass der Heringskopf fehlte,
oder was dachten die, was alles in mein großes Maul passt? „Obwohl
deine Augen schon getrübt sein müssen, wirst du doch erkennen, was
dort im Meere treibt?" „Leck mich", dachte ich. „Meine Selters!" „Zieh
an!" „Was treibt dort noch?" „Ein Kasten Bier!" „Was noch?" „Ein
Kasten Sekt!" „Was noch?" „Ein Kasten Goldbrand!" Ich konnte nicht
mehr. Aus vorbei, Ende, basta. Mein Mut war gebrochen.

Aufhören. Die sollen aufhören.

Ich konnte weder stehen, noch richtig sprechen.

Es war heiß, ich hatte Durst und die Schnauze voll.

UND ich hab gedacht, DAS ist doch alles nur SPASS?

Sie machten mich los mit einem schönen Gruß an Neptun. Das war der
Nächste, der mich in den Dreck treten sollte. Mehr tot, als lebendig
fühlte ich mich, als sie mich vor ihn schleiften.

Unser Bootsmann spielte Neptun und wer saß neben ihm als seine Schlampe? - die schneckenfette Bäckerin. Das Spektakel hatte kein Ende. Diese Frau hatte sich tatsächlich in einen kunterbunten Badeanzug gezwängt und um die Hüften, die gar nicht da waren, nicht mal andeutungsweise, einen Hula-Rock aus Bast gefummelt. Ja, das war nun mal das Kostüm. Das dies nicht besonders vorteilhaft für sie war, hatte ihr keiner von den Männern erklärt. Tja und mich hatte sie nicht befragt. Sie floss förmlich um sich rum. Trotz aller Pein und Qual, kriegte ich über diese Aufmachung einen Lachanfall. Völlig unbegründet, ich hatte mich noch nicht gesehen! Ich war gar nicht mehr zu erkennen. Jedenfalls grölte ich los und fand die ganze Situation grotesk.

„Wenn die sich sehen könnte. Sitzt da so fett und so blöd", ätzte ich drauflos.

Die würde wohl vor Scham vergehen. Oder auch nicht. Mangels an positiven Charaktereigenschaften würde sie die Komik, die sie da bot, wahrscheinlich nicht erfassen. Schade nur, ich begriff endlich, dass ich nun in dieser Situation die Unterlegene war und mein Lachreiz hatte sich schnell verkrümelt als Neptun sprach:

„Ich, der Herrscher über alle Meere, Seen, Gewässer, Flüsse, Bäche und Tümpel, befehle dir, elendigem, nichtswürdigem Subjekt: Küss meiner Schlampe den Fuß!" Igitt. Der war fleischig und dick voll Senf. Und sie grinste schleimig wie eine Kröte von ihrem Hocker über mir herab, hielt mir dabei ihre Quaddel von Fuß runter. „Nee, nee das mach ich nicht!" „Willst du wohl gehorchen, du von mir abhängige Kreatur?"

„Ich muss mich übergeben." „Jetzt kotzt du doch noch", dachte ich, es war soweit, mir wurde schlecht. Eh ich's mich versah, schleuderte sie mir mit Genuss und einem plumpen Kick ihren senfigen Fuß mitten ins Gesicht. „Ich vergess mich, ich kenne mich nicht mehr. Es kommen wieder andere Zeiten. Du kannst jetzt schon um dein dickes Leben winseln. Du blöde Kuh.", setzte ich zu einer blutrünstigen Rede an. Aber alles half nichts. Neptun zufrieden mit der Aktion fragte ganz ruhig und beiläufig: „Wo ist dein toter Hering, den du in der Hose trägst? Zeig ihn deinem Gebieter!"

Scheiße, der war weg. Reumütig griff ich in meine Hose, tat als taste ich jeden Winkel ab, um dann zu verkünden: „Der ist weg."

„Was bietest du dem Herrscher aller Meere?" „Eine Selters!"

Nun grölte Neptun vor Lachen. „Eine Chance hast du noch, du elendiger Wurm. Entweder du bietest mir anständig Alkoholitäten, oder du ziehst aus diesem Topf eine Nummer und durchläufst noch mal eine Station." Aufgeben konnte ich nicht. Zu Kreuze kriechen wollte ich nicht. Fertig war ich auch. Völlig. Woher die Kraft kam weiß ich nicht, ich wimmerte innerlich und zog ein Los. Theatralisch mit allem Brimborium las Neptun vor, was auf meinem Los stand. „Streckbank!" Noch einmal. Ich dreh durch. Und über allem fett grinsend, die dicke Bäckerin. „Dich hätte ich gern als Opfer, irgendwann wirst du es", dachte ich bei ihrem Anblick. Ja, aber was soll's, also hin zur Streckbank, natürlich mit diversen Helfern, die mich das Krabbeln lehrten übers heiße Deck. Pech aber auch für meine Eingeweide. Die hatten sich gerade so halbwegs wieder sortiert. Rauf auf die Pritsche. Gin, heiß wie vorher, Ketchup, Senf, Gummifrau. „Was bietest du?" War mir so was von egal. Völlig entmündigt nuschelte ich so vor mich hin: „Sekt, Wein, Bier, Schnaps." Sie hatten es geschafft. Ich war restlos fertig. Und alle hatten Gefallen daran. Sie genossen milde lächelnd die Situation. Und dann wieder der Hering. Endlich entlassen. Mit der Hand in der Hose, die steife Fischleiche festhaltend, wankte ich zu Neptun. Zeigte ihm nach Aufforderung und mit gebrochenem Willen das tote Vieh, küsste den schlammigen Fuß seiner Tussi und war alle.

Am Ende. Restlos.

Bis zur Unkenntlichkeit entstellt, wurde ich entlassen. Mit der Auflage, die Knochen nicht aus meinem Haar, oder was von dem Material ganz oben von mir noch übrig war, zu entfernen, kroch ich etliche Nummern kleiner, mit zerfledertem Selbstmitleid Richtung Kammer, auf das Schlimmste gefasst. Was da aus dem Spiegel guckte war nicht ich, war keiner den ich kannte. Es war wirklich ein Subjekt. Nicht mehr zu sortieren ob Männlein oder Weiblein. Ein Ding aus einer anderen Welt. Die schlammige Masse aus der Foulbrass war an meinem Körper unregelmäßig angekrustet. Ich sah aus und stank wie eine lebende Müllhalde.

Ich heulte los. So hatte ich es mir nicht vorgestellt. Alles fiel von mir ab. Ich weinte und weinte vor Wut und Hass. Die hatten mich systematisch in diesen Zustand versetzt, Schritt für Schritt, alle Beteiligten. Das Endprodukt glotzte mir jetzt aus dem Spiegel entgegen. Ein Gesicht was einem metallenen Topfkratzer zum Opfer gefallen zu sein schien. Jetzt saß mir auch noch die Zeit im Nacken. Ich war die Vorletzte, die getauft worden war und hatte nur noch eine dreiviertel Stunde Zeit mich menschenähnlich zu machen. Meine Vorgänger hatten alle Zeit der Welt wieder zu sich zu kommen, sie waren ja alle bis auf Einen vor mir fertig. Im Affenzaster begann ich meine Reinigung, nur darauf bedacht, die Scheiß Knochen in meinen Haaren nicht zu vergessen.

In wilder Hast wickelte ich die Dinger raus, duschte (so viele Haare fehlten gar nicht wie es sich anhörte beim Schneiden, eine Strähne) und raste in meine Kammer zurück. Föhnte, wickelte die Knochen wieder ein und sah zu, dass ich fertig wurde. Das Ende war noch nicht abzusehen. Die Stunde der Wahrheit kam ja erst. Zwar Taufe mitgemacht, aber bestanden? Das war die Frage. Kriegst du deinen Taufschein oder war alles umsonst?

Wie an den Abenden zuvor, hatten wir uns auf dem Achterdeck einzufinden. Es waren Tische sogar mit Tischdecken aufgebaut. Wir armen, getauften Schweine sahen uns nun „DANACH" das erste Mal. Alle sahen fertig und geschunden aus. Ohne Ausnahme. Auch unsere Peiniger waren alle da. Toll in Schale geworfen und mit der besten Laune ausgestattet. Allen voran thronte auf dem Lukendeckel mit im Wind flatternder Perücke unser Herrscher über alles „Neptun".

Er begrüßte uns alle lautstark und ließ uns setzten. Jetzt ging es zur Sache. Endlich sollten wir nun erfahren ob diese Tortur erfolgreich oder nicht absolviert wurde. Gespannt lauerten wir auf die Übergabe der Taufscheine. Unser Kapitän ließ sich auch nicht nehmen zu verkünden, dass er mit den Taufaktivitäten voll auf zufrieden war. (Wenn der wüsste, meine Seele war derartig verletzt!) Größere Verletzungen gab es nicht und er war der Meinung, Täufer sowie auch

Täuflinge hätten ihr Bestes gegeben. Doch das letzte Wort über den Ausgang der Geschichte hätte unser Herrscher über alles, der große, allmächtige Neptun selbst.

Dann ließ er die Rechnungen verteilen. Alles was wir geboten hatten, war dort aufgeführt - sollte nun bezahlt werden. Ich hatte keine Vorstellung mehr davon, was ich alles in meiner Verzweiflung rausgeschrien hatte. Doch als ich die Rechnung sah, hatte ich noch Glück. Ich hatte ja auch ziemlich lange meine „Selters" gehalten. Es waren etliche dabei mit erheblichen Summen. Schade, dass ich es nicht geschafft hatte bei der Selters zu bleiben.

Neptun hatte jetzt alle Taufscheine vor sich liegen und begann dann mit der Zeremonie. Er las Taufschein für Taufschein vor und nannte jedem bestandenem Täufling seinen Namen. Alle wurden mit Applaus belohnt und endlich kam auch ich an die Reihe. Als Vorletzte, wie konnte es auch anders sein. Und Neptun sprach:

„Wir, Neptun, Dreizackschwinger und Erderschütterer von Zeus Gnaden, Herr aller stehenden und fließenden Gewässer mit allem, was an, auf und in ihnen sich tummelt und herumtreibt, Gebieter der Fluten, Wogen und Wellen haben heute die Stewardess, nachdem besagtes Individuum auf dem von uns sorgsam behüteten und betreuten hochbordigen Meeresschiffe MS „Möwitz", der Deutfracht Seereederei aus Rostock gehörig, unseren Äquator unter unserem Schutz passiert hat, in aller Form und Rechtens getauft und ihr den Namen

Putzerfisch

gegeben. Allen uns untertänigem Volke, vom Haifisch bis zur Auster und auch allen Mitgliedern des staubgeborenen Menschengeschlechtes, hohen und gemeinen, blau, braun und schwarzäugigen, blond, braun, schwarz, grau und weißhaarigen, spitz und stumpfnasigen, gerade und krummbeinigen, ist dies zu kund und zu wissen zu bringen. Dieses Dokument ist jeweils vorzulegen und gilt als amtlicher Ausweis für alle Gewässer und in allen Freudenhäusern der Welt. Gegeben in unserem Korallenschlosse am Äquator.

Schiffssiegel aus Siegellack mit einer von mir abgeschnittenen Strähne Haar und drei Unterschriften vom Kapitän, Chiefmate (1. Nautiker) und Neptun.

Mein Blut kämpfte in mir, kalte und heiße Schauer der Freude rasten abwechselnd meinen Rücken hoch und runter. Endlich hatte ich das Ding in Händen. Es hatte ein Ende. Alles überstanden. Tatsächlich geschafft. Kaum zu glauben. Auf einmal waren alle Strapazen vergessen. Ich war einfach nur glücklich, dass nichts umsonst war. Auch stolz so gut durchgehalten zu haben. Es war ein Sieg.

So und nun kam der Letzte an die Reihe. Er stand vor Neptun und wartete genauso gespannt wie wir auch alle vorher auf seinen Taufschein.

Neptun hielt auch seinen Schein in den Händen. Doch er las ihn nicht vor, sondern schrie: „Du hast nicht bestanden, unwürdiger Erdenwurm." Und zerriss den Schein. Dem Jungen traten Tränen in die Augen.

Fix und fertig sowieso, dann die Anspannung bis zur Verkündung. Alles umsonst. Er weinte. Wir waren alle schockiert. Damit hatte keiner gerechnet. Es war eine fiese Schweinerei. Kurz vor seinem moralischen Zusammenbruch, zog Neptun plötzlich einen neuen Taufschein hervor und verlas tatsächlich den Namen des armen Jungen. Denn natürlich hatte er bestanden. Jedoch Neptun lechzte nach einer Pointe. Gehörte unbedingt dazu wenigstens einen derartig platt zu machen, dass er es sein Leben lang nicht vergaß. Das war eine ganz linke Tour. Wie die Kinder freuten wir uns alle mit. Nun gab es endlich was zu essen. Ein ganzes Menü, ein Festessen. Wir hatten ja auch alle schon ewig nichts mehr im Magen. Jedenfalls wir Täuflinge hatten einen unbändigen Hunger. Das tat so gut. Und zu trinken gab es natürlich auch.

Ein Riesen Fest. Alles fiel von uns ab und wir vertrugen uns fürs erste mit unseren Peinigern. Aber alles in allem so zurückblickend, war es tatsächlich eine harte Probe, auf die wir alle gestellt waren. Ich hatte mir die ganze Geschichte etwas spaßiger vorgestellt. All die Prophezeiungen von schon Getauften hatte ich als maßlos übertrieben abgetan. Und doch hatte eigentlich niemand mehr daraus gemacht. Es war so was von bitter da durchzukommen und nicht im Geringsten auf die leichte Schulter zu nehmen.

Daher diese unbändige Freude, unfassbar eigentlich, das mit fast heiler Haut bestanden zu haben. Meine Handinnenflächen und Füße brannten noch vom Entengang übers heiße Deck. Stolz endlich zu den übrigen dazuzugehören und vor allem das nächste Mal auch Täufer zu sein, begossen wir unsere Taufe gehörig.

Am nächsten Tag erwischte uns der gewohnte Schiffsalltag aufs Neue und es war als wäre nie etwas geschehen. Jeder ging seiner Arbeit nach und sehnte sich nach Landgang.

Brasilien.

Der nächste Höhepunkt auf dieser Reise rückte langsam in greifbare Nähe und ich freute mich sehr auf die nächste Etappe.

9. Kapitel „Die ernsten Dinge"

Nun muss ich natürlich auch erwähnen, dass es außer einer Taufe auch noch einige ernstere Dinge auf einem Schiff gab. Dazu gehören Manöver. Die in strikter Reihenfolge, das heißt in gewissen vorgeschriebenen Abständen, auf allen unseren Schiffen durchgeführt wurden.

Schon beim Aufsteigen auf ein Schiff und noch im Hafen vor Auslaufen, wurden alle Rettungsmittel an uns vergeben. Laut Sicherheitsrolle, die die namentliche Aufführung der an Bord befindlichen Besatzungsmitglieder und Passagiere beinhaltete und die Auskunft gab über die Funktion der einzelnen Besatzungsmitglieder bei den verschiedenen Rollen, nahmen wir unsere Rettungsmittel in Empfang. Das waren Seenotrettungskragen, sowie Rettungsanzug. Der Seenotrettungskragen bestand aus Bruststück und Kragenstück. Diese Teile waren durch einen festen und einen verstellbaren Gurt verbunden und ummantelt mit einem Bezug. An diesem Rettungskragen war ein Nachtrettungslicht mit seewasseraktiver Batterie. Das heißt dieses Licht brannte bei unmittelbarem Kontakt mit

Seewasser. Auf dem Kragen war die Rollennummer, welche in der Sicherheitsrolle vermerkt war, mit dem Namen der Person. An der Seite befand sich eine Signalpfeife und eine Halterung für eine 1/2 m lange Leine mit Karabinerhaken. Der Karabinerhaken war dafür vorgesehen, damit man sich beim Sprung ins Wasser an der Reißleine befestigen konnte und somit nicht beim Springen ins Wasser zum Rettungsboot abtrieb.

Der Rettungsanzug dagegen bestand aus einem Stück, von den Schuhen bis zur Kapuze und bot Schutz gegen Unterkühlung. Jeder bekam ihn gegen Unterschrift. Er war personengebunden, Eigentum für eine Reise. Innen seitlich am linken Ärmel befanden sich zwei Leichtmetallmarken. Auf der Einen waren die Angaben des Schiffes, auf der Anderen die persönlichen Daten eingestanzt.

Von uns liebevoll „Viehmarken" genannt. Die Marken mit Angaben des Schiffes blieben an Bord, die Marke mit den persönlichen Daten hatte man hinten ins Seefahrtsbuch zu dem ärztlichen Attest über die Seetauglichkeit zu stecken. Also die persönliche Marke blieb immer bei jedem selbst und die andere immer auf dem sich befindlichen Schiff. Der Überlebensanzug ist auch so eine feine Einrichtung. Im Gegensatz zu dem Seenotrettungskragen, war der Anzug ein Stressgegenstand. Denn der Kragen war verhältnismäßig leicht anzulegen, was man von dem Anzug keinesfalls sagen konnte. Abgesehen davon, dass es keinen in meiner Größe gab, hatte er feste Schuhe dran, die ewig zu groß waren für mich mit 1.59 m Körpergröße und Schuhgröße 39, hatte er auch noch Gummimanschetten an Handgelenk und am Kragen die eng anliegen mussten, sodass, wenn man sich im Wasser befand, dieses nicht in den Anzug eindringen konnte. Auf alle Fälle waren mir die Dinger immer zu groß und die Manschetten immer zu weit an Händen und Hals. Also mein Anzug wäre immer schön ohne Probleme vollgelaufen und ich konnte so prima unrettbar absaufen.

Es war eine Qual in diesen Anzug zu kommen. Der wasserdichte Reißverschluss reichte etwa vom Schritt bis zum Hals, war aber seitlich angebracht, dass es einfach ein Ding der Unmöglichkeit war ihn alleine zuzubekommen und wir mussten uns gegenseitig helfen. Jedes Mal war es ein Spektakel einen für mich auszusuchen. Und dann hatte ich einen, den Kleinsten, und doch war die Hälfte der Schuhe vorne nur Luft, der Zwickel hing in den Kniekehlen und ich hatte meterweise Material am Bauch, was sich zur Ziehharmonika staute und Laufen, überhaupt das Fortbewegen, unmöglich machte. So ein Horror. Eh ich mit dem Kopf durch die Halsgummimanschette war, dachte ich: „jetzt erstickst du". Ich hatte jedes Mal in diesem Moment panische Platzangst. Und auch die Frisur war hinterher nicht mehr da.

Mit so einem Ding musste ich mal die Lotsenleiter an der Außenhaut des Schiffes runter ins Boot klettern. Die anderen sind bald gestorben vor Lachen.

Die Lotsenleiter bestand aus Tauen rechts und links, die Tritte waren schmale Holzsprossen. Ein sehr wackeliges, bewegtes Ding. Ich stieg über die Reling. Meine Schuhe an den Füßen waren natürlich breiter als die Holzstiegen aber dafür halb leer, sodass der vordere, leere Teil nach oben schnippte und ich gar keinen Halt hatte. Den Zwickel des Anzugs hielt ich mit einer Hand hoch in Richtung Schritt, sonst hätte ich gar nicht klettern können. Denn wie gesagt, der hing ja in den Kniekehlen. Also hatte ich nur eine Hand, um mich an den seitlichen Leinen festzuhalten. Da hing ich nun schön grellorange und wie aufgedunsen in meinem Elend und wusste nicht weiter. Irgendwann, nach einer sinnlosen Hangelei, wie ein verlorenes Affenweibchen, war ich unten im schwankenden Boot schweißgebadet. Denn die Dinger waren wie Schwitzkästen und es gab kein Entrinnen.

Zu allem Ärger war da auch noch ein Kragen, sowie Kapuze zum Aufblasen dran. Wenn man diese aktivierte, saß man in dem Anzug fest wie eine hochexplosive Kröte und konnte nur hoffen das jemand mit 'ner Nadel oder ähnlichem vorbeikam, um die Wulst mit einem gezielten Stich zum erschlaffen zu bringen. So verkleidet sich keiner freiwillig.

Zu der Verteilung der Sicherheitsmittel gab es natürlich auch die Sicherheitsbelehrung. Vor Auslaufen, sowie auch während der Reise in Form einer Versammlung. Da wurde dann noch mal genau erklärt, was die Sicherheitsrolle alles beinhaltete, nämlich die eigene spezifische Aufgabe, den Stellplatz und die Manöverzeichen. Es gab die Bootsrolle,

Feuerrolle, Mann über Bord, Komplexmanöver Bereitschaftsstufe 1 und Bereitschaftsstufe 2.

Jedes dieser Manöverzeichen wurde mit Schaltsignalen nicht weniger als 3 min mit der Alarmklingel oder Typhon gegeben:

So die Bootsrolle „7 kurz, ein lang", die Feuerrolle „2 x kurz", Mann über Bord „3 x lang", Komplexmanöver „1 kurz, 1 lang", Bereitschaftsstufe 1 „1 kurz, 4 x lang (6 mal)" und Bereitschaftsstufe 2 "2 kurz 3 lang (6 mal)".

Das Manöverende war ein 20 Sekunden langer Dauerton. Das alles hatte man aus dem Eff - Eff zu beherrschen, denn im Fall X war es besser man sah durch. Ich muss sagen manch eine der weiblichen Besatzungsmitglieder nahm das ziemlich lasch. Aber ich hab immer alles was Manöver und Selbstrettung betraf verdammt ernst genommen. Ich wusste, wie kriege ich ein Boot zu Wasser. Auch alleine. Wie kriege ich ein Floß zu Wasser und wie komme ich rein? Irgendwo war ich mir der Sache immer bewusst, du musst es auch alleine schaffen, wenn es wirklich so sein soll.

Die Vorschriften über das Verhalten bei Auslösen einer Manöverrolle wurden uns dermaßen eingebläut, dass es in Fleisch und Blut überging. Und das war auch gut so. Man hatte bei Alarmauslösung sofort die ausgeübte Tätigkeit zu unterbrechen und den Arbeitsplatz so zu verlassen, dass dadurch keine andere Gefahr entstand. Es wurde sofort die Kammer aufgesucht, Verschlusszustand hergestellt (Bullauge schließen), vorschriftsmäßige Kleidung angelegt und der Raum verlassen. Die Tür zwar schließen aber nicht verschließen, auf schnellstem Weg zum Stellplatz und dort Weisungen bzw. das Ende des Manövers abzuwarten.

Das gehörte einfach dazu. Das war ein großer Teil Verantwortung, den man hatte, für sich selbst, für die Anderen und letztlich auch für das Schiff. Und es wurde geprobt auf Teufel komm raus. Auf jedem Schiff. Ich denke, es gab keinen, der nicht Bescheid wusste. Wir waren so gedrillt, es gab so häufig Manöver und die waren wichtig. Ich empfand es jedenfalls so und ich glaubte, glaube ich auch heute noch, dass jeder der keine Ahnung hat, „Was soll ich jetzt tun?", ein armes Schwein war und ist. Klar war es nervig. Du bist mitten in der Arbeit oder gerade duschen, da klingelts zum Manöver. Aber falls was passiert, wartet auch kein Unwetter oder Havarie, bis es jedem Einzelnen passt. Man ließ eben einfach alles stehen und liegen.

Ich könnte jetzt wahnsinnig ausschweifen über das was man alles wissen musste, über sämtliche Sicherheitsübungen. Das diese Pflicht waren ist klar, dass sie zur Sicherheit jedes Einzelnen beitrugen auch.

Die Signale hatte man zu kennen, ebenso sämtliche Abkürzungen, die in der Sicherheitsrolle aufgeführt waren. Man musste über die Rettungsmittel Bescheid wissen- die Rettungsboote, deren Aufbau vom Dollbord, Klapprudergabeln, Duchten, Luftkästen, Heißhaken über Ruder - Pinne, Greifleine, Schlingerkiel, Anstrich, Beschriftung, bis zu den Antriebsarten wie Riemenantrieb und Motorantrieb.

Auch die Ausrüstung der Boote, alles musste man im Kopf haben. Genauso den Aufbau und die Ausrüstung der Rettungsflöße, sowie alle Feuerlöscherarten und Löschanlagen. Es war eine ganze Menge.

Oftmals hatte ich bei diesen Manövern die Funktion des Melders. Nach dem Eintreffen an meiner Station, musste ich nun auf die Brücke laufen und dort melden, dass unser Trupp einsatzbereit sei.

Ich habe auch während meiner Fahrenszeit die Prüfungen zum Rettungsbootsmann und Feuerschutzmann bestanden, wobei man über das ganze Wissen zu verfügen hatte und Tickets dafür bekam.

10. Kapitel „Weihnachten auf See"

Aber nun zu unserem weiteren Reiseverlauf. Brasilien rückte also näher und Weihnachten auch. Das erste Weihnachten auf See fern der Heimat rief vor allem bei mir schon etwas Wehmut hervor.

Unseren Weihnachtsbaum hatten wir schon seit Rostock an Bord und in der Kühllast eingelagert. Mit der Hoffnung, dass er bis zu seinem Auftritt durchhielt und grün blieb. War natürlich ein bisschen viel verlangt.

Insgesamt waren es fünf brasilianische Häfen, aber ich möchte mich auf zwei beschränken, die ich am Erwähnenswertesten halte. Der erste war Porto Alegre.

„Klar vorn und achtern, Stationen besetzen."

Wir liefen ein. Ich stand an Deck und sah zu. Ein eigentümlich schwerer, süßlicher Geruch lag in der Luft, der landestypisch war. Merkwürdiges Gefühl so was zu erleben. Wir waren fest. Wie aufregend und faszinierend zugleich endlich angekommen zu sein, in diesem Land, von dem ich nun schon so viel gehört hatte, Schlechtes und Gutes, dass mir schon die ganze Reise der Kopf schwirrte, wie es wohl sein wird.

Ein Lichtermeer.

Weit aus der Stadt blinkerten uns über allen Lichtern die einer großen Kirche entgegen. Wie schön. Passte richtig zur Weihnachtszeit. Bloß dran glauben konnte keiner, da die Hitze sogar jetzt am Abend unerträglich war und wir alle mit kurzen Hosen und T-Shirts rumliefen.

Großartig, Landgang kam nicht in die Tüte, da wir dort nicht sehr lange lagen. Dafür waren die Weihnachtsvorbereitungen im vollen Gange.

Ich begab mich nun auf die Suche nach unseren Weihnachtsutensilien. Die irgendwo schön staubig verpackt in einer Ecke auf ihre Neuentdeckung lauerten. So, die hatte ich nun gefunden also ran an den Weihnachtsbaum.

Der Gute hatte schon etliche Haare gelassen und sich vorsorglich klimabedingt schon mal fast nackig gemacht. Die restlichen, die er stolz zur Schau trug waren leider auch schon gelb. „Bloß nicht so viel dran rumwackeln", dachte ich noch, aber die letzten Nadeln fielen, als ich mit meiner Schmückkunst in der Messe begann. Es war ein armseliges, nackiges Gebilde voll mit bunten Kugeln und Lametta. Da war nichts zu machen. Mehr gab er einfach nicht her. Einzigartig. Ja, irgendwie passte er zu uns, wir hatten ja auch nicht viel an bei den Temperaturen.

Dann Heilig Abend. Es gab ein wirklich tolles Essen. Alle saßen wir in der Mannschaftsmesse und schwitzten, denn die Klimaanlage war nach wie vor kaputt. Die Tische vollgepackt mit bunten Tellern und allerlei Weihnachtszeug sahen schön aus, doch die Leckereien hatten bei dieser Hitze den Trend sich in ihren flüssigen Zustand zurückzuversetzen. Irgendwer wollte zu allem Spektakel noch Punsch kochen. Das lief ja schon fast auf einen Tropentest hinaus und ging wirklich zu weit.

Unser Bootsmann ehemals „Neptun", anerkanntes Allroundgenie, spielte nun diesmal den Weihnachtsmann.

Bescherung.

Jeder hatte daran gedacht, seinen Lieben zu Hause ein Telegramm zu schicken. Nun saßen wir alle auf Kohlen, ob die Lieben zu Hause auch an uns gedacht hatten? Der Kapitän hielt eine dramatisch, feierliche Ansprache, im Hintergrund Weihnachtsmusik. Das drückte schon auf die Tränendrüsen. Doch als der Bootsmann dann verkleidet mit seinem Sack auf dem Rücken und Schweißperlen auf der Stirn rein kam, „HO, HO, HO," war es schon makaber. Alle saßen wir etwas deprimiert auf unseren Plätzen und dachten an unsere Angehörigen, die jetzt womöglich schön mit Schnee, mit Bekannten und Verwandten Weihnachten feierten. Die Platte von Freddy Quinn, sozusagen das i-Tüpfelchen der Weihnachtszeremonie wurde aufgelegt - „Weihnachten auf hoher See". Mit so zitterigen Funksprüchen von der lieben Mama daheim an den lieben Sohn so weit weg von der Heimat. Total rührseliges Blablabla.

Ich weinte. Es war alles so traurig und so anders und dann noch diese Platte. Wer da nicht losschniefte hatte einfach keinen Charakter. Der Bootsmann spielte seine Rolle schweißtreibend gut. Jeder bekam ein Präsent von der Reederei gestiftet. Vom Buch bis zum Rasierwasser, es war alles dabei, was man sich im Augenblick nicht wünschte und tatsächlich auch nicht benötigte.

Dann kam der Funker. Er hatte bis zuletzt gewartet und gehofft, dass er doch noch ein paar Telegramme bekommen würde, für die Besatzungsmitglieder, für die noch nichts eingetroffen war. Aber leider...

Es gab tatsächlich ein paar unter uns, an die keiner dachte. Er verteilte still mit dramatisch, trauriger Miene die Telegramme und alle, die eins bekommen hatten standen auf, gingen in ihre Kammer und kamen nicht wieder. Diejenigen, die keines bekommen hatten, standen auch auf und verließen die Messe mit hängendem Kopf. Also alle gingen irgendwie. Die Feier war beendet. Keiner wollte mit irgendwem zusammensitzen. Alle verkrochen sich. Obwohl ich ein Telegramm bekommen hatte, war ich auch gegangen. Meine Eltern hätten es nie vergessen. Trotzdem wollte ich es alleine lesen und auch alleine sein. Wieder eine neue Erfahrung. An so einem Tag nicht zu Hause zu sein ist alles andere als schön. Es ist einfach nur traurig. Die keine Nachricht bekommen hatten taten mir alle so leid. Das ist schon hart und ziemlich gemein. Irgendwie kriegten wir alle diesen Tag rum. Die zwei nächsten Feiertage waren lustig, mit tollem Essen und Kaffeetime. Wir hatten uns alle wieder gefangen und quatschten bunt durcheinander und nun feierten wir richtig Weihnachten. Bis in die Nacht haben wir getrunken und gesungen und uns alle prima verstanden. Die Traurigkeit war wie weggeblasen und überhaupt sind Seeleute doch hart im nehmen.

Wir hatten weder Schneematsch, noch Kälte und sowieso das alles nicht, was so ein Ekelwinter alles beinhalten konnte. Und vor allem hatten wir noch Sylvester vor uns und den in Rio de Janeiro! Das war doch was. Es konnte nur noch besser werden. Und das wurde es auch. Allerdings hat dieses Land seine Tücken, vor allem Rio. Fairerweise muss ich schreiben, dass ich gar nicht so allein war, denn seit Ende meiner ersten Reise auf der „Taube" hatte ich einen Freund, mit dem ich zusammen fuhr.

Daher auch keine besonders akuten Balzgeschichten in dieser Zeit.

Ich möchte auch auf diese Beziehung nicht näher eingehen. Sie hielt drei Jahre und endete dann.

Nun in Porto Alegre war also nicht allzu viel Zeit für Landgang zu erübrigen. Wir sind schon mal spazieren gegangen, aber zu großen Unternehmungen fehlte einfach die Zeit.

11. Kapitel „Endlich Rio – Scheiß Rio"

Wir liefen aus und begaben uns nach weiteren drei Häfen endlich auf den Weg nach Rio. Ich freute mich wie ein Kind und war ganz darauf versessen dieses Land und diese Stadt kennen zu lernen.

Tolles Gefühl bei Einlaufen, diese Hafeneinfahrt, wieder viele Lichter, der eigentümliche Geruch. Und nun lagen wir auch lange genug, um an Land gehen zu können.

Es war schon zu vorgerückter Stunde, das Abendbrot vorbei und wir rüsteten uns zum Landgang. Sieben Mann zählte unsere Gruppe, die sich zum Landgang abmeldete. Wobei wir Frauen darauf aufmerksam gemacht wurden, dass wir nicht zählten. Das heißt ab drei Mann war Landgang erlaubt, womit tatsächlich nur Männer gemeint waren. Natürlich durften Frauen auch gehen, aber eben in Begleitung von mindestens drei Männern. Frauen bedeuteten eben nichts, sozusagen luftleere Hülle. Sagt ja auch schon einiges. Soviel zum Thema Diskriminierung in ihrer schwersten Form. Vorher sind wir wieder oft und lange belehrt worden über die Tücken und Verhältnisse des Landes. Versucht haben wir alle die Landgangsbestimmungen einzuhalten, was manchmal gar nicht so einfach war. Da der Gangwaymatrose verpflichtet war alle auf die Minute ins Landgangsbuch einzutragen, die an Land gingen, war es auch ziemlich leicht nachzuprüfen wer mit wem und wann an Land gegangen war.

Zugegeben wurde manchmal aus besonderen Gründen intern manipuliert. Wenn man alleine an Land wollte, schrieb der Gangwaymatrose den Namen zu einer Gruppe, die schon an Land war und noch nicht allzu lange vom Schiff runter. Genauso wurde man zu einer Gruppe geschrieben, wenn man zurückkam, die kurz vorher wieder an Bord gekommen war. Bloß der Alte durfte nicht in der Nähe sein und natürlich auch kein anderer Offizier. Das war schon riskant und hätte mit Seefahrtsbuchentzug geahndet werden können.

Landgangsende: 24 Uhr, vom Kapitän wie auch sämtliche Landgangsbestimmungen angewiesen.

Wir wurden unter anderem belehrt keinen Schmuck zu tragen. Es kam vor, dass ganze Finger abgehackt wurden wegen eines Ringes. Kein offenes Schuhwerk, immer Socken, die uns natürlich erbarmungslos als Ausländer outeten, kein Eis auf der Straße essen, nicht in Gewässern baden, keine Almosen zu verteilen und und und. Am besten brachte man sich irgendwie gleich selber um, wenn Gefahr drohte, es war einfach zu viel was passieren konnte. Hatte ich den Eindruck. Ach und jeder hatte eine Adresse dabei für den Notfall, wo er sich dann irgendwie versuchen sollte zu melden. Irgendeine Agentur die dann helfen sollte. Nachdem ich ein wenig von dieser Riesenstadt gesehen hatte, war mir völlig unklar, wie man jemals im Fall X diese Adresse finden sollte. Die Seefahrtsbücher durften nicht mit an Land genommen werden. Es wurden extra Landgangstickets ausgestellt. Ein kleines Stück Papier mit Passbild und persönlichen Angaben, sowie der Name des Schiffes. So ausgestattet wollten wir nun fünf Männer und zwei Frauen an Land gehen, nicht ohne die Belehrung egal wie viel ab drei Mann von Bord gehen, sie haben alle wieder zusammen anzukommen. Gar nicht so einfach. Jeder hatte doch andere Interessen. Aber Anweisung war Anweisung und wir versuchten uns daran zu halten. Schwierig genug war es.

Die Handgeldausgabe hatte auch schon stattgefunden. Wir waren nun informiert, geimpft mit Verhaltensregeln, ausgestattet mit einem Landgangsticket und unseren Cruzeiros, so dass wir losgehen konnten. Ich war völlig aufgeregt. Nun zu Fuß durch den Hafen. Gegen jede Vorschrift trippelte ich natürlich barfuß mit Sandalen los.

Laufend krachte etwas unter unseren Füßen und es glitschte danach unter der Sohle, so ein rutschiges Gefühl. Der Hafen war riesig und die Laternen standen ziemlich weit auseinander. Ich wusste nicht, was es war worauf ich trat, bis wir unter einer Laterne vorbeikamen. Der Schreck war groß. Es wimmelte von Viechern. Vier bis fünf Zentimeter große, schwarze Viecher krabbelten wie irre im ganzen Hafen rum. Kakerlaken. Überdimensional groß. Die waren hier so etwa halbmausgroß mutiert. Menschenskinder Monster, so was ekliges. Erbarmungslos trampelten wir darauf rum. Igitt. Weglaufen hätte nichts genutzt, das wäre nur ein Drüber weglaufen. Die waren überall. Und ich mit weißen Sandalen, mit so ganz dünnen, flachen Sohlen.

Damit ich so richtig was davon hatte. Mehr hüpfend, als gehend bewegten wir uns auf eins der Hafentore zu. Nur darauf bedacht nicht öfter als nötig diese Biester unter die Sohle zu kriegen.

Endlich ein Hafentor. Wir kamen so durch. Keiner fragte nach Pass oder Sonstigem. Zöllner standen schon da, stocherten gelangweilt zwischen ihren blitzeblanken weißleuchtenden Zähnen herum und keiner kümmerte sich um uns. Der erste Ausflug führte uns auch nicht allzu weit, dafür war die Zeit zu knapp.

Wir fanden eine Piesel und wollten ja auch einfach nur was trinken, lustig sein und das Gefühl für Brasilien entwickeln. Rein unter Gelächter, hingesetzt und natürlich Bacardi, Cola, Eis und Limetten. Es war ganz nett. So aus heiterem Himmel setzte sich ein Polizist in Uniform zu uns. Er bestellte eine Runde, sprach mit uns englisch und war ganz gesellig. So blieb es auch die ganze Zeit.

Er trank mit uns, bestellte und lachte mit uns, bis wir langsam merkten, es wird Zeit aufzubrechen. Wir hatten alle unsere Gläser, bis auf die von dem Polizist bestellten, mitgezählt. Jetzt kam die Rechnung. Jede Runde, die dieser Mann bestellt hatte, stand mit darauf und sprengte förmlich unsere finanziellen Mittel.

Unsere eigene Rechnung hätten wir spielend bezahlen können. Wir hatten uns aber von ihm eingeladen gefühlt und jede Runde angenommen und der Wirt wollte nun das Geld. Aus Angst es könnte böse für uns enden, waren wir alle bis auf meinen Freund der Meinung, wir bezahlen so viel wir können und hauen dann ab.

Der Polizist saß grinsend da und tat als ob ihn das alles nichts anginge. Mein Freund nahm den Wirt am Schlafittchen und legte das Geld für unsere Getränke hin, versuchte ihm klarzumachen, dass wir für den Rest nicht aufkommen. Der Polizist änderte seine Gesichtszüge, stand auf, zog seine Uniform glatt und ging. Keiner hielt ihn zurück. Der Wirt, ein kleiner hutzeliger Kerl, bekam es wohl mit der Angst, nahm das Geld und wir verließen das Lokal.

Siegessicher wie wir waren über diese glückliche Wendung, trabten wir unter Gelächter zum Hafentor. Angeheitert hatten wir uns untergehakt und sangen irgendeine Seemannsschnulze aus vollem Halse, als uns plötzlich lautes Motorengebrumm zur Ruhe zwang.

Eh wir es uns versahen, raste der Uniformierte, der vorher mit uns getrunken hatte, auf einer schweren Maschine mitten durch uns durch. Aus irgendeinem Reflex sind wir gerade in diesem Moment auseinandergesprungen. Er hatte uns einen gehörigen Schrecken verpasst. Uns war es sowieso verboten mit irgendjemandem im Ausland Kontakt aufzunehmen. Schon ein kleines Gespräch war untersagt. Höchstens nach dem Weg durfte man fragen. Mehr nicht. Wo der Klassenfeind doch unentwegt und überall Messer wetzend in sicherer Tarnung hockte, allzeit bereit uns womöglich abzuwerben auf die hinterlistigste Art und Weise. So blöd konnten wir doch gar nicht denken, wie so was von statten ging!!! Mensch!!!

Nun hatten wir mit so einem getrunken und auch noch Ärger. Der Kerl war lebensmüde. Gerade von unserem Schrecken erholt, waren wir fast am Hafentor angekommen und mussten noch einen großen Parkplatz überqueren. Da standen lauter LKWs. Ist uns vorher gar nicht aufgefallen. Nun standen sie da. Und mitten auf dem Platz der Polizist mit seinem Motorrad.

In dem Moment, als wir den Parkplatz überqueren wollten, gingen an allen LKWs die Lichter an.

Ich hatte Angst. Die anderen auch. Wir entschieden uns trotzdem zum Weitergehen, denn wir mussten an Bord. Es half nichts. Mit klopfendem Herzen und vor lauter Angst bebend, keiner sprach ein Wort, liefen wir zwischen den Fahrzeugen durch an dem Polizist vorbei und steuerten auf das Hafentor zu.

Geschafft. Wir sind tatsächlich durchgekommen. Schlotternd vor Angst. Wieder hielt uns keiner an. Wir passierten das Hafentor und begannen alle zu rennen. Nur zurück an Bord. In Sicherheit.

Dabei starben bestimmt ganze Herden von Kakerlaken. Ohne Rücksicht auf Verluste rannten wir drauf los. Scheiß jetzt auf Kakerlake, wenn die im Weg rumkrochen, waren die selber schuld. Das hatte fürs erste gereicht. Leider war es auch schon knapp nach 24 Uhr.

Pech aber auch, der Alte stand an der Gangway und sprach mit dem Gangwaymatrosen. Blätterte im Landgangsbuch und hielt inne, als er uns sah.

„Wo sind die zwei anderen?"

Wen meint denn der? Wir guckten uns an. Jetzt fiel uns erst auf, dass die Oberstewardess und ein Maschinenassistent fehlten. In der Aufregung wusste keiner wo sie abgeblieben waren. Die hatten den ganzen Abend geturtelt und sich bestimmt irgendwo von uns getrennt. Der Alte war stinksauer und verlangte von uns allen, wir sollten sie suchen. Ich hatte Angst und war schon drauf und dran mich an der Reling festzubeißen. Ich wollte nicht wieder runter vom Schiff zu den Kakerlaken und dem Mörder auf dem Motorrad! Zwei Matrosen erklärten sich gerade bereit loszumarschieren, da kamen die beiden lustig trällernd an. Hand in Hand und wunderten sich noch über den Auflauf an der Gangway.

Jetzt begann ein Donnerwetter. Der Alte schrie auf Teufel komm raus, dem glühten glatt die Sicherungen durch. Zack, in der Raserei setzte er das Landgangsende auf den Einbruch der Dunkelheit fest. Der Gute konnte so wütend werden und schreien, dass man sich nicht wagte etwas dagegen einzuwenden. Das hieß nicht mehr 24 Uhr. Das war viel früher. Wenn in Südamerika die Dämmerung einsetzt, kann man damit rechnen, dass in wenigen Minuten alles stockdunkel ist und das Nachtleben, was ziemlich gefährlich ist, einsetzt.

So nun hatten wir den Salat. Der Alte war nicht mehr umzustimmen. So in Rage wie der war, traute sich auch keiner einen Mucks von sich zu geben. Als er mit seiner Litanei zuende war, wurden wir entlassen. Verbal verkloppt krochen wir ängstlich auf unsere Kammern. Man sollte lieber immer mit dem Schlimmsten rechnen, wenn man dort an Land ging und sich freuen, wenn man ganz wider Erwarten glücklich und unbeschadet zurück an Bord kam. Die Geschichte war jedenfalls nicht lustig. Obwohl der Alte mit totalem Landgangsverbot für uns drohte, beließ er es diesmal dabei, in Zukunft bei Eintritt der Dunkelheit an Bord zu sein. Tja, das war dann der erste Ausrutscher im schönen Rio. Der nächste Tag verlief mit Arbeit und ich bündelte zusätzlich am Nachmittag Wäsche, um ein paar Überstunden für den nächsten Landgang zu machen.

Mit Schweißband und Kittelschürze, darunter T-Shirt und kurze Hose, ackerte ich in der Last, wo sich die Hitze und Luftfeuchtigkeit nur so staute, dass man kaum noch Luft zum atmen hatte. Zumal die Bettwäsche, besonders die Laken, fast von alleine standen. Klarer Fall, wenn Männer solange ohne Frau auf See rumkurven und abgewöhnen kann man das denen auch nicht. Es war wirklich eine miefige Drecksarbeit. Aber auch die musste gemacht werden und dafür verantwortlich war die Oberstewardess, die eben bei Bedarf diese Arbeit auch auf die Stewardess übertragen konnte.

Ich jedenfalls tat es in diesem Fall freiwillig, da ich Stunden für meinen nächsten Landgang brauchte. Am darauffolgenden Tag hatte ich mit zwei sogenannten Jungfacharbeitern verabredet, dass wir zusammen ab Mittag an Land gehen. Eigentlich fehlte ja noch ein dritter Mann, aber wir wollten es irgendwie hinmauscheln, dass wir auch ohne den los konnten. Mein Freund hatte Gangwaywache und konnte somit das Schiff nicht verlassen. Aus irgendeinem Grund war ich zur verabredeten Zeit nicht an der Gangway. Da die beiden darauf brannten an Land zu kommen, nahmen sie darauf keine Rücksicht.

Als sie fünf Minuten auf mich gewartet hatten, gingen sie eben ohne mich. Ich war ziemlich sauer und hatte nun keinen, der mit mir an Land gehen konnte. So verbrachte ich den Nachmittag in meiner Kammer und las ein Buch. Im Hafen hätte man sich auch nur unter großen Strapazen an Deck in die Sonne legen können. Es war sauheiß und die Luft stand, sodass die Sonne erbarmungslos auf einen runter brezelte. Außerdem trieben sich sämtliche Leute bei Lade- und Löschbetrieb an Deck herum, so sah ich mich nicht veranlasst, mich fast unbekleidet dorthin zu begeben, um sinnlos vor mich hin zu brüten und womöglich noch ungewollte Blicke auf mich zu ziehen. Na und dann war auch schon Abendbrotzeit.

Ich hatte die Messe einzudecken und meiner Arbeit nachzugehen. Die beiden Jungs waren noch nicht wieder da, obwohl sie zum Abendbrot eigentlich zurück sein wollten. Bis jetzt fiel es auch noch keinem auf, außer mir, denn ich wäre ja eigentlich mit von der Partie gewesen. Ja und dunkel wurde es auch schon. Der Zeiger der Uhr rückte langsam auf 21 Uhr. Da ich schon lange Feierabend hatte, stand ich ein bisschen an der Gangway rum, um etwas laue Luft zu atmen und unterhielt mich. Die Zwei waren noch immer nicht zurück. Wenn die auftauchen, gibt es Ärger. Der Alte hatte sicher schon bemerkt, dass da noch wer fehlte. Die schrammten jetzt schon gefährlich am totalen Landgangsverbot entlang, soviel stand fest. Irgendwann später, ich lag schon in meiner Kammer in meinem Schiffsbett und las in einem Buch, hörte ich ein Getrappel auf dem Niedergang. Neugierig wo der Krach herrührte, stand ich auf, zog mir was über und guckte aus meinem Schott. Der Niedergang befand sich direkt vor meiner Kammer. Da standen die beiden Landgänger nur in Unterhosen, umringt von den anderen. Sie sahen aus, wie die Unterlegenen eines Hahnenkampfes. Blutverschmiert und blaue Flecken am ganzen Körper.

Als ich näher trat, sagte der eine: „Sei froh, dass wir ohne dich los sind. Wer weiß, was sie mit dir gemacht hätten. Wir hätten dir nicht einmal helfen können."

„Ach du Scheiße", ging es mir durch den Kopf. So wie die aussahen, hätte ich dann auch ausgesehen. Schlimmer noch, ich sah mich gleich im Geiste verstümmelt und mit verrenkten Knochen im Staub von irgend einem verkommenen Slum winden.

Zeit für Erklärungen blieb nicht, denn der Alte kreuzte auf, wie konnte es auch anders sein, schickte sie in ihre Kammern, um sich zu bekleiden und dann verlangte er eine Stellungnahme der beiden in seiner Kammer. Oh, seine Igelborsten standen gefährlich spitz in alle Richtungen vom Kopfe ab, wie bei so ner Fiberglaslampe wo die Enden so interessant leuchten und die Falte auf der Stirn hatte sich auch dramatisch verfärbt.

Na Klasse. Wer weiß, was denen jetzt blühte. Keiner von uns hatte eine Ahnung was eigentlich passiert war. An Schlafen war nun erst mal nicht mehr zu denken. Ich wollte wissen, was los war. So lauerte ich sensationsgierig, bis die beiden ihre Kammern aufsuchten und dazu an meiner vorbei mussten. Die anderen lauerten natürlich auch. Wir ergingen uns in haarsträubenden Phantasien, was diese beiden Jungs in diesen Zustand versetzt haben könnte. Und ich war sooo froh, dass sie mich Gott sei Dank vergessen hatten. Wat n Glück!

Nach einer Ewigkeit kamen sie dann den Niedergang runter, sahen noch fertiger aus als vorher. So als hätte unser Kapitän mit seinen Igelborsten auf sie eingepiekt. Wir machten uns nun in der Kammer des einen breit und warteten auf den Lagebericht. Die Sache war so. Beide liefen aus dem Hafen raus und in Richtung Stadt. Irgendwie sind sie in ein verkommenes Viertel geraten. Sie waren darauf aus ein Plattengeschäft zu suchen, um sich die von ihnen erträumten LPs zu kaufen. Schon auf dem Weg dahin bemerkten sie sieben schwarze Jugendliche, die wie zufällig hinter ihnen her schlenderten. Im Plattengeschäft angekommen suchten sie ihre LPs heraus und wollten an der Kasse zahlen. Da sie ihre Cruzeiros „sicherheitshalber" in den Socken versteckt hatten, zogen sie diese nun genau dort „sicherheitshalber" wieder heraus, um zu bezahlen. Schön blöd. Ohne sich irgendwelche Gedanken zu machen, verließen sie dann den Laden, liefen ein Stück und bemerkten wieder die sieben Schwarzen, die immer näher kamen. Plötzlich waren sie dicht hinter ihnen, hatten Messer gezogen und aus ihrer Gestik war zu entnehmen, dass sie alles was Wert hatte von ihnen verlangten. Sich zu wehren war sinnlos. Die neuen Platten, das Geld, ja sogar die Uhr des einen, die er sich stolz von seinem Lehrlingsgeld auf der Reise zuvor in Singapur gekauft hatte, alles nahmen sie ihnen mit Gewalt weg. Klar, dass sie auch die Kleidungsstücke der beiden brauchten. Nur mit Unterhose bekleidet, zusammengeschlagen und völlig beraubt, standen sie auf einmal alleine auf der staubigen Straße. „So, nun weißt du warum wir froh waren, dass du nicht mit warst!", beendeten sie die Geschichte.

Was für eine Tragödie! Die waren moralisch völlig am Boden. Und dann noch die Session mit dem Alten. Das war zu viel für so ein junges Gemüt. Mit Tränen in den Augen saßen sie fix und fertig da und wollten überhaupt nicht mehr an Land. Ich war auch tatsächlich froh, dass sie ohne mich gegangen sind. Eine Chance zu entkommen hätte ich mit Sicherheit auch nicht gehabt. Aber es schreckte mich noch nicht soweit ab, dass ich nicht an Land gegangen wäre, denn es war auch eine Ausfahrt geplant, auf den Corcovado, an die berühmte Copacabana und eben durch Rio.

Da wollte ich mit, schließlich fuhr ich genau aus diesem Grund zur See, um mir die Welt anzugucken. Solche Unternehmungen organisierte unsere Botschaft für uns und diese Ausflüge waren immer sehr schön. Man fuhr wohlbehütet in einem vollklimatisiertem Bus, nach Möglichkeit noch mit Reiseführer, der uns die Sehenswürdigkeiten erklärte.

Auf diesem Riesenhügel neben dem großen Jesus stehen, das war einzigartig und einfach traumhaft, Blick über Rio de Janeiro.

Ja und Sylvester hatten wir auch noch vor uns. Für diesen Tag wurde viel vorbereitet. Der Koch und die Bäckerin gaben sich alle Mühe, um ein tolles kaltes Buffet aufzubauen, was nicht ohne gehörige Streitigkeiten abging, denn sie wollten sich natürlich gegenseitig übertrumpfen in ihrem lukullischen Einfallsreichtum. Die Oberstewardess und ich halfen soweit mit wie wir konnten und versuchten die gegenseitigen Angriffe der beiden zu vereiteln. Nach Fertigstellung der Leckereien war auch alles toll anzusehen. Es steckte viel Arbeit drin.

Einiges war auf Spiegeln arrangiert, was einen tollen Effekt hatte. Dieser Tag sollte und musste einfach gebührend gefeiert werden. Wir lagen im Hafen von Rio und Sylvester stand vor der Tür. Das kalte Buffet war für abends in der Mannschaftsmesse aufgebaut. Alle Tische waren festlich gedeckt und ein Barabend sollte die Sache abrunden und uns richtig in Stimmung bringen.

Vor dem großen Sturm hatten wir uns vorgenommen dieses schick arrangierte Essen zu fotografieren.

Was uns auch gerade so gelang. Alle waren anwesend und bewunderten das Machwerk. Der Kapitän sprach noch einige gewichtige Worte zum Jahreswechsel und machte einen auf feierlich. Dann kam der Startschuss auf das Buffet. Eigentlich kein Schuss, eher so die Bemerkung, das Buffet sei jetzt eröffnet.

Keine andere, als der Gipfel der Geschmacklosigkeit, unsere mitreisende Ehefrau stürzte wie eine Elchkuh munter drauflos, raffte einen Teller und zerstörte mit hemmungsloser Fressgier dieses

Aufgebot an kulinarischer Kunst, um es sich wild den Gierschlund runterzuwürgen.

Die Bäckerin weinte zitternd und sie tat mir leid. Die Taufe hatte ich ihr schon verziehen und meine Flüche, sie würde irgendwann mein Opfer werden, vergessen. Wir kamen prima miteinander klar. Und ich wusste ja aus eigener Erfahrung, was für Arbeit in diesem Essen steckte. Da wurde es einfach im Handumdrehen von diesem feisten Weib zerstört. Die konnte fressen, wie eine siebenköpfige Raupe und guckte noch gierig, ob sie auch alles erwischt hatte, was zu den absoluten Delikatessen gehörte. Ich hatte mich auch auf das Essen gefreut, aber auch erwartet, dass mit ein wenig Respekt vor der Arbeit, die darin steckte, die Speisen eher behutsam von den Platten genommen werden. Nun sah es schon nach wenigen Sekunden aus, als hätte ein Taifun gewütet und nur bunten Matsch hinterlassen. Das war schon traurig.

Ich hab mich dann auch aufgerafft. Bei allem Mitleid für die Bäckerin, die nun gar nichts essen wollte, hatte ich auch Hunger. Ich entschied mich für 'ne Hähnchenkeule, die sah noch, wenn man nicht so genau hinsah, unberührt aus und Salat. Geschmeckt hat es trotzdem. Obwohl so ein Sturm wirklich nicht angebracht war. Keiner stand bei uns vorm Hungertod.

Dann ging die Feierei los. Musik spielte, es wurde getanzt, getrunken und gelacht bis 24 Uhr. Mit einem Glas Sekt begaben wir uns alle aufs Peildeck.

Es schlug zwölf und es brach ein unheimlich tolles Feuerwerk los. Alle Schiffe im Hafen tuteten durch den Typhon, wie ein außergewöhnliches Orchester. Das ging durch Mark und Bein. Meine Gänsehaut schwoll überhaupt nicht mehr ab. Wir alle stießen an, küssten und umarmten uns und wünschten uns ein gesundes Neues Jahr, während ununterbrochen bunte Lichter mit lautem Pfeifen und Knallen um uns explodierten. Bei mir kullerten trotzdem wieder Tränen und bei vielen anderen wurden auch die Augen feucht. Einmal weil diese Nacht etwas ganz besonderes war, nämlich Sylvester in Rio de Janeiro, aber auch, weil wir an zu Hause dachten. Ich war ja nicht mal allein. Mein Freund war da. Aber die anderen, die waren schon alleine. Frauen und Kinder zu Hause und die ohne Mann und Vater.

Wieder ging es an die Nieren. Wir sahen uns alle das Feuerwerk an und dann feierte wer wollte weiter, andere gingen in ihre Kammern und blieben traurig allein. Jetzt war auch das geschafft. So schön wie es ist in warmen Gefilden zu sein, aber Weihnachten und der Jahreswechsel weg von den Lieben daheim, das brachte schon die Tränendrüsen in Gang. Dagegen konnte sich kaum einer wehren. Doch nun hatten wir all das endlich hinter uns.

Ein neues Jahr brach an, ob wir wollten oder nicht. Ich wollte schon und zwar endlich an Land. Rio angucken in aller Ruhe einkaufen, bummeln und einfach alles genießen. Schönes Wetter hatten wir sowieso. Also los. Jetzt oder nie. Überstunden hatte ich gemacht und mein Freund und ich hatten dafür einen Tag ausgesucht, an dem er wachfrei hatte. Nur es musste ja noch jemand mit. Der Koch hatte auch niemanden, der mit ihm gehen konnte. Da die Bäckerin sich bereit erklärte das Abendbrot alleine zu machen, wollten wir dann zu dritt ab Mittag bis zur Dämmerung losmarschieren. Fehlte noch einer, aber wir fanden niemanden mehr. So wollten wir es wagen zu dritt zu verschwinden. Der Koch kannte sich von seinen vorangegangenen Reisen etwas in dieser Riesenstadt aus. Also dachten wir das klappt dann schon.

Nach dem Mittag machten wir uns auf die Socken durch den Hafen in Richtung Stadt.

Bei Bombenwetter passierten wir auch wieder unbescholten das Hafentor und traten raus in das wimmelnde Leben dieser Wahnsinns Millionenstadt. Die Eindrücke waren so verschiedenartig, dass es Mühe macht, sie zu beschreiben. Ich sah die krassesten Gegensätze, die man vielleicht selten auf dieser Welt findet. Prunkvillen, gepflegte Parks, große teure Autos und unmittelbar davor, wie um dem ganzen Glanz zu spotten, unbeschreibliches Elend, Bettler, Kranke, Verstümmelte und hungernde Kinder. Es war makaber.

Wir wurden natürlich gleich als Ausländer erkannt und waren umringt von einer Schar Kinder, die uns eine ganze Weile verfolgten. Natürlich wussten wir, egal was wir geben würden, es würde das Elend nicht lindern. Im Gegenteil, wahrscheinlich würden die Kinder sich zerfleischen, um das Wenige zu ergattern. Also sahen wir davon ab, obwohl es schwer fiel, in diese Gesichter zu sehen und die ausgestreckten Hände nicht zu beachten. Nie zuvor hatte ich so eine Situation erlebt, wenn man weich veranlagt war, war es deprimierend. Mir war gar nicht wohl in meiner Haut.

Mitten auf einer Einkaufsstraße saß ein Farbiger mit Elefantiasis. Diese Krankheit entsteht durch ein Insekt, was seine Eier unter die Haut von Lebewesen legt und die sich dann zu Würmern entwickeln, welche unter der Haut weiterleben und sich davon ernähren. Jedenfalls wurde es uns so erklärt. Dieser Mann hatte ein ganz unwahrscheinlich dickes Bein mit offenen Stellen, notdürftig mit alten Lappen umwickelt. Deutlich sah man die offenen Stellen und auch die Würmer konnte man erkennen, die sich darin tummelten. Mir wurde schlecht bei dem Anblick. Ein Wechselbad der Gefühle. Die ganze Stadt. Meine Emotionen schwankten zwischen Bewunderung und Ekel, ständig hin und her gerissen, schwer zu verdauen.

Da standen auf dem Bürgersteig große Pappkartons und davor ausgezogene, zertretene Schuhe. Diese armen Seelen, die darin hausten, zogen sogar noch ihre Treter aus, um diese primitive, lausige Bleibe nicht unnötig zu verschmutzen. So was rührt einfach ans Herz. Oder aber es lagen Menschen auf den Gehwegen, nur mit Zeitungen bedeckt, um die sich keiner kümmerte. Die Passanten, sowie auch die Polizei stiegen einfach darüber weg. Niemanden schien zu interessieren, leben die eigentlich noch? Ich konnte das alles gar nicht so einfach wegstecken. Dann aber, eben im Gegensatz dazu, die Schönheit dieser Stadt. Ja und auch unvorstellbarer Reichtum. Sagenhaft. Wir liefen durch diese Stadt und sammelten staunend und bewegt unsere Eindrücke. Das machte natürlich alles durstig. Um uns einen kühlen Drink zu gönnen, setzten wir uns in eine x-beliebige Piesel (so sagten wir zu Bars mit offenem Tresen zur Straße, keine Ahnung warum, war einfach so), und tranken eine Cola.

Da ja viel von Raub und Diebstahl gesprochen wurde, hatte ich Vorsorge getroffen und meine kleine Handtasche mit Geld und Uhr in eine große Umhängetasche gesteckt, die mit einem Reißverschluss versehen war. Auf dessen Ende hielt ich nun meine Hand und dachte so kann ja gar nichts passieren. Doch ich täuschte mich sehr. Nach unserer Cola wollten wir endlich erfrischt wie wir waren unser Geld in Einkäufe umsetzen.

Zuerst suchten wir uns dann eine Drogerie und Parfümerie. Auf dem Weg dahin durchquerten wir eine Straße, auf der dichtes Gedränge herrschte. Den Grund dafür sahen wir dann auch. Irgendwelche Leute drehten da einen Film. Alles voll Kameras und Schaulustige. Wir ließen uns im Menschenstrom weiter treiben. Dabei klammerte ich mich an meine Tasche, um auch bloß nichts zu verlieren. So kamen wir unbeschadet durch das Gewimmel und erreichten unser Ziel. Im Geschäft packte ich meinen Wagen voll Kosmetik, die tatsächlich viel billiger war als in Westeuropa. Angefangen von „Oil of Olaz", bis hin zu „Limara", alles Lizensprodukte und enorm günstig im Preis. Ich sackte ein. Der Koch auch für seine Frau. Wir wollten zahlen und raus, denn wir hatten noch mehr auf dem Zettel was erschwinglich war und keine Zeit zu verlieren. An der Kasse öffnete ich den Reißverschluss meiner Tasche, um entsetzt festzustellen, dass sie leer war. Keine Handtasche mehr da. Ich war erschrocken, wühlte aufgeregt in der Tasche hin und her, aber da war nichts. Alles weg. Meinen Korb ließ ich stehen, schrie meinem Freund und dem Koch zu: „Es ist alles weg!" und rannte los.

Die Männer hinterher. Beide kannten meinen fehlenden Orientierungssinn und wussten was passiert, wenn sie mich nicht erwischten und ich ihnen durch die Lappen ging. Sie finden mich nie wieder. Mir war im Moment alles egal. Ich wollte meine Tasche wieder und rannte und rannte, ohne zu wissen wohin eigentlich? Die beiden liefen schreiend hinter mir her und irgendwann hatten sie mich in dem Getümmel erreicht und bremsten mich in meiner Raserei. „Bist du wahnsinnig? Du siehst doch, was hier los ist! Wenn du abhaust, finden wir dich nie wieder. Keiner weiß wo du hin rennst und du weißt überhaupt nicht wo du bist. Wenn deine Tasche weg ist, kannst du dich nicht mal ausweisen. Da waren ja eure Landgangstickets drin!" Der Koch war außer sich. Mein Freund auch. Martin meinte, wir können es nur in der Piesel probieren nachzufragen, ob da die Tasche liegengeblieben wäre. War natürlich aussichtslos, aber er wollte mir nicht gleich die Hoffnung nehmen. Wir zogen los. Beide schimpften noch mit mir wegen meines kopflosen Handelns.

„Du wärst lebend nicht wieder auf den Dampfer gekommen. Hirnrissig so was." Die konnten sich nicht beruhigen. Ich aber auch nicht. Na und in der kleinen Kneipe wusste natürlich niemand was und Englisch verstehen wollte auch keiner mehr. Außerdem wusste ich ja, dass ich sie dort gar nicht rausgenommen hatte. Es konnte nur in der Straße passiert sein, wo dieser Film gedreht wurde.

Obwohl ich die ganze Zeit meine Hand auf dem Reißverschluss hatte und dieser auch nicht kaputt war, sondern noch genauso zu wie vorher, und auch die ganze Tasche unbeschädigt war, war ich beklaut worden auf eine mysteriöse Art und Weise.

Es ist mir heute noch ein Rätsel, wie man die Tasche klauen konnte, ohne dass ich etwas merkte. Jedenfalls gab ich nun auf. Wir wussten gar nicht wo wir hätten suchen sollen. Es war idiotisch zu glauben, in so einer Stadt irgendetwas wiederzufinden. Der Koch setzte uns beide in eine Piesel, gab uns ganz rettender Engel etwas Kleingeld und sagte, er müsse nun endlich einkaufen. Ach ja?

Die Zeit verrann und er hatte noch nichts für seine Frau. „Also trinkt mal einen, in 'ner Stunde bin ich wieder da".

Was sollten wir machen? Kein Geld auf der Naht und wir kannten uns nicht aus. Wären niemals zurück zum Schiff gekommen ohne den Koch. So saßen wir da und ich weinte. Das steigerte sich dann schon zur Hysterie, als mir einfiel, was alles in der Tasche war. Angefangen von unseren Landgangstickets, bis über unsere ganzen Cruzeiros, außerdem fünfzig DM, und was am Schlimmsten für mich war, meine silberne „Glashütte" Spangenuhr. Die hatte ich mir mit vierzehn Jahren von meinem Jugendweihegeld gekauft und sie war teuer und sehr schön. An der hing ich wie nichts. Da heulte ich erst richtig los. Die guckten uns schon alle an.

Mein Freund versuchte mich zu beruhigen, was nicht viel nützte. Ich hatte mich so auf diese Reise gefreut und bis jetzt nur Schicksalsschläge. Zum verzweifeln. Wir saßen da wie auf der Sünderbank. Der Landgang war im Eimer. Aber gründlich. So ein Trauerspiel. Es war nicht nur mein Geld in der Tasche, sondern unser gemeinsames Handgeld. Wir hatten beide nichts, saßen da, tranken armselig unsere Cola und warteten auf den Koch.

Der kam auch nach der Stunde wieder und setzte sich zufrieden zu uns mit seinen vollen Taschen. Eine Runde Cola gab er noch aus, dann wollten wir zurück.

Auf einmal sah ich was Kleines, Schwarzes unter unseren Tisch krabbeln, was sich an den Taschen vom Koch zu schaffen machte. Erst dachte ich es wäre ein Hund. Aber nein. Ich stieß Martin an: „Guck mal da." Erschrocken sah er unter dem Tisch nach und blitzschnell tauchte dort ein kleiner, schwarzer Junge auf und hielt uns bettelnd seine Hand hin. Der Koch war ein Rindvieh und gab dem Wurm Kleingeld. Der raste aus dem Lokal. Vor der Tür stand ein erwachsener Schwarzer und kassierte ab. Der Kleine kam wieder rein und krabbelte unter einen anderen Tisch. Dort bekam er aber von den Einheimischen, die da saßen nur einen Fußtritt. Atemlos beobachteten wir das Schauspiel.

„Kommt, lasst uns bitte gehen und betet zu Gott, dass uns keiner verfolgt und an die Wäsche geht", bat ich. Sie waren einverstanden, wir gingen los. „Ich geh hier nicht mehr an Land. Das ist das Letzte. Die paar Kröten, einfach geklaut." Alles Geld hatten wir ja nicht aufgenommen, aber gut die Hälfte war weg. Völlig deprimiert kamen wir am Hafentor an und hofften nur, dass die nicht nach unseren Pässen fragten. Klappte wieder, wir kamen durch.

Das hätten wir eigentlich dem Kapitän und dem Funker melden müssen, den Diebstahl und vor allem, dass die Landgangstickets weg waren. Aber aus Angst der Alte streicht uns jeden weiteren Landgang und wer weiß was noch alles, unternahmen wir nichts, schlichen auf unsere Kammern und behielten die Geschichte für uns. Ein verhängnisvoller Fehler. Hätten wir es gemeldet, hätte der Funker uns neue Tickets ausgestellt, der Alte vielleicht ein bisschen Terz gemacht, aber es wäre gut gewesen.

So wurde uns das am darauffolgenden Tag zum kompletten Verhängnis. Erst mal war ich so wütend über mich selber und die beiden vorangegangenen Reinfälle, die Geschichte mit dem Polizisten am ersten Abend und das mit den beiden Jungs und nun auch noch das, sodass ich wirklich nicht mehr an Land gehen wollte. Doch das sah am nächsten Tag ganz anders aus, als der Koch mich belatscherte noch mal mitzugehen. Er brauchte noch etwas für seine Frau, wo ich ihn beraten sollte und keiner hatte Zeit mitzugehen. Mein Freund hatte Wache, konnte also auch nicht mit. Etwas Geld konnte ich auch noch vom Funker aufnehmen und nachdem er mich lange genug bearbeitet hatte, sagte ich ja. War im Vorfeld schon idiotisch, da wir nur zu zweit waren. Das war ja sowieso verboten, denn ich zählte doch nicht und dann fehlte ja auch mein Landgangsticket!

„Das bricht mir das Genick, wenn uns einer auf dem Dampfer beobachtet. Dir scheint das scheißegal zu sein! Und wenn die doch mal nach den Pässen fragen?"

„Es hat noch nie jemand kontrolliert. Sei nicht so feige, das klappt schon", verharmloste Martin und hatte mich tatsächlich rum.

„Na gut, vielleicht wird es diesmal besser. Alle guten Dinge sind drei", willigte ich ein. Ein Riesenfehler. Wie sehr ich mich täuschte, ahnte ich in meinen kühnsten Träumen nicht. Gut es sollte wohl so sein. Harmlos, dämlich, unbescholten stiefelte ich geradewegs in mein vorprogrammiertes Unglück. Dunkelbraun gebrannt wie ich war, zog ich mir zu diesem Landgang ein selbst genähtes, beiges Kleid an - das Oberteil ähnelte einer Carmenbluse und dazu ein weiter stufig genähter knöchellanger Rock. Sah irgendwie landestypisch aus und war ein schöner Kontrast zu meinen schwarzen Haaren und der braunen Haut. Wieder ein Fehler. Ach so schön naiv, ich ahnte einfach wieder einmal nichts. Um die Mittagszeit liefen wir los.

Unerträglich heiß, wie an allen Tagen, brannte der Planet Sonne auf uns herab und zwiebelte richtig bissig auf meinen fast nackten Schultern. Am Hafentor klopfte mein Herz leicht wegen des fehlenden Tickets, doch wieder Glück, wir kamen abermals ohne Kontrolle durch. Nichts wie rein ins Getümmel. Auch auf diesem Weg erneut Glanz und Elend.

An einem großen Park saß ein Mann auf dem Bürgersteig und hatte eine große Wunde am Bein. Verkrustetes Blut klebte daran und große Schmeißfliegen surrten um ihn herum. So saß er bettelnd da und man musste, um weiterlaufen zu können, über seine Beine steigen. Es sah eklig aus. Der Koch wurde blass im Gesicht und ging um die nächste Ecke. Ich wusste nicht was ich tun soll, stand da und wartete, versuchte nicht hinzusehen. Martin war kotzen. Immer noch blass und mit so 'nem Zucken am Kinn, kam er wieder. Wir liefen um den ganzen Park, nur um nicht an diesem Mann vorbei zu müssen. Das nahm Zeit in Anspruch. Schrecklich so was. Aber nicht zu ändern.

Diesmal kaufte auch ich ein. Als erstes eine neue Uhr. Eine billige, wasserdichte, schwarze Digitaluhr aus Kunststoff. Ja und dann endlich die heiß ersehnte Kosmetik. Für den Koch zog ich ganz hilfsbereit eine Damenjacke zur Probe an für seine Frau. Die Jacke war etwas zu groß. Er meinte, dann passt sie.

So und nun brauchte er noch Schallplatten. Der Laden war in der Nähe und wir gingen rein. Vorher machte ich ihn darauf aufmerksam, dass es allmählich zu dämmern anfing. Wir hätten schon zurückgehen müssen.

„Nur ein paar Minuten, ich weiß doch was ich suche", entgegnete er. Ich stimmte zu. Der ganze Nachmittag war wie im Fluge vergangen. In dem Plattenladen dauerte es nun doch etwas länger, weil es gar nicht so einfach war, in diesem Riesenangebot seine LPs zu finden.

Nachdem wir endlich raus aus dem Neonlicht, den Laden verlassen hatten, stellten wir fest, dass es schon stockdunkel war. „Siehste, das gibt schon wieder Ärger. Es ist total finster. Wer weiß, was uns jetzt blüht?", nuschelte ich ängstlich. Nun aber flugs zurück. Die Panik ergriff uns. Vor lauter Aufregung fand der Koch die Buslinie nicht, die zurück zum Hafen fuhr.

Er kannte sich eigentlich ziemlich gut aus, aber nun versagte auch er. „Sieht alles auf einmal ganz anders aus so im Dunkeln. Komm, wir laufen schnell so wie wir gekommen sind zurück, ich erinnere mich an den Weg.", sagte Martin und wir liefen los. Die Hafenmauer, die den Hafen umgab, fanden wir auch. Bloß die war verdammt lang. Unterbrochen von vielen Hafentoren. Diese wiederum waren sehr weit auseinander. Wir probierten an dem Tor, vor dem wir standen, rein zukommen.

Auf einmal wollten die unsere Landgangstickets sehen. Tja, und ich hatte keins. Wir kamen nicht rein.

„Los, wir nehmen ein Taxi. Das ist besser. Dann fahren wir noch ein Stück und finden vielleicht das Tor, aus dem wir raus sind. Mit viel

Schwein kennen die uns vielleicht noch und wir brauchen das, was wir hier draußen fahren, im Hafen nicht zu laufen!" Das hörte sich gut an. Wahrscheinlich hatte er Recht. Wir machten es jedenfalls so und stoppten ein Taxi. Ein kleines Auto mit nur zwei Türen vorne und ich musste, nachdem der Beifahrersitz umgeklappt war, nach hinten krabbeln. Wir gaben dem Fahrer fünfhundert Cruzeiros in einem Schein und erklärten ihm mit Händen und Füßen, er solle soweit fahren, wie das Geld reicht. Dieser, wieder ein Farbiger, nahm das Geld und fuhr los. Dafür hätte man ziemlich lange fahren können, aber kurz darauf höchstens zwei Minuten später, hielt er wieder an.

Nachdem wir protestierten und ihn zum weiterfahren animieren wollten, hatte er blitzschnell meinen Fünfhunderter-Schein in einen fünfzig-Cruzeiroschein getauscht und verlangte nun noch vierhundertfünfzig.

Ich dachte, ich dreh durch.

„Was ist das denn für`n Scheißland? Sind die alle bekloppt, oder wie? Mensch, mach jetzt was, du!" Ich war kurz davor zu kollabieren.

Martin diskutierte da vorne und versuchte alles, um ihn zum Weiterfahren zu bringen. Doch wild gestikulierend schrie der Fahrer wie am Spieß in seinem Scheiß Portugiesisch, vermischt mit ein paar englischen Brocken und machte uns klar, dass wir nicht eher aussteigen dürfen, bis er die vierhundertfünfzig Cruzeiros hätte. Und Martin redete und redete. Ich schrie von hinten, er solle aussteigen, denn er war ziemlich groß und ich hatte Angst, ehe er ausgestiegen ist, rast der Kerl womöglich mit mir los, ohne dass ich eine Chance hätte raus zukommen.

„Eh du deine langen Rennsemmeln raus hast, ist der mit mir über alle Berge. Steig aus und zerr mich raus hier!", kreischte ich hysterisch.

„Nein, der ruft womöglich die Taxizentrale an und dann kommen die Bullen und du ohne Pass, die machen uns fertig. Gib irgendwas hin, um ihn zu besänftigen!", schrie nun Martin zurück.

„Aber ich hab nur meine Einkäufe! Die geb ich nicht her."

Das gibt's doch gar nicht. Ich war schon völlig kopflos. Was soll denn der ganze Zinnober? Ich hatte nur noch Angst.

„Ich will hier raus, mach was!", zischte ich. Und da zeigte der Kerl auf meine neue Uhr.

„Nee, die kriegst du nicht. Die hab ich erst gekauft. Meine andere Uhr haben mir solche Ratten wie du geklaut." Und Martin stieg und stieg nicht aus. „Feige Sau", dachte ich und wühlte in meiner Tasche. Wieso gab er denn nichts her? Ich fand eine volle Schachtel Zigaretten, Marke „Club". Es waren ostdeutsche. Die Besten, die es bei uns gab. Fand ich jedenfalls. Komisch, er nahm sie und als kenne er sich aus, schrie er: „Kommunista!!!", und schmiss mir die Schachtel Zähne fletschend wieder nach hinten.

„Blöder Hund", dachte ich und wühlte in meiner Panik weiter, fand ein Päckchen Streichhölzer, die ich ihm noch mal mitsamt Zigaretten vor reichte und schrie:

„Nimm sie endlich und lass uns gehen, du schwarzes Schwein!"

Der glotzte erst blöde, wahrscheinlich weil ich so laut grölen konnte, dann ließ er uns endlich die Tür aufmachen und gehen, fluchte wie ein Irrer dabei.

„Martin steig aus ,sieh zu, zerr mich hier raus. Los schnell, sonst fährt der uns noch die Beine ab."

Fast war es auch so. Ich hatte gerade den zweiten Fuß raus, da raste der los wie angestochen. Menschenskinder, meine Nerven, gerade noch mal einer Amputation entkommen. Scheiß Rio. Ich hatte dermaßen die Schnauze voll von diesem Nest. Eine Pleite verfolgte die andere. Und wieder einmal kein Ende abzusehen.

Das Pech klebte an mir mit zähen Wurzeln.

Jetzt hatten wir noch zu laufen und zwar ein ganzes Ende. Hafentore waren schon da, aber wie verhext wurde immer nach den Pässen gefragt. „Du bist Schuld, du blöder Egoist. Du hast mich überredet mitzugehen. Das verzeihe ich dir nicht! Sei froh, dass dein Hals so weit oben ist und ich nicht ran reiche.", spuckte ich ihm entgegen. Meine Füße taten weh, ich hatte Angst und wollte nur noch in die

Geborgenheit meines Schiffsbettes. Aber es sollte noch lange nicht soweit sein. Ich war tatsächlich im falschen Film. Hier lief der Streifen: „Schweine wollt ihr ewig leben?"

Wir liefen und liefen. Irgendwann kamen wir endlich an dem Hafentor an, aus welchem wir raus gegangen sind. Um nichts mehr verkehrt zu machen, legten wir uns einen Plan zurecht. Wir wollten Hand in Hand dadurch und so tun, als wären wir ein verliebtes Pärchen, was nun endlich wieder auf sein Schiff müsste. Tatsächlich wand ich mich innerlich vor diesem Theater. Schon Martins Hand zu halten war derartig geschmacklos und das allerletzte, was ich mir vorstellen konnte, aber was Besseres fiel mir auch nicht ein. So betraten wir das kleine Häuschen hinter dem Hafentor, Hand in Hand unter dem Deckmantel einer vorgetäuschten Liebe.

Da standen sie, die Zollbeamten. Und wieder alles Farbige. Sechs Stück an der Zahl und bleckten leuchtend weiße Zähne, als sie nach den Tickets fragten. Natürlich war keiner mehr vom Nachmittag dabei, der uns hat raus gehen sehen. Pech aber auch. Ich hatte ja keins. Sie sprachen wenigstens englisch. Der Koch dürfe durch, aber ich nicht. Es war zum verzweifeln. Nun versuchten wir ihnen auf Englisch zu erklären, warum ich keins hatte und erzählten, dass ich Stewardess sei und wir sowieso schon zu spät dran sind und nun endlich aufs Schiff müssten. Wir ernteten nur Gelächter.

Wo ich so gut englisch sprechen gelernt hätte, fragten sie. Als brasilianische Nutte wäre ich aber ziemlich intelligent. Das hätten sie selten erlebt.

Das war es also, für was sie mich hielten. Auch an den anderen Hafentoren müssen sie das gedacht haben. Dieses fast landestypische Kleid, meine schwarzen Haare und die Sonnenbräune wurden mir nun zum Verhängnis. Ich sah dermaßen einheimisch aus, dass für die kein Zweifel bestand. Meine dunkelblauen Augen konnte man bei dem Funzellicht, was die in ihrer Hütte hatten, auch nicht von braunen unterscheiden.

Fatal, fatal, sprach der Aal!

Ich hatte keine Chance. Hilflos wie ein Kaninchen stand ich da und bettelte, dass sie mich mit durchließen. Wenn das was ich behauptete, wahr sei, solle der Koch loslaufen und den Kapitän holen, der dann bestätigen konnte, dass ich die Wahrheit sagte.

Martin war schon drauf und dran loszumarschieren. Und den sechs dunklen Männern sah ich schon an, dass sie drauf brannten, mich zwischen ihre Beißer zu kriegen.

„Wir haben keine andere Wahl. Ich muss gehen, sonst kommen wir beide hier nicht mehr raus."

„Lass mich hier nicht alleine. Guck mal, wie gierig die mich ansehen. Du kannst doch nicht einfach weggehen und mich mit diesen Kannibalen alleine lassen. Die machen sich über mich her, bevor du aus der Tür bist."

Ich versuchte alles, um Martin zu hindern zu machen, was sie verlangten. Aber er ließ sich nicht beirren und war der Meinung, wenn überhaupt etwas nützt, dann das er geht und den Alten holt.

Das hätte gerade noch gefehlt. Den Alten damit zu behelligen. Ich hatte so schon genug Angst, dass er ja nichts mitbekommt und wir vielleicht noch mit heiler Haut das Schiff erreichen, ohne großes Aufsehen. Bloß nicht den Kapitän holen, der macht uns glatt einen Kopf kürzer.

Mit meiner Fassung war es aus.

Ich schrie und weinte und war kurz vor einem Nervenzusammenbruch. Um nichts in der Welt ließ ich den Koch gehen. Ich klammerte mich an ihn und tobte wie eine Gehirnamputierte.

Der kam ohne mich hier nicht raus, so viel stand fest.

So hab ich mich in meinem ganzen Leben noch nicht benommen. Aber ich hatte das Gefühl, es ging um mein Leben. Das wollte ich hier nicht lassen und ich wollte jetzt durch dieses mistige Hafentor und diese gottverdammten Zähneblecker hinter mir lassen. Diese Biester amüsierten sich köstlich. Standen einfach da, fletschten weiterhin fasziniert ihre weißen Zähne, die im Dunkeln richtig schauerlich leuchteten und bestaunten kommentarlos meinen Anfall.

Meine Energie reichte gut für eine halbe Stunde. Dann war die Luft raus. Feierabend. Ich konnte nicht mehr. Keiner hatte versucht mich in meinem Wahn zu bremsen. Die Zöllner nicht und der Koch auch nicht. Die lauerten nur, was kommt jetzt?

Das wusste ich allerdings auch nicht. Von meinem Auftritt sichtlich begeistert, waren sie auf mal der Meinung, das war echt. Nicht zu fassen, sie ließen uns gehen.

Wir machten schnell, dass wir wegkamen.

„Mensch, das war ja genial, wie du die Rolle gespielt hast. Man merkt, dass du mal am Theater warst.", gab Martin anerkennend zu.

„Ich hab nicht gespielt, das war echt. Halt bloß die Klappe, sonst schubs ich dich von der Pier, du Rindvieh. Du weißt wohl nicht was in mir vorgegangen ist, du Idiot? Und am Theater hab ich nur Kostüme genäht. Von wegen gespielt. So was Blödes wie dich hab ich auch noch nicht erlebt. So was kann gar keiner spielen. Lass mich bloß in Ruhe. Mit dir geh ich nie wieder an Land und hier schon gar nicht. Es reicht. Du hättest mich doch glatt alleine gelassen. Wer weiß, ob du wiedergekommen wärst, du hinterhältiger Versager?", plärrte ich lautstark und stinksauer.

Das war mir wieder eine Lehre. Ich nahm mir vor, nur noch mit Leuten an Land zu gehen, auf die ich wirklich zählen konnte. Nicht mehr mit so einer Memme, so groß und so feige. Außerdem wollte ich nun bis zum Schiff nicht mehr mit dem reden, sonst würde mir noch der Kragen platzen und ich ersäufe den Laternenpfahl im Hafenbecken. Ich war so aufgeregt, dass ich diesmal nicht merkte, wie wieder Herden von Kakerlaken unter meinen Schuhen zu Matsch wurden. Außerdem gehörte das hier einfach dazu so'n paar überflüssige Viecher platt zu machen. Gab sowieso keine freie Stelle, wo man hin latschen konnte ohne sie zu erwischen. Endlich am Schiff angekommen stand, wie konnte es anders sein, der Alte mitsamt seinen stacheligen Igelborsten an der Gangway und lauerte schon aufgeregt wie ein Guppy auf uns.

Ohne ein Wort zu sagen, zeigte sein Daumen nach oben. Das hieß ab in seine Kammer zum Rapport.

Klar doch.

Mein Freund stand auch da, hatte aber keine Chance mit mir zu reden, geschweige denn mich zu retten, vor dem Ausbruch, der nun kommen würde. Der Alte ging vor und wir hinterher. Mein Herz raste. Er ließ uns hinsetzten und blieb erst mal ganz ruhig. Mir war alles egal. Ich erzählte alles von Anfang bis Ende. Ich wollte jetzt lieber ganz ehrlich sein. Und es war mir auch völlig egal, dass meine Tränen dabei liefen, meine Nase tropfte und meine Wimperntusche schwarze Streifen auf meine Wangen zauberte und praktisch nicht mehr da war, wo sie hin gehörte. Ich ließ es raus. Alles. Wie mein Landgangsticket abhanden gekommen war, dass ich Angst hatte, das zu melden und noch mal an Land wollte, jedoch mir keine großen Gedanken gemacht hatte in welche Schwierigkeiten ich kommen könnte, da ja noch nie einer nach diesen blöden Tickets gefragt hatte.

So nun war ich es los. Er konnte nun damit anfangen was er wollte, ich hatte die Wahrheit gesagt. Das Köchlein hielt sich im Hintergrund und sagte gar nichts.

Er war nur dabei und fühlte sich nicht veranlasst irgendwas zu meinen Gunsten zu sagen. Kann man mal sehen, was soll man bloß von 'nem Typen halten, der gleich kotzt, wenn er 'n dickes Bein sieht! Verdammtes Weichei!

Doch dem Alten fiel das auf. „Sie wollten tatsächlich die Stewardess alleine lassen?" „Ja natürlich nur um sie zu holen, Kapitän.", murmelte der lange, dürre Martin kleinlaut.

„Sie machen sich das einfach." Und nun brach wieder ein Donnerwetter los. Es ging aber nicht über mir herab, sondern über Lang-Dürr-Martin.

Der Alte schrie was von Verantwortungslosigkeit und es wäre ja nicht seine erste Reise in dieses Gebiet, er hätte mir mit Nachdruck sagen müssen, dass ich das fehlende Landgangsticket hätte melden müssen, statt mich zu ermuntern ohne loszulaufen. Und und und. Der kriegte jetzt so richtig was auf die Glocke. So, und ich hatte mal gar kein Mitleid. Weil er drauf und dran war, mich zu opfern, die feige, dürre Ratte.

Ich weiß nicht mehr wie lange wir da oben zugebracht haben. Jedenfalls war ich völlig fertig, hundemüde, gestresst, aber auch erleichtert endlich wieder an Bord zu sein. Außerdem wieder oben auf, weil der Alte sich nicht verbal an mir vergriffen hatte, sondern dem Kriechtier „Koch" dermaßen übers Maul gefahren war, dass sein schlechtes Gewissen ihn heute Nacht buchstäblich auffressen musste. Hoffentlich! Mit Dem rede ich sowieso nicht mehr!

Mein Freund wartete in meiner Kammer auf mich. Er hatte sich auch schon die allergrößten Sorgen gemacht und wollte auf die Suche gehen. Aber wo anfangen in so einer Stadt. Es wäre unsinnig gewesen.

Ich erzählte ihm alles und ließ abermals meinen Tränen freien Lauf. Ich wollte nur noch duschen und in mein Bett. Und genau das tat ich dann auch. Im Endeffekt glücklich noch mal mit heiler Haut davon gekommen zu sein. Was wirklich ein Wunder war. Schlimmer hätte es nicht kommen können. Aber an Land gehen wollte ich hier nun auch nicht mehr. Gott sei Dank war auch das Geld alle und die Hafenliegezeit fast um.

Widerlich, da hatte ich mich so auf Rio gefreut und nun das - eine Enttäuschung, nach der anderen. Vor allem war das alles nicht lustig. Das war richtig haarig. So habe ich mir meine erste Begegnung mit Südamerika überhaupt nicht vorgestellt.

Dass es Kriminalität gab, war mir schon klar, aber hatte ich jemals annähernd so was erlebt?

Gab's doch im Osten alles gar nicht. Wenn überhaupt, nur im Fernsehen und das war dann schließlich nur ein Film, also nichts Echtes.

Es waren ein bisschen viel negative Erfahrungen auf einmal, die ich erst mal zu verdauen hatte. Gut, ein wenig blauäugig sind wir schon an Land gestiefelt, aber dafür kam es ja dann auch ziemlich dicke. Doch woher sollten wir auch die Schläue nehmen, die uns vor diesen Geschichten bewahrt hätte? Wohlbehütet aufgewachsen in einem Land, was weitestgehend gewaltfrei war. Schön eingemauert, wo man nachts ohne sich Gedanken zu machen, durch die Straßen laufen konnte, auch als Frau. Da komm mal drauf, dass sie dir alle nur ans

Leder wollen und du nur mit dem Schlechtesten rechnen musst. Ich jedenfalls hatte in Punkto Sicherheit noch Einiges zu lernen. Na es war ja auch erst meine dritte Reise und die Kriminalität ist eben in Südamerika recht hoch. Aber man wird alt wie eine Kuh und lernt immer noch dazu.

Ich will ja die Schönheit dieses Landes nicht vergessen und es gab auch wirklich faszinierende Stellen in Rio, sowie auch in den anderen Städten, nur im Moment war ich kuriert und hatte große Lust endlich wieder nach Hause zu fahren. Die Reise war gegen die ersten beiden Reisen nach Murmansk doch ziemlich lang und für meine Begriffe sehr strapaziös, schon durch die Taufe. Aber wir werden diesmal viel zu erzählen haben, das stand fest.

12. Kapitel „Auf nach Hause, Leberknödel, Stasi gib acht!"

Es war dann auch soweit, wir liefen ab von Rio, es ging nach Hause. Die Überfahrt verlief im Gegensatz zur Hinreise ziemlich ausgeglichen und wir empfanden den Wechsel von den heißen Gefilden in etwas kühlere sehr angenehm.

Wobei da auch noch keiner daran dachte, dass nicht nur die Klimaanlage kaputt war, sondern auch die Heizung. Das nahm dann auch noch ein bitterkaltes Ende.

Meinen Geburtstag hab ich auch noch auf See gefeiert. Denn der ist im Januar und da waren wir noch nicht zu Hause. So ein Geburtstag wird meistens mit allen zusammen gefeiert. Das heißt natürlich außer den Wachen. Der Koch hatte mir ein warmes Essen vorbereitet für meine Gäste an diesem Abend und die Kosten dafür wurden auf meine Reiserechnung geschrieben. Das war allgemein üblich so und völlig in Ordnung. Wir haben jedenfalls schön gefeiert und ich freute mich schon auf die Feier zu Hause mit meinen Eltern.

Überhaupt musste ja alles nachgefeiert werden, der ganze Jahreswechsel, alles was man verpasst hatte zu Hause. Obwohl Silvester in Rio wirklich einmalig schön war. Wir besprachen auch während der Überfahrt die Pläne für die nächste Reise. Wo die nun so genau hingehen sollte, wusste noch keiner, aber der Kapitän fragte alle, wer wieder mitfahren möchte.

Es gab auf unseren Schiffen sogenannte Stammbesatzungen. Zum Stamm konnte man gehören, wenn man sich verpflichtete auf diesem Schiff weiterzufahren und jede Reise mitzumachen, auf unbestimmte Zeit. Das fand ich nie so gut, weil es meistens so war, dass die Schiffe dann auch immer ihre festen Linien fuhren. Das hieße dann ständig Südamerika, oder ständig Russland, Indien, Vietnam usw.. Dazu hatte ich keine Lust. Da hätte ich mit Sicherheit viel verpasst. So bin ich höchstens zwei Reisen hintereinander auf einem Schiff gefahren und dann wieder abgestiegen, in der Hoffnung ein neues Ziel zu bekommen, was ich noch nicht kannte. Tatsächlich hatte ich immer Glück.

So, hier hatte ich nun auch die Wahl noch mal mitzufahren. Da fast die ganze Besatzung wieder mitfuhr und wir uns einigermaßen zusammengerauft hatten, dass es Spaß machte miteinander zu fahren, wollten mein Freund und ich auch noch einmal mit. Das war sogar eine sehr gute Idee, wie sich im Nachhinein zeigte. Aber soweit bin ich noch nicht mit meinen Ausführungen, noch ist diese Reise nicht zu Ende. Das heißt wieder einmal ein Ende nicht in Sicht. Denn es wurde schweinekalt je näher wir Westeuropa kamen und hier und da trieb auch schon mal Eis. Na und nun die Heizung, die nicht funktionierte und auch nicht reparabel war. Es bleibt einem doch nichts erspart. Obwohl alle unsere Leute im Osten das Improvisieren in Fleisch und Blut hatten, waren wir diesmal machtlos. Aus der berühmten Scheiße Bonbons zu machen war diesmal nicht möglich. Wer sich nicht etwas schneller bewegte, der fror eben am Arsch. Half alles nichts. Na und der Hammer war dann auch, dass die Lebensmittel langsam schrumpften. Das machte uns zwar noch nicht so große Sorgen, denn mittlerweile war es nicht mehr so weit nach Rostock. Bis dahin dachten wir uns über Wasser zu halten. Aber es kommt doch tatsächlich immer anders, als man denkt. Heimreise gut und schön. Aber unter den Bedingungen schon verdammt schwierig. Man sagt nicht umsonst, so gut wie der Koch, so gut das Klima an Bord.

Bloß Martin konnte sich drehen und wenden und auch nichts aus den Rippen schneiden. Ab und zu noch Zoff mit der Bäckerin, die der Meinung war man könnte dies und das anders machen, veränderte seine Lage auch nicht positiv. Er hatte zu leiden. Martin Meier von uns allen „M M" genannt, lief bald Spießruten.

„M M" stand für „Massenmörder Meier".

Aus den Restbeständen, die in der Last lagerten, versuchte unser Massenmörder täglich krampfhaft ein Mahl zuzubereiten. Lief aber meist daneben. Die Situation verschärfte sich bei Einlaufen Rostock Reede.

Das Eis war dick, wir froren fest und froren ohne Ende. Beladen mit Eisenerz, was nicht verderblich war, waren wir „Schütze Arsch im letzten Glied". Der einzige Eisbrecher, der zur Verfügung stand, holte natürlich nur Schiffe rein, die verderbliche Ladung hatten. Die Moral sank auf den Tiefpunkt. Alle die dachten wir kommen, sehen und siegen waren bitter enttäuscht, denn wir wurden vergessen. Das Schiff lag fest. Der Alte gab die Erlaubnis (was verboten war), das Schiff an der Lotsenleiter zu verlassen und auf dem Eis herumzulaufen, um die eingefrorene „Möwitz" zu fotografieren. Sicherlich fror auch so langsam sein Pflichtbewusstsein mit ein. Vermutlich schon Eiskristalle im Hirn, handelte er so nach dem Motto: erfrieren, verhungern oder Arschbrechen, sowieso scheißegal jetzt. Das fehlte mir gerade noch. Bei den Temperaturen da runter zu kraxeln und womöglich noch die Gräten auf 'ner Scholle zu ramponieren. Ich bin doch nicht total bekloppt. Kam für mich überhaupt nicht in Frage so was. Wenn meine Füße schon mal intakt waren, sollte es auch so bleiben. Also unterließ ich den Ausflug aufs „Ewige Eis" und blieb an Bord. Soll'n die andern doch auf den Arsch fallen. Ich nicht.

Über Funk konnten wir telefonieren. Meine Eltern wussten schon, dass wir da waren, aber ich telefonierte mit meiner Mutter und wir machten eine Zeit aus, an der ich an Deck mit einem Fernglas stand und meine Eltern am Strand mit einem Fernglas. So konnten wir uns wenigstens freudig erregt zuwinken. Meine Güte, wie makaber. Man hätte rüber laufen können, doch wir durften natürlich nicht. Es war ein Ding der Unmöglichkeit. So schmorten wir, oder besser: froren wir täglich mit der Hoffnung endlich einlaufen zu dürfen. Es war Folter. Keiner hatte mehr Lust seinen täglichen Arbeiten nachzugehen. Kälte überall.

Kein vernünftiges Essen.

Keine Kartoffeln, kein Reis, keine Nudeln, keine Wurst, nur noch Fleisch.

Selbst das Mehl zum Brot oder Brötchen backen war alle. Der Kapitän wusste auch eigentlich darüber Bescheid. Und doch hatte einer der Matrosen auf der Brücke ein Funkgespräch zwischen dem Kapitän und den Verantwortlichen an Land mitgehört, indem der Alte erklärte wir hätten noch Proviant für Wochen an Bord. Denn wir hatten die Hoffnung, selbst wenn der Eisbrecher uns nicht rein holte, dass er uns doch zu mindestens Lebensmittel bringen könnte. Das hatte sich dann damit auch erledigt. Na und so gab es eines Abends Leberknödel pur.

Ekelhaft.

Trotz Hunger auf ein kräftiges Mahl, wurden diese Dinger von fast allen verschmäht. Nach dem Abendbrot standen schüsselweise heiße Leberknödel in der Pantry und dampften sinnlos vor sich hin. Unser Massenmörder Martin stand mit verkniffenem Gesicht davor, fürchtete wahrscheinlich um sein erbärmliches Leben und wusste sich auch keinen Rat mehr. „Sollen die noch in den Kühlschrank?", fragte ich mit leicht sarkastischem Unterton. Denn normalerweise kamen restliche Schnitzel oder Kotelette und was sonst noch übrig war zur Nacht in den Kühlschrank in der Mannschaftsmesse. Für die ewig Hungrigen. Die konnten sich dann noch mal bedienen, genau wie zu Hause bei Muttern, wenn spätabends noch mal der Magen knurrt.

Aber Martin schüttelte nur betrübt den Kopf. Also sie waren zum Abschuss freigegeben. Ich kippte alle in eine große Schüssel zusammen und schleppte sie nach achtern, um die Möwen zu knödeln. Diese Viecher schrien auch laut und waren wohl froh über etwas Warmes im Bauch. Meine Knödel eierten durch ihre komische Form in die verschiedensten Richtungen, doch die Möwen schnappten sie alle. Ich warf einen Knödel nach dem anderen in die Luft, als sich der Kapitän zu mir gesellte. „Na, fressen die denn das Zeug?" „Hm, sieht so aus", knirschte ich ihm entgegen. Mir war elendig kalt und Hunger hatte ich auch, auf was Richtiges. Er ließ sich auch zu den Knödeln herab, griff in die Schüssel und wir knödelten gemeinsam die Möwen. Schweigend. Jeder ging seinen Gedanken nach. Ich weiß nicht an was er dachte. Ich dachte jedenfalls daran, dass er einen Beitrag hätte leisten können, um uns vor Leberknödeln zu verschonen. Ausgesprochen hab ich es natürlich nicht, denn satt und zufrieden sah er auch nicht aus.

Ich kann mich tatsächlich schlecht erinnern, wie viele Wochen wir so eingefroren aufs Einlaufen warteten. Ich glaube drei oder vier. Auf alle Fälle hieß es immer montags, es würde die kommende Woche nichts werden, die nächste Order käme am folgenden Montag. Also wieder eine deprimierende Woche vor uns und hoffen auf den kommenden Montag. Das war nervenzehrend. Als endlich der Funkspruch zum Einlaufen kam, weinte ich vor Freude. Bis dahin hielten wir uns mit heißem Grog über Wasser. Rum war Gott sei Dank noch genügend da.

Ja, aus vielen verschiedenen Gründen wurden die meisten Reisen länger als geplant. Das hatte tatsächlich immer etwas von höherer Gewalt. Nun gut. Wir hatten es überstanden und liefen endlich ein. „Klar vorn und achtern". Der Eisbrecher kam.

Wie Musik in den Ohren und unendlich erleichtert, dass diese unfreiwillige Eisgefangenschaft ein Ende hatte, freuten wir uns nun auf zu Hause. Zumal ich auch wusste, dass ich Hafenurlaub bekomme. Die nächste Reise wollte ich wieder mitfahren und auch für die anderen, die mit dabei sein wollten, wurden Springer angefordert. Es würde diesmal kein Kofferpacken und Geschleppe geben, alles blieb an Bord für die kommende Reise. Natürlich benutzten die Springer unsere Kammern, aber egal was drin stand und während der Hafenliegezeit an Bord blieb, es kam nie etwas weg.

Wer Zeit hatte stand nun an Deck und erlebte das Einlaufen mit.

Es war immer wieder schön an der Warnemünder Mole vorbeizufahren und all die staunenden Menschen zu sehen, wenn ein großer Dampfer ein- oder auslief.

Alles winkte und wir auch. Ich war froh, dass ich ohne Frostbeulen winkte. Hätte auch schief gehen können. Kalt genug war es. Mich durchströmten aber auch tatsächlich Glücksgefühle. Ich hatte mich schon vor Hunger an der Tischkante Klimmzüge machen sehen. Obwohl es immer hieß, die Wirtschaft verhungere nicht. Aber wenn überhaupt nichts mehr da ist, so wie in diesem Fall, verhungert sogar die „Weiße Mafia".

Es war geschafft. Wir waren fest. Nun noch der Zoll, der (es war kaum zu glauben, von mir keinerlei Notiz nahm) das Schiff schnell wieder verließ.

„Der Zoll ist von Bord, das Schiff ist freigegeben." Klang es durch die Lautsprecher. Bevor der Zoll das Schiff betrat, hatten wir uns bei Ein- oder Auslaufen alle auf unsere Kammern zu begeben. Da saß man dann mit Spannung, ob man nun gefilzt wird oder nicht. Und jedes Mal wenn es hieß, das Schiff sei freigegeben, flogen die Schotten auf und alles jubelte. Entweder weil man bei Auslaufen sein Schmuggelgeld sicher durchgebracht hatte, oder andere diverse Schmuggelgegenstände, die man im Ausland gewinnbringend verhökern konnte, oder bei Einlaufen, wenn man sein Schmuggelgut sicher rein gebracht hatte.

Wobei das mit dem Geld rausschmuggeln auch so eine linke Sache war. Es handelte sich immer um Devisen, die man auf den vorhergehenden Reisen verdient hatte, also um eigenes, selbst erarbeitetes Geld. Das durfte man zwar einführen, man musste dafür nur eine Devisenbescheinigung bestätigt vom Kapitän beantragen. Die Summe, die man einführen wollte allerdings, konnte egal wie hoch sein, man durfte aber generell nur 50 DM davon ausführen. Mit dem Sinn, dass das eingeführte Geld im Lande blieb und es eben dort in den sogenannten „Intershops" ausgegeben werden sollte.

Das war schon eine Schweinerei. Somit war man gezwungen, sein eigenes Geld wieder außer Landes zu schmuggeln. Aber wir haben uns auch für solche kleinen Fiesigkeiten gerächt, indem wir auf die Devisenbescheinigung fünf Mark eintrugen, wenn wir nicht mehr viel hatten und einfach, nachdem diese genehmigt und abgestempelt war, hinter die Fünf ein „-zig" schrieben und eine Null malten. Man konnte „-zig" oder „-hundert" schreiben, es war ja eh schon genehmigt. So und wer nun an Land jemanden kannte, der an D-Mark ran kam oder besaß, verkaufte ihm seine Devisenbescheinigung für ein gewisses

Entgelt und der andere konnte nun in den billigen „Duty-free-Shops" einkaufen, die bedeutend günstiger waren, als die „Intershops". Er brauchte nur beim Einkauf dabei zu sein, wegen des Seefahrtsbuches. Also „Not macht erfinderisch", wie es so schön heißt und wir waren alle erfinderisch. Die Fünf war nur ein Beispiel. Man konnte natürlich auch andere Zahlen einsetzten. Jedenfalls flogen nun wieder die Schotten auf und alle freuten sich, denn ein nicht geringer Teil von uns hatte wieder einmal alles dabei, was nicht dabei sein durfte. Es war jedes Mal ein Fest und ein Sieg.

Eigentlich waren es immer harmlose Dinge, die man sich mitbrachte. Aber angefangen von gewissen Schallplatten, bis hin zu in der DDR verbotenen Büchern, irgendwas war immer staatsfeindlich. Ich zum Beispiel stand auf Udo Lindenberg. Und die Platten waren vom Zoll heiß begehrt, doch es war diesmal ein Wunder, keiner wollte etwas von mir. Alle hatten ihre Besuchserlaubnis ausgefüllt und sowie die am Hafentor vorlag, konnten auch alle Angehörigen an Bord. Es klappte auch mit den Springern, sodass der Hafenurlaub gesichert war. Dass wir tagsüber eingelaufen sind, hatte somit sein Gutes. Man konnte den Springern alles in Ruhe übergeben und dann ab nach Hause. Meine Eltern kamen an Bord, um mich und meinen Freund abzuholen. Wir hatten sogar die Möglichkeit eine PKW-Bescheinigung ausstellen zu lassen, damit die Angehörigen mit dem Auto vors Schiff fahren durften. Ich weiß noch, dass mein Vater sich einige von den verbotenen Utensilien hinten unters Hemd in den Hosenbund steckte und ganz gerade im Auto saß, als wir am Zoll vorbeifuhren, um nichts zu zerdrücken. Ich dachte nur, lehn dich nicht an, sonst hast du die Splitter von Udo im Rücken! Das hat auch geklappt. Sie ließen uns passieren.

Man kann sich heute kaum noch vorstellen, dass man wegen ein paar LPs Angst hatte sein Seefahrtsbuch zu verlieren. Lächerlich. Aber es war so. Eigentlich hatte man während den ganzen Reisen nie Ruhe vor Kontrolle. Angefangen von dem Politoffizier, der sowieso immer mitfuhr, bis hin zu den Staatssicherheitsleuten, wobei die Stasi bei uns immer auf jedem Schiff mitfuhr. Der Unterschied war, dass jeder den Politoffizier kannte, aber den Stasimann oder manchmal auch zwei, nicht. Die fuhren tatsächlich verdeckt mit. Und es konnte jeder sein.

Keiner wusste genau wer es war. Die fuhren mal als Storekeeper („ein Mann für alle Fälle" im Maschinenbereich), oder als Eisbär (Kühlingenieur), Bootsmann oder was auch immer mit. Es war ein unausgesprochenes Geheimnis, doch alle wussten wir darum. Wir vermuteten reiselang nur, wer es diesmal sein könnte. Grauenhaft. Gerade beim Feiern, wenn Alkohol im Spiel war und einige wagemutig wurden, um über den Staat und die Verhältnisse zu hetzen, hatte man Angst, wer ist nun der Spitzel und wer scheißt wen an? Ich weiß nicht, ob das schon mal irgendwer irgendwo erwähnt hat. Ich weiß nur, dass es immer so war, dass wir alle auf jeder Reise grübelten wer es sein könnte und meist auch einen im engeren Verdacht hatten. Es war auf alle Fälle immer eine miese Situation. Weil man nie wusste, kannst du dem jetzt vertrauen oder nicht. Oftmals hab ich bei unseren Festen Fußtritte unterm Tisch verteilt, wenn unser Verdächtiger dabei war und einer allzu mutig wurde.

Doch diese Reise war nun zu Ende und wir wollten unseren wohlverdienten Hafenurlaub genießen, denn er war kurz genug und verging recht schnell. Die nächste Reise stand bevor und es war ziemlich spannend, denn es hieß die „Möwitz" geht in die Werft.

Nur wusste noch keiner so recht wohin und in welche. Die Besatzung war zum größten Teil die alte. Ein paar wenige waren neu, dazu gehörten der Kapitän und die Oberstewardess. Die Oberstewardess war kleiner als Sonja aber auch ziemlich füllig, ansonsten von der Art her ähnlich. Die Sachen, die sie zum Reinschiff trug waren bei ihrer Leibesfülle von gewagter Kürze und riefen allgemeine Heiterkeit hervor. Trotz allem man kam mit ihr aus. Der Rest war mir egal.

13. Kapitel „El-Ferrol, schon wieder Zoll, der Wein und die Füße"

Die Entscheidung fiel dann auch endlich. Die Werftzeit war klar, der Ort auch. Wir fuhren nach Spanien in die Werft, genau nach „El-Ferrol".

Der Jubel war ohne Grenzen, besonders bei denen, die noch nicht da waren. Aber auch diejenigen, die schon dort waren, freuten sich, denn

116

es gibt dort herrlichen Wein und man konnte phantastisch essen gehen. Ich freute mich wie ein Schneekönig, wieder was Neues, toll. Auf ging's. Wir liefen aus Richtung Spanien. Die Überfahrt verlief glatt. Die Besatzung nun schon ein eingespieltes Team, hatte den Frust der letzten Reise vergessen und freute sich auf die Werftzeit. Neu war der Kapitän.

Ich hab vergessen zu erwähnen, dass ich mich vor Auslaufen von einigen überreden ließ, Schnaps in der Wäschelast zu verstecken. In die Schmutzwäschebündel steckte ich jeweils eine Flasche und verknotete sie wieder. Und ich selbst hatte auch Geld zu verstecken. Das stopfte ich in ein Sockenbündel in meiner Kammer und legte es in den Schrank. Doch kurz bevor der Zoll kam, kriegte ich es doch mit der Angst, nahm das Geld wieder raus und stopfte es in meinen Slip. „Lieber Gott, lass keine Frau dabei sein, sonst musst du dich nackig machen", dachte ich noch, als der Zoll schon klopfte. Mein Herz wummerte bis zum Hals. Die nahmen wieder die ganze Kammer auseinander. Es waren aber nur Zöllner und keine Frau. Jedes Sockenbündel fassten sie an und überhaupt alles, was in meinem Schrank war, spannten meinen Regenschirm auf und warteten auf Regen, nein Blödsinn, guckten überall hin und rein. Ich war so aufgeregt und starb tausend Tode. „Das sehen sie dir an, dass du schmuggelst", dachte ich. Aber in der Kammer hatte ich Glück. „Jetzt noch in die Schmutzwäschelast", forderte mich einer auf. Diesmal war ein Hund dabei, der schnüffelte auch überall herum. Als wir in der Wäschelast, die nicht abgeschlossen war, ankamen, bellte das Luder. Irgendwo hat ja jeder ne Leiche im Keller. In diesem Falle ich, Schnapsleichen in Schmutzwäschebündeln! Wenn das nicht im Vorfeld schon übel ist? Vor lauter Angst kriegte mein Gedärm Locken durch den Stress. Aber sie konnten abtasten so viel sie wollten, die Wäschebündel mit dem Schnaps lagen ganz unten und darüber ein Berg Schmutzwäsche. Richtig eklig drapiert. Sie fanden nichts obwohl der Köter knurrte.

Da war ich wieder einmal mit meinen Nerven am Ende und dachte „jetzt kriegen sie dich". Aber nein, sie verließen die Last und ich durfte auch gehen. Jetzt brauchte ich erst mal 'ne Zigarette und zitternd voller

Erleichterung, rauchte ich nun, um mich zu beruhigen. Mal wieder gerade so vorbeigeschlittert. Das Schiff wurde freigegeben.

Als wir auf Reede „El-Ferrol" angekommen waren, mussten wir dort eine Weile liegen. Aber um schon mal einen Vorgeschmack auf die Stadt zu bekommen, wurden wir per Reedeboot an Land gebracht. Das heißt mit einem Reedeboot abgeholt und an Land gefahren.

Ich war in meiner Freizeit auch dabei, gemeinsam mit meinem Freund. Es war wieder etwas ganz Neues und wir genossen es die Stadt anzusehen. Ein paar Tage später liefen wir ein und konnten ab da jede freie Minuten an Land gehen, sowieso am Abend, wenn wir nicht mehr arbeiten brauchten. Das heißt für die Wirtschaft nach dem Abendbrot. Mein Freund hatte auch frei und wir gingen los. Einfach so spazieren durch die Stadt, ganz seelenruhig, schließlich lagen wir in der Werft. Auf dem Rückweg trafen wir einige von der Besatzung, die sich mit einem fünfundzwanzig-Liter-Kanister abschleppten. Ehemals war da Limonadenkonzentrat vom Koch drin, von uns „Kujampel" genannt, doch nun sah der Kanister verdächtig dunkel aus.

„Was habt ihr denn da drin?" Ich musste es einfach wissen.

„Moscatel.", nuschelte einer der Matrosen und lachte sich dabei halb schlapp.

Alle drei, die sich mit dem Ding abmühten, waren ziemlich lustig. Und das keineswegs nur von dem Geschleppe.

„Was is, kommt ihr mit an Bord und wir nehmen noch einen?"

„Na warum nicht", meine Neugier auf den Inhalt des Kanisters siegte. Wo der doch so lustig machte... Gemeinsam trabten wir los bis zum Dampfer, das Ding die Gangway hochgehievt und direkt in unsere Partykammer. Das war die Kammer meines Freundes, die genau gegenüber meiner lag. Die war eben nur zum Feiern und zum Rauchen gedacht. So, alle rein in die Hütte und eingeschenkt. Die kippten gleich Limonadengläser voll. Da ging mehr rein, als in ein Weinglas. Das Zeug schmeckte dermaßen gut. So saßen wir da, der Recorder auf voller Lautstärke, Hans Albers und Freddy Quinn. Shantys was sonst? Alle grölten und sangen mit. Eine sehr angeheiterte Atmosphäre, in der wir uns befanden. Bombenstimmung sozusagen. Das Schott stand weit auf und alle, die durch uns nicht schlafen konnten, regten sich nicht auf, neee, die kamen einfach dazu und feierten mit -„auf der Reeperbahn nachts um halb eins."

Die Kammern waren nicht groß, eher klein und winzig. Doch wie wir alle jedes Mal bei solchen Partys Platz gefunden haben, grenzte schon an Wunder. Irgendwie fand jeder eine Kante, wo er sich hinhocken konnte. Außerdem besaßen alle Kammern ein besonderes Möbelstück, einen Klappcheck. Das war ein Hocker zum zusammenklappen, ähnlich wie ein Angelhocker. Also ein Besucherstuhl. Und jeder, der abends in eine andere Kammer ging, klemmte vorsichtshalber seinen Hocker untern Arm. Dafür war immer Platz. So nun war die Bude voll. Wir sangen und tranken und es war lustig. Waren ja auch fünfundzwanzig Liter drin. Immerhin!

Ich hatte jedenfalls noch mit meinem ersten Glas zu tun, als ich plötzlich dermaßen müde wurde und ins Bett wollte. So im Kopf war ich völlig klar, nur meine Beine wollten nicht aufstehen. Ich hatte mich schon offiziell verabschiedet, um schlafen zu gehen und dachte schon daran, ob ich bei dem Lärm überhaupt schlafen könnte, aber ich kam nicht hoch, meine Fortbewegungsmittel streikten vehement.

Ich saß wie angenagelt auf der Backskiste und kam nicht vom Fleck. Der Wein war gut. Man war im Kopf klipperklar, aber das Zeug ging so in die Beine, lief einfach nur so nach unten. Richtig heimtückisch. Mein Freund half mir mich in meine Kammer zu bringen und ging wieder feiern. Ich kriegte es tatsächlich noch hin mich zu waschen und Zähne zu putzen, aber ich stand auf meinen Beinen. Das hab ich noch schnell ausgenutzt. Dann husch ins Bett. Meine Befürchtungen bei dem Lärm nicht schlafen zu können waren unbegründet. Obwohl meine Tür nur eingehakt war, damit etwas Luft in meine Kammer kam, (die Klimaanlage war noch immer kaputt) schlief ich wie ein Baby - kein Geräusch, tiefe Stille, was für ein Wein!

Am nächsten Morgen hatte ich auch noch Glück. Schön klar in der Rübe ging es mir prima. Zwar bin ich extra vorsichtig und langsam aus meinem Bett gestiegen, aber nach kurzer Zeit bemerkte ich, dass ich auch ruckartige Bewegungen ohne Kopfschmerzen zu bekommen machen konnte.

So hab ich mir dann auch vorgenommen bei der nächsten Gelegenheit von diesem Wein eine Menge für zu Hause zu bunkern.

Für die Wirtschaft, das heißt die Oberstewardess, die Bäckerin und mich, war die Werftzeit angenehm. Wir hatten geregelte Arbeitszeiten. Doch für den Koch war es nicht so nett. Aus Kostengründen hatte unsere Reederei beschlossen, dass die Treibstofftanks von der Besatzung auszugasen sind.

Sogar der Koch musste mit in die Luken. Ich weiß nur noch, dass es nicht ungefährlich war die Gase dort unten einzuatmen. Es entwickelte sich Lachgas und ab und zu fiel einer von den Jungs mal eben von der Leiter und/oder um - musste also rausgebracht werden. Da die Zeit drängte, durften sie nicht mal zum „Smoketime" morgens um zehn aus der Luke. Ich hab ihnen die Tassen und den Kaffee in einem Eimer an einem Strick nach unten in die Luken gehangelt. Die Werftarbeiter hatten Mitleid, als sie sahen, dass unsere Besatzung nicht mal einen Mundschutz hatte. Sie schenkten den Jungs einen Karton Mundschutzhäubchen.

Der Koch war ziemlich sauer. Das war ja nun wirklich nicht sein Job. Und die Bäckerin hatte alle Hände voll zu tun die Mahlzeiten alleine hinzukriegen, was ja auch nicht so einfach war. Also haben wir, wenn wir Zeit hatten, geholfen. Auf alle Fälle ging diese Aktion auch vorbei und wir machten in unserer Freizeit wieder was wir wollten.

Das große Joggingfieber brach auf dem Schiff aus. Jeder, der was auf sich hielt, wetzte abends in Sportklamotten und Turnschuhen, am Kopf ein Schweißband durch die Werft. Ich hielt natürlich auch was auf mich und kaufte mir nigelnagelneue Turnschuhe in El-Ferrol und wollte mit wetzen. Die Bäckerin dick und rund sagte nur: „Sport is Mord und Massensport is Massenmord." Käme ihr gar nicht in die Tüte so was.

„Na du kannst das aber auch gebrauchen, so wie du aussiehst", wollte ich nur mal gesagt haben, „außerdem ist dein Job auch nicht ganz ungefährlich für uns. Mit der richtigen Zutat wirst du auch ohne Sport zum Massenmörder!"

Die grinste nur. Die ließ sich nicht erschüttern.

„Spielt sich nichts ab!" Und damit war sie durch.

So, ich hatte jedenfalls meine Turnschuhe und wollte mit. Klar, und die nahmen mich auch mit. Ich war ja das einzige weibliche Wesen mit Spontanentschluss. Es war brütend heiß und wir pesten nach Feierabend los. Eigentlich ging es immer bergauf oder geradeaus. Das war auch alles machbar und ich hielt locker mit den anderen mit, aber auf der Rücktour nahm das Drama seinen Anfang, mit ungeahnten Schwierigkeiten verbunden. Nun ging es fast nur noch bergab. Meine neuen Schuhe waren nicht eingelaufen, sondern eisenhart vorne an den Kuppen. Die großen Zehen stießen gnadenlos vorne in den harten Schuhen an, als wollten sie irgendwie da raus und taten höllisch weh. Bloß nicht anmerken lassen, dass ich nach dem ersten Lauf schon schwächelte. Mit zusammengebissenen Zähnen rannte ich im selben Tempo wie die Anderen Richtung Dampfer zurück. An der Gangway angekommen, schwindelte mir regelrecht. Vor Schmerzen quälten sich schon Tränen aus meinen Augen, als ich mich die Gangway hochschleppte. Endlich in meiner Kammer, zog ich die verflixten Schuhe aus. Meine beiden großen Zehen glotzten mich rabenschwarz und verquollen an. Meine Güte die Nägel waren schwarz! Alle beide! Und es hämmerte darin wie verrückt. Die Schuhe flogen in die Ecke und ich weinte vor Schmerzen. Wieder einmal die untersten Extremitäten, die bei mir litten. Um das Pochen zu verringern, stopfte ich sie in einen kühlen Wassereimer. Selbst das aufrichtige Bedauern meines Freundes half mir nicht über meinen Zustand.

Irgendwie hab ich die Nacht überlebt. Als ich am nächsten Morgen aufstand und mich für die Messe fertig machen wollte, sah ich mit Entsetzen, dass beide Zehen kartoffelgroß waren. Ich borgte mir von meinem Freund ein paar Jesuslatschen und schlurfte in die Messe.

Es war Vorschrift für die Wirtschaft und auch für alle anderen in der Messe Socken zu tragen. Ich kam in keine rein. Auch der Gedanke die Spitzen der Socken abzuschneiden war Blödsinn. Da wäre die Tarnung auch aufgeflogen. Also hinkte ich barfuß in den Jesuslatschen an meinen Arbeitsplatz, um dort für das Frühstück einzudecken. Und wer begegnet mir zuerst? - Die Bäckerin in voller Leibesfülle. Ihre Blicke gingen, wie konnte es auch anders sein, magnetisch auf meine Füße.

„Was ist das denn? So was hab ich ja noch nie gesehen?", fragte sie amüsiert.

„Ich auch nicht!", blaffte ich zurück. „Grins nicht so blöd! Dir kann so was ja nicht passieren. Du hütest dich ja vor jeder unnötigen Bewegung!"

„Ist das etwa beim Joggen passiert? Ich sag doch Sport ist Mord!"

„Ja, ja und Massensport ist Massenmord und jetzt lass mich in Ruhe, sonst hüpf ich mal auf deine großen Onkels! Dann sehen die genauso aus!", warnte ich und ließ sie stehen. Ich hatte keinen Bock auf ihre Gehässigkeiten und wusste auch nicht wie ich mit diesen Schmerzen den Arbeitstag rumkriege. Es hätte alles so schön sein können aber irgendwie hatten sich meine Füße gegen mich verschworen und verunfallten einfach bei jeder sich bietenden Gelegenheit. Ich war froh, dass ich in der Mannschaftsmesse bediente und dem Secont (II. NO) nicht unter die Augen kam. Der hätte mich glatt zum Arzt geschleppt. Der Tag verging zwar unter Schmerzen aber er hatte dann doch ein Ende.

Um Einschlafen zu können, genehmigte ich mir ein ganz großes volles Glas Wein. Als sich in mir wohlige Schläfrigkeit entfaltete, nutzte ich schnell die Chance.

Am nächsten Morgen sah ich aus, als hätte ich die afrikanische Beulenpest, die an den großen Zehen ihren Anfang nahm. Meine Kartoffelonkels waren zu grotesker Größe angeschwollen und nun total schwarz, nicht nur die Nägel und es tuckerte und tuckerte darin. Mit schmerzverzerrtem Gesicht stülpte ich die Jesuslatschen über, nachdem ich mich endlich zum Duschen hin und her manövriert hatte und machte mich auf den Weg in die Messe.

Doch diesmal erwischte mich der II. NO auf dem Gang vor der Messe und starrte wie hypnotisiert auf meine Füße. Jetzt hatte er mich! Er war in seinem Element.

„Das muss untersucht werden und sofort zu einem Arzt. Was haben sie denn da gemacht und wann ist das denn passiert? War das ein Insekt, oder was? Sind sie in was rein getreten? Und gleich alle beide? Zwei Insekten, oder was? Wie kann denn so was passieren? Das tut doch sicherlich unheimlich weh? Wir müssen sofort helfende Maßnahmen ergreifen." Er zitterte vor Besorgnis und hatte ja so Recht. Sofort mussten Maßnahmen ergriffen werden, schon weil ich vor Schmerzen kurz vorm Durchdrehen war.

Er zerrte mich in seinen Behandlungsraum, sah sich die Füße an und quetschte mich aus, wie ich zu diesen Knollen gekommen bin.

„Da schlurfen sie schon zwei Tage mit rum?"

„Ja".

„Was nun? Insekt oder nicht? So was merkt man doch? Das ist unverantwortlich. Sie gehören zum Arzt. Das leite ich sofort ganz fix in die Wege. Mensch, da muss gehandelt werden!"

Gott sei Dank konnte er sich nicht selbst mit in die Wege leiten, um mit mir zum Arzt zu fahren und der Kapitän erklärte sich bereit das zu übernehmen. Außerdem hatte er bessere Sprachkenntnisse, sowohl Englisch, als auch Spanisch. Ich hatte riesengroße Angst und bittelte und bettelte, dass er mich bloß nicht alleine lässt mit irgendeinem fremden Arzt und er solle mich auch auf alle Fälle wieder mit zum Schiff nehmen. Ich hatte Angst womöglich an Land in irgendeiner Klinik mutterseelenalleine zu bleiben und hoffentlich kam keiner auf die Idee mir die Dinger abzuhacken.

Er kümmerte sich rührend um mich und versprach meine Wünsche zu erfüllen, Hauptsache wir fahren erst mal zum Arzt. Ein Taxi brachte uns zu einer Klinik. Das Personal war schon vom II. NO informiert, in meinen Gedanken schliffen die schon die Skalpelle, „klar vorn und achtern zur Amputation"! Es kam bei unserer Ankunft ein kleiner, dicker, dunkelhäutiger Mann aus der Tür gestürzt. Er rannte auf mich zu und schrie aufgeregt mehrere Male hintereinander „Senorita! Senorita! Senorita!" , schnappte meinen rechten Arm, hechelte und küsste wie ein Wilder von der Hand aufwärts, bis zu meiner Schulter auf meinem Arm herum. So muss es sich anfühlen, wenn eine durchgeknallte Weinbergschnecke auf meiner Haut hoch und runter rast. Erschrocken wich ich zurück und hielt mich instinktiv am Arm des Kapitäns fest.

„Was ist denn das für einer? Sagen sie dem schleimigen Zwerg er soll mich in Ruhe lassen!" Ich war außer mir.

„Pst, der ist nur höflich, das ist der Chef der Klinik!", erwiderte der Kapitän. Waaas??? Das fehlte mir noch. So ein kleiner, dicker, spanischer Stier, der mich schon vor der Tür zu Boden schlabbert. Was machen die da drin erst mit mir? Was lauern da für welche? Völlig verängstigt wollte ich sofort zurück zum Schiff.

„Da geh ich nicht rein, machen sie was sie wollen, ich geh da nicht rein!", sagte ich völlig aufgebracht.

„Und doch gehen wir da rein. Aus dem einfachen Grund, weil sie gar nicht mehr gehen können mit solchen Füßen. Ist das klar?"

„Ja, aber.."

„Nix, ja aber, na los Mädchen! Die bringen sie nicht um. Ich komme doch mit und passe auf."

Tja, Recht hatte er. Ich konnte nicht mehr laufen. Da kamen sie schon mit so 'ner Rollbahre und als ich die paar Stufen zur Tür hochgehinkt war, setzten sie mich da drauf und schwups wurde ich in einen Raum gefahren wo lauter nett grinsende Männer in weißen Kitteln standen. Einer kam näher mit seinen handschuhbestückten Händen und untersuchte intensiv meine Kartoffeln. Er sprach mit dem Kapitän, der verstand und nickte.

„Was ist denn? Was hat er gesagt?", drängelte ich voller Angst um eine Antwort.

„Die Zehen sind vereitert.", sagte der Kapitän und sah nun gar nicht mehr so mutig aus.

„Na und nun, wie geht das hier weiter?" Bevor er antworten konnte, kamen schon zwei auf mich zu und forderten mich auf mich hinzulegen. Sowie ich lag, hielten sie mich an Armen und Beinen fest. Ich hatte Angst um meine Füße, natürlich auch um den Rest, der mit dran hing.

„Die sollen mich loslassen! Ich will das hier nicht!"

In diesem Moment spürte ich einen scharfen Schmerz. Der Arzt hatte sofort gehandelt, so mit Überrumpelungstaktik, hinlegen, festhalten und mir einen Zeh abschneiden, nee, er hat ihn aufgeschnitten. Ich kreischte unkontrolliert drauf los. Ging auch gar nicht anders. Kurz bäumte ich mich auf und sah was er tat. Aus dem Schnitt quoll Blut und Eiter. Angeekelt sank ich zurück. Da waren schon wieder die starken Arme, die mich auf die Bahre pressten. Und er drückte und drückte, bis alles raus war. Wird das so gemacht, oder hatten sie schlichtweg vergessen mich sanft zu betäuben? Dann kam der zweite. Ich dachte, ich dreh durch vor Schmerzen. Der Kapitän saß da mit ängstlichem Gesicht und tröstete mich. Ständig wischte er mal mir, mal sich mit seinem Taschentuch über die Augen. Mir liefen die Tränen wie verrückt. Ich hatte nicht mal die Kraft darüber zu diskutieren, dass ich mit niemandem ein Taschentuch teile. Er schniefte auch. Zweifellos, es ging ihm ziemlich an die Nieren. Aber er bemühte sich es zu verbergen und mir Mut zu machen. Leise und eindringlich flüsterte er mir zu, es gäbe noch viel Schlimmeres und bald wäre alles wieder gut.

Ach nee?

Lauter so hilfloses Zeug eben, was man so stammelt, um dem Leidenden zu helfen. Half mir im Moment nicht wirklich weiter. Das waren Höllenqualen und momentan konnte ich mir beim besten Willen nichts Schlimmeres vorstellen. Die waren dabei mich von unten abzumurksen. Ich wusste nicht wie das enden sollte. Hinterher hab ich erfahren, dass sie dort, wo der Nagel im Fleisch endet, kurz dahinter geschnitten hatten. So und nun noch einen schönen Verband um beide Füße und fertig war die Operation. Mein Glück war nur, dass ich vorher nicht wusste, was die Ärzte mit mir vorhatten. Ich wäre wohl aus Angst auf allen Vieren getürmt. Aber eh ich es mich versah, hatte ich es schon hinter mir. Trotz allem, die Zehe tuckerten immer noch. Obwohl nun der Eiter raus war, aber von der ganzen Drückerei, dass die Suppe erst mal raus kam, taten sie eben noch unheimlich weh.

Ja und ich durfte tatsächlich auch zum Schiff zurück. Erleichtert atmete ich auf. Denn meine größte Sorge war, dass sie mich nun da behielten und der kleine, spanische Stierklinikchef nachts über mich herfiel.

Nein, ich konnte zurück, musste nur von da an alle zwei Tage in die Klinik den Verband wechseln.

Mitleidig wurde ich an Bord von den anderen empfangen. Herrlich, so im Mittelpunkt zu stehen und sich im Selbstmitleid zu suhlen! Andächtig suhlten die anderen sich mit mir in meinem Tatsachenbericht. Wie das gut tat! Ich erzählte erst mal dramatisch und richtig schön eitrig-blutig wie ich das Massaker durchgestanden hatte und muss schon gestehen, dass ich es genossen habe wie die anderen entsetzte Blicke tauschten.

Jetzt konnte ich erst mal ausruhen, denn die nächsten Tage durfte ich nicht arbeiten.

War mir auch recht. Ich hockte mich eben mit einem Buch in die Sonne und ließ alle Viere gerade sein. Bloß mit meiner heißgeliebten Duscherei hatte ich Probleme. Die Verbände durften natürlich nicht nass werden und so grübelte ich, wie es nun anzustellen ist trotzdem zu duschen. Ich wurstelte große Einkaufstüten um meine Füße und stülpte Weckgummis drum, sodass kein Wasser reinlaufen konnte. Problem gelöst.

Das erste Mal Verband wechseln war auch ziemlich schmerzhaft. Da die Wunden noch Flüssigkeit von sich gaben, war dieser natürlich eklig verklebt. Auch hatte ich Glück, der kleine Stier kämpfte an einer anderen Front und kam nicht aus dem Krankenhaus gestürzt um mich wieder so herzlich zu begrüßen. Na denn, Ole`.

Nach drei, vier Tagen packte mich dann aber doch die Langeweile und ich fragte den II. NO, ob ich nun wieder arbeiten dürfte. Was ich mir zutrauen würde durfte ich dann auch wieder erledigen und so schlurfte ich allmählich wieder an die Arbeit. Doch an den Folgen dieser verkorksten Zehen hatte ich noch Jahre zu knabbern, aber das kommt später.

14. Kapitel „Fußball und ´n bisschen viel Eiweiß"

Da ich nun wieder arbeitete, wollte ich auch mit zu einem Fußballspiel, dass die Werft organisiert hatte - rechtzeitig gesund geworden sozusagen. Unsere männliche Besatzung gegen die Arbeiter der Werft. Die anderen zwei Mädels hatten kein Interesse daran, so durfte ich zum Zugucken dabei sein. Mit ihren Privatautos holten uns die spanischen Herausforderer vom Schiff ab und wir fuhren zum Fußballplatz.

Sogar einheitliche Fußballtrikots befanden sich auf unserem Schiff und es wurde solange hin und her getauscht, bis sie irgendwie jedem von unseren Spielern passten. Das Wetter war herrlich, die Sonne schien und strahlte mit den Spielern um die Wette. Groß war das Brimborium, mit dem das Ereignis eingeläutet wurde. Die Mannschaften nahmen Aufstellung und zum Auftakt spielte ein Dudelsackorchester in bunter Tracht eine schöne Melodie. Sogar zwei Pokale standen bereit. Je nachdem, welche Mannschaft gewann.

Eigentlich interessierte ich mich überhaupt nicht für Fußball, doch das hier war etwas anderes. Ich kannte ja alle persönlich, sogar der Kapitän spielte mit. Mein Freund war auch von der Partie, somit hatte ich allen Grund mir das Spiel anzusehen. Und es war ein tolles Spiel. Ich hätte nie gedacht, dass es klappen könnte, doch am Ende hatte unsere Mannschaft gewonnen. Das war genial. Feierlich wurde der Pokal übergeben und ich freute mich mit.

So, das hatte nun allen Grund gefeiert zu werden. Wir stiegen alle in die Autos und fuhren mit laut dröhnender Musik zu einem Restaurant. Ich vergesse nie, wie wir an einer roten Ampel alle anhalten mussten. Aus allen Autos dröhnte der damals so beliebte Song „Live is Live". Schon das Hinfahren war ein Fest, wir sangen alle mit. Einer der temperamentvollen Spanier sprang beim Halt an der Ampel aus dem Auto und klaute einfach aus einem Vorgarten einen Riesenstrauß Hortensien, den er mir schnell durchs Autofenster reichte. Nette Geste. Ich freute mich sehr.

Im Restaurant angekommen, wurde aufgetafelt. „Pulpo" (Krake) im eigenen Saft und andere Meeresfrüchte wurden serviert, mit knusprigem Weißbrot und natürlich Wein. Sie gossen Fanta und Malaga in den gewonnenen Pokal und ich durfte als Erste daraus trinken, bevor er die Runde machte. Es wurde immer später und die Stimmung immer ausgelassener. Eigentlich hätten wir schon längst laut Landgangsvorschrift an Bord sein müssen, aber der Kapitän war ja dabei und der sah es Gott sei Dank nicht so eng. Er war wirklich mal ein feiner Kerl, ein selten netter Mensch in dieser Position. Er behandelte alle gleich freundlich, ohne den Alten raus zukehren. Beim ersten Versuch nun doch aufs Schiff zu wollen, sagte darauf ein Spanier zum Kapitän: „Live is Live und heute leben wir."

„Recht hast du!", stimmte er zu. „Wir bleiben noch. Die Nacht ist noch jung."

So feierten wir noch einige Zeit fröhlich ausgelassen weiter, ehe sie uns dann an Bord zurück brachten. Diejenigen, die nicht mit waren, beneideten uns um das feine Essen und die schöne Feier. Pech gehabt, wenn die ein solches Spiel nicht interessiert.

An den Teil der Werftzeit, den ich dort miterlebte, erinnere ich mich sehr genau. Es war wirklich eine schöne Zeit. Abends sind wir natürlich auch essen gegangen. Wir bekamen auch ein Essen von der Botschaft geschenkt. Alle die frei hatten gingen mit. Ein überaus appetitlicher Abend. In den Schaufenstern des Restaurants lagen Meerestiere, die noch lebend vor sich hin wabbelten und man konnte sich aussuchen was man davon gleich zwischen den Zähnen haben wollte. Beim Betreten des Lokals killte der Wirt willkommen grinsend für jeden einen lebenden Shrimps, indem er ihm schwungvoll den Kopf abriss und am Schwanz drückte, damit das Fleisch ein wenig herauskam. Klar haben wir uns entsetzt geekelt. Bloß, es wäre nicht nett gewesen nicht zu probieren. Dann hätten wir die Gastfreundschaft verletzt.

Ich würgte mir das Tierchen über den Knorpel und war heilfroh, als ich dabei kein Zappeln mehr spürte. Außerdem guckte er uns ganz neugierig an, kaute im Geiste verstohlen mit und sowie die kleinen

Tierchen in unseren Mündern verschwunden und verschluckt waren, nickte er zufrieden.

Nun durften wir das Lokal betreten, wo ein vorbestellter Tisch für uns bereit stand. Wunderbar eingedeckt sah er sehr ansprechend aus. Wir bestellten alle Pulpo und brauchten nicht lange zu warten. Das Essen kam schnell, auf Holztellern serviert mit eben wieder diesem leckeren Weißbrot und natürlich Rotwein. Lecker. Ganz lecker war das alles. Wir hatten viel Spaß, es schmeckte und der Wein war auch vorzüglich. Ein überaus genussvoller Abend.

Am nächsten Tag ging es uns schlecht. Alle, die Essen waren, wanden sich sozusagen todsterbenskrank auf ihren Lagern. Richtig fiese Magenkrämpfe und wir kotzten und kackten um die Wette. Soviel Klos waren auf dem ganzen Dampfer nicht.

Wer sich eine Brille erkämpft hatte, verließ sie so schnell nicht wieder, hielt die Türe schön geschlossen, eine Schüssel vor den Mund und ließ sich erst mal richtig gehen. Wildentschlossen trommelte schon der nächste verzweifelt ans Schott und schrie: „Lass mich jetzt, ich kann nicht mehr!" Was den Platzhalter wenig störte.

Ich selbst kämpfte um den ersten Platz und würgte, begleitet von spektakulärem Wanstrammeln, dermaßen, dass mir fast die Mandeln flöten gingen. Der Second klärte dann den Fall auf.

Wir hatten alle eine handfeste Eiweißvergiftung. So ein frisches Zeug hatte von uns noch nie jemand gegessen. Tot gemacht und dann gleich Minuten später serviert. Die Mägen rebellierten, die Därme auch. Obwohl ich an der Küste wohnte und wir zu Hause viel Fisch aßen, war der aber nie so frisch wie das Getier, dass wir an dem Abend zuvor so genüsslich verspeist hatten.

Das rächte sich nun. So was Gutes war keiner von uns gewöhnt. Der Second hatte alle Hände voll zu tun uns mit Medikamenten zu versorgen. Das sind die unangenehmen Geschichten, die keiner einkalkuliert und dann im Fiasko enden. Aber sprichwörtlich zu Tode geschissen hatte sich keiner.

Alle kamen wir früher oder später wieder auf die Beine. Abends hockten wir auch schon wieder um unseren 25 Liter Kanister und zutschten unser Wunderallheilmittel „Moscatel de Pasa". So war jedenfalls eine Nacht mit Schlaf gewährleistet.

Da der Wein diesmal schneller seine Wirkung tat, war ja klar, praktisch leergekotzt und leergeschissen, konnte er sich ohne Umschweife in uns entfalten, krochen alle ziemlich angeschlagen früher in ihre Schiffsbetten als geplant. Alkohol in jeglicher Form ist doch der beste Geheimtipp gegen sämtliche körperliche Irritationen. Hier der Wein. Das edle Getränk hatte innerlich wohl so was wie eine desinfizierende Wirkung, so dass wir am folgenden Morgen zwar mit einem leeren Gefühl im Magen, jedoch fast wiederhergestellt unserer Arbeit nachgehen konnten. Die innerliche Reinigung hatte sich vollzogen. So einfach und simpel kuriert sich eben nur ein Seemann, ebenso die Seefrauen.

Meine Füße waren auch auf dem Weg der Besserung. Hauptsächlich machten sich meine Zehennägel auf den Weg ins Jenseits. Sie lösten sich jetzt. Und zwar seitlich und ziemlich hässlich. Eine Seite war jeweils fest bis zur unteren Mitte und die andere Seite hob sich ab. So war es ein Problem ohne hängen zu bleiben in irgendeine Socke zu rutschen. Und was kommt dann, wenn die ab sind, fragte ich mich.

Es kamen keine neuen Nägel zu diesem Zeitpunkt nach. So dachte ich schon betrübt ich müsse zeitlebens beidseitig nagelamputiert rumlaufen. Die sahen sowieso nicht schön aus, die waren immer noch schwarz und das änderte sich auch erst beim totalen Verlust derselben. Aber bis dahin war es noch ein Stück.

Interessante Ausfahrten brachten uns hierhin und dahin. Nach La Coruna mit dem Bus. Schön anzusehen, vor allem bei diesem Supersonnestrahlewetter. Einkaufsmäßig konnte man sich dort schlichtweg vergessen. So viele Dinge, die ich hätte gebrauchen, aber nie hätte bezahlen können.

Ebenso nach Santiago de Compostella, das Ziel des Jakobsweges. Unmengen von Pilgern machen sich jährlich auf den Weg. Dort steht eine riesige, wunderschöne Kathedrale, in der die Spanier den Heiligen Jakobus verehren. Wir reihten uns in die Schlange ein, bis wir vor ihm standen. Er ist dort als lebensgroße Figur anzusehen.

Ich hatte natürlich bei all diesen Unternehmungen schön bequeme Schuhe an, die vorn weit ausgeschnitten waren, um meine großen Onkels zu schonen.

Es war alles in allem eine schöne Werftzeit, abgesehen von meinen Gebrechen und ich freute mich, dass wir noch eine Weile bleiben sollten.

15. Kapitel „Der Luxusliner"

Und doch gab es für meinen Freund, einen Ingenieur, und mich ein abruptes Ende. An diesem Tag waren wir noch einmal zu fünft an Land. Ich hatte das Abendbrot frei, so konnte ich mit den anderen schon mittags an Land gehen. Mein Freund und ich wollten uns einen Kassettenrecorder und einen Taschenrechner kaufen. So viel Geld hatten wir zusammengespart. In der Stadt waren wir erst mal in einem großen Kaufhaus, wo es natürlich für mich wieder unvorstellbar viele verlockende Dinge gab. In der Kosmetikabteilung sah ich mir, für die Jungs viel zu lange, Lippenstifte und Lidschatten an, sodass sie mich voll Ungeduld zum Ausgang zerrten. So schnell konnte ich gar nicht reagieren und als wir auf der Straße standen, hatte ich die Hände voll Kosmetik. Lippenstift, Lidschatten, Lipgloss. Ich guckte ganz erschrocken auf die schönen Teile. „Was hast du denn?", fragte mein Freund.

„Ich hab geklaut. Ich hab das alles geklaut und ihr seid schuld." Betroffen sah ich meine vollen Hände an.

Alle lachten. Ich nicht. Mir war schlecht. So was ist mir noch nie passiert. Geschätzter Wert der Beute: mindestens 25 DM! Das war für mich viel Geld. „Ich geh rein und lege alles wieder hin." „Das wirst du nicht tun! Komm los, wir wollen noch woanders hin!" Denen war es schnurz, ob ich mich schuldig fühlte oder nicht.

„Und wenn doch einer was gemerkt hat? Was meint ihr, was dann los ist?"

Ich hatte richtig Angst. „Komm, wenn wir hier noch lange vor dem Laden quatschen, merken sie es tatsächlich." Und schon zogen sie mich weiter in die nächste Straße, zum nächsten Geschäft. Ich konnte gar nicht mehr überlegen, was ich nun damit tun sollte und steckte es ein. Aber wohl war mir dabei überhaupt nicht.

Endlich ein Laden wo es Musikanlagen gab. Ich kam mir vor wie ein Schwerverbrecher nach meinem Diebstahl und hatte gar keine Augen dafür. Doch als mein Freund sich einige Geräte zeigen ließ, erwachte dann auch mein Interesse und wir entschieden uns für einen riesigen, silbergrauen Kassettenrecorder mit abnehmbaren Boxen für 261,00 DM und einen Taschenrechner, solarbetrieben für 36,00 DM.

Der Verkäufer war sehr beflissen und schenkte uns aus lauter Freude über unseren Kauf Kopfhörer und einen Schlüsselanhänger mit dem Zeichen des Steinbocks.

Stolz über unseren getätigten Einkauf, schleppten wir den Riesen Karton mit unserem Kassettenradio auf den Dampfer. Das musste auch gleich alles ausprobiert werden. So schlossen wir das Gerät an und es funktionierte zum Besten.

Und in diese schöne Atmosphäre der Freude über unseren Einkauf platzte der Kapitän und forderte meinen Freund und mich mit todernster Miene auf ihn unverzüglich auf seine Kammer zu begleiten. Mein erster Gedanke war, nun hat doch einer von dem Diebstahl gequatscht oder irgendwer hat mich doch im Laden beobachtet und es auf irgendeine mysteriöse Weise an den Kapitän gemeldet, der nun wahrscheinlich schon, pling pling, die Handschellen in seiner Kammer liegen hatte. Mir war auf einmal so schlecht und zum Heulen, denn ich hatte es ja nicht mit Absicht getan und im Knast landen wollte ich auch nicht. Ich war praktisch unschuldig an dem Vergehen und die anderen hatten mir die Chance genommen alles wieder an seinen Platz zu legen.

Wie geprügelte Hunde schlichen wir hinterher und grübelten was nun kam. In der Kapitänskammer angekommen sagte der Kapitän ernst:

„Setzen!"

Wir setzten uns und nun kam mir der Gedanke, dass vielleicht zu Hause etwas passiert ist. „Warum müssen wir sitzen dabei? Ist es so schlimm, dass man es nicht im Stehen ertragen kann?" Nervös rutschte ich auf der Backskiste rum.

Der Kapitän antwortete nicht auf diese Frage und sagte nur: „Wir warten noch. Es fehlt noch einer." Als es dann an der Tür klopfte und der III. Ing. eintrat, wunderte ich mich noch mehr. Der war doch gar nicht mit uns an Land, also konnte es nicht um meine kleine Klauerei gehen. Zu ihm sagte der Kapitän auch:

„Setzen!"

Genauso wie zu uns. Und genauso kleinlaut setzte er sich zu uns auf die Backskiste. Er lauerte auch auf eine Erklärung. Der Kapitän räusperte sich, holte tief Luft und begann mit dem Satz:

„Für euch ist die Werftzeit vorbei und der Aufenthalt auf diesem Schiff mit dem heutigen Tag beendet."

„Was ist denn los?" Mir spritzten spontan Tränen aus den Augen. Tausend Gedanken wirbelten durch meinen Kopf. „Aber wir haben doch nichts verbrochen."

„Ihr werdet heute Nacht noch ausgeflogen aus Spanien. Packt eure Sachen, nur Handgepäck was ihr tragen könnt, der Rest bleibt an Bord. Ein Taxi holt euch ab, das fährt euch nach Madrid. Von dort fliegt ihr nach Barcelona. Dort steigt ihr in eine andere Maschine und fliegt weiter nach Amsterdam. Ab da steigt ihr wieder in eine andere Maschine und fliegt nach Berlin-Schönefeld."

So, das ließ er erst mal sacken. Keiner von uns wusste warum und weshalb und worum es eigentlich ging. Nun weinte ich wirklich und konnte kaum glauben was ich eben gehört hatte. Mir fiel nichts ein warum das wahr sein sollte. Es war auf alle Fälle kein Witz.

„Freut euch, ihr seid auserwählt!", hörte ich den Kapitän sagen und freudig strahlend, wie ein gebügelter Plattfisch fuhr er euphorisch fort:

„Die DDR hat ein „Traumschiff" der BRD gekauft und es MS „Atlantis" getauft."

Wir erstarrten und starrten ihn an. Blöd war nur, wir freuten uns nicht. Außerdem war mir in dem Moment alles Leberwurscht, wer hier was von wem gekauft hatte.

Es bedeutete einfach nur, für uns drei war hier alles vorbei.

„Ja aber was hat das mit uns zu tun?" meine Frage kam zitternd.

„Es muss eine komplette Besatzung für das Schiff zusammengestellt werden und ihr gehört ab heute dazu."

Jetzt war der richtige Zeitpunkt sich die Haare zu raufen. Aus Zeitgründen konnte ich mich dem natürlich nicht hingeben, sondern stotterte aufgeregt drauflos:

„Aber was soll denn das? Ich will hier nicht weg und wie kommen wir denn dazu?" Ich versuchte alles, um rauszubekommen worum es eigentlich ging.

„Das weiß ich auch nicht. Ich habe heute ein Telegramm bekommen, dass ihr dort benötigt werdet und insgesamt 250 Mann Besatzung angefordert ist. Egal wo sie sich zur Zeit befinden.", antwortete der Kapitän.

„In Berlin-Schönefeld müsst ihr euch dann privat abholen lassen und schnell nach Rostock fahren, wo ihr eingekleidet werdet, angeblich maßgeschneiderte Uniformen. Und wenn das innerhalb von drei Tagen geschehen ist, geht es ab für euch im Bus über die grüne Grenze nach Hamburg in die Werft. Dort liegt derzeit der „weiße Schwan"." So nun war es raus. Wir saßen wie behämmert da und wussten nicht was wir darauf sagen sollten.

„Das war alles, nun wisst ihr Bescheid. Packt die Klamotten. Ich wünsche euch alles Gute für den neuen Einsatz!"

„Packt eure Klamotten und alles Gute!", mir schwirrte der Kopf.

Was ich dort auf diesem Traumschiff machen sollte, wusste der Kapitän auch nicht. Einfach drauf los. Die konnten mit uns machen was sie wollten. Ja aber es gab kein zurück. Also gingen wir auf unsere Kammern und wollten packen. Nun ging es schon auf dem Schiff herum wie ein Lauffeuer und alle fragten was denn los ist und warum gerade wir. Keine Ahnung wir wussten es wirklich nicht. Dass die

DDR das Schiff kaufen wollte, hatten wir alle in der Schiffspresse gelesen, die in der Messe auslag. Aber richtig geglaubt hatten wir es nicht und es wäre nie im Traum jemand darauf gekommen, dass die so ein Trara darum machen und die Leute dafür von anderen Schiffen abzögen. Ich hatte auch den Eindruck, keiner der anderen beneidete uns um diesen Einsatz. Das half jetzt allerdings auch alles nicht weiter. Wir mussten tatsächlich packen und uns auf dieses Abenteuer einlassen, denn ein Abenteuer war es von Anfang an. Schon die Flüge ließen mich an meinem Verstand zweifeln.

Was nahm man denn nun mit? Ich hatte Wein gekauft. Sieben Gallonen spanischen Wein, 5 x 2 Liter und 2 x 5 Liter. Der war unmöglich zu transportieren. Es war so Einiges, was wir nicht mitnehmen konnten. Eigentlich fast alles musste dableiben. Ich hoffte nur darauf, dass wir wirklich genug zum Anziehen in Rostock bekamen. Denn von meinen Messesachen konnte ich gar nichts mitnehmen. Das waren immerhin elf Röcke und mehr als zwanzig Blusen und T-Shirts. Aber unser neuer Recorder, sowie unser restliches Geld und die Transitzigaretten mussten mit. Da es verboten war Zigaretten mitzunehmen, musste ich zwei Stangen „Club" sicher verpacken, sodass sie der Zoll nicht fand. Und meine neue Schneiderschere, die ich mir in Spanien gekauft hatte, sollte auch mit ins Handgepäck. Die wollte ich auf keinen Fall dalassen. Um die Zigaretten durch zu kriegen, hab ich mir allerhand einfallen lassen. Ich hab den Karton von unserem neuen Recorder auseinandergenommen, das Styropor raus und dafür die Zigaretten rund um den Recorder gestopft. Damit das Ganze nicht klappert, fummelte ich zwischen die Zigaretten und den Recorder noch paketweise Damenbinden.

So, der war kriminell gut verpackt. Von den Zigaretten oberflächlich nichts mehr zu sehen, falls doch mal einer in den Karton guckt. Zufrieden mit meinem Werk, machte ich mich daran die anderen Habseligkeiten einzupacken. Na und die Schere kam sicherheitshalber in meine Handtasche. Nun begann noch das große Verabschieden mit einem Glas Wein. Lange durfte es nicht dauern, denn wir mussten mitten in der Nacht aufstehen, um zum Flughafen zu fahren. Peinlich, wenn dann die Beine aufgrund des Weines versagen würden. Schade, dass die schöne Zeit hier jetzt vorbei war. Traurig und aufgeregt wie ich war, schlüpfte ich ein letztes Mal in mein Schiffsbett auf MS „Möwitz" ohne zu wissen, dass ich dieses Schiff erst ein dreiviertel Jahr später unter erschwerten Bedingungen wieder betreten sollte, um meine restlichen Sachen abzuholen. Denn solange schipperte alles was wir daließen ordentlich verstaut und weggeschlossen auf diesem Schiff durch die weite Welt. Die letzten Stunden vergingen dann doch noch in einem unruhigen Schlaf und eh ich es mich versah, war es tatsächlich schon Zeit aufzustehen, sich fertig zu machen, etwas zu essen und von den letzten paar Leuten Abschied zu nehmen, die zu dieser nächtlichen Zeit Wache auf dem Schiff gingen.

Schwups, saßen wir auch schon im Taxi in Richtung Madrid. So richtig sagen wollte keiner was. Wir sind vom Kapitän vorher noch belehrt worden, dass wir auf alle Fälle diese Fluglinie einhalten sollten und unter gar keinen Umständen in dem westlichen Teil Berlins ankommen dürften. Da ja immer etwas unvorhergesehenes bei Flügen passieren kann und wir wirklich sehr, sehr wenig Zeit zum Umsteigen auf den verschiedenen Flughäfen hatten, konnte es durchaus passieren, dass wir einen Flug knapp verpassten und uns anders orientieren müssten. Der III. Ing. hatte die Verantwortung für uns, sowie Geld und Flugtickets. Also falls wir aus irgendeinem Grund den Flug nach Berlin-Schönefeld nicht schafften, sollten wir in Amsterdam bleiben, bis das nächste Flugzeug ging. Unsere Angehörigen waren auch informiert. Meine Eltern wussten bereits, dass sie uns in Berlin abholen sollten. Gott sei Dank war mein Vater gerade da, sonst hätten wir womöglich ein Taxi von Berlin nach Rostock genommen, um rechtzeitig da zu sein. Wäre mit Sicherheit richtig teuer geworden.

16. Kapitel „Die Schere und der einfältige Zöllner"

Am Flughafen angekommen dankten wir dem Taxifahrer, checkten ein, was auch wunderbar klappte, und betraten das erste Flugzeug, was uns von Madrid nach Barcelona bringen sollte. Für mich recht aufregend, denn das war mein erstes Flugerlebnis überhaupt und nun sollte ich gleich dreimal hintereinander fliegen. Bevor sich Angst anmelden konnte, waren wir in der Luft und schnell verschwanden die

Lichter der Stadt unter uns. Während des Fluges wurden wir hervorragend bedient und bald schon landeten wir in Barcelona. Da nahm auch schon das Unheil seinen Lauf. Geschlagene sieben Minuten hatten wir um von einem Flugzeug ins andere zu eilen. Da geschah es am Zoll, dass dieser Detektor piepte, als ich meine Handtasche zur Kontrolle ablegte. Tasche auf und reingeguckt. Da steckte meine blitzeblanke Schneiderschere. Die Zollbeamten stierten erstaunt auf das Ding und machten uns klar, dass dies unter Hieb- und Stichwaffen lief, die man auf gar keinen Fall dabei haben durfte. Nein so ein Theater. Daran hatte ich überhaupt nicht gedacht. Ich wunderte mich in diesem Moment nur wie wir in Madrid damit durchgekommen sind. So die Schere sollte ich loswerden. Sie wiesen mit den Fingern auf einen Schalter, wo ich sie angeblich abgeben könnte. Man würde sie mir von da aus nachschicken. Und die Zeit lief. Lief gegen uns. Es war schon knapp es in sieben Minuten zu schaffen. Wir stürzten zu dem Schalter. Dort angekommen unter den schwersten Vorwürfen meines Freundes und des III. Ing. fragte ich, ob ich die Schere abgeben könnte. Doch der Beamte verneinte beharrlich. Er wollte sie nicht haben. Stattdessen schrie er: „Passport!" Ich zuckte vor Schreck zusammen und hielt ihm als erste mein Seefahrtsbuch hin. Er schlug es von hinten auf und sah die Stempel aus der SU. Murmansk!

„RUSSEN.", schrie er auf Englisch, so laut, dass es alle Leute, die um uns standen, hören konnten und schleuderte mir abfällig, fast windend vor Ekel mein Buch entgegen. Der fühlte sich für uns nicht verantwortlich, soviel stand fest. Schon gar nicht für meine Schere. Im Gegenteil, der dachte wahrscheinlich wir sind ein paar durchgedrehte Russen, die mit Hilfe einer Schneiderschere an die Macht wollen. Was nun? Die Zeit lief. „Du musst das Ding loswerden.", sagte aufgebracht der III. Ing. „Los, an dem nächsten Schalter!" Doch keiner wollte mir die Schere abnehmen. Noch drei Minuten. Es wurde höchste Zeit. „Leg die irgendwohin! Wir schaffen es nicht mehr!", sagte mein Freund. „Ja aber wohin? Die beobachten uns doch." Ich lief aufgebracht hin und her. Da kam mir eine füllige ältere Frau entgegen. Ich stürzte mit der Schere auf sie los, ausweichen konnte weder sie, noch ich. Entsetzt starrte sie mich und die Schere an und riss die Hände hoch, ich drückte ihr die Schere in die erhobene Hand und schrie: „Present for you!", fasste die anderen beiden an die Hand und wir rannten, wie um unser Leben zum nächsten Flugzeug. Was wir wirklich in letzter Sekunde erreichten. Aber glücklich war ich nicht, meine schöne, teure Schere. Was die Frau nun damit anfing, die mich mit weit aufgerissenen Augen wie einen messerscharfen Terroristen anguckte, war mir in dem Moment als ich es tat so was von egal. Die musste sich eben auch was einfallen lassen, um sie loszuwerden. Vielleicht geht die Schere heute noch von Hand zu Hand in dem Terminal, nur damit die Leute ihre Flüge ungeschoren erreichen. Ich weiß es nicht. Doch schade drum. Jetzt wo wir saßen, hatte ich mir natürlich Einiges von den beiden anzuhören. Von rechts und links droschen sie verbal auf mich ein. Dabei konnten die gar nicht begreifen, wie ich mit dem Verlust fertig werden musste. Im Geiste schob ich Riegel vor meine Ohren, Vorwürfe machten mich momentan aggressiv. Wir flogen jetzt nach Amsterdam. Da es um die Mittagszeit war, bekamen wir ein ordentliches Mittagessen. Es ging uns erst mal wieder besser. Doch stand uns noch Einiges bevor, denn wir wussten, dass wir diesmal nur vier Minuten bis zum Abflug der nächsten Maschine hatten. Orientiere dich mal auf so einem Flughafen in vier Minuten, wo du als Nächstes hin musst! Wirklich gar nicht so einfach.

„Du hast doch wohl nicht noch so ein linkes Ding in deiner Handtasche stecken?", nervte der III. Ing. „Nein hab ich nicht. Wirklich nicht, sonst hätte ich das schon längst mit verschenkt." Diese Antwortet war ehrlich. Nach der Landung in Amsterdam klappte es auch. Wir kamen unbescholten durch den Zoll und hatten auch schnell erkannt, wo wir in Windeseile hinlaufen müssen, um das nächste Flugzeug zu erreichen. Schade schönes Amsterdam. Ich hätte mir diese Stadt gerne mal in Ruhe angesehen. So bekam ich nur im schnellen Vorbeihasten einen kurzen Eindruck von dem Flughafen. Aber als wir dann glücklich an Bord der Maschine ankamen, ruderte die nächste Hiobsbotschaft in Form einer uniformierten Dame auf uns zu. Die Stewardess an der Gangway erklärte uns freundlich, dass es durchaus möglich war, dass die Sachen, die wir aufgegeben hatten, wahrscheinlich aus Zeitgründen nicht mehr im Flugzeug verstaut werden könnten und somit um Einiges später in Berlin ankommen würden. Eventuell erst am nächsten Tag. Ich dachte ich dreh nun doch noch durch. Das Wenige was wir eingepackt hatten, waren unsere Sachen, die wir fürs tägliche Leben brauchten. Praktisch alle meine normalen Sachen, die ich täglich anzog ja nun schon auf ein Minimum reduziert, sollte ich nun überhaupt nicht wiedersehen. Wir konnten doch auf keinen Fall einen Tag in Berlin warten. Aber auch auf meinen wilden Ausbruch wohl vorbereitet blieb die Stewardess freundlich und sagte, es täte ihr leid aber sie kann an der Situation nichts ändern, sie sollte uns auch nur auf die Möglichkeit vorbereiten. Es könnte eben auch durchaus sein, dass die Sachen dabei wären bei der Landung. Jedoch die andere Möglichkeit bestünde eben. Na prima. Was schon so anfängt. Traumschiff hin, Traumschiff her. Ich hatte jetzt schon die Schnauze gestrichen voll von diesem Kasten.

„Abgesehen davon, dass wir noch nicht einmal wissen was wir auf dem Dampfer machen sollen, hatten wir bis jetzt nur Scherereien und Aufregung. Das ist mir alles zu viel auf einmal!", stöhnte ich verzweifelt.

„Apropos Scherereien, Schere, das war ja wohl deine Schuld oder?" Mein Freund war immer noch sauer.

„Jetzt komm mir bloß nicht noch von der Seite. Daran hab ich keine Schuld. Ich hab bloß nicht daran gedacht. Überhaupt ich wollte ja nicht weg. Wieso müssen wir das alles auf uns nehmen?"

Das wollte ich zu gerne wissen. Ja wozu? Gute Frage. Die konnten mir die anderen beiden auch nicht beantworten. Total entmutigt ließen wir uns in die Sessel fallen. Es war der letzte Flug. Da es immer noch Mittagszeit war, bekamen wir auch in diesem Flugzeug ein Essen. Wenigstens dafür war gesorgt, dass wir bei all den Strapazen und der Hetzerei etwas Vernünftiges in den Magen bekamen. Mit Grauen sah ich dem Ende des Flugs entgegen. Sollte sich doch dann entscheiden, ob ich nun bis zur Einkleidung für dieses mysteriöse Schiff nackig rumlaufen musste oder nicht. Dann die Landung und ab zum Fließband. Mal sehen, ob für uns etwas dabei war. Wir standen dort ewig. Andere mit uns.

Jedoch die fischten ab und zu ihre Koffer und Taschen vom Fließband, was unaufhörlich an uns vorbeikroch und ewig nichts von unseren Taschen in Sicht. Da endlich, wir trauten unseren Augen nicht, kamen tatsächlich unsere Taschen kleckerweise und auch der Karton mit dem Recorder in loser Folge. Also nackig musste ich vorerst doch nicht rumlaufen. Befreit von diesen bedrückenden Gedanken und betont lässig reihten wir uns in die Schlange am Zoll ein. „Wenn wir da jetzt durchkommen, haben wir es vorerst geschafft", ging es mir durch den Kopf. Ja wenn, wenn aber nicht....?"

Vor uns, hinter uns - alles Männer. Wahrscheinlich Geschäftsreisende. Und dann wir. Den Karton mit dem Recorder fand der Zoll interessant.

„Können wir den mal aufmachen?", fragte ein Beamter.

„Nee, könnt ihr nicht!", dachte ich und hörte mich fragen: „Muss das sein?"

„Aber ja, es muss!", betont neugierig ließ er mich nicht aus den Augen.

„Sehen Sie, da ist ja nur ein Kassettenrecorder drin, original verpackt, mehr nicht." Hoffnungsvoll zwinkerte ich ihm lieblich zu.

„Na und genau den sehen wir uns jetzt mal an!" Scheiß Strategie, es funktionierte nicht, er blieb stur. Binden, Binden, Damenbinden und rund rum lauter Männer. Mist und da drunter die Zigaretten. Ausweglose Situation. Plötzlich wurde mir dermaßen heiß.

„Könnten wir vielleicht in einem anderen Raum den Karton aufmachen?", zischelte ich ihm ängstlich zu. Mir wurde derartig komisch. Der Zöllner hochinteressiert, sagte: „Jaaa, das ginge?". Mein Freund sagte nichts. Der III. Ing. hielt sich auch raus. Wahrscheinlich waren sie wieder einmal sauer auf mich. Der Zöllner ging mit mir und dem Karton in einen anderen Raum. Ich holte tief Luft und öffnete. Erst erstaunt und dann grinsend guckte der Zöllner auf den Inhalt.

„Ach deswegen?"

„Was, weswegen?", entschlüpfte es mir leise. Ich traute mich selber nicht hinzugucken.

„Wegen den, äh, den ähä?"

„Ja, wegen den Binden." Gleich war ich wieder oben auf. „Die hab ich da rein gestopft, weil ich sie im Moment brauche. In den Taschen war kein Platz mehr und wir müssen noch mit dem Auto von Berlin nach Rostock. Außerdem dachte ich so wird der Recorder nicht beschädigt."

„Ja, das hätten Sie doch gleich sagen können!"

„Meinen Sie eine Frau erwähnt so etwas, wenn vor und hinter ihr nur Männer stehen? Was glauben Sie denn?", pluster, pluster, alles auf eine Karte jetzt!

„Da haben Sie auch wieder recht. Sonst noch was zu verzollen?"

„Nein, sonst nichts."

„Na dann machen Sie den Karton mal zu und noch gute Reise!" Er entließ mich und meine Zigaretten wohlwollend. Ha ha. Ich schleppte den Karton zufrieden grinsend wieder raus. Meine beiden Männer standen immer noch verzweifelt am Zoll und grübelten wohl, was ich wieder angestellt hatte und demzufolge über die Höhe des Lösegeldes. Als wir draußen waren, berichtete ich schnell über den Ausgang der Kontrolle. Unter lautem Gelächter begrüßten wir meine Eltern. Der Beamte hatte sich tatsächlich gehütet diese Dinger anzufassen und darunter zu gucken. Bloß so sind sie nicht alle. Es gibt auch die ganz harte Spezies von Zöllner. Diesmal jedenfalls hätte ich sonst was schmuggeln können. Aber weiß man das vorher? Den III. Ing. haben wir mit ins Auto gepfropft, denn der hatte keine Möglichkeit gehabt sich abholen zu lassen. So fuhren wir zu fünft nach Rostock und setzten ihn am „Haus Sonne" ab. Das war das Seemannsheim für die Angehörigen der DSR.

17. Kapitel „Nobel ausstaffiert, die Fahrt ins Ungewisse"

In Rostock angekommen, hatten wir uns dann am nächsten Morgen in der Reederei zu melden, um uns die nächsten Instruktionen zu holen. Dort erfuhren wir, dass wir uns in Rostock-Schutow auf dem Messegelände um 14 Uhr einzufinden hatten, um dort eingekleidet zu werden. Zu diesem Zeitpunkt wussten wir immer noch nicht, was wir auf besagtem Schiff für Arbeiten zu erledigen hatten. Das wussten die wohl selber noch nicht genau, für was sie die Leute eigentlich brauchten. Wir fanden uns jedenfalls um 14 Uhr dort ein und bekamen Uniformen. Dunkelblaue Röcke, dunkelblaue Jacken, dunkelblaues Käppi, hellblaue Bluse mit weißen Streifen und Schlips, hellblaue Bluse ohne Streifen und Schlips, gelbe Röcke, Sandalen, T-Shirts in Weiß und Gelb mit großem MS „Atlantis" -Aufdruck, blau-weiß gestreifte Latzhosen und einen royal blauen Kimono für die Damen und dunkelblaue Kimonos für die Herren. Maßgeschneidert war natürlich übertrieben. Es bekam jeder in seiner Größe das Passende und Basta. Wir mussten uns dort in eine lange Schlange von ebenso neuen Besatzungsmitgliedern einreihen, wie wir selber solche waren. Doch es klappte reibungslos und in verhältnismäßig kurzer Zeit standen wir mit unserem Paket unterm Arm wieder vor der Tür. In der Zwischenzeit hatten wir auch schon erfahren, wo wir uns am kommenden Tag einzufinden hatten, um dort in den Bus nach Hamburg zu steigen. Ich hatte natürlich mein restliches zusammen gespartes Geld aus der Werft mit nach Hause genommen. Also die restlichen Devisen. Das heißt eigentlich war es das Geld, was ich schon mit nach Spanien geschmuggelt und noch nicht ausgegeben hatte. Mein Kopf arbeitete.

Irgendwie musste die Kohle ja nun wieder mit. Was sollte ich denn in Hamburg ohne richtig Geld? Mir fiel dann auch was ein und ich trennte das Ärmelfutter meiner Lederjacke auf und stopfte die Scheine so, James-Bond-technisch, da hinein. Zugenäht und fertig. „So", dachte ich, „das sollen die erst mal finden.". Irgendwie kriege ich es schon durch. Komme was wolle.

Der nächste Tag kam auch und wir bestiegen vorschriftsmäßig den wartenden Bus, der uns nach Hamburg bringen sollte. Der Bus war voll. Alles Reedereiangehörige. Komisch. Kein bekanntes Gesicht dabei. Als wir mit den anderen ins Gespräch kamen, stellte sich heraus, dass keiner so recht wusste, was ihn auf diesem Schiff erwartete. Alle hofften auf einen tollen Posten. Es war ja schließlich ein besonderes Schiff und wir sollten es übernehmen. Bis zur Grenze verlief die Fahrt auch recht fröhlich. Doch dort angekommen, nahm für mich die gute Laune ein jähes Ende.

Der Busfahrer hatte die Türen gleichzeitig zu öffnen und wir waren im Null-Komma-Nichts von allen Seiten von Zollbeamten umzingelt. Damit die Kontrolle vorschriftsmäßig ablaufen könne, sollten wir alle aussteigen, wurde uns erklärt. Konnte es jetzt nicht „Bing" machen und wir jockeln ungestört über die Grenze? Es half nichts, alle mussten aus dem Bus. So, nun standen wir draußen und sahen was drinnen abging. Die ließen nichts aus, krabbelten an allem rum und guckten überall rein. Sogar die Jackentaschen von den dort hängenden Jacken wurden untersucht. Meine Nerven. Obwohl es ziemlich warm war an dem Tag, sagte ich mir wäre kalt. Dabei schwitzte ich Blut und Wasser. Mensch meine Jacke war gleich dran. Ich hastete zum Bus und fragte:

„Dauert die Kontrolle noch länger?"

„Ja, wir haben doch erst angefangen.", antwortete ein Zöllner.

„Aber mir ist kalt, könnte ich dann wenigstens meine Jacke anziehen?"

„Gut, holen sie ihre Jacke!", brummelte der Zöllner. Rein und ein Griff, die Jacke geschnappt und angezogen, schon war ich wieder draußen. Aber sicher fühlte ich mich nicht. Die neuen Scheine knisterten wie brennendes Stroh unter meinem Arm. Das hätte in die Hose gehen können. Schweißgebadet stand ich da und lauerte darauf, dass sie womöglich auch noch in meine Jackentaschen gucken wollen, aber sie vergaßen es.

Mensch, da machste was mit!

Es war ja kein Vermögen, aber mein schwer erarbeitetes Geld und trotzdem strafbar. Das grenzte schon an willkürlichem Irrsinn. In keinem Land wird dir verboten dein eigenes Geld mit auf Reisen zu nehmen. Im Osten wurden wir so erzogen, speziell bei der Reederei, wir durften es nicht wieder ausführen. Wir durften einsteigen, die Fahrt ging weiter. Jetzt hätte ich feiern können. Wieder einmal Schwein gehabt. Wie oft klappt das noch? Irgendwann haben sie mich mal am Arsch. Obwohl ich sicher bin, da haben ganz andere heftigere Dinger gedreht als ich. Man musste nur die Klappe halten. Trau jedem nur soweit wie du ihn siehst.

Endlich war die Tour zu Ende und wir fuhren in den Hafen. Dort angekommen mussten wir alle aussteigen und in ein Gebäude gehen, wo man von uns Passbilder machte und sie in Landgangstickets für die MS „Atlantis" einschweißte. Mal harmlos grinsen und schwups waren wir schön hinter Plastik registriert. Es war schon dunkel, als wir mit dem Bus vor das Schiff rollten. Die „Atlantis" lag hell erleuchtet, fest vertäut an der Pier. Mein Gott, dieses Schiff kam mir so klein vor, dass ich ganz erschrocken sagte: „Auf so eine Badewanne sollen wir aufsteigen?" Wir kamen schließlich von MS „Möwitz", die mit ihren 201,3 m Länge über alles eines der längsten Schiffe der Reederei war.

Alle stiegen wir die Gangway hoch, wo wir von einem Offizier in Empfang genommen wurden. Der brachte uns in die Messe, wo für uns ein außergewöhnlich tolles Essen vorbereitet war. Wir ließen es uns schmecken. Die Fahrt war anstrengend und nervenaufreibend, es war Nacht, wir hatten Hunger und wir waren geschafft. Besonders wir drei waren nach den Aufregungen der letzten Tage fix und fertig. Mir wuselte eine ganze Horde von Termiten durch die Nervenstränge. Nach dem Abendessen bekamen wir alle Handtücher und Plastikbecher in die Hand gedrückt und erfuhren unsere Kammernummer. Wer mit jemandem bekannt war oder zusammen fuhr, so wie mein Freund und ich, bekam eine Kammer zusammen. Der Rest, der sich fremd war, wurde willkürlich zusammengesteckt. Alles Weitere, wer was machen sollte und welche Aufgabe jeder bekam, würden wir dann nach dem Frühstück erfahren. So klein und übersichtlich das Schiff von außen aussah, so verworren und unübersichtlich war es von innen. Wir hatten eine Kammernummer irgendwo im D-Deck. Es wurde uns immerhin beschrieben wie wir hinkamen, allerdings mit der Bemerkung, wir würden uns die erste Woche sowieso nur verlaufen und sollten jetzt gleich unser Glück versuchen es zu finden. Wir fanden es nicht. Irgendwie nach langem Umherirren kamen wir wieder in die Messe und waren auf Hilfe bei der Suche nach unserer Kammer angewiesen. Gut wir wurden hingebracht. Aber in unserem Zustand haben wir uns den Weg nicht gemerkt.

Glücklich angekommen, sahen wir uns in der Kammer um. Es war ein Schlauch mit einem Etagenbett, einem winzigen Tisch, ein Stuhl und eine Backskiste. Wir konnten von Glück sagen, erfuhren wir später, dass wir eine Außenkabine bekommen hatten. Das heißt wir hatten ein

Bullauge und dadurch Tageslicht. Aber dieses Bullauge war verschlossen. Hermetisch abgeriegelt wie jedes Fenster auf diesem Schiff. Alles vollklimatisiert, somit konnte keine Frischluft von außen eindringen. Das D-Deck war auch das tiefst gelegene bewohnbare Deck. So glich unser Bullauge beim Fahren eher einer Luke einer Waschmaschine, denn wir sahen nur das Wasser ans Bullauge klatschen. Je nach Geschwindigkeit konnte man den Waschgang abschätzen.

Das jedoch erlebten wir später. Im Moment lag das Schiff ruhig und wir sahen vom Bulleye aus direkt aufs Wasser. Hatte auch was, ohne Zweifel.

Na und eine Tür mitten in der Kammer führte zur Toilette und Dusche. Diese sanitäre Anlage war für zwei Kammern vorgesehen. Das heißt die Bewohner der Kammer gegenüber benutzten sie auch. Wenn man also duschen oder die Toilette benutzen wollte, musste man, nachdem man drin war, die Tür zur anderen Kammer von innen verriegeln, sodass man nicht Gefahr lief von der anderen Seite überrascht zu werden. Ja und das Glück eine Außenkammer zu besitzen war ganz einfach das, dass es noch Kammern gab im inneren Bereich des Schiffes, die kein Bulleye besaßen, sondern nur Neonlicht und Wände ohne Fenster. Ein Leben als Kellerassel sozusagen. Solche Kabinen gab es aber auch im Passagierbereich, was wir später zu sehen bekamen. Die waren erheblich billiger im Preis als Kabinen mit Fenstern.

Ich jedenfalls hatte von Anfang an das Gefühl, dass ich auf diesem Schiff keine Luft bekam. Entsetzlich. Notdürftig packten wir aus, entschieden, dass ich die untere Koje bekam und richteten uns für die erste Nacht auf diesem „Luxusliner" ein. Wir schliefen tatsächlich. Das waren die Nachwehen nach all den Anstrengungen, die wir auf uns nehmen mussten, um die Ersten mit auf diesem „Flaggschiff" der Reederei zu sein. Als der Morgen kam erwachten wir mit Hilfe meines mitgebrachten Weckers, zogen uns an und suchten die Messe. Zum Zahnputzbecher hätten die mal für jeden einen Kompass mit austeilen sollen. Oder so`n Wollknäuel, zum anbinden am Handläufer damit man sich retour wickeln konnte. Nach ewiger Sucherei betraten wir die Messe. Das Frühstück war üppig und es gab eine große Auswahl an

Speisen. Danach wurden wir in unsere verschiedenen Bereiche aufgeteilt und ich erfuhr, dass ich zu den Kabinenstewardessen im „A-Deck achtern" gehörte.

18. Kapitel „A-Deck achtern, Vorsicht Badewanne"

Folglich hatte ich mich in der Pantry „A-Deck achtern" einzufinden. Insgesamt waren wir sechs Kabinenstewardessen für diesen Bereich, davon war eine die erste Kabinenstewardess, die uns unsere Arbeit anzuweisen hatte. Nun saßen wir da und erfuhren was wir zu tun hatten. Jeder hatte zehn Kabinen zu betreuen bzw. zwei Suiten und sechs Kabinen. Was zu reinigen war, hatte man zu reinigen.

Ich selbst hatte zwei Suiten und sechs Zwei-Mann-Kabinen, sowie zwei Vier-Mann-Kabinen.

Die Vier-Mann-Kabinen waren innen, bestanden aus zwei normalen Betten und zwei klappbaren Oberbetten. Sie besaßen keine Fenster. Insgesamt waren 26 Betten zu beziehen und abzuziehen, was man ungefähr in eineinhalb Stunden zu schaffen hatte. Jeden Tag war Handtüchertausch und alle vier Tage Bettwäschetausch. Das ging richtig zur Sache. Im Badezimmer musste alles poliert werden, angefangen von den Fließen, Armaturen, Spiegel, sogar die Halterung der Klobürste. Sie bestand aus mundgeblasenem Kristall!!! Die musste auf Hochglanz. Duschvorhänge, Gardinen, sowie Bettwäsche und Handtücher hatte man in die Wäscherei zu bringen. Dafür gab es im „A-Deck vorn" einen Wäscheschacht, wo man alles reinstopfte und es fiel bis hinunter in die Wäscherei. Überall war Staub zu wischen, Staub zu saugen, Scheiben, Tische, Spiegel zu polieren. In den Kabinen musste vor Bezug durch Passagiere der Obstkorb bestückt werden, Gläser poliert werden, Programme und „Atlantis" -Taschen ausgelegt werden, Seifen, Parfum, Schuhputzzeug, Kotztüten, Mülltüten, Tüten, die man für Schmutzwäsche benötigt, bereitgelegt werden. Einfach Arbeit ohne Ende. Moderne Sklaverei. Bis Mittag sollten alle Kabinen sauber sein.

Bei Passagierwechsel hatten wir immer sehr wenig Zeit zwischendurch und ich will auch nicht unerwähnt lassen, dass in diesen hektischen Stunden auch die Mädels aus dem Kaffee und Restaurant, sowie alles was freie Hände hatte, mit halfen. Es wäre sonst unmöglich zu schaffen gewesen.

Während den Reisen hatten wir auch das Frühstück zu besorgen, direkt in der Kombüse abzuholen und in die Kabinen zu bringen. Und die Auswahl auf der Frühstücksliste war groß. Diese legten wir auch in den Kabinen aus und sie ließ keine Wünsche offen. Das ging vom drei-Minuten-Ei über das fünf-Minuten-Ei, Fischplatte, Käseplatte, Wurstplatte, verschiedene Aufstriche, Butter, Margarine, verschiedene Brötchen, ebenso Tee, Kaffee, Kakao und Milch. Höchst kompliziert, wenn man mehrere Bestellungen hatte und stimmen sollte ja natürlich auch alles.

Nachmittags hatte eine von uns in der Pantry Bereitschaft, falls ein Passagier etwas benötigte.

Und abends mussten wir in Rock, Bluse und Krawatte Betten aufdecken, die Tagesprogramme und Speisekarten für den nächsten Tag verteilen und Betthupferl auf die Kopfkissen legen. Dann gab es auch nachmittags das Kuchenbuffet im Cafe, wo auch eine von uns abgestellt wurde, um eben diesen zu verteilen. Und dann noch der Mitternachtsimbiss. Jede Pantry, also „A-Deck vorn", „A-Deck achtern", „B-Deck vorn" und „B-Deck achtern", musste dafür zwei Kabinenstewardessen stellen. Da stand man dann ab 22.00 Uhr, bis das letzte Essen alle war, das konnte locker 3.00 oder 4.00 Uhr morgens werden und gab Würstchen oder andere Snacks aus. Eben damit die Passagiere nach ihren Landgängen noch etwas in der Nacht zu sich nehmen konnten. Ein harter Job und jede Menge Überstunden. Nun gut es wurde auch bezahlt. Aber es war Stress. Man ließ stets freundlich lächelnd unweigerlich einen Haufen Federn. All diese Dinge erfuhren wir aber nicht gleich, sondern erst mit der Zeit. Jetzt waren wir erst mal in der Werft und hatten zu tun das Schiff auf Vordermann zu bringen. Jeder hatte seine Arbeit zugeteilt bekommen. Alle Besatzungsmitglieder an Deck und unter Deck hatten Order was sie zu tun hatten. Die Matrosen, sowie die Jungs aus der Maschine erfuhren, dass sie, wenn die Passagiere kamen, in blau-weiß gestreiften Latzhosen die Koffer der Passagiere in ihre Kabinen zu tragen hatten. Wir Kabinenstewardessen hatten dann an der Gangway in Reih und Glied im guten Zwirn, sprich: Rock-Bluse-Krawatte, zu stehen und die Passagiere in Empfang zu nehmen, das Reiseticket abzunehmen und jeden Neuankömmling in seine Kabine zu begleiten.

Wenn man Glück hatte, begrüßte man gleich Leute aus seinem Revier und machte sich bekannt, indem man sagte: „Willkommen an Bord, ich bin die Stewardess, die sich die ganze Reise persönlich um sie kümmern wird."

Nun hatten wir erst mal alle Hände voll zu tun. Es war geplant vor der ersten Reise mit dem Schiff eine Probefahrt zu machen. Bis dahin sollte aber alles klar sein und das Schiff von oben bis unten tip top. Kein leichtes Unterfangen. Wir putzten und ackerten täglich, um das gesteckte Ziel zu erreichen. Die Werftarbeiter sputeten sich auch, denn auch sie hatten nicht all zu viel Zeit.

Langsam lebte sich die Besatzung ein. Ich jedenfalls fand jetzt auch schon den Weg von meiner Kammer in die verschiedenen Bereiche. Ob mir die Arbeit auf diesem Schiff schmecken würde, war mir noch nicht klar. Im Moment waren keine Passagiere da, nur die Besatzung und die Arbeiter der Werft. Viel Zeit sich den Kopf zu zerbrechen hatte man auch nicht. Also hieß es nur abwarten, was wird, wenn es endlich losgeht. Die Zeit verging für alle mit viel Arbeit und der Tag der Probefahrt kam.

Das Schiff lief aus. Wir standen alle an Deck, um das Schauspiel zu bewundern. Anfangs schien auch alles glatt zu gehen. Schon eine Weile unterwegs, sagte ich an Deck, was ich von Anfang an schon dachte: „Das Schiff sieht aus wie eine Badewanne." Und als hätte ich es beschrien, rief plötzlich jemand über Lautsprecher, dass das gesamte Cafe` unter Wasser stand. Wie es passierte weiß ich heute nicht mehr genau zu sagen, ein Wasserrohrbruch oder etwas Ähnliches.

Alle hatten wir Order uns sofort dort einzufinden. Und dann begann das Spektakel.

Das Wasser stand zentimeterhoch und wir kriegten nasse Füße. Eimer und Wannen schleppten wir ins Cafe` und schöpften alle um die Wette. Wir wurden in Gruppen aufgeteilt. Alle paar Stunden war man dran, um im Cafe` Wasser zu schöpfen. Als das Gröbste beseitigt war, mussten wir Wasser treten. Das heißt Handtücher auf den Boden legen und darauf rumtrampeln, bis diese feucht wurden, auswringen und auf ein Neues. Der Teppich war so vollgesogen und sollte doch gerettet werden. Anfangs machten wir uns lustig und rissen Witze über Sabotageakte und alles Mögliche. Doch als es bis in die Nacht mit Getrampel weiterging, der Teppich unter uns immer noch feucht schmatzte und statt Füßen verschrumpelte Schwimmflossen an uns hingen, verging uns das Lachen.

So was hatte noch keiner erlebt. Mit dem Einsatz all unserer Füße haben wir den Teppich gerettet und das denkbar Unmögliche geschafft, das Schiff somit bis zum Ende der Probefahrt wieder in einwandfreien Zustand gebracht. Es traten aber noch verschiedene andere Mängel auf, die ich jedoch mit meinem Stewardessensachverstand, der nicht ausreicht diese zu erklären, lieber unerwähnt lasse. Durch diese unvorhergesehene Massentrampelaktion, die das Wasser verursachte, wuchs die Besatzung buchstäblich zu einer großen Familie zusammen. Ich kann nur im Nachhinein sagen, dass es auf diesem Schiff trotz aller Belastungen und Stress ein schönes Fahren war, da diese zusammengewürfelte Besatzung aus lauter humorvollen und netten Menschen bestand. Bis auf wenige Ausnahmen, die eigentlich so richtig niemand leiden konnte, aber die sind es auch nicht Wert unbedingt erwähnt zu werden. Jedenfalls habe ich selten so viele Menschen auf einem Haufen gesehen, die sich so gut verstanden wie auf diesem Schiff. Ich hatte auf MS „Atlantis" sehr viele Freunde, um die es mir leid tat, als ich dieses Schiff verließ. Allerdings war es bis dahin noch weit und ich will dem Geschehen nicht vorgreifen. Als alle aufgetretenen Mängel der Probefahrt beseitigt waren, ging es mit dem Schiff nach Warnemünde, von wo aus die erste Reise beginnen sollte. Mein Freund und ich durften für einen Monat absteigen und den Jahreswechsel zu Hause feiern.

19. Kapitel: „Gen Kuba, Bier und Skat und andere Begebenheiten"

Anfang Februar ging es dann auf zur ersten Reise mit MS „Atlantis" von Warnemünde Richtung Kuba. Das Schiff glänzte und spiegelte von innen und außen. Klar das es viele Neugierige anzog die es bewundern wollten.

Neidvolle Blicke begleiteten uns, da wir durch das Zollgebäude wackeln durften und die Gangway hinauf steigen konnten. Ja, ja die dachten wir hätten das große Los gezogen. Bloß wussten die nicht, dass wir tatsächlich jeden Tag arbeiteten ohne freien Sonnabend und Sonntag. Überstunden schrubbten und bis in die Nacht auf den Beinen waren, um morgens wieder top fit oder nicht, an die Arbeit zu gehen und die Passagiere zu verwöhnen. Kurz: „Humor ist, wenn man trotzdem lacht."

Da war auch dann der große Tag für uns und die ersten Passagiere auf MS „Atlantis" gekommen. Dabei FDGB-Urlauber, (Freier Deutscher Gewerkschaftsbund) und ausgezeichnete Bauern einiger LPGn mit Ehefrauen.

Wir standen picobello in unseren Uniformen akkurat nebeneinander an der Gangway und warteten auf die Passagiere. Mulmig war mir schon. So aufgeregt war ich wie wohl die erste Reise verlaufen mag. Na und dann kamen sie. Alle freudig erregt mit erwartungsvollem Grinsen und sicherlich noch aufgeregter als wir.

Die verschiedensten Menschen betraten das Schiff. Teilweise unbeholfen und nichtsahnend was ihnen denn nun alles auf diesem Schiff geboten würde. Alle Kabinen waren ausgebucht. Auch die Suiten die ja über ein Doppelbett verfügten und einer Klappcouch im Wohnbereich.

Diese waren teilweise mit einem Ehepaar und einer wildfremden Person belegt. Was unweigerlich einige fiese Animositäten mit sich brachte. Auf späteren Charterreisen war dies nicht der Fall. Da wurden keine fremden Menschen miteinander in die Kabinen gesperrt. Doch mit den FDGBlern konnte man es eben machen. Wir begrüßten jeden einzelnen Passagier und begleiteten ihn zur Kabine.

Die Matrosen und die Jungs aus der Maschine befleißigten sich als Kofferträger, wie schon erwähnt in unseren neckischen blau-weiß gestreiften Latzhosen. Wer seinen Passagier in sein Quartier gebracht hatte, reihte sich wieder hinten in der Schlange an der Gangway ein, um die nächsten in Empfang zu nehmen.

Gegen Mittag waren alle Passagiere an Bord und sie fanden sich im Restaurant ein um zu essen. Wir gingen abwechselnd in die Messe, da die Pantry für den Fall einer der Passagiere würde etwas benötigen, besetzt sein sollte. Das Auslaufen fand mit großem TamTam statt. So dass es für alle Ankömmlinge auf MS „Atlantis" ein bleibendes Erlebnis wurde. Es breitete sich eine allgemeine Freude zwischen den Passagieren aus, sollte es doch nun endlich losgehen auf die große Reise. Insgesamt 18 Tage Überfahrt waren bis nach Havanna geplant, von wo aus sie dann per Flugzeug nach Hause fliegen würden.

Für die Reise waren auch etliche Künstler an Bord, die während ihres Aufenthalts die Passagiere zu unterhalten hatten.

Nun war die Zeit vorbei sich auf dem Schiff frei zu bewegen. Für uns gab es vorgeschriebene Gänge und Niedergänge die wir betreten durften. Im Passagierbereich hatte man sich nur in Uniform blicken zu lassen. Das passierte eben nur in der Arbeitszeit. Ansonsten hatte man dort in Zivil nichts zu suchen. Watt'n Glück das wir eine Außenkammer ergattert hatten. So konnten wir durch unser Bulleye doch den Himmel sehen und natürlich auch das Wasser. Die Waschmaschine rotierte wie es sich gehörte.

Die Passagiere waren teilweise recht gewöhnungsbedürftig. Einige kamen ja wie schon erwähnt von der LPG geschickt, als Auszeichnung. (LPG = Landwirtschaftliche Produktionsgenossenschaft)

Die dachten wahrscheinlich das Bier geht bald aus und hielten sich auch sehr gerne in ihren Kabinen bei Bier und Skatspiel auf. So ereignete es sich des Öfteren, dass dann Nachmittags, wenn eine von uns in der Pantry Wache schob, eine füllige Frau in Kittelschürze mit Hausschuhen und Einkaufsnetz klopfte um mal eben zwanzig Bier aus dem Kühlschrank zu kaufen. Ich versuchte ihr klarzumachen, dass sie anrufen könnte so oft sie wollte und ich frisches kaltes Bier in die Kabine servieren würde. Nur um dann im sächsischen Dialekt zu erfahren: „Was ich hawe, hawe ich!" Alles klar. „Dann geh mit Gott und bunker dein Bier bis die Brühe heiß wird!", dachte ich. Bloß die Brühe wurde eh nicht heiß, da die Jungs mit Trainingshosen samt Hosenträgern über dem gerippten Unterhemd, die Füße angetan mit karierten Opapuschen, Skat kloppten und da hatte das Bier zu fließen und die Zigarre zu qualmen. Wenn Du verstehst was ich meine? Na und dann polier mal hinterher den Glastisch bis zur Vergasung. Eine wahre Fundgrube für jeden Kommissar. Schöne fettige Fingerabdrücke dicht an dicht.

Tja, lauter nette Begebenheiten rasten auf uns zu. Teilweise lustig. Teilweise konnte einem das Lachen schon vergehen. Besonders wenn einige meinten erst mal für alle Fälle Seekrank zu werden und prophylaktisch drauf los kotzten wo sie sich gerade befanden. Tüte auf und rein damit was das Gedärm gerade so belastet. Obwohl ruhige See, gekotzt wurde laufend. Nettes Gesellschaftsspiel. Wir verteilten schon vor der Reise die sogenannten Kotztüten aus sehr stabilem Papier. Jedoch ereignete es sich des Öfteren, dass ein Passagier seine volle „Schlechtwettertüte" so in der Kabine deponierte das sie von uns schlichtweg übersehen wurde und eventuell erst beim nächsten Kammerreinschiff bemerkt wurde. So hatte nun die überaus stabil gepriesene Tüte einige Zeit in dieser Lage hinterhältig lauernd verbracht, weichte langsam auf und leistete beim Anheben kaum noch Widerstand, sodass der Boden rausplatzte und der doch so gut verpackte Inhalt auf den Teppich klatschte. Dann waren wir hart an der Kotzgrenze. Ich für meinen Teil hab gleich anfangs der Reise kundgetan das ich maximal 'n Eimer und 'n Lappen in solchen Fällen hinstellen würde und für den Rest nicht verantwortlich bin. Für „SO WAS" bin ich nicht in die Schule gegangen. Für „SO WAS" braucht man nicht einmal ein Zeugnis! Aber ich hatte eins und das war ziemlich gut, viel zu gut für „SO WAS"!

So trug es sich zu das eines Tages das Kriegsbeil zwischen dem für uns Kabinenstewardessen zuständigen Obersteward und mir ausgegraben wurde. Da hatte sich ein anonymer Passagier plump herausgenommen im Fahrstuhl von „A-Deck achtern" zu kotzten und zwar so gekonnt das alles auf den Bedienungsknöpfen gelandet war.

Nun war unser Obersteward der Meinung, wir sollten diese Geschichte beseitigen und sah dabei speziell mich an. Ich vibrierte vor Wut wie eine Hochspannungsleitung und meine Synapsen waren kurz vorm durchkokeln. Es entbrannte ein Streit erster Güte und endete damit, da ich mich strikt weigerte, dass ich schrie wie am Spieß und er versuchte gegen an zu schreien mit wenig Erfolg. Ich entsinne mich im Moment nicht mehr wer die Sauerei beseitigt hat, jedenfalls nicht ich. Er drohte mir schlimme Folgen an, wenn ich mich weigere. War alles nur heiße Luft und mir so was von egal. Am nächsten Tag war eine kleine Feier für die weiblichen Besatzungsmitglieder, wenn ich mich recht erinnere war es wohl der Frauentag. Aus meiner Wut heraus schrie ich, ich verzichte auf die Feier und das blöde Geschenk was wir bekommen sollten und gehe in Streik. Mit meiner Euphorie steckte ich alle Kabinenstewardessen des A-Deck achtern an und im Endeffekt arbeiteten wir am nächsten Tag alle weiter, ohne an der Feier teilzunehmen. Der Obersteward schlich durch die Gänge und versuchte uns umzustimmen doch wir blieben alle eisern.

„Feige Sau", dachte ich. So trug es sich zu das der Obersteward sich verantworten musste und zwar vor versammelter Mannschaft warum komplett die Kabinenstewardessen des „A-Deck achtern" nicht anwesend waren. Nach Ende der Feier kam er bepackt mit unseren Geschenken und reumütigem Gesichtsausdruck in unsere Pantry und beschenkte uns persönlich. Nun ja, wer anderen eine Grube gräbt! So war es für ihn recht fatal und er stand ziemlich blöde da. Ich hab es nicht für nötig gehalten ihm das Geschenk abzunehmen und sein dämliches Glas Sekt hab ich auch nicht getrunken. Blöder Hammel was wäre er denn ohne uns? Diese Geschichte trug sich allerdings auf der zweiten Hälfte der Reise zu, sozusagen auf der Rückreise mit neuen Passagieren und im Monat März.

Aber im Moment liefen wir langsam über den Atlantik gen Kuba. Es begann allmählich wärmer zu werden. Im Cafe Neptun gab es einen Rosenmontagsball für die Passagiere. Wer von uns an diesem Abend frei hatte feierte Fasching in der Mannschaftsmesse. Alle schön verkleidet ging es recht lustig zu. Zu vorgerückter Stunde begannen wir mit einer Polonäse. Ich kam auf die Idee sie auf dem ganzen Schiff auszudehnen und alle waren wir der Meinung, dass an solch einem Abend keiner was dagegen hätte, wenn wir übers ganze Schiff ziehen und die Passagiere etwas aufheitern. So zogen wir laut singend in den Passagiersbereich ein und tanzten alle hintereinander durch die Gesellschaftsräume. Wobei wir bemerkten, dass außer im Cafe nichts Besonderes an diesem Abend lief. Die Passagiere reihten sich von uns animiert in unsere Polonäse ein und machten lustig singend mit. Die Künstler die gerade ein paar stumpfsinnige Auftritte hatten, mussten dadurch ihr Programm ändern und sozusagen schlichtweg die Klappe halten, denn wir waren lauter. Die Leute waren hellauf begeistert und ich glaube sie dachten unser Auftritt gehört zum Unterhaltungsprogramm. Wahnsinn wie die alle mit machten. Wir landeten sogar auf der Brücke. Der Kapitän war sichtlich überrascht über den Vorfall, behielt jedoch die Nerven und machte ein freundliches Gesicht, in Anbetracht der Tatsache, dass sich so viele Passagiere unter uns gemischt hatten. Als wir einige Runden auf der Brücke gezogen hatten, forderte er uns dann im freundlichen Ton auf diese zu verlassen, da alle Offiziere die sich dort befanden nun in Ruhe ihren Pflichten nachgehen müssten. Lustig singend zogen wir wieder ab, tanzten noch mal durch die Gesellschaftsräume um die Passagiere dort zurückzulassen und uns wieder in die Mannschaftsmesse zu begeben. Die Leute waren enttäuscht, dass die lustige Tour nun zu Ende war, einige wollten sogar mit in den Mannschaftsbereich, um mit uns weiter zu feiern. Was natürlich unmöglich war. Mensch die haben wir aber aus ihrer Lethargie geholt. Eigentlich Schade das sie nicht mehr in dieser Richtung für die Leute auf dem Plan hatten. Wo doch Faschingszeit war.

Mitte Februar, Kurs Karibik, war schon Baden im Außenpool angesagt. Da wir ja wohl noch nicht genug auf dem Zettel hatten, rüstete man auf dem Schiff für ein Kolumbusfest. Großes Kolumbusfest auf den Freidecks, Polonäse, Vergnügungsbasar, Essen an Deck, Neptuntaufe, Miss-Wahl und Kolumbusabend. Das sollte in lustiger bunter Atmosphäre ablaufen, wobei wir zu unseren zusätzlichen Arbeiten bunt geschminkt und mit Kostümen angetan für unsere Reisenden zur

Verfügung zu stehen hatten. Das heißt Bowle ausschenken, überhaupt sämtliche Getränke ausschenken, Eis und andere kulinarische Köstlichkeiten zu servieren. Ebenso Gläser und Flaschen einsammeln, sowie Teller und Bestecke. Was für die Passagiere ein Gaudi war, war für uns Hektik und Stress. Bis in die Nacht hatten wir zu wirbeln. Und wehe man wurde dabei erwischt, selbst ein Glas in der Hand zu haben und womöglich noch daran zu nippen. Anstrengende Passagierschifffahrt. Bei jeder Gelegenheit dachte ich, hier musst du wieder runter. Das tut dir nicht gut. Wenn der Feierabend für uns nicht zu spät war, feierten wir in unseren Decks für uns alleine. Wie schon erwähnt, waren wir uns fast alle sympathisch und es fanden sich immer ein paar lustige Leute abends zusammen, um zu quatschen und über die täglichen Begebenheiten zu diskutieren. Jeder hatte was erlebt. Positiv oder negativ. Alle hatten was zum Besten zu geben. Und es war immer sehr lustig. Bei der Menge Leute an Bord, konnte man sich auch jeden Abend aussuchen mit wem man ihn verbrachte. So auch an diesem Abend der auch verdammt lustig endete.

20. Kapitel: „Don Dödel, Schneewittchen, Santiago de Cuba und `n Happen Bräune"

Jedenfalls befanden mein Freund und ich uns in einer anderen Kammer wo einige versammelt waren und lachten und tranken. Es war dann auch für meine Begriffe schon sehr spät und ich sagte ich würde schon mal vorgehen in unsere Kammer um zu duschen. Mein Freund wollte gleich nachkommen. In meiner Kammer angekommen zog ich mich aus und ging duschen. Riegelte dabei die Tür der Dusche die zur anderen Kammer führte auf der Innenseite der Duschkabine ab. Und ich war so müde. Als ich rauskam und mich abgetrocknet hatte, wollte ich in mein Bett schlüpfen. Voller Entsetzen sah ich, das da schon einer lag. Riesengroße Füße guckten aus meinem Bett. Ja, sie lagen auf meinem Kopfkissen schön drapiert. Vom Fußende kam ein lautes Schnarchen. Ich dachte noch: „Wie ist der denn jetzt so schnell hinterhergekommen und warum liegt der ohne zu duschen in meinem Bett?" Ich meinte damit meinen Freund. Mein Entsetzen wurde noch größer und ich stieß einen Schrei aus, als mein Freund plötzlich die Tür öffnete und vor mir stand. Wer lag denn nun in meinem Bett?

„Was hast du denn? Ich bin's doch nur und kein böser Geist?",belustigt trat mein Freund ein. „Da, da, ich dreh durch wer ist das?",stammelte ich.

„Was, wo, wer ist was? Was meinst du denn?", verständnislos guckte er mich an.

„Na guck doch mal die großen Füße auf meinem Kopfkissen, wie kommen die dahin? Die Kammer war abgeschlossen, ich dachte das wären deine Füße!"

„Ich hab meine Füße noch das siehst du doch, geh mal weg ich seh mir den mal an, an den Füßen muss ja einer dran sein." Und tatsächlich an den Füßen hing „DON DÖDEL", der Koch der auf der anderen Seite unserer Duschkabine wohnte. Jetzt war der so voll als wir ihn weckten und stritt sich mit uns um mein Bett. Denn das wäre seins und wir sollten uns zum Teufel scheren. Stell sich das mal einer vor. Da ist der mit seinem besoffenen Kadaver duschen gewesen und statt zurück in seine Kammer auf unsere Seite gestürzt um sich in mein Bett zu schmeißen. Mit vereinten Kräften schoben wir „DON DÖDEL" durch die Dusche in seine Hütte und riegelten sofort von unserer Kammerseite die Tür ab.

Das hatte offensichtlich vorher einer von uns beiden vergessen, sonst wäre der Knabe nie in meinem Bett gelandet. Bloß gut das er so voll war und wirklich geschlafen hat, denn ich hatte mich nichtsahnend in der Kammer nackig gemacht und nach dem Duschen auch dort abgetrocknet. Wer weiß wie dem noch geworden wäre, wenn er mich dabei beobachtet hätte, schließlich dachte er ja, er wäre in seiner Kammer. Frische Bettwäsche hatte ich glücklicherweise noch, somit konnte ich wenigstens mein Bett neu beziehen. In der Koje mit „DÖDEL-Wäsche" wollte ich wirklich nicht schlafen. Der Gute war aber auch ein seltenes Exemplar. Den „DON DÖDEL" hatte er sich selbst zu verdanken. Er hatte die Angewohnheit stundenlang zu duschen. Manchmal saß er nachts in der Dusche auf dem Fußboden und ließ sich tatsächlich stundenlang vom Wasser bestrahlen. Das war nervig ohne Ende. Dieses Wassergeräusch die halbe Nacht. Da kam auch keiner aufs Klo, wenn der dort vor sich hin plätscherte. Ich weiß nicht wie es sein Kammerkollege weggesteckt hat mit diesem Menschen zusammenzuwohnen. Oft lief er auch einfach nur mit dem Duschtuch um den Unterleib bekleidet durch die Gänge. Eines Abends jedenfalls, er hatte offensichtlich wieder gerade einmal geduscht, kam er an der Kammer vorbei in der einige von uns saßen und lud sich auf ein Bier ein. Er setzte sich prompt mit seinem Badehandtuch zwischen uns auf die Backskiste. Nun trug es sich zu, dass sein Badetuch sich immer wieder von seinen behaarten Schenkeln schlich und sein „DÖDEL" raus lugte. Wir lachten wie die Blöden. Ihn schien das nicht zu stören. Der zog einfach blank. Das Badetuch zupfte er den ganzen Abend über seinem heiligen Stück zurecht, ohne Erfolg. Es rutschte und rutschte. Er sah sich trotzdem nicht genötigt was anzuziehen, war doch gerade so gemütlich! Und somit haben wir ihn dann einstimmig „DON DÖDEL" getauft und schon nach kurzer Zeit kannte niemand mehr seinen richtigen Namen. Genug schräge Gestalten gab es also auch an Bord, die jedoch über die richtige Portion Humor verfügten. Wenn Einen solche Dinge nicht zum Lachen reizten hätten wir wohl mehr geheult.

Meine Füße sprich meine großen Onkels waren auch noch nicht in Ordnung, so dass ich sehr oft bei unserer Bordärztin vorsprechen musste. Außerdem hatte ich mir zur Abwechslung noch ein nervöses Magenleiden zugezogen. Bedingt durch die wenige Zeit die zum Essen blieb, ließ ich dieses manchmal aus um bei anderer Gelegenheit schnell was in mich reinzustopfen, was mir alles andere als bekam.

So war ich dann bald Stammgast bei unserer netten Frau Doktor. Die mich bei meinem ersten Ansehen gleich auf „Schneewittchen" taufte und das blieb ich für sie Reisen lang. Mit unendlicher Geduld kümmerte sie sich um mich und meine Wehwehchen. Beide lauerten wir das meine Zehen wieder neue Nägel bekommen. Vergebens. Sie entfernte mir die Reste der alten Nägel und ich war Nagelamputiert. Dazu kam eben das mir sprichwörtlich bald die Galle platzte, da mein Magen sich angewöhnt hatte, sich so voll Luft zu pumpen, das ich ernstliche Beschwerden hatte. Ich glaube das echte Schneewittchen hat nicht so gelitten.

Das war eben alles nicht so prall und ich spielte schon während der ersten Reise mit dem Gedanken wieder abzusteigen. Bloß so einfach war das nicht. Wir mussten vor Aufsteigen auf die „Atlantis" einen Zweijahresvertrag unterschreiben und genau dieser hatte eben erst begonnen. Weitermachen war also vorprogrammiert.

Komme was wolle. Bald erreichten wir den Hafen von Santiago de Cuba. Die „Atlantis" machte fest und die Passagiere, so wie auch wir, je nachdem wer frei hatte, konnten am Nachmittag so wie am Abend an Land gehen. Am nächsten Tag fand für die Passagiere eine Stadtrundfahrt statt. Unter anderem ein Besuch im Cespedes Park, Morro Schloss, Neubauviertel „Jose Marti". Danach hieß es klar vorn und achtern, Leinen los, Kurs Havanna. Nach einem Tag Überfahrt den die Passagiere mit Baden und Verlustigungen an Deck verbrachten, kamen wir in Havanna an. Wir durften natürlich in unserer Freizeit auch in die Sonne. Um das auch mal zu erwähnen. Allerdings nur aufs Schornsteindeck. Dort standen in ihrer Anzahl sehr begrenzt einige Liegestühle für uns bereit. Da diese vorne und hinten nicht reichten, nahm jeder schon in weiser Voraussicht eine Decke oder ein Handtuch mit, um sich da raufzulegen. Das Schöne am Schornsteindeck war, man wurde rasant und schneller braun bzw. schwarz als all die anderen unter uns, da der Schornstein natürlich rußte. Also wenn der Wind ungünstig stand.....

Ich jedenfalls wollte es genau wissen, und weil man ja so selten nachmittags in die Sonne kam, nutzte ich einen freien Nachmittag bis zur letzten Neige auf dem Schornsteindeck aus und briet wie wild in der Sonne, drehte und wendete mich, teilweise unnatürlich, damit auch alle Seiten ihren Teil abbekamen. „So", dachte ich, „du holst dir jetzt mal ganz schnell deinen Happen Bräune und bist damit durch". War ja auch noch nichts los als ich so dalag. Doch dann abends unter der Dusche, da fing es an zu feuern und ließ auch nicht nach. Im Gegenteil die Haut spannte und brannte. Komplett übertrieben die Sache mit der Sonne. Nach Feierabend war ich völlig schlapp und ging erst mal in meine Koje. Morgens beim Aufwachen funktionierte so einiges nicht mehr. Meine Augen gingen nicht freiwillig auf. Die Haut auf meinem Körper kam mir vor wie eingelaufen. Als hätte ich die Nacht im Trockner verbracht.

Die war einfach 'n paar Nummern zu klein. Schrumpfgermane. Ich quälte mich zum Spiegel und blinzelte durch meine Sehschlitze. Mit Sicherheit Verbrennungen so und so vielten Grades. Keine Ahnung. Ich sah mich als Mongolen. Wie entsetzlich. Feuerrot, keine Augen mehr, eine aufgedunsene dicke Masse. Meine Oberlider waren pflaumengroß angeschwollen und schränkten meine Sehkraft dermaßen ein, dass ich Probleme hatte überhaupt etwas zu erkennen. Schon wieder Schmerzen. Wahrscheinlich bin ich eben durch diese Schmerzen früher wach geworden. Jedenfalls hatte ich noch gut eine Stunde Zeit bevor ich meine Arbeit antreten musste. Mit Body-Lotion behandelte ich in Windeseile meinen geschundenen Körper, zog mich an und setzte nach Mafiosi-Manier meine Sonnenbrille auf. Ich sah zu, dass ich ins „A-Deck achtern" kam. Dort stand wie vor jeder Pantry eine Eiswürfelmaschine. Schnell einen Gefrierbeutel vollgefüllt und rauf auf die Glotzen. Eine Wohltat. So fanden mich die anderen. Auf einem Stuhl sitzend mit Eiswürfeln auf den Klüsen.

„Bist du besoffen oder was?" Richtig eklig schadenfroh fielen sie über mich her, weil es einfach schön ist, wenn man als Frau sieht wie eine andere leidet und selbst ist man noch mal davon gekommen.

Von wegen „Happen Bräune". Ich Idiot hatte die Sonne in diesen Breitengraden wieder einmal völlig unterschätzt. Das Ergebnis war niederschmetternd. Den ganzen Vormittag machte ich angetan mit Sonnenbrille und Fettcreme auf der Nasenspitze Reinschiff und war froh wenn keinem die hoffentlich schnell vorübergehende Ähnlichkeit mit einem roten Gasluftballon auffiel. Somit hatte sich das Ding mit der Sonne erst mal für mich erledigt.

21. Kapitel: „Havanna und wann steige ich ab?"

In Havanna angekommen gab es eine Fahrt nach Guama, Besuch der Krokodilsfarm. Für die Mannschaft bestand auch wieder je nach Freizeit die Möglichkeit die Krokodilsfarm anzusehen. Leider hatte mich das Glück und die Zeit verlassen, so dass ich nicht mitfahren konnte. Aber am nächsten Tag waren Badefahrten geplant für uns sowie die Passagiere und abends ein Besuch im „Tropicana". Da hatte ich dann endlich Glück. Baden konnte ich fahren und es war toll. Wahnsinns hohe Wellen und direkt am Wasser ein Tresen mit Barhockern auf denen man in sengender Hitze aber unter Palmen seinen eiskalten Kuba-Libre oder andere Nationalgetränke serviert bekam. Von hinten klatschte uns das Meerwasser auf den Rücken. Wie in der Bacardi-Werbung, nee, eigentlich noch schöner. Ich kam mir selber vor wie ein verwöhnter Tourist, dort zu thronen und eiskalte Getränke zu schlürfen, die ein überaus netter dunkelhäutiger Barmixer mit schneeweißen Zähnen reichte. Große Klasse. Das grenzte schon an Luxus. Leider hatte keiner einen Fotoapparat dabei. Abends ging es ins weltberühmte „Tropicana" und ich war auch dabei. So was live zu erleben ist etwas ganz besonderes. Eine gigantische Show die mehrere Stunden dauerte und wirklich für die harte Arbeit entschädigte. Schließlich, man fuhr ja nicht umsonst zur See.

Für die Passagiere hieß es am darauffolgenden Tag Abschied nehmen von uns, der „Atlantis" und von Kuba. Denn sie flogen von Havanna aus nach Hause zurück. Viele bedankten sich persönlich bei uns für diesen überragenden Service und die schönen Stunden an Bord, die ohne uns nie zustande gekommen wären. So waren wir doch stolz auf unsere Leistung und freuten uns, dass alle so überaus zufrieden den Heimflug antraten. Die meisten Passagiere fuhren mit Wehmut ab, denn nun ging es für sie wieder nach Hause in die DDR, zurück zum Alltag, zum Banner der Arbeit und zum Kollektiv der sozialistischen Arbeit. Was sicherlich ohne weiteres auch seinen Reiz hatte, da diese Auszeichnungen fernab von jeglichem Weltgeschehen nur innerhalb unserer stabilen Mauer verliehen wurden. Sie konnten jahrelang von dieser einmaligen Kreuzfahrt träumen, die sich wahrscheinlich nicht wiederholen würde. Kaum einer der uns nicht beneidet hätte. Denn wir fuhren weiter auf diesem Schiff, mussten eben arbeiten, kamen aber dafür raus. „Ätsch!"

Ist schon recht eklig der Gedanke, einmal so etwas erleben zu können und vielleicht oder mit Sicherheit nie wieder.

Die Passagiere waren von Bord und wir die Ärmel hoch, hatten alle Hände voll zu tun, um das Schiff für neue Gäste herzurichten. Es half wieder alles was frei hatte, um in dieser kurzen Zeit die „Atlantis" in den üblichen tipp top Zustand zu bringen. Es funktionierte reibungslos. Irgendwie waren wir doch schon ein eingespieltes Team.

Diese neuen mitfahrwilligen Menschen hatten anfangs auch nicht viel zu lachen. Von zu Hause aus mitten im Winter losgeflogen, in warm wattierten Mänteln und Stiefeln in Havanna angekommen, wurden sie von Reiseleitern erst mal an den Strand geschleppt um dort in brütender Hitze in ihren dicken Klamotten rumzutappen und somit die Zeit zu überbrücken, die wir dazu brauchten das Schiff umzurüsten.

Ich meine es waren gut vier Stunden die sie so in schwerer Montur am Strand rumsockten. Verständlicherweise waren sie völlig alle nach dem langen Flug und kamen total erschöpft, schweißnass auf der „Atlantis" an. So, die hatten schon mal das Schlimmste hinter sich und wir waren die tolle Überraschung. Nachdem sie sich am Strand vor den Einheimischen in ihren dicken Konsummänteln selbst geoutet hatten, konnten sie sich auf die schönen folgenden Tage der Reise die vor ihnen lag freuen, die in Rostock-Warnemünde enden würde. Auch sie wurden wieder jeder für sich von uns auf dem Schiff eingewiesen. Diese Reise, für uns die Rückreise, verlief ähnlich wie die erste und ich will mich nicht länger an Erläuterungen aufhalten. Außer vielleicht das nach Eintreffen in Warnemünde Gespräche mit den Besatzungsmitgliedern stattfanden. Das heißt die zuständige Einsatzkräfteleiterin für die „Atlantis" kam an Bord und wer mit etwas nicht einverstanden war, durfte einen Termin bei ihr vereinbaren um dieses zu besprechen. Nun hatte ich schon auf beiden Reisen gegrübelt wie ich am besten wieder von diesem Schiff runter komme und weiter auf normalen Frachtschiffen fahren könnte. Dabei viel mir dann auch etwas ein. Da wir morgens die Kabinen reinigten, Bad, Klo, usw. hatten wir es mit sanitären Anlagen zu tun. Aber am Nachmittag mussten wir eben im Café Kuchen ausgeben. Meine Erkenntnis war das mit Reinigung der Klos mein Gesundheitsausweis hinfällig war, so dass ich und auch die anderen auf keinen Fall Lebensmittel ausgeben durften.

So nun hatte ich meinen Termin bei der guten Frau.

„Na mein Fräulein, was passt ihnen denn nicht?", forderte sie mich ziemlich barsch auf mein Begehren kundzutun.

„Ich möchte absteigen!", erwiderte ich freundlich lächelnd und überhaupt nicht eingeschüchtert.

„So, so, das können sie natürlich wenn ihre zwei Jahre um sind.", bellte sie mir zackig entgegen, „nun wissen sie Bescheid meine Zeit ist begrenzt!"

„Und ich steige doch ab, morgens rühre ich in zehn Klos und nachmittags verteile ich Kuchen, mein Gesundheitsausweis ist ungültig das melde ich der Hygiene im Hafen und dann steige ich ab." Schmiss ich ihr grinsend hin. „So du böses Weib, da haste", dachte ich.

„Pst, das wollen wir doch nicht an die große Glocke hängen!", entfuhr es ihr erschrocken und der Kugelschreiber wackelte hecktisch in ihrem beringten Pfötchen. Plötzlich sah sie nicht mehr herrisch aus.

„Mit ihrem „Pst" haben sie sich verraten, also wann kann ich absteigen?"

Langsam fragte sie: „nach den Charterreisen?"

Das waren ca. drei Monate. Ich hatte auch gehofft diese noch mitzufahren und wusste auch, dass es sehr interessant werden würde. Also lächelte ich milde und sagte: „Ja. Und dann noch eins, ich möchte hinterher in einen anderen Flottenbereich. „Spezial" fahre ich nicht mehr."

„Ja", kam ganz zahm, „suchen sie sich es aus, ich erledige das."

„Dann möchte ich FE 1, Asien-Amerika und am besten, die erste Reise Indien oder China und ich habe einen Freund für den gilt das gleiche." Komisch sie war auf einmal mit allem einverstanden und kam mir sehr entgegen. Ihr schmallippiges Lächeln war nicht echt, aber immerhin.

„Ja dann ist alles geklärt, nach den Charterreisen melden sie sich bei mir und sie können beide absteigen, aber bitte behalten sie das für sich!"

„Versteht sich von selbst, meine Zeit ist begrenzt!", musste ich mir einfach noch schmallippig entgleiten lassen. So du böses Weib, da haste nochmal!!!

Ich verließ erleichtert die Kabine und lief freudestrahlend an der langen Schlange Besatzungsmitglieder vorbei, die alle eigentlich wieder runter wollten von diesem Schiff.

„Ich kann absteigen nach den Charterreisen!", trällerte ich vergnügt den Mädels zu die da standen. „Wie hast du das gemacht?" „Strengt mal eure Köpfe an, vielleicht fällt euch auch was ein.", und weg war ich. Ich sollte das doch für mich behalten!!!

Sagenhaft wie ich diese Frau so schnell gefügig gemacht habe. Ich hatte gewonnen. Viele kamen heulend raus und hatten ihr Ziel nicht erreicht absteigen zu können. Da hatte ich aber auch den richtigen Riecher und ins Schwarze getroffen. Gott sei Dank.

Ab ersten Mai war der Beginn der Charterreisen geplant.

22. Kapitel „Die Kieler Werft und der Weisheitszahn im Pornokino"

Zuvor sollte das Schiff nochmals in eine Werft. Nach Kiel-Garden. Eines war vorab klar, jeder wollte natürlich die Werftzeit mitmachen. Aber was feststand, es wurden nicht alle gebraucht. So hab ich mich wahnsinnig gefreut, als ich erfuhr, mein Freund und ich sind mit von der Partie und durften mitfahren. In Kiel-Garden angekommen konnten wir natürlich in unserer Freizeit an Land. Da es ohne Passagiere an Bord abends keine Arbeiten zu erledigen galt, konnten wir jeden Abend losstiefeln und uns die Stadt ansehen. Noch nie in Kiel gewesen, gab es einiges zu erleben. Die alten ortskundigen Hasen die wir dabei hatten, schworen auf ein Pornokino was man unbedingt mal von innen gesehen haben sollte. Für mein sensibles Gemüt und meine Unschuldsseefrauenhaut wäre das natürlich keineswegs das Richtige und sie rieten mir unbedingt davon ab mitzugehen.

Das hat mich dann noch mehr interessiert und da sie wussten, dass ich sonst beleidigt wäre und ewig rumschmollen würde, nahmen sie mich mit. Dort angekommen konnten wir uns von drei Kinos die gleichzeitig liefen, einen Film aussuchen. Ich sowieso keine Ahnung von der Materie, ließ die anderen entscheiden in welches wir gingen. Na das war ein Spaß. So blöde Dialoge hatte ich noch nie gehört. Keine Handlung, plumpe Anmache, blöde Sprüche. „Aktion Sinnlos." Ich musste lachen. Laut. Laufend zischte einer ich soll die Klappe halten, sonst kriege ich eine drauf. Na, und ich musste immer mehr lachen. Saublöde das alles, aber so was von saublöde. Kann man sich eigentlich gar nicht antun so was. Bis mir doch tatsächlich das Lachen auf einen Schlag verging. Ich bekam am rechten Unterkiefer Zahnschmerzen. Ein Weisheitszahn. So massive Schmerzen und meine Backe schwoll in wenigen Minuten zum Kloß an. Sanitäter!!! Auf der Leinwand kringelte sich gerade ein hässlicher Mann um eine spitznasige Frau lächerlich stöhnend und ziemlich obszön. Ich kringelte mich anders stöhnend auf meinem Kinohocker mitsamt der dicken Backe vor Schmerzen.

„Ich muss hier raus!", zischelte ich meinem Freund zu. „Was hast du gemacht? Dein Gesicht sieht dir nicht mehr ähnlich!", entsetzt starrte er mich an. „Gar nichts hab ich gemacht, das macht sich von selbst!" Es nützte nichts ich musste schleunigst zum Notarzt. Mein Freund begab sich unverzüglich mit mir zum Schiff um dort raus zu bekommen, wohin man sich in so einem Fall wendet. Himmelhoch jauchzend zu Tode betrübt. Das passte. Ich konnte mich kaum vor Lachen halten und dann wächst meine Backe und Wahnsinnszahnschmerzen, das alles im Pornokino. Typisch. Keinem Menschen passiert so was Unmögliches. Auf so was kommt gar keiner. Und mich erwischts. Auf der „Atlantis" angekommen, hatte der wachhabende Offizier auch schnell raus, welcher Zahnarzt in Kiel Notdienst hatte. Ein Taxi bestellt und ab ging die Fuhre. Der Zahnarzt machte erst eine Röntgenaufnahme und dann kurzen Prozess. Der Zahn hatte absolut keinen Platz mehr in meinem ach so kleinen Kiefer und es gab nur eins: „Raus!"

Spritze, Zange, ich schrie wie ein Vieh und da war er auch schon der Übeltäter. Der hat mir den Zahn auch noch mitten in der Nacht, blutig wie das Ding war, mit 'ner aasig langen Wurzel in eine Folientüte verpackt und als Präsent mitgegeben. Ja und krank war ich nun auch. Drei Tage sollte ich mich schonen. Ich hatte eh keinen Bock mehr auf Pornokino und dergleichen. Als wir an der Gangway ankamen, fragten die Matrosen wo wir jetzt herkämen. Ohne Worte legte ich meine blutige Trophäe auf den Tisch, den sie an der Gangway stehen hatten.

„Pfui Deibel, was'n das?"

„Sieht man doch, mein Weisheitszahn!" Die haben sich geekelt. Ich nun aller Weisheiten beraubt, begab mich erst mal hundemüde und mit Schmerzen in mein Schiffsbett, nahm eine Schmerztablette und schlief.

Es ergab sich während der Werftzeit, dass mein Freund und ich in eine andere Kammer umziehen konnten. Die war weitaus geräumiger und ziemlich weg vom Schuss, das heißt außerhalb des Wirkungskreises von „Don Dödel". Jetzt hatten wir mehr Platz und konnten uns bequemer einrichten.

Während der Kubareisen hatten wir einen Englischlehrer an Bord, der nachmittags in unserer Freizeit einen Kurs gab, um unser Englisch aufzufrischen, bzw. uns die Möglichkeit gab es zu erlernen. Ich hatte in der Schule Englischunterricht und kam eigentlich mit meinen Kenntnissen im Ausland gut klar. Aber den Kurs besuchte ich trotzdem. So perfekt fand ich mich auf keinen Fall, dass ich mit meinen Englischkenntnissen einen echten Amerikaner gegenübertreten konnte. Also ging ich kontinuierlich hin um mehr zu lernen. In Vorbereitung für die Charterreisen machte es auch Spaß. Diese begannen mit zwei Kurzreisen. Sie gingen von Cuxhaven nach London und Amsterdam und zurück nach Cuxhaven. Jeweils eine Reisedauer von fünf Tagen. Für die restlichen Charterreisen war dann Kiel als Heimathafen der

MS „Atlantis" angegeben.

Also liefen wir nicht mehr von Warnemünde aus, sondern von Cuxhaven und Kiel. Die Werftzeit war zu Ende und die „Atlantis" befand sich nun komplett mit voller Besatzung in Cuxhaven. Alles war für die Ankunft der Passagiere um 15.00 Uhr bereit.

Wir standen wieder in Reih und Glied an der Gangway und harrten ganz nervös der Dinge. Uns ist vorher allen eingetrichtert worden, dass diese neuen Passagiere anders wären als die, die wir bisher herumgefahren hatten. Nun ja. Kapitalisten eben. Auch sollten wir unbedingt bedenken, dass wir auf gar keinen Fall mehr Trinkgelder annehmen dürften als eine bestimmte Summe. Denn nach Aussagen des Offiziers der die Belehrungen übernommen hatte, schmissen diese Leute geradezu ekelig mit Geld, nicht nur aus Freundlichkeit, eventuell um uns abzuwerben oder uns aus irgendwelchen Gründen zu bestechen usw.

Meine Güte. Die bösen Wölfe waren noch nicht mal an Bord, da wurden wir schon gewarnt. Na, was da wohl auf uns zukommt? Jedenfalls unrechtmäßig hohe Trinkgelder waren angeblich meldepflichtig und wir sollten uns ja daran halten.

„Der hat sie wohl nicht alle", dachte ich. Schließlich arbeiten wir ja auch. Und wenn es bei diesen Leuten Gang und Gäbe ist, sich auf diesem Weg für anständige Arbeit zu bedanken, dann ist das auch in Ordnung. Auf mich konnten sie ruhig erbarmungslos mit ihrem Geld schmeißen. Von unseren bisherigen Mitreisenden aus der DDR waren wir es jedenfalls nicht gewöhnt in diesem Punkt besonders bedacht zu werden.

Und nun kamen sie, die Passagiere. Die ersten die ich begrüßte und zur Kabine begleiten sollte reisten tatsächlich in meinem Arbeitsbereich mit, das heißt in meinem Revier „A-Deck achtern". Dementsprechend stellte ich mich vor und als müsste es so sein stopfte mir der Mann des Ehepaares gleich mal einen Schein in meine Blusentasche. „Zum Kennen lernen." Sagte er und lachte über mein erschrockenes Gesicht. Sie bedankten sich für den freundlichen Empfang und betraten ihre Kabine. Ich war wie vom Donner gerührt. Trinkgeld! Und ich hatte verschwindend wenig dafür getan. Mich nur vorgestellt und sie zur Kabine gebracht. Ob das schon Bestechung vom Klassenfeind war? Zeit darüber nachzudenken hatte ich nicht, auch keine Zeit nachzusehen wie viel nun auf dem Schein stand, sondern ich hatte mich an die Gangway zu sputen und die nächsten in Empfang zu nehmen. Auch in andere Decks hatte ich die Leute zu begleiten. Bekam aber meist trotzdem einen Schein in die Bluse gestopft. „Zum Kennen lernen." Das war ja aufregend. Mein erschrockenes Gesicht klimatisierte sich langsam wieder, es war einfach keine Zeit darüber nachzudenken, außerdem lernte ich mich grade selber kennen. Und wenn es doch nun mal so ein sollte? Ich hab's in der Klamotte stecken lassen.

Bis 16.30 Uhr hatten sich alle Passagiere an Bord einzufinden und die Besucher das Schiff zu verlassen. Wer schon ab 15.00 Uhr an Bord war, konnte sich zu Kaffee, Tee und Kuchen ins Cafe „Neptun" begeben, oder auch schon mal einen Landausflug für London und Amsterdam buchen. Wir standen in heißen Stiefeln und befanden uns nach dem Einweisen der Gäste alle in der Pantry. Das hatte seinen guten Grund. Die Passagiere hatten doch so einige zusätzliche Wünsche, die doch gleich erfüllt werden sollten. So klingelte in einer Tour das Telefon, dort fehlten Bügel, die vorhandenen würden niemals für all die Garderobe reichen, da fehlten Kissen weil man fast im Sitzen schlief und ein ganz dingelicher Amerikaner, wohnhaft in meinem Revier, beschwerte sich, dass sein Kabinenschlüssel nicht passte und ich sollte dies sofort ändern. Als ich an seiner Tür ankam sah ich, wie er verzweifelt versuchte mit dem Flaschenöffner, der in jeder Kabine lag, die Tür abzuschließen. Na das war ja bitter. Ich sagte ihm höflich, das wäre nicht der Schlüssel sondern der Flaschenöffner und auf seinem Tisch in der Kabine läge der Schlüssel. Das sah ich sogar von der Tür aus, mit einem Blick ins Innere. Na wo ist die Brille aus Milchglas? Der hatte keine, der brauchte eine. Das wird heiter, dachte ich mir und begab mich wieder in die Pantry. Den ganzen Nachmittag seppelten wir alle emsig um die Wette um irgendwelche Wünsche zu erfüllen. Atemlos tauschten wir Mädels schon mal zwischen Tür und Angel unsere Erlebnisse aus.

Endlich wurde es Abend, die Reisenden gingen in all ihrer Glitzerpracht zum „Kapitäns-Willkommens-Dinner" und die Pailletten pieksten uns schon von weitem in die Augen. Wir stiefelten los um die Betten aufzudecken und Tagesprogramme sowie Betthupferl zu verteilen.

Die Kabinen hatten sich teilweise in dieser kurzen Zeit zu Schlachtfeldern entwickelt, in denen unkontrolliert Klamotten herum lümmelten. Na was soll's. Wenn man sich nicht gleich für das passende Kleidungsstück entscheiden kann, sieht es eben mal so aus, versuchte ich die Situation im Geiste etwas entspannter zu sehen. Eine von uns hatte jeden Abend bis 22.00 Uhr Bereitschaft in der Pantry. Die anderen dann erst mal frei. Ich war Gott sei Dank an diesem Abend nicht dran und begab mich endlich in meine Kammer. Mir qualmten tatsächlich die Socken. Den ganzen Tag gelaufen. In mir schrie alles nach Ruhe. Mein Freund hockte schon in der Kammer und wartete auf mich. So und nun viel mir endlich ein, mal nachzusehen was in meiner

Brusttasche raschelte. Menschenskinder das war ein ganzer Packen Geld. Wir beide saßen da, zählten und lachten. Mein Freund hatte auch was beizusteuern, denn er hatte die Koffer getragen und unsere netten neuen Passagiere hatten auch daran gedacht, den unsichtbaren Geistern wie unseren Kofferträgern, etwas zuzustecken. Die Jungs fanden Trinkgelder unter dem Koffergriff. Also gingen sie auch nicht leer aus. Völliger Tinnef von wegen Bestechung. Wenn einer Geld unter seinen Koffergriff steckt, da weiß er wohl schon im Voraus wer ausgerechnet diesen Koffer schleppt?

Etliche hundert Mark lagen vor uns. Davon hätten wir ein paar Stunden vorher nur träumen können. Und das war erst der Anfang.

„Müssen wir das melden?", kicherte ich übermütig.

„Hat dir einer ein unseriöses Angebot gemacht?", schmunzelte mein Freund.

„Nee, ich denke die sind so", erwiderte ich.

„Also dann steck es weg und sammel weiter", ermunterte er mich. Und genau der Meinung war ich auch.

Das Schiff war nun schon seit 17.00 Uhr auf dem Weg nach London (Greenwich). Die Borduhren wurden in dieser Nacht um eine Stunde zurückgestellt. So konnten wir eine Stunde länger schlafen, falls man früh ins Bett kam. Wir saßen allerdings noch ein paar Stunden mit Freunden zusammen. Und es stellte sich heraus, dass es ihnen Trinkgeldmäßig ähnlich ergangen war wie uns. Was das Gewissen ungeheuer erleichterte. Den nächsten Tag befanden wir uns auf See und er war für die Passagiere mit tollem Programm ausgestattet.

23. Kapitel „Das alte Reptil und der gute Einkauf"

Vormittags beim Kammerreinschiff servierte ich auch noch Frühstück ans Bett. Das erwies sich schwieriger als gedacht. Die gute alte Dame die da alleine mitfuhr, hasste hartgekochte Eier und liebte kochendheißen Kaffee. Ich servierte beides, und beides entsprach nicht ihren Wünschen. Das Ei hatte angeblich eine Kochdauer von drei

Minuten hinter sich, war ihr aber trotzdem zu hart. Der Kaffee war für meine Begriffe heiß, aber sie sagte er wäre eiskalt.

Aus welcher Höhle war denn der Drachen gekrochen?

Na gut. Auf ein Neues. Ich rannte in die Kombüse und reklamierte beides, um mir von einem der Köche anzuhören, alles wäre seiner Meinung nach in allerbester Ordnung, ein drei Minuten Ei sei weich und dieses hier sei weich, auch der Kaffee wäre heiß genug. Aber er wollte sich sofort persönlich um zufriedenstellenden Ersatz kümmern. Mit neuem Ei und neuem Kaffee machte ich mich wieder auf die Strümpfe. Die gute Frau hockte im Bett und schrie das Ei wäre jetzt in Ordnung aber die Kaffeesahne sei schlecht, denn die gerinne ja im Kaffee. Meine Nerven, die wollte Krieg. Die hatte 'ne Stimme wie'n durchgerosteter Blecheimer und bölkte in einer Tour hinter mir her. Ich den Kaffee und die Kaffeesahne geschnappt und ab zum Koch. Wie sollte ich bloß meine zehn Kammern sauber kriegen wenn die Alte so weiter lautstark hier rummäkelt? Der Koch war sauer. Der Kaffee sei zu heiß da flockt die Milch schon mal aus.

„Erklär das mal der alten Zippe", schnauzte ich. „Los neuen Kaffee her und neue Sahne, sonst weiß ich nicht was ich tue."

„Komm hier hast du alles, beruhige dich die Reise dauert nur fünf Tage bis dahin kriegen wir noch raus wie die Alte ihren Kaffee schlürft." Peng und wieder los mit meinem Tablett. Da soll man nicht zum Tier werden. Als ich ankam, saß das alte Luder da wie ein verhungerter Kanarienvogel und sagte mir mit nervtötendem Krächzen, dass ich mir wirklich viel Mühe gemacht hätte, (ach nee?) aber sie sei es leid zu warten und sie wolle den Kaffee im Café einnehmen, könnte ja sein, dass die da wüssten wie man Kaffee kocht. Was glaubte denn die alte Schraube, wo die dort den Kaffee herkriegen? Zähneknirschend versuchte ich ein Grinsen und dachte: „Wenn ich dir deinen dürren Gurkenhals umdrehe ist es aus mit dem verrosteten Blecheimer". Also war das Trinkgeld doch nicht umsonst. Nee, das war sauer verdient. Die rechneten wahrscheinlich in die Trinkgeldhöhe gleich ihre kaum zu ertragenden Allüren mit ein. Sozusagen nach Schikanen gestaffelte Trinkgeldhöhe, oder Belastbarkeitstest bestanden nach Stufen.

Und von wegen, wir kriegen noch raus wie die Alte ihren Kaffee schlürft. Doch nicht wenn sie ihn im Cafe säuft.

Ich dachte: „die ist kuriert, die will kein Frühstück mehr von dir". Doch am nächsten Morgen dasselbe Spiel. Diesmal war das Scheiß Ei zu weich und die Kaffeesahne gleich sauer.

Ich mach die doch noch tot!

Ich fand mich wieder beim Koch ein und grinste hämisch.

„Kannst nicht mal Eier kochen duuuu... . Mal zu hart, mal zu weich. So'n blödes Ei was drei Minuten kocht muss doch immer gleich werden?"

„Nee, nee, nee, wenn es mal aus dem Kühlschrank kommt oder schon 'ne Weile draußen in der Kombüse lag werden sie unterschiedlich", schmunzelte der Koch.

„So ist das also, dann leg dieses dämliche Ei für das alte Reptil jeden Tag neben den Ofen und koch es nur zwei Minuten, vielleicht klappt es dann mit der gewünschten Konsistenz, Mensch", hackte ich zurück. Dann schleppte ich mit meinem Tablett wieder ab und hoffte, dass die Alte nun zufrieden war. Dankend nahm sie das Tablett und ich verschwand sofort aus der Kabine, um mich nicht zu unkontrollierten Handlungen hinreißen zu lassen und ging in die Pantry. Die anderen vier Kabinenstewardessen machten gerade Pause und ich setzte mich dazu mit dem Rücken zur Eingangstür Steuerbordseite. Ich nahm mir erst mal einen Kaffee. Jede Pantry hatte zwei gegenüberliegende Türen. Ich ereiferte mich über das alte Reptil und zog über sie her, wutentbrannt gestikulierte ich und ahmte die Alte nach, alle lachten. Auf einmal hörten sie auf zu lachen, störte mich nicht weiter, seelenruhig sagte ich gerade: „Wenn das alte Leder so weitermacht, drehe ich ihr doch noch den welken Hals um." Als ich plötzlich eine Hand auf meiner Schulter spürte. Ich drehte mich um und dachte ich sehe ein böses Tier. Da stand das alte Leder direkt im Bademantel hinter mir und das wer weiß schon wie lange. Mir schoss der Schreck in die Glieder, war schon 'ne Weile her als die anderen zu lachen aufgehört hatten. Meine Güte entweder war die taub oder verblödet. Auf alle Fälle krächzte sie mit ihrer Blecheimerstimme, wobei ihre

Falten am Kropf wild wackelten, der Kaffee wäre nicht annähernd so schlecht wie gestern, sondern noch schlechter und nun geht sie immer ins Café ihren Kaffee trinken, obwohl der da auch nicht den Schuss Pulver wert wäre. Das war's mehr wolle sie nicht. Funkelte uns nochmal mit so nem irren Vogelblick an und schepperte die Pantrytür zu. Na dann mal los. Lass deinen Frust im Café ab, altes Suppenhuhn. Konnte mir nur recht sein. Als die raus war grölten wir alle. Zu Hause wird die Alte sich vermutlich Kaffeebohnen und Wasser in den Rachen kippen, um dann gleich `nen Tauchsieder direkt reinzuhalten, das wäre dann kochendheißer Kaffee. Daher auch die Stimme. Vermute ich mal.

Da waren dann auch noch zwei Herren in einer Kabine, die mich kontinuierlich zum Landgang einluden. Wenn wir dann in London wären, auch so in Amsterdam. Ich lehnte hartnäckig ab und sagte ich hätte einen Freund und somit wären meine Landgänge schon ausgebucht. Trotzdem luden sie mich weiterhin ein. Schwachsinn. Ich blieb stur und lehnte ab, um dann am Ende der Reise zu hören, das wäre nur ein Test gewesen, (hahaha) ob sich ein Mädel aus dem „Osten" auf die Westler einlässt oder nicht. Wahrscheinlich hatten die zwei Blödmänner eine Wette abgeschlossen. Auf alle Fälle hatten sie Pech mit mir. Doch gerade darum gaben sie am Reiseende ein ziemlich hohes Trinkgeld (oder war`s Preisgeld?), mit dem Spruch : „Bleiben sie mal so wie sie sind, das war nur ein Test!"

Sowieso!

Das brauchten die zwei Schwachköpfe mir nicht zu empfehlen. Das war doch nicht zu glauben solche gab es also auch.

Gegen 21.00 Uhr kamen wir in Greenwich an. Somit hatte sich an diesem zweiten Tag der Reise der Landgang für uns erledigt. Für die Passagiere waren Tenderboote zur Verfügung, denn wir blieben auf Reede.

Am nächsten Tag fand für die Passagiere sowie auch für die Besatzung eine Stadtrundfahrt statt. Mein Freund und ich konnten daran allerdings nicht teilnehmen und gingen nachmittags auf eigene Faust an Land. Wir sahen uns die Tower-Bridge, das Parlamentsgebäude mit dem weltberühmten Big Ben, die Westminsterabtei und vieles mehr an. Natürlich beobachteten wir auch die sogenannten Bobbys. Die tatsächlich mit todernstem Gesicht und hohen schwarzen Fellkappen dastehen und die nichts erschüttern kann. Wir versuchten sie zum Lachen zu bringen und ich wuselte frech, auf Zehenspitzen stehend, dem Einen auf der Fellmütze rum. Keine Reaktion. Sie lachten nicht. Die machten ihre Sache wirklich gut.

Das war alles in allem ein toller Ausflug. Obwohl die Zeit wirklich nicht reichte, wir hätten so gern noch mehr gesehen. Aber wir wussten auch, dass sich diese Reise im Anschluss noch mal wiederholt, also verschoben wir es aufs nächste Mal.

Zurück an Bord war es schon wieder Abend und Zeit an die Arbeit zu gehen.

21.00 Uhr verließ die „Atlantis" London mit Kurs auf Amsterdam und die Uhren wurden in dieser Nacht wieder eine Stunde vorgestellt. Gegen 14.00 Uhr trafen wir in Amsterdam ein. Ich hatte wieder Glück, mit meinem Freund zusammen ging ich am Nachmittag an Land. Diese Stadt war auch überwältigend und es gab viele schöne neue Eindrücke für uns. Konnte man kaum verdauen. Gestern London heute Amsterdam. Das hatte eben auch was Gutes auf einem Passagierschiff. Man sah in verhältnismäßig kurzer Zeit ziemlich viel. Alles nur darauf ausgerichtet, das die Passagiere so viel wie möglich für ihr Geld erlebten und zu sehen bekamen. Wir jedenfalls schlenderten durch die Geschäfte und es war diesmal ein gutes Gefühl etwas mehr Geld, „Trinkgeld" zu besitzen als sonst. Ich leistete mir tatsächlich sage und schreibe eine schwarze Lederhose für ganze 400,00 DM. Und ich hatte nicht mal ein schlechtes Gewissen dabei. Ich fand auch noch so einiges mehr, was ich mir gönnte und es tat richtig gut mal nicht mit dem wenigen Handgeld zu knausern. Ach war das schön. Lauter neue moderne Sachen kaufte ich zum Anziehen ein und wie das Spaß machte. Mein Freund gönnte sich auch ein paar neue Klamotten, so hochbefriedigt nach unserem Kaufrausch und unserem Stadtbummel begaben wir uns dann kurz vor meiner Arbeitszeit aufs Schiff. Jaaa, man muss sich ab und zu auch mal belohnen!

Abends nach Feierabend hatten wir als Besatzung auch die Möglichkeit in die Passagierdecks, sprich in die Bars und ins Café sowie Pup vorzudringen. Das allerdings nur in Uniform und geregelt war das natürlich auch. Jeden Abend durften immer vier Besatzungsmitglieder aus einem Bereich zum Vergnügen gehen. Dafür gab es Karten. Am Anfang der ersten Reisen konnte man sich noch aussuchen mit wem man gehen wollte, doch das gab dann Ärger und keine Einigung so wurde es von höherer Stelle geregelt, dass einfach ein paar bestimmt wurden, die gehen konnten und wer nicht wollte gab seine Karte weiter. Auf so etwas hatte ich keine Lust. Man durfte die Jacken nicht ausziehen und das Käppi sollte auch aufgesetzt werden und bezahlen musste man auch was man trank. Also da verging mir schon die Laune. Alle Passagiere sahen gut aus in ihren Garderoben, nur wir in unserer Einheitskleidung und mit dicken Uniformen, sollten dort rumschwitzen. Da kann ich mich ja gleich mit 'ner Wattejacke in die Oper setzten. Wir nur in Uniform , das war natürlich einfacher für die Oberstewards, somit leicht zu erkennen, wer sich danebenbenahm und hatte blau-weiß an flog raus. Einfaches Prinzip. Die trieben das Spiel soweit das eines Tages ein Matrose gar nicht erst in eine Bar gelassen wurde. Zwar war er vorschriftsmäßig bekleidet, doch er trug weiße Schuhe. Zur Uniform gehören schwarze Schuhe. Punkt. Ist das nicht lächerlich? Seine weißen Schuhe waren picobello geputzt. Schneeweiß. Kein Fleck. Und schwarze Schuhe hatte er nicht. So, für den war der Abend gelaufen. Ab in die unteren Decks, vorbei mit Vergnügen zwischen Luxuspassagieren. Auf den Schwachsinn hatte ich absolut keine Lust und verzichtete regelmäßig auf meine Karte.

Am darauffolgenden Tag verließ das Schiff gegen 16.00 Uhr den Hafen von Amsterdam mit Ziel Cuxhaven. Nur gut das wir den Nachmittag am Tag zuvor an Land waren. Denn an diesem Vormittag vor Ablaufen mussten wir arbeiten und hätten Amsterdam somit gar nicht erlebt.

Nun stand das Reiseende kurz bevor, denn am nächsten Tag gegen 08.00 Uhr morgens sollten wir in Cuxhaven eintreffen. Was ich lustig fand war, dass tatsächlich im vorletzten Tagesprogramm ein Hinweis für die Passagiere ausgedruckt war. Man machte die Passagiere, kleingedruckt auf der letzten Seite, höflich darauf aufmerksam das es auf internationalen Kreuzfahrten üblich war, am Ende der Reise dem Bedienungspersonal bei zufriedenstellendem Service ein Trinkgeld zukommen zu lassen. Erfahrene Reisende rechnen ca. mit DM 10,00 pro Tag und Passagier die anteilig an das Personal des Restaurants, den Kabinen, Bars und an Deck individuell verteilt werden. Sollte man dem Küchenpersonal eine Anerkennung zukommen lassen wollen, stehe hierfür am letzten Tag am Eingang des Restaurants eine Box bereit. Wie gesagt das war nur ein Hinweis die Höhe des Trinkgeldes läge selbstverständlich im Ermessen der Passagiere.

Das war neu für mich. Ich dachte nie, dass man den Leuten so deutlich sagt: „kommt mit der Kohle rüber"! Nun ja, sie haben eine bescheidene Summe eingesetzt, denn in Anbetracht der Tatsache was ich schon zu Beginn und während der Reise zugesteckt bekommen hatte, schlug ich ihre Berechnung um Längen.

Irgendwie waren wir auch den anderen Besatzungsmitgliedern voraus.

Denn sie begegneten den Passagieren immer in der Öffentlichkeit, Bars, Restaurant, Café usw.. Und wir im Gegensatz dazu, sahen die Passagiere beim Kammerreinschiff oder beim Frühstücksservice in der Kabine. So war es eigentlich nicht kontrollierbar, wann wir Kabinenstewardessen wie viel bekamen. Denn wenn sich kein Passagier während der Reinigung der Kabinen in derselben befand, mussten die Türen weit geöffnet bleiben. War aber ein Passagier in der Kabine und saß lesend oder Fern sehend in seinem Sessel, hatten wir die Türen während der Reinigung zu schließen. So bekam man dann doch immer etwas mehr zugesteckt, als all die anderen. Auch weil man tatsächlich für ihre Wünsche persönlich da war. Ne peinliche Kotztüte zum Beispiel brachte eben auch Trinkgeld. Schon eklig so was, aber wie heißt es so schön? Geld stinkt nicht. Außerdem wäre so eine Tüte nie ohne uns aus den Kabinen gekommen. Wir leerten schließlich die Mülleimer. Ich hatte auch erfahren, dass die Stewards und Stewardessen im Café und im Restaurant ihr Trinkgeld zusammenschmeißen mussten. Egal ob Eine oder Einer mehr bekommen hatte als die anderen, das kam alles in einen Topf. Ich fand das unfair. Sie teilten das Geld dann unter allen in gleicher Höhe auf. Das heißt, das tat dann der Obersteward. Unmöglich. Viele waren stinksauer. Was hatten wir Kabinenstewardessen doch für ein Glück, wir konnten wirklich behalten, was wir zugesteckt bekamen.

Die Reise war zu Ende, wir waren wieder in Cuxhaven. Die Frühaufsteher standen schon vor acht Uhr an Deck und beobachteten das Einlaufen und Festmachen des Schiffes. Bis fünf Uhr morgens hatten die Passagiere ihre Koffer in die Gänge zu stellen, die dann von unseren Jungs von Bord gebracht wurden. Nach dem Frühstück hatten alle ihre Kabinen zu räumen, damit wir loslegen konnten und das Schiff für die neuen Passagiere herrichten konnten. Wieder etwa vier Stunden Zeit um das Boot aussehen zu lassen, als wäre noch nie jemand mitgefahren. Die meisten Passagiere bedankten sich nochmals mit einem Trinkgeld bei uns. Wer es nicht persönlich gab hatte es in der Kabine hinterlassen.

Ja und dann wurde wieder in die Hände gespuckt und zwar in alle. Der schlimmste Tag, der Passagierwechsel stand uns bevor. Wir lauerten schon in den Gängen. Sowie die Passagiere vom Frühstück zurück waren und das Schiff verließen, stürzten wir in die Kabinen und ackerten drauflos.

Um 15.00 Uhr hatten wir schließlich schon wieder im tadellosen Tuch die neuen Reisenden zu begrüßen. Noch mal London-Amsterdam-Cuxhaven. Noch mal fünf Tage. Der gleiche Ablauf wie auf der Reise zuvor. Während der Landgänge versuchten wir uns anzusehen, wozu wir auf der ersten Reise nicht gekommen waren. Was natürlich nicht klappte. Die Freizeit war immer im Flug vorbei. So das vieles für unsere Augen leider unbesehen blieb. Schade. So war es eigentlich immer. Viel zu schnell verging die Zeit während der Landgänge wo auch immer. Doch das Gute daran war, man wusste immer bald kommt der nächste Hafen und wieder lauter neue Eindrücke. Das war das Aufregende. Immer lockte das Neue.

24. Kapitel „Immer lockt das Neue und was heißt hier Ostsektor?"

Das Neue in diesem Fall war die Pfingstkreuzfahrt „Die Fjorde Norwegens". Wieder starteten wir von Cuxhaven aus. Auf Norwegen hatte ich mich ganz besonders gefreut. Einzigartig die Landschaft mit ihren Fjorden und Wäldern, Natur pur. Ein Traum erfüllte sich, endlich konnte ich mir auf dieser Kreuzfahrt das Land ansehen. Die Passagiere waren wie immer von uns auf das höflichste empfangen worden und sie hatten es genau wie die Reisen zuvor mit überaus üppigen Trinkgeldern belohnt. Sagenhaft, langsam gewöhnte man sich an den Geldfluss. Komisch auch das Gewissen rührte sich nicht mehr. War auch kein Wunder. Allerhand ausgefallene Wünsche von Seiten der Passagiere waren zu erfüllen, somit rechtfertigte es auch, jedenfalls in meinem Hirn, das hohe Trinkgeld.

Nachdem wir Cuxhaven verlassen hatten, befanden wir uns einen Tag auf See. Tags darauf trafen wir in Bergen ein. Der zweitgrößten Stadt Norwegens. Wir erfuhren, dass es dort fast das ganze Jahr regnen soll und die kleinen „Bergener" schon mit einem Regenschirm bewaffnet auf die Welt kommen sollen. Doch wir hatten Glück, es regnete nicht an diesem Tag. Die meisten Passagiere hatten das Schiff verlassen um sich die Stadt anzusehen oder eine Stadtrundfahrt mitzumachen, was vormittags und auch nachmittags möglich war. Wir jedoch mussten bis zum Abend warten, um in die Stadt zu gehen. Feierabend. Duschen, anziehen, los. Landgang. Mein Freund und ich gingen nicht allein. Es war noch ein Matrose dabei. Mit ihm und seinem langjährigen Kumpel hatten wir uns besonders angefreundet. Die beiden besaßen eine Menge Humor und oftmals wenn mein Freund Wache hatte, nahmen sie mich mit an Land weil ja einer alleine nie gehen durfte. Es war auf sie Verlass. Nun gingen wir zu dritt an Land, um uns Bergen anzusehen. Beeindruckend war es schon für uns im Hafen. Die Yachten die dort lagen waren umwerfend. Wir wunderten uns, dass so viel junges Volk auf diesen Booten fuhr mit lauter Musik und Gelächter. Die hatten das Geld für solche Luxusyachten bestimmt nicht erarbeitet. Ein bisschen neidisch sahen wir dem Treiben auf dem Wasser schon zu. Aber scheiß drauf, man kann ja nicht alles haben. Die Stadt war auch bei Nacht schön und so schlenderten wir durch die Straßen. Hellerleuchtete Schaufenster. Besonders interessant fand ich, die norwegischen Trolls. Die es in allen Größen und Ausführungen gab. Einige standen sogar in Menschengröße vor den Geschäften. Angekettet natürlich. Die waren so hässlich, das sie schon wieder schön waren. Aber heidenteuer. Sogar die ganz kleinen. Überhaupt war alles zum Heulen teuer, so dass wir zu dem Entschluss kamen, hier können wir uns nichts leisten.

Irgendwo setzten wir uns hin und tranken etwas. Unser Gespräch nahm dabei eine einzigartige Wendung. Das erste Mal unterhielten wir uns darüber, wie es denn wäre nicht zum Schiff zurück zu gehen. Einfach abzuhauen. Wenn ich mein Trinkgeld hochrechnete, hätte man davon schon eine Weile existieren können. Ja aber dann? Existenzen wären zerstört worden. Bei dem Gedanken an meine Eltern, bekam ich Gänsehaut. Sie vielleicht nie wiedersehen können und die beiden würden ihre Arbeit verlieren und wer weiß was sonst noch.

„Schöner Traum, aber dabei bleibt es. Wäre schon schön nicht mehr zurück zu müssen in die DDR, wo es doch so viele tolle Ecken auf der Welt gibt, aber richtig glücklich wären wir dann auch nicht. Ich denke nicht mehr darüber nach. Es hat doch keinen Sinn", beendete ich das Gespräch.

Nicht auszudenken was passiert wäre, wenn uns jemand belauscht hätte. Solche Gedanken kommen einfach. Das man sich sagt: „Muss ich zurück?" Auf der anderen Seite war es aber auch immer schön, wieder nach Hause zu fahren. Irgendwie war es auch so, dass wir ewig beneidet wurden. Dafür das wir raus kamen um uns die Welt anzusehen, schön einkaufen konnten, Klamotten hatten die keiner hatte und im Winter dunkelbraun waren. Ich muss auch ehrlich zugeben, ich habe es genossen. Doch jeder ist seines Glückes Schmied. Ich hab mich auch einfach nur getraut mich zu bewerben und war für nichts was es auf einem Schiff zu tun gab ausgebildet. Noch war ich mir für irgendwelche Arbeiten zu schade. Selbst für Reinschiffarbeiten nicht, auch das gehörte dazu. Schließlich hatten auch die Matrosen und die Leute in der Maschine ihre Arbeitsplätze zu reinigen. Aber ich hatte auch keine Angst einfach loszufahren, weit weg auf einem Schiff.

Nachdem wir das Thema fallengelassen hatten, trabten wir doch mit etwas Wehmut auf die „Atlantis" zurück. Wenn man nicht alles dafür aufgeben müsste um woanders zu leben, wäre das Ganze schon einfacher. Aber was soll's.

An Bord angekommen, platzten wir in eine Kammer wo laut gelacht wurde hinein, lachten und feierten mit und die Gedanken gingen in eine andere Richtung.

Am nächsten Tag fuhren wir nach Molde. Auch die „Rosenstadt" genannt. Dank des Golfstromes ist das Klima sehr mild und es gedeiht eine üppige Vegetation. Hier hatten wir am Nachmittag die Möglichkeit die Stadt anzusehen. Sie war auch bezaubernd. Der darauffolgende Tag bescherte uns Trondheim, im Mittelalter ehemals Hauptstadt von Norwegen.

In meiner Freizeit hielt ich mich gerne an Deck auf. Natürlich in den Bereichen die für die Mannschaft zugänglich und erlaubt waren. Schön diese Landschaft. Das Wasser in den Fjorden so klar, dass man dachte man könnte auf den Grund gucken. War natürlich völliger Quatsch, bei der Tiefe. Aber selten war das Wasser so klar wie dort. Na und die Mentalität der Mitreisenden, sprich Passagiere war auch durchwachsen. Da hatte ich dann auch wieder so ein Kaliber von alleinstehender, älteren Dame dabei die vor Langeweile und um auf sich aufmerksam zu machen mal eben die Besatzungsmitglieder drillte. In diesem Fall mich.

Denn sie bewohnte mit all ihren Macken eine meiner Kabinen. Ich weiß nicht wie sie die drei Tage zuvor zugebracht hat, jedenfalls am vierten Tag morgens ging das Telefon in der Pantry und ihre raue kratzige Stimme bellte durchs Telefon, dass sie nun langsam eine Menge Erfrierungserscheinungen hätte und kurz vor dem Erfriertod stände. Mir wuchsen direkt Eiszapfen an den Ohren, so klirrte es im Hörer. Ich sah zu das ich hinkam. Mir bot sich ein haarsträubender Anblick als ich eintraf. Sie saß in ihrem Bett wie „der arme Poet", hatte sich ja auch gleich zu Anfang noch vier Kissen bringen lassen, war auch so eine die im Sitzen schlief, mit 'ner Strickjacke angetan und bis zum Hals zugedeckt. Blaue Lippen, spitze rote Nase. Ich zuckte vor der Erscheinung zurück.

„Bei was für Minusgraden vegetiert ihr denn im Ostsektor vor euch hin? Sibirische Kälte. Ich hocke hier wie im Kühlschrank, ist ja nicht zu fassen so was. Bei den Preisen auf eurem Luxusliner geh ich als Kühlleiche hier runter. Tun sie sofort was dagegen, sonst wende ich mich weiter bevor mir die Stimmbänder vor Kälte erstarren!"

Die sprudelte los mit ihrer Säuferstimme und schimpfte und schimpfte. Von wegen Ostsektor. Als wäre die jemals in Sibirien gewesen.

Hingepasst hätte sie auf jeden Fall. In die Verbannung nach Sibirien. Alte Hexe! Aber es stimmte, es war furchtbar kalt.

„Die Scheiß Heizung hab ich bis zum Anschlag aufgedreht und nichts passiert. Mir wachsen Frostbeulen auf diesem komischen Boot." Die kriegte sich gar nicht mehr ein. Bei einem Blick auf die Klimaanlage registrierte ich, dass sie dieselbe auf totale Kühlung eingestellt hatte.

„Das haben wir gleich", versuchte ich sie zu beruhigen und stellte die Heizung an.

„Sie haben die Klimaanlage in die falsche Richtung gedreht und auf totale Kühlung geschaltet. Die Heizung ist in Ordnung. Es wird ihnen gleich warm. Sogar im Ostsektor funktionieren Knöpfe wenn man sie in die richtige Richtung dreht!" Das konnte ich mir nicht verkneifen. Betroffen sah sie mich an.

„Na ja, hatte wohl dabei die Brille nicht auf." War alles was sie erwiderte. Ich hatte das Gefühl sie war drauf und dran zu glauben wir kühlen einige von diesen alten Schachteln bis zum Gefriertod ab um dann mit ihren verwitterten Eingeweiden Organhandel zu treiben. Auf alle Fälle hatte ich die Heizung soweit aufgedreht das sie ohne Strickjacke im Bett hocken konnte. Gehässig dachte ich, wollen doch mal sehen ob dir nicht bald das Wasser im A.... kocht. Ihr ist dann auch bald warm geworden, doch für das alte Biest blieb der Ostsektor eben Ostsektor, komme was da wolle. War mir nun auch so was von egal.

Wir hatten den Geiranger-Fjord vor uns und das allein interessierte mich. Der berühmteste und schönste Fjord Norwegens. Das war keinesfalls eine Übertreibung. Traumhaft schön lag er vor uns und wir konnten auch mit dem Tenderboot an Land. Rund rum hohe Berge und viel Grün. Einfach schön. Die nächsten drei Tage brachten uns Olden / Nordfjord, Vik / Sognefjord, Gudvangen / Naeroyfjord und den Eidfjord. Landschaftsmäßig einzigartig. Beim Durchfahren des Eidfjords rückten die Felswände immer näher. Faszinierend. Wild gluckernde, sprudelnde Wasserfälle, Gletscher und steile Bergrücken bestimmten die Landschaft. Nach wie vor stand ich in jeder freien Minute an Deck und staunte und staunte. Bevor wir Oslo erreichten befanden wir uns einen Tag auf See. Natürlich kann ich nur berichten, dass ich von dieser Stadt ebenso berauscht war wie von ganz

Norwegen. Nach diesem Tag und einem weiteren auf See ging die Reise zu Ende. Wir liefen in Kiel ein, verabschiedeten unsere Reisenden und bereiteten das Schiff für die nächsten Passagiere vor. Alles lief ab wie auf den Reisen zuvor. Die neuen Gäste wurden begrüßt und in ihre Kabinen begleitet. Diesmal hatte ich in einer meiner Kabinen ein sehr nettes Ehepaar aus Kiel, die mehrere Reisen auf der „Atlantis" gebucht hatten. Auf dieser Reise sollten die „Höhepunkte der Ostsee" angelaufen werden. Dabei handelte es sich um Roenne auf Bornholm, Gdynia in Polen, Tallinn-UdSSR, Leningrad-UdSSR, Helsinki in Finnland, Stockholm in Schweden, Visby auf Gotland. Kopenhagen in Dänemark, sowie Rostock und zurück nach Kiel. Besonders auf Helsinki und Kopenhagen freute ich mich. In Roenne kam ich leider nicht an Land, dafür aber in Gdynia. Polen (Urlaubsland meiner Kindheit) berühmt für seine Marktplätze, wo man einfach alles kaufen kann vom rostigen Nagel bis hin zur Marken-Jeans, war natürlich auch ganz interessant. Dort erstanden mein Freund und ich nach langem Verhandeln einen sehr schönen Messingkerzenständer, sowie einen kleinen funkelnden Tisch aus Messing. Zufrieden buckelten wir alles aufs Schiff. Dieser Tag hatte sich mal wieder gelohnt.

25. Kapitel „Aktion Kühlschrank"

Ein Landgang in Tallinn ging mir auch wieder durch Arbeit durch die Lappen, dafür entschädigte mich Leningrad. Nun hatte ich mir in den Kopf gesetzt auf diesem Schiff so komfortabel zu wohnen wie irgend möglich und wollte mir in Leningrad unbedingt einen kleinen Kühlschrank für meine Kammer kaufen, damit meine Getränke immer wohltemperiert vorhanden waren. Das war aber kein leichtes Unterfangen. Mein Freund und ich brauchten Verstärkung da mir schon von vornherein klar war, dass ich über längere Zeit keinen Kühlschrank geschleppt kriege. Also fragten wir unseren Kumpel Wulf ob er Zeit und Lust hätte mitzugehen. Dem stand nichts im Wege und er erklärte sich bereit mit uns eine Einkaufstour zu unternehmen. Wir verließen das Schiff, schnappten uns ein Taxi und ab in die Innenstadt. Ganz wohl war mir eigentlich nicht, ich hatte ja schon so meine

Erfahrungen mit den „Russen". Jedenfalls suchten wir frohen Mutes ein Elektrogeschäft. Nach geraumer Zeit fanden wir auch eins. Tatsächlich hatten sie so einen Minikühlschrank für umgerechnet fünfzig Ostmark. Große Klasse, dachte ich, den musst du haben. Und dann kam es. Ich bezahlte und bekam eine Quittung. Was das jetzt solle, fragte ich in meinem bisschen Schulrussisch. Der Verkäufer erklärte uns mit Händen und Füßen, dass der Kühlschrank aus einem Lager geholt werden müsste, etliche Straßen weiter, und natürlich sollten wir ihn selbst abholen. Die Quittung dort vorzeigen und dann bekämen wir ihn. Mensch, Mensch, Mensch, nur Probleme mit den Russen. Aber haben wollte ich ihn. Mit 'nem vergilbten Zettel in der Hand, worauf der Verkäufer die Straßen zum Lager eingekritzelt hatte, machten wir uns auf die Suche. Das hat eine Weile gedauert. Holterdiepolter über klapperiges Kopfsteinpflaster. Dann haben wir das Haus gefunden. Eine alte Ruine. Zum Lager führte eine steile hölzerne Hühnertreppe nach unten. Der Abstieg war schon mit leeren Händen kriminell, dann standen wir in einem größeren Raum der vollgestellt mit Kisten und Kartons war. Feuchte unverputzte schimmelfleckige Wände umgaben uns und es stank verheerend muffig.

„Was ist das denn für'n Verlies? Das ist ja unheimlich. Wir sind doch mit Sicherheit verkehrt." Ich erschauderte vor der Feuchtigkeit und dem modrigen Geruch. „Irgendwer muss hier sein, in irgendeiner Ecke steckt dein kleiner Kühlschrank. Wir sehen uns mal um!" Wulf war ganz zuversichtlich. Von diesem Raum ging ein anderer Raum ab, abgeteilt mit einer alten Wolldecke. Durch unser Reden wohl neugierig geworden steckte ein altes verhutzeltes Mütterchen mit filzigen Haaren den Kopf an der Wolldecke vorbei und ließ einen Blick auf ihre Zahnlücken und ihr Zuhause frei. Die hauste dort wirklich. In einem winzigen ebenso unverputzten Verschlag, mit einem Kohleofen und einem alten Eisenbett. Grausam. Aber es stellte sich heraus, dass sie für unsere Quittung zuständig war und sie nahm den Beleg. Wuselte zerlumpt auf einen der Kartons zu und zeigte nuschelnd darauf. So das war dann wohl mein Kühlschrank. Vertrauensselig guckten wir nicht mal in den Karton. Na und den nun die Hühnerleiter hoch. Ich war heilfroh, dass Wulf Zeit hatte mit uns zu kommen. So leicht war der

Kasten wirklich nicht. Die beiden ackerten das Ding die Stiege hoch und wir standen im Freien. Ein bisschen jappsen mussten sie nun doch.

„Ja und nun?", mein Freund sah mich fragend an „wir wollten doch eigentlich noch essen gehen." „Machen wir das doch", stimmte ich freudig zu „wird ja wohl ein Restaurant in der Nähe sein."

„Du bist lustig. Jetzt haben wir deinen schweren Kasten am Hals. Wir hätten ihn besser hinterher abholen sollen", stöhnte Wulf.

„Dann sind womöglich die Geschäfte zu und wir kriegen ihn nicht mehr. Los jetzt, zwei Mann vier Ecken, so kräftig wie ihr seid, ich geb auch einen aus." Aufmunternd schwenkte ich lustig die Arme um sie zum losmarschieren zu animieren. Und die haben geschleppt. War eben doch nicht mal so um die Ecke. Bis wir ein Restaurant gefunden hatten, verging gut eine halbe Stunde. Dann machten die da noch Sperenzchen, sie wollten meinen Kühlschrank nicht an der Garderobe annehmen. Nach einer heißen Diskussion mit der Garderobenfrau war mir alles egal. Sie weigerte sich strikt meinen Kühlschrank unterzustellen. Was dachte die wohl? Wir haben 'ne Bombe in der Kiste?

„Jetzt schleppen wir DEN da mit rein, Punkt. Ich hab Hunger und keine Lust mir der ihren Kauderwelsch noch länger anzuhören. Die gibt ja doch nicht nach", meckerte ich sauer. Die Jungs guckten mich ungläubig an, transportierten dann aber doch meinen Kühlschrank ins Restaurant und stellten ihn neben einem Tisch ab. So nun saßen wir endlich. Wieder einmal fix und fertig. Der Kellner kam, glotzte blöde auf meinen Karton, nahm dann aber doch unsere Bestellung entgegen. Das Essen kam und schmeckte nicht nach ihm und nicht nach ihr. Kurzum ein geschmackloser Fraß fürs Geld. Irgendwie hatte ich nie richtig Glück in der SU. Immer nur Ärger. Die schafften es dort immer wieder aufs Neue einen aus der Reserve zu locken. Das nächste Problem war das Gerät aufs Schiff zu bugsieren. Nachdem wir unsere „Delikatessen" bezahlt hatten, fragte ich die Garderobenfrau ob sie uns ein Taxi besorgen könnte. Konnte sie natürlich nicht.

„Nix verstehen." Ja klar, blöde Kuh.

Genau das habe ich mir gedacht. Das die uns nicht verstehen will, aus welchem Grund auch immer. Wir sahen nicht aus als hätten wir den zweiten Weltkrieg überlebt und für all die Straftaten die wir begangen haben auch noch die ewige Jugend gepachtet. Die litten alle in der Ecke an dem Trauma, die Deutschen sind immer noch Verbrecher. Taxi ist doch wohl international? Sicher, sicher bloß nicht bei den Roten Brüdern und hier, bei der roten Schwester. So standen wir mit der Kiste auf der Straße, meine Begleiter sichtlich genervt und hofften auf ein Wunder das in der Gestalt eines Taxis daherkommen sollte. Üblicherweise fahren dort laufend Taxis umher, sogar in ungeahnter Zahl. Bloß jetzt nicht. Scheiße aber auch. Also noch mal zwei Männer vier Ecken und leichter Trab in Richtung....? Ja, in welche Richtung mussten wir eigentlich?

Wussten wir alle nicht mehr so genau.

Das gab`s doch nicht.

Durch das Verwirrspiel mit der Lagersucherei, hatten wir uns verlaufen. Wir konnten nur hoffen, dass doch irgendwann ein Taxi vorbeikam, was wir anhalten konnten und das der Fahrer uns verstand. Wir hielten eine ältere Frau an um nach dem Weg zu fragen und siehe da, sie verstand deutsch. So viel Glück kannste doch kaum fassen? Sie erklärte uns einige Straßen die wir gehen sollten, um zum Hafen zu gelangen. Wir bedankten uns höflich erleichtert und schlugen die Richtung ein. Nein sowas nettes aber auch! Nach einer Weile bemerkten wir fast gleichzeitig, dass wir im Kreis gelaufen sind und wieder an derselben Stelle standen. Mit hinterhältiger Hilfsbereitschaft hatte sie uns in die verkehrte Richtung geschickt und wir sind drauf reingefallen. Sicher fand die ihre Finte richtig gut. Dabei hatten wir niemandem was getan.

Es wurde immer später. Das Ganze hatte schon genug Zeit in Anspruch genommen. Da wir den Kühlschrank zuerst besorgt hatten, war da auch nicht mehr viel mit Stadt angucken drin. Sowieso erst am späten Nachmittag an Land, dann das hin und her mit meinem Kühlschrank, Essen gehen, durch das „nette Weibchen" noch mehr verlaufen, die Zeit war weg wie im Flug und unser vorgeschriebenes Landgangsende rückte immer näher.

So, jetzt standen meine Jungs da und stierten mich nicht so freundlich an. „Guckt mich bloß nicht so an! Ich weiß ja das, das alles wieder meine Schuld ist. Aber kann denn ich wissen, dass wir hier wieder nur Probleme haben? Außerdem dachte ich wir wären um diese Uhrzeit schon längst zurück. Ich will doch heute noch meinen Kühlschrank mit euch anschließen", heischte ich um Gnade und versuchte sie etwas zu besänftigen.

„Erwähne mir das Wort „Kühlschrank" nicht mehr, bete lieber für ein Taxi", ernst nickte mein Freund. Und kaum ausgesprochen kam, wie von Zauberhand chauffiert auch eins und was für ein Glück, es war leer und bremste. Der gute Mensch von Taxifahrer schlenkerte mit plumpen Schwung, praktisch aus dem Handgelenk, dass mir fast schlecht wurde (der war doch neu und so weit gekommen, Mensch!!), meinen neuen Kühlschrank in den Kofferraum, ließ uns einsteigen und da war das nächste Problem. Er verstand nicht wo er hin soll. Mir brach der Schweiß aus und mir fiel das Scheiß Wort „Hafen" nicht auf Russisch ein. (Pardon, aber in diesem dämlichen Fach hatte ich immer eine eins. So isses mit Sachen die einen nicht wirklich interessieren. Weg damit, vergessen, ganz schnell.) Den anderen auch nicht. So versuchten wir es in Englisch. Das ging erst recht in die Hose. Der glotzte wie ein Mondkalb und war in Gedanken sicher schon bei Wodka, Machorka und Mama aufm Sofa. Dann fiel mir ein zu sagen: „Na Morje" oder so ähnlich. Irgendwie hatte ich dieses Wort für Meer in Erinnerung. Aber das Kalb glotzte immer noch und verstand vermutlich nur Bahnhof.

Da kam mir die Idee. Ich wühlte in meiner Handtasche und holte mein Notizbuch raus. Auf eine Seite malte ich ein Schiff und eine Kaimauer. Abstrakt. Endlich, er grinste und nickte und raste los. Bei der ganzen Gestikuliererei lachten wir schon das Lachen der Verzweiflung. Das verging uns jetzt. In FBI-Manier quer durch die Stadt. Ob die Ampel nun rot war, hat den überhaupt nicht interessiert. Der fuhr tatsächlich wie eine gesengte Sau, streifte auch ab und zu mal 'n anderes Auto, bretterte notorisch bei Rot über die Ampel, mit dem dicken Daumen auf der Hupe. Mir blieb bald die Luft weg. Das war Todesangst die sich in mir breit machte und ich saß auch noch vorne! Die Frontscheibe war ab und zu ganz nah! Jetzt war mein Kühlschrank soweit gekommen,

184

um von einem Wahnsinnigen platt gemacht zu werden. Mann war mir übel!

Ganz Russland fuhr so!

Da endlich tauchten Lichter auf. Bekannte Lichter. Die Lichter der „Atlantis". Es war uns tatsächlich gelungen dank des Taxifahrers, der mir immer mehr wie ein armer Irrer vorkam, kurz vor Landgangsende das Schiff zu erreichen. Tatsächlich hatte er es auch geschafft, mit einem hinterlistigen Grinsen die rasante Fahrt, kurz vor Ende der Kaimauer abrupt zu stoppen. Schlenker nach vorne mit Blick aufs Wasser und Schlenker zurück in die durchgesessenen Polster. Igitt, war mir schlecht! Davon erhole ich mich nicht so schnell, das war ja mal klar! Wir machten, dass wir aus der Familienkutsche auch genannt „Wolga" kamen, meinen Kühlschrank raus zerrten und den Fahrer bezahlten.

Knieschlotternd tastete ich mich in Richtung Gangway. Wenn der nicht rechtzeitig gebremst hätte, hätten wir noch das Hafenbecken unsicher gemacht. Meine beiden Jungs taten zwar völlig unbeeindruckt, doch konnte ich wohl sehen, dass sie ebenso froh waren lebend aus dem Auto entkommen zu sein, so bisschen blass ums Näschen hier im Scheinwerferlicht und nun nur noch meinen Kühlschrank die Gangway hochtragen brauchten.

Es war wieder einer meiner Träume in Erfüllung gegangen, ich besaß endlich einen Kühlschrank, der auch unbeschadet die Irrfahrt überlebt hatte. Was noch schöner war, er funktionierte sogar. Gleich angeschlossen und Bier eingestaut, wurde er sofort eingeweiht. Sogar ein kleines Eiswürfelfach war vorhanden. Für Kuba-Libre. Optimal. Und wie der in die Ecke unserer Kammer passte. Alle guckten neidisch auf meine neue Errungenschaft und ich musste natürlich einen auf meinen Kühlschrank ausgeben. Auf die Frage wo wir den gekauft haben, guckten wir drei uns ratlos an und lachten. Wir wussten es nicht mehr.

Natürlich will ich bei meinen Ausführungen nicht die gesamte russische Bevölkerung schlecht machen, aber es ist alles tatsächlich so passiert und nichts erfunden. Egal wen wir ansprachen und dabei ein paar deutsche Worte verwendeten, hatten wir schlechte Karten. Weiß der Himmel warum. Sicherlich gibt es irgendwo auch ein paar nette russische Vertreter.

Für die Besatzung fand eine Stadtrundfahrt statt, an der mein Freund und ich teilnahmen. Der Bus holperte rege über das kaputte Pflaster der Stadt, das Gehirn musste dabei mehrere ungeahnte Schläge in Kauf nehmen und die Nervenstränge vibrierten im Rhythmus der Schlaglöcher. Aber ansonsten war die Stadt schon sehenswert. Ehemals russische Hauptstadt, strotzte sie vor Architektur. Für Kulturliebhaber sicher ein besonderer Leckerbissen. Etwas Zeit zum Einkaufen hatten wir auch, so liefen wir herum und sahen uns einige Geschäfte an. Kauften ein paar Souvenirs in Form von Gläsern und Keramik. Da entdeckte ich ein Schmuckgeschäft und schwups war ich schon drin. Am Eingang stand wie ich schon aus Murmansk kannte, wieder ein Soldat mit Gewehr um die Schätze vor Klaufingern zu bewachen. Diesmal sah ich mir alles genau an und eine Verkäuferin bemühte sich um uns. Auf meiner ersten Reise nach Murmansk durften wir kein Gold einkaufen. Doch das war jetzt anders. Für Touristen gab es eine andere Regelung als für Seeleute. Da wir Landgangsausweise der „Atlantis" hatten, konnten wir uns hier locker als Passagiere ausgeben. Man glaubte uns und ich suchte mir einen schönen Goldring aus 585 Gold aus. Das war gar nicht so einfach. Riesenauswahl an Gold. Es gingen einem die Augen über. Also alles in allem konnte ich letztendlich doch mit meinen Landgängen in Leningrad zufrieden sein. Meine Wünsche hatte ich mir alle erfüllt. Trotzdem wusste ich, dass ich da nicht so schnell wieder hinwollte.

Helsinki, die Hauptstadt Finnlands, erwartete uns tags darauf. Dort lagen wir nur von 9.00 Uhr bis 14.00 Uhr und hatten praktisch kaum Zeit etwas zu erleben. Doch mal kurz an Land war schon drin. Direkt am Hafen war ein großer Marktplatz. Fisch in allen Variationen wurde angeboten. Vor allem der berühmte Lachs. Riesige Berge an Fellen lagen auch parat. Mir hatte es ein Rentierfell angetan. Ich wühlte und wühlte in einem enorm großen Haufen, um auch das schönste Fell zu ergattern. Es ist mir gelungen. Glücklich über meinen Kauf, klemmte ich es mir unter den Arm und dann ging es auch schon zurück zum Schiff. Wir hatten einen ganzen Tag in Stockholm zur Verfügung, der nach dem Aufenthalt in Helsinki vor uns lag. Diesmal konnte ich den ganzen Nachmittag frei nehmen, um an Land zu gehen. War auch ein schöner Landgang in dieser bezaubernden Stadt. Der nächste Anlaufpunkt war Visby auf Gotland. Doch dort hatte ich weniger Glück mit meiner Freizeit, also blieb ich an Bord und ließ Visby Visby sein. Schon einen Tag später liefen wir Kopenhagen an und das ist auch eine bemerkenswerte Stadt. Nachmittags sahen wir uns alles an was sehenswert war, bis hin zur kleinen Meerjungfrau. Auf den Abend freute ich mich am meisten, denn wir hatten uns vorgenommen uns das weltberühmte „Tivoli" anzusehen. Und genau das haben wir dann auch nach Feierabend gemacht. Traumhaft. Wir hatten noch nie einen Vergnügungspark besucht, so war das ein Erlebnis der besonderen Art. Lauter bunte Lichter, Gondeln die über künstliche Seen fuhren, Geisterbahn und Achterbahn und noch vieles mehr. Die Zeit war wieder einmal viel zu kurz, um alles auszuprobieren und alles anzusehen. Aber wir waren da und konnten mitreden. Auch schon mal viel wert.

Rostock lag vor uns. Meine Heimatstadt zählte auch auf dieser Reise zu den Höhepunkten der Ostsee. Ich hoffte inständig auf ein paar Stunden Freizeit um meine Eltern zu sehen und schon ein paar Sachen abzurüsten, da wir ja nach den Charterreisen absteigen wollten.

26. Kapitel „Abstecher auf MS „Möwitz" und der Hund in der Reisetasche"

Als wir in Rostock ankamen erfuhr ich, dass MS „Möwitz" vor Warnemünde auf Reede lag. So, das war nun unsere Chance. Ich bat um ein paar Stunden mehr Freizeit, weil ich die Gelegenheit wahrnehmen wollte mit dem Reedeboot raus auf Reede zu fahren, um endlich meine verbliebenen Sachen von MS „Möwitz" abzuholen. Wer weiß wann sich noch einmal solch eine Gelegenheit dazu bieten würde. Ich hatte mein Ziel erreicht und durfte ein paar Stunden länger von Bord als vorgesehen. Mein Freund hatte sich genauso engagiert, denn er musste mit, da wir Unmengen von spanischem Wein abzuholen hatten. Pünktlich waren wir am Reedeboot und hörten, dass sie eventuell nicht fahren würden, da zu viel Seegang wäre. Mit einem bisschen Zureden fuhren sie dann aber doch mit uns los. Außerdem standen auch noch ein paar Springer zum Ablösen für einige Besatzungsmitglieder der MS „Möwitz" bereit, die auch ungeduldig an Bord wollten und dort erwartet wurden. Es war tatsächlich `n bisschen viel Windstärke und es schaukelte anständig. Aber es machte mir nichts aus. Im Gegenteil, ich fand die Fahrt ganz lustig. An der Außenhaut von MS „Möwitz" schlackerte eine Lotsenleiter auch „Jakobsleiter" genannt. Die hatten wir erst einmal zu erklimmen.

Mein Gott, was für eine Freude an Deck herrschte als wir zwei an Bord auftauchten. Alle umringten uns und begannen uns auszufragen. So viele Fragen auf einmal waren unmöglich zu beantworten. Der Kapitän nahm uns mit auf die Brücke und übergab uns dort eine Menge Bilder von dem Fußballspiel in El-Ferrol. Wir freuten uns riesig. Das Reedeboot war erst einmal wieder abgefahren und wir hatten eine gute Stunde Zeit uns zu unterhalten und unsere Sachen zusammenzusuchen.

Der Kapitän hatte all unsere Habseligkeiten in einem Raum versiegelt. Das war wirklich eine nette Geste und es war alles vollständig vorhanden. Alle bedauerten, dass wir nun wieder weg mussten und fragten uns auch, ob wir nicht wieder Lust hätten auf diesem Schiff mitzufahren. Da mussten wir sie leider enttäuschen und ich erzählte, dass wir nach den Charterreisen von der „Atlantis" absteigen werden, aber den Flottenbereich gewechselt hätten. Staunend hörten alle zu und wünschten uns alles Gute. Wir waren wirklich ehrlich gerührt, wie erfreut sie waren uns wiederzusehen. Allerhand hatten wir zusammen erlebt auf diesem Schiff und es war trotz Taufe eine sehr schöne Zeit an Bord der MS „Möwitz." Die Stunde verging auch wieder einmal viel zu schnell und das Reedeboot lag wieder längsseits.

Wir ließen unsere Habseligkeiten an einem Tau runter auf ′s Reedeboot, verabschiedeten uns von allen, irgendwie doch traurig, und kletterten hinunter. Die meisten standen an Deck und winkten uns nach. Mit so einem Hallo hatte ich gar nicht gerechnet. Aber es war schön, dass sie uns nicht vergessen hatten und auch, dass sie uns gerne wieder haben wollten. Doch tauschen wollte freiwillig mit uns keiner. Nachdem wir das Reedeboot verlassen hatten, buckelten wir in

Etappen alles zum Taxistand. Einer der Matrosen der MS „Möwitz" war abgestiegen und beaufsichtigte solange unsere Sachen, während wir versuchten alles wegzutragen. Dann erst mal rein ins Taxi und ab nach Hause. Es war nicht mal Zeit für eine Tasse Kaffee, da wir noch mal zur „Atlantis" fuhren um schon einige Sachen abzuholen, die wir nicht mehr benötigten. So verging auch der Tag und eh wir es uns versahen waren wir schon wieder mit unserem Schiff auf dem Weg nach Kiel.

Mein nettes Ehepaar aus Kiel verließ nun auch bald das Schiff. Während der Reise hatten sie mich abends öfter mal zu einem Glas Sekt und einem netten Gespräch eingeladen. Wenn wir unsere Runde zum Bettenaufdecken antraten, befanden sich die beiden meistens noch in ihrer Kabine und baten mich auf ein Gläschen herein. Sie hatten eine Tochter in meinem Alter, die sie auch in Kiel abholen wollte. Sie kam auch und stand an diesem Morgen an der Gangway. Aber nicht allein. Sie hatte einen kleinen Dackel dabei, hätte aber so gern das Schiff gesehen. Doch Tiere an Bord waren nicht erlaubt. Das nette Ehepaar rief mich in ihre Kabine und fragte mich, ob es nicht möglich wäre den kleinen Hund mal kurz mit aufs Schiff zu schmuggeln, da sie ihn draußen doch nicht alleine anbinden wollten. Ich riet ihnen den Hund in eine Reisetasche zu stecken und einfach hoch zu tragen. Genau das taten sie. Das putzige kleine Kerlchen war so lieb, hat nicht gebellt, sondern sich in aller Ruhe die Kabine angesehen. Runter vom Schiff kam er auf dieselbe Art und Weise. Sie bedankten sich bei mir und gaben mir zum Abschied ein hohes Trinkgeld. Tatsächlich hätte es nicht nötig getan, da sie beide die ganze Reise über recht großzügig waren. Häufig lag ein Zettel in der Kabine mit ihren Getränkewünschen und ein Schein, der höher war als die Summe, die sie zu zahlen hatten. Das erste Mal legte ich neben die Getränke auch das Wechselgeld. Aber sie machten mich darauf aufmerksam, dass dies nicht nötig sei und dass ich den Rest des Geldes während der Reise ruhig für mich behalten solle. Das war sehr nett von ihnen und ich traute mich auch nicht noch einmal das Wechselgeld hinzulegen. Diese beiden Menschen waren die nettesten Passagiere, die ich auf diesem Schiff begleiten durfte. Ich erinnere mich gern an sie.

Wie auch die anderen Reisen zuvor ging diese nun zu ende. Die Passagiere verließen alle das Schiff. Wir hatten wie immer einige Stunden viel zu tun und um 16.00 Uhr war schon wieder Einschiffung der neuen Gäste. Drei Reisen hatten wir noch vor uns ehe die Charterreisen endeten.

Auf ging es zur Nordkap-Lofoten-Kreuzfahrt. Beim Umrüsten des Schiffes für die neuen Passagiere saß jeder Griff. Wenn ich mich recht erinnere, bin ich vor dieser Reise zur 1. Kabinenstewardess „befördert" worden. Das änderte nicht viel. Die Arbeit blieb die gleiche. Meine Vorgängerin war zur Oberstewardess aufgestiegen und ich war ihre Nachfolgerin, das war alles. Allerdings hatte ich mitzuentscheiden, wer welche Kabinen bekam und wie zusätzliche Arbeiten verteilt wurden.

Diese Reise dauerte 14 Tage und war gespickt mit reizvoller Landschaft und malerischen Kontrasten. Sie verlief für meine Begriffe ohne besondere Vorfälle und verging wie im Zeitraffer. Nach Auslaufen Kiel ging es nach Vik/ Sogne-fjord, Flam/ Aurlandsfjord, Molde-Andalsnes/ Romsdalsfjord, Narvik, Hammerfest, Honigsvag/ Nordkap, Tromsö, Leknes / Lofoten, Hellesylt / Sunnylvenfjord, Geiranger / Geirangerfjord, Bergen und Ulvik/ Eldfjord und zurück nach Kiel.

Ich kann wirklich sagen, dass ich auf diesen Reisen sehr viel zu sehen bekommen habe. Besonders Norwegen ist schon ein Erlebnis. Außerdem heimste ich auf den Charterreisen noch die Polartaufe so ganz nebenbei ein. Was aber mit der Härte der Äquatortaufe nix gemein hatte, dies hier war ein Publikumsspektakel auf die harmlose Tour. Aber es gab eine Urkunde als Nachweis dafür, also dabei is alles.

27. Kapitel „Die Amis kommen, Mildred und Alexis"

„In das Land der Mitternachtssonne", war das Motto der letzten Reise, die uns nach Norwegen führte. Die Reisedauer betrug 13 Tage und wir waren informiert, dass diesmal sehr viele amerikanische Gäste an Bord sein würden. Nun hatte ich an dem Englischkurs der vorherigen Reisen teilgenommen und konnte mich mittels meines Schulenglisch und den neu dazu gelernten Kenntnissen einigermaßen gut verständlich machen.

Anhand einer Liste stellten wir schon vor Reisebeginn fest, dass die Amerikaner, die im „A-Deck achtern" reisen würden, alle auf der Backbordseite untergebracht waren. So tauschte ich mit derjenigen Kabinenstewardess das Revier, da meine Kollegin kein Englisch sprach. Alles war wieder einmal vorbereitet und straff durchorganisiert bis die Gäste eintrafen. Die jedoch versetzten mich in Erstaunen. Da krochen Mumien die Gangway hoch. Uralte zittrige und kopfwackelnde, Leder bespannte Knochengerüste. Ich wusste gar nicht, dass Menschen so alt werden können. Die kamen aus Amerika. Teilweise waren sie schon 14 Tage unterwegs, um überhaupt nach Kiel auf unser Schiff zu kommen. Sagenhaft was die sich zumuteten. Na und ich hatte natürlich ein paar von diesen Exemplaren in meiner Obhut. Leider ohne Ausbildung zur Altenpflege. Wir liefen aus und befanden uns einen Tag auf See bevor wir Vik erreichten. Der Morgen dieses Tages begann wie jeder Tag für uns mit Kammerreinschiff. Ich begann meine Runde Gott sei Dank nicht auf nüchternen Magen. Mit den Amis war das Chaos eingezogen. In der ersten Kabine, die ich aufschloss hausten zwei Junggesellen. Dass man Klamotten auf so eine dramatische Art und Weise rumschmeißen kann, war mir bis dahin nur aus irgendwelchen Filmen bekannt.

Überall waren Klamotten. Auf dem Fußboden, den Sesseln, den Kojen und die Socken sollten wohl auf dem Tisch ausgasen. Na prima, wie saugt und wischt man da Staub? Ich wühlte mich durch den Kleiderwust und dachte, das wäre wohl einmalig, heute hatten sie es einfach nur eilig zum Willkommensdinner zu kommen. Daher die Dramaturgie der Klamotten. Da schmeißt man schon mal in der Hektik den gesamten Kofferinhalt durch die Bude. Schließlich ist Aufräumen Bestandteil der Rundumversorgung auf diesem Schiff und nicht umsonst bezahlt worden. Morgen sieht es bestimmt anders aus. Aber nein, es sah am nächsten Tag nicht anders aus und den Rest der Reise auch nicht. Als ich erfolgreich das Chaos hinter mir hatte, schloss ich die nächste Kabine auf. Sah schon etwas netter aus, bis ich ins Bad kam. Da hatte jemand Riesenwindeln in den Müllcontainer gesteckt. Die passten natürlich nicht rein, da der Müllcontainer nur für

Kleinigkeiten vorgesehen und entsprechend winzig war. Also lagen auch im Badezimmer auf dem Fußboden Riesenwindeln. Das die von keinem kleinen harmlos-hilflosen Kleinkind stammen konnten erfasste ich auf einen Blick. Wer oder Was steckte vor dem Abfalleimer in diesen Dingern und war so undicht, dass er sich in Pampers zwängeln musste?

Hab ich schon erwähnt dass ich immer bestückt mit einem großen Paket OP-Handschuhen auslief, die es bei uns in jeder Apotheke für ein paar Pfennige zu kaufen gab? Ohne diese Dinger hätte ich niemals die Windeln in meinen Abfallsack bekommen. Angeekelt stopfte ich die „Wattierungen" in meinen Sack, reinigte die Kabine und dachte „was kommt nun noch?". Ich fühlte mich komplett degradiert.

Alle meine neuen Passagiere hatte ich noch nicht zu Gesicht bekommen. Später stellte sich heraus, dass die Riesenwindelträger aus dieser Kabine weit über achtzig waren und nur an Inkontinenz litten, sonst nix. Und es war ihnen auch Wurscht, ob jemand an ihren Pampers Anstoß nahm. Hauptsache sie hatten ihre alten undichten Leiber über Wochen meilenweit durch Amerika geschleppt, um nach Europa zu kommen und mit der „Atlantis" mitzufahren und vor allem hatten sie alles in lebendem Zustand erreicht.

Sie hatten ein Schnäppchen gemacht, erfuhr ich später. Diese Reisen waren so gnadenlos billig gegenüber amerikanischen Verhältnissen, dass man eine lange Anreise durchaus willig in Kauf nahm. Die darauffolgende Kabine gab mir dann auch vorerst mal den Rest. Im Badezimmer fein säuberlich auf dem Fußboden ausgebreitet lag ein blütenweißes „Atlantis-Badetuch" und direkt in der Mitte thronte darauf ein Scheißhaufen! Kaum zu glauben? Tatsächlich, es war so. Ich war kurz davor die Fassung zu verlieren. So eine riesengroße Schweinerei. Ich hatte wirklich nicht darum gebettelt auf der „Atlantis" mitzufahren und ich war auch nicht der Mensch, der für irgendwelche Leute freudig erregt den Dreck weg machte. Abgesehen davon hatte ich mich ja schon an die ständig vollen Kotztüten gewöhnt, die überall hinterhältig auf uns lauerten. Aber das war nun doch zu viel. Ein vollgeschissenes Badetuch! Ich stürzte erst mal in die Pantry. Erzählte meinen Kolleginnen von meinem heutigen Horrortrip durch die

Kabinen. Keine konnte sich in diesem Punkt mit mir messen. Alle waren verhältnismäßig zufrieden mit dem Zustand ihrer Kabinen.

Die hatten ja auch keine Amis.

Die hatte ich!!!

Keine konnte mir sagen, was man mit so einem Badetuch macht. Mir war nur klar, so konnte ich es nicht in die Wäscherei schicken. Also raste ich zurück in die Kabine, Gummihandschuhe an, vier Ecken von dem Tuch geschnappt und ab nach achtern. Ich habe dieses Badetuch den Weiten des Ozeans überlassen. Basta. Auch ein einmaliger Vorfall, versuchte ich mich zu beruhigen. Leider ein falscher Gedanke. Das Badetuch, was ich jeden Tag durch ein Neues ersetzte, war auch jeden Morgen beschissen. Und so vertraute ich Morgen für Morgen Neptun ein vollgeschissenes Badetuch von MS „Atlantis" an. Ich fürchtete schon der Herrscher der Meere wird mich eines Tages dafür strafen. Hoffentlich traf ihn keines mitten ins Gesicht.

Die Bewohner dieser Kabine lernte ich dann auch am Nachmittag des ersten Tages kennen. Mildred und Alexis. Mildred war die Ehefrau von Alexis und Alexis war ein ehemaliger amerikanischer Raumforscher im Ruhestand. Klein, mit weißem Haar und schneeweißem Vollbart, mit einem überaus liebenswürdigem Lächeln, bestückt mit einer Krücke und über neunzig Jahre alt. Tolles Pärchen. Als Alexis mich das erste Mal begrüßte säuselte er verklärt: „Darling I love you!"

Was seiner dicken Mildred überhaupt nicht passte, außerdem verbot sie ihm ständig das Zigarre rauchen. Wahrscheinlich resultierte aus dem Genuss der Zigarre der Schiss aufs Badetuch am Morgen. So waren sie aber ein nettes, altes Pärchen, bis eben auf das Badetuch. Immer wenn Alexis mich zu sehen bekam, säuselte er aufs Neue: „Darling, I love you." Na, wenn er wüsste, wie ich ihn und sein Badetuch „lovete"! Mit diesen Beiden habe ich während der Reise allerhand erlebt.

Eine der anderen Kabinen bewohnte eine alleinstehende ältere Dame so Mitte sechzig. Sie hatte nur eine Marotte, sie soff Whisky wie ein Loch. Als sie mich erwischte, erklärte sie mir, dass sie keine weiteren Wünsche hätte, als einen ständig vollgefüllten Eiswürfelbehälter. Dann ginge es ihr gut und mir eben auch. So regelte ich das für sie und bemerkte, dass ihr Whisky nie ausging. Den hatte sie wahrscheinlich mitgeschleppt, denn der hatte 80%, war original amerikanisch, den gab es auf dem ganzen Schiff nicht. Irgendwie hatte sie ihre Vorräte aufs Schiff geschmuggelt und es war reichlich vorhanden. Ansonsten war sie problemlos schön gleichmäßig im Suff.

So allmählich passierten wir einen Hafen nach dem anderen. Die Passagiere gingen an Land und wir je nach Freizeit auch. Eines Abends gab es Tumult auf dem Schiff. Man hatte im Besatzungsbereich zu sehr später Stunde einen alten Mann im Schlafanzug und mit Krücke aufgefunden.

„Wohin des Weges kühner Wandersmann?" Weißbehaart, weißbesockt und krückbestückt trippelte er raumdurchforschend auf Abwegen weit entfernt von Mildred orientierungslos in der Gegend umher und wusste nicht wo er hinwollte und schon gar nicht wo er eigentlich herkam. Es stellte sich heraus, dass es Alexis war, der eine kleine Spritztour ohne Mildred unternommen hatte, um sich ganz harmlos und entspannt den Rest des Schiffes anzusehen, den er nicht kannte. Mildred lag derweil ahnungslos ruhig schnarchend in ihrer Koje, bis ein paar ortskundige Matrosen sie aus dem Schlaf rissen und ihr Alexis wieder zuführten. Sagenhaft, der alte Knabe ging gern auf Pirsch. Natürlich ohne Mildred. Entweder war er einfach nur neugierig, oder sein „Raumforscherdrang" trieb ihn dazu wirklich alle Räume zu erforschen und war so tief in ihm verwurzelt, dass er einfach nicht akzeptieren konnte, dass er die von Mildred vorgeschriebenen Wege zu bewandeln hatte. Auf alle Fälle war es ein amüsantes altes Kerlchen. Abgesehen aber immer noch von dem Badetuch. Als ich eines Tages mal selbst unten in der Wäscherei war, erzählte ich den Mädels was ich jeden Morgen für einen Stress mit dem Badetuch hatte. Entsetzt fragten sie:

„Die schmeißt du alle raus? Das kannst du doch nicht machen! Da fehlen ja am Ende dreizehn Stück!"

„Na gut", sagte ich, „ihr sollt sie haben. Ab morgen flattern sie so wie sie sind durch den Wäscheschacht, wenn ihr unbedingt der Sparsamkeit frönen wollt!"

Und am nächsten Morgen flackte ich akkurat das beschissene Badetuch durch den Wäscheschacht. – Kommt ein Vogel geflogen.....

Ich blieb extra oben stehen, um zu hören wie mein „Präsent" aufgenommen wird. Klatsch, mein Badetuch kam an und sogleich : „Iiiieeehh, so eine Sauerei, das ist ja eklig! He, du da oben, schmeiß das Badetuch morgen bloß wieder raus. Ist ja nicht zu fassen!"

Ja und nee, zu fassen war das wirklich nicht. Wer fasst denn überhaupt SOWAS freiwillig an? Ich lachte laut. Genau das hatte ich mir gedacht. So was wollte keiner haben.

Und so gingen die Badetücher dreizehn Tage alle denselben Weg: A-Deck achtern und über die Reling. Ist ja nicht zu fassen, sowas!

Vik/ Sognefjord, Gudvangen, Molde/ Moldefjord, Andalsnes/ Romsdalsfjord, Narvik, Hammerfest, Honningsvaag/Nordkap, Svartisen/ Holandsfjord, Trondheim, Hellesylt/ Sunnylvenfjord, Geiranger/ Geirangerfjord waren die Stationen, die wir schon hinter uns hatten. Der Geirangerfjord war wirklich der Schönste von allen. Toll auch die berühmten Wasserfälle der „Sieben Schwestern". Nun lag Bergen vor uns dann ein Tag auf See und zurück nach Kiel. Doch in Bergen hatte ich noch ein Erlebnis der besonderen Art mit Mildred und Alexis. Mildred hatte sich vorgenommen einen ganz ruhigen Landgang ohne Alexis zu absolvieren. Darum kam sie in einem fröhlichen buntgeblümten Kleidchen in die Pantry und fragte mich, ob ich wohl so nett sei und vier „kurze" Stunden auf Alexis aufpassen würde. Es solle mein Schaden nicht sein. Ich müsste nur aufpassen, dass er die Kabine nicht verlässt und vor allem keine Zigarre raucht. Denn das schade seiner Gesundheit immens und sie wollte ihn quicklebendig wieder vorfinden.

Ja klar, warum nicht? Er war schließlich kein Monster. Er war nur ein kleiner, alter „Badetuchbescheißer". Außerdem hatte er das an diesem Tag schon hinter sich gebracht, sodass ich nicht befürchten musste, dass er seinen berühmten Schiss in meiner Gegenwart absolvieren würde. Mildred, die Gute, hatte mir während der Reise noch nichts Bösartiges angetan und Alexis war ebenso wie er war, in seiner Art ganz niedlich und außer diesem blöden Badetuch auch ziemlich amüsant. Warum sollten wir beide uns nicht mal einen schönen

Nachmittag machen? Ich nahm mir vor mich mit ihm zu vertragen. Sie hatte mich überredet. Ich willigte ein. Bloß was ich denn sagen solle, wenn er aus der Kabine will und wo sie denn hin ist, fragte ich sie. Auf keinen Fall sollte ich sagen, dass sie an Land sei, sondern sie befände sich auf dem Schiff und käme auch in kürzester Zeit zurück.

Alles klar, hau ab Mildred im buntgeblümten, ich regel das schon.

Ich erklärte mich bereit Babysitter zu spielen und dachte mir, so schlimm könnte es schon nicht werden. Wenn ich schon mal positiv denke. Als der Zeitpunkt kam wo Mildred an Land gehen wollte, fand ich mich in der Pantry ein. Sie verabschiedete sich von mir für vier Stunden und entschwand. Ganz aufgeregt war sie und voller Vorfreude auf den ruhigen Landgang, zitterte ihre Knautschzone unterhalb der Unterlippe. Irgendwie hatte sie es geschafft, dass Alexis schlief und ich legte mich auf die Lauer, damit ich nicht verpasste, wenn er aufwachte. Mildred hatte wahrscheinlich noch nicht ganz mit ihren runden Waden buntgeblümt und knieumspielt die Gangway verlassen, als es in der Kabine zu rumoren anfing. Sie hatte die Kabine zwar verschlossen, aber natürlich hatte Alexis die Möglichkeit die Tür von innen zu öffnen.

Sicherlich getrieben von seinem Raumforscherdrang war er gerade dabei dies zu tun, als ich mit meinem Generalschlüssel die Tür von außen öffnete und ihn bei seiner Türklinken-Fummelei überraschte. Völlig verstört blickte er mich an und fragte nach Mildred. Als er mich erkannte säuselte er wieder: „Hello Darling, I love you". „Hi", sagte ich matt, weil die Hoffnung dahinschmolz, er würde vielleicht einfach die Zeit durchschlafen, während Mildred lustwandelte und forderte ihn auf sich mit mir in die Kabine zu setzten. Ich erklärte ihm, dass Mildred gleich wiederkäme und ich ihm solange die Zeit vertreiben würde. Wir könnten uns ja etwas unterhalten. Plötzlich hatte er eine Zigarre in der Hand. Ich erschreckte dermaßen, als hätte er eine Knarre auf mich gerichtet und fragte ihn entsetzt, wo er die denn her hätte. Denn von Mildred wusste ich, dass sie alle vor ihm versteckt hatte. Verschmitzt schilpte er über seinen Brillenrand, lächelte und erklärte mir, dass er eine ganze Kiste vor Mildred versteckt halte, weil er wisse, dass sie das nicht gerne sehe und ihm alle anderen abgenommen habe.

Doch er meinte, er wäre eben zu clever für sie und er hätte diese Kiste vor ihr verborgen und die würde sie im Leben nicht finden. Ich dachte: „Jetzt raucht der die Zigarre in meiner Gegenwart und womöglich kommt Mlldred früher zurück und erwischt mich, wie ich zulasse, dass er doch Zigarren raucht." Nicht auszudenken was dann passieren würde. Schließlich war sie größer, dicker und stärker als ich. Voll Entsetzen versuchte ich ihm auszureden das Ding in Brand zu stecken. Aber ich ging fehl in meiner Annahme. Er wollte sie nicht rauchen. Es war ein Geschenk an mich. Wir hätten jetzt ein gemeinsames Geheimnis, ich sollte sie rauchen. „Was soll ich? Ich hab in meinem Leben noch keine Zigarre geraucht und das auch nicht vor!", erklärte ich ihm. Das fehlte gerade noch. Anstelle seiner rauchenden Gestalt, sitze ich mit diesem dicken Qualmstengel da und Mildred taucht auf. Womöglich sind die Badetücher dann vor mir auch nicht mehr sicher. „Ne, ne, ne, die rauche ich nicht!", wehrte ich mich. Aber Alexis erwiderte milde: „Darling, it's your Zigarre!"

Das war mir dann doch zu blöde. „No, it's your Zigarre, Alexis!", sagte ich, nun wieder ganz und gar bestimmt. „No, no, it's your's! It's a present for you!", beharrte Alexis mit so nem leicht durchgedrehten Gesichtsausdruck - wir kriegten uns in die Haare. Es ging immer hin und her, wobei er mit der Zigarre ständig vor meiner Nase rumfuchtelte. Er sagte, es wäre meine Zigarre und ich bestand darauf, dass ich sie nicht will! Ein Spiel ohne Ende. Ich glaube, wir haben uns schon angeschrien. Jedenfalls ging dieses Hin und Her so lange bis Mildred auftauchte. Alexis hatte wohl die Nase voll von meiner Widerspenstigkeit und wollte endlich aus der Kabine. Ich versuchte ihn mit Worten zu hindern und versprach gerade die Zigarre doch nun endlich anzunehmen, wenn er nur da bliebe und gemeinsam mit mir auf Mildred warte, da stürzte er zur Tür und riss sie auf. Gott sei Dank erschien in diesem Moment Mildred im Gang und kam freudestrahlend schwitzend angehechelt mit einem riesigen Troll auf dem Arm. Ich stopfte mir entsetzt in diesem Augenblick gerade noch rechtzeitig die Zigarre in den Blusenärmel. Das wäre nun doch, trotz diesem langwierigen Streit über diese Scheiß Zigarre, link von mir gewesen Alexis so auflaufen zu lassen, dass Mildred ihn mit 'ner Zigarre erwischte.

„Hi Darling, I have a present for you", zwitscherte sie überglücklich und drückte Alexis diesen riesengroßen, hässlichen Troll in die Arme. Und er freute sich so. Das war schon wieder niedlich. Unendlich erleichtert, dass Mildred wieder da war, sah ich mir ihre Begrüßung an. Irgendwie süß waren die beiden eben. Ich war schon fast versucht darüber das Badetuch zu vergessen. Sie bedankte sich bei mir und schloss Alexis in die Arme. Die wusste ja nicht was ich durchgemacht hatte. Das grenzte fast schon an Freiheitsberaubung, wie ich versucht habe das alte Kerlchen in der Kammer anzutackern, damit er mir ja nicht entwischt. Und jemanden nur mit Worten festzuhalten ist nicht leicht. Aber sie war wieder da und ich war Gott sei Dank meiner Pflicht auf ihn aufzupassen enthoben.

Die Amis waren anders als alle Passagiere, die ich kennengelernt hatte. Die gaben kein Trinkgeld zwischendurch. Meine Kolleginnen hatten schon einiges an Beträgen eingesteckt und ich bekam einfach nichts. So, dachte ich, die ersticken an ihrem Geiz. Soviel Arbeit wie ich mit denen hatte und nicht mal Trinkgeld. Nicht mal sauer verdientes Trinkgeld. Das verstand ich nicht. Die Reise ging langsam zu Ende und nach dem Tag in Bergen und einem Weiteren auf See liefen wir in Kiel ein.

Doch da wurden dann meine Erwartungen kühn übertroffen. Als die Passagiere zum Frühstück waren, begannen wir schon die Kabinen zu reinigen. In jeder Kabine, welche die Amerikaner bewohnten, lag ein Umschlag für mich auf dem Tisch. Alle bedankten sich für meine Dienste und hatten etwas in den Umschlag gesteckt. Keiner von ihnen hatte mir während der Reise ein Trinkgeld zukommen lassen, aber in den Umschlägen waren Beträge, die mich einfach umwarfen. Sensationell was Riesenwindeln und beschissene Badetücher so einbrachten.

Soviel hatte ich noch nie bekommen. Üppig, üppig, sage ich nur. Und alles in Dollar! Diese tauschte ich noch auf dem Schiff beim Zahlmeister gegen D-Mark ein. Das hatte fast schon was von Geldwäsche. So, nun hatte ich meine Schäfchen im Trockenen und wieder einen guten Eindruck von meinen Amis.

Zu Ende war die Reise. Es folgte die letzte der Charterreisen „Perlen der Ostsee", somit auch für mich die letzte Reise auf MS „Atlantis".

Es ging noch einmal von Kiel nach Roenne auf Bornholm, Gdynia in Polen, Stockholm in Schweden, Kopenhagen in Dänemark und zurück nach Kiel. Es war eine kurze Reise von sieben Tagen und sie ging schneller als gedacht vorüber. Alles wofür die Freizeit reichte, sahen wir uns an und nahmen auch an einer Stadtrundfahrt in Stockholm teil.

28. Kapitel „Abschied"

Der Reiseveranstalter der gesamten Charterreisen, dessen Mitglieder sich an Bord befanden, veranstaltete als Dankeschön an die Besatzung ein Fest für alle Besatzungsmitglieder. Richtig schön mit Essen, Getränken, Musik und Tanz. Mein Herz blieb fast stehen, als mich unser Chefkoch zum Tanz aufforderte, noch bevor irgendjemand anderes die Tanzfläche betreten hatte und wir somit mit einem Solo den Abend eröffneten. Natürlich war es eine Ehre ausgerechnet mit ihm den ersten Tanz zu tanzen. Er erzählte mir so ganz nebenbei, dass er schon viele Jahre Turnier getanzt hatte. Somit machte es mir keine Mühe ihm zu folgen, er tanzte perfekt. Überhaupt war er ein sehr sympathischer Mensch.

Diesen Abend haben alle sehr genossen und es war eine nette Geste von unserem Reiseveranstalter sich auf diese Weise bei der Besatzung für ihre geleistete Arbeit zu bedanken.

Dann liefen wir in Warnemünde ein. Ich lauerte wieder einmal wie all die anderen gespannt und ängstlich darauf, ob und wann der Zoll das Schiff frei gibt. Hatte auch jeder wieder persönliche Gründe für das Fiebern, das immer eintrat, wenn der Zoll an Bord kam. Ich zum Beispiel hatte meine Plattensammlung von Udo Lindenberg auf der Reise vergrößert. Und damit sie ja keiner fand, hab ich sie für meine Begriffe sicher versteckt. In einer der Waschmaschinen für die Besatzung. Nun konnte ich nur hoffen, dass niemand auf die Idee kam, eben diese Waschmaschine in Betrieb zu setzen. Falls doch, waren meine Platten verloren. Falls nicht, fand sie hoffentlich nicht der Zoll, ansonsten waren sie auch verloren. Tatsächlich hatte ich mir wieder einiges an Platten gegönnt. Unter anderem die „Götterhämmerung", wo eben neben anderen Titeln auch der Titel „Russen" drauf war.

„In fünfzehn Minuten sind die Russen auf dem Kurfürstendamm"!!!!

Das Ding alleine hätte mir schon das Genick gebrochen, wenn die Platte bei mir gefunden worden wäre und die hätten mit Sicherheit keine fünfzehn Minuten gebraucht, um mich aus dem Verkehr zu zupfen. So nun war sie versteckt mit den anderen LPs und ich konnte nur hoffen, dass keiner sie fand. Und wenn doch, es stand ja nicht mein Name drauf. Das war schon ein heißes Pflaster mit diesen Platten, die waren bei uns in der DDR verboten. In solchen Momenten scheint es immer eine Ewigkeit zu dauern bis die Durchsage kommt.

„Das Schiff ist freigegeben"

Doch dann kam sie endlich.

Und wieder flogen alle Schotten auf, alle stürzten wir in die Gänge und jubelten. Ich wetzte zu den Waschmaschinen und holte unversehrt meine Platten raus. Das war mein letzter Schmuggelakt auf diesem Schiff und er ist gelungen. Aber man brauchte Nerven wie Stahlseile für solche Aktionen und ausgerechnet solche Nerven hatte ich nicht. Doch sei's drum. Schwein gehabt ist Schwein gehabt. Nun musste alles nur noch durch den Passagierterminal gebracht werden, da machte ich mir schon die nächsten Sorgen, aber auch das ging glatt. Der Abschied der letzten Gäste war auch gleichzeitig mein Abschied von diesem Schiff. So ganz Abschied aber auch wieder nicht. Die „Atlantis" hatte einen Vertrag mit einer sehr schönen Nachtbar in Warnemünde. Dort feierte die ganze Besatzung einen ganzen Abend lang nach Beendigung der Charterreisen. Ein sogenanntes Bordfest. Und daran nahmen mein Freund und ich natürlich auch teil.

Nun packten wir ein. Alles was wir auf das Schiff geschleppt hatten, vom Fernseher über den Kühlschrank, wurde abtransportiert nach Hause. Komisch. Langsam wurde ich doch traurig. Das kroch sooo in mir hoch, am liebsten hätte ich laut aufgejault. An der Gangway standen alle unsere Freunde, um uns zu verabschieden. Ich war erstaunt und verwundert wie viele dort standen. Die Mädchen drückten mich zum Abschied und gegenseitig wünschten wir uns alles

Gute. Auch die, die es nicht geschafft hatten, so wie wir abzusteigen. Mir kamen die Tränen. Nicht weil ich nicht von dem Schiff runter wollte, sondern wegen all der guten Freunde. Wir hatten ja zusammen so Einiges erlebt und der Zusammenhalt der Besatzung und das Miteinander war schon toll. Ich schniefte und drückte und schniefte, das tat richtig weh.

Als wir nach Hause kamen verstand mein Vater gar nicht warum ich traurig war.

Er wusste doch zu gut, dass ich dort nicht weiterfahren wollte. Aber es ging nicht um die Leute auf dem Schiff, die hätte ich gerne weiter gehabt. Die Passagierschifffahrt lag mir einfach nicht und ich fühlte mich auf einem Frachtschiff einfach wohler. Nach unserem Bordfest, was am selben Abend stattfand, bekam ich noch mal das große Heulen, nachdem mich die letzten Freunde umarmt und verabschiedet hatten. So lange herbeigesehnt abzusteigen und dann so eine Traurigkeit. Aber nun war es einmal so und ich wollte auch nicht mehr mitfahren. Erst einmal war ein bisschen Urlaub dran und dann hatten wir ja den Flottenbereich gewechselt und freuten uns auf ein neues Schiff in der Relation „Asien-Amerika". Der Urlaub wurde allerdings ein bisschen länger, da meine Zehennägel noch nicht in Ordnung waren. Im Gegenteil, es war mir einer eingewachsen, schön ins Fleisch. Der musste gezogen werden und wieder neu nachwachsen. Im Juli hatten wir das Schiff verlassen und nun lag noch ein Teil des Sommers vor uns. So konnten meine Füße in Ruhe gesund werden bis wir dann im November ein neues Schiff bestiegen.

Leider ist aus unseren Filmen, die wir während unseres Aufenthaltes auf der „Atlantis" gedreht hatten, so rein gar nichts geworden. Extra für dieses Schiff hatten wir eine Videokamera russischen Fabrikats für teuer Geld in Rostock erworben. Statt Bilder zu knipsen, hatten wir gefilmt. Ganz tolle Sache. Doch diese Filme mussten wir ganz zu „ORWO" einschicken, um sie entwickeln zulassen. Erstaunlicherweise bekamen wir sie wieder und man konnte auf den Bändern nur „Nichts" erkennen. Sie waren alle schwarz. Angeblich falsch aufgenommen stand in dem Begleitbrief. Was totaler Schwachsinn war. Wir sollten eben keine Erinnerungen haben, so viel stand fest. Ich war mehr als sauer. Haste Bilder, haste Beweise. Wir hatten mal wieder willkürlich nichts. War zu viel vom Treiben des Klassenfeindes drauf. Nicht zu verantworten so was. Also wird alles verdunkelt und so zurückgeschickt.

29. Kapitel „Wieder ein Frachter, ein verbrannter Matrose und die heilige Kuh"

Das Telegramm, welches uns zum Arbeitsantritt auf MS „Querin" erreichte, gab Aufschluss über die nächste Reise.

Ziel: Indien.

Na, wer sagt's denn. Wir freuten uns darauf. Ein neues Schiff, eine neue Besatzung, aber vor allem kein Passagierschiff, sondern ein stink normaler Frachter, auf dem wir unsere Arbeit genauso taten wie auf den Schiffen zuvor. Also stiegen wir wieder auf mit Sack und Pack. Mit Fernseher, Nähmaschine, Kühlschrank und allen möglichen Utensilien, die ich immer mitschleppte, damit ich nichts zu vermissen hatte. Dafür hatte ich mir eigens mal eine Liste angefertigt, von der Nagelfeile bis über den Regenschirm usw., was ich immer dabei haben musste. Diese Liste hakte ich vor jeder Reise andersfarbig ab, nachdem ich eingepackt hatte. Ich schleppte tatsächlich immer idiotisch viel mit, aber es gab eben nichts, was ich nicht dabei hatte. Die anderen profitierten auch davon. Wenn man bedenkt, dass wir Monate unterwegs waren und nicht eben mal einkaufen konnten, wenn rund rum nur Wasser war, dann war es auch gerechtfertigt.

Unser schönes Leben an Bord begann wieder. Dreimal warmes Essen täglich, nachmittags frei, nach dem Abendbrot wieder frei, einfach sehr schön. Keine anstrengenden Passagiere, frische Luft wann immer wir wollten, Sonnenauf- und Sonnenuntergänge, die wir jederzeit betrachten konnten. Ein Swimmingpool war auch wieder an Bord und zwar nur für uns, die Besatzung. War schon schön wieder unterwegs zu sein, zu arbeiten und während der Freizeit an Land zu gehen, neue Länder kennen zu lernen und vor allem jeden Abend in sein gewohntes Bett zu steigen. Besser als im Urlaub irgendein schlechtes

Hotel zu erwischen und dafür noch viel Geld zu bezahlen. Nach Auslaufen passierten wir den NOK (Nord-Ostsee-Kanal) und der Koch kaufte in der Schleuse Kiel-Holtenau erst mal frisches Obst und Joghurt für die Besatzung ein. Nachdem wir den Kanal durch die Schleuse Brunsbüttel hinter uns hatten, liefen wir durch die Nordsee und den Ärmelkanal Richtung Spanien. Bilbao war unser erster Hafen. Und wie kann es anders sein, kaum waren wir in Bilbao fest, begaben wir uns an Land. Mit weiser Voraussicht hatten wir leere Weingallonen mitgenommen, da wir darüber informiert waren, dass wir Bilbao anlaufen. Was gibt es Schöneres, als in Spanien Wein abschmecken? Wir trugen unsere leeren Weinbehälter an Land, was ja auch weiter keine Mühe machte.

Bald fanden wir eine Piesel, in die wir uns hockten und unsere Gallonen, sowie unsere Gläser füllen ließen. Spanischer Wein geht eben runter wie Öl und schmeckt auch dort am besten wo es ihn im Original gibt. Wir waren eine lustige Truppe und als wir das Lokal verließen noch lustiger. Unsere Weinbehälter hatten es jetzt in sich. Frisch aufgefüllt brachten sie es auf ein erhebliches Gewicht und wir buckelten tapfer unsere Beute in den Hafen. Einige der Jungs waren dermaßen angedingelt und hatten völlig vergessen, dass unser Schiff um eine bestimmte Uhrzeit um einen Liegeplatz vorverholt werden sollte. Na gut, wir hatten uns alle verschätzt und dachten, der Dampfer wäre schon an seinem neuen Platz fest, wenn wir im Hafen eintreffen. Aber dem war nicht so.

Das Verholmanöver war gerade im Gang und die Gangway wurde in diesem Moment langsam hochgeholt. Zwei von uns hatten mehr intus, die sahen das Schiff in ihrer geistigen Umnachtung auslaufen. Sie stürzten im Schleudergang darauf los, sprangen wie zwei Pavianmännchen auf den rettenden Ast, in diesem Fall auf die noch in der Luft schwebende Gangway, und hangelten sich an Bord. Wir hielten den Atem an. Das grenzte schon an Selbstmord. Vor Schreck konnte keiner von uns einen Laut abgeben. Obwohl der Rest der Besatzung an Bord mit dem Verholvorgang beschäftigt war, blieb dieser Vorfall nicht unbemerkt. Zwei Matrosen nahmen sich den Trunkenbolden an und brachten sie auf ihre Kammern. Im Moment konnte man sie sowieso nicht zur Verantwortung ziehen, da sie zu betrunken waren. Doch der Kapitän hatte auch alles mitbekommen und so hatten sie am nächsten Morgen eine Audienz bei ihm und die lief nicht sehr glimpflich ab. Auf einer anschließend einberufenen Bordversammlung wurde die ganze Geschichte durchdiskutiert. Die zwei saßen da wie ganz andere Menschen. Mit klarem Kopf fanden sie ihr Verhalten auch nicht mehr so lustig. So endete unser schöner Landgang in Bilbao eher dramatisch. Der Aufenthalt dort währte auch nicht lange und wir liefen aus.

Jetzt befanden wir uns im Atlantik und durchfuhren die „Straße von Gibraltar" um den sogenannten Affenfelsen ins Mittelmeer. Wir erklärten den Lehrlingen, dass dort die „letzte Postboje" wäre und sie schrieben wie die Weltmeister Briefe ehe sie unseren Witz durchschauten. Langsam wurden die Temperaturen wärmer und wir hatten den Suez-Kanal vor uns. In Port Said, wo der Suez-Kanal seinen Anfang nahm, bestiegen auch gleich fliegende Händler das Schiff. Die boten von der echten „Rolex" über Jeans und Messingwaren allen möglichen Plunder an. Fehlten nur die fliegenden Teppiche. Das war schon ganz unterhaltend sich diese Waren anzusehen, entweder was zu kaufen oder einzutauschen gegen Bier oder irgendetwas Anderes. Na und dann mal so durch die Wüste zu fahren war auch hochinteressant. Mehrere Festmacher hatten das Schiff bestiegen, um im Falle eines Sandsturms das Schiff sicher im Kanal zu befestigen.

Unser Swimmingpool war auch schon auf Hochglanz und wartete auf seine Einweihung. Aber mit so vielen Händlern an Bord wäre es zu gewagt gewesen baden zu gehen, also warteten wir damit, bis wir das Rote Meer erreicht hatten. In Suez verließen alle unsere Gäste das Schiff und wir fuhren ins Rote Meer.

Auf diesem Schiff waren wir eine recht gesellige Truppe und wir hatten viel Spaß miteinander. Einer der Matrosen war mit dem Bootsmann, der mit der Oberstewardess befreundet war, schon öfter zusammengefahren und ein sehr lustiger und hilfsbereiter Typ. Der ging die 08.00-12.00 Uhr-Wache und hatte somit immer frei am Nachmittag, wenn auch die Wirtschaft frei hatte und er aß auch mit der Wirtschaft zusammen Mittag. Mein Freund und ich kamen auch außerordentlich gut mit ihm klar und so kam auch kein Neid auf, wenn „uns Ulli" nachmittags mit uns Stewardessen am Swimmingpool lag. Der Gute hat uns regelrecht verwöhnt und servierte uns immer kalte Getränke am Pool. So geschah es eines Tages, dass wir drei, die Oberstewardess, Ulli und ich, wieder einmal bei einer Bullenhitze uns am Swimmingpool aufhielten. Ulli hatte wie üblich für kalte Erfrischungen gesorgt und Bettina und ich ließen uns verwöhnen. Da wir 16.45 Uhr wieder unsere Arbeit antreten mussten und die Messen einzudecken hatten, ließen wir Ulli allein am Swimmingpool zurück. Er wollte noch ein bisschen baden. Das Abendbrot war schon fast vorbei als uns auffiel das „uns Ulli" noch gar nicht zum Essen war. Wir fragten seinen Wachkollegen, ob er wüsste wo er denn sei? Nein, er habe ihn seit Mittag nicht gesehen. Nun guckten wir beide mal in der Pantry zum Fenster raus nach achtern, wo sich der Swimmingpool befand. Und wer lag da, weinrot verbrannt und schlief fest in der Sonne? Ulli! Unser blondgelockter Jüngling hellhäutigen Typs, der super schnell verbrannte. Nun lag er da schon Stunden selig vor sich hin schlummernd, ohne etwas zu merken. Keiner begriff wie man bei der Hitze schlafen konnte. Einige der Matrosen liefen nach achtern und weckten ihn. Jetzt merkte er erst mal in welchem Zustand er war. Total krebsrot konnte er nicht aufstehen. Sie packten ihn an und trugen ihn steif wie ein Brett in seine Kammer. Er schrie vor Schmerzen. Ich hatte Gott sei Dank mein Panthenol-Spray mit, was man in der Apotheke bekam und welches sehr nützlich bei Sonnenbrand war. Das nahm ich mit in seine Kammer, schüttelte es und besprühte unseren Ulli von Kopf bis Fuß. Die Haut zischte richtig aggressiv als der Schaum sie von oben bis unten bedeckte. Er hatte die meiste Zeit auf dem Rücken liegend in der Sonne verbracht, sodass seine Vorderfront weitaus mehr verbrannt war als die Hinterseite.

So was hatte ich noch nicht gesehen. Der war richtig krank, mit Schüttelfrost und allem was dazu gehört zu einem handfesten Sonnenbrand. Nicht mal laufen konnte er. So fütterten wir ihn, während er in der Koje lag, sein Abendbrot. Ulli hatte nun mehrere Tage zu tun, um in seinen alten Zustand zu kommen. Nachdem seine Haut tüchtig violette, knisternde Blasen geschlagen hatte, begann er sich zu häuten wie eine Schlange. Aber so schön unregelmäßig. Mit großen und kleinen unförmigen Hautfetzen, die er sich in verschiedenen Ausführungen vom Balg zupfen konnte. Etliche Zeit verging, bis er wieder beschwerdefrei war. Dann hatte er es geschafft, war wieder der Alte, sozusagen wie aus dem Ei gepellt mit frischer Babyrosahaut.

Wir waren auf dem Weg nach Bombay. Ich freute mich sehr darauf. Doch schon während des ersten Landganges bemerkte ich das große Elend und die Armut der meisten Menschen. Wir schlenderten abends nach dem Essen los und wollten uns einen Markt ansehen. Allerlei interessante Waren wurden dort angeboten. Unsere kleine Gruppe kam kaum unbehelligt voran. Laufend redete uns jemand an und bettelte. Was noch schlimmer war, wir wurden ständig angefasst. Klebrige Hände grabschten unablässig an uns rum, zumal es warm war, wir mit Sommersachen, also viel freie Haut, die sie so richtig schön angrabbeln konnten. Ich fand das außerordentlich widerlich. In was für ein Viertel waren wir hier nur getappt? Gebettelt wurde auch. Es hätte auch hier nicht viel Sinn gehabt ihnen von unserem knapp bemessenen Handgeld etwas abzugeben. Im Gegenteil, wir wären sie nicht wieder losgeworden.

Trotz der Nerverei wuselten wir uns bis zu dem Basar durch, wo ich an einem der Stände prima indische Ledersandalen kaufte. Essen und Trinken konnte sich keiner vorstellen in dieser Umgebung, also beschlossen wir wieder an Bord zu gehen.

Ich hatte das dringende Bedürfnis mich zu duschen und die vielen Finger, die mich berührt hatten, abzuspülen. Also war das meine erste Aktion an Bord, bevor wir uns noch auf ein Bier zusammenfanden. Am nächsten Tag war für den Nachmittag eine Stadtrundfahrt für uns geplant. Da wollte ich dran teilnehmen und fuhr auch mit. Ein Kleinbus holte uns vor dem Schiff ab und wir stiegen ein. Der Kutscher kannte den Weg. Etliche Sehenswürdigkeiten konnten wir bestaunen und auch ab und zu aussteigen. Mein Magen krempelte sich öfter um, angesichts der Tatsache, dass die Menschen so arm waren. Nur um an ein bisschen Geld zu kommen quälten sie noch wehrlosere Geschöpfe, Tiere, auf die brutalste Art und Weise. So sahen wir wie ein Inder vor unseren Augen aus zwei Säcken einen Mungo und eine Kobra herausließ, um sie kämpfen zu lassen. Ich hab überhaupt Nichts für Schlangen übrig, aber das war makaber. Natürlich gewann der Mungo. Ich hatte nicht einmal richtig hingesehen und mich schon vor dem Schauspiel abgewandt, doch trotzdem wollte der Mann Geld von mir für das Spektakel. Ich tat, als ob ich nicht begriff worum es ging und wandte mich ab. Als Nächstes mussten wir mit ansehen, wie ein alter Mann ein kleines Äffchen mit einer Leine um den Hals rumzeigte. Der Affe hatte die Größe eines zweijährigen Kindes. Aus Angst vor Schlägen hielt er seine kleinen Hände vors Gesicht und sein Hals war durch das Lederband völlig nackt gescheuert. Dieser Affe sollte für uns tanzen. Kaum zu glauben zu was Menschen fähig sind. Ich konnte es nicht ertragen und war froh als wir wieder den Bus bestiegen.

In der Innenstadt hielt er plötzlich an. Mitten auf der Kreuzung. Was das sollte wusste keiner von uns. Doch dann sahen wir es. Direkt vor uns mitten auf der Straße lag eine Kuh. Das Rindvieh lag da in der Sonne und wusste wahrscheinlich mehr als genau, dass ihr im Leben keiner was tat. Denn sie war heilig! Der Fahrer saß gelassen da, glotzte auf den heiligen Fleischberg und erklärte uns auf Englisch, dass es keinen anderen Weg gab und keine andere Möglichkeit als zu warten, bis sich das Allerheiligste der Inder ausgeschlafen hat und endlich abtrabt. Als er mit seiner Litanei am Ende war, bemerkten wir, dass sich von allen Seiten Menschen auf den Bus zubewegten. Sie kamen zu den großen Fenstern, legten ihre Hände und Gesichter daran um zu betteln. Sie waren alle auf irgendeine Art und Weise entstellt. So klebten sie an den Autoscheiben und starrten uns an. Mich packte das kalte Grausen. Der Fahrer sagte es wären Lebra-Kranke und Verstümmelte. Ob tatsächlich Lebra-Kranke frei rumliefen, weiß ich nicht zu sagen. Behauptet hatte er es. So was hatte ich noch nicht gesehen. Nicht mal im Fernsehen. Das war hart. Ich schrie dem Fahrer zu, er solle fahren, die Richtung wäre völlig egal, dann eben zurück, doch er tat es nicht. Diese verdammte Kuh war noch nicht aufgestanden.

Ich fühlte fast körperlich wie mich diese Hände abtasteten und rückte soweit von den Türen weg wie ich konnte. Die anderen fanden es genauso entsetzlich und keiner kam auf die Idee die Situation komisch zu finden. Im Gegenteil. Alle hockten da, erschrocken und schockiert und forderten genau wie ich den Fahrer auf die Stadtrundfahrt fortzusetzen. Ich war außer mir. Rund rum diese großen Scheiben, vollgeklebt mit diesem Elend. Ich hab ständig geschrien wie eine Irre, er soll fahren, doch der rührte sich einfach nicht. So verharrten wir fast eine Stunde lang in diesem Zustand, ehe sich das Rindvieh endlich erhob. Umgeben von einem Schwarm lästiger Fliegen, schwanzwedelnd und blöde glotzend, wankte eure Heiligkeit schlaftrunken endlich von der Straße. Andächtig beobachtete unser Chauffeur die für uns langweilige Auferstehung. Keiner von uns konnte etwas sagen, als er endlich losfuhr, langsam durch die schrecklichen Gestalten um die Stadtrundfahrt fortzusetzen. Ich hab nichts gegen Kühe und ich esse sie auch nicht, aber die hier gehörte geschlachtet.

Wir konnten alle noch von Glück sagen, dass sich die Türen des Busses von innen verschließen ließen, sonst wären wir mehr als leichte Beute geworden.

Der Park, oder besser botanische Garten, den wir im Anschluss besuchten, konnte mich auch nicht mehr aufheitern. Obwohl sehr schön angelegt, mit sagenhafter Blütenpracht in allen Farben strahlend und duftend. Hecken, die zu Tierkörpern geschnitten waren, seltene Pflanzen und Bäume, aber mir saß der Schreck noch in den Knochen und ich hatte Indien schon satt. Zum Abendbrot waren wir wieder auf dem Dampfer und ich tat erst mal meine Arbeit. Selbst essen konnte ich an diesem Tag nichts mehr, also ließ ich es.

30. Kapitel „Große Elefanten, aus einem Kamel mach neun"

Nach Feierabend wollten wir noch mal an Land. Ulli kannte sich aus und meinte wir sollten mal bei einem Händler vorbeigucken der Schnitzereien anbot. Elefanten wollte ich auch haben, also ging ich noch mal mit. Wieder waren wir mehrere und gingen gemeinsam los. Darauf freute ich mich dann doch wieder und als wir ankamen gingen mir die Augen über. So was Schönes an Schnitzereien hatte ich noch nie gesehen. Und schon gar nicht so eine Menge. Der Raum war über und über voll Elefanten, Kamelen, Hockern, Tischen und vielem mehr. Da stand ein Elefant aus dunklem Holz (Teak, erfuhr ich später) der hatte ungefähr meine Größe und genau den suchte ich mir aus.

„Den da, den will ich haben!" Voll Vorfreude tätschelte ich das imposante Tier ausführlich.

Aber als der überaus hübsche Inder mir grinsend den Preis sagte, dachte ich, ich schlage der Länge lang hinten über.

Das Unikum war für meine Begriffe nicht bezahlbar. Kleinlaut wendete ich mich den Elefanten für meinen Geldbeutel zu, so handtellergroß in etwa. Ja hatte manchmal doch keinen Sinn mit den paar Mark Handgeld loszugehen und zu glauben dafür kriegste nun Wunder was. Da stach mir dann ein besonders schöner Tisch ins Auge. Die Füße sahen aus wie Elefantenköpfe, die auf dem Rüssel standen und die Platte war über und über voll Intarsien. Von denen behauptete der Händler zunächst es wäre Elfenbein. Natürlich gelogen. Es war Fischbein und er gab es nach einer Weile zu.

Der wurde dann auch drastisch billiger und mein Freund und ich wollten zusammenlegen, um dieses tolle Stück für ca. 260,00 DM zu erwerben. Unser indischer Handelspartner wollte ihn uns am nächsten Tag auf Hochglanz poliert an Bord liefern, mitsamt ner runden Dose Politur für nix obendrauf. Ich staunte nicht schlecht über den Service. Schließlich hatten wir das gute Stück von 380,00 DM auf 260,00 DM runtergehandelt. Dann trotzdem noch die Freundlichkeit. Also hatte er doch noch mehr als genug daran verdient. Wir wollten fast schon aufbrechen als der Inder meine Begleiter mit hündisch verschlagenem

Grinsen fragte, wie viele Kamele sie für mich haben wollten. Der Gag war so abgedroschen, also nahm ich an es wäre ein Witz und lachte noch dämlich mit. Bis zu einem gewissen Punkt. Ich verstand genug Englisch um zu begreifen, dass sie auf einmal tatsächlich um mich feilschten.

Gegen Kamele!!!

Mich!!!

Was für eine Impertinenz!!!

Diese hinterhältigen Idioten. Sie waren ganz ernst bei der Sache und schon bei neun Kamelen angekommen, tot oder lebendig, konnten sie doch gar nichts damit anfangen. Trotzdem, das war nicht witzig.

„Seid ihr völlig übergeschnappt? So ein Schwachsinn, ich gegen Kamele! Das nimmt euch keiner ab. Hört sofort auf mit dem Blödsinn ich will jetzt zurück!"

„Das ist kein Blödsinn" sagte Ulli ganz gelassen und fast andächtig, „wir kriegen für dich wirklich neun Kamele."

„Das glaube ich nicht. Das ist doch kein Film! Schluss jetzt, so was Blödes, neun Kamele! Wo wollt ihr mit den Viechern hin, he ?"

„Verhökern, da gibt's n 'Haufen Kohle für."

Na schien irgendwie doch ernst zu sein, obwohl mein Freund auch dabei war, feilschten die lustig weiter. Andererseits, wir kannten uns schon etwas länger, vielleicht hatte der keine Lust mehr und so konnte er mich noch mit Gewinn unauffällig verkloppen. Meine Phantasie ging jetzt im gestreckten Galopp mit mir durch.

Plötzlich gaben sie sich die Hand, das Geschäft war abgeschlossen. Ich ging eben mal gerade so über den Ladentisch. Der Inder fletschte mich an und wollte mich mit einer lockenden Gebärde seines rechten Zeigefingers auf seine Seite lotsen. Das hatte mir gerade noch gefehlt.

Ich war richtig erstaunt, wie sie nun anfingen sich von mir zu verabschieden. Ich dachte immer, so was wie mich lässt man nicht ohne Aufsicht. Die Zeiten schienen vorbei zu sein. Ich hörte solche

Geschichten immer wahnsinnig gerne und konnte unwahrscheinlich darüber lachen, aber ich hatte nicht vor die Hauptrolle zu spielen.

Ich bekam es richtig mit der Angst und meine Knie fingen vor Aufregung an zu wackeln, zumal die sich jetzt die Klinke in die Hand gaben und einer nach dem anderen den Laden verließ. Mein Freund zwängte sich gerade durch die Tür und ich fing an zu schreien. Schimpfworte, aber ganz üble. Ich war verkauft. Die Schweine. Mein neuer indischer Freund bleckte die Zähne und sah sehr zufrieden aus.

Von wegen die stehen nur auf blond. Ist doch gar nicht wahr!!!

Ich für meinen Teil schrie weiter. Was sollte ich auch anderes machen vor lauter Angst? Da ging die Tür auf und alle waren sie wieder da mit den Worten, so ein Kamel wie mich gäbe es doch nur einmal, sie würden mich wieder mitnehmen, wäre eben doch nur ein Witz gewesen. Na Danke!

„Ich erschlage euch alle! Hinterhältige Brut!"

Alle lachten, der nun wieder hübsche Inder auch und ich beschimpfte diese korrupte Bande, bis ich auch lachen musste.

Die hatten nicht mal geglaubt, dass ich ihnen auf den Leim gehe. Ich hatte in diesem Augenblick nur meinen Landgang in Rio vor Augen, dieses hilflose Ausgeliefertsein.

Da gingen sie eben mit mir durch. Außerdem hatte es damals auch mit meinem Gegröle geklappt.

Nach Bombay hatten wir noch einen kleinen, unbedeutenden Hafen auf dem Plan, wo es angeblich sieben Jahre nicht geregnet hatte. Kuhfladen klebten zum Trocknen an den Lehmhüttenwänden, um später damit die Feuerstelle anzuheizen und lauter so unbedeutende langweilige Eindrücke konnte man dort sammeln. Dementsprechend lustlos war unser Verlangen dort an Land zu gehen.

31. Kapitel "My Zeh is broken"

Das nächste Ziel war sich auf Reede vor, ich glaube der Name war Bedi Bandar, zu legen. Am Abend vor Eintreffen Reede wollten wir an Deck noch etwas feiern, so an der frischen Luft, denn das war dann erst mal auf unbestimmte Zeit vorbei. Ich ging in unsere Kammer, duschte mich und zog mich an. Ich war gerade fertig und wollte mir nur noch ein Glas nehmen, da klopfte Ulli an der Tür. Er sagte alle würden schon warten.

„Ich komme sofort", rief ich und wollte ebenfalls aus der Tür. In diesem Moment kollidierte meine rechte kleine Zehe mit der Kojenrückwand und ein stechender Schmerz durchfuhr mich. Ich hatte Latschen aus Leder an, die vorne weit ausgeschnitten waren und sowieso an Bord verboten. Bei dem Stoß knickte meine rechte kleine Zehe fast im rechten Winkel ab. Ich wusste bis dahin nicht, dass das überhaupt geht. Mir wurde vor Schmerz so übel, dass ich mich erst mal auf meine Koje setzen musste. Tränen liefen mir aus den Augen und ich weinte erst mal ein bisschen vor mich hin. Das war ein Volltreffer.

Ich nahm mich zusammen, hinkte an Deck und erzählte von meinem Unglück.

Alle sahen sich meinen Zeh an und man war sich im Allgemeinen einig, was so dermaßen weh tut, kann nur verstaucht sein. Wenn ich Schwein hatte!

Im Laufe des Abends, mit Hilfe des Rotweins, ließen die Schmerzen etwas nach.

Doch am nächsten Tag war der Zeh schon ziemlich angeschwollen und tat gehörig weh. Und dann noch das Wäscheaufhängen am Nachmittag. Damit ich an die Leine reichte, musste ich mich auf die Zehenspitzen stellen. Das gab dem dünnen Knöchelchen in meinem Zeh den Rest. Mir wurde von dem stechenden Schmerz schon wieder komplett übel.

Ich humpelte mal wieder mit einem großen Männerjesuslatsch auf dem Schiff herum. Bloß selbst das ging so gut wie nicht mehr vor lauter

Schmerzen. Ich hatte auch die anderen darum gebeten die Klappe zu halten. Es war wie gesagt arbeitsschutztechnisch verboten mit offenem Schuhwerk auf den Schiffen herumzulaufen. Wer erwischt wurde musste 50,00 Mark bezahlen.

So kam ich schon mal lädiert auf Reede Bedi Bandar an.

Dort angekommen wurde das Schiff hermetisch abgeschlossen. Wir nahmen unheimlich viele unheimliche Inder an Bord, die sich um die Ladung kümmerten. Ab diesem Zeitpunkt ging an Deck sozusagen förmlich die Post ab und buchstäblich nix mehr. Die Inder ließen sich an Deck häuslich nieder, mit allem was sie zum Leben benötigten. Vor der Invasion hatte die Decksgang achtern eine Stellage gebaut, die den Indern als Toilette dienen sollte. Sodass ihre Exkremente ins Meer klatschten, wenn sie diese loswerden wollten und die von uns mit einem ziemlich unfeinen, fast rassistischen Namen betituliert wurde, den ich hier auf keinen Fall preisgebe. Sogar leere Flaschen wurden ihnen hingestellt, damit sie diese mit Wasser füllen konnten, um sich nach ihrer Erleichterung zu reinigen. Für die waren wir sowieso alles hemmungslose Barbarenschweine, da wir Toilettenpapier benutzten. So konnte ja nach ihren Vorstellungen keiner sauber rumlaufen.

Das war eine gute Idee mit dem Klo für unsere „Gäste", aber auch bloß in unseren Schädeln. Die dachten gar nicht daran ihr „Gästeklo" zu benutzen. Die entleerten sich in der schlimmsten Art und Weise, dahin wo sie gerade standen und zwar an Deck. Aber am liebsten in unseren Swimmingpool, der bald ein einziger von Fliegen umsummter Sch... pool war. So eine unzivilisierte Schweinerei. Vor allem verlangten sie fließendes Trinkwasser, was ständig an Deck in eine eigens dafür aufgestellte Tonne rieselte. Die panschten und verschwendeten unser kostbares Trinkwasser ohne Hemmungen und ohne zu wissen, dass wir, wenn das Schiff nicht fuhr, kein Meerwasser zu Trinkwasser verdampften, also mit unserem Vorrat auskommen mussten, der sich in unseren Tanks befand.

Das konnte nicht lange gut gehen, wenn eine Invasion Inder und die gesamte Besatzung davon zehren sollten.

Also rief der Kapitän eine Bordversammlung ein und erklärte uns, dass wir so gut wie keine Wäsche mehr waschen könnten und auch das

Duschen einstellen sollten. Damit waren wir nicht einverstanden und verlangten, dass er den Indern den Hahn abdrehe, wenigstens täglich ein paar Stunden. Gut, er wolle es versuchen. Schon am nächsten Tag probierten wir es und das Wasser floss einige Stunden nicht in die Tonne. Prompt ging die ganze Bande in Streik. Sie hörten einfach auf zu arbeiten. Das ging auf Reedereikosten, denn jeder Tag zählt und kostet Geld. „Valuta", das war das Zauberwort. Und aus diesem Grund doch wieder keine Wäsche waschen und nicht Duschen, damit es seinen sozialistischen Gang ging. Wir von der Wirtschaft baten ab diesem Tag immer einen von den Jungs, dass sie uns die Foulbrass (Abfalleimer) nach achtern trugen. Die Oberstewardess und ich trauten uns nicht an Deck, um die Essenreste und die Abfälle in die Tonne zu tragen. Sowie die Matrosen die Pützen (Eimer) in den Tonnen entleert hatten, machten sich die Inder darüber her und wühlten alles heraus, was sie gebrauchen konnten. Kein schöner Anblick. Leider hat es sich wirklich so abgespielt, ich kann es nicht beschönigen, auch wenn der Verdacht aufkommt, es würde abwertend klingen.

Und ich humpelte. Doch ich wollte weder zum II. NO mit meinem Gebrechen, geschweige zu einem Arzt. Schließlich lagen wir auf Reede. Wie sollte ich denn an Land kommen? Dann passierte noch ein Unglück. Der Eisbär (Kühlingenieur) hatte sich den Kopf gestoßen und eine große offene Wunde. Der II. NO beschloss ihn an Land zu einem Arzt zu bringen und bestellte ein Boot. Das fehlte mir gerade noch, bei den Indern zum Arzt. Ich war gespannt was sie nun mit dem Eisbär taten, guckte zu wie er das Boot bestieg und er und der II. NO an Land fuhren. Bis dahin hatte ich meinen Unfall noch nicht gemeldet. Erst mal wollte ich abwarten wie der Eisbär zurückkam. Solange zog ich mein Beinchen schön weiter nach. Spät am Abend kam ein Boot und brachte den Eisbär und den II. NO zurück an Bord. Mit einer frischgenähten Wunde war er glücklich wieder da. Na und meine Schmerzen nahmen auch kein Ende. Außerdem war der Zeh schon so dick und blau, langsam bekam ich Angst. Was, wenn der mir abfault? Bei dieser Affenhitze heilte sowieso alles schlecht und ich hatte den Eindruck, dass es sich nicht von alleine wieder bessern würde. So fasste ich mir am nächsten Morgen doch ein Herz und begab mich zum II. NO. Ich meldete meinen Unfall und zeigte endlich meine Schmerzquelle.

Da konnte ich mir erst mal wieder was anhören. Mit hochgezogenen Augenbrauen fummelte er an meinem Zeh rum und legte dann los.

„Der ist gebrochen, nehme ich an. Nun müssen wir sehen wie wir dich an Land kriegen. Ich verständige den Kapitän und wir versuchen noch mal ein Boot zu bekommen. Weißt du, was das kostet? Das hättest du doch gleich sagen können. Gestern hatten wir ein Boot. Ich hätte dich gleich mit dem Eisbären mitnehmen können!", belehrte mich Kuno der II. NO, mit dem ich mich duzte.

„Kannst du das nicht selber behandeln?", fragte ich hoffnungsvoll.

„Nein, das muss geröntgt werden, damit wir sehen was damit los ist. Da fummele ich nicht so einfach dran rum".

Ich fand das alles schon wieder viel zu kompliziert. Etwas später erfuhr ich, dass ein Boot gegen Mittag kommen würde und dass der Politoffizier mich an Land begleiten würde. Da stand mir was bevor. Ich hatte Angst, dass ich nicht am selben Tag zurückkommen würde, da wir schon erfahren hatten, dass es mit den Tiden in diesem Gebiet nicht so eine regelmäßige Sache war, wie zum Beispiel in der Nordsee mit Ebbe und Flut.

Nützte aber alles nichts.

An Land musste ich und untersucht werden musste ich auch. Irgendwie hoffte ich eben inständig am selben Tag wieder an Bord zu kommen und so nahm ich einfach nichts weiter mit, was ich zum übernachten benötigt hätte, mit dem Gedanken, ohne Wechselklamotte muss ich eh zurück. Basta. Ich zog mir ein weites T-Shirt und kurze Hosen an, damit sie mir nicht noch die langen Hosen zerschneiden müssten, falls ich Gips bekäme. Kurz nach dem Mittagessen, so gegen ein Uhr, kam dann tatsächlich ein Boot. Eine uralte Kiste mit 'nem ungeheuer großen, dicken ganz Dunkelhäutigen an Bord, der unentwegt Betel kaute und davon weinrote Zähne hatte. Betel ist so eine Art Rauschgift und die Inder an Deck, sowie die an Land, kauten alle auf solchem Zeug herum und spuckten es überall hin wo sie standen und gingen. Eklig. Der Politische und ich verabschiedeten uns und kletterten auf das Boot zu dem Inder, der uns mit blutunterlaufenen Augen neugierig anglupschte. Mir war überhaupt nicht wohl bei der Geschichte und ich hoffte weiterhin, dass ich schnell wieder zurück konnte. Der braune Dschinn grinste uns während der Fahrt, die über eine Stunde dauerte, ständig mit seinen weinroten Stummelzähnen an und hielt uns auch von seinen Betel hin. Weißes Pulver und ein Stück Betelnuss, was in ein grünes Blatt gerollt und dann in die Backentasche geschoben wurde. Er saugte und kaute genüsslich darauf herum. Ab und zu spuckte er zischend aus. Widerlich. Ich hatte keine Lust das Zeug zu probieren und mein Begleiter auch nicht. Respektvoll betrachtete ich den dunklen Burschen. Er hatte so große, schwielige Pranken, irgendwie animalisch, da hätte eine davon genügt um meinen Hals zu fassen und zuzudrücken.

Und dann diese Augen, so groß und das Weiß genauso rot wie seine Zähne, konnte eindeutig nur am Betel liegen, färbt sogar das Weiße in den Augen rot das Zeuch. Noch ein Grund das gar nicht erst auszuprobieren. Meine Phantasie ging schon wieder mit mir durch. Ich sollte nur zum Arzt, keiner hatte gesagt, dass ich mit einem gefährlich unter Drogen stehenden, steckbrieflich gesuchten, überdimensional großen Dunkelhäutigen einen Horrorfilm drehen soll. Der war doch so nett und wollte Betel mit uns teilen, sicher nicht um uns zu betäuben, nein er wollte uns nur an dem leckeren Rausch teilhaben lassen.

Wir waren erleichtert endlich an Land angekommen zu sein. Unser schwarzer Skipper machte das Boot an einem anderen schaukelnden Boot fest und guckte uns neugierig hinterher. Vor uns lag eine Reihe von diesen Booten, die wir alle erklimmen und überqueren mussten um an Land zu kommen. Das war verdammt schwierig. Der Politoffizier, der übrigens ganz in Ordnung war und ehemals als Ingenieur gefahren ist, wegen einem Rückenleiden nun als Politoffizier fuhr, half mir so gut er konnte, denn er war kaum größer als ich und hatte wie gesagt ein Rückenleiden. Das war Kampf über all die Boote zu krauchen. Ich konnte kaum noch auftreten mit meinem Fuß. Keuchend kamen wir an Land. Da stand ein Taxi für uns bereit. Erst mal rein in die Kiste und los. Es war heiß und staubig und das Auto alt und klapprig, nicht das Schnellste und natürlich ohne Klimaanlage. So verging eine Stunde bis wir auf der unbefestigten Straße, mächtig durchgeschüttelt in der Stadt ankamen und die Agentur betraten.

Der Agent, der uns betreute, fragte erst mal in aller Seelenruhe ob wir Tee oder Cola wollten. Ich nahm instinktiv eine Cola, während der Politoffizier eine Tasse Tee verlangte. Als ich die leere Tasse sah, wurde mir so richtig schön schlecht. Die hatte anscheinend Syphilis. Und nun musste er seinen Tee daraus trinken, um nicht die Gastfreundschaft zu verletzen. Meine Cola dagegen war eiskalt, in einer Flasche mit einem Trinkhalm, schön steril. Ätsch, Schwein gehabt. Mitleidig sah ich den Politoffizier an, als er vorsichtig mit spitzen Lippen an seiner Tasse nippte, dabei versuchte er den Rand kaum zu berühren. Schmachtend äugte er auf meine prickelnd kühle Cola. Der Agent fragte uns, ob er zuerst einmal ein Hotelzimmer für die Nacht besorgen solle? Ich fiel aus allen Wolken und klatschte auf die nackten Tatsachen.

Wie jetzt? Warum das denn? Ist der irre?

„Nein, das wollen wir nicht. Im Gegenteil, nach dem Arztbesuch wollen wir sofort wieder zurück an Bord!", erklärte ich sehr bestimmt. Aber der Agent schüttelte nur den Kopf und sagte, die Flut würde heute nicht mehr einsetzen und wir kämen nicht mehr weg. Außerdem sei dies keine Touristenstadt, also auch schwer ein nettes Hotel zu finden. Es gäbe keine Chance heute noch zurück aufs Schiff zu kommen.

Mir schwappten die Tränen in die Augen. Ich hatte überhaupt nichts dabei, absichtlich nicht. Nichts zum Waschen, keine neue Unterwäsche, einfach nichts. Nur noch einen Kaugummi! Als ob mich das davor bewahren würde eine Nacht in diesem Land zu verbringen, hatte ich mich bewusst nicht darauf eingestellt. Wie blöd von mir.

„Was tun wir jetzt? Gibt es denn keine Möglichkeit wieder zurückzukommen?"

„Wir tun was er sagt. Er soll uns zwei Zimmer besorgen und dann gehen wir zum Arzt", beruhigend redete der Politoffizier auf mich ein.

Ich konnte mich nur in mein Schicksal ergeben. Alles andere hatte sowieso keinen Zweck. Der Agent telefonierte eine Weile rum, gab uns dann die Adresse vom Hotel und die Adresse von einem Arzt. Vor der Tür wartete noch das Taxi, was uns erst mal zum Arzt bringen sollte.

Ich fühlte mich schlecht, klebrig, staubig und an meinem Fuß hämmerte der kleine blöde Zeh. Der Gedanke nicht mal Waschzeug für die Nacht zu besitzen machte mich fertig. Und diese blöden Schmerzen in meinem kleinen Zeh. Wenn mir schon mal was passiert, da hängt dann immer ein Haufen Zeug dran, mit dem man nicht rechnet. In diesem Fall saßen wir in diesem Nest fest und, Gott weiß wann, kamen wir wieder zurück. Wir bestiegen wieder das klimalose Taxi und fuhren los. Vor einem großen Haus hielt es an und wir stiegen wieder aus.

Im Flur waren die Wände besudelt. Jede Ecke war weinrot bespuckt, von Betel. Schlimm. So ein schmutziges Krankenhaus. In jeder Ritze jodelten Bakterien. Mir wurde ganz flau. Wenn der Arzt nun auch noch so aussah, kaum auszudenken. Tapfer erklomm ich jede Treppenstufe. Wir mussten einige Stufen steigen, ehe wir dort ankamen wo wir hinwollten. Gegen unsere Erwartungen sah das Wartezimmer ganz passabel aus und als wir ins Sprechzimmer geführt wurden, war ich erstaunt. Vor westlichem Luxus förmlich strotzend und picobello sauber das Sprechzimmer. Wir waren angenehm überrascht. Der Arzt machte auch einen seriösen Eindruck und bat uns Platz zu nehmen. Nun, um der Sache auf den Grund zu kommen, müsse man die Zehe röntgen, erklärte er.

Aber dazu benötige man eine Betäubung und die Röntgenpraxis würde sich nicht in diesem Krankenhaus befinden.

Also damit die Röntgenaufnahme akkurat klappte, musste mein Zeh ruhig gestellt werden und das wollte er mittels einer Spritze tun. Dann würde er uns die Adresse der Röntgenpraxis nennen, zu der wir uns mit einem Taxi zu begeben hätten und danach sollten wir mit den Röntgenbildern zum nächsten Arzt, der dann weiter behandelt. Du liebes bisschen. Wat für 'ne Odyssee. Er schritt zur Tat und verpasste mir in den linken Oberarm eine Spritze. Komisch. Aber das Wunder geschah. Nur der rechte kleine Zeh war betäubt. Doch auch mein Verstand begann taub zu werden. Ich war wie in Trance. Irgendwie schaffte es der Politische mich zum nächsten Arzt per Taxi, was ständig auf uns wartete, zu bugsieren.

Mein Geist rutschte ins Unmögliche aus und ich begann den Politnik, während unserer Wartezeit aufs Röntgen, zu beschimpfen. Ich sah ihn aber auch tatsächlich ständig um mich rumtanzen. Dabei saß er ganz ruhig neben mir. Lautstark forderte ich ihn auf, seinen ruhelosen Arsch endlich unter Kontrolle zu bringen und sich neben mich zu setzen. Er versuchte mir freundlich zu erklären, dass dies wohl die Auswirkungen der Spritze wären. Aber ich war taub auf sein Gerede und schimpfte weiter. Ob er wohl die ganze Nacht einen Veitstanz um mich aufführen wolle und wenn er damit nicht aufhöre, klatsche ich ihm eine, damit er zur Vernunft kommt. Er hat sämtliche Energien ausgereizt, um mich zu beruhigen, aber es klappte nicht. Ich schimpfte weiter aufs Gröbste, denn vor meinen Augen tanzte er immer noch. „Setz dich endlich hin! Du sollst mich bloß zum Arzt bringen und nicht irre machen. Ich vermöble dich nach Strich und Faden!"

So drohte ich ihm Einiges an und konnte mich danach an nichts mehr erinnern. In normalem Zustand hätte das wohl niemand zu einem Politoffizier gesagt, aber mein Zustand war nicht normal und er wusste das ganz genau im Gegensatz zu mir. Mit Engelsgeduld versuchte er mich zu beschwichtigen, doch nichts half. Ich fühlte mich als hätte ich in einem Kettenkarussel immer „mehr, mehr mehr" geschrien, mit dem Ziel endlich Kotzen zu können.

„Steigen Sie schnell aus, Sie haben ihr Ziel erreicht!"

Endlich war das Gewarte vorbei und wir konnten in den Röntgenraum. Als ich das hinter mir hatte war klar: der Zeh war gebrochen. Es ging zum nächsten Arzt, der mich weiter behandeln sollte. Langsam klärte sich meine künstliche Gemütsstörung, als wir dann bei Doktor Nummer drei ankamen.

Der machte nichts weiter, als um meinen rechten kleinen Zeh und dem daneben ein Pflaster zu wickeln und sagte dazu, es müsse nun so heilen, da gäbe es weder Gips noch Schiene, allerdings dürfe ich die gesamte Rückreise mindestens drei Wochen nicht auftreten mit diesem Fuß. Na prima, ich war ein Pflegefall. So und nun zum Hotel. Äußerst deprimiert war ich als wir dort ankamen. Wie gesagt, keine Touristenstadt, trotzdem das beste Haus am Platz, hatte aber weniger als nichts zu bieten. Zwei Zimmer waren nebeneinander reserviert. Na gut. Wenn ich aus irgendwelchen Gründen schreien müsste, hätte der Politische mich gehört. Wir mussten bloß noch aussuchen, wer welches Zimmer nimmt. Beide hatten ein sogenanntes Bad. Eines war mit Loch im Boden, wo man sich breitbeinig drüber stellt und sein Geschäft praktisch fallen ließ und auch den Aufklatsch hören konnte, das andere hatte ein europäisches Klo. Der Politische meinte, ich solle das mit dem Klo nehmen, in meinem „einbeinigen" Zustand und so war die Entscheidung gefallen. Das dazugehörige „Apartment" war groß, mit einer hohen Decke und mit himmelblau angemalten Wänden, die mich an einen Kuhstall erinnerten. Es stand nur ein Bett darin, was allerdings riesengroß war. Scheußlich. Mein Geist war soweit wieder klar, dass ich mich ekelte bis zum get no. Wieso blieb mir das nicht erspart? Essen wollte ich nichts mehr. Der Politische meinte auch, wir könnten nächsten Morgen ja ein ausgiebiges Frühstück nehmen und uns lieber jetzt aufs Ohr hauen, dann sähe alles schon wieder ganz anders aus. Na mal gucken ob das stimmt!

Was wir nicht wussten war, dass der Agent völlig vergessen hatte, den Kapitän zu verständigen, dass wir nicht am selben Tag zurück kommen würden. Jetzt machten die sich so viel Sorgen und mein Freund hockte fast die ganze Nacht an der Gangway in der Hoffnung, gleich möge das Boot mit uns wieder auftauchen. Hätte ja auch sein können, der dunkle Skipper hat uns beschlagnahmt und verlangt irgendwann Lösegeld. Ich weiß heute nicht mehr, warum die damals nicht vom Schiff aus rausgekriegt haben, wo wir abgeblieben waren. Was schon harmlos mit 'nem Stoß gegen die Kojenwand anfängt, endete bei mir im Chaos. Wie sich das gehört. Jedenfalls tappten alle an Bord im Dunkeln über unseren Verbleib. Das war auch so'n riesengroßer Mist.

Doch für mich stellte sich die Frage, wie wasche ich mich nun? Geschweige denn wie dusche ich mich? Der Politische hatte sich weiß Gott genug mit mir abgeschleppt. Der war kurz vorm Zusammenbruch. Bei der Aktion konnte er mir auch wirklich nicht helfen. Er fragte mich noch höflich, ob ich zurecht kommen würde. Ja klar, musste ich ja. Wir sagten uns gute Nacht. Wenn etwas wäre, könne ich klopfen oder rufen, er wäre ja nebenan.

Alles klar, gute Nacht.

Er ging in sein ebenso schönes Kabuff, was ich mir gar nicht erst angeguckt hatte. Die Buden hatten alle den gleichen Standard, erfuhr ich von ihm am nächsten Morgen. Jetzt saß ich erst mal auf meiner Bettkante, plötzlich alleine und der Verzweiflung nahe. Frisch machen musste und wollte ich mich, also hüpfte ich auf einem Bein in das sogenannte Bad und erfrischte mich auf einem Bein balancierend so gut es ging mit lauwarmen Wasser.

Ich war an meinen Fußkrankheiten immer selber schuld. Wie auch in diesem Fall. Immer stellte ich was an worunter meine Füße litten. Ich konnte mit den Dingern zu der Zeit nicht vernünftig umgehen.

Doch ich hatte es geschafft mich vom Wasser berieseln zu lassen. Einigermaßen erfrischt, hüpfte ich zu diesem überdimensionalen Bett, zog mein T-Shirt wieder an und legte mich hin. Lange dauerte es nicht und ich fiel von all diesen Anstrengungen in einen tiefen, traumlosen Schlaf bis zum Morgen.

Als ich aufwachte schien die Sonne und Schatten von irgendwas hüpften lustig über die hellblaue Kuhstallwand. Es klopfte an meine Tür. Ich wusste gar nicht wo ich war und brauchte einige Zeit, um zu mir zu kommen, ehe mir einfiel, ich darf nur zur Tür hüpfen und nicht laufen. Also hüpfte ich zur Tür und öffnete. Da stand der Politische fix und fertig angezogen und fragte mich mit so 'nem „Guten-Morgen-alles-ist-heute-besser-Lächeln", ob wir nun zusammen frühstücken wollen. Er hätte eine Karte mit Gerichten in seinem Zimmer gefunden und wir könnten uns was aussuchen.

„Ja, fein", sagte ich, „ich zieh mich nur komplett an".

Beide dachten wir, es gibt ein Restaurant wo wir schön am Tisch sitzend unser Frühstück einnehmen könnten. Doch es stellte sich heraus, es gab kein Restaurant. Also entschieden wir uns in meinem Zimmer zu essen, da brauchte ich nicht allzu weit zu humpeln. Wir waren beide ohne Waschzeug, sodass wir auch keine Zahnbürsten dabei hatten.

Ich erinnerte mich an den einen Kaugummi und erklärte mich bereit ihn mit dem Politoffizier zu teilen. So nun hatten wir erst einmal einen etwas frischeren Geschmack im Mund. Solange wie ich mich im Bad zurechtmachte, verließ der Politische mein Zimmer, um einen Kellner zu suchen und ein Frühstück für uns zu bestellen. Ich hüpfte noch mal ins Bad, duschte flott auf einem Bein und zog mich an. Nachdem ich wieder aus dem Bad gehüpft kam, tauchte der Politische wieder auf und fragte mich, ob ich mit einer Tomatensuppe und Rührei einverstanden wäre. Es gab nur vegetarische Gerichte. Mir war alles gleich, ich hatte Hunger. So läuteten wir nach einem, so was wie, Kellner. Der kam auch und nahm unsere Bestellung entgegen. Lange warten mussten wir nicht und er brachte das Gewünschte. Jedoch als er weg war, bemerkten wir, dass weder Löffel noch Gabel dabei war, also mussten wir noch einmal klingling machen. Inder schlürfen und essen mit Fingern. Aber wir sind keine Inder und brauchten Besteck. Das wenig nahrhafte Essen war dann auch schon fast kalt, als er mit Löffeln und Gabeln aufkreuzte.

„Wie geht`s nun weiter ?", wollte ich wissen.

„Na ich denke, ich versuche ein Taxi zu bekommen und wir fahren erst mal zum Agenten. Mal gucken wie es mit der Flut hinhaut und ob der ein Boot für uns hat."

Gesagt, getan. Ein Taxi konnten wir vom Hotel aus bestellen und wir fuhren zur Agentur. Dort angekommen, sagte uns der Agent, dass wir vor mittags zwölf Uhr auf keinen Fall los könnten, danach würde erst die Flut einsetzen. Mist. Indien hatte uns fest im Griff. Ja, ob wir nicht, um uns die Zeit zu vertreiben, eine Stadtrundfahrt machen wollten, fragte uns der Agent. Klar, was sonst. Fluchtgedanken waren sinnlos, also lasst uns dieses staubige Drecknest näher kennen lernen. Noch mal rein ins Taxi, der Politische schleppte sich wieder mit viel Mühe mit mir ab und los ging's durch dieses Nirgendwo. Reges Treiben herrschte und es gab doch Einiges zu sehen. Der Taxifahrer hielt an einem Stand, an dem Nüsse geröstet wurden. Der hatte wohl einen Vertrag mit dem Händler. Auf alle Fälle machte er uns darauf aufmerksam und der Politoffizier stieg aus und holte mir eine große Tüte heiße, frisch geröstete Nüsse. Die waren tatsächlich köstlich. Für mich war aussteigen nicht drin, so hockte ich schwitzend und klebrig in dem Auto und „genoss" die staubige Fahrt. Das Nest war ziemlich weitläufig und das Taxi fuhr fast Schritt. So ging doch einige Zeit drauf und es war fast Mittag, als wir durstig wieder in der Agentur eintrafen. Staubig, verschwitzt und restlos fertig. Das Taxi könnten wir gleich weiter nutzen und zum Hafen fahren. Mit etwas Glück setze die Flut gerade ein, wenn wir dort ankämen und auch ein Boot läge dort für uns bereit, erklärte der Agent. Die Idee war gut, mein Sitz im Auto war schon so schön warm gesessen. Ich war mit dem Polster förmlich verschmolzen. Wir bedankten uns für seine Mühen und verabschiedeten uns. Wieder eine Stunde verging, bis wir den Hafen erreichten. Da lag auch schon das Boot und es war alles richtig berechnet, die Flut setzte ein. Der letzte beschwerliche Akt des Politischen nahm noch mal seinen Lauf, als er mich wieder über lauter schaukelnde Boote zu unserem Gefährt astete. So was schweißt zusammen. Er wurde mir immer sympathischer. Auch meine verbalen Ausschreitungen ihm gegenüber nahm er mir nicht krumm. Schließlich kannte er mich schon ein bisschen länger und wusste nur zu gut, dass ich unter dem Einfluss der Spritze gestanden hatte. Wieder hatten wir den feisten, dunklen Skipperfreund als Bootsführer erwischt. Freudig uns wiederzusehen, packte er mich lustig Betel zutschend, am Arm und sackte mich mit einem kurzen Ruck, wie eine Strohpuppe auf sein Boot. Wieder kam mir der Gedanke: „Wenn der jetzt mit einer Pranke deinen Hals und mit der anderen den Popenhals, haucht der womöglich politisch vor dir aus....?". Nun, das war nicht böse gedacht, nur der Respekt vor dem Aladin war einfach da. Keine Öllampe, aber Betel kauend, flößte er mir doch etwas Angst ein. Wir zwei so allein mit ihm auf seinem Boot, der Politische mit Rückenleiden, ich so jung und Zehgebrochen, wer hilft denn da wem? Denk nicht drüber nach, der ist doch brav und überhaupt, ein Ende ist in Sicht. Langsam tuckerten wir in Richtung MS „Querin". Das war ein Auflauf an der Gangway als wir endlich eintrafen. Alle waren kopflos und fragten wild durcheinander. Die hatten schon das Schlimmste vermutet. Ich sehnte mich nach einer anständigen Dusche und hatte Hunger. Doch nichts ging. Erst mal mussten wir beide erzählen. Mein Freund trug mich in die Messe und wir begannen mit unserem Bericht. Als der Politoffizier über meinen tranceartigen Zustand berichtete und auch all meine Flüche, Verwünschungen und Beschimpfungen zum Besten gab, blieben mir vor Entsetzen alle Gesichtsöffnungen weit offen stehen. Rund rum bogen sich alle vor Lachen, er hatte nichts ausgelassen. Mir war das so was von peinlich und ich wollte mich schon entschuldigen für das abartige Verhalten, aber er erklärte allen, dass er mir nichts nachtrage, schließlich hätte ich unfreiwillig unter Drogen gestanden.

Endlich bekamen wir zu Essen und danach waren wir vorerst entlassen. Mein Freund trug mich zu unserer Kammer, denn wie schon gesagt, ich war ein Pflegefall. In der Kammer angekommen, tütelten wir eine Einweg-Duschhaube Marke MS „Atlantis", um meinen rechten Fuß und er trug mich unter die Dusche. Schön frisch gemacht, schleppte er mich wieder zurück in meine Koje und nun konnte ich erst einmal schlafen. Eine herrliche Zeit für mich brach an. Alle waren so besorgt um mich und ich wurde ständig von jemandem herumgetragen. Die hatten solches Glück, dass ich damals kaum was wog. Oder ich hatte Glück... mit ein paar Kilo mehr hätten sie mich vielleicht in die Ecke gesetzt und sitzen gelassen. Wenn nachmittags oder abends in der Messe Kino war, holte mich jemand, trug mich hin und danach wieder zurück. Wenn ich in die Sonne wollte, trug mich die Freiwache an den Swimmingpool und auch wieder zurück. Die Mahlzeiten wurden mir in der Kammer serviert. Ich vermisste wirklich nichts. Abends versammelten sich unsere Freunde in meiner Kammer, um mit mir Karten zu spielen oder zu reden. Ich konnte jeden Tag ausschlafen. Es war nicht langweilig. Jedenfalls solange wir noch auf See waren, denn wir verließen Indien nach geraumer Zeit und das Duschen und Wäsche waschen war auch wieder erlaubt.

Wir befanden uns auf Rückreise nach Westeuropa und hatten Liverpool vor uns. Im Gespräch war auch Belfast. Die Rückreise verlief problemlos. Wir passierten wieder den Suez-Kanal und liefen Richtung Liverpool. In Liverpool sollte auch der Besatzung wieder Einiges geboten werden und so grübelte man was denn attraktiv genug zum Ansehen wäre. Ich machte den Vorschlag doch das Beatles-Museum anzugucken. Das fanden alle eine tolle Idee und ich hoffte, ich könnte auch mit. Außerdem waren meine drei Wochen Bettruhe vorüber und ich dachte, ich könnte nun wieder loswandern wie in alten Zeiten.

„Bevor du den ersten Schritt tust, suchen wir in Liverpool erst mal einen Arzt auf!", sagte Kuno, der II. NO.

„Meinst du, das tut Not?"

„Ja. ich meine!" Da gab es keine Widerrede.

Die erste Aktion des Seconds, als wir in Liverpool einliefen, war einen Arzttermin auszumachen. Am nächsten Tag hockten wir schon im Taxi auf dem Weg dorthin. Diesmal war Kuno dabei und diesmal gab es vor dem Röntgen keine Spritze. Das war alles. Den Befund sollte ich erst am nächsten Tag erfahren. Wir fuhren zurück an Bord. Entnervt wartete ich auf den Befund, denn ich wollte doch auch mit ins Beatles-Museum. Das Röntgenbild jedoch war erschreckend. Es hatte sich nichts getan. Mein Zeh war nach wie vor gebrochen, als wäre es erst gestern passiert. Drei Wochen Bettruhe for nothing. Das war doch schier unmöglich. Ich bin nicht einmal gelaufen, hab still gehalten und alles getan, damit dieser verdammte kleine Zeh Ruhe und Zeit hatte zu heilen und er hat es einfach nicht getan.

Wir befanden uns schon auf Heimreise und mir wurde klar, ich konnte, nachdem wir in Rostock eintrafen, erst mal nicht wieder aufsteigen. Die nächste Reise musste ich aussetzen und den Fuß in Ordnung bringen. Schrecklich. Der Arzt erklärte uns warum der Zeh nicht geheilt war. In den Tropen heile alles schlecht zusammen. Die Hitze und die Luftfeuchtigkeit seien Schuld an dieser langwierigen Geschichte. Ob ich das nun glauben wollte oder nicht, war völlig egal. Tatsache war, ich befand mich in einem Zustand, in dem ich mich noch eine ganze Weile befinden würde und die nächste Reise war für mich erst mal auf eine ganz lange Bank geschoben. Von wegen Beatles-Museum. War schon 'ne tolle Idee von mir für die anderen. Die machten auch eine Stadtrundfahrt, sahen sich das Beatles-Museum an, ebenso noch ein schönes maritimes Museum. Alles ohne mich. Ich war so traurig. Belfast fiel dann auch noch aus. Wegen den Wirren und Kämpfen, die dort ständig herrschten. Es wäre zu gefährlich.

Also verließen wir Liverpool gleich mit dem Ziel Rostock.

Belfast war mir sowieso schon egal. Das hätte ich auch nur aus dem Bulleye sehen können und mehr nicht. Da konnte ich dann auch drauf verzichten. Sowas Blödes. Die Reise dauerte nur drei Monate und davon war ich schon so lange krank und noch nicht wieder hergestellt.

Als wir in Rostock eintrafen, wanderten der Krankenbericht und ich erst mal zum Hafenarzt, damit der mir erklärte, die Geschichte müsse erst einmal ausheilen und eine nächste Reise würde auf sich warten lassen müssen. Ich war krankgeschrieben und hatte für mich gesehen erst mal Zwangsurlaub. Da mein Freund sowohl genügend freie Tage, als auch noch Urlaub zur Verfügung hatte, machte er ebenfalls frei. Die Zeit verging. Im März waren wir abgestiegen und eh die Sache ausgeheilt war vergingen Monate. Anfang Juni war ich endlich wieder gesund und wurde erneut untersucht. Meinem nächsten Einsatz stand nichts im Wege und wir meldeten uns bei der Arbeitskräftelenkung.

32. Kapitel „Vietnam, schwere See, glatte Pantry"

Wir bekamen auch prompt ein Schiff nach Vietnam. Mitte Juni sollte es losgehen.

Nun wussten wir von einigen Kollegen, dass eine Reise nach Vietnam gut vorbereitet sein wollte. Wir waren informiert, dass die Vietnamesen scharf auf Fotopapier und Florena-Creme waren. Fotopapier der Marke B 111. Außerdem benötigte man, um gute Tauschgeschäfte vor Ort zu erzielen, Zigaretten der Marke Pall Mall und sage und schreibe Zigaretten Marke Club, Ossiprodukt. Das ließ sich ja wohl regeln! Wir bunkerten wie die Wilden und rüsteten auf, um später gute Tauschware an den Mann oder an die Frau zu bringen. In allen Läden in Rostock kauften wir Fotopapier B111. Die Verkäufer dachten wohl wir wären übergeschnappt. Keine Sau brauchte dieses Fotopapier. Schon gar nicht in diesen Mengen. Egal was die dachten, wir kauften auf. Was auch ganz toll war, wir wussten das Singapur und Hongkong bei der Hin- und Rückreise auf unserer Route lagen. Der Wahnsinn. Ich freute mich unbändig. Das war ein Ziel. Weltmetropolen! Und ich sollte dorthin!

Auf alle Fälle waren wir dafür gut präpariert. Wir hatten alles besorgt, was wir in Vietnam brauchten, um ohne Geld an unsere Wünsche zu kommen. Wir „Old Schmuggler" stiegen auf. Die Wirtschaft bestand aus Koch und Bäcker, der Oberstewardess und zwei Stewardessen, wovon eine ich war. Ein großes Problem hatte ich wieder, wie bringe ich meine D- Mark Ersparnisse unter, ohne dass der Zoll sie beim Auslaufen entdeckt? Dadurch, dass ich die letzte Reise kaum an Land konnte, hatte sich natürlich Handgeld angesammelt. Mein Freund und ich hatten vor in Singapur eine Musikanlage zu kaufen. Dafür benötigten wir mehr Geld, als wir auf dieser Reise zusammensparen konnten. Ich entschied mich wieder für meinen Slip als Versteck, immer wieder die sicherste Variante. Zwar wieder mit Herzklopfen aber mein Geld war gut versteckt. Der Zoll kam mir wieder einmal nicht zu nahe, obwohl das leise Rascheln der Scheine in meinem Höschen knisternd laut in mein Gehirn drang.

MS „Lyra" lief aus mit mir, meinem Schmuggelgeld, all den anderen mit ihren diversen Schmuggelgegenständen. Prima.

Zunächst verlief alles ganz ruhig, die Wirtschaft kam gut miteinander aus, alles entspannt. Nachdem wir Westeuropa hinter uns gelassen hatten und uns eine Weile auf See befanden, fuhren wir geradewegs völlig unerwartet in einen starken Sturm. Es überraschte uns praktisch mitten in der Nacht. In einer der Luken waren große schwere Collis mit Stahltrossen geladen - solche großen, runden Kabeltrommeln, wie man sie auf dem Bau verwendet. Davon riss sich während des Sturms eine los und rollte nun ungehindert in der Luke hin und her. Der Dampfer holte ständig über und krängte gefährlich. Per Durchsage wurden die Decksgang und die Jungs aus der Maschine aufgefordert, zu versuchen dieses Ding wieder einzufangen und zu laschen. Das war ein gefährliches Unterfangen. In dem Moment, als der Sturm einsetzte, flog und krachte alles, was nicht niet- und nagelfest war. Die Oberstewardess flitzte in ihre Lasten. Ich galoppierte in die Pantry um nachzusehen, kriegte mit Müh und Not das Schott endlich auf, was immerzu mit einer riesen Wucht hin und her schlug. Sowie ich einen Fuß in die Pantry gesetzt hatte, rutschte ich aus und landete auf dem Po.

Ich wollte mich mit den Händen auf dem Boden abstützen um aufzustehen aber der gefliese Boden war voller Scherben. Ein Tellerregal hatte sich von der Wand gelöst und alle Frühstücksteller lagen zersprengt am Boden. Die Scherben rutschten klirrend hin und her und ich mit. Einen Container Fit (Spülmittel) hatte es entschärft und er war ausgelaufen, sodass der Boden arschglatt war. Da kein Wasser dazu kam, schäumte es nicht und ich konnte im ersten Moment nicht sehen was es war. Aber es hinderte mich am Aufstehen und so rutschte ich auf dem Po, die Hände blutig von den Scherben zerschnitten, von einer Seite des Schiffes zur anderen. Alles Schreien half nichts, die Jungs waren alle in der Luke auf der Jagd nach dem Colli und die anderen hielten alle irgendwo irgendwas fest. So schlitterte ich alleine rum und fand keinen Halt. Ich kam mir vor wie Charlie Chaplin in einem seiner hirnrissigen Filme. Irgendwann ging dann das Schott zur Mannschaftsmesse auf und da standen sie dann und beobachteten meine sinnlosen Versuche auf die Beine zu kommen und lachten.

„Das ist doch zu niedlich, die kommt gar nicht auf die Füße, ha, ha, ha."

„Seid ihr völlig verblödet?! Vielleicht hilft mir mal einer! Ich verblute hier sinnlos ihr Idioten!", empört spritze ich sofort Gift in das Gelächter. Da sahen sie auch das Blut an meinen Händen und dass mir auch seit einiger Zeit Tränen über die Wangen liefen. Sie sprangen sofort los um mir zu helfen. Es war kurios. Die laufen in der Luke alle hinter einem Colli her, der sie alle hätte erschlagen können und es ist keinem was passiert. Aber ich kleine Stewardess kämpfe in der Pantry auf dem Fußboden inmitten von Scherben auf allen Vieren um mein Leben und zerschneide mir die Finger. Endlich genügend Publikum, badete ich mich wimmernd und sehr erfolgreich im Selbstmitleid. So, ich wurde erst mal verarztet. Die Pantry gespult, sodass alles schäumte, aber im Speigatt ablief und dann kehrten wir die Scherben bei dieser irren Schaukelei zusammen. In meiner Kammer herrschte auch wieder mal oben unten, was ich zu beseitigen hatte. Es nahm kein Ende. Alle waren reichlich erschöpft. Als der Sturm nachließ, begannen wir mit den Aufräumarbeiten.

Der Kapitän lobte tags darauf auf einer spontan einberufenen Bordversammlung alle, die daran beteiligt waren den Colli an seinen alten Platz zu befördern. Was unter normalen Umständen schon nicht einfach war, aber bei so schwerer See eben eine ungeheure Anstrengung, die auch noch erfolgreich endete. So sind wir durch unseren eigenen Einsatz aus dieser Situation heil herausgekommen ohne abzusaufen. Dies war mal ein Härtefall der besonderen Art. Eigentlich nahmen wir die Schaukelei im Allgemeinen eher gelassen hin. Vorgekommen ist, dass wir während der Sturm tobte, uns in die engen Gänge untergehakt setzten, den Rücken gegen die eine Wand, die Füße an die Wand gegenüber gestützt, ich die Kaffeemaschine zwischen den Beinen, einer den Zucker, ein anderer den Rum und jeder ein Glas. So verbrachten wir Grog kochender Weise einen Schaukelabend bei Gelächter und Gesang, während der entlaschte Mülleimer von einer Seite auf die andere über uns drüber tobte. Keiner fiel um und wir hatten uns alle im Griff. Kann auch lustig sein so was.

33. Kapitel „Fiese Krabbler"

Dieses Schiff hatte, ebenso wie all die anderen Schiffe, eine Unzahl blinder Passagiere der widerstandsfähigen Gattung Kakerlake an Bord. Irgendwie war aber MS „Lyra" mehr gesegnet damit, als ich es gewohnt war. Üblicherweise wurden die Schiffe ab und zu ausgegast, was aber mit der ersten Lieferung der Schiffsausrüstung hinfällig war, da wir mit dem Proviant auch wieder Herden dieser Krabbler gratis mitgeliefert bekamen. Nun vermehren sich diese Biester geradezu explosionsartig, sodass die Schiffe teilweise von Kakerlaken überbevölkert waren. Aus einem solchen Viech konnten hunderte mutieren, selbst wenn man sie tottrampelte schleuderte die Mutterkakerlake ihren vollen befruchteten Eiersack geistesgegenwärtig von sich und die Brut vermehrte sich hemmungslos. Zur Wehr setzten wir uns mit den allgemein bekannten Kakerlakenfallen. Dies waren leere Schraubgläser in welche wir Kaffeesatz füllten und den oberen, inneren Rand dick mit Butter bestrichen. So konnten diese miesen Kreaturen zwar hinein, rutschten aber beim Versuch rauszukrabbeln immer wieder zurück. War eine Kakerlakenfalle voll, die wir in großer Zahl aufstellten, flog sie außenbords und wurde sofort durch eine neue ersetzt. Aber auch diese überaus ekligen Insekten hatten doch Sympathisanten unter uns Menschen, wovon einer dieser Kakerlakenliebhaber bei uns mitfuhr und er wohnte zu meiner Entrüstung gleich neben meiner Kammer. Es war der E-Ing. Ein sehr netter, kleiner, runder gemütlicher Vertreter, aber eben ein Kakerlakenfreund. Pfui Teufel. So züchtete er hemmungslos dieses Viehzeug in seiner Kammer, weil er auch sämtliche Essenreste in seinem Papierkorb entsorgte. Der fand besonders die „Mutanten" schön. Es gab sie nämlich auch in Weiß, Albino-Kakerlake! Ich war als Stewardess für die Reinigung seiner Kammer verantwortlich und hatte meine liebe Not da Grund reinzubringen. Seine Koje war übervoll mit Werkzeug und Ersatzteilen. Deshalb schlief der Gute auf der Backskiste. Wäre ja nichts dagegen einzuwenden, wenn das Werkzeug sauber gewesen wäre. Aber eben das war es nicht. Und überall Kakerlaken, mir scheißegal ob braun oder weiß, das ging mir nur noch ums Ausrotten. Ich stellte Fallen ohne Ende auf, worauf er entrüstet bemerkte: „Ohne meine kleinen Mitbewohner wäre ich recht einsam." Der komische Kauz konnte meine Gefühle gegen diese Wesen gar nicht verstehen. Doch meine Kammer war neben seiner und irgendwie hatte ich täglich mit Übergriffen seiner Freunde zu kämpfen.

Ich weiß nicht wo die Schlupflöcher waren, durch die sie kamen, jedenfalls bevölkerten Heerscharen der Kakerlaken auch meine Kammer.

Wenn ich nachts aufstand und Licht anmachte, war mein Waschbecken schwarz vor Kakerlaken und sie stieben auseinander, wenn das Licht anging. Von Natur aus lichtscheue Elemente, wimmelten sie nur nachts in meiner Kammer. Ich albträumte öfter davon, wie sie sich langsam unten auf meiner Bettdecke bösartig zusammenrotteten, um systematisch an mir hochzuwuseln, um mich aufzuknabbern. Meine Bettdecke eine schwarze, lebende, knabbernde Masse mit mördergroßen Beißwerkzeugen.

Schweißgebadet wachte ich jedes Mal auf und schlug auf den Lichtschalter ein. In meinem Bett waren sie nicht, aber die Kammer war voll. Das war dermaßen eklig, dass ich teilweise bei Licht schlief, nur um meinem Albtraum und den Angreifern zu entkommen. Die Pantry, sowie die Kombüse waren auch reichlich bestückt, sodass der Koch und wir Stewardessen nachts Wasser kochten, uns extra den Wecker dafür stellten, um den Pantry- sowie Kombüsenboden zu spulen und die Biester mit heiß Wasser tot zu gießen. Das war die einzige Möglichkeit das Viehzeug zu killen. Davon gingen sie wirklich tot. Der E-Ing. baute sogar aus einer Laune heraus ein kleines Gerät, womit er die Kakerlaken anschloss und unter Strom setzte. Angeblich zweihundertzwanzig Volt an Strömlingen jagte er auf sie los. Als er sie wieder abkabelte, liefen sie weiter. Er war hellauf begeistert, was er doch für resistente Tierchen züchtete. Einmalig DAS!!! Durch ihren blöden Chitinpanzer waren sie sogar vor Stromanschlägen sicher. Wenn die Welt mal untergeht, verrecken wir alle, einzig überleben werden die Kakerlaken. Ja und sicher unser E-Ing. Der hatte ja nun bei den Viechern einen Stein im Brett! Wer sich so kümmert, überlebt das einfach mit. Ein Besatzungsmitglied, ich weiß nicht mehr wer es war, hatte jedenfalls die Lösung in Form einer Spraydose - hochgradig giftig, doch enorm wirkungsvoll im Einsatz gegen die Krabbler. „Kontaktgift vom Klassenfeind"! Diese Dose borgte ich mir aus und behandelte in meiner Kammer jeden Winkel, jede Ritze, um keine Überlebenschancen zu gewährleisten. Ja, ich war regelrecht vom „Ausrottungswahn" besessen und zu allem entschlossen.

Das Wunder geschah.

Die Kakerlaken zuckten und machten alle, fielen direkt vor meinen erfreuten Augen um und blieben tot, meine Albträume ließen nach. Das Spray hatte eine Langzeitwirkung, sodass ich tatsächlich meine Ruhe hatte, jedoch nicht ohne meinen Kakerlakenfreund den E-Ing. aus den Augen zu lassen und massiv in Form von Kakerlakenfallen in seiner Kammer den Überfluss zu stoppen. Der Gedanke dieses Viehzeug zwischen den Klamotten mit nach Hause in die Wohnung meiner Eltern zu schleppen war grausam, da reichte schon eine einzige befruchtete Kakerlake, um Unheil anzurichten. Teilweise hab ich bei Ankunft zu Hause meinen Koffer Klamotten gleich in eine volle Badewanne Wasser gekippt. Sicher ist sicher. Mit solch kleinen Begebenheiten nahm die Reise ihren Lauf und wir passierten auch diesmal den Suez-Kanal. Wieder wurde es allmählich warm und ich freute mich schon auf das erste Bad im Swimmingpool. Im Suez-Kanal blühte wieder der Tauschhandel, da wir wieder Festmacher an Bord nahmen, die nebenbei dieses Geschäft betrieben.

34. Kapitel „Singapur – Hongkong"

Singapur, das erste Ziel, kam immer näher und ich war schon sehr aufgeregt und neugierig, da ich schon einiges von dieser Stadt gehört hatte. Die sauberste Stadt der Welt! Jeder Nerv vibrierte in Vorfreude auf das Abenteuer. Vor mir breitete sich Singapur aus mit all seiner Pracht und **ich** stand an der Reling, sah alles live, konnte es riechen und schon von Weitem spüren. Als es dann soweit war und wir vor Singapur festmachten, hatte ich auch tatsächlich Glück und konnte an Land. Mittels Tenderschiff wurden wir an die Pier befördert. Direkt eingelaufen sind wir nicht. Die Gangway wurde runtergelassen und so konnten wir bequem das Schiff verlassen und das Tenderboot (von uns als Lunch bezeichnet) betreten. Leider war in Singapur immer die Zeit knapp bemessen, ebenso in Hongkong. Man lag dort üblicherweise nie lange und so teilten wir die kurze Zeit so sinnvoll wie möglich ein, damit jeder in den Genuss kam dort an Land zu gehen. Die Stadt selbst ließ uns die Luft anhalten.

Imposante Bauwerke, üppige Grünflächen, eine Flut an Geschäften, wo es eben alles gab und sauber war es! Wir winkten uns ein Taxi, welche dort überhaupt nicht teuer waren und klimatisiert uns dorthin schafften, wohin wir wollten. Das konnten sogar wir uns leisten. Schon diese Fahrt im Taxi war ein Hochgenuss. Erfrischend dort einzusteigen, umgeben von einem blumigen Duft und angenehmer Musik, ließen wir uns durch die Stadt fahren, bis hin zum „Slim-Lim-Tower". Dies war ein unheimlich großes Elektronikgeschäft, in dem man alles kaufen konnte, was das Herz an elektronischen Träumen begehrte. Musikanlagen der modernsten Art und alles Mögliche. Mein Freund und ich sahen uns fürs Erste einmal alles an, um zu überschlagen wie viel Kohle man für so eine Anlage ausgeben müsste. Denn wir würden auf der Rückreise ebenfalls Hongkong und Singapur anlaufen, somit hatten wir dann eventuell die Gelegenheit wieder an Land zu kommen und uns so ein tolles Stück zu kaufen. Das Geld dafür hätten wir sowieso erst auf der Rückreise zusammen gehabt. Also sahen wir uns erst mal alles an, um dann auf dem Rückweg erbarmungslos zuzuschlagen. Hochinteressant war alles. Vorerst hielten wir unser Geld zusammen, wir hatten schließlich ein Ziel vor Augen.

Per Tenderboot erreichten wir nach diesem eindrucksvollen Landgang MS „Lyra" und kurz danach hieß es wieder: „Klar vorn und achtern!".

Richtung Hongkong. Dort hatten wir ebenfalls Gelegenheit an Land zu gehen, ebenfalls mittels Tenderbooten an die Pier gebracht. Vorher hatten wir einige Hongkong-Dollar aufgenommen, damit man etwas Valuta in der Hand hatte, bevor wir in Vietnam eintrafen. Denn etwas Geld mussten wir schon in die Zollerklärung eintragen, sonst hätte uns niemand geglaubt, dass wir all die Waren, die wir in Vietnam mit Schmuggelgegenständen eintauschten, käuflich erworben haben. Das heißt wir konnten uns nicht die Kammer mit Mitbringseln vollbunkern, ohne nachweisen zu können, mit was wir sie bezahlt hatten. Und Ost-Mark nahm uns da nun mal keiner ab, also nahmen wir ein paar Hongkong-Dollar als Tarnung sozusagen auf.

Die Dollar haben wir aber für die Rückreise aufgehoben, denn wir hatten genug begehrte Handelsgüter dabei. In Hongkong gingen uns wieder die Augen über, vor allem auf diesen Straßenmärkten, wo alles erdenklich Mögliche feilgeboten wurde. Ich musste mir einfach ein paar Klamotten gönnen, es war zu verlockend. Vier Stunden hatten wir Zeit uns die Stadt anzusehen. Was sind schon vier Stunden in so einer Metropole? Sie vergehen wie im Flug und wir nahmen nur Bruchteile wahr von dieser atemberaubenden Stadt, vollgepfropft mit Wolkenkratzern und buntem Getümmel auf den Straßen. Ewig werden mir die Düfte in der Nase bleiben, die diese Städte umgaben. Blumig frisch und asiatisch lecker. Aus dem Munde einiger unserer weitgereisten Besatzungsmitglieder hieß es, Hongkong hätte die schönste Hafeneinfahrt der Welt. Nun ja, das ist Ansichtssache. Phantastisch schön war es dort schon, aber Singapur fand ich genauso schön, wie eben auch verschiedene andere Hafeneinfahrten auf dieser Welt, die ich zu sehen bekommen habe.

Hongkong hatten wir also auch hinter uns. Es ging nach Vietnam und darauf war ich auch sehr gespannt. Schon aus dem einfachen Grund, weil wir unfassbar gespannt waren, was wir für unsere Schmuggelware alles eintauschen können.

35. Kapitel „Saigon, Else von der Tankstelle und der schielende Henker"

Der erste Hafen in Vietnam war Ho-Chi-Minh-Stadt, das frühere „Saigon". So nannten wir es auch „Saigon", es sprach sich leichter aus und berührte angenehm die Ohren. Gegen Abend liefen wir ein und das hieß für mich, ich kann nach Einlaufen sofort an Land, da das Abendbrot schon vorbei war und ich Freizeit hatte.

Ich fühlte mich wieder einmal umhüllt von diesem tropisch weichen Klima und die Vorfreude auf dieses Land war ungebremst. Einige von uns hatten sich schon für den Landgang verabredet und jeder versuchte sich so zu präparieren, dass er sein Schmuggelgut unbemerkt durchs Hafentor bekam. Ich für meinen Teil hatte mir einen Overall angezogen in petrolblau, den ich mir während einer Reise auf der „Atlantis" in Amsterdam gekauft hatte. Der war wahnsinnig leger und weit in der Taille, mit einem Gürtel zusammengehalten. Sah ohne Gürtel aus wie Else von der Tankstelle, aber mit Gürtel eben sehr edel. So, den zog ich an, lüftete meinen Ausschnitt und schüttete rund um mich herum eine Stange Pall Mall Zigaretten hinein. Das fiel wirklich nicht auf, doch ich durfte die Arme nicht seitlich hängen, lassen sonst wären mir die Zigarettenschachteln klackediklicker aus dem Ärmel geklickert. Zufrieden mit meinem Machwerk, wartete ich nun auch wie die anderen in meiner Kammer auf die Durchsage des Kapitäns, dass wir unsere Seefahrtsbücher abholen könnten. Dann tönte es durch die Lautsprecher, alle stürzten aus ihren Kammern und in die Gefilde des Kapitäns. Ich stand stocksteif und nahm ziemlich geschraubt mein Seefahrtsbuch entgegen. Immer darauf bedacht meine Arme nicht zu senken, sonst wäre mir die ganze Pracht in des Kapitäns Kammer gekullert und dann Gnade mir Gott. So wandelte ich aus der Kammer, stürzte an die Gangway, immer Hände hoch bis hin zum

Hafentor, meinen Freund im Schlepp. Direkt am Hafentor standen Vietnamesen mit ihren Rickschahs und schrien um die Wette, um einen von uns als Passagier zu erwischen. „Madam, Madam", schrie sich einer förmlich die Seele raus und der schielte wie ein Henker - meine Fresse, wenn der so fährt wie er guckt - aber gut, ich zog meinen Freund in diese Richtung. Wir stiegen ein und ich saß stocksteif, damit ich meine wertvollen Zigaretten nicht zerdrückte, die bei der Luftfeuchtigkeit unangenehm mit ihrer Zellophanverpackung an meiner nackten Haut innerhalb des Overalls klebten. So fuhr er mit uns durchs Hafentor und keiner wollte was von uns. Genial. Während der Fahrt machten wir uns bekannt und wir erfuhren, dass er den unaussprechlichen Namen „Nghu" trug. Ich hatte so einige Probleme diesen Namen über die Lippen zu bekommen, hörte sich an wie ein Würgelaut, so kotzgeräuschtechnisch, aber es war nun mal sein Name. Wir konnten ja schlecht Otto zu ihm sagen, nur weil es einfacher war.

Trotzdem man nie wusste, wen er eigentlich anguckte, war er sehr bescheiden lustig und sympathisch und in der Lage geradeaus zu fahren. Wir verständigten uns mit Händen und Füßen und lachten uns dabei bald tot, ehe wir auf dem Punkt waren, dass er begriff was wir wollten. Doch es klappte immer. Seit diesem ersten Landgang war Nghu unser persönlicher Rickschahfahrer, der merkwürdigerweise immer für uns zur Stelle war, sowie wir das Schiff verließen. Purer Luxus sowas, den haben wir uns einfach immer wieder gegönnt. Etwas zahnlos, jedoch immer verwegen grinsend, hätte ich mir den gerne für zu Hause gekapert. Das war 'n irrer Typ und er hatte genauso viel Spaß daran wie wir. Bezahlen sollten wir ihn nur mit kaltem Bier und Zigaretten. Er fummelte lustig vor sich hin, bis wir begriffen was er wollte. „Kein Thema, kriegst du alles!", fummelte ich lachend zurück. Gut informiert durch unsere alten Asienfahrer, wussten wir schon am ersten Abend wohin wir uns wenden müssen, um unsere Waren gegen die von uns begehrten Gegenstände einzutauschen. Da gab es eine Vietnamesin, genannt Katja, an die wir uns wenden sollten. Und siehe da, Nghu kannte sie auch. Schnurstracks strampelte er auf seinem Fahrrad die Rickschah in die richtige Richtung. In einer Gasse vor einem schäbigen Schaufenster hielt er an. Wir machten ihm klar, dass er sich nicht von der Stelle rühren und warten solle bis wir wieder rauskommen.

Guck an, wir waren auch nicht allein. Mehrere Besatzungsmitglieder hatten ebenfalls ihre Rickschahs in diese Richtung gelenkt und so waren wir schon ein kleiner Trupp, der den angeblich schon geschlossenen Laden betrat. Tatsächlich kam eine kleine, buntgekleidete, breitgesichtige Frau auf uns zu und fragte mit Gesten was wir denn wollen würden. „Change?", erst mal gucken, ob wir hier richtig sind. Sie zeigte wieder mit Gesten an, dass sie sehen wollte, was wir zu bieten hätten. Da stülpte ich meine petrolfarbene Tarnkleidung von links auf rechts und kippte meine Zigaretten aus. Auf einmal hatte sie es eilig. Sie raffte hektisch die Beute zusammen, verschwand hinter einem Vorhang und kam mit 17000 Dong wieder. Sehr viel Geld. Dafür konnte ich 'ne Menge kaufen. Ich war beglückt. Natürlich hatte sie noch eine Weile zu tun, da ja auch die anderen ihre Ware loswerden wollten. Dann stellte sich heraus, dass sie auch noch Besitzerin eines großen Ladens voll mit Keramik und Nippesgegenständen war. Auch tolle Holzbilder mit Perlmuttintarsien hingen an den Wänden. Es war für mich klar, dass ich gleich mein Geld wieder dort lassen müsste, jedenfalls einen Teil davon. Erst mal suchten wir uns drei riesige Keramikelefanten aus, ebenso eine vierteilige Bildergeschichte aus Holz mit Perlmuttintarsien. Frühling, Sommer, Herbst und Winter war darauf sehr eindrucksvoll und landestypisch festgehalten. Die musste ich einfach haben. Teuer war nichts. Ich gab kaum etwas von meinem eben erworbenen Geld für diese schönen Dinge aus. Drei schöne Blumenübertöpfe bettelten direkt vor meinen Füßen: „Nimm uns mit" und die musste ich auch noch haben. Probleme bekamen wir nur in unserer Rickschah. Die war mit zwei Insassen schon völlig ausgelastet. Nun drängelten wir uns zu zweit da rein mit drei Elefanten, sowie drei großen Blumentöpfen plus Bilder. Wir saßen wieder stocksteif und konnten uns einfach nicht mehr rühren und der arme Nghu strampelte uns tapfer wieder zurück bis an die Gangway mit all unserem Gerümpel. Das gibt nächstes Mal 'n Bier extra, war ja klar. Voll zufrieden mit unserem ersten Landgang schleppten wir alles in unsere Kammer.

36. Kapitel „Die Gier, Transparenz im Rock und Pflanzenklau"

Da man den Deutschen unter anderem auch nachsagt gierig zu sein, machten wir dem alle Ehre. Zielstrebig versuchten wir all unser Schmuggelgut an Land zu bringen und zu Geld zu machen. So auch auf unserem nächsten Landgang. Den Nachmittag hatte ich frei. So konnten wir gleich nach dem Mittagessen los. Es war wie immer sehr heiß und ich überlegte angestrengt, was ich mir diesmal überplünnen könne, um nicht aufzufallen und trotzdem meine Ware sicher an Land zu bringen. Das war weiß Gott nicht einfach. Mit kurzen Hosen war ein Unding, da konnte ich nichts verstecken. Meine Wahl fiel auf einen langen, weiten Rock in der Farbe beige. Der ging fast bis zu den Knöcheln, war aber luftig. Bloß wie versteckte ich darunter meine Zigaretten? In meiner Not zog ich eine Strumpfhose an, die zwei Nummern größer war, als ich sie brauchte. Die hatte ich für diese Zwecke extra in Übergröße zu Hause gekauft. Bloß diese Hitze! Nun stopfte ich rund um die Beine meine Zigarettenschachteln unelegant in die Strumpfhose hinein. Ein Top über den Rock und fertig war ich. Mein großes Glück war, dass ich mir in jeder Kammer kurz nachdem ich aufgestiegen war, vom Bootsmann einen extra großen Spiegel anbringen ließ. Das tat ich auf jedem Schiff. Ich musste sehen wie ich angezogen war, bevor ich in der Messe mein Debüt gab. Auf diesem Schiff hatte ich also auch einen großen Spiegel. Als ich nun die Kammer verlassen wollte und das Schott öffnete, fiel die Sonne quer durch meinen Rock und ich sah zufällig noch mal in den Spiegel. Meine Augen wurden vor Entsetzen ganz weit, da blinkerten in der Sonne herrlich blau-weiße Zigarettenschachteln Marke „Club", besagtes Ossiprodukt, ziemlich ordinär und unförmig an meinen Beinchen.

Scheiße.

Ich fiel natürlich nicht vor Schreck in Ohnmacht, dafür hatte ich jetzt wirklich keine Zeit. Nein, das Schott raffte ich schnell wieder zu. Da bin ich noch mal haarscharf davongekommen. So hätten die mich auf alle Fälle gegriffen. (Damit meine ich den Kapitän, die Offiziere, den Politoffizier und natürlich unsere versteckten Ermittler von der Stasi.

Obwohl die auch schmuggelten, im anderen Stil, aber nicht nachzuweisen.) Ich stieg in meine Standardklamotte, den unvermeidlichen treuen petrolfarbenen Overall und kippte wieder alle Zigaretten in den Ausschnitt.

Also wieder Hände hoch und runter vom Dampfer, ab zu Nghu und steif sitzend hin zu Katja. Warum die ausgerechnet Katja hieß wusste auch keiner. Anscheinend ein Deckname und alle Seeleute konnten ihn aussprechen und verstehen. Nun dort schnell Ware gegen Bares, denn wir hatten noch vor in einer großen Gärtnerei Pflanzen zu bunkern. Nghu verstand uns langsam immer besser und es dauerte nicht lange ehe er begriff, wohin die Reise gehen sollte. Mit der Verpflegung von drei Bier und 'ner Schachtel Zigaretten machte er sich mit uns im Handgepäck auf die Socken und strampelte zur Gärtnerei. Das war diesmal eine lange Fahrt und drei Bier waren schon fast zu wenig. Aber Geld wollte er keines haben. So versprachen wir ihm für das nächste Mal ein Fläschchen mehr. Mitten durch die Stadt, vorbei an Garküchen, direkt an der Straße. Leckere Gerüche stiegen uns in die Nasen, die ganze Stadt wimmelte und pulsierte. Freundlich nickende Menschen rundherum. Vietnam ist ein sehr schönes Land.

Endlich angekommen gingen uns die Augen über vor dieser Pflanzenpracht. Wir stiegen aus und staunten und guckten. Ich suchte und suchte aus und ließ alle Pflanzen, die in Frage kamen auf einen Haufen stellen, um mir dann davon letztendlich die Besten auszusuchen. Nghu war anfangs noch dabei, aber als ich mir dann drei Pflanzen aussuchte und bezahlte, wartete er schon an der Rickschah. Irgendwie war der Haufen, aus dem ich meine nähere Wahl treffen wollte, auf mysteriöse Art und Weise geschrumpelt. Doch ich machte mir keine Gedanken, fand drei schöne Pflanzen heraus und kaufte sie. Ich winkte Nghu und er eilte herbei. Mit Zeichen machte ich ihm klar, er möge sie in die Rickschah stellen. Wir bedankten und verabschiedeten uns und gingen auch zu unserem Gefährt. Als wir ankamen, staunten mein Freund und ich nicht schlecht, als Nghu breit grinsend davor stand: Da war mein mysteriöser Haufen! Die Rickschah war voll. Er hatte insgesamt neun Pflanzen raus geschleppt und ich hatte nur drei bezahlt. Wir lachten und er auch unschuldig mit. Er dachte anscheinend ich hätte alle bezahlt und wollte den ganzen

Haufen kaufen. Wir zwängten uns in die Kutsche, hatten Töpfe auf den Knien, zwischen den Füßen und in den Händen und konnten uns wieder einmal nicht bewegen. Der hatte tatsächlich unwissend so viele Pflanzen geklaut, dass ich nur darauf bedacht war, dass er kräftig in die Pedale trat, um schnellstens von hier wegzukommen. Wo wir nun schon sicher verpackt und festgekeilt da drin hockten, kam ich auch nicht auf die Idee sie wieder zurück zu schleppen. Das war 'ne Schweinerei von uns, aber wie gesagt, die Deutschen sind manchmal gierig.

37. Kapitel „Gewürm und Gespinste"

Wie die staunten, als wir die schönen Gewächse auf den Dampfer schleppten. Aber einfach so in die Kammer stellen konnten wir sie nicht. Ich astete alle am Abend in die Pantry und stellte sie in die großen Abwaschbecken und wässerte sie eine ganze Nacht. Eklig was sich alles am Morgen da raus gewunden hatte. Riesige Würmer, Spinnen und lauter solch Gekreuch, wie aus nem miesen Horrorfilm. Pfui Deibel. Ich war froh, dass ich mir das Kraut nicht unbehandelt auf die Hütte gestellt hatte. Richtiggehend lebensbedrohlich sah das Viehzeug aus. Anscheinend clean, schleppte ich dann meine Gärtnerei in die Kammer und verwandelte meine triste Bude in ein tropisches Pflanzenparadies, was alles unheimlich asiatisch aufpeppte. Die wirkten auch einzigartig neben meiner anderen Beute. Die Elefanten standen auch schon festgelascht vor Ort, jetzt noch umgeben von üppigem Grün, alles viel zu eng, aber einzigartig. Einzigartig auf jeden Fall…

Es war doch schön in Vietnam. Nun lagen wir schon einige Tage da und hatten auch allerhand erreicht, als wir alle mal wieder zu einem Umtrunk am Abend zusammensaßen. Da erzählten einige Elefantenkäufer zu später Stunde, sie hätten in ihren Elefanten so einige widerliche Lebewesen entdeckt. Große Spinnen und so weiter.

„Mensch, die stehen doch einfach so in den offenen Hütten rum und alles was vier oder mehr Beine hat kriecht da ungehindert rein, auf der Suche nach einem stillen dunklen Plätzchen um Beute aufzulauern!", erklärte gerade ein Maschinen-Assi.

Mich packte das blanke Entsetzen. Es war schon sehr spät, aber das hinderte mich nicht daran in meine Kammer zu stürzen, meine Elefanten zu entlaschen und reinzugucken. Da lagerte schon die beträchtliche Zahl von sieben Elefanten seit geraumer Zeit in meiner Kammer, die wir alle systematisch zusammengeschleppt hatten. Mein Freund kam auch um zu gucken und wir entdeckten gemeinsam die anmoderierten Spinnen, sowie die aufgelauerte Beute in unseren Elefanten.

Und die Viecher lebten noch, trotz Klimaanlage! Zu zweit buckelten wir die Elefanten in die Dusche und hielten den kochend heißen Strahl ins Innere unserer Errungenschaften. Erbarmungslos und von Ekel gepeitscht löschten wir nachts um zwei alles Leben in den hohlen Bäuchen unserer Elefanten. Ein paar negative Seiten hat die Gier eben auch. Nicht auszudenken was geschehen wäre, wenn diese Spinnentiere nachts raus gekrochen wären. Ich kannte ja die Geschichten, die auch wahr waren, dass sich einige Seeleute bis nach Hause im Blumentopf giftige Spinnen transportiert hatten. Die dann irgendwo an der Decke in einer Etagenwohnung klebten, obwohl sie in unseren Breitengraden gar nicht vorkamen und schon gar nicht im Osten! Doch hochgradig gefährlich waren. Da sind Wohnungen evakuiert und ausgegast worden. Kein Seemannslatein, das kam wirklich vor. Durch unsere nächtliche Eigeninitiative sind wir jedenfalls davor bewahrt geblieben.

38. Kapitel „Multis durch Nierenbinde, Reede Haiphong und Krebstausch"

Nun saß ich eigentlich nur noch auf meinem Fotopapier und meinen riesen Dosen Florena-Creme rum. Die musste ich noch veräußern, komme was da wolle. Während unseres Mittagessens vor dem nächsten Landgang, sinnierte ich vor mich hin und kam auf eine super simple Lösung des Problems. Mit einer Nierenbinde, die ich mir irgendwann mal vom Bootsmann hatte geben lassen, band ich mir Fotopapier der Marke B 111 um den Bauch. Mein Freund wickelte sich auch in eine solche und drapierte Florena-Creme darunter. Ich stülpte mir wohl oder übel die Standardklamotte Overall darüber und war perfekt getarnt. Bloß Luftholen konnte ich nicht, geschweige denn mich bücken oder sonstige Bewegungen. Ich träumte von dem Tag, an dem ich nicht stocksteif in der Rickschah saß, aber dafür mit luftigen, kurzen Klamotten. Doch jetzt musste ich erst mal da durch, wahrscheinlich mit jeder Menge blauer Flecken. Die blöden Kartons waren so steif und groß. Ein letztes Mal. Das Glück war uns hold. Nghu wartete wieder auf uns und brachte uns siegessicher zu Katja, wo wir wieder beträchtlichen Gewinn machten. Wir schwammen im Geld. So nun konnten wir auch mal daran denken Vergnügungen nachzugehen und so richtig unseren Reichtum raushängen zu lassen. Wie Multimillionäre ließen wir uns von Nghu zum „Rex" fahren, dem besten Haus am Platz. Hotel und Restaurant der absoluten Oberklasse in Saigon. Dort stiegen wir im wahrsten Sinne des Wortes ab, wenn auch nur aus der Rickschah um zu essen. Und siehe da, als wir das Restaurant betraten, saßen schon einige „Multis" von MS „Lyra" dort und feierten Schmuggelerfolge, was sonst. Wir gesellten uns dazu und bestellten das beste Essen im besten Hause: „King Browns".

Richtig große, aber auch RICHTIG große hummerartige Krebse.

Mit Butter und Zitrone beträufelt. Ein Genuss. Und davon reichlich. Buttergetränkte Meerestiere lösten jetzt die Stock-steif-Rickschahsitzungen ab. Genug zu erzählen gab es auch. Märchenstunde, nein kein Seemannsgarn, es war interessant wie es jeder geschafft hatte alles von Bord zu bekommen, was man zu Geld machen konnte. Ich hatte auch Einiges erlebt und ich brannte darauf meine Einlage mit der Strumpfhose rauszuhauen.

Da konnte ja auch keiner drauf kommen, wer zwängte sich von den Burschen schon in einen Rock? Auch die Unschulds-Klauerei von Nghu rief allgemeine Heiterkeit hervor. So haben wir eben alle ein bisschen rumgeschmuggelt in Vietnam, ohne schlechtes Gewissen und eben immer mit Kribbeln im Bauch. Aber auch unsere Zeit in Saigon nahm ein Ende. Einen letzten Landgang gönnten wir uns noch. Allerdings im strömenden Regen. Diesmal waren wir zu dritt. Ein Maschinenassistent wollte meinen Freund und mich begleiten zu einem letzten Essen im „Rex". Nghu hatte nichts dagegen, dass wir uns zu dritt in die ach so schmale Rickschah drängten und radelte los. Ich hockte zusammengekauert bei meinem Freund auf dem Schoß, der Maschinenassistent daneben. Umgedreht wäre es auch ziemlich blöd gewesen. Der Maschinen-Assi war `ne ganze Ecke größer als ich. Der Wolkenbruch nahm immer mehr zu, was Nghu veranlasste anzuhalten und eine mürbe Regenplane über uns zu decken. Zusätzlich hielt er beim Fahren noch einen altersschwachen, porösen Regenschirm mit einer Hand über uns, während ihn selbst der Regen durchnässte. Was eine Glanzleistung war und fahrerisches Können voraussetzte. Der Gute tat einfach sein Bestes um unsere gute Laune zu erhalten. So brachte er uns sicher zum „Rex" und wir speisten noch einmal fürstlich, bevor wir am nächsten Tag nach Haiphong ausliefen.

Vor Haiphong lagen wir einige Tage auf Reede, was aber auch keineswegs langweilig war. Kurz nachdem wir eingetroffen waren, belagerten uns kleine Fischerboote die irgendetwas von uns wollten.

Wir standen an Deck und brauchten eine Weile, ehe wir verstanden was sie von uns verlangten. Sie wollten tauschen. Und zwar alte Klamotten von uns gegen schöne, große Krebse. Davon hatten sie in ihren wackeligen Booten genug. Schon an der Reling lief uns das Wasser im Mund zusammen. Mit einer Naturfaser hatten sie den lebenden Tieren die Scheren so zugebunden, dass man sie anfassen konnte, ohne gezwickt zu werden. Na, das war ein Geschäft. Wie auf jedem Schiff, so auch auf diesem, war die Putzlappenkiste so voll von Klamotten, wir schwelgten förmlich darin. So ließen wir eimerweise

Lumpen an Seilen auf ihre Boote hinab. Ich sortierte auch einige Sachen von meinem persönlichen Hab und Gut aus um zu tauschen. Und schon rauschten die Eimer vollgefüllt mit schönen, großen Krebsen an Bord. Ich schleppte die Eimer alle in die Stewardessendusche und kippte die Krebse in die Badewanne bis sie halb voll davon war und ließ erst mal Wasser drauf. Dafür wird sich schon Verwendung finden. Den Nachmittag und die Abendbrotzeit krebsten sie in unserer Badewanne und alle überlebten. Ich hatte vergessen der Oberstewardess Bescheid zu sagen, dass die Wanne lebte und voll war. Leider. So stürzte sie nach Ende des Wirtschaftsessens umgetan mit einem großen Badetuch ins Badezimmer, um sich in der Wanne zu duschen. Ein makabrer Schrei zerschnitt die Luft. Die Krebse und ich erlebten diesen Schrei live, da sie in der Wanne hockten und ich genau gegenüber unseres Bades wohnte. Meine Güte. Ich dachte, die sticht einer ab und stürzte ins Bad. Da stand sie und stieß einen spitzen Schrei nach dem anderen aus, starrte auf die Wanne als säßen darin Minizombies.

„He, beruhige dich, das sind nur Krebse. Davon mach ich nachher einen leckeren Salat. Du bist auch eingeladen!", versuchte ich abzuwiegeln. Das war nicht einfach. Nichtsahnend hatte sie das Badezimmer betreten, das Handtuch fallen lassen und schon einen Fuß in die Wanne gesteckt, als sie die Bewegungen unter ihrem Fuß spürte. Wie von Sinnen stammelte sie, ich solle die Monster entsorgen. Heißes Wasser hatte ich schon in der Pantry aufgesetzt, also schleppte ich eimerweise meine schönen Krebse dorthin und brühte sie ab, wobei sie schön orangerot wurden. Und dann knackte ich Scheren und puhlte und puhlte. Schönes frisches Krebsfleisch.

Dass ich mir 'ne ganze Menge damit aufgehalst hatte, merkte ich dann, als es kein Ende nahm. Meine Finger waren schon lange schrumpelig und aufgeweicht, wie alte Brötchen im Wasser, als ich den letzten Krebs bearbeitete. Mit Mayonnaise, Früchten und erlesenen Gewürzen vom Koch, machte ich einen leckeren Salat. Dazu gab es Toastbrot und alle, die mit getauscht hatten, kamen zum Schlemmen und zum Prassen, vernichteten mit riesen Appetit, schneller als meine Pfötchen sich erholten, meinen anstrengenden Zeitvertreib.

Etwas später machten wir in Haiphong fest. Verwöhnt durch Saigon war dieser Ort eine unscheinbare, verdreckte Klitsche, in der wir nicht recht wussten, was wir anstellen sollten. Mein persönlicher Schielewupp Nghu fehlte mir sehr, mitsamt seinem Kreuz-und Querblick und dem halb zahnlosen Lachen. Von wegen Rickschah wie gewohnt, hier stand keine für uns bereit. An Land gingen wir trotzdem und siehe da, man konnte auch hier einiges auftreiben, für was es sich lohnte Geld auszugeben. Teils handelten wir gegen Bier und Zigaretten etwas ein, teils zahlten wir auch mit Geld, da wir davon noch genug hatten. Mein Freund und ich erwarben noch mal zwei große Bilder mit Perlmuttintarsien, obwohl die Alte, die sie verkaufte genauso verschlagen, wie verbuckelt war. Die wollte uns kräftig übers Ohr hauen. Jedoch bemerkte sie schnell, dass mit uns nicht gut verhandeln war und kam uns langsam preislich näher, bis wir unser Ziel erreicht hatten. Die hatte für ihre Verhältnisse mit Sicherheit noch genug Kohle gemacht, um sich hinter unserem Rücken die krummen Gichtfinger zu reiben. Allzu lange lagen wir nicht in Haiphong und es ging bald auf Heimreise. Nächste Station war Hongkong.

39. Kapitel „Eier im Kittel und Turmkauf"

Während der Überfahrt nach Hongkong bekamen zwei Mitreisende die grüne Langeweile. Der Kapitän und der Chiefmate bastelten an einem Streich, den sie wohl für sehr originell und erfrischend hielten. Sie ließen beim Kapitän die Badewanne voll Wasser, schmissen ein paar Eisstangen hinein, schnappten sich die andere Stewardess, als sie beim Reinschiff war und stopften sie ins kalte Wasser. Die fanden das lustig und die Stewardess kicherte. Ich nicht. Zu mir sagten sie, ich wäre das nächste Mal dran.

„Wer sich an mir vergreift, kriegt ein Ei auf den Kopf!", drohte ich und zerrte schon mal kriegerisch an meinem Schürzengürtel. Zwar war das blöd, aber etwas Besseres fiel mir in diesem Moment nicht ein. Das hätte mir noch gefehlt, dass zwei so Spätpubertierende mir in Aussicht stellten, sich an mir zu vergreifen. Insgeheim wünschte ich ihnen gehässig mehrere Bandscheibenvorfälle am Stück, so in loser Folge.

Weil aber meine telepathischen Kräfte nicht ausreichten, das mal flugs in die Tat umzusetzen, war meine erste Amtshandlung nach dieser Ankündigung in die Kombüse zu stiefeln und mir vom Koch vier rohe Eier auszubitten. Der wollte auf Biegen und Brechen wissen, was ich damit vorhatte, aber ich ließ es mir nicht entlocken. Er fuhr mit der Stewardess zusammen, die sie sich gegriffen hatten. Anscheinend hatte sie die Aufmerksamkeit von höchster Stelle wonnig genossen und einfach nichts erzählt.

Ich jedenfalls steckte mir nun jeden Morgen, bevor ich zum Kammerreinschiff in die Offizierskammern ging, in jede Schürzentasche zwei rohe Eier, allzeit bereit sozusagen. Wehe die kamen mir zu nahe. Sollten sie doch zu Hause Jagd auf ihre Weiber machen und die in die Wanne schmeißen. Ich war doch kein Freiwild und ich hatte mir auch nicht: „Mitmirkönntihrsjamachen" auf die Stirn gepinselt.

Komisch, sie ließen mich in Ruhe. Wahrscheinlich hatten sie doch Dampf mir etwas anzutun. Das wäre ihnen während der Reise nicht bekommen und hinterher auch nicht. Auf alle Fälle tänzelte ich mit diesen Eiern Tag für Tag rum, bis ich Pech damit hatte. Ausgerechnet in des Chiefmates Kemenate knallte mir beim Saugen der Staubsaugergriff mit Schisslaweng gegen die Eier, die lose in meiner rechten Schürzentasche baumelten, und die ganze Suppe lief mir die Beine runter auf den Teppich.

Eijeijei! Was für ein Schleim!

Ich hatte so aufgerüstet, tagtäglich, dass ich die Eier schon aus Gewohnheit in die Taschen steckte und nun hatte ich total vergessen, dass sie dabei waren. Keiner hat mich gesehen, als ich in meine Kammer lief, ein Handtuch holte und in die Dusche schlich, um mich zu reinigen.

Den Teppich nahm ich mir hinterher vor. Schwein gehabt, dass die Dinger nicht schon faul waren in meiner warmen Schürzentasche. Schließlich fuhren die Eier auch schon ein paar Tage zur See, die beste Zeit in der Kühllast hatten sie lange hinter sich. Ging ja noch mal gut. Aber ich hatte auch so meine Ruhe.

Dauerte dann auch nicht mehr lange und wir machten wieder vor Hongkong fest. Der Landgang wurde wie immer gerecht aufgeteilt, sodass sich für fast jeden die Gelegenheit bot loszugehen, bzw. mit dem Tenderboot an Land zu fahren. Nun schon etwas vertraut mit dieser großen, schönen Stadt, liefen wir los und kauften schöne, bunte Ansichtskarten, schrieben sie gleich an unsere Eltern und Freunde und schickten sie ab. Das war in jedem Hafen Satz, von überall her Karten nach Hause zu schicken und wir suchten immer die Schönsten aus. Zu Hause staunten immer Alle, wo wir überall herumkamen und Manche fraß mit der Zeit der Neid allmählich auf. Das war schade und dann auch der Grund warum ich einige Kontakte zu Hause bewusst einschlafen ließ.

Wir jedenfalls versuchten in diesen kurzen vier Stunden, die wir Zeit für Hongkong hatten, so viel anzusehen wie nur möglich. Warum die Zeit dann nur immer im Galopp vergeht? Kaum einen Fuß an Land gesetzt, mutierten unsere Armbanduhren zu Stoppuhren und die Zeiger pesten nur so dahin und im Handumdrehen standen wir schon wieder an der Pier, um mit dem Boot zum Schiff zurückzufahren. Glücklicherweise kamen wir öfter mal hin.

Nach Auslaufen Hongkong steuerten wir Singapur an. Jetzt wollten wir elektromäßig zuschlagen. Mir brannte das Geld unter den Nägeln. Es war Fakt: jetzt muss es unter die Chinesen. Lange genug hatten wir gesammelt und gespart.

Mein Freund und ich hatten genug Pinkepinke zusammen, um uns das Beste an Musikanlage zu kaufen. Im Gegensatz zu Westeuropa war es hier vor Ort natürlich viel billiger. Vor allem waren die in Westeuropa noch nicht mal auf dem Stand solche Produkte anzubieten. Ich konnte es kaum noch erwarten.

Endlich vor Singapur fest, stürzten wir wie die Wilden in die Kammer des Funkers, um auch die Ersten zu sein, die ihr Handgeld abholten. Ein paar wenige waren schneller, wir zwei nahmen jedenfalls alles, was wir kriegen konnten und was uns zustand. Und fix an Land um es auszugeben. Zuerst fuhren wir mit einem Taxi zum „Slim-Lim-Tower" und quälten uns mit der Wahl des Gerätes. Weil ich meistens immer an alles denke, dachte ich, Gott sei Dank, an eine deutsche

Bedienungsanleitung, sonst hätten wir alt ausgesehen. Wir bekamen sie und tätigten hochzufrieden unseren Kauf. Da wir noch weiter durch die Stadt wollten, fragten wir auf Englisch, ob wir das Gerät dort solange stehen lassen konnten. Kein Problem. Wir konnten es auf dem Rückweg abholen. Sie waren einverstanden. Ab in die Stadt. Jetzt gaben wir hemmungslos unser restliches Geld aus und ich kaufte und kaufte. Klamotten, was sonst. Einzigartig riesige Kaufhäuser, vollgestopft mit edelster Bekleidung und alles meist erschwinglich. Ich schlug gnadenlos zu und gönnte mir ein paar erlesene Stücke. Wie in Trance herumzuwandeln und einzukaufen, der pure Genuss. Das hier war sprichwörtlich weit hergeholt. Diese Sachen gab es nicht mal eben nebenan. Wir hatten schließlich in Vietnam keinen roten Heller ausgegeben, aber dafür überall eingekauft wie die Fürsten. Seefahrt war einfach nur schön. Es gab Dinge in Singapur, die ich nie zuvor gesehen hatte und für die ich freudig erregt einen Batzen Geld ausgeben musste. Darunter auch grüne, gelbe, blaue und weiße Lippenstifte, die sich nach dem Auftragen in verschiedene Rottöne verfärbten. Die musste ich einfach haben und gleich eine ganze Schachtel voll. Sechs Stück an der Zahl. Ich schwelgte im Kaufrausch.

Diese Stadt hatte es in sich. Sauber, sauber, sauber. Keiner traute sich einen Kaugummi auszuspucken oder eine Kippe fallen zu lassen. So was gab es einfach nicht. Alles akkurat rein. Ich war dermaßen angetan von Singapur, dort hätte ich auch leben mögen, so sehr gefiel es mir. Jedoch die Zeit verging und unser Landgang neigte sich leider wieder einmal viel zu schnell dem Ende zu. Ich musste meine Kauferei abbrechen, da wir noch unsere Musikanlage abholen wollten. Flugs ein Taxi gechartert und ab ging die flotte Luzie.

Das gute Stück stand auch original verpackt für uns bereit und mit Hilfe des Taxifahrers verstauten wir es sicher im Auto. An der Pier angekommen lag auch schon das Tenderboot für uns an Ort und Stelle und die anderen Besatzungsmitglieder waren auch schon alle da. Das Gerät aufs Boot zu bekommen war nicht so schwer, aber als wir am Schiff ankamen, mussten wir von dem Wackelboot auf die Gangway steigen und zu zweit die Riesenkiste die Gangway hochbuckeln. Gar nicht so einfach. Keine Hand frei, um sich festzuhalten und ich noch mit Tüten ums Handgelenk bepackt, war das schon ein künstlerischer

Kraftakt. Wir schafften es mit ziemlich viel Mühe und hatten unsere Errungenschaften glücklich, aber ziemlich erledigt, an Bord. Allerdings hatte ich keine Zeit irgendetwas auszuprobieren, da ich das Abendbrot eindecken musste. So beschlossen mein Freund und ich das Gerät danach anzusehen. Dabei blieb es, die Zeit war knapp bemessen. Ich hüpfte schnell in meine Messemontur und fegte los. Ich war ja auch so gespannt, ob alles funktionierte. Schließlich konnten wir das Gerät nicht reklamieren, denn wir liefen aus und wer wusste schon wann wir wieder nach Singapur kamen? Das war eben das Risiko. Gekauft wie besehen und los damit. Beanstandungen konnte man in solchen Fällen nicht gültig machen. Wir schleppten das Ding schließlich durch sämtliche Meere und über den großen Teich nach Hause. Sowie das Abendbrot vorbei war, machten wir uns dann endlich daran das Gerät zu testen. Es funktionierte. Alles. Einfach perfekt. Ein toller Sound, wir drehten erst mal auf, dass die Hütte bebte. Zuschauer sammelten sich an und staunten, ebenso wie wir. Ein sehr guter Kauf. Spielend leicht zu bedienen. Es stellte sich heraus, einer unserer Kollegen hatte sich das gleiche Teil gekauft. Leider aber mit einer fremdartigen Bedienungsanleitung. Der hatte aber Glück, dass wir darauf geachtet hatten die Bedienungsanleitung in Deutsch zu verlangen. So profitierte er auch davon und konnte sein Gerät ebenso einstellen wie wir. Er versuchte später in Westeuropa eine Anleitung in Deutsch zu bekommen, aber er musste erfahren, dass die Geräte, wie schon gesagt, dort noch nicht im Handel waren. Er bekam keine dafür. So waren wir der Technik in Westeuropa einige Schritte voraus mit unseren Anlagen.

40. Kapitel „Piraten, rote Lippen und Spaghetti"

Wir befanden uns auf Rückreise und wurden genau wie auf Hinreise auf einer Bordversammlung wiederholt darüber unterrichtet, dass wir uns im Moment in piratengefährdeten Gewässern aufhielten.

„Haltet Augen und Ohren offen und guckt auch mal alle übers ganze Schiff. Nicht nur die Wachen, alle haben aufzupassen. Wir sind mitten drin.", belehrte uns der Kapitän abschließend.

Und tatsächlich war es an dem. Die moderne Piraterie konnten wir teilweise mit eigenen Augen verfolgen. Die rasten mit ihren ungeheuer schnellen Booten des Öfteren in Sichtweite vorbei. Genug Vorfälle hatte es in diesen Gewässern gegeben, sodass wir noch einmal eindringlich belehrt wurden.

Auch Schiffe der Reederei sind in diesen Gewässern angegriffen worden und auf MS „Querin", auf der ich die Reise zuvor gefahren bin, konnte man die Einschüsse der Maschinengewehre in den Aufbauten noch erkennen. Später schrieb man darüber: „Piraten griffen MS „Querin" außerhalb der maledivischen Hoheitsgewässer an. Sie kamen mit einem kleinen Boot, schossen mit Handfeuerwaffen und forderten zum Stoppen auf. Der Kapitän erhöhte die Geschwindigkeit, fuhr „zick-zack" und verursachte einen „Seegang", der das Boot zum Abdrehen zwang."

Trotz üblicher Sicherungen kamen Diebe an Bord, wenn Schiffe auf Reede oder im Hafen lagen, um verschiedene Dinge in bereitliegende Boote zu bringen. Solche und ähnliche, aber auch schwerere Angriffe nahmen zu. Daher war am 16. Dezember 1983 eine Dienstanweisung der DSR an die Kapitäne über „Piraterie und bewaffnete Überfälle auf Handelsschiffen" erschienen, in denen genaue Hinweise über Verhalten und Abwehrmaßnahmen gegeben wurden.

Ungefährlich war es teilweise dennoch nicht.

Ich für meinen Teil schwelgte noch in den schönen Erinnerungen unserer Landgänge und erfreute mich an all den schönen Dingen, die ich erworben hatte.

Unter anderem auch an meinen Lippenstiften, die ich auch gleich ausprobierte. Unsere Oberstewardess war auch völlig fasziniert, dass diese Lippenstifte von Grün auf Rot die Farbe wechseln konnten und bat mich mal einen ausprobieren zu dürfen. Ich hatte nichts dagegen und lieh ihr, bevor wir das Abendessen servierten, einen meiner Prachtstücke aus. Diese Stifte brauchten natürlich etwas Zeit, um sich zu verfärben, sodass man im ersten Moment nicht sah, ob man die Lippen genau getroffen hatte, bevor sie nachdunkelten waren sie praktisch farblos. Sie setzten einige Übung voraus und am besten keinen Seegang. Ich sah unsere Oberstewardess erst beim Bedienen in der Messe wieder und sie wunderte sich, was alle so erheiterte. Bei einem Blick in ihr Gesicht war mir der Grund schon klar. Sie hatte blind drauflos gemalt, weil die Stifte eben am Anfang farblos wirken und dabei hemmungslos über die Lippenränder geschmiert. Jetzt war sie rund um den Mund weinrot verfärbt. Ich hatte vergessen ihr zu sagen, dass so ein Lippenstift nicht abzuwischen geht und mindestens acht Stunden sichtbar hält. Alles grölte und amüsierte sich, sie sah aus wie ein Clown, der sein Gesicht gerade aus Holunderbeermarmelade zieht.

„Guckt mal, die Omi hat wild rumgeknutscht. War wohl ´n Kannibale, dass du so blutverschmiert aussiehst, was?"

Mir tat es leid. Ich hatte nicht die Absicht sie zum Gespött zu machen. Für Männer ist es allerdings eine besondere Belustigung, wenn so wenig weibliche Wesen vorhanden sind und dann blamiert sich noch eins davon. „Mann" konnte so schön fies und schadenfroh das Messer in der Wunde drehen. Sie hatte aber Glück, es war ja nur das Abendbrot, was sie durchzustehen hatte. Der Tag war fast vorbei und somit hatte sie die ganze Nacht Zeit ihr Gesicht zu schrubben und sich wieder zu entfärben. Außerdem musste sie selber über ihren Anblick lachen, so humorlos war sie nicht. Ich liebte diese Lippenstifte weil sie eben solange hielten. Später gab es sie in Westeuropa auch als „denkende Lippenstifte".

Jetzt auf Heimreise trudelte sich wieder alles Alltägliche ein, jeder ging seiner Arbeit nach und wir von der Wirtschaft gingen nachmittags wieder an den Swimmingpool, räkelten uns genüsslich unter tropischer Sonne und planschten im Meerwasser. Abends wurde geredet und Spiele gespielt, getrunken und gelacht und solange das Wetter es erlaubte, hielten wir uns dabei an Deck auf. Wir veranstalteten einige Barabende und einige Grillabende, um uns bei Laune zu halten. Gute Laune herrschte vorwiegend und so ging alles seinen Gang.

So schipperten wir allmählich Richtung heimwärts und vergnügten uns auf unsere Weise.

Der Suez-Kanal wurde „handelnd" passiert und es stellte sich allmählich wieder eine kühlere Atmosphäre ein. Langsam begann auch schon wieder die Grübelei, wie man seine Ware durch den Zoll bekam und auch noch durchs Hafentor. Obwohl noch genügend Zeit war bis nach Hause, machten wir schon unsere Pläne und zerbrachen uns den Kopf, ob wir alles unbescholten durchkriegen würden. Etwas Seegang stellte sich dann auch ein und der traf uns während der Mittagszeit, als wir gerade unseren Job taten und die Mannschaft sowie die Offiziere bedienten.

Laut schwarzem Brett waren „Spaghetti Bolognese" angesagt. Wir Stewardessen, sowie die Oberstewardess waren immer rechtzeitig in der Pantry, um vorher noch mal abzuschmecken, was wir denn servieren sollten, so standen wir wieder mit unseren obligatorischen Schälchen parat, als der Koch das Essen mittels Fahrstuhl in die Pantry nach oben beförderte. Unsere „Peng-Marie" war heiß, sodass wir die fertigen Speisen hineinstellen konnten. Wir räumten wie üblich alle Töpfe, die im Fahrstuhl standen dort ein. Die „Peng –Marie" war ein großer Behälter ähnlich einer Wanne, die man mittels Knopf wie einen Herd anstellte und vorher mit Wasser füllte, welches die Gerichte heiß hielt. Dahinein setzten wir die Töpfe und nachdem dies geschehen war, musste gekostet werden. Wir schnappten unsere Schälchen, das taten wir zu jeder Mahlzeit, und schmeckten ab. Das war natürlich überflüssig, weil man, wenn das Essen oben war, daran sowieso nichts mehr ändern konnte, es war fertig. Entweder schmeckte es oder nicht. In diesem Fall schmeckte es und wir befanden es einheitlich für gut. Es konnte serviert werden. Die Messen füllten sich, der Dampfer schaukelte und unsere Oberstewardess füllte einen Teller auf.

251

In diesem Moment, als sie gerade die Pantry verlassen wollte, mit vollgefülltem Teller, holte der Dampfer über, die „OMI" bekam Rückenwind, raste mit dem Teller und verzerrtem Gesicht wild drauflos, konnte leider nicht bremsen, stürzte mit Karacho in die O-Messe, prallte gegen die Wand und klatsch, war von oben bis unten behangen mit Spaghetti Bolognese aller erster Güte. So kann man mit kaum Talent, die Massen aus der Depression holen. „Mann" schüttelte sich vor Lachen und freute sich wieder einmal offen und ehrlich, wie eben nur Männer es am liebsten tun. Die hocken alle auf ihren Stühlen, können sich an der Tischkante festkrallen, haben feuchte Tischdecken vor sich, (wenn es schaukelte, gab es Tischdecken und wir gossen sie mittels Gießkannen nass, da blieb alles schön stehen und drauf haften) damit nichts runterfällt und erfreuen sich an dem skandalösen Ausrutscher einer einzigen Person. So ein Remmidemmi. Klar war es lustig, als sie auf dem Weg zur Messe ihr Standbein verlor, aber so gehässige Ausschreitungen musste es deshalb nun wirklich nicht geben. Doch so ist das Menschenvolk, es lauert nur auf schlechte Schicksalsschläge seiner Mitmenschen. Unsere „OMI" sah im Moment übel dekoriert aus, aber appetitlich, Spaghetti an Spaghetti, praktisch auf der Vorderfront von oben bis unten, sah sie zum Anbeißen aus. Wenn man auf Spaghetti stand. Sie war erst einmal unfreiwillig außer Gefecht gesetzt und musste sich zwischendurch reinigen. Wir übernahmen die O-Messe mit, sodass die Lachbrüder noch ihren Teil Spaghetti abbekamen. Verdient hatten sie es nicht. Aber auf den Schiffen der DSR verließ auch keiner hungrig den Tisch, satt essen konnte sich jeder. So war es auch in diesem Fall. Satt und überaus belustigt verließen sie die Tische.

Doch diese Reise neigte sich langsam dem Ende zu. Es folgten noch ein paar Häfen in Westeuropa. Das übliche. Wir verplemperten unser restliches Geld und freuten uns langsam auf zu Hause, obwohl sich doch wieder massive Ängste vor dem Zoll rührten. Auf einer unserer fast täglich stattfindenden Zusammenkünfte, erzählte uns ein Matrose, dass er aus Angst vor dem Zoll auf Reede Rostock schon so einige Elefanten versenkt hätte. Über die Stränge geschlagen, hatte er mehr eingehandelt als zu vertreten war und bevor sie ihn erwischten, hatte er sie bei Nacht und Nebel durchs Bulleye geschickt und mit Sicherheit lagerten die noch dort.

„Irgendwann mache ich `nen Tauchkurs und dann zerre ich die edlen Viecher wieder vom Meeresgrund", kündigte er uns an. Jo, mach du mal `n Tauchkurs!

Ein paar Zweifel beschlichen mich schon hinsichtlich meiner Errungenschaften, jedoch brachte ich es nicht übers Herz, nicht mal in Gedanken, mich von meinen erlesenen Käufen auf diese Art zu entledigen. War doch nur Keramik. Nirgendwo stand da eine Grenze, die man in der Menge nicht überschreiten durfte. Das ganze Gerümpel hatte ich mit viel Überlegung zusammengeschachert und nun aus Angst mich davon zu trennen, erschien mir ein Unding. Ich schmuggelte und tauschte doch nicht wie eine Wahnsinnige unter Einsatz meines Seefahrtsbuches, um dann doch alles von Bord zu schmeißen. Spielt sich gar nichts ab. Alles was in meiner Kammer ordentlich verstaut stand, hatte ich mühevoll erworben und das musste mit nach Hause wie geplant. So ließ ich mir nicht bange machen und hoffte auf freundliche, verständnisvolle Zöllner, die mich mit meinem Hab und Gut in Frieden ziehen ließen. Da gab es doch wirklich `ne ganz andere Problematik, um die die sich kümmern sollten, als um meine Elefanten. Der Zoll war auch eigentlich mehr auf andere Sachen aus. So zum Beispiel auf unsere Transitzigaretten und den billig eingekauften Schnaps. Was wir immer versuchten mit nach Hause zu nehmen. Das wir die Lautsprecher in den Messen abschraubten und darin unsere Transitzigaretten versteckten, da kamen die auch nicht drauf. Und so gab es noch mehr andere wirklich sichere Verstecke.

Das Einlaufen klappte wie geplant. Alles stimmte und das Schiff war fest.

„Alle Besatzungsmitglieder haben sich auf ihre Kammern zu begeben, der Zoll ist an Bord!", klang es durch die Lautsprecher. Mit klopfendem Herzen und immer so entsetzlich allein in diesen paar Minuten, saßen wir wiedermal in der Kammer und warteten. Dann ein Klopfen, das Schott ging auf und der Zoll trat ein, einen Blick ins Seefahrtsbuch, auf Wiedersehen und weg waren sie. Meine Nerven.

Geschafft. Nun noch das Warten auf die nächste Durchsage und sie kam.

„Das Schiff ist freigegeben, der Zoll ist von Bord."

Und wieder flogen die Schotten auf, alles freute sich davon gekommen zu sein.

Mir fiel ein, dass wir die Reise zuvor in Liverpool mit dem Zoll so einige Probleme hatten, das heißt mit der „Schwarzen Gang". Die kam kurz vor Auslaufen an Bord und entdeckte damals im Maschinenraum einige versteckte Flaschen Whisky. Da ich mit meinem gebrochenen Zeh in meiner Kammer hockte, erfuhr ich erst bei einer dringend einberufenen Bordversammlung worum es ging. Doch ich wunderte mich schon vorher, dass die „Schwarze Gang" auf dem Schiff auftauchte und auch so intensiv meine Kammer durchsuchte und selbst vor meiner Schublade mit den Frauenhygieneartikeln nicht Halt machte. Auf der Bordversammlung verlangte damals der Kapitän die Namen der Schuldigen, die den Whisky versteckt hatten und erklärte uns, wenn sich keiner melden würde, dürften wir nicht auslaufen. Das war eine ziemlich haarige Sache. Nach einigem Zögern meldeten sich die Schurken, denn es ging ja um Liegezeiten in Liverpool und um richtig viel Geld. Diejenigen wurden dann auch bestraft mit Eintragungen in ihrer Kaderakte und noch einigem mehr, worüber wir nicht informiert wurden. Es war also nicht ohne, wenn man krumme Dinger vor hatte. Umso mehr freuten wir uns nun, dass wir all unsere mühseligen Tauschgegenstände und Einkäufe glücklich durchgebracht hatten. Es taperte auch gleich einer durch den Hafen, um die Besuchserlaubnisscheine zum Hafentor zu bringen. Denn die Verwandten und alle, die jemanden abholen oder besuchen wollten, warteten schon am Hafentor, um mit diesem Schein den Zoll passieren und das Schiff betreten zu können. Meine Eltern hatte ich per Telegramm informiert, wann wir einlaufen würden und dass diesmal eine Menge abzutransportieren war.

So warteten sie auch mit dem Auto und einem Anhänger am Hafentor, um uns abzuholen. Für einen PKW brauchte man noch extra einen Schein, den ich sorgfältig ausgefüllt hatte und der nun ebenso parat lag. Also konnten meine Eltern mit dem Auto in den Hafen bis vors

Schiff fahren. Da wir gegen Abend eingelaufen waren und das Abendessen an Bord beendet war, konnte ich auch nach Hause fahren, ebenso mein Freund, der wachfrei hatte. Es dauerte auch eine gute Weile, ehe wir all unsere Utensilien von Bord gebracht hatten, um sie im Auto sowie Hänger zu verstauen. In diesen Momenten redeten wir nicht all zu viel über unsere Erfolge, noch hatten wir das Problem sicher durchs Hafentor am Zoll vorbei zu kommen.

Auf dem Schiff sind wir nicht gefilzt worden, aber es stand uns wie immer noch der Zoll am Hafentor bevor und das war auch nicht auf die leichte Schulter zu nehmen, da wir jetzt unsere Schmuggelzigaretten und den Schnaps aus unseren Verstecken geholt hatten. An Bord ist nichts davon entdeckt worden und selbst wenn, es stand kein Name drauf. Aber am Hafentor beim Zoll war das anders. Es war das Auto meines Vaters und was darin war gehörte eindeutig uns. Noch mal Anspannung, noch mal Herzklopfen und durch damit. Ich dachte immer: „Gleich piesch ich mir ein!", doch das Wunder geschah ein zweites Mal. Sie guckten nur in die Seefahrtsbücher und Besuchergenehmigung und winkten uns durch. Zu Hause Sekt her und feiern. DAS hatte sich gelohnt!

Dort angekommen räumten wir das Auto leer und stellten alles vor den Fahrstuhl. Die Leute die uns begegneten, guckten erstaunt auf all die schönen Töpfe, Elefanten und Pflanzen und fragten, ob wir eine Ausgrabung gemacht hätten. Zweimal wurde der Fahrstuhl vollgepackt mit all unseren Sachen, denn wir sind komplett abgestiegen. Es war November und wir hatten uns entschieden die nächste Reise nicht mitzufahren auf diesem Schiff und Weihnachten zu Hause zu verbringen.

Es war eigentlich mein Wunsch. Nach den drei Jahren, die ich mit meinem Freund zusammengefahren bin, hatte ich endlich gemerkt, dass wir eigentlich überhaupt nicht zusammen passten. Egal wer er war und wie er war, ich hatte mich entschlossen mich von ihm zu trennen und das wollte ich auf keinem Fall auf See tun. Es war meine Entscheidung und es betraf nur uns beide und deshalb hatte ich keine Lust es an Bord auszufechten. Es wäre keine faire Lösung gewesen.

Einfach war es nicht. Doch irgendwann kamen wir zu einer Einigung und wir teilten unser zusammen Erworbenes und trennten uns.

Bis Anfang des Jahres erholte ich mich zu Hause, dann bekam ich einen neuen Einsatz.

Mein Ziel war es Asien näher kennen zu lernen. So kam mir die nächste Reise mehr als entgegen, da ich einen Einsatz auf einem Schiff bekam, was nach China, besser noch Shanghai, in die Werft gehen sollte. Wieder Aufregung und Vorfreude auf das was da kommt. Ein neues Schiff, neue Leute, neues Ziel. Wieder der Suez-Kanal, Singapur, Hongkong, dann China-Shanghai. Was kann schöner sein? Diese ewige Spannung, was passiert wann und wo? Einzigartig. Ich freute mich dermaßen auf diese neue Reise. Mich hielt nichts mehr. Ich kaufte wieder ein, was ich benötigte und war aufgeregt, wie vor jeder Reise. Immer etwas Neues. Toll, so was zu erleben und mittendrin zu stecken. Diesmal erfuhr ich beim Rumhören, dass nichts mit Schmuggelware drin war, also keine Vorbereitungen nötig waren wie vor der Reise nach Vietnam. Keiner wollte in China Florena-Creme, noch waren sie dort scharf auf Fotopapier. Dort konnte man Geld gut tauschen und in Friendship-Stores einkaufen. Alles kein Problem. Somit war ich in meinen Vorbereitungen um einige Anschaffungen erleichtert. War ganz angenehm nicht ständig auf Jagd zu gehen nach Raritäten, die im Ausland heiß begehrt waren. Diesmal brauchte ich mich nur um meine Klamotten und Pflegeartikel zu kümmern, sowie um meine Nähmaschine, Fernseher, Recorder und das war's. Nachdem ich das Schiff von außen gesehen und dann betreten hatte, stand fest es war ein schönes Schiff. Moderne Kammern, gut eingerichtet, alles anders und moderner, als auf den Schiffen zuvor. Meine Kammer war wirklich schön, auch geräumig und die Dusche in unmittelbarer Nähe. Ich wohnte Vorkante Aufbauten, hatte also den Blick geradeaus übers ganze Schiff und zwei viereckige Fenster! Die Messen waren auch passabel.

Diesmal war alles anders. Auf diesem Schiff fuhren wir in der Wirtschaft mit drei Stewardessen, eine Oberstewardess, Koch und Bäckerin. Ich war nun die ganze Zeit laut Seefahrtsbuch als Wirtschaftshelfer rumgejokelt, obwohl es die Arbeiten einer

Stewardess waren, die ich verrichtete. Jetzt wollte ich aus diesem Grund meine Stewardessenprüfung machen und meine Heuer eine ganze Ecke in die Höhe treiben. Meine neue Oberstewardess unterstützte meinen Plan und kündigte bei der Wirtschaftsabteilung an, dass jemand kommen möge, um mir die Prüfung auf dem Schiff abzunehmen. Prompt kam eine Abgesandte der Wirtschaftsabteilung. Ich musste einen Tisch eindecken mit allem drum und dran, Fragen über das Kellnern beantworten und machte anscheinend alles perfekt, denn ich hatte die kurze Prüfung bestanden. So, nun war ich endlich erst mal Stewardess. Die Oberstewardess war ein Pfundsweib und von Anfang an Kumpel und Freundin, wir verstanden uns prima. Sie war immer lustig drauf und wir zwei albernen Hühner hatten vom ersten Augenblick, bis zum Ende dieser Reise ständig was zu lachen. Da wir mit drei Stewardessen unterwegs waren, teilte sich diesmal auch die Arbeit anders ein. Im wöchentlichen Wechsel hatte eine Pantrydienst für beide Messen, eine Messedienst in der Mannschaftsmesse und die dritte Kombüsendienst und Gänge-Reinschiff. Dazu für jede natürlich, wie auf all den anderen Schiffen auch, Kammerreinschiff in den Offizierskammern. Außer die Kapitänskammer, die war Sache der Oberstewardess, sowie auch die O-Messe. Auf dieser Reise hatten wir auch eine mitreisende Ehefrau vom 1. NO, dem Chiefmate, mit. Das war eine ganz liebe, nette und wir freundeten uns sehr schnell mit ihr an, da sie auch dermaßen hilfsbereit war und in der Messe, Pantry und Kombüse half, wo sie nur konnte. So hatte sie nicht eine Minute Langeweile, weil sie ständig mit irgendetwas beschäftigt war.

Es gab wirklich nicht viele von diesen glücklichen Ehefrauen, die eine Reise mitmachen durften. Der Mann musste schon einige Jahre gefahren sein und im besten Falle musste ein Kind vorhanden sein, dass bei Mitreise der Ehefrau zu Hause irgendwo untergebracht wurde, um eine Rückkehr der beiden Eheleute zu garantieren. Als Pfand sozusagen. Ich selbst hatte einmal angefragt, wie es denn wäre, wenn ich meine Mutter mal mitnehmen möchte. Ich erfuhr, dass ich in diesem Fall mindestens zehn Jahre Fahrenszeit hinter mir haben müsse, um einen Antrag auf Mitreise für meine Mutter stellen zu dürfen. Da wäre ich dann schon mal locker Schiffsoma, bevor ich meine Mutter mit auf den Trip nehmen durfte. Ob es tatsächlich so war, weiß ich nicht genau, jedenfalls bekam ich diese Auskunft.

41. Kapitel „Die Oberstewardess, beste Kumpel wo gibt, ein Bootsmann verschwindet, der Pope so was von penetrant"

Nach Aufsteigen auf MS „Wandertal" wurden alle nötigen Vorbereitungen zum Auslaufen getroffen. Das Schiff wurde ausgerüstet, alle fanden sich schnell in ihre Aufgaben ein und nach Auslaufen Rostock ging es erst einmal durch den Nord-Ostsee-Kanal Richtung Hamburg, wo wir einen Tag verbringen sollten. Ich lechzte schon wieder nach Landgang in Hamburg. Meine Freizeit lag auch so, dass es sich einrichten ließ. Ich schloss mich dem E-Mix und einem Matrosen an. Auf dem Fährboot befanden sich auch der Bootsmann und zwei weitere Matrosen. Die drei hüpften ziemlich eilig von der Fähre, so gingen sie vor uns an Land. Mit schnellen Schritten erreichten sie das Zollhäuschen und wir sahen, wie der Bootsmann es betrat. Durch die Glasscheiben konnten wir beobachten wie er den Mann in Uniform anschnackte.

„Wasmachtderdenndaverflixtnochmal?", entfuhr es mir erstaunt in einem Wort, so war ich von den Socken, als ich das sah. „Der latscht so mir nichts dir nichts rein zum Klassenfeind und quatscht den an! Das ja gediegen. Da stimmt doch was ganz und gar nicht."

„Sieht ganz danach aus", Lars, der Matrose klang ganz ungeduldig, „kommt, lasst uns zusehen, dass wir Land gewinnen, sonst ist es womöglich aus mit unserem Landgang."

Der E-Mix guckte auch ganz konsterniert und kriegte so`n Fluchtblick. So eilten wir am Zoll vorbei Richtung Innenstadt und überlegten nicht mehr lange, was wohl der Bootsmann für ein Spiel spielte. Er war neu auf dem Schiff, so wie viele von uns, und damals wie heute erinnere ich mich nur an seine dunklen Locken, denn ich hatte ihn nur einmal in der Messe beim Frühstück bedient. So vertraut waren wir uns alle noch nicht.

Ich hatte einige DM im Voraus beim Funker aufgenommen, um mich in Hamburg mit der nötigen Kosmetik auszustatten, die ich für diese lange Reise brauchte. Als wir drei nach unseren Einkäufen wieder auf dem Schiff ankamen, war alles in Aufruhr und die Besatzung wuselte aufgeregt durcheinander, angesichts der rotzfrechen Republikflucht. Wir erfuhren, dass der Bootsmann im Zollhäuschen darum gebeten hatte, Bürger der BRD werden zu können und von Seiten der BRD gab es da keine Probleme. Er war **sofort** nach seiner Bitte **Bürger der BRD**! Der war mal eben ganz flott vor unseren Augen „abgehauen"! „Nübergemacht"!!! Flutsch, so einfach geht das, ab zum Klassenfeind und der sprach praktischerweise auch noch Deutsch. Die beiden Matrosen, die bei ihm waren, sind geistesgegenwärtig in das Gebäude der DDR Vertretung gelaufen und haben sofort diese Flucht gemeldet. Für die war natürlich der Landgang zu Ende. Sie wurden sofort zurück aufs Schiff gebracht, um dem Kapitän Meldung zu machen. Das hatten die nun von ihrer Ehrlichkeit. Keinen Landgang. Da waren wir schon besser dran. Wir hatten jedenfalls eingekauft. So, aber jetzt sollten wir dem Kapitän erzählen, was sich zugetragen hatte. Viel wussten wir nicht, nur eben, dass er das Zollhäuschen betreten hatte. So wurden wir wieder entlassen. Später erfuhren wir, dass der Kapitän und der Politoffizier seine Kammer durchsucht hatten. Dort fanden sie nur zwei große Reisetaschen dick gefüllt. Aber als sie diese öffneten, waren beide Taschen voll mit zerknülltem Zeitungspapier. Also keine spontane Flucht, sondern von langer Hand vorbereitet. Er ließ nichts Wertvolles zurück. Nicht einmal Kleidungsstücke. Denn er hatte gar nichts mitgebracht, um sich lange an Bord aufzuhalten. Angeblich ließ er in der DDR eine Frau, zwei kleine Kinder und ein halbfertiges Haus zurück. Ob das an dem war, weiß ich nicht. Wir waren in den paar Stunden nicht miteinander ins Gespräch gekommen. Solche Fälle kamen häufiger vor, als ich dachte, bloß man verschwieg uns derartige Sachen, sicherlich um einer Fluchtepidemie vorzugreifen. Erfahren hat man es nur durch Hörensagen.

Doch diesmal hatte ich es miterlebt. Ich wusste nicht, ob ich seinen Mut bewundern sollte. Denn wenn er wirklich Familie hatte, war es ein großes Risiko, ob er sie jemals wiedersehen würde.

Der war jedenfalls wech.

Ziemlich schnell sogar.

Trotzdem lief das Schiff planmäßig aus, Richtung Singapur. Nur Wasser, dazwischen der Suez-Kanal. Allmählich machten wir uns alle näher bekannt und alles in allem war es eine nette Besatzung. Uns, als Wirtschaft, war der Pope (Politoffizier) ein Dorn im Auge. Natürlich hatten wir wieder so nen Politischen dabei. Der gehörte einfach zum Inventar. Regelmäßig wenn wir unsere Mahlzeiten einnahmen, nachdem die übrige Besatzung die Messe verlassen hatte, schlich er sich wie eine schmierige Raubkatze lautlos, fast auf Zehenspitzen in die Mannschafts-Messe und hockte sich mit an den Tisch, plopp und da hockte er mittemang, wo er notorisch unsere Zigaretten schlauchte und so tat, als wären wir eine einzige, große, sich liebende Kommune.

Stets war er der Annahme was besonders Pfiffiges erwähnt zu haben, penetrant und speckig schmunzelte er vor sich hin und in sich rein. Er war stets bemüht.....! Tja.

Der war zäh wie Schneckenschleim und glotzte einem immer so gemein mitten ins Gesicht. So von ganz nah. Anscheinend ständig von Langeweile getrieben, kroch er lang und schlacksig übers Schiff und war immer dort, wo er am meisten störte. Danny, die Oberstewardess, und ich konnten uns daran unheimlich hochziehen. Der kriegte von uns Spitzen, wo er ging und stand. Aber sein Horizont spielte nicht mit, sodass alles an ihm abprallte, was ihn eigentlich an Boshaftigkeit unsererseits treffen sollte.

Im Gegenteil. Immer dämlich vor sich hin grinsend, freute sich der Kippenschlaucher noch über unsere Gemeinheiten, zockte unbeirrt weiterhin unsere Zigaretten, die wir schon von der Back rissen, wenn sich nur sein Schatten zeigte. Wahrscheinlich ungepflegt von Hause aus, trug er stets dieselbe Jeans, deren ursprüngliche Farbe nicht mehr zu identifizieren war und die er mit Sicherheit gleich hinter die Tür stellte, wenn er sich aus ihr schälte. Seine Frisur war ebenso eine Wonne und jedes seiner dunklen Haare klebte ordnungsgemäß und schmierig, Strähne an Strähne, auf seiner Fettbirne. Dagegen kann man doch was tun! Ständig hatte ich das Gefühl, ich steck mich bei dem mit irgendetwas an. Ganz komisch, aber manche Menschen sind eben sooo. Man kann sie sich einfach nicht schön reden.

Ich hatte mir angewöhnt den Besatzungsmitgliedern die Haare zu schneiden, was sehr lukrativ war, weil ich als Gegenleistung eine Flasche Sekt verlangte. Mir graulte vor dem Tag, an dem mich der Pope fragen würde, wann ich ihm die Haare schneide. Noch mehr graute mir vor meiner Antwort auf diese Frage! Irgendwie schaffte ich es der Angelegenheit zu entgehen. Doch hatte ich den alten Zausel unterschätzt.

Ich war mit Kombüsendienst und Gänge-Reinschiff beschäftigt. In dieser Woche halfen wir morgens in der Kombüse, nach dem Mittagessen reinigten wir die Gänge und hatten dann früher Feierabend, da wir den Nachmittag durcharbeiteten.

Fegen, Feudeln, Wischen mit Bohnerwachs, Bohnern, Aschenbecher leeren. Es war eine Lust. Besonders das Bohnern am Ende. Dafür gab es eine elektrisch betriebene Maschine, die groß und schwer war und die mich immer problemlos klein kriegte. Sooft ich versuchte zu bohnern, sooft scheiterte ich. Nicht ich bohnerte, es bohnerte mich! Erst recht bei Seegang. Jedoch egal welche Richtung und ob ich hinter der Maschine herlief, oder sie hinter mir her rutschte, irgendwann glänzte es eben und nur darauf kam es an.

Meinen Wassereimer zum Wischen hatte ich schon den Niedergang hochgeschleppt und ich lief wieder runter, um mich mit Schrubber und Feudel zu bewaffnen.

Als ich wieder nach oben kam, hatte jemand den Henkel meines vollen Wassereimers gelöst, ihn um den Handläufer gelegt und wieder am Eimer befestigt, sodass der Eimer vollgefüllt mit Wasser am Handläufer baumelte.

Jetzt hatte ich ein Problem! Ich konnte unmöglich den Henkel mit einer Hand lösen und den Eimer mit der anderen Hand halten, um ihn wieder abzuhängen, ohne den Gang zu fluten und nass zu werden. Dermaßen wütend stand ich davor und überlegte, wer wohl zu so einer Sauerei fähig war. Nach einer Weile glotzte der Pope süffisant grinsend aus seiner Kammertür. Dafür alleine hätte ich schon eine Kalaschnikow in Anschlag bringen können. Also der war es. Natürlich war der auch noch so dämlich, um nicht zu verpassen, wie ich reagiere, sich selbst zu verraten. Völlig aufgebracht lauerte ich solange, bis er aus seiner Kammer schlich, riss den Eimer vom Handläufer und kippte ihm mit Schwung das ganze Wasser auf seine blöden Popenfüße. Der glupschte mich richtig entgeistert an.

Sein Grinsen war auf wunderbare Weise verflogen. Na endlich!

„Was machen Sie denn da? Sind Sie übergeschnappt?", der war richtiggehend geschockt.

„Ich übergeschnappt? Der Eimer ist übergeschwappt! Irgend so ein Rindvieh hat mir die Pütz dorthin gehängt. Sie haben doch gesehen, dass es schwierig war sie abzubekommen. Außerdem haben sie nun endlich einen Grund ihre Hose zu waschen und die Socken dazu. Steht ja alles schon von alleine!"

Laut lachend schmiss ich den Feudel in die Bescherung, dass es noch mal wonnig an ihm hoch spritzte und ging daran mein Werk wieder aufzuwischen.

Wer anderen eine Grube gräbt, jaja. Der sah zu, dass er politisch einwandfrei tropfend in seine Hütte kam. Schmierseife wäre die Lösung, direkt vor seiner Bude aufgetragen, da hätte er den Niedergang im Flug genommen. Von wegen Langeweile, dagegen kann man schon was tun. Außerdem war sein Humor derartig grottenschlecht und dunkelschwarz, so kriegt man doch keine Freunde!

Der hatte tatsächlich noch 'ne zweite Hose mit, die nun endlich mal das Tageslicht erblickte bevor die Liegefalten porös wurden. Ich ging erst mal zu Danny, um ein Bier zu trinken und um seine missglückte Attacke auszuwerten. Schlimm war nur, dass er genau neben ihr wohnte. Guckten wir mal aus dem Bulleye, schob er auch gerade seine Fettglatze durch seines, grinste verschlagen wie eine tollwütige Hyäne und fragte, ob er mal auf 'ne Zigarette rüber kommen könne.

Nee konnte der nich!

„Mach bloß schnell das Schott dicht", giftete Danny, „den wollen wir hier nicht haben. Der will uns nur wieder so gemein ins Face glotzen."

Wir waren nicht ausgezogen das Fürchten zu lernen!

Hinter der verschlossenen Tür in uns hinein kichernd, reagierten wir nicht auf sein Klopfen, bis er sich wieder davon machte. Eigenartigerweise hielt er sich trotz unserer Fiesigkeiten anscheinend für unwiderstehlich, dabei hatte er mit seinem buschigen Schnurrbart das Aussehen einer heruntergekommenen Robbe, die ständig im Alkoholsumpf steckt. Seine restlichen Vorzüge, wer auch immer sie dafür halten sollte, habe ich schon eingehend beschrieben. Also seine Unverfrorenheit resultierte wahrscheinlich aus seiner sinnlosen Selbstüberschätzung, für die keiner an Bord Verständnis hatte. Mir trug er doch im besagten Wasser-Falle Überstunden ein, denn ich hatte alles wieder zu trocknen. Bloß er war der Pope und egal wie, das kostete er eben aus, da Leute in seiner Position sogar das Privileg hatten einen Kapitän abzusetzen, wenn er politisch nicht mehr tragbar war. So sah es aus. Und er war sich seiner Kompetenzen anscheinend voll bewusst. Die hatte er wahrscheinlich auswendig gelernt. Auch wenn wir dies nicht für möglich halten sollten.

Der Bordalltag hatte uns im Moment wieder voll im Griff, dazu zur Zeit rund rum lauter Wasser, so verfiel ich wieder auf Blödsinn und als der Kapitän mich eines Tages wegen meiner Fleißigkeit bei der Arbeit lobte, machte ich einen auf harmlos und brabbelte: „Ich billig Arbeitskraft, machen viel Arbeit für wenig Geld!". Der wiederrum amüsierte sich darüber, sodass ich aus diesem sinnlosen Gequatsche gar nicht mehr raus kam und erst mal Danny damit ansteckte. Wir quatschten Kauderwelsch und lachten uns kaputt. Irgendwie fühlten sich die anderen auch genötigt so dämliches Zeug von sich zu geben, sodass bald der ganze Dampfer gebrochen deutsch sprach. Echte Seeleute kriegen eben keine Langeweile und dem Stumpfsinn haben wir erst gar keine Chance gegeben. Das führte sogar soweit, dass Danny und ich bei Einlaufen Suez-Kanal das Radio anstellten und nach den ungewöhnlich hohen Klängen mit einer weißen Tischdecke um den Bauch gebunden uns in arabischen Bauchtanzbewegungen durch die O-Messe schlängelten.

Huch tat die Bewegung gut.

Wärmer war es auch schon, klar im Suez-Kanal. Es stiegen wieder einmal Händler und Festmacher in orientalischen Kaftanen und mit

Turban behutet auf, die ihre Geschäfte trieben, während wir durch die Wüste gondelten. So blühte wieder der Handel und wir tauschten und krempelten nach Herzenslust. Tolle Jeans hielten sie feil, enorm günstig, auch Feuerzeuge und Bilder.

Damit auch nach Verlassen des Suez-Kanals keiner Langeweile bekam, setzten wir erst mal einen Grillabend an. Der sollte natürlich achtern an Deck stattfinden, denn die Temperaturen waren dementsprechend und man konnte dabei einen überaus herrlichen Sonnenuntergang beobachten. Solche Aktivitäten machten das Bordleben lustig und brachten schon viel Spaß sie vorzubereiten. Getränke mussten kalkuliert werden, Musik ausgesucht. Die meisten Köche und Bäcker übertrafen sich an solchen Abenden selber mit selbstgebackenem Baguette und Brötchen von Knoblauch bis Kümmel und natürlich diversen Soßen zum Fleisch. Es war immer ein Genuss. Tische und Stühle wurden nach achtern geschleppt, Tischdecken aufgelegt, Bestecke in Servietten eingewickelt, Teller, Tassen, Gläser bereitgestellt. Die Wirtschaft hatte gut zu tun. Hinterher wurde alles wieder abgewaschen und Tische sowie Stühle am nächsten Morgen wieder zurück geschleppt. Die Wachgänger auf der Brücke wurden auch nicht vergessen. Wir brachten ihnen große Teller von jedem etwas nach oben.

Langsam näherten wir uns Singapur und es war warm genug an Bord, um in den Swimmingpool zu springen. Feine Sache, dass alle Schiffe, auf denen ich fuhr, einen Swimmingpool hatten. Es wurde tatsächlich allerhand für die Besatzung getan. So lag die Wirtschaft dann auch wieder, sowie es warm wurde, am Kachelbad. Kurz bevor wir Singapur erreichten veranstalteten wir schnell noch einen Lumpenball am Planschbecken, zu dem sich jeder so kurios wie er nur konnte verkleidete. Ein schöner heißer Nachmittag mit kalten Getränken, für alle die frei hatten. Ich wickelte mir über meinen Bikini eine Handvoll Schweißtücher, netzartige Gebilde, die wir Seeleute in den Tropen generell auf Piratenart um die Stirn trugen, damit uns der Schweiß bei der Arbeit nicht in die Augen lief. So zweckentfremdet hatte ich ein fast transparentes Nixenkleid, was zu der Poolparty passte. Manche kamen in Badehose und Pappnase, so wie es jedem gefiel.

Na und dann endlich Singapur. Diese Stadt. Wie hatte ich mich darauf gefreut, endlich dort wieder an Land zu gehen. Ich war dermaßen aufgeregt und wollte so viel wie nur möglich sehen.

Landgangsmäßig klappten die Absprachen auch gut, sodass jeder, der frei hatte, auch die Gelegenheit bekam an Land zu gehen.

Diese Stadt ist und bleibt ein unsagbarer Traum. Lichtergefunkel, Sauberkeit, Wolkenkratzer, trotzdem Grünflächen ohne Ende, ein Trubel an Leben und Geschäftigkeit. So was erleben zu dürfen, war wie ein Geschenk. Wie eine andere Welt. Man musste einfach gute Laune haben, wenn man durch diese Stadt ging.

Singapur ist was ganz Besonderes.

Und die Aufregung, bevor man an Land kam, ist wohl Lampenfieber gleichzusetzen, was die großen Künstler vor ihrem Auftritt erwischt. Man kann es kaum erwarten, die Füße an Land zu setzen und den Genuss in sich aufzunehmen, dabei zu sein, in diese große Metropole einzutauchen. Es ist unbeschreiblich. Ich denke oft, dass Menschen, die das, was ich erlebt habe, nie erleben konnten, teilweise besser dran sind als ich. Denn die wissen nicht, wie es sein kann und was sie verpassen. Sie kennen auch die Sehnsucht nicht. Doch ich habe das alles erlebt und sehe Jahre später alles noch so vor mir wie es war, nur mit dem Unterschied heute komme ich aus finanziellen Gründen nicht mehr hin. Deshalb auch die jahrelange Sehnsucht, die mich immer wieder überfällt. Geblieben sind mir aber die Erinnerungen und ich weiß, wie es ist solche Städte und Länder hautnah zu erleben.

Auf alle Fälle ging ich an Land und schwelgte im Konsumrausch. Es gab nichts, was es nicht gab. Meine Wünsche beschränkten sich auf das, was ich ausgeben konnte und ich war nur auf Klamotten aus. Dafür war diese Stadt ein El-Dorado. Für jeden Geldbeutel etwas. Ich kleidete mich neu ein und haute mein Geld auf den Kopf. Kaufen befriedigt ungemein. Ich probierte an und aus und schaffte es mühelos, mein aufgenommenes Geld sinnvoll zu verschwenden. Die Zeit war um und es ging zurück an Bord. Schade, schade. Doch es musste auch gerecht zugehen und außerdem hatte ich genug mit Geld geschlenkert. Da die Liegezeiten in Singapur generell recht kurz waren, wurden die Landgangszeiten wieder so eingeteilt, dass jeder in den Genuss kam.

So blieben häufig für jeden nur vier Stunden zum Einkaufen. Aber auch das war besser als nichts und man hatte eben vier Stunden in Singapur verbracht. Weiter ging es nach Hongkong. Dort war es dasselbe Spiel. Wenig Zeit, alle wollten an Land, also in kurzer Zeit versuchen so viel wie möglich zu sehen und vor allem zu kaufen.

42. Kapitel „Shanghai Werft, auf der Fähre is was los"

Ja und dann Shanghai. Der Name dieser Riesenstadt zergeht ja auch schon wie Zuckerwatte auf der Zunge und tatsächlich, so gut wie dort habe ich in meinem ganzen Leben noch nicht gegessen. Wir gingen in der Werft ins Trockendock. Was für ein Erlebnis. Zuzusehen wie das Schiff ins Dock fuhr, dann die Schleusentore zu und das Wasser läuft ab, bis das Schiff auf dem Trockenen liegt. Jetzt sah man die Riesenschraube, die dieses Schiff antrieb und sonst unter Wasser war. Ich hab mich mal für ein Foto danebengestellt, um zu sehen wie groß dieses Ding im Vergleich zu mir war. Schon erstaunlich.

Jetzt begann eine tolle Zeit. Jeden Tag konnten wir in unserer Freizeit an Land gehen und uns verlustieren. Von Seiten der Reederei wurde uns auch allerhand in Form verschiedener Ausflüge geboten. Um in Shanghai an Land zu gehen, brachte uns eine Fähre zu dem Anleger. Diese erste Fahrt mit der Fähre werde ich nie vergessen. Vollgepfropft mit Chinesen und wir mittendrin. Das Schlimme war, sie behandelten uns wie seltsame Tiere. Alle Chinesen auf der Fähre standen im Kreis um uns herum und befummelten uns. Die ganze Prozedur war mehr als unangenehm. Aber damit mussten wir uns abfinden, denn sie taten es immer wieder. Egal wo wir auftauchten. Das ist eben ihre Mentalität. Wir haben uns sogar mit der Zeit daran gewöhnt und lächelten sie bei ihren Grapschversuchen wohlwollend an, ein Entrinnen gab es sowieso nicht, sie waren immer in der Überzahl. Somit war jede Flucht oder Abweisung zwecklos. Also grinsten wir sie dämlich an und ließen sie gewähren.

Dieses Volk ist wie ein großes Überraschungsei, es steckt voller Besonderheiten. Fahrrad fahren sie alle für ihr Leben gerne, damit waren sie stets und ständig flott zu Wege. Denn die Straßen waren rudelweise voller Fahrradfahrer, die klingelnd und drängelnd sich in rasanter Fahrt den Weg durch den Menschenstrom bahnten. Ohne Rücksicht auf Verluste, rasten sie ungebremst drauf zu. War denen scheißegal, ob sie jemanden an oder umfuhren. Hauptsache sie kamen schnell voran. Wir hatten bald gelernt diesen Schwärmen sprunghaft aus dem Weg zu flüchten, statt uns umbügeln zulassen. Ansonsten hätte es blaue Flecken gegeben und wer weiß was noch. Aber auch zu Fuß waren sie hart im nehmen und vor allem im Geben. Auf brutale Art und Weise bahnten sie sich emsig wie die Ameisen ihren Weg und alles, was den kreuzte und sich nicht zur Seite bewegte, wurde lächelnd platt gemacht, um rechtzeitig anzukommen, wo auch immer sie hinwollten. Dabei muss ich fairerweise betonen, dass sie nicht nur uns anrempelten, sie gingen auch untereinander mit Ellbogen zu Werke, grinsten noch dabei, hatte also seine Richtigkeit. Unser Kabelede (sprich Kabel-Ede) machte bei einem unserer Landgänge den Härtetest. Wir betraten einen Schreibwarenladen und wurden dabei schon angerempelt. Also suchte er, fast zwei Meter groß und muskulös, sich einen kleinen Chinesen aus und stellte sich auf dessen Zehen. Dieser stand nun da, konnte ja auch nicht weg, sah ihn an und grinste. Der stand einfach da und grinste. Kein Anzeichen von Schmerz oder Wut. Irgendwann ging der Kabelede von seinen Füßen runter und kam zu dem Ergebnis, dass ein echter Chinese wohl keinen Schmerz empfindet. Erstaunlich oder? Der kleine Mann nickte noch freundlich und verließ das Geschäft. Verblüfft guckten wir ihm hinterher. Kaum zu glauben. Bei dem Gewicht hatte er keine Miene verzogen. Reine Körperbeherrschung, der wir wohl nicht fähig sind.

Sauber ging es zu in dieser großen Stadt. Egal wo wir ein Geschäft sahen in welchem Fleisch angeboten wurde, überall trugen die Verkäufer Mundschutz und Handschuhe. Das ist Hygiene. Ich war völlig erstaunt. Die Garküchen auf den Straßen waren auch alle einwandfrei sauber. Man konnte alles essen ohne Angst zu haben, an einer schweren Krankheit jämmerlich einzugehen. Es gab viel zu sehen und zu erleben in dieser Stadt. Teilweise amüsierten wir uns, wenn Chinesen aller Altersgruppen, sogar weißhaarige und weißbärtige Alte, vor ihren Häusern standen und in Zeitlupe mit ihren Armen irgendwelche abstrakten Gemälde in die Luft zauberten. Schattenboxen oder auch Thai - Chi genannt. So was sah ich das erste Mal in meinem Leben. Später erfuhr ich, dass diese fernöstlichen Gebräuche einen äußerst positiven Einfluss auf die Gesundheit haben. Also keineswegs lächerlich sind. Ganz im Gegenteil. Jahrelange Übung setzte es voraus, um diese Bewegungen mit dem Körper in Einklang zu bringen. Ich beneidete sie um die Ruhe und die Kraft, die sie bei diesen Übungen ausstrahlten.

An Märkten aller Art mangelte es auch nicht in dieser eigentümlichen Stadt. An jeder Ecke schnupperte es anders. Alles Mögliche war käuflich zu erwerben. Vom nackigen Huhn, bis über Klamotten, super günstig, kunstvoll verarbeitete Gegenstände, Korkschnitzereien, Keramik, einfach alles, was das Herz begehrte. Nicht zu vergessen der „Friendship-Store". Dafür gab es extra Scheine, die nur wir Seeleute bekamen. Ähnlich den Devisen (Basarscheine), die wir für den Seemannsbasar in der DDR erhielten. Die konnten wir nur dort im „Friendship-Store" eintauschen. Natürlich gab es auch Chinesen, die uns vor dem Laden mit Gesten fragten, ob wir dieses Geld in einheimische Währung tauschen wollten. Denn sie kamen an die Scheine nicht offiziell ran und konnten somit auch nicht dort einkaufen. Manchmal tauschten wir ein bisschen illegal auf der Straße das Geld, denn in Shanghai auf den Märkten konnte man prima einkaufen und wir bekamen für die „Friendship-Store" - Währung eine Unmenge Geld, sodass es schon verlockend war. Ich kaufte und kaufte schon wieder ein. Riesige Fächer, handgemalt versteht sich, Korkbilder, Vasen, Klamotten und, und, und.

Wir gingen jeden Abend essen. Meldeten uns beim Koch ab und zogen los.

Obwohl der Koch auch Glück hatte, denn es hatten sich einheimische Köche der Werft überreden lassen, auf unserem Schiff chinesisches Mittagessen zu kochen. Das war toll. Der Koch kaufte lauter exotisches Gemüse ein und zusammen mit seinen chinesischen Helfern wurde unendlich gutes Essen gezaubert. Aber abends gingen wir los und probierten ein Restaurant nach dem anderen aus. Davon gab es jede

Menge, reinweg ein unerschöpfliches Angebot an kulinarischen Köstlichkeiten.

Von der Reedereivertretung hatten wir Listen bekommen, worauf die besten chinesischen Gerichte in chinesischen Schriftzeichen und in deutscher Bedeutung vermerkt waren. So konnten wir uns laut dieser Listen das Essen aussuchen und den chinesischen Kellnern alles in ihrer Schrift in Auftrag geben. Feine Erfindung. Anhand dieses Zettels verstanden sie uns sehr gut. Meistens gingen wir mit sehr vielen Leuten von Bord, um im Restaurant alle etwas anderes zu bestellen. Oftmals waren wir zehn oder mehr Personen. Mit dem Vorteil, wenn alle etwas anderes bestellten, konnte jeder von jedem kosten und man lernte somit eine Unmenge von Gerichten auf einmal kennen. Die Chinesen machten es übrigens nur so. Sie saßen immer mehrere an einem Tisch und jeder bestellte etwas anderes. So kamen alle in den Genuss gegenseitig die Gerichte zu tauschen und zu probieren. Es schmeckte alles was wir versuchten. Was allerdings nie einer von uns bestellte, war eine Riesenplatte voll mit orangefarbenen Hühnerkrallen. Die waren bei den Chinesen sehr beliebt und fehlten merkwürdigerweise auf keinem Tisch. Sie knabberten davon nur die Haut und spuckten die kleinen Knorpel aus. Sah etwas eklig aus das Ganze, aber Chinesen sauen beim Essen dermaßen rum, rülpsen und schmatzen was das Zeug hält und lassen keine Tischdecke sauber. So muss es sein. Ehe wir das kapierten verging einige Zeit. Da wir uns beim ersten Mal benahmen wie Europäer und sauber unseren Tisch verlassen wollten, kam der Koch persönlich an unseren Tisch und fragte mit Gesten, ob das Essen denn so schlecht gewesen sei. Seit diesem Zeitpunkt fingen wir an rumzusauen, hemmungslos und ohne Skrupel. Drückten unsere Zigarettenkippen auf der Tischdecke aus, spuckten Knochen und die Schalen von den Meerestieren auf Tischdecke und Boden und benahmen uns rundweg wie die Schweine. Zuhause hätten sie uns wahrscheinlich für so ein Benehmen rausgeschmissen, aber hier gehörte es sich so. Komisch, und wir fühlten uns dabei allmählich immer wohler. Abgeräumt wurde dort auch auf eine eigentümliche Art. Der Kellner nahm alle vier Ecken des Tischtuches, es rasselte ungemein, die Teller, Stäbchen und Schalen klimperten, so trug er die vollgefüllte Tischdecke weg. Eine neue wurde aufgelegt. Ich zuckte insgeheim jedes Mal zusammen, den Geräuschen nach war in der Tischdecke nichts mehr ganz von dem schönen bunten Geschirr. Was auf dem Boden lag, wurde mittels Reisigbesen zusammengeharkt und weiter ging es. Ob das Geschirr heil blieb, wissen wir nicht, aber es wurde überall so gehandhabt. Seltsames Land, seltsame Gewohnheiten und Gebräuche, aber dabei doch so interessant und amüsant wie lange nichts mehr.

Hatten wir unsere Listen mal vergessen, nahmen wir den Kellner bei der Hand, liefen von Tisch zu Tisch mit ihm, wo Chinesen schon ihr Essen hatten, zeigten auf die Gerichte, die wir essen wollten und der Kellner begriff und brachte das Gewünschte. Klar waren wir durch solchen Spektakel jedes Mal Mittelpunkt im Lokal und die Chinesen amüsierten sich königlich über uns. Und es schmeckte, es schmeckte alles derart gut, ich darf gar nicht daran denken, noch heute läuft mir das Wasser im Mund zusammen. Besonders liebte ich das sogenannte Wassergemüse. So nannten wir es, wie es richtig heißt habe ich nie erfahren. Man bekommt es in Europa meines Wissens nicht. Sieht ähnlich aus wie Spinat und wird angereichert mit Sojasauce und besonders bissfesten Pilzen und ist ein besonderer Hochgenuss. Diese Essen waren jeden Abend ein Fest. Vor allem auch bezahlbar. Meine Güte, wie schön nicht nur durch die Glasscheibe zu lummern, sondern auch reingehen zu dürfen, statt mit platter Nase sehnsuchtsvoll weiterzulaufen und „Schade, möchte ich auch mal" zu denken. Wie gerne würde ich das alles noch einmal erleben. Vor allem essen. In Europa chinesisch zu essen ist bei Weitem nicht das Gleiche. Da fehlt einfach alles. Die ganze Atmosphäre fängt man hier in diesen Breitengraden einfach nicht ein.

Ich erinnere mich ganz besonders an einen Abend. Am Ende, wir wollten gerade das Lokal verlassen, rülpste unser Kabelede wie tief aus der Schuhspitze dermaßen laut, sekundenlang und inbrünstig, dass ich mich fast vor Scham zu winden anfing.

„Igitt, Mensch, bist du irre? Was für eine gnadenlose Blamage! Mit dir geh ich nicht mehr mit, du hast doch einen im Tee oder wie?", sprudelte ich drauflos.

Aber siehe da, alle anwesenden Chinesen klatschten Beifall und der Koch kam persönlich aus der Küche gestürzt, um sich zu bedanken. So ein Zeichen!! Sein Essen hat geschmeckt. Er machte vor Freude einige kleine Knickser und strahlte wie ein Honigkuchenpferd über sein freundliches rundes Chinesengesicht. Wie niedlich. Unser Ede sonnte sich zufrieden feixend in so viel Aufmerksamkeit. Ich konnte es kaum fassen. Zu Hause hätte auf Garantie nach so einer Sauerei keiner geklatscht.

43. Kapitel „Seltene Tiere im Zoo und klebrige Gläser"

Zeit war genug, so konnten wir ein paar schöne Ausflüge planen. Wir dachten an einen Zoobesuch in Shanghai. Ein Bus holte uns vor dem Schiff ab und brachte uns dorthin. Kaum den Zoo betreten, waren wir schon wieder Mittelpunkt. Im gleichen Maße wie wir uns für die exotischen Tiere interessierten, interessierten sich die dort anwesenden Chinesen für uns. Es war makaber. Sie waren wieder einmal hinter uns her. Kichernd und tuschelnd. Eine große Menschentraube verfolgte uns auf Schritt und Tritt und es wurden immer mehr. Es hatte den Eindruck, als wären sie der Auffassung wir sind die neuen Exemplare in ihrem Zoo. So richtig genießen konnten wir dadurch unseren Aufenthalt dort nicht. Obwohl es eine Unmenge an Tieren und Pflanzen gab, die wirklich sehenswert waren. Bloß ständig verfolgt zu werden war ein unschöner Gedanke.

So hasteten wir durch den Zoo, als wäre der Gehörnte hinter uns her, guckten dabei hastig nach rechts und links, um überhaupt noch ein paar Eindrücke mitzunehmen und versuchten verbissen unseren Verfolgern zu entkommen. Entschädigt wurden wir mit einem Mittagessen, das eigens für uns in einem Restaurant gleich außerhalb des Zoos für uns bestellt war. In vollen Zügen genossen wir das Essen nach dieser Hetzjagd. Getrunken wurde das berühmte „Tsing-Tao"-Bier aus 1 Liter Flaschen. Da uns das Essen wichtiger war als das Bier, hatten wir am Ende eine Unmenge davon übrig. Keiner sah ein es stehen zu lassen. Jeder klemmte sich noch eine Flasche für den Bus. Ich dachte ich wäre besonders schlau. Da ich nicht aus so einer großen

Flasche trinken wollte, ließ ich schnell eins der wunderschönen Gläser, welche auf unserem Tisch für uns bereitstanden, in meine Jackentasche gleiten. Als Souvenir sozusagen. Doch was für ein Spektakel, als wir im Bus fast alle so ein Glas zum Vorschein brachten. Eine ganze Bande Abzocker hockte im Bus und genoss das Bier gutgelaunt aus schönen Gläsern. Das Glas ist auch nicht verlorengegangen, ich besitze es heute noch.

Einen chinesischen Zirkusbesuch zogen wir uns auch noch rein. Musste man ja gesehen haben so was. Während der Zirkusvorstellung wurden wir mal in Ruhe gelassen, da saß jeder brav auf seinem Stuhl, selbst die Chinesen, und sah den Artisten zu, die körperlich übermenschlich biegsam waren und mal hier und mal da einen Knoten in sich machten, dass es einem fast grauste. Wer sich in China als Europäer aufhalten will ohne beachtet zu werden, sollte sich von morgens bis abends in einem Zirkus verlustieren, da hat man wirklich seine Ruhe.

(Sicher hat sich in diesem Punkt einiges geändert, mein Bericht stammt aus den Achtzigern, das Land ist heute weltoffen und hat viele Besucher).

Auf meinem Wunschzettel stand diesmal noch ein echtes chinesisches Essservice (Schalen, Schüsseln und allem was dazugehört), das wollte ich haben und das musste her. Dafür brauchte ich für meine Begriffe eine Stange Geld. Natürlich sollte es handbemalt sein und am besten ein Unikat. Eben was Besonderes. Und eben das Besondere entdeckte ich auf einem abendlichen Landgang wieder einmal nach einem Restaurantbesuch. Danny und ich waren an diesem Abend mit unserem großen Kabelede unterwegs und wie durch einen Zufall entdeckten wir das Porzellangeschäft schlechthin. Mir stach gleich ein dermaßen schönes Service ins Auge, dass es weh tat und ich davor stehen bleiben musste. Ein Traumgeschirr. Zwölfteilig und ich musste es einfach haben. Für alle Fälle trug ich mein zusammengespartes Geld gut versteckt bei mir, man wusste ja nie, doch das reichte nicht ganz. Jammerschade. Trotzdem Glück. Der Verkäufer musste es wegen mir aus dem Fenster räumen, genauso wie ich es gewünscht hatte, es war nur noch ein Mal da. Das Ausräumen dauerte unendlich lange, er prüfte jedes Teil sorgfältig mit einem kleinen Hämmerchen, ob es „plong" machte und keinen Sprung hatte. Vorsichtig packte er es einzeln ein. Nebenbei feilschte ich hartnäckig, als ginge es um mein Leben, mit ihm um den Preis. Schließlich war ich bei der Summe angelangt, die ich bei mir trug und er willigte endlich ein. Geschafft. Trotz Handelei, ich war gerade ein Vermögen los. Bevor mir deswegen vollends schlecht wurde, guckte ich auf den großen Karton und stellte mir schnell vor, wie es wohl aussehen möge, wenn ich irgendwann einmal einen Tisch damit ausschmücken würde, der mir aber im Augenblick auch noch fehlte, genauso wie die vier eigenen Wände, die um so einen Tisch gehörten, da ich immer noch bei meinen Eltern wohnte.

Danny kaufte sich auch noch eins, auch ein hübsches. Ehrlich.

Meine geringe Körpergröße veranlasste den Kabelede mir anzubieten es für mich zu tragen. Ich hatte sowieso keine Wahl, meine Arme passten nicht um den Karton. Als ich zustimmte war es schon zu spät.

„In Afrika habe ich gelernt solch Zeug auf dem Kopf zu tragen, das kann ich jetzt genauso gut.", zwitscherte er mir zwinkernd zu, schnappte meinen großen schweren Porzellankarton, hievte ihn sich auf die Rübe und lief ab durch die Mitte. Perplex sah ich ihm zu. Mein Herz rutschte in die Hose. All mein Vermögen lag wackelig auf seinem Kopf. Ich bittete und bettelte, er solle doch mein kostbares Geschirr vernünftig im Arm tragen, aber nichts half.

Der stürzte grinsend drauflos mit meinem edlen Porzellan, doch er machte es perfekt. Bis zum Schiff war es ein weiter Weg und er meisterte ihn ohne Zwischenfälle mitsamt Karton auf dem Kopf. Als wir dann am Trockendock ankamen, kriegte ich es doch wieder mit der Angst. Einer Hühnerleiter gleich, war eine Stellage am Schiff und an Land angebracht, um auf das Schiff rauf- oder runter zu gelangen. Dem wollte ich mein Geschirr, schwankend auf des Kabeledes Kopf, nicht aussetzen. „Wenn der jetzt doch ´n Salto macht, ist es aus mit meiner edlen Keramik!"

Kreischend rannte ich ihm nach: „Gib es jetzt sofort her, bevor alles in die Tiefe klirrt!"

Warum machte der denn nicht was ich sagte? Im Gegenteil, er raste los, freihändig, das Riesengeschütz von meinem Karton auf dem Schädel, über die Stellage, die metallisch klimperte und vibrierte, Richtung Schiff. Mein Magen kringelte sich nervös. Ich hörte es im Geiste schon klimpern und alles im Dock am Boden zerschellen. Ich hätte ihn erschlagen, wenn ich ihn erwischt hätte, aber er war schneller. Meine Kiste stand schon unversehrt vor meiner Kammertür, als ich dort ankam und der Kabelede daneben mit drei kalten Flaschen Bier in der Hand.

„Ich hab das doch gelernt. In Afrika.", versicherte er noch mal.

„Hab ich auch nicht vergessen, du hast das so prima hierher gebracht, Hut ab, äh Karton ab. Bis auf die Stellage, da hab ich nur so ganz bisschen die Luft angehalten.", schwindelte ich.

Na da hatte er ja noch mal Glück gehabt. Ich übrigens auch. Gut so 'ne Neuanschaffung musste begossen werden. Danny war auch zur Stelle, kaltes Bier war auch da und ein grinsender Kabelede auch. Also zischten wir einen und begossen unsere Errungenschaften. Ein Glücksgriff das Geschirr und dann für den Preis. Alles zwölfteilig. Sogar eine Suppenterrine und große flache Teller, sowie tiefe Teller und eine Fleischplatte war auch dabei, ebenso viele verschiedene Größen von Schälchen. Damit konnte man feiern. Passende Stäbchen fehlten mir noch, aber darin sah ich kein Problem, die bekam man in Shanghai an jeder Ecke.

Die Nachmittage an denen ich nicht an Land ging, füllte ich mit meinen Nähkünsten aus. Ich hatte in Hongkong sehr schöne Stoffe erworben, sodass ich ein paar hübsche Hemden zusammennähte. Außerdem ließ ich mir vom Bootsmann Segeltuch und Farben geben und nähte aus Segeltuch ein richtig großes Bild. Man konnte alles anfassen. Die Segel waren gebläht, Palmen standen auf kleinen Inseln, Wolken jagten am Himmel vorbei. Mittelpunkt auf diesem Bild war eine chinesische Dschunke, für die ich mir vorher ein Schnittmuster angefertigt hatte. All das plastisch aufgenäht, war ein schöner Anblick. Nachdem ich meine Näharbeiten an dem Bild beendet hatte, malte ich alles noch mit Farben an, sah richtig interessant aus. Fand ich. Mein Machwerk befestigte ich dann an der Wand über meiner Koje und so hatte es einen fabelhaften Platz. So ein wenig kreativ war ich nebenbei auch noch. Meine Nähmaschine hatte ich sowieso immer dabei und es kam schon vor, dass der eine oder andere auch mal etwas an seinen Kleidungsstücken zu reparieren hatte.

Ein bisschen was vor hatten wir auch noch in der großen Stadt. Erst mal wollte ich mein Service mit Stäbchen komplettieren, außerdem fiel mir ein, dass es auch Stäbchenhalter gab. Also um alles perfekt zu haben, ging ich in Shanghai auf Stäbchenjagd. Was natürlich ziemlich einfach war, die wurden einem praktisch hinterher geworfen. Wiederum war es doch auch schwierig sich bei dieser Auswahl und dieser Fülle für etwas zu entscheiden. An einem unserer Landgänge landeten mein Begleiter und ich im Yu Yuan Garden. Dort gab es einen großen Laden, in dem es nur so vor Stäbchen wimmelte. So ein Wahnsinnsangebot, mir gingen die Augen über. In allen Farben waren sie vorhanden. Bunt bemalt oder mit goldenen, silbernen bronzenen Schriftzeichen, lackiert oder natur. Die Auswahl war riesig. Wie soll man sich da entscheiden? Am besten gar nicht, einfach kaufen. Außerdem dachte ich, so etwas ist auch ein schönes und seltenes Geschenk für Verwandte und Freunde zu Hause, da es solche Dinge bei uns nicht zu kaufen gab.

Am schönsten zu meinem Service fand ich schwarz lackierte eckige Stäbchen mit goldenen chinesischen Schriftzeichen. Der Verkäufer neigte ehrfurchtsvoll sein chinesisches Haupt vor meiner Kauflust und packte vor mir haufenweise Stäbchen aus, sodass ich tatsächlich viel mehr erwarb, als ich vorhatte. Und siehe da, Stäbchenhalter gab es auch. Ebenso in verschiedenen Ausführungen. Ich entschied mich für kleine Enten aus Mahagoni, die unheimlich edel und doch schlicht wirkten. Na, nun war mein Geschirr komplett. Damit konnte man tafeln und es fehlte an nichts. Ich freute mich schon auf meine Heimkehr und auf den ersten Abend, an dem ich so richtig für etliche Leute chinesisch kochen wollte, sozusagen mit allem Pipapo was dazugehört.

44. Kapitel „Hamsterkauf im Chinesenstil"

Gewürzemäßig hatte ich mich auch schon gesundgestoßen und alles gekauft was es bei uns nicht im Traum zu kaufen gab. Verwöhnt durch das tägliche Essengehen wollte ich auch in Zukunft nicht mehr auf diese Geschmäcker verzichten und so kaufte ich von Sojasauce bis über getrocknete chinesische Pilze alles was ich dachte gebrauchen zu können. Fünferlei Gewürzepulver kaufte ich gleich in Kilopacks, frischen Ingwer legte ich mir an Bord in Sojasauce und Essig ein. So war er haltbar bis nach Hause und noch länger. Mit meiner Kofferkarre zogen wir los und kauften Kistenweise Dosen mit Ananas, Bambussprossen, Sojabohnenkeimlinge, Litschees, Bambusmark, Pfirsiche, Wasserkastanien und Gott weiß was noch alles. Tatsächlich Kistenweise. Wir trugen ab und transportierten unsere Einkäufe in unsere Kammern, alles für zu Hause. Bei dieser Hitze dort waren es Strapazen mit 'ner Kofferkarre zu Fuß diese Riesenmengen Konserven ranzubuckeln. Aber was man hat das hat man. Deutsche Seeleute bunkern eben gerne, vor allem was man zu Hause nicht bekommt und dann zu den Preisen. Alles war sagenhaft billig. Das meiste davon kannte bei uns sowieso keiner. Wenn man Glück hatte bekam man mal zu Hause Ananas oder Pfirsiche in der Dose, die „Honni" im sogenannten „Delikat"-Geschäft für horrende Preise anbieten ließ. So sah es aus. Da lag es nur nahe, das wir schleppten wie die Irren als ständen wir kurz vorm Hungertod. Von meinem Vorrat konnte ich jahrelang zehren, das war schon ein befriedigendes Gefühl.

Nicht zu vergessen, die Bauwerke die wir in diesen Parks und Gärten gesehen haben. Ich fühlte mich um Jahrhunderte zurückversetzt in diesem fernen Land mit seiner aufregenden Kultur. Menschen über Menschen in dieser großen Stadt. Anstrengend dort schon Bus zu fahren, wenn man denn überhaupt mitkam. Menschen quollen in Strömen in die Busse hinein und wieder heraus. Fast Zauberei wie diese Massen in die Busse passten. In riesigen Trauben hingen sie am Trittbrett, wie die bunte Füllung aus einer geplatzten Wurst und erkämpften sich auf brutale Art und Weise einen Stehplatz im Bus. Ehe wir begriffen, was man tun muss um überhaupt mitfahren zu können, waren uns etliche vollgepfropfte Busse vor der Nase weggefahren. Nach langem Beobachten war das Spiel klar. Der Stärkere überlebt, also schubsen, stoßen, drängeln und irgendwie hinein als gelte es das Leben. Alle dort machten es so und die hatten mehr Zeit als wir für unseren Landgang, also mischten wir brutal mit, knufften hier und kniffen da, immer irgend Jemanden ganz gemein ins Fleisch bis sie uns auch Platz machten. So hart wie es klingt. Das nahm uns keiner übel, nee, das gehörte so!

Die Besichtigung einer Elfenbeinschnitzerei stand auch noch auf dem Plan und somit schon wieder ein neues Erlebnis.

Das Stoßzähne von Elefanten groß sein können wusste ich, dass sie aber länger sein könnten als ich, wusste ich nicht. Wunderwerke wurden dort geschnitzt, wir staunten und guckten zu wie chinesische Handwerker das Elfenbein behandelten und aus ihm Kunstwerke schnitzten. Doch die Preise für solche Raritäten hatten Hand und Fuß. Ich jedenfalls kannte niemanden der so etwas hätte bezahlen können. Es sah so einfach aus wie die Männer das Material behandelten und traumhafte Gegenstände daraus entstehen ließen. Sagenhafte Kunst. Ich mochte bloß nicht daran denken wie sie an dieses große Sortiment an Stoßzähnen gelangen. Hoffentlich starben die armen imposanten Tiere alle eines natürlichen Todes.

Selbst wenn kein Einfuhrverbot dafür bei uns bestanden hätte und auch der Preis bezahlbar gewesen wäre, ich hätte mir doch kein Stück aus Elfenbein gekauft.

45. Kapitel „Essen, Essen, Essen – wer geht mit dem Kaptän?"

Glück hatten wir diesmal mit unserem Kapitän. Ein großer Mensch, sehr füllig mit einem sonnigen Gemüt der für sein Leben gerne aß. Zum Leidwesen meiner besten Freundin der Oberstewardess war er ein extremer Krümeler und Kleckerer (Essentechnisch gesehen).

In der Offiziersmesse Gang und Gäbe weiße Tischdecken auf der Back, sah es beim Kapitän immer aus, als hätte ein Elefant komische Muster auf die Tischdecke gerüsselt. Er mampfte Unmengen und sudelte dabei in aller Harmlosigkeit um sich rum, vergaß dabei sein Umfeld. So kam es öfter vor, wenn Danny ihn dabei erwischte das sie ihn anschrie „Kap`tän wat is dat ? So'n Schweinkram." Er entschuldigte sich jedes Mal dafür und sah dabei so unschuldig aus, dass er mir fast leid tat. Da er nun gerne und viel aß und dabei auch immer der Letzte war, hatten die Offiziere keine Lust mehr mit ihm an Land zu gehen. So trug es sich zu, dass er eines Abends in der Mannschaftsmesse auftauchte und sich mit an unseren Tisch setzte. Wir von der Wirtschaft, wollten eigentlich nur noch eine rauchen, dann duschen um danach schnell an Land zu gehen, um was Feines zu essen. So fand er uns vor und wir wunderten uns, wo ihm der Schuh drückte. Dann kam er mit der Sprache heraus.

„Ich wollte nur mal hören, ob ihr heute noch an Land essen geht? Ich hab keinen gefunden der heute mit mir an Land geht. Dabei hab ich solchen Appetit, würdet ihr mich mitnehmen?"

Danny war völlig entsetzt und schrie ihn an: „Sie haben eben Abendbrot gegessen für drei und nun noch Hunger?"

„Ja aber wenn es nun doch mal so ist", gab er fast verängstigt zu.

Jetzt tat er mir vollends leid. „Klar Kap`tän, gehen wir noch essen, einladen kann ich sie nicht, aber ich denke mitnehmen werden wir sie."

Danny hatte sich zwar noch nicht wieder gesammelt, doch sie schniefte missmutig über so viel Fresssucht vor sich hin, wir sahen es als Zustimmung an. So war die Sache geklärt. Die Wirtschaft ging mit dem Kapitän essen. Es war beschlossenen, warum auch nicht, wenn er doch noch solchen Hunger hatte! Mensch, DAS muss man doch mal begreifen!!!

Im Rudel machten wir uns auf die Socken in ein Lokal was besonders gute Speisen kredenzte, suchten einen großen Tisch aus und ließen uns nieder. Leider hatte niemand an unseren faltbaren Menüwegweiser gedacht. So schnappte mich der Kapitän bei der Hand und wir machten wie Vater und Tochter die Runde im Lokal, den Kellner im Schlepptau und zeigten wieder einmal auf die Speisen, die Chinesen vor sich hatten und der Kellner notierte das Gewünschte. Das ging seinen chinesischen Gang. Mit viel Gelächter und Spannung von den

Anwesenden verfolgt, stellten wir unser Mahl zusammen. Fix wurden reichlich Gerichte serviert, die auf der sich drehenden Glasplatte auf unseren Tisch die Runde machten und es schmeckte und schmeckte. Wir ließen uns Zeit und genossen die verschiedenen Geschmacksrichtungen. Als wir das Muster auf dem Geschirr erkennen konnten war alles verputzt. Unser großer Esser saß da und hatte so`n Schmachten im Blick.

„Na, wat is?", verlangte Danny mit zusammengezogenen Augenbrauen.

„Können wir noch mal drei Gerichte nachbestellen?", flüsterte unser Kapitän verlegen. Kaum zu fassen, er war noch nicht satt.

„Können wir", sagte ich so schnell, dass Danny keinen Einspruch erheben konnte, „wir gehen noch nicht nach Hause." Sie schniefte ergeben im Hintergrund.

Wir gaben dem Kellner einen Wink und bestellten. Genüsslich widmete sich „uns Kafftein" dem leckeren Essen, zufrieden wie ein Schmunzelbutt. Ist doch niedlich so was, oder? Als wir unsere Tafelrunde beendeten, baten wir die Kellner und Kellnerinnen an den Tisch, wir wollten unbedingt noch ein Foto machen, da sie uns so genial bedient hatten. Klick und das Blitzlicht leuchtet auf. Zwutsch und alle stoben kreischend, wie verschreckte Karnickel auseinander, aus meinem Foto wurde leider nichts.

Über Shanghai könnte ich schreiben und schreiben, doch besser ist man sieht es sich selber an.

Ein Ausflug an die chinesische Mauer wäre auch noch interessant gewesen, aber es war nicht möglich.

Ziemlich lang war die Zeit die wir dort verbrachten, aber auch die ging zu Ende und die Reise setzte sich in Richtung Heimat fort. Werftzeit ist eine besondere Zeit. Viel mehr Möglichkeiten an Land zu gehen und die Menschen und ihre Kultur kennen zu lernen. Keiner muss sich abhetzen, denn morgen ist auch noch ein Tag. Schade es hatte viel Spaß gemacht. Jedoch nun war es soweit, das Schiff hatte wieder Wasser unterm Kiel und wir gingen auf Heimreise. Richtung Hongkong, Singapur, Suez-Kanal, Westeuropa, schließlich Rostock.

Wirtschaftsmäßig hatten wir alle Hände voll zu tun. Wir begannen mit Groß-Rein-Schiff. Farbe waschen an den Wänden in den Gängen, in den Pantrys und Messen. Teppiche aus den Offizierskammern zerrten wir nach achtern und säuberten sie mit Körperkraft, Schlauch und Schrubbern an Deck, um sie dann über die Reling zum Trocknen zu hängen, solange wir noch in warmen Gefilden waren, aber nicht ohne sie anzubänzeln, damit der Fahrtwind sie nicht dahinraffte und sie zu fliegenden Teppichen mutierten. Danny gab Anweisung und wir führten gemeinsam aus. Fenster mussten auch geputzt werden. Dazu klatschten wir pützweise Spüliwasser von außen an die Scheiben, schnell mit `ner Bürste drüber, dann wieder 'ne Pütz heiß Wasser, den Rest machte der Wind. So putzt zu Hause keiner Fenster. Ging bei uns aber prima.

46. Kapitel „Kühlschrankgrippe – voll erwischt"

Eigentlich hatte ich die Reise diesmal gesundheitlich gut überstanden, da war dann auch endlich mal ein Gebrechen dran. Beim Smoketime morgens gegen zehn Uhr trafen wir die Wirtschaft, uns meistens mit der Decksgang in irgendeiner Kammer um Pause zu machen. Danny schleppte dann eben mal 'n Eimer voll kaltes Flaschenbier ran und wir genehmigten uns nach all der Anstrengung ein kühles Blondes. Die normalste Sache von der Welt, zumal es sofort wieder aus den Poren drang, wenn man an Deck kam, bei dieser Hitze. Normal, nun nicht für mich. Ich kriegte erst mal Magenkrämpfe, wand und kringelte mich vor Schmerzen und schlich mich gerade zu meiner Kammer als mir der Chiefmate über den Weg lief. Besorgt sah er mich an.

„Sie sehen nicht gut aus, was ist denn passiert?", bohrte er sofort drauflos mit einem Stirnrunzeln.

„Mein Bauch tut weh, regelrecht Krämpfe, ich weiß nicht warum." Er brachte mich ins Hospital und fragte mich aus, was ich gegessen oder getrunken hätte. Nachdem ich das kalte Bier gestanden hatte, was aber nicht alleine kalt war, sondern die Cola gemischt mit Zitrone, trank ich auch nur aus dem Kühlschrank und mit Eiswürfeln. „Eindeutig, eine

Kühlschrankgrippe",diagnostizierte er, „ich bin für Bettruhe und für heiße Getränke. Hier ist noch etwas krampflösendes, es beruhigt den Magen und nun erst mal Marsch ins Bett. Meine Frau guckt nachher nach Ihnen."

Ich bedankte mich und sah zu das ich wirklich ins Bett kam.

Es ging mir mal wieder richtig schön schlecht. Eigentlich war es egal, ob ich auch nur tat was alle taten, es erwischte doch meistens mich. Ob das meine Füße waren, oder wie diesmal mein Magen, ich hatte ein gesundheitliches Problem, keiner von den anderen. Gut es haben sich natürlich auch andere Besatzungsmitglieder Verletzungen zugezogen, oder auch Magenschmerzen. Aber nicht beim Joggen und nicht von kaltem Bier! Das war mir vorbehalten. Als des Chiefmates Frau nach mir guckte, ging es mir schon besser und wir zwei kicherten schon wieder wegen etwas anderem herum. Der Chiefmate erwischte uns dabei, erlaubte mir aber nicht aufzustehen. Zwei Tage sollte ich so mal im Bett hocken bleiben und mich ein bisschen mit Zwieback und heißem Tee auskurieren. Das tat ich dann auch. Schließlich ist Anweisung, Anweisung. Er war mein Chef und seine Frau meine Freundin. Somit hatte ich Gesellschaft, sie half ja nur freiwillig in der Kombüse und in der Pantry, daher nahm sie sich nun die Zeit, mir etwas Gesellschaft zu leisten. Was wirklich lustig war. Lange in der Koje liegen ist aber auch nicht das Wahre, sobald es mir besser ging kam die Langeweile und es hatte auch nicht ständig einer Zeit, mich zu bespaßen. So kribbelte es mir schon in den Fingern endlich wieder arbeiten zu können und im Bordalltag mitzumischen. Ich war froh als die beiden Tage um waren und hatte wieder einmal mehr Lust denn je etwas zu tun. Zumal Hongkong sich langsam näherte und ich mir vorgenommen hatte, noch mal richtig einzukaufen. Da muss man einfach fit sein. Schließlich kam man nicht alle Tage nach Hongkong und es wäre das Schlimmste für mich gewesen, während alle an Land gingen krank in der Koje zu hocken. Meine Kühlschrankgrippe hatte sich rechtzeitig geschlichen, so auskuriert ging ich wieder einmal voller Spannung an Land um einen Mördereinkauf zu starten. Ich stiefelte mit einem Matrosen los und gemeinsam guckten wir uns das rege Treiben auf den Straßen an. Gleich riesigen Märkten waren die Straßen voller Buden mit allen erdenklichen Klamotten, Schnitzereien und Souvenirs.

„Ich kauf mir hier 'ne schöne billige Jeans!" Kündigte mein Begleiter hoffnungsvoll an und wir machten uns auf, einen Hosenstand zu finden. Das dauerte auch nicht lange, überall fanden wir Händler die, die verschiedensten Marken anboten. Als er das Passende gefunden hatte sagte er: „Ich probier die gleich mal an, wo ist denn hier 'ne Umkleidekabine?"

„Ich weiß nicht, sieht nicht so aus als ob so etwas existiert. Ich guck mal hinter den Stand, vielleicht ist da eine Möglichkeit", bot ich hilfreich an.

„Nee, nichts zu sehen, die musst du wohl so mitnehmen!"

„Kommt gar nicht in Frage, Hosen probiere ich immer an, dann zieh ich mich eben einfach hier um."

Sprachs und schickte sich an seine Hose zu öffnen und fallen zu lassen um die Neue anzuziehen. Da ging ein richtiger Tumult los. Der Jeanshändler und die Händler der übrigen Stände machten ein Palaver, gestikulierten mit Händen und Füßen und schrien laut um die Wette, woraus wir entnahmen, das er sich hier auf keinen Fall auf der Straße entblößen dürfte.

„Was mach ich denn jetzt? Ich will die Hose haben, aber ich muss sie erst probieren." Der wurde schon richtig trotzig.

„Frag den wo du sie anprobieren kannst, vielleicht versteht er englisch."

Ja, und er verstand. Er diskutierte kurz mit seinen Händlerkumpels, dann schnappte er den Matrosen am Ärmel und zerrte ihn mitsamt der Hose hinter sich her. Ich musste ja auch mit, also latschte ich den beiden hurtig hinterher. Eine Ewigkeit wuselten wir durch die endlos lange Straße, ehe wir in einen Hauseingang gingen wo er meinte, dort könnte mein Begleiter die Hose runterlassen. Wir standen in einem ekligen, muffeligen unsauberen Hausflur und er probierte endlich seine Hose an. Und wat'n Wunder, sie passte natürlich nicht.

„Was nun?", wollte ich wissen.

„Der steht doch noch vor der Tür, dem drücke ich die Hose in die Hand und ab dafür."

„Ja willst du die andere Größe ausprobieren?"

„Bist du närrisch? Das würde bedeuten mit dem Kerl zurück zu seinem Stand und dann wieder hierher, das dauert 'ne Unmenge von Zeit, nee ich verzichte das hat keinen Zweck, der kriegt seine Hose und wir gehen woanders hin."

Buh, im geheimen atmete ich auf, denn ich hatte schon angenommen, genau das passiert. Er holt sich 'ne andere Größe und das Spiel beginnt von vorne. Der ganze Heckmeck ging mir mächtig auf die Nerven. Dann war es gar nicht so einfach den Typ vor der Tür loszuwerden. Der hatte Lunte gerochen, wollte natürlich Kohle machen und uns mit wilden Gesten an seinen Stand zurücklocken. Ohne Erfolg. Die kurze Zeit, die wir zur Verfügung hatten, konnten wir nicht mit solchem Kinderkram totschlagen. Wir wimmelten ihn erfolgreich ab und sausten etwas flotter als geplant von einer Bude zur anderen, um die restliche Zeit so gut es ging noch mit sinnvollen Einkäufen zu vergeuden. Letztendlich hat es sich doch noch für uns beide gelohnt. Voll bepackt mit dicken Plastiktüten, standen wir pünktlich am Anleger, um mit dem Lunch zurück an Bord zu fahren. All die anderen Landgänger hatten sich auch eingefunden, alle mehr oder weniger bepackt, aber doch im Allgemeinen höchst zufrieden mit diesem Landgang. Am Abend mussten wir die Einkäufe würdig begießen, ein triftiger Grund schon wieder einmal zu feiern. Alle Mann waren wir gut drauf. Geld ausgeben ist doch Therapie für uns Seeleute, das ist wie „Ei machen". Auch wenn es vielleicht mit ein bisschen mehr Zeit hätte verbunden sein können.

Doch in solch einer Stadt braucht man weniger als zehn Minuten wenn man es drauf anlegte und man war blank. Mit strategischer Planung, wie ich es jedes Mal handhabe, bekam ich auch genügend für mein Geld. Von wegen gleich zuschlagen, erst vergleichen, dann handeln was das Zeug hält, außerdem ist die Handelei ein fester Bestandteil um ein gutes Geschäft zu machen. In manchen Ländern sind die Händler abgrundtief beleidigt, wenn man ein Teil kauft ohne zu feilschen, dass ist, als hätte man ihnen mitten ins Gesicht gespuckt! Sowas macht man einfach nicht.

Wir feierten jedenfalls zufrieden unseren Beutezug. Jetzt kam auch nur noch Singapur, dort auch nicht all zu viel Zeit und dann die lange Überfahrt nach Westeuropa. Der Aufenthalt in Singapur segelte ebenso schnell vorüber, wie in Hongkong. Alles was konnte und was noch Geld hatte, stürzte noch mal an Land. Wirklich schade. Ich träumte von einem richtig langen Aufenthalt in dieser tollen Stadt. Es gab so viel zu sehen und nur für einen Bruchteil war jedes Mal Zeit.

Wasser. Wasser. Wasser.

Kurz unterbrochen vom Suez-Kanal.

Seetage.

Wir servierten zum Frühstück wieder Reederei-Standard-Gerichte. Angefangen vom „Jungfernschreck" (zwei Wiener Würstchen, in der Mitte ein Spiegelei und obendrauf dick Ketchup) bis hin zur „Schwulen Kante" (Scheibe Brot mit Bratenaufschnitt und Bratensoße). So schafften wir etwas Abwechslung in das tägliche Einerlei.

Das gehörte einfach dazu. Die Köche hatten es auch nicht leicht. Ständig neue Gerichte auf den Speiseplan zu bringen, es sollte sich auch nicht so schnell wiederholen. So beratschlagten wir ab und zu gemeinsam, um den Speiseplan so attraktiv wie möglich zu gestalten. Gerade während der Seetage, wenn der Bordalltag einkehrte und keine Abwechslung in Form von Landgang ablenkte, achtete wie verabredet die ganze Mannschaft auf den Speiseplan. So gut der Koch, so gut die Stimmung an Bord. Aus Langeweile nörgelten einige am Essen herum, war der Bäcker neu oder etwas jünger, fielen sie zum Kaffeetime über seinen Kuchen her, der dann auch „unter aller Sau" war. Gnadenlose Stinkstiefel fuhren eben auch zur See.

Doch wenn Land in Sicht war, war das Essen an Bord ziemlich schnurz. Und wenn der Koch Hundesch.... serviert hätte, niemanden hätte es interessiert. Alles andere war dann weitaus wichtiger. Obwohl sie mit Sicherheit zu Hause von ihren „Mädels" nicht dreimal warmes Essen am Tag auf den Tisch bekamen. Es ging ihnen an Bord zu gut. Das war der Punkt. Von zu Hause aus geschmacklich nicht sehr verwöhnt, kehrten sie hier den Louis heraus und mäkelten an allem herum, nur um die Unzufriedenheit los zu werden, welche die Langeweile ohne Landgang mit sich brachte. Wen wundert's da, wenn ich einfach mal einen von denen in seine „Toreroschnitte", (Toastbrot, Leberwurst, Tomaten, Zwiebel und Spiegelei) ein paar Chilischoten von extremer Wirkung zum Frühstück in die Leberwurst der „Terrorbemme" wie wir sie nannten, drückte. Hustend und röchelnd verließ derjenige das Lokal. „Erstick dran, du unzufriedene Ratte", dachte ich. Das war nicht fies. Das war ausgleichende Gerechtigkeit. Von wegen „Scheiß-Fraß", der musste erst mal 'n „Scheiß-Fraß" kennen lernen, der Muffelfutzi.

Mit derartig kleinen Abwechslungen vergingen die Seetage in Richtung Heimat. Der größte Teil der Mannschaft traute sich noch mal unter mein Messer und ließ sich die Haare schneiden, um nicht all zu verkommen zu Hause einzutreffen. Westeuropa die letzte Station der Reise, zischte auch nur so an uns vorbei und endlich Einlaufen Rostock. Ein bisschen Freizeit war geplant, danach sollte das Schiff in die gleiche Richtung auslaufen wie zuvor, Hauptziel China und die meisten Besatzungsmitglieder hatten vor wieder mitzufahren. Ich auch. Also schnell ein bisschen ausruhen und dann wieder los.

Aber so einfach ging es gar nicht los. Erst mal kam der Zoll, den wir unbeschadet überstanden, doch im gleichen Atemzug kam auch die Staatssicherheit an Bord, wegen einem Vorfall der mir schon glatt aus dem Gedächtnis gerutscht war. Keiner durfte von Bord und keiner durfte an Bord. Wir konnten gerade mal den Verwandten an der Pier von der Reling aus zuwinken. Der verschwundene Bootsmann, der sich in Hamburg abgeseilt und zum „Wessi" umfunktioniert hatte, war der Grund. Alle die mit ihm irgendetwas zu tun hatten, wurden einzeln in die Mangel genommen und verhört. Ich auch. Da ich ihm gerade mal ein Frühstück serviert hatte, bevor er entfleucht war, konnte ich nicht viel Auskunft geben. Er war neu an Bord, genauso wie ich und ich konnte mich gerade mal daran erinnern, dass er dunkle Locken hatte und recht groß war. Das war alles. Trotzdem dauerte die Befragung jedes Einzelnen enorm viel Zeit und unsere Leute standen unten an der Pier und verstanden die Welt nicht mehr. Denn die wussten ja nicht was vor sich ging. Sicherlich dachten die, wir hätten irgend so'n fiesen Virus eingeschleppt. Aber wir lagen nicht vor Madagaskar, sondern vor Rostock. Und wir hatten auch nicht die Pest an Bord. Uns war nur 'n Bootsmann flöten gegangen. Ich weiß nicht ob die Stasi was Gewinnbringendes herausgekriegt hat. Auf alle Fälle waren wir dann sichtlich erleichtert, als sie nach Stunden das Schiff freigaben und den Dampfer verließen. Vielleicht haben sie einen Komplizen gesucht. Was weiß denn ich. Bloß der wäre ja blöd gewesen noch auf dem Dampfer zu hocken und dicht zu halten.

Der wäre bestimmt mit abgehauen. Ich für meinen Teil fand, an der Angelegenheit konnte keiner mehr was ändern. Wir wurden befragt, Erklärungen bekamen wir nicht. Sie fragten und wir hatten zu antworten. Weg war er und basta. Jetzt waren dann erst mal ein paar Tage Freizeit dran.

47. Kapitel „Der Chiefmate muckt auf"

Es handelte sich sowieso nur um ein paar Tage, welche dann auch im Nu vorüber waren. Wir stiegen wieder auf. Wieder Richtung China, auf dem Weg dahin Singapur und Hongkong. Wieder ein paar sehr interessante Häfen, unter anderem auch noch mal Shanghai, worauf ich mich sehr freute. Da der Reiseverlauf dem der vorhergehenden Reise ähnelte, die Besatzung fast vollständig wieder mitfuhr, leider ohne meine beste Kumpeline Danny, statt dessen fuhr ein Obersteward mit,(ein Mann!), ist mir nur ein makabres Erlebnis im Kopf, was ich mit dem neuen Chiefmate hatte, der ebenfalls unglücklicherweise für seinen netten Vorgänger, der mit seiner Ehefrau Urlaub machen wollte, mitfuhr. Ich war zum Kombüsendienst, kombiniert mit Gänge-Reinschiff eingeteilt. Hatte gerade meine Arbeit zur Hälfte erledigt, als ich mich mit dem Rest der Wirtschaft zum Mittagessen in der Messe traf. Kaum dass ich saß, betrat der Chiefmate den Raum, der von Anfang an etwas gegen mich zu haben schien, wahrscheinlich weil ich immer eine Antwort parat hatte, er für seinen Posten ein bisschen jung war, älter als ich schon, aber als Chiefmate trotzdem jung und irgendwie immer ein bisschen aufgebracht war, wenn jemand anderer Meinung war als er.

Er kam rein mit seiner hohen Stirn, baute sich vor mir auf und tat den Spruch: „Wenn ich sie sehe, wird mir schlecht".

Dabei hatte er sich mächtig schmächtig in die Brust geworfen und sah mich herausfordernd an. Ich schnappte nach Luft, das ging zu weit, was bildete der Jüngling sich ein? Bevor ich richtig wütend werden konnte, legte eine meiner Kolleginnen ihre Hand auf meinen Arm, um mich zu beruhigen, weil alle, die mit mir dort saßen wussten, dass ich, wenn ich mich zu Unrecht behandelt fühlte, explodieren würde. Mühsam beherrscht, ohne überzuschäumen, zischte ich: „Warum?"

„Sie haben einen Aschenbecher in einem der Gänge übersehen!", kläffte er mich an und gockelte steifbeinig, anscheinend hochzufrieden, aus der Messe. In mir brodelte alles. Erstmal hatte ich ihn nicht vergessen, seinen blöden Aschenbecher, weil ich noch Arbeitszeit hatte und den Gang noch gar nicht gereinigt hatte. Zweitens unterbrachen wir alle die Arbeit für die Mittagspause und danach, das wusste er auch, hätte ich den Gang mitsamt seinem dämlichen Aschenbecher noch gereinigt.

Auf so eine Gelegenheit hatte er anscheinend nur gewartet, endlich einmal einen nichtssagenden Grund zu finden, um mich richtiggehend bloßzustellen und dann schnell wieder zu verschwinden, ohne mir die Möglichkeit zu geben etwas zu erwidern. Der kannte mich schlecht und die anderen auch.

„Lach doch drüber, komm beruhige dich", wollten meine Kolleginnen mich beschwichtigen. Doch der Obersteward grinste und hatte sich wohl insgeheim mit dem Chiefmate verbündet gegen uns Mädels.

„Was grinst du denn so verschwörerisch? Passt dir auch irgendwas nicht, wie? Sag's lieber gleich, ich bin gerade in Fahrt!", keifte ich den Obersteward an.

Auch so ein langes, schlacksiges milchig-weißes Bürschchen, bei dessen Anblick man nach längerem Hinsehen fast Ausschlag bekam. Seine Mundwinkel hörten sofort auf zu zucken. Ich konnte jedenfalls meine Wut nicht im Zaum halten, stand vom Tisch auf, ließ Essen Essen sein und rannte die Niedergänge hoch zum Chiefmate. Vor seiner Kammer machte ich halt, knallte mit der Faust gegen das Schott und brüllte: „Chiefmate!"

Noch ehe er „Herein" sagen konnte, war ich „herein" und stand schon mitten in der Kammer vor seinem Schreibtisch.

„Wer gibt Ihnen das Recht mich so runterzumachen, wegen eines nicht vorhandenen Grunds? Was glauben Sie, wer Sie sind? Ich bin jedenfalls so taktvoll und sage Ihnen nicht wie **mir** wird, wenn ich **Sie** sehe!"

Raus, knall, die Tür flog zu. Ich fühlte mich besser. Der saß hinter seinem Schreibtisch, ist richtig zusammengezuckt, als ich das Schott aufgerissen hatte und brachte während meines Redeschwalls kein Wort heraus. Schön peinlich war das. Jetzt kann er mich feuern, wenn er will, das war mir völlig egal, aber mir ging es besser. Ich betrat die Messe, holte mir ein neues Essen und begann genüsslich zu kauen. Die Anderen saßen lauernd da, sie wussten genau wo ich war und dachten anscheinend, gleich kreuzt der Chiefmate auf und schießt zurück. Nein, er kam nicht. Er kam den ganzen Tag nicht in meine Nähe. Doch bald hatte sich eine seltsame Wandlung mit ihm vollzogen, von Tag zu Tag wurde er freundlicher, bis er sich traute mich zu fragen: „Wie mir denn wird, wenn ich ihn sehe?"

„Ich hab doch gesagt ich bin taktvoll, bloß mit den Socken und der Krawatte geht kein vernünftiger Mensch an Land." Auf einmal lachten wir beide. Seit diesem Tag waren wir Freunde.

Keine bösen Worte mehr, im Gegenteil, er holte vor jedem Landgang noch einen Ratschlag meinerseits ab, ob wohl seine Garderobe miteinander harmonierte? Wenn ich nicht der Meinung war, zog er sich eben passend um. Wer hätte das gedacht? Ich nicht, die Anderen auch nicht. Als auch diese Reise, die doch etwas angespannt begann, dann aber lustig zu Ende ging, machte ich erst einmal Urlaub.

Eigentlich hatte ich vor nach meiner Freizeit wieder auf dieses Schiff aufzusteigen, da wir eine prima Besatzung waren, doch MS „Wandertal" war noch nicht von der Reise zurück, die ich während meines Urlaubs ausgesetzt hatte und ich bekam Langeweile. Also bemühte ich mich um ein anderes Schiff und um eine andere Route, ich hatte keine Lust länger an Land zu bleiben und zu warten.

Das Problem war schnell gelöst, es fand sich ein ebenso schönes Schiff mit einer ebenso netten Besatzung und die Hauptsache war, mit dem Mann fürs Leben, was ich zu diesem Zeitpunkt überhaupt noch nicht ahnen konnte und ehe es soweit kam, gab es noch lauter kleine Verwicklungen, die auch nicht zu kalkulieren und vorauszusehen waren.

Jedenfalls hatte ich ein neues Schiff. Mit all meinem Krempel, den ich immer mitschleppte, stieg ich wieder einmal auf. Alles neue Gesichter.

An diesem Vormittag nieselte es in feinen Strippen vor sich hin. Heilfroh war ich, als ich alles durch die Feuchtigkeit auf den Dampfer gebuckelt hatte. Trotzdem ärgerte ich mich, weil ich nicht mal eine Hand für einen Schirm übrig hatte und meine Haare leicht angeduscht aussahen, als ich ankam. Das konnte ich zum Tod nicht ab, ohne Schirm durch den Regen zu latschen.

Im Hafengelände, so durch die Pfützen hüpfend, mit all meinem Gepäck, stellte ich überrascht fest, dass MS „Wandertal" nun doch noch eingelaufen war. Zwar verspätet, aber eigentlich noch rechtzeitig genug für mich, lag sie ein Hafenbecken weiter und war gerade beim Festmachen. Ich war doch noch da! Und ärgerte mich maßlos. Nun hatte ich überstürzt auf einem anderen Schiff angemustert, aber ich konnte nicht ahnen, dass sie doch schon einlaufen. Als ich mich danach erkundigt hatte, hieß es die Reisedauer der MS „Wandertal" würde sich erheblich nach hinten raus verschieben. Im Moment konnte ich gar nichts tun, außer meine neue Kammer zu begutachten, die Arbeit anzutreten und mich nach Feierabend um das Auspacken zu kümmern. Doch das sollte von vornherein nicht so viel Zeit in Anspruch nehmen, da ich unbedingt noch am selben Abend auf MS „Wandertal" wollte, um meine Freunde zu begrüßen. Zuerst aber hatte ich mich beim Chiefmate und der Oberstewardess einzufinden und zu gucken, wo überhaupt meine Kammer war.

Nachdem ich das hinter mich gebracht hatte und beide meiner Vorgesetzten nach meiner inneren Messlatte als „ganz nett" einstufte, staunte ich nicht schlecht, als ich meine Kammer betrat. Eigentlich war diese für den mitfahrenden Lehrbootsmann bestimmt. Irgendwer hatte jedoch völlig verschwitzt, dass ein Lehrbootsmann mit von der Partie war, so wurde mir die Kammer zugewiesen und ich jubelte innerlich. Für meine Begriffe ein ziemlich großer Raum, mit einem Riesenbett, schön mit Vorhang zum rundherum zuziehen, etliche Schränke, viel Platz zum Sitzen und einen großen Tisch. Das Beste aber war: Dusche und Toilette waren integriert. Das heißt, wie im Hotelzimmer öffnete ich eine Tür und stand in meiner Dusche mit Waschbecken und Toilette und zwar so groß, dass ich auch noch Wäsche aufhängen konnte. Richtig feudal. Soviel stand fest, ich brauchte nicht mehr mit meinem wehenden Badetuch verschämt über irgendwelche Gänge zu zwitschen, um zu duschen. Das Privileg kannte ich bis jetzt nur von der „Atlantis". So, nun konnten Sie mich alle Mal. Wenn ich in meine Kammer ging, konnte ich wirklich meine Ruhe haben, wenn ich wollte und die Tür zu machen, denn ich brauchte ja überhaupt nicht mehr raus nach Feierabend und konnte es mir so richtig gemütlich machen. Vergnügt, mit einen Sommerhit vor mich hinsummend, packte ich meine Habe hurtig aus. Das Gemach entschädigte wenigstens für meinen voreiligen Aufstieg auf dieses Schiff.

Später stieg auch der Lehrbootsmann auf und da bemerkten sie den Irrtum, dass ich verkehrt wohnte. Aber in Anbetracht der Tatsache, dass der Mann sehr bescheiden war und es ihm auch leid getan hätte, wenn ich wieder alles hätte einpacken müssen, zog er einfach in die für mich vorgesehene Kammer und gut war es.

Nachdem ich während meiner bisher vier Jahre Seefahrt drei Jahre mit dem falschen Mann verbracht hatte und ein Jahr auf MS „Wandertal" mit einem anderen auch nicht das Richtige war, hatte ich mir vorgenommen nun nur noch zur See zu fahren, wie sowieso ursprünglich geplant und zwar alleine.

48.Kapitel „Was für ein Früchtchen?"

Eigentlich war es auch von Vorteil, wenn man als Frau mit jemandem zusammenfuhr. Da kam erst gar keiner auf falsche Gedanken. Bloß darüber machte ich mir im Moment weniger Kopfzerbrechen. Ich brauchte weder ein Schutzschild, noch einen männlichen Begleiter, um mich behaupten zu können. Ich wollte nur meine Ruhe haben und mir weiterhin die Welt ansehen. Denn nur aus diesem, mir wichtigen Grund, fuhr ich überhaupt zur See. Obwohl ich schon bemerkt hatte, dass der Matrose, der an der Gangway stand, als ich aufstieg, mich seit diesem Zeitpunkt nicht mehr aus den Augen ließ. Oder bildete ich mir das nur ein?

Mein erster Arbeitstag ging zu Ende und eigentlich hatte ich mich einen Tag zuvor mit einem Bekannten für diesen Abend zum Essen verabredet. Leider hatte ich das nun nicht mehr vor, da ich auf MS „Wandertal" wollte. Doch ich musste warten, bis er mich abholte, so hatten wir es vereinbart. Als er dann kam, stand wieder der Matrose an der Gangway, den ich eben schon erwähnte. In meiner Kammer erklärte ich meinem Bekannten die Situation und siehe, er hatte Verständnis. Versprach mich noch schnell auf das andere Schiff zu bringen, um dann alleine in die Stadt zu fahren, da wir uns dort sowieso mit mehreren Leuten verabredet hatten. Also hatte ich ihm nicht total den Abend verdorben. Gemeinsam verließen wir das Schiff und der Matrose sah uns nachdenklich hinterher. Ihm war schon klar, dass mich da ein Seemann abgeholt hatte, denn er musste beim Betreten des Schiffes sein Seefahrtsbuch zeigen. Aber dieser Seemann stand nicht auf der Besatzungsliste. Was der wohl dachte, überlegte ich amüsiert.

Vor MS „Wandertal" angekommen, verabschiedeten wir uns. Ich betrat das Schiff und mein Begleiter ging Richtung Hafentor.

Das war eine Freude, als ich meine alten Kumpels wiedersah. Es war schon Feierabend und so ließen wir uns alle in einer Kammer zu einer spontanen Fete nieder. Ein schöner Abend, es gab viel zu erzählen und vor allem zu lachen. Eigentlich hatten sie alle angenommen, ich würde wieder mitfahren, was ich ja auch vorgehabt hatte. Nun bedauerten wir sehr, dass es anders gekommen war. Schade, aber ändern konnte ich es nicht mehr. Ziemlich spät oder früh, wie man es nimmt, brachte mich der Storekeeper zurück auf MS „Madea". Wie der Teufel es will, stand der besagte Matrose an der Gangway. Etwas zurückhaltend erwiderte er unser fröhliches „Guten Morgen", als mein Begleiter sein Seefahrtsbuch zeigte, um dann mit mir in Richtung meiner Kammer zu verschwinden. Es war ihm nicht entgangen, dass es schon wieder ein anderer war. Ich war froh, dass ich um diese Uhrzeit nicht alleine durch den Hafen tapsen musste und der Storekeeper mich zurückgebracht hatte. Wir tranken gemeinsam noch ein Bier, dann verabschiedete er sich und verließ das Schiff. Nun musste ich aber zusehen, dass ich schnell duschte und ins Bett kam, denn schließlich war der nächste Tag wieder ein Arbeitstag.

Beim Einschlafen fiel mir noch vage ein, was wohl der Matrose denken musste, was da für ein Früchtchen aufgestiegen war. Ging mit einem davon, um dann spät in der Nacht mit einem anderen wiederzukommen. So harmlos wie das alles war, konnte er mit Sicherheit nicht darüber gedacht haben. Schmunzelnd über diese Gedanken schlief ich ein.

Am nächsten Morgen ging ich mehr oder weniger fit an meine Arbeit, mit dem Gedanken an diesem Abend früher in meine Koje zu krabbeln. Es hieß wir Verholen am nächsten Tag nach Wismar, von wo aus die Reise in Richtung Westeuropa beginnen sollte. Erstes Ziel Antwerpen, danach Buenos-Aires in Argentinien, gefolgt von Victoria, Rio de Janeiro, Santos wieder Victoria, zurück nach Rotterdam, dann Bremen und Rostock. Hörte sich alles in allem ziemlich gut an. Der Horror von Rio war verblasst, wenn auch nicht ganz vergessen. Na denn, mal wieder nach Rio. Ich freute mich trotzdem darauf.

Seltsam, ein paar kleine Probleme hatte ich nun doch so ganz ohne Mann. Selbstverständliche Dinge wie zum Beispiel meinen Fernseher laschen, musste ich nun selbst übernehmen, damit er mir bei Sturm nicht durch die Kammer rasselt. Na und da lief mir doch gleich besagter Matrose über den Weg und hatte auch ein Anliegen.

„Sag mal, hast du vielleicht noch ein paar Kleiderbügel?", richtig höflich kam das rüber.

„Ja, aber nur wenn du mir meinen Fernseher laschst!", verlangte ich als Gegenleistung. Er versprach den Fernseher zu laschen und ich die Bügel rauszurücken. Sein Dialekt klang ziemlich südlich, stellte ich fest, also kein Norddeutscher.

Dunkles etwas lockiges Haar, blaue Augen, Schnauzer und ein jungenhaftes Lächeln. Hübsches Biest für einen Mann, dachte ich. Aber mir wird hier überhaupt keiner mehr gefährlich. Der kriegt seine Bügel und ich `nen gelaschten Fernseher und gut is. Dazu musste ich ihn aber in meine Kammer lassen und mit ihm reden. Der war wirklich niedlich in seiner Art und ich hatte den Eindruck, dass es schon ziemlich lustig werden könnte auf dieser Reise, natürlich nicht ohne Vorsicht walten zu lassen.

Insgesamt waren wir drei Stewardessen und eine Oberstewardess. Wir kamen sehr gut miteinander aus und hockten auch in unserer Freizeit meistens zusammen. Die Oberstewardess fuhr mit einem Matrosen zusammen. Sie war äußerst rundlich aber ein guter Kumpel. Die anderen beiden Stewardessen waren auch ohne Begleiter und so machten wir drei aus, dass wir uns gegenseitig etwas beschützen würden und aus diesem Grunde die Abende zusammen verbringen wollten. Natürlich ließen wir auch einige von den Jungs daran teilhaben, aber wir hatten ausgemacht, dass wir, falls man in einer Stewardessenkammer saß, immer die Letzten waren die zurückblieben. Das heißt, keine von uns saß am Ende mit einem Mann alleine da, weil wir uns erst trennten wenn der Letzte aus der Tür war. Der Plan war gut. Obwohl wir bald merkten, das es den Männern schon auf die Nerven ging, keine von uns alleine vor sich sitzen zu haben. Wir hatten unseren Spaß dabei.

Diesmal brauchte ich mir bei Auslaufen auch keine Gedanken über den Zoll zu machen. Es gab nichts zu schmuggeln. Geld hatte ich auch nicht was ich illegal ausführen könnte, so hatte ich eine Sorge weniger. Selten das ich mit so tadellos reiner Weste auf Reisen ging.

Was mich tatsächlich kurzzeitig aus der Bahn warf, war die unkontrollierbare Invasion winziger Flugobjekte. In jenem Jahr gab es eine ungeahnte Marienkäferschwemme. Das ganze Schiff war plötzlich von außen rot-schwarz-getupft und leuchtete lustig in der Sonne. Dicht an dicht hockten und krabbelten sie auf dem ganzen Dampfer herum und waren lästig ohne Ende. Eigentlich niedlich diese Tierchen aber in solchen Dimensionen? Der Dampfer wurde hermetisch abgeriegelt. Alle Bulleyes dicht.

Jedoch die Matrosen machten sich einen Gag und schmissen ein paar Händevoll in die Kammern, die man von der Gangway aus erreichen konnte. Na und eine davon gehörte einem Offizier dessen Kammer ich zu reinigen hatte.

„Achduscheißewas`ndas?" Entfuhr es mir, während ich das verhaltene Kichern von der Gangway aus hören konnte. Beim Reinschiff wurde ich bald irre. Wie auf der Jagd saugte ich die Käferchen mit meinem Staubsauger auf. Alles Summseln und Brummseln endete jämmerlich verhalten rumorend in meinem Staubsaugerbeutel. Die Kammer war clean.

Weil wir unsere Staubsauger als personengebunden ansahen, schleppten wir Stewardessen diese immer mit in unsere Kammern. Genau das wurde mir zum Verhängnis. Als ich ein paar Stunden später meine Kammer wieder betrat, hatten sie alle den Weg durchs Staubsaugerrohr retour gefunden und wuselten und flatterten nun in meiner Kammer herum. Das war übel. Es surrte und schnurrte alles in meiner Hütte. Sah ganz einzigartig aus, aber haben wollte ich sie nicht. Noch mal Sauger raus, Fuß ab und los. Hinterher mit dem blanken Rohr und aufgesaugt. Das hatt 'ne ganze Weile gedauert. Aber jetzt war ich schlauer, ich nahm die Tüte raus und hab sie komplett entsorgt. Ruhe im Schiff. Endlich.

Nachdem wir die kurze Überfahrt nach Wismar und von dort nach Antwerpen hinter uns gebracht hatten, stand erst einmal ein Landgang bevor. Der Gangwaymatrose der mich von Anfang an beschattet hatte und dessen Name „Ronny" war, bat mich mit ihm an Land zu gehen. Blödsinn abzustreiten das ich gerne mit ihm zusammen war. Im Gegenteil, wir hatten immer unheimlich viel Spaß nur mit dem einzigen Haken, das wir nie alleine waren. Ja, ich sagte zu und nahm prompt Liane eine der Stewardessen mit. Ein gelungener Nachmittag. Die Sonne brezelte freundlich vom Himmel, wir hatten genug Zeit und die Stadt bot genug Interessantes und Schönes um es zu genießen.

Obwohl Liane mir im Nachhinein gestand, dass sie sich streckenweise wie das fünfte Rad am Wagen vorkam. Schade, ich konnte sie sogar verstehen.

Ich erinnere mich an eine Episode als wir in Wismar lagen. Mit mehreren Leuten saßen wir in einer Kammer und unterhielten uns, dabei waren auch Ronny und der Bootsmann. Letzteren brauchte man auch nicht näher kennen zu lernen, er war nur während der Überfahrt nach Wismar an Bord und wollte am nächsten Tag absteigen, dann würde der neue Bootsmann aufsteigen um die Reise mitzufahren. Doch Ronny und der Bootsmann, der nur als Springer eingesetzt war, kannten sich und saßen mir gegenüber. Ronny ließ mich nicht aus den Augen und der Bootsmann pries ihn an wie heiße Wecken.

„Stell dir vor", zwinkerte er mir verschwörerisch zu, „der ist noch zu haben und der fährt ′nen sechzehnhunderter Lada!"

„Das macht überhaupt nichts", erwiderte ich genervt, „mein Vater fährt auch so ein Auto, ich weiß wie die aussehen." Ich fand es ziemlich blöde von dem Bootsmann so dämlich zu quatschen. Ronny sagte auch nur: „Halt die Klappe, Blödmann". Und hätte ihn wahrscheinlich am liebsten hinter die Schraube gebeamt. Indessen schnackte unser Aushilfsbootsmann weiter so anzügliches Zeug. Knebeln konnte er diesen Idioten aber auch nicht. Na, jedenfalls dachte ich, das fängt gut an, dumm wie′n Vier-Pfund-Brot versucht der uns tatsächlich schon am ersten Tag zu verkuppeln. Hinreißend komisch.

Ja und nun hatten wir schon den ersten Landgang hinter uns und verstanden uns prima. Nach Antwerpen folgten erst mal Seetage. Ich glaube es waren 18 Tage Richtung Buenos-Aires. Wir drei Stewardessen wechselten uns wieder mit Kombüsendienst, Gänge-Reinschiff, Pantry- und Messedienst wöchentlich ab und taten geregelt unsere Arbeit. Schön war, zu registrieren, dass es allmählich wieder wärmer wurde. Bald stand einem Bad im Swimmingpool nichts mehr im Wege. Langsam begann auch wieder die Munkelei, wer sich wohl welche der Stewardessen angelt, da wir alle drei alleine fuhren. Ronny munkelte kräftig mit und versuchte ständig die anderen auf eine falsche Fährte zu hetzen. Obwohl ich ab und zu mal jemandem die Haare schnitt und immer zum Sekt als Dank dafür eingeladen wurde, ließ ich mich nicht darauf ein, sondern nahm dankend die Flasche und ging. Die tranken wir Mädels, mit einem Hoch auf die edlen Spender abends gemeinsam und lästerten kräftig ab. Klar war dann auch mal Ronny dabei, sowie ein paar andere Männer, aber wir drei Frauen bildeten den harten Kern und lösten uns über Wochen hinweg erst auf, als der Letzte gegangen war. Nur unsere Lehrlinge brauchten fürs Haareschneiden nicht zu Löhnen. Wenn es bei ihnen soweit war, ging ich runter in ihr Deck und rief mal ganz laut durch den Gang: „Wer in zehn Minuten mit frisch gewaschenen Locken hier sitzt, bekommt die Murmel abgedreht." Und schwups, hockten sie alle auf ihrem Klappcheck vor mir und ich begann mit dem Massaker. Aber sie waren jedes Mal allesamt zufrieden mit ihrem Aussehen.

Während der Überfahrt hatte Ronny Geburtstag. Wie es also üblich war, konnte man als Geburtstagskind beim Koch ein Essen in Auftrag geben, natürlich für die gesamte Besatzung, was man dann auf die Reiserechnung geschrieben bekam. Gefeiert wurde in der Messe und alle die wachfrei hatten, nahmen selbstverständlich daran teil. Getränke gab es auch reichlich, die ebenfalls das Geburtstagskind zu zahlen hatte. Der Gag schlechthin auf solchen Partys war dann die Bowle, die in einem nigelnagelneuen Klobecken in der Messe serviert wurde. So feierten wir auch Ronnys Geburtstag, mit der Kelle im Klobecken. Mein flink ausgedachtes Geschenk kam auch gut an. Alles in allem ein recht schwungvoller Abend.

Musik übt Magie aus, so sagt man. Egal wann und wo Musik erklang, Ronny und ich tanzten drauflos. Wobei sich keiner was denken konnte, nicht einmal wir. Denn dabei blieb es auch eine sehr lange Zeit. Es war einfach nur der Spaß am Tanzen und so tanzten wir bei jeder Gelegenheit.

Der Zeitpunkt kam als wir endlich in Buenos-Aires festmachten.

„Kommst du mit mir an Land?" Kam als –„Darf ich bitten?"- bei mir an, als Ronny mich fragte.

„Ja ich versuche das Abendbrot freizumachen, dann können wir mittags los."

Ziemlich nüchterne Ansage meinerseits. Na klar wollte ich mit. Ich machte das Abendbrot frei, indem ich großzügig meine Überstunden verpulverte und wir marschierten zusammen an Land. Diesmal ohne Anhang. Wir beide ganz alleine unter wolkenlosem Himmel. Die Sonne strahlte uns heiß und ungebremst entgegen. Was will man mehr? Meine Schnippskiste hatte ich mitgeschleppt, diesmal hatte ich daran gedacht. Das kam leider viel zu selten vor, so dass ich im Nachhinein nicht sehr viele Bilder zur Erinnerung an meine Seefahrt habe. Schade, aber ich konnte es nicht mehr nachholen.

„Ich hätte gerne ein Bild von uns", sagte ich, „aber wen können wir fragen?"

„Guck mal da vorne an der Mauer hockt ein Bettler, den bitten wir einfach, das wird er schon verstehen", schlug Ronny vor und ging beherzt auf den Bettler zu, zeigte ihm die Kamera und erklärte mit Zeichen wo er drücken soll. Der arme Kerl begriff sofort, wartete bis wir uns in Position gebracht hatten und drückte ab. Das Bild ist sogar etwas geworden und wir hätten es nicht besser machen können. Wir bedankten uns und schlenderten weiter um die Stadt zu erkunden. Da wir das erste Mal alleine gingen, fanden sich unsere Hände wie selbstverständlich und wir guckten uns Hand in Hand die schöne Stadt an. Begeistert liefen wir über das Pflaster und staunten über dies und das. Meine Kauflust meldete sich in mir. Doch das hielt sich in Grenzen aus Mangel an Geld. Was uns jedoch fesselte, war ein Stand in einer der Straßen wo man zarte Glasgefäße kaufen konnte, in den verschiedensten Formen. Alle hatten eine kleine Öffnung und waren mit Erde und Pflanzen ausgestattet, wie ein kleines Gewächshaus. Unter anderem Schwäne. Mit langem Hals, sehr zart aber wundervoll bepflanzt. Die mussten wir kaufen. Ich gönnte mir noch vier kleine Fläschchen mit sehr schönen Motiven bemalt, die ebenfalls Erde und kleine Pflanzen enthielten. Ich staunte wie man die Pflanzen durch diesen kleinen Flaschenhals bekommen hatte. Aber Ronny kannte die Lösung und erklärte mir, dass sie wahrscheinlich den Boden der Fläschchen mit Erde befüllt und Samen dazu geschüttet hatten, die sich dann mit der Zeit zu Pflanzen entwickelten. Kleine botanische Glasgärten, richtig ausgefallen. (Viel später tauchten die dann auch in Westeuropa auf.) Erst einmal darauf bedacht unsere zarten Gebilde nicht kaputt zu machen, trugen wir sie vorsichtig mit uns herum bis wir vor einem tollen Steakhaus ankamen. Imposant das Gebäude. Fasziniert schauten wir durch das große Fenster. Wir sahen einem wirklich überaus attraktiven Mann bei seinem Tun zu. Auf dem gefliesten Boden des Restaurants befand sich eine große Feuerstelle mit Holzkohle. Darüber standen lauter Spieße senkrecht, auf die man irgendwelche hautlosen Tiere aufgespießt hatte. Die grillten dort vor sich hin. Der hübsche Mann angetan mit Hut, Hemd, Halstuch, Lederhose und Schürze stand daneben mit einem riesigen Messer, ähnlich einer Machete und trennte sorgfältig Fleischscheiben von den Tieren ab um sie dann köstlich auf Tellern anzurichten.

Gerade als Ronny ein Bild von mir vor diesem Restaurant schoss, öffnete sich die Tür, der Mann kam heraus zog mich mit sich hinein, gab mir das große Messer in die Hand, steckte es dann in eines der Tiere am Spieß, nahm mich dabei in den Arm und bedeutete Ronny das er nun ein Bild schießen sollte. Ein tolles Foto ist entstanden und Ronny war nicht einmal eifersüchtig. Der Mann lachte unter seinem Cowboyhut hervor und deutete auf eine Treppe die nach oben ins Restaurant führte. Neugierig geworden, stiefelten wir die Treppe rauf, wo uns gleich ein paar nette Kellner empfingen und zu einem Tisch brachten. Spontan entschieden wir etwas zu essen, dafür reichte unser Geld allemal. Wir nahmen Platz und ließen uns verwöhnen. Die Speisekarte kam und was bestellt man in Argentinien? Beef natürlich! Mir gelüstete nach Kuba-Libre und ich nahm an, dass dieses Getränk in allen warmen Ländern bekannt sei. Ein Irrtum. Der Kellner begriff nicht was ich wollte. Ich versuchte es auf Englisch, er verstand mich nicht. Ronny griff ein und redete langsam englisch auf ihn ein, das klappte auch nicht. Der Kellner entschuldigte sich und holte einen Kollegen zu Hilfe. Der sprach zwar etwas englisch, kannte aber die Zusammensetzung von Kuba-Libre nicht. Der wiederum holte noch einen Kollegen, dem das Getränk auch unbekannt war. Die Situation wurde immer komischer, schon vier Kellner mittlerweile am Tisch und keiner begriff was wir wollten. Wir lachten schon alle um die Wette, bis ich dann langsam ganz international die Einzelteile auf Englisch aufzählte. Erst mal Rum. Schon sprintete ein Frackträger los und holte zwei Schnapsgläser voll Rum. Na, das reichte ja nun nicht.

„Cola", sagte ich. Der nächste lief los und kam mit zwei Gläsern voll Cola wieder. „Eis", diktierte ich und machte mit den Fingern die Bewegung als würde ich das Eis ins Glas schnipsen und schon machte sich der nächste Kellner auf die Socken. Unter lautem Gelächter kam er mit Eiswürfeln zurückgeklappert.

„And now Lemon", verlangte ich. Der Letzte raste los und kam mit Limetten. Was für eine heitere gesellige Runde, man konnte annehmen wir wären mit diesen Unbekannten seit Jahren bekannt. Alle hatten sie mit uns zu tun und freuten sich riesig, dass wir endlich hatten was wir wollten. Gespannt standen sie zu viert um unseren Tisch, neugierig was wir mit den Zutaten vorhatten. Da die Colagläser voll waren bis zum Rand, erklärte ich ihnen mit Händen und Füßen, dass wir zwei leere große Gläser brauchten. Auch die bekamen wir. Die vier Kellner umzingelten den Tisch und sahen erstaunt zu wie ich den Rum in das große Glas kippte, Limetten dazu presste, die Eiswürfel hinein warf und die Cola darüber goss. Kaum zu glauben, die kannten das Getränk nicht.

„It is Kuba-Libre", erklärte ich abschließend. Da begriffen sie und kicherten noch mal über den ganzen Aufwand den wir getrieben hatten. Noch nie zuvor habe ich in einem Restaurant so eine Bedienung erlebt und ebenso wenig lauthals gelacht wie an diesem Abend. Ronny und ich amüsierten uns köstlich. Jetzt wussten die Jungs was wir wollten und brachten doch wirklich den nächsten Kuba-Libre fertig gemixt an den Tisch. Überschwänglich bedankten wir uns und kamen aus dem Lachen gar nicht mehr heraus. Unser Essen wurde serviert, mich packte Entsetzen. Groß und ordinär thronte ein Klumpen Fleisch auf meinem Teller und als ich es anschnitt lief noch Blut raus. Nein, das war nichts für mich. Vorsichtshalber aß ich nur die Beilagen, bestrebt nichts mit dem hervorquellenden Blut in Verbindung zu bringen was aus dem Stück Aas lief. Mir war richtiggehend schlecht.

„Guck mal wie eklig, die sind zwar alle nett, aber das kann ich nicht essen, das ist noch nicht richtig tot und rast mir gleich vom Teller!", quetschte ich angewidert durch die Zähne. „Lass es einfach liegen und bestell dir was anderes", schlug Ronny vor.

„Nein ich werd schon von den Beilagen satt, was anderes bestelle ich nicht, das Fleisch ist hier bestimmt immer roh." Schon der Gedanke an den nächsten blutigen Klumpen machte mich schlichtweg fertig.

Den Kellnern entging natürlich nicht, dass es mir nicht schmeckte und ich deshalb nur so als Alibi auf meinem Teller herumpiekste. Ich lehnte mich zurück. Nicht satt und zufrieden. Derjenige der unsere Teller abräumte, fragte dann auch mit Gesten nach ob es nicht gut war.

„Nein ist schon okay, ich mag es nicht so blutig!" Ich drückte meine Gabel auf den Brocken und quälte ihn noch mal, so dass der rote Saft austrat. Ja, er begriff und nahm den Teller mit. Kurze Zeit später bekam ich ein neues Essen, das Fleisch landesunüblich dünn geschnitten und durchgebraten, keine Ähnlichkeit mehr mit dem blutigen Stück Kadaver. Dermaßen erstaunt konnten wir uns nur bedanken. Ich mümmelte genüsslich diese Scheibe Fleisch, es schmeckte mir hervorragend, lecker und gut gewürzt.

„Stell dir mal vor, das ist ja Klasse, das hätte zu Hause keine Kneipe fertiggebracht, etwas anderes zu bringen, wenn man nicht vorher ausdrücklich „durchgebraten" gesagt hätte und es offiziell reklamiert hätte", staunte ich.

„Vielleicht ist das unser Glückstag", meinte Ronny, „die sind unwahrscheinlich lustig und nett hier!" Irgendwie schienen die Kellner auch nicht von uns loszukommen. Dauernd kam grinsend einer an und fragte mit Gesten ob alles in Ordnung wäre.

Der Kuba-Libre kam auch so wie sich unsere Gläser dem Ende neigten, im nahtlosen Übergang vorschriftsmäßig gemixt an unseren Tisch. Es war schon toll. Als wir zu verstehen gaben, dass wir die Rechnung wünschen, kam diese auch prompt. Wir stellten erstaunt fest, dass sie mein fast lebendes Fleisch nicht berechnet hatten und auch nicht das durchgebratene zweite Gericht, was sie mir danach servierten. Sie hatten nur Ronnys Essen auf die Rechnung gesetzt sowie die Kuba-Libre. So was von zuvorkommend hatten wir noch nicht erlebt. Selbst das war noch nicht alles. Als wir im Aufbruch waren, kamen alle vier Kellner noch mal an den Tisch und brachten uns lauter Geschenke. So lustig fanden sie den Abend mit uns. Wir bekamen Aschenbecher, Visitenkarten, Streichhölzer und noch einiges mehr als „Präsent" wie sie sagten, an den Tisch gebracht. Tolle Andenken. Wir freuten uns und versprachen falls wir noch mal in Buenos-Aires festmachen sollten, wieder reinzuschauen. So ein schöner Abend mit Lachen und Geselligkeit in dieser fremden Stadt. Es war genial. Sie verabschiedeten uns überschwänglich wie Geschwister. Als aber unser Blick auf die Uhr fiel, stellten wir fest, dass es fünf Minuten vor Landgangsende war. Also mussten wir versuchen, haste was kannste aufs Schiff zu kommen. Was nicht einfach war. Befanden wir uns doch mitten in der Stadt und es war noch ein weiter Fußmarsch. Schade, es war eigentlich zu schön um schon zurück zu gehen. Wir eilten durch die Straßen, immer darauf bedacht unseren Schwänen nicht den Hals zu brechen. Auf den Straßen war noch viel los. Das Leben begann gerade erst. Es saßen viele Musikanten auf dem Boden, die herrliche Musik machten. Wir mussten leider vorbei eilen um rechtzeitig an Bord zu sein. Bald merkten wir, dass es sowieso nicht mehr zu schaffen war, denn es war bereits vierundzwanzig Uhr, Landgangsende. Zu Fuß würden wir noch länger brauchen. Also entschlossen wir uns für ein Taxi. Endlich fanden wir eins, nur mussten wir feststellen, der Fahrer schlief tief und fest. Das einzige Taxi weit und breit und der Fahrer schlief!

„He, wach auf, he, hallo aufwachen!" Ronny schlug gegen die Autoscheibe und rief und rief. Endlich ein Lebenszeichen, der Fahrer schlug die Augen auf und verließ sein Koma, rieb verdutzt darauf herum und guckte uns fragend an. Mit dem Temperament von zehn Packungen Schlaftabletten öffnete er die hinteren Türen und ließ uns einsteigen. Ehe der begriff. wohin wir wollten, verging auch noch etliche Zeit, dann fuhr er endlich los. Mensch, ich holte erst mal tief Luft. Es war sowieso schon zu spät. Hoffentlich merkt keiner, dass wir fehlen. Dann, Gott sei Dank, der Dampfer war in Sicht, kamen wir doch noch an. Schnell bezahlt und raus. Die Gangway hoch, da geschah das Unvermeidliche. Die ganze Zeit hatten wir darauf geachtet unsere Schwäne nicht zu beschädigen, aber in dem Affenzaster wie wir die Gangway hoch hasteten, passierte es. Mein Schwan kollidierte mit der Gangwayreling, er wurde geköpft, es brach ihm das Genick. Mensch jetzt hätte ich heulen können, aber erst mal in der Kammer zu verschwinden war wichtiger. Der Gangwaymatrose grinste als er uns kommen sah, und Ronny sagte: „Lass uns mal ins Buch gucken, hat schon einer gemerkt das wir fehlen?" „Nee, ihr seid die Letzten, hat noch keiner gefragt", antwortete der Wachmatrose. Ronny guckte ins Gangwaybuch wo alle Landgänge eingetragen waren und stellte fest, dass die Letzten vor uns zwanzig Minuten vor zwölf das Schiff betreten hatten.

„Los trag uns für fünf vor zwölf ein, wir sind die Letzten!" „Geht klar." Das war's. Keiner hat etwas gemerkt. Schnell mal ein bisschen das Gangwaybuch manipulieren und ab dafür.

Als wir in meiner Kammer ankamen, atmete ich erleichtert auf. Glück gehabt. Wär auch schade um den schönen Abend gewesen. Aber mein Schwan. Mein lieber Schwan. Ich war trotzdem ein bisschen traurig.

„Den kleb ich dir wieder zusammen, auch wenn der Hals ein bisschen kürzer dadurch wird, dann ist es eben eine Ente, aber immerhin", versprach Ronny. Auf den ganzen Schreck tranken wir noch ein schönes kaltes Bier. Bevor Ronny meine Kammer verließ nahm er mich in die Arme und küsste mich. Trotzdem mir ganz nach dem Gegenteil war, schob ich ihn behutsam aus der Tür und schloss sie von innen ab. Ja es war ein schöner Abend sowie ein schöner Landgang mit einem glücklichen Ausgang, obwohl wir viel zu spät an Bord waren, aber überstürzen musste man deshalb noch lange nichts. Oder?

Im Moment wollte ich dann doch nur noch unter die Dusche und in mein Bett. Als ich dann darin lag, dachte ich noch daran, wie es wohl gewesen wäre, wenn ich ihn nicht weggeschickt hätte. Aber dafür war noch Zeit, die Reise war noch nicht zu Ende, es gab noch viel zu erleben und über diese Gedanken schlief ich dann selig ein.

Da wir ein paar Tage in Buenos Aires verbrachten, beschloss die Decksgang, also die Matrosen, der Bootsmann, der Kabelede, die Nautiker und der Kapitän eine Decksparty zu veranstalten und zwar landesüblich mit gegrilltem Baby-Beef. Das Fleisch und die Zutaten wurden besorgt, sowie Getränke. Die Party fand im Freien an Deck statt und wir Mädels sowie der Koch und der Bäcker waren dazu eingeladen. Es war ein schöner Abend im Hafen. Nach Feierabend bereiteten wir alles vor, das Fleisch, Salate, Dips und die Getränke. Ein Grill wurde an Deck aufgestellt, eine Musikanlage rangeschleppt, Tische und Stühle hergebracht und die Party begann. Ich war wieder die Geduldigste von allen, aus dem einfachen Grund, da ich mein Fleisch durchgebraten wollte, was für Beef in diesem Land überhaupt nicht passte. Aber ich esse kein rohes Fleisch, nicht eine Stelle durfte rosa sein sonst wurde mir schlecht.

„Na wie is, schon mal 'n Stück Kuh gefällig?", unser Grillmeister war schon besorgt weil mein Teller immer noch leer war.

„Nee, das macht ja noch „muh", lass es bloß noch ein wenig länger drauf." Also wartete ich geduldig auf meine Schuhsohle, die mir dann auch hervorragend schmeckte. Die Musik war gut und nach dem Essen tanzten wie immer Ronny und ich als erste. Langsam wurde es dunkel und die Lichter gingen an. Der Hafen erstrahlte romantisch und mit ihm sämtliche Schiffe.

Die Party klang nach vorgerückter Stunde auch so allmählich aus. Alle waren wir uns einig, die Deckspartys waren doch die Besten gegenüber den Maschinenpartys. Obwohl wir als Wirtschaftspersonal sowohl bei den Deckspartys als auch bei den Maschinenpartys eingeladen waren. Na ja ein bisschen Konkurrenzkampf gab es eben immer an Bord zwischen den „Ölfüßen" aus der Maschine und den „Rostklopfern" an Deck. Wir räumten jedenfalls alle noch gemeinsam auf, um uns dann in unsere Kojen zu verdrücken. Denn bei aller Feierei, war doch der nächste Tag immer wieder ein Arbeitstag. An Ausschlafen war nach einer durchzechten Nacht nie zu denken.

Die Oberstewardess war auch der Meinung, dass wir diese ruhige Liegezeit im Hafen nutzen sollten ein Großreinschiff in den Gängen vorzunehmen, also hatten wir genug zu tun mit Farbewaschen, wischen, bohnern und polieren.

49. Kapitel „Das Botschaftshaus lockt und das Geheimnis fliegt auf"

Nach Ablaufen Buenos Aires, erwischte es mich mal wieder, mir ging es so richtig schön schlecht. Mein Magen wollte aus unerfindlichen Gründen nicht so wie ich und machte sich selbständig, mit Krämpfen, die mich dann auch noch dazu brachten, mich dauernd zu übergeben. Alle waren wieder einmal fit, nur ich nicht.

Wir schipperten zur Zeit Richtung Victoria und der Chiefmate nahm mich auf Anraten des II. NO gleich aus dem Verkehr. Bettruhe. Ziemlich unruhig, da ich mich dauernd übergeben musste. Gott sei Dank hatte ich es nicht weit, das Klo war gleich nebenan. Um der Sache auf den Grund zu gehen, zerrte mich der II. NO gleich nach Einlaufen Victoria zum Arzt, der eine Magengrippe diagnostizierte. Na wieder mal ganz prima. Woher hatte ich die bloß schon wieder? War mir auch völlig schnuppe, Fakt war, ich litt mal wieder, kein anderer, sondern ich. Das bisschen Essen, was ich zu mir nehmen durfte, servierte man mir in die Kammer und Ronny ließ es sich nicht nehmen, mich ab und an zu besuchen. Es war ihm egal, ob er sich ansteckte oder nicht .Mein einziges Ziel war es bald wieder gesund zu sein, denn wir lagen nur zwei Tage in Victoria, danach kam eine kurze Überfahrt nach Rio und ich wollte doch so schrecklich gerne an Land.

Während der Zeit in Victoria hatten sich Ronny und einige Matrosen vorgenommen, Wunderhölzer sägen zu gehen. Wir sagen Wunder- oder Wasserhölzer zu den Pflanzen, die in Westeuropa unter der Bezeichnung Yukka-Palmen geführt werden. Doch diese Arten, die es hier in freier Wildbahn gab, konnte man in Westeuropa in keinem Blumengeschäft ergattern, also erwarb man sie als Seemann hier in unberührter Natur auf brutale Art und Weise mittels einer Säge. Zumal ein sogenanntes Wunderholz zu Hause tatsächlich Wunder vollbrachte. Schon ein kahler Knüppel von dem Gewächs öffnete uns Tür und Tor. Für so eine Pflanze konnten wir in der DDR die reinsten Raritäten eintauschen. Erstaunlich war auch, dass diese Pflanzen sehr robust sind. Falls die Blätter nicht gesund waren, schnitten wir sie ab, versiegelten die Schnittstellen mit flüssigem Wachs und stellten sie in

Wassereimer. Nach einiger Zeit trieben sie wieder neu aus und bekamen frische grüne Blätter, Spontanvegetation.

Ich wäre zu gerne bei der Sägerei dabei gewesen, doch auch wenn ich nicht krank gewesen wäre, sie hätten mich nicht mitgenommen. Es sei zu gefährlich.

Später erfuhr ich, dass sie nachdem sie das Schiff verlassen hatten, mitten durch die Stadt gelaufen sind, ausgerüstet mit Sägen und Seesack, bis hin zum Stadtrand wo die Wildnis begann. Dort sind sie auf einen Berg geklettert und haben ihre Stämme geschlagen. Vollbepackt kamen sie zurück an Bord. Ronny teilte natürlich mit mir und ich durfte mir die Schönsten aussuchen, die ich dann genauso wie Ronny in einem angebundenen Eimer mit Wasser in meiner Dusche lagerte.

Der Funker hatte sich bereit erklärt von uns allen ein Passfoto zu machen, welches wir für das Landgangsticket für Rio brauchten. Zum Fototermin durfte ich dann auch. Könnte ja sein, dass ich bis dahin wieder gesund sein würde. Der II. NO machte mir jedoch keine Hoffnung in Richtung Landgang. Obwohl es mir nach dem Arztbesuch in Victoria, dank der Medikamente, schlagartig besser ging, bezweifelte er, dass ich an Land gehen könnte.

Für Rio war eine Ausfahrt geplant. Auf den Zuckerhut, den Corcovado und an die Copacabana. Alle die frei hatten, konnten sich in eine Liste für die Ausfahrt eintragen. Sie lag in der Messe aus und ich konnte sehen, dass auch Ronny sich dafür eingetragen hatte. Mir ging es mittlerweile schon viel besser und schon wegen der Ausfahrt hatte ich keine Lust mehr in der Koje zu hocken. Ich wollte arbeiten. Der Chiefmate traf dann die Entscheidung, dass ich den Tag vor Rio noch in der Koje bleiben sollte und dann doch an der Ausfahrt teilnehmen durfte.

Ich trug mich sofort in die Liste der Ausflügler ein und freute mich über alle Maßen, dass ich mitfahren konnte. Obwohl ich das alles schon einmal gesehen hatte, wollte ich unbedingt mit. Egal was ich in Rio auf meiner damaligen Reise erlebt hatte, die Stadt war einmalig, hier brodelte das Leben, ich wollte unbedingt mit brodeln und es war alles sehenswert, immer wieder.

Ich konnte es kaum glauben, aber ich saß dann auch mit im Bus und Ronny neben mir. Langsam wurden wir unzertrennlich, obwohl sich immer noch keiner was dabei dachte. Es gab auch für niemanden etwas zu denken. Ich verhielt mich zu Ronny genau wie zu jedem anderen. Nur wir beide spürten, dass es doch irgendwie anders war. Klar versuchten wir schon seit geraumer Zeit öfter mal alleine zu sein, was niemandem auffiel. Für uns war es ziemlich spannend, die anderen an der Nase herumzuführen, obwohl sich noch nichts ereignet hatte, was zu verbergen gewesen wäre.

Die Ausfahrt war ein Genuss: wir standen auf dem Corcovado, der riesige Jesus breitete seine Arme über uns aus und wir hatten einen tollen Blick auf Rio. Mit der Seilbahn auf den Zuckerhut war auch wieder schön und dann am Strand der Copacabana zu hocken, ein unbeschreibliches Gefühl. Kein Einheimischer war am Strand. Für die Leute dort war es zu kalt sich ans Meer zu wagen. Komisch, sie empfanden das Wasser als zu kalt. Die machten einen auf Winter. Dabei konnten wir von diesen Wassertemperaturen zu Hause an der Ostsee nur träumen. Wir hatten jedenfalls auf diesem Ausflug viel Spaß und sammelten Eindrücke ohne Ende. Immer noch arm und reich im krassen Gegensatz, aber man behält im Nachhinein doch nur die Schönheit des Landes zurück. Ronny und ich genossen diesen Ausflug und wir waren beide froh, dass ich daran teilnehmen konnte. Per Bus wurden wir dann auch sicher wieder an Bord gebracht und es war auch immer wieder schön nach solch einem Landgang, der mit einigen Fußmärschen für uns bei diesen ungewohnten Temperaturen doch anstrengend war, wieder an Bord zu sein. Ein klimatisiertes Schiff war doch was wert. Kühl und erfrischend. Da uns der Bus nachmittags abgeholt hatte und ich an diesem Tag das erste Mal nach meiner Magengrippe vormittags gearbeitet hatte, war für mich auch Feierabend nach Ankunft an Bord.

So verabredete ich mit Ronny, dass wir uns, nachdem jeder in seiner Kammer geduscht hatte, in meiner Kammer auf ein nicht zu kaltes Bier zusammen setzten. Ich erinnere mich, dass es immer eine Wohltat war nach einem anstrengenden Landgang in den Tropen erst mal unter die Dusche zu huschen und dann ein kaltes Bier zu kippen. Was hatten wir es doch damals gut. Keiner wollte was von uns, alles war auf dem

Schiff vorhanden und in wenigen Sekunden zu erreichen, sodass wir nach Feierabend wirklich machen konnten wozu wir Lust hatten. Bis „nach Hause" in die Kammer waren es immer nur ein paar Schritte und in der Kammer herrschte immer Ordnung, alles war an seinem Platz, man brauchte nur zu duschen und sich dann zusammen zu setzten oder in Ruhe ein Buch zu lesen oder auch mal in der Messe Kino zu gucken. Alles in allem ein feines Leben.

Der Reiseverlauf war auch sehr schön. Alle Ziele attraktiv, obwohl mir schon so Einiges bekannt war, aber doch nicht alles. Hauptsache es war warm und man konnte in der Sonne liegen und im Swimmingpool baden. Das war für mich immer das Wichtigste. Und warm war es. Während der Überfahrten von einem Hafen zum anderen, briet ich immer auf dem Peildeck in der Sonne nachmittags vor mich hin und war in kurzer Zeit knackig braun. Es war schön dort oben nachmittags zu liegen, denn die Wirtschaft hatte frei und so gammelten wir in der Sonne bis zum Abendbrot. Frisch geduscht deckten wir dann die Messen ein. Danach war dann Feierabend und an Deck war es etwas kühler. Kein Wunder, dass es uns ins Freie zog. Jeden Abend verbrachten wir an Deck mit ein paar erfrischenden Drinks. An dem Abend nach der Ausfahrt kam Ronny in meine Kammer auf ein Bier wie verabredet und wir beschlossen am nächsten Tag noch einmal zusammen am Nachmittag an Land zu gehen.

Der Gedanke, dass ich für Rio mal die Hasskappe auf hatte war wie weggeblasen, außerdem hatte ich das Gefühl in der Obhut von Ronny sicher zu sein, obwohl die Landgangsbestimmungen eben noch dieselben waren wie damals.

Noch immer zählten Frauen nicht als Person und wir durften praktisch nur zu dritt, oder besser noch mit mehreren Personen an Land gehen. So verabredeten wir uns mit zwei Matrosen an Land zu gehen und auch zur gleichen Zeit wieder anzukommen, in der Zwischenzeit trennten wir uns illegal. Im Landgangsbuch war richtig vermerkt, dass wir zu viert das Schiff verließen und wir kamen nach Absprache auch wieder zu viert an. So hatte alles seine Richtigkeit. Im Gangwaybuch und für uns auch. Ronny und ich schlenderten durch Rio und was wir uns nicht nehmen lassen konnten war ein Besuch bei MC Donalds. Mal gucken, ob es dort auch so schmeckte wie in Westeuropa. Es gab doch Unterschiede. Aber man konnte es ohne Weiteres zu sich nehmen. Meine Güte, soviel Freiheit. Zu zweit in Rio de Janeiro und es machte dermaßen viel Spaß. Wir haben uns einiges angesehen, bevor wir uns dann wie verabredet mit den anderen kurz vor dem Dampfer im Hafen trafen, um gemeinsam anzukommen. Rio war doch nicht mehr so bedrohlich. Oder hatte ich diesmal einfach nur Glück? Ich hatte Ronny und das war wohl Glück genug. Nachdem ich meine Arbeit in der Messe getan hatte, was schnell erledigt war, da alle, die frei hatten sich zum Abendbrot abgemeldet hatten, tranken Ronny und ich noch gemeinsam das rituelle Bier in meiner Kammer. Wir saßen lange zusammen und redeten und lachten. Müde waren wir beide, arbeiten und Landgang zwischendurch war schon anstrengend. Aber zu müde waren wir nicht und ich hatte diesmal nicht vor ihn aus der Kammer zu schicken. Schwer genug ist es mir die Male zuvor schon gefallen und als er fragte: „Soll ich nun wieder gehen?," sagte ich gar nichts, sondern riegelte die Tür von innen ab und wir verbrachten eine sagenhafte Nacht miteinander. Unbemerkt verließ er vor dem Wecken meine Kammer und lag in seiner Koje, bevor der Wachmatrose gegen sein Schott hämmerte, es aufriss und ihn weckte. Seit dieser Nacht waren wir unzertrennlich und keiner merkte etwas. Jeden Morgen zum Wecken war Ronny in seiner Kammer und ich in meiner. Merkwürdigerweise hatte sich auch die Abmachung unter uns Stewardessen langsam in Luft aufgelöst, ewig zusammen zu hocken. Allmählich kümmerte sich jede um sich und ich war ganz froh darüber. Jede freie Minute waren Ronny und ich zusammen und es war aufregend und spannend zugleich, da wirklich niemand etwas vermutete. Klar fiel auf, dass wir immer zusammen an Land gingen, aber wir kapselten uns nicht ab, hockten auch mit all den anderen zusammen. Nur, dass keiner mitbekam, dass Ronny unbemerkt in meine Kammer schlich, wenn sich am Abend alle in Ihre Kojen verkrümelten. Ein lustiges Versteckspiel hatte begonnen und wir genossen es unbemerkt zusammen zu sein. Wir verließen Rio und steuerten auf Santos zu. Meine Gesundheit war wieder optimal hergestellt, wahrscheinlich auch wegen meiner neuen Liebe zu Ronny. Es machte einfach alles Spaß was wir taten und unternahmen.

Damit es nicht zu langweilig wurde, riss uns während der Überfahrt ein „Mann über Bord-Manöver" aus der Routine, schön mittendrin, während der Arbeitszeit, hatten wir Aufstellung zu nehmen, mit Rettungsanzug und allem was dazu gehörte. Ich war heilfroh, dass ich im Moment nicht eingeschäumt unter der Dusche stand.

Die Manöver wurden vorschriftsmäßig auf jeder Reise durchgeführt und keiner konnte sich davor drücken. So hühnerten wir wieder einmal angetan mit Rettungsanzug die Lotsenleiter runter in die zuvor zu Wasser gelassenen Boote, um im Rudertempo das Schiff zu umkreisen und den obligatorisch „Ersoffenen" in Form eines Rettungsringes zu bergen. Dass uns dabei das Wasser im A.... kochte, brauche ich wohl nicht zu beschreiben. Hock mal bei den Temperaturen im Boot mit 'nem Rettungsanzug und rudere dabei wie ein Held. Dabei spritzt einem das Wasser nur so aus den Poren. Aber wir haben es wie immer überlebt und taten unser Bestes.

In Santos angekommen, wurde auch gleich ein absolutes Highlight geplant. Die Botschaft stellte uns ihr Haus zur Verfügung, sodass wir an zwei Tagen aufgeteilt in zwei Gruppen eine Ausfahrt dahin machten. Dafür bekam jede Gruppe einen freien Tag. Ronny und ich hatten uns gemeinsam eingetragen für die zweite Gruppe. Als die erste Gruppe diesen Tag hinter sich hatte und schwärmend den Dampfer betrat, war ich schon sehr aufgeregt in Erwartung vor unserem Tag im Botschaftshaus.

Die Botschaft hatte alles geregelt. Per Bus wurden wir abgeholt. Gleich nach dem Frühstück stand er an der Gangway und war gut bestückt mit Fleisch, Brot, Melonen, Ananas und allem möglichen an Obst und ausreichend Cola. Was wir noch besorgen mussten war der Bacardi. Kleinigkeit, den gab es an jeder Ecke. Früher war bei diesen Ausfahrten auch immer eine Übernachtung mit inbegriffen, denn wir waren nicht das erste Schiff, dass das Botschaftshaus besuchen durfte. Doch während diesen Übernachtungen, hatten sich einige Schiffsbesatzungen aufgeführt wie die Vandalen, hatten Pflanzen ausgegraben und geklaut und auch genügend weitere Zwischenfälle hatten stattgefunden, sodass man diese Ausflüge in Folge dessen auf den einen Tag verkürzte. Fand ich auch noch sehr kulant. So hatten wir immerhin die Möglichkeit das doch noch zu erleben.

Also schön, auf ging es. Der Bacardi war unterwegs schnell besorgt und wir fuhren zum Stadtrand von Santos direkt an den Strand. Dort stand das wundervolle Haus von einem riesigen Gelände umgeben. Luxus pur. Alles da, was man so braucht: ein Grillhaus, eine Sportanlage und einen Swimmingpool. Alles grün und blühend. Wirklich bemerkenswert schöne Pflanzen wucherten üppig um das Haus. Na, und das Gebäude selbst war ausgestattet mit allem, was man sich denken kann. Natürlich klimatisiert. Schlafräume mit Etagenbetten, ausreichend Kühlschränke für die Lebensmittel, eine Küche und schöne Möbel in den Aufenthaltsräumen.

Wie die Heuschrecken nahmen wir alles in Besitz. Die Klamotten flogen von uns, Badesachen an und rein in den Pool. Es war eine Wonne. Wie im Paradies oder so wie wir es aus dem Fernsehen kannten. Wir fühlten uns wie die oberen Zehntausend, die ihren Luxus wie selbstverständlich genossen. Keiner wollte darüber nachdenken, dass es nur für einen Tag war. Die Sonne brannte heiß und das Wasser hatte eine angenehme Temperatur. Wenn ich überhaupt das Wasser verlassen wollte, dann nur zum Essen. Nach der ersten Abkühlung bereiteten wir unser Fleisch und die Zutaten zu, es rückte langsam auf Mittag und der Grill wurde angeschmissen.

Es war zu schön. Sonne, Wasser, Essen, Trinken, faul sein. Liegestühle standen natürlich auch in ausreichender Anzahl um den Pool herum, somit brauchte sich keiner einen Platz zu erkämpfen. Es war für alle alles da.

Das Essen schmeckte hervorragend und wir genossen es lange.

Auch an den Strand hinter diesem Haus liefen wir um dort zu schwimmen. Feiner Sand, alles sauber. Ich weiß nicht was schöner war, der Pool oder der Strand.

Da der Bus uns erst spät abends abholte und noch genug Vorräte vorhanden waren, grillten wir am Abend noch einmal. Es hatte angefangen zu dämmern und wurde schnell dunkel. Die Sonne hielt, wie nur für uns, ein besonderes Schauspiel bereit, glutrot versank sie im Meer und passte hervorragend zu der Stimmung, in der wir uns alle befanden. Die Umgebung sah plötzlich sehr romantisch aus. Ohne Probleme konnte man auch noch baden.

Den ganzen Tag klimperte leise die von uns mitgebrachte Musik im Hintergrund. Nun wurde aufgedreht. Ronny und ich begannen wie immer zu tanzen.

Da ich wieder einmal gegen die Landgangsbestimmungen ohne Socken losgefahren war, bekam ich langsam kalte Füße. Ronny borgte mir seine Socken, genau wie seine Jeansjacke. Angetan mit Männersocken, Sandalen, Rock, T-Shirt und Jeansjacke tanzte ich mit Ronny in dieser schönen brasilianischen Nacht bis der Bus uns abholte.

Von der Botschaft hatte sich den ganzen Tag niemand im Haus blicken lassen, wir waren völlig alleine und haben es genossen ohne Kontrolle im Ausland einen schönen Tag zu erleben. Auch waren wir uns einig, dass wir alles im ordentlichen Zustand zu verlassen hatten und genauso hielten wir es auch. Als wir den Bus betraten, hatte es den Anschein, als wären wir nie da gewesen. Die Ordnung war wieder hergestellt. Auf dem Schiff angekommen, musste noch schnell das kalte Bier her, danach war für diesen Tag Schluss, denn es war sehr spät geworden. Doch es war traumhaft schön.

Irgendwie war Ronny der Meinung unsere Wunderhölzer könnte man noch etwas vermehren. Werner, der bei der ersten Sägerei in Victoria dabei gewesen war, war sich in diesem Punkt mit Ronny einig. Also standen die beiden eines Abends an der Gangway und spähten mit dem Fernglas die Umgebung ab.

Als sie sich sicher waren, welche Richtung sie einschlagen sollten, stiefelten sie los. Wieder ausgerüstet mit Säge und Seesack und natürlich ohne mich. Obwohl ich unbedingt mal dabei sein wollte.

„Zu gefährlich und zu weit. Wir wissen selbst nicht, ob wir bis dahin kommen. Außerdem sieht das Viertel, durch das wir gehen müssen, nicht gerade freundlich aus. Du bleibst schön hier, ich verspreche dir auch die schönsten Hölzer, die ich mitbringe!", beruhigte mich Ronny.

„Ach nee, wenn es gefährlich ist, ist es das für euch doch auch. Dann lasst es ganz, sonst sitz ich hier und mach mir wieder Sorgen!", schmollte ich.

Doch reden konnte ich so viel ich wollte, sie ließen sich nicht vom Weg abbringen und wollten unbedingt noch einmal los. Ich ärgerte mich ungeheuer. Immer war alles zu gefährlich für mich. Sauer guckte ich ihnen nach, als sie die Gangway um die Mittagszeit verließen. Die Sonne brannte wie immer heiß.

Die werden schön schwitzen bei dieser Hitze, dachte ich, während ich den ganzen Nachmittag rumhockte und mir Gedanken machte, ob sie wohl welche finden würden, wie lange es dauert bis sie wieder kämen und hoffentlich passiert nichts Schlimmes. Dann war meine Freizeit vorbei, ich hatte Dienst in der Pantry, also ging ich an meine Arbeit. Meine Kollegin deckte die Messe ein und das Abendbrot begann. Die Jungs kamen nacheinander in die Messe und bekamen ihr Essen. Ich guckte ständig aus der Pantrytür, um zu sehen ob Ronny und Werner wieder da wären. Die Oberstewardess kam auch laufend aus der 0-Messe angelaufen, um zu sehen ob sie schon angekommen waren, denn Werner gehörte zu ihr und sie machte sich allmählich die gleichen Sorgen. Seit Stunden waren die beiden unterwegs und jetzt hätten sie längst wieder da sein müssen. Zumal es langsam dämmerte und zum dunkel werden war es nur ein Husch. Da hatten sie wieder an Bord zu sein.

„Sag mal, sind die noch nicht zurück?", fragte mich Doris besorgt.

„Nein es ist schon ziemlich spät, ich mache mir auch schon Gedanken", mir passte das überhaupt nicht.

„Na ich muss erst mal wieder in die 0-Messe. Sagst du mir gleich Bescheid, wenn sie da sind?" Doris ging wieder rüber und ich lag weiter auf der Lauer und war nun wirklich schon sehr unruhig. So spät hatten sie nicht vorgehabt zurück zu kommen. „Wenn es noch hell ist, sind wir wieder zurück an Bord", hatte Ronny doch versprochen. Und nun? Das Gewarte war nichts für mich, ändern konnte ich es aber auch nicht. Die Ersten verließen schon wieder die Messe. Da endlich ging das Schott auf und Ronny kam, in der Hand eine große, leuchtend rote Hibiskusblüte, durch die Messe direkt in die Pantry und schenkte sie mir. Alle guckten hinter ihm her, was er wohl damit vorhatte. Und dann sahen sie ja mit welchem Ziel er seine Blume so selbstsicher durch die Messe trug. Ich glaube, in diesem Moment war dann doch allen klar, warum er mir eine Blume brachte. Das Versteckspiel war vorüber. Ronny hatte das Geheimnis ganz offiziell gelüftet. Trotzdem, ich war böse, weil ich so in Sorge war und er stand verschwitzt und schmutzig, aber lieb grinsend vor mir und sagte: „Sei nicht böse, es kam alles anders, als wir dachten. Ich geh mich jetzt duschen. Sag Doris Bescheid das Werner wieder da ist. Der duscht auch. Danach könnten wir vielleicht ausnahmsweise mal mit euch Abendbrot essen, oder?"

„Ja, mach dich frisch. Ich bin froh, dass nichts passiert ist." So, ich war erleichtert, schnell zu Doris und Bescheid geben, denn die schwankte auch schon ständig zwischen Sorge und Wut. Wobei die Angst doch die Oberhand hatte.

„Sie sind alle beide wieder da, dreckig und verschwitzt, und duschen jetzt, danach essen sie mit uns.", erleichtert gab ich ihr Auskunft über ihre Rückkehr.

„Ist was passiert?"

„Ich glaube, nichts Schlimmes. Mal sehen, was sie erzählen." Wir waren froh, dass wir sie wieder hatten. Beim Abendbrot und 'nem kalten Bier erzählten sie was passiert war.

Sie sind in eine Gegend gelaufen, in der es nicht nur Wunderhölzer gab, sondern auch allerhand zwielichtiges Gesindel. Völlig ärmliche Buden und Gestalten, die den beiden nicht wohlgesonnen waren. Drei Jungs hatten sich an ihre Fersen geheftet. Ronny und Werner hatten keine Lust auf Verfolger, also versuchten sie den drei Bengels klar zu machen was sie wollten. Irgendwann begriffen die auch um was es ging und erklärten sich bereit für eine Schachtel Zigaretten zu zeigen, wo die besten Pflanzen wuchsen. Der Haken war, Wunderhölzer gab es genug, bloß die standen auf irgendwelchen Privatgrundstücken oder sie waren so angepflanzt wie bei uns zu Hause eine Ligusterhecke. An so was sägt man nicht rum, also traten sie den Rückweg an.

Sie trafen auf einen alten Mann, der gut Englisch verstand und sprach. Der fragte was sie suchen und ob sie überhaupt wüssten wie gefährlich diese Gegend sei. Ronny und Werner erzählten ihm, dass sie auf der Suche nach Wunderhölzern seien und der alte Mann bat sie darauf ihm zu folgen und nahm sie als seine Gäste mit zu sich nach Hause. Sein Haus war gegen die anderen Buden die dort standen eine Villa. Ronny und Werner staunten nicht schlecht. Tatsächlich hatte der gute Alte eine schöne Terrasse und ließ die beiden sich dort setzten. Dann servierte er selbstgemachten Maracujalikör und war sehr stolz auf sein Gebräu, da er sah, wie sehr es den beiden schmeckte.

„Nach ein paar Gläsern, zeigte er uns seinen Garten, dicht bewachsen mit Wunderhölzern und gab uns freies Sägerecht, gut Holz und wir holzten ab", schloss Ronny den Bericht. So und nun wussten wir auch, warum die beiden so lustig waren und woher die süßliche Fahne stammte. Mein Verdacht, dass sie irgendwo Knuff getankt hatten, bestätigte sich. Jetzt wussten wir auch in welcher Gesellschaft sie sich schnapstechnisch verlustiert hatten. Sauer waren Doris und ich trotzdem. Es hätte ja irgendwas passiert sein können und wir hocken auf dem Dampfer und erfahren nichts. Doch als wir die Wunderhölzer sahen, waren wir wieder etwas gezähmt. Und wie Ronny mir versprochen hatte, durfte ich mir die Pflanzen, die ich gerne hätte, selbst daraus aussuchen. Ich wollte unbedingt einen ganz dicken Stamm. Das hatte ich Ronny aufgetragen, als sie das Schiff verließen. Wenigstens einen und der sollte so groß sein wie ich. Der war auch dabei. Ich freute mich wie ein kleines Kind über dieses schöne, große, dicke Holz. Das machte alles wieder wett. Die beiden hatten prima gesägt und sie erklärten uns gleich, das sei nicht das letzte Mal gewesen. Der Alte wüsste schon Bescheid und hatte sie auch schon wieder eingeladen zum Maracujalikör und zum Abholzen.

Ich durfte zum nächsten Kahlschlag auch wieder nicht mit. Immer sozusagen aus Gründen der Sicherheit. Was ich aber bekam war eine Flasche Maracujalikör, den Ronny mir mitbrachte. Das Zaubergetränk hatte der alte Mann Ronny für mich überlassen, da er erzählt hatte wie gerne ich mitgegangen wäre. Also bekam ich die Flasche zum Trost.

Die Wunderholzzählung ergab sechsundachtzig Stück. Beachtlich. Ronny teilte mit mir gerecht. Unsere Duschen verwandelten sich langsam in ein subtropisches Badeparadies. Doch das war gerade gut. Diese Pflanzen lieben nun mal Wärme und Feuchtigkeit, so gediehen sie ganz fabelhaft.

Santos haben wir uns zusammen auch des Öfteren angesehen und wir kauften ein paar attraktive Sachen ein. Weiße Jeans, blau gefleckt, waren irgendwie zu der Zeit dort stark im Trend. Sah dermaßen cool aus. Musste Mann einfach haben, Frau auch. Also Ronny und ich waren scharf auf so eine Hose und gönnten uns jeder ein solches Unikat. Die sahen alle anders aus. Als die anderen dahinter kamen, dass wir die Hosen in Santos gekauft hatten, war es für sie schon zu spät. Wir waren schon ausgelaufen. Muss ja auch nicht jeder haben, oder?

Zwischendurch wurden wir auf Reede rausgeschickt, die Luken mussten gewaschen werden, da vorher Kali als Schüttgut geladen war und jetzt sollten wir Baumwolle in Kartons verpackt transportieren. Nach der Aktion liefen wir zum Ladung nehmen wieder ein. Unser Geld musste noch unter die Massen, also marschierten Ronny und ich schon wieder los. Diesmal kauften wir haufenweise Shrimps auf einem Markt. Frisch geduscht nach Ankunft auf dem Dampfer, kochten wir unsere Shrimps und mixten uns eine leckere Soße als Dip dazu. „Dinner for two", sozusagen. Richtig edel mit 'nem guten Glas, was richtig Feines. Vor allem jede Menge. Mal satt essen an so was war auch nicht jeden Tag möglich. Der dritte Nautiker war uns auf dem Gang begegnet, als wir mit unserer mächtig großen Schüssel Shrimps gerade aus der Pantry kamen, um in meiner Kammer zu dinieren. Dem lief das Wasser dermaßen im Mund zusammen, dass wir es hören konnten. Der kriegte aus Mitgefühl eine Handvoll davon ab. Mit dem Rest machten wir es uns so richtig gemütlich.

Unsere Lehrlinge waren auch nicht von schlechten Eltern. Die grapschten sich vor dem Landgang auch alle eine handvoll Kondome, die in der Messe wie immer bereit standen. Einfallsreich waren sie auch und hatten sich selbst ganz fantastische Namen gegeben. So hatten wir einen „Broiler", „Schmelzkäse", eine „Käthe Kollwitz", einen „Streusel" (wegen seiner Pickel) und noch sechs weitere Burschen mit so netten Bezeichnungen. Ich wollte mir jedenfalls einen Scherz mit ihnen erlauben und erzählte eines Abends in der Messe, nachdem sie ihren Landgang hinter sich hatten und beim Abendbrot saßen, eine makabre Geschichte.

„Stellt euch mal vor, der Second hat festgestellt, dass sämtliche Kondome, die er in die Messe gestellt hat, abgelaufen und brüchig waren. Die darf gar keiner mehr verwenden. Die zerfallen von alleine beim Gebrauch."

„Das is ja 'n Ding. Hoffentlich haben die armen Irren das rechtzeitig gemerkt", kicherte Doris, die schon geschnallt hatte was ich damit bezweckte. Ich schielte schnell mal unauffällig zu unseren Stiften rüber und sah wie die ihre Farbe wechselten. Von feuerrot bis leichenkreidebleich alle Nuancen vertreten. Die brauchten nichts sagen, wir registrierten genau wer eine Heidenangst hatte. Ein bisschen ließ ich sie noch zappeln und aufgeregt tuscheln, ehe ich dann laut erklärte: „Trotzdem könnte jeder ruhig schlafen. Die Schachtel, die ich meinte, hätte er vorher schon aussortiert. Aber das hätte auch schief gehen können."

Die ließen die Löffel fallen und die Luft ab, wie sterbende Luftballons. Voll erwischt diese Bengels. Restlos erleichtert schlichen sie aus der Messe. „Na noch mal Schwein gehabt, was Käthe Kollwitz?", riefen Doris und ich lachend wie aus einem Mund hinterher.

Gerade Käthe Kollwitz. Der hatte sich nämlich an einem Barabend erlaubt sich neben mich zu setzen und mir ein Gespräch nach dem anderen aufzudrängeln, sodass Ronny sich veranlasst fühlte, ihn geradewegs vom Barhocker zu fegen. Also der hatte ein bisschen Angst mit Sicherheit verdient.

Nach Ablaufen Santos steuerten wir Victoria an, trieben uns dort etliche Tage auf Reede herum, bis es dann aufging zur Überfahrt Richtung Westeuropa, Ziel Rotterdam.

50. Kapitel „Das letzte Geld für Rotterdam, meine Nieren drehen durch"

Die Überfahrt verlief ruhig und ohne Zwischenfälle mit dem alltäglichen Bordeinerlei, was wir uns wie immer mit diversen Veranstaltungen auflockerten. Ebenso das Übliche. In Rotterdam angekommen, hatte ich nur eines im Sinn: Landgang.

Ich war darauf aus mir unbedingt einen Tischrechner mit Drucker zu kaufen, da ich den für die Zukunft dringend benötigte, denn mein großes Ziel war es als Oberstewardess zu fahren und mit Hilfe der Oberstewardessen, mit denen ich bereits gefahren war, hatte ich mir meines Erachtens genügend Kenntnisse angeeignet, um endlich umgemustert zu werden und in diesem Posten zu fahren.

So wahnsinnig viel Geld hatte ich nicht mehr zur Verfügung, den Rest musste ich nun einteilen, damit es für meine Vorhaben reichte. Außerdem brauchte ich dringend noch einen neuen Kassettenrecorder. Der sich derzeit noch in meinem Besitz befand, war immer noch der, den ich in Spanien während der Werftzeit gekauft hatte. Das war schon ein gutes Gerät, aber leider viel zu groß, um ihn jedes Mal auf den Dampfer zu schleppen. Ja und dann brauchte ich auch noch ein paar neue Klamotten. Die gehörten einfach zum Reiseende dazu. Also hieß es einteilen. Ronny hatte Verständnis dafür und lud mich ganz Kavalier zum Essen und auch mal auf einen Drink ein. Mir war es schon fast peinlich. Aber ich konnte wirklich kein Geld für etwas anderes locker machen als für meine Wünsche.

Mit einem bisschen Sucherei und Vergleicherei bekam ich auch den Rechner und den Recorder. Der Rest Geld wurde für Klamotten ausgegeben. Ronny steckte sich mit dem Kaufrausch an und so suchten wir gemeinsam ein paar tolle Kleidungsstücke für ihn und mich aus. Überglücklich schleppten wir unsere Einkäufe an Bord. Es hatte sich wieder einmal gelohnt. Dabei will ich nicht unerwähnt lassen, dass auch diese Stadt ansehenswert war und wir sind auch nicht blind vor Gier Geld auszugeben durch die Stadt gerast. Nein, wir haben uns auch allerhand angesehen und auch in Ruhe mal ein Bier getrunken, in einer dieser gemütlichen Kneipen, die es dort fast an jeder Ecke gibt und die gerade durch ihre Gemütlichkeit das Publikum anzogen. Außerdem, wenn auch nicht erwähnt, waren wir öfter in Rotterdam. Von daher kannten wir uns ziemlich gut aus und wussten ganz genau wo wir was bekamen. Rotterdam, Antwerpen, Bremen, Hamburg, Bremerhaven lief bei uns unter Westeuropa.

Davon liefen wir jede Reise hin- und zurück etwas an.

Der Aufenthalt in Rotterdam beschränkte sich auf zwei Tage, dann ging es ab nach Bremerhaven. Auch dort wollten wir schleunigst an Land. Es durfte nichts verpasst werden.

In der Nacht, bevor wir nach Bremerhaven verholten, erwischte es mich eiskalt. Es ging mir anscheinend schon viel zu lange gut. Nach Feierabend frisch geduscht, hatte ich vor mal etwas früher in die Koje zu gehen, da bekam ich Schmerzen. Von jetzt auf gleich. Diesmal in einer völlig neuen Gegend meines Körpers. Mir taten auf einen Schlag dermaßen die Nieren weh und ich hatte einen unwiderstehlichen Drang zur Toilette zu gehen. Das Brennen, was beim Wasserlassen spontan von mir Besitz ergriff, ist kaum zu beschreiben. Solche Schmerzen kannte ich nicht. Mir schoss das Wasser aus den Augen. Es war nicht zu ertragen. Ich saß da und wimmerte, hielt mir die Nieren völlig benommen von dem Schmerz. Das Schlimmste aber für mich war, als ich versuchte aufzustehen, um mich in meine Koje zu legen, sah ich Blut im Toilettenbecken. Mich packte zu all meinem Schmerz noch die Angst. Was war das denn? Noch nie hatte ich so etwas an Schmerzen ertragen und dann auch noch das Blut. Wo kam das denn her? Ich raffte mich auf, schlich in meine Koje, krümmte und wand mich und dachte, jetzt geh ich tot. In dem Augenblick betrat nichtsahnend Ronny meine Kammer. Er war völlig erschrocken und stürzte zu mir ans Bett.

„Ich hol' sofort den II. NO, bin sofort wieder da, alles wird gut, du wirst sehen" und damit rannte er los. Mir war alles egal. Hauptsache es kam einer, der mir half und wenn derjenige mir nur eins auf die Rübe haut um mich zu betäuben, Hauptsache diese Schmerzen nicht mehr aushalten müssen. Der II. NO war auch gleich zur Stelle und hörte sich meinen Bericht an, den ich unter Schluchzen und Jammern von mir gab. Er tippte sofort auf Nierenbeckenentzündung und begab sich schnurstracks ins Hospital, um irgendetwas zu holen, was die Schmerzen linderte. Doch auf so etwas war er nicht eingestellt und er fand praktisch kein geeignetes Medikament um mir zu helfen. Leider wollte er mir auch nicht auf die Rübe hauen. Obwohl ich förmlich danach winselte. Die Nacht, die vor mir lag, war mehr als Horror. Er hatte mir, sicherlich in einem Anfall von Sadismus, geraten viel zu trinken, um die Nieren zu spülen, doch das zog unweigerlich den Gang zur Toilette nach sich, den ich sowieso dauernd antreten musste. Durch das ewige Hin und Her fror ich wie eine Nacktkatze in der Arktis und litt unvorstellbare Qualen. Ronny blieb bei mir und versuchte mich so gut es ging zu trösten. Aber es half nichts. Pech war auch, dass wir uns gerade auf der Überfahrt nach Bremerhaven befanden und ich frühestens am Morgen nach Festmachen zum Arzt gebracht werden konnte. Meilen von Wasser zwischen mir und meinen möglichen Rettern. Das schrie obendrein noch nach Schockbehandlung. Komisch, aber Ronny kannte den Grund für meine Erkrankung. Schon die ganze Reise hatte er sich darüber aufgeregt, dass ich nach dem Duschen umwickelt mit dem nassen Badetuch auf der Backskiste saß und mich von der Klimaanlage trocknen ließ. Ich fand es herrlich erfrischend und dachte mir nichts dabei. Dass der Windzug von der Klimaanlage mir schaden könnte, auf den Trichter kam ich nicht und nun hatte ich das Resultat. Blöde wie ich war, habe ich nicht auf ihn gehört, bis meine Nieren sich jetzt auf das Heftigste zur Wehr setzten.

In dieser Nacht hatte ich das Gefühl, dass jemand versucht mir mit Gewalt die Nieren aus dem Balg zu zotteln und fühlte mich schon jenseits von Gut und Böse. Die Minuten krochen dahin in Schmerzen und Angst.

Der Second sah gegen Morgen nach mir und bemerkte entsetzt, dass ich nach gar nichts mehr aussah. Praktisch leichenblass und farblos zuckte ich vor mich hin. Mein Zustand war bedenklich.

„Meine erste Amtshandlung nach Einlaufen ist Sie sofort zum Arzt zu bringen. Das verspreche ich Ihnen. Leider können wir das alles nicht beschleunigen. Noch ein bisschen halten Sie durch, ja?"

„Mensch wie denn bloß?", entkräftet jaulte ich auf meinem Lager.

Er war auch wirklich sehr besorgt. Auch tat ihm der Umstand leid, dass er so gar nichts im Moment für mich tun konnte. Unfassbar, aber irgendwann war die Nacht vorbei und wir waren fest. Ein Auto stand auch sofort an der Pier bereit, vom Second in die Wege geleitet, um mich zum Arzt zu bringen. Mit dem Gefühl mindestens zehn Kilo abgenommen zu haben und nicht mehr Herr meiner Sinne, quälte ich mich in die Klamotten und die Gangway runter um in das Auto zu steigen. Der II. NO hatte es dringend gemacht und somit kam ich nach meiner Ankunft beim Arzt gleich in das Behandlungszimmer.

Mit dem Druck auf meine Nieren, den spitzen Schrei, den ich von mir gab und der Urinprobe (die tanzte vor Erregern), die ich vorab leisten musste, sah der Arzt ganz klar die akute Nierenbeckenentzündung. Ich bekam sofort Antibiotika und das Versprechen des Arztes, dass es mir spätestens in drei Tagen wieder gut gehen würde. Ich konnte es nicht glauben.

„Trotzdem gehen Sie nach Einlaufen Rostock sofort zum Hafenarzt, denn wie ich die Sache sehe, dürfen Sie mindestens ein halbes Jahr nicht mehr aufsteigen. Eine Nierenbeckenentzündung ist keine Sache von drei Tagen. Das muss gründlich auskuriert werden", bemerkte der II. NO wichtig, nachdem wir wieder Richtung Schiff fuhren. Mir war alles schnurz. Deshalb nickte ich ganz brav und hörte nur noch von weitem sein besorgtes Blubblubblub. Ich hatte eine Kapsel von den Antibiotika intus, befand mich ganz prima im Delirium und wollte nur noch in meine Koje. Ich war so müde. Ausgelaugt von den Schmerzen der Nacht, ohne Schlaf, die Angst, die ich ausgestanden hatte (all das Blut!!!) und nun die Gewissheit, mir wurde geholfen. Das verlangte einfach alles nach Ruhe. Nach unserer Ankunft an Bord, schlich ich auch gleich in meine Koje, kringelte mich bibbernd unter meiner Decke zusammen um den verlorenen Schlaf nachzuholen und war so gut wie weg. Ronny war da und ich lallte ihm hundemüde von meinem Schiffsbett aus zu, um welche Uhrzeit ich die nächste Kapsel einnehmen müsste. Die erste Kapsel schien zu wirken und ich duselte endgültig ein. Pünktlich war er auch zur Stelle und weckte mich um mir die nächste Kapsel zu verabreichen. Danach schlief ich schön unter Drogen wieder ein. Von Bremerhaven bekam ich nichts mit. Zwei Tage lagen wir dort, dann erfolgte der dritte Tag, die Überfahrt nach

Rostock. Während dieser Tage schlief ich und verließ meine Koje nicht ein einziges Mal. Das Antibiotika schien ein Wunderallheilmittel zu sein. Schon nach kurzer Einnahme verließen mich meine Schmerzen und ich schlummerte mich gesund. In Rostock angekommen, musste ich natürlich gleich zum Hafenarzt um mich dort vorzustellen. Das Wunder war geschehen. Ich war wie umgekrempelt. Nichts tat mehr weh, ich fühlte mich taufrisch wie Phönix aus der Asche. Der Arzt suchte vergeblich in meiner Urinprobe nach möglichen fiesen Erregern herum, fand nichts und konnte kaum dem Bericht glauben, den der II. NO mir mitgegeben hatte, dass ich erst vor drei Tagen an einer schweren Nierenbeckenentzündung erkrankt (und, jaha! fast gestorben) war.

„Was haben die Ihnen denn da gegeben?", bohrte er ungläubig nach.

„Ich weiß es nicht, steht in den Unterlagen vom Second und hier ist die Verpackung", ich fuchtelte sie ihm vor die Nase. Staunend las er die Zusammensetzung. Das kannte der Osten leider nicht.

„Sie sind topfit und können sofort wieder aufsteigen", gab der verwunderte Hafenarzt zu.

Siehste, der stinkige Klassenfeind hatte mich kuriert. Das konnte ja nun keiner mehr abstreiten. Überglücklich, dass sie mich nicht in Quarantäne gesteckt hatten und vor allem, dass ich gesund war und weiterfahren konnte, stiefelte ich zurück zum Schiff um meine tollen Neuigkeiten an Ronny weiterzugeben. Er freute sich auch ungemein, denn er hatte keine große Lust ohne mich zu fahren. So nahm diese schöne und aufregende Reise doch noch ein gutes, gesundes Ende.

Die nächste Reise brachte auch viel Spaß. Sie führte über Mexiko, Honduras, Guatemala, bis hin nach Santo Domingo. Die Strände der Dominikanischen Republik sind einmalig schön. Die fast liegenden Palmen auf den Postkarten, im Hintergrund türkisfarbenes Meer, hier waren sie. Ein Tropenparadies von unvorstellbarer Schönheit. Sand wie Puderzucker, lachende Menschen und Sonnenschein. Dahin hätte ich auswandern mögen, so schön war es. Wir sahen uns alles an, auch das Haus des Kolumbus, aßen kinderkopfgroße Mangos, wofür wir teilweise zwei Tage brauchten, um sie schließlich ganz zu verzehren. Das beste Mittel gegen unsagbaren Durst lernten wir auch dort kennen.

Kleine Eselskarren vollgeladen mit unreifen Kokosnüssen holperten durch die Straßen. Wir bekamen Kokosnüsse angeboten, die mit einer Machete geköpft wurden, Trinkröhrchen rein und gesaugt. Herrlich kühl und erfrischend. Das löschte wirklich den Durst.

Aber alles in allem war es keine allzu lange Reise, obwohl sie sich in Tampico verzögerte, da dort Regenzeit war und wir Kaffeebohnen in Jutesäcken luden, die natürlich nicht nass werden durften. Daher mussten die Luken dauernd geschlossen werden, um den Kaffee vor Nässe zu schützen. Zu allem Übel wurde bei einer Kontrolle festgestellt, dass der Kaffee voller Maden saß, somit war dann nach Ladeende ein Auslaufen unmöglich. Doch schon bei der nächsten Kontrolle, als die Luken geöffnet wurden, verließ ein Riesenschwarm Fliegen die Luken und der Kaffee war gerettet. Die Maden hatten sich in Fliegen verwandelt und konnten somit dem Kaffee nicht mehr schaden, da alle diese kleinen Biester aus den Luken geflattert und somit entfleucht waren. Außerdem hatten die Fliegen es sowieso nicht auf unseren Kaffee abgesehen. Die hatten wahrscheinlich nur den idealen Nistplatz gefunden um ihre Eier dort schön geschützt abzulegen. Nun waren sie fort. Für uns hieß das ab nach Hause. Was uns da erwartete hätte sich keiner erträumt.

Nach Einlaufen holten uns meine Eltern ab und wir hatten ein paar Wochen Urlaub geplant. Als wir zu Hause angekommen waren, ausgepackt und unsere Mitbringsel verstaut hatten, holten wir wie immer nach unserer Ankunft den Sekt auf den Tisch um das Wiedersehen zu begießen. Da schaltete meine Mutter den Fernseher ein und ich dachte es wäre ein Lustspiel was da gerade lief. Haufenweise wurden Leute an Grenzübergängen gezeigt, die alle sangen: „So ein Tag, so wunderschön wie heute."

Viele waren mit ihren Trabis unterwegs und wurden auf den Straßen von anderen begrüßt.

„Was ist denn da los?", verblüfft glotzte ich förmlich auf den Fernseher „was hast du denn da eingestellt?"

Meine Mutter sah mich nur an und fragte: „Habt ihr denn gar nichts mitbekommen? Die Grenzen sind auf!"

„Was? Welche Grenzen? Und was sollen wir denn mitbekommen haben? Was hast du genommen, Drogen oder was?", ich wusste wirklich nicht was sie meinte.

„Na die Grenzen zwischen Ost- und Westdeutschland. Die sind auf. Jeder kann rüber und hin- und herfahren wann und wie er will. Habt ihr das nicht gewusst? Seit Wochen sind die Leute auf die Straßen gegangen und haben demonstriert und dann war es soweit. Die Grenzen wurden von unserer Seite geöffnet!"

„Und keiner schießt?" Sanitäter!!!

Ich saß wie vom Donner gerührt und konnte es nicht glauben. Es war nicht zu fassen. Mir kamen die Tränen. Damit hätte ich nie gerechnet. Und natürlich ist der ganze Trubel von uns fern gehalten worden. Wir haben rein weg nichts mitbekommen von all dem. Keiner hatte uns informiert. Während der Reise gab es, wenn überhaupt, Kino zum angucken und die Schiffspresse in der ständig was von Planerfüllung und vom Wetter stand. Weder gesehen, noch gehört, noch gelesen hatten wir etwas, wir sind rumgefahren wie ahnungslose Idioten und wussten von nichts.

Bei uns ritt Winnetou in loser Folge über die Kinoleinwand. Und nun HIER DAS! Eine bodenlose Sauerei war das, uns so im Dunkeln tappen zu lassen. Da geschieht ein Jahrhundertereignis und die ganze Welt guckt zu, nur wir paar Seeleute waren es nicht wert informiert zu werden und saßen währenddessen schön arglos beim „Schatz im Silbersee"!

Jetzt hatten wir auf alle Fälle einen Grund mehr zum Anstoßen, und was für einen Grund. Ronny und ich saßen da und konnten es immer noch nicht glauben. Aber es lief unaufhörlich auf dem Bildschirm.

„Jetzt können alle über die grüne Grenze fahren wohin sie wollen, ist das nicht sensationell?"

Meine Eltern konnten auch noch immer nicht glauben, dass wir von all dem nichts wussten. Ronny und ich begriffen es nicht, dass es niemand für nötig gehalten hatte uns zu informieren. Damit mussten wir erst mal klar kommen. Aber sensationell war es wirklich. Nie hätten wir mit dem Gedanken gespielt, dass sich das einmal ändern würde. Wir waren dort groß geworden und kannten es nicht anders. Ein geteiltes Deutschland auf immer und ewig. Natürlich waren wir zwei von den wenigen, die rauskamen um sich das andere Deutschland anzusehen. Auch kamen wir noch viel weiter raus in den Rest der Welt. Doch dass es nun für alle galt war schon toll und atemberaubend und es eröffnete auch für uns neue Perspektiven. Wir wollten erst mal weiterhin zur See fahren. Weder Ronny, noch ich hätten die Seefahrt zu diesem Zeitpunkt aufgegeben.

Da Ronny und ich nun offiziell zusammen fuhren, bekamen wir nach diesem Schiff unsere Einsätze zusammen.

Diesmal erwischte es uns am zweiten Weihnachtsfeiertag. Eine gesamte Besatzung hockte im Bus, gutgelaunt noch in Feiertagsstimmung, mit viel Gelächter. Eine sogenannte „Ablösebesatzung". Unser Ziel war ein großes Containerschiff in Bremerhaven. Auf diesem sollten wir die gesamte Besatzung ablösen. Das hieß erst mal stundenlang Bus fahren, dann ankommen, aufsteigen und sofort losarbeiten. Da die andere Besatzung komplett das Schiff verließ, um mit dem Bus, der uns brachte, gleich nach Hause zu fahren. Wir kamen an, die fuhren los. Im Bus kühlten die Sitze gar nicht ab, so schnell verlief der Wechsel. Ging auch gar nicht anders, zwei komplette Besatzungen kriegte man auch nicht auf dem Dampfer unter. Die Busfahrt war lustig, aber wir hatten danach den ganzen Tag mit Arbeit vor uns. Ronny, ich und einige andere kannten den Schiffstyp nicht und mussten uns erst mal zurechtfinden. Das ging nach kurzer Zeit ohne Probleme. Anstrengend kam es mir wahrscheinlich vor, weil wir nachts gefahren waren und keiner hatte im Bus ein Auge zugetan, sodass wir eigentlich saumüde gleich losackern mussten. Fix und fertig flog ich abends in meine Koje, zumal noch Feiertag war und ich noch „Kaffeetime" am Nachmittag veranstalten musste. Eigentlich hätten die alle so müde sein müssen wie ich, aber nein, der harte Kern unserer Kampfgruppe hielt durch und verlangte sein Stückchen Kuchen mit 'ner Tasse Kaffee am Nachmittag. Daher war auch kein freier Nachmittag zum Schlafen zur Verfügung, es hieß ganz einfach durchhalten.

MS „Schneeberg" war ein schönes, ziemlich neues Schiff. Unsere Kammern lagen sich gegenüber, sodass wir Schlafraum und Partyraum daraus machten. Da wir Etagenkojen hatten, kramten wir die Matratzen in unserem sogenannten Schlafzimmer aus den Kojen und legten sie nebeneinander auf den Fußboden. So konnten wir ganz prima schlafen und hatten ein tolles Doppelbett. Außer wenn Seegang war, dann rasten die Matratzen mit uns von einer Wand zur anderen, was doch ein bisschen nervig war. Aber wenn wir uns dabei festhielten, verloren wir uns nicht aus den Augen. Hand in Hand von Wand zu Wand. Der Reiseverlauf war auch ganz attraktiv. Es ging von Bremerhaven nach Rotterdam, Felixtowe, Ceuta, Alexandria, Lanarca, Mersin, Izmir, Salerno, Valenzia, Antwerpen, Rotterdam und zurück nach Bremerhaven. Das meiste kannte ich noch nicht, so freute ich mich auf die Reise. Doch diesmal war alles ein bisschen anders. Die Hafenliegezeiten waren nicht sehr lang, dadurch fielen die Landgänge auch nicht allzu üppig aus.

Wir freundeten uns mit dem Koch an, der eine besondere Art hatte seine Mitreisenden anzusprechen.

„He, du Kojote, was willst du fressen?"

Er bekochte also Kojotenmännchen und Kojotenweibchen. Was der Kochkunst aber keinen Abbruch tat. Er kochte wie ein Held. Lauter leckeren Kojotenfraß und übertraf sich jeden Tag selber. Genial der Mensch, mit einer ungeheuren Prise Humor, die er sich durch nichts versalzen ließ. Die Oberstewardess war auch ganz in Ordnung. Wir vertrugen uns prima. Ebenso der Rest der Wirtschaft.

Wie schon erwähnt, die Hafenliegezeiten waren nicht sehr lang, aber wir hatten trotz allem unseren Spaß dabei. Westeuropa lag hinter uns. Gut im Gedächtnis ist mir noch Ceuta, Spanisch-Marokko, geblieben. Der Landgang war ebenfalls knapp bemessen, aber wir besahen uns einen Leuchtturm, der schon seit Ewigkeiten dort stehen soll. Das war das Highlight, was uns dort überraschte. Spannender dann war Lanarca, Zypern. Da war dann schon mehr los und wir machten uns auf, den dort allgemein gerühmten Wein zu ergattern. Wie immer ausgerüstet mit leeren Weincollis a fünf bis zehn Liter, zogen wir los und ließen abzapfen. Zwei schmackhafte Sorten in rot und weiß.

Oberlecker, rutschte wie Sonnenstrahlen durch den Hals. Das muss Seemann bunkern. Also machten wir uns in die Spur um eine Piesel zu finden, um die edlen Getränke zu erwerben. Überaus schön fand ich, dass die Straßen gesäumt waren mit Mandarinenbäumchen, die uns dermaßen köstlich entgegen strahlten. Einmal Appetit und Neugier geweckt, zupften wir uns ein paar dieser Leuchte-Früchtchen, die regelrecht danach bettelten, von den Bäumen. Schade war nur, dass die dermaßen sauer waren, ungenießbar. So hatte die Klauerei schnell ein Ende. Was wir nicht kostenlos essen konnten, ließen wir lieber hängen. Unser Ziel haben wir trotzdem erreicht. Wir fanden eine Kneipe, in der wir ungehindert Verkosten und Abfüllen lassen konnten. Man reichte uns zu unseren Getränken kleine Schälchen, angefüllt mit gerösteten Nüssen sämtlicher Sorten, die als Snack wunderbar zu den Getränken passten und die erstaunlicherweise nicht auf die Rechnung gesetzt wurden. Das fand ich schon Klasse. So was gab es in unseren Breitengraden nicht. Da hatte alles seinen Preis. Jedenfalls, unser Sinn und Trachten war der Wein, den wir unbedingt mit nach Hause bringen wollten und dieses Ziel haben wir ohne viel Mühe erreicht.

Damit es nicht langweilig wurde, erwischte uns während dieser Reise ein Sturm. Ronny, der frei hatte und vor seiner Wache noch etwas schlafen wollte, rutschte alleine mitsamt der Matratze und 'ner Dose Toffees der Marke „Quality Street" auf dem Bauch, ein Geschenk von mir, die er dort vorm Einschlafen deponiert hatte, durch die Kammer. Blöd war auch, dass wir in unserer sogenannten Partykammer oder auch Wohnraum genannt, das Bulleye offen gelassen hatten. Da hatte nun „einer reingeguckt" (so sagt ein Seemann, wenn Wasser in die Kammer durchs Bulleye schwappt). In der ganzen Hütte schwamm alles und nichts war mehr trocken. Die Bude triefte vor Nässe, alles pitschnass vom Salzwasser. Aber da konnte ich im Moment wenig Abhilfe schaffen, da gerade die Messe eingedeckt war und dort auch alles flog, hatte ich genug Probleme. An diesem Abend gab es kalte Latte (kalte Platte). All die Salate, die der Koch in seiner unübertroffenen Kochkunst für uns Kojoten zubereitet hatte, mitsamt der Butter klebten in Wahnsinnsgeschwindigkeit plötzlich an der Messewand und von eben der Geschwindigkeit getrieben, floss und kleckerte alles an der Wand herab, um sich als ekliges Gemisch auf dem Fußboden zu vereinen. Scheiße. Aber ganz große. Zumal alle, die anwesend waren, nichts anderes tun konnten, als sich selbst festzuhalten und dem Spektakel zuzusehen. Das dicke Ende würde schon kommen. Es rückte sogar unaufhaltsam näher. Es schaukelte weiter und das Klügste war wieder einmal, das was unten lag, unten zu lassen. Es hatte keinen Zweck. Wir standen da, hielten uns fest und sahen uns alle betroffen an. So eine Schweinerei. Das Abendbrot war hin, der leckere Kojotenfraß quasi nicht mehr zu gebrauchen. Der Koch war auch kein Zauberkünstler, der in kurzer Zeit wieder so ein Essen hinbekommen hätte. Wir resignierten. In so einer Situation setzt man sich eben auf den Boden, hält sich fest und wartet ab. Die Oberstewardess holte, geistesgegenwärtig wie sie war, sowieso schon wetterbedingt schwankenden Fußes, eine Flasche Gin plus Zitronensaft und ein paar Tonic, um die Schlechtwetterkrise bei einem Mixgetränk geschmeidig über uns hinweg zulassen. Kurios, dass solche Aktionen immer irgendwelche Leute anlockten, die scheinbar nichts anderes im Sinn hatten, als bei Seegang, wenn alles fiel, in geselliger Runde einen Gin-Tonic zu trinken. So hockten wir dann gemeinsam auf dem Fußboden, konnten uns vor Lachen kaum halten und tranken einen zur Stärkung. Denn die brauchten wir. Die Aufräumaktion erforderte Einiges von uns. Der ganze Teppich war hin und wer Appetit hatte, konnte sich eben von diesem Teppich den Eiersalat kratzen, verfeinert mit all den anderen Köstlichkeiten, die unser Köchlein sich in mühevoller Kleinarbeit hatte einfallen lassen. Ging nun buchstäblich die Wand runter. Die Schaukelei hielt noch eine ganze Weile an, bevor sie in langsames Wiegen über ging. All unsere Ginteilnehmer beteiligten sich fairerweise an den Aufräumarbeiten. Im Nachhinein denke ich immer komisch, dass keiner von uns Angst hatte. So viel Vertrauen auf das Schiff, was wir da raus kehrten, war schon mehr als mutig.

Entweder war es jugendlicher Leichtsinn oder einfach Unkenntnis, das wir so unbekümmert die Stürme abritten, als wäre es völlig normal. Immer, wenn ich zu Hause war, also nach Einlaufen, habe ich jeden Abend geguckt, ob auch alles „gelascht" war. Das ließ mich nicht los. Das ging so weit, dass ich zu meiner Mutter sagte: „Denkst du die Vase bleibt dort stehen, wo sie steht? Ohne sie zu laschen?" Meine Mutter hat nur gelacht und gesagt: „Du bist zu Hause, hier schaukelt nichts, entspann dich!" Sie hatte ja recht. Aber wie kann man denn so schnell aus seiner Haut? Mich verfolgte die Wackelei eben bis nach Hause und ich machte mir ständig Gedanken, wenn ich im Bett lag, ob alles ordnungsgemäß fest war. Ein zu Boden gegangener Fernseher ist doch auch nicht das Gelbe vom Ei, oder? Jedenfalls nach dem Stinkewetter hatten wir an Bord alle Hände voll zu tun. Es dauerte eine Weile, bevor Ruhe eintrat, aber dann die Ärmel hoch. Alles sollte wieder dahin, wo es hingehörte. Unsere total abgesoffene Kammer musste auch wieder aufgeklart werden. Salzwasser ist hartnäckig, es hatte sich auch über meinen neuen Recorder ausgebreitet. Schade, schade. Irgendwann würden sich bei gewisser Trockenheit interessante, weiße Kristalle auf dem Recorder bilden. Ich tat alles was möglich war und was ich mit Trinkwasser abwaschen konnte, um das Schlimmste zu verhindern. Denn Salz frisst ja bekanntlich. Schon wieder Kohle in ein neues Gerät zu investieren, dazu hatte ich überhaupt keine Lust.

Das nächste Highlight auf dieser Reise war für mich die Türkei. In Mersin, sowie in Izmir gingen wir an Land und waren von der Fülle auf den Märkten völlig überrumpelt. Stets stellten sich sogenannte Schlepper ein, die sich unweigerlich jedem, der nach Tourist aussah, an die Hacken hefteten. Mit dem Ziel, sie in einen ihrer Läden oder in die Läden ihrer Freunde zu schleppen, um Umsatz zu machen. Bereitwillig folgten wir dann einem solchen Typen, denn wir wollten uns unbedingt jeder eine Lederjacke kaufen. So trabten wir hinterher, um uns einschlägige Läden anzusehen. Die Augen gingen uns über an dieser Vielfalt. Ich wühlte in jedem Laden in Bergen von Jacken aus feinstem Leder. Überall wo wir auftauchten, bekamen wir gastfreundlich Tee serviert. Sehr heiß, sehr duftend, aus Gläsern oder Tassen. Tatsächlich aromatisch. Weder Ronny, noch ich sind Teetrinker, aber diese Sorten schmeckten uns außerordentlich. Zuvorkommend und fleißig, aber irgendwie nicht aufdringlich, breiteten sie mit einer unendlichen Geduld Jacken vor uns aus. Die Entscheidung wurde durch jedes neue Modell immer schwerer. Wahnsinn bei dem Angebot eine Wahl zu treffen. Meine 680 D-Mark-Jacke, die ich mir in Kiel von meinem Trinkgeld auf der „Atlantis" gekauft hatte, bezeichneten sie als hoffnungslos unmodern. Ich kam mir schon richtig schäbig vor. Gut, die Jacken, die ich mir ansah, waren vom Schnitt her alle anders als die, die ich trug, aber unmodern war meine Jacke noch lange nicht. Ich wollte nur 'ne Neue. Die gab es in Hülle und Fülle, fast beleidigt wühlte ich weiter. Ich wusste nur nicht, welche ich nehmen sollte. Ronny ist entscheidungsfreudiger als ich und handelte schon verbissen um den Preis seines auserwählten Stückes. Hartnäckig wie er war, drückte er den Preis dermaßen, er bekam sie zu seinen Vorstellungen. Ich war schon völlig alle vom An- und Ausziehen, da sah ich dann auch endlich die Jacke der Jacken. Jetzt ging's ans Handeln. Ich setzte eine unverschämte Feilscherei in Gang. Die hatten ihren Spaß daran. Der Erfolg war mir sicher. Ich hab gehandelt wie's böse Tier und meine Jacke für einen Spottpreis erhalten. Butterweiches, schwarzes Leder, ein Traum.

„Ich brauch nur noch ein paar schöne Schuhe, dann bin ich zufrieden. Mal sehen, wo wir die bekommen", Ronny schwelgte im Kaufrausch.

„Das ist bestimmt auch kein Problem. Die ergattern wir auch noch. Es gibt hier nichts, was es nicht gibt. Da, guck mal, unser Kumpel steht da auch schon wieder rum. Den können wir beruhigt noch mal in Anspruch nehmen, schließlich hat der gerade für seine Kompagnon ein gutes Geschäft mit uns abgeschlossen."

Wir winkten ihm und mit seiner Hilfe fanden wir ein Paar passende Schuhe. Das heißt, im Moment passend. Ein paar Tage nach Auslaufen stellte Ronny fest, dass die Botten zu eng waren und bei Gebrauch fiese Blasen produzierten. Das war kein so gutes Geschäft, das war Pech.

Alles in allem war der Tag doch recht erfolgreich. Wir hatten unsere Jacken und ich hatte mir sozusagen als Tüpfelchen noch ein Oberteil aus Lederflicken gekauft, die kunstvoll zusammengestrickt waren. Schwarz, weiß, rot. Richtig schön.

Ausruhen, wir mussten erst mal ausruhen.

„Jetzt ist Ende. Wir haben was wir wollen und laufen kann ich auch nicht mehr. Können wir irgendwo Pause machen?"

„Ja, ich hab auch einen wahnsinnigen Durst und ich hab vorhin ein kleines Lokal gesehen, da gehen wir jetzt hin. Komm!" Ronny mit seinem überaus guten Orientierungssinn brachte es fertig in kurzer

Zeit die Stelle zu finden, wo wir uns völlig ausgepumpt niederlassen konnten, um etwas Kaltes zu trinken.

„Schön hier, oder?"

„Ja, richtig gut. Hier bleiben wir erst mal sitzen und beobachten die Leute. Das viele Gold, das waren Berge von Gold. So was hab ich noch nie gesehen."

„Ich schon, vor Jahren war ich in verschiedenen Emiraten. Da gibt es Gold, wirklich kein Vergleich zu den paar Häufchen hier", Ronny war unbeeindruckt von dem ganzen Klimbim. Ich war überwältigt.

Bevor wir zum Sitzen kamen, hatten wir einen anderen Teil des Marktes passiert und ich hätte mir beinahe die Augen verblitzt. In Glaskästen türmte sich Gold und blinkerte in verschiedenen Schattierungen. Alle erdenklichen Formen waren dort aufgehäuft. Ketten, Ringe, Armbänder, Ohrringe in den vielfältigsten Variationen. So ein Prunk und Blingbling, alles auf einem Haufen. Da weiß man nicht, wo man ist und was man davon halten soll. Irre. Für alle Elstern unter den Frauen ein wahres Eldorado. Bloß, blank wie ich war, musste ich mich mit Gucken begnügen. Überaus teuer war das Gold dort nicht, außerdem konnte man um alles feilschen, aber wenn doch so gar kein Geld mehr da war, blieb es eben nur beim Gucken. Dazu hatte ich dann auch keine Lust mehr und so haben wir uns dann eine Trink- und Ausruhgelegenheit gesucht. Wir saßen da und sahen dem Trubel zu. Was war das schön. Auf dem Rückweg zum Schiff stand in einer der Straßen ein Mann, der heiße geröstete Nüsse verkaufte. Sämtliche Sorten. Das duftete. Kurz entschlossen kauften wir für unsere letzten Kröten eine große Tüte Nüsse. Doch als der Mann sie uns heiß und knackig überreichen wollte, fiel sie uns auf den Boden und alle Nüsse kullerten weg. Kulant wie er war, kippte er uns einfach eine neue Tüte voll und reichte sie uns, ohne dafür noch mal Geld zu verlangen.

Unser Eindruck von den Leuten dort war nur positiv. Alle verhielten sich überaus nett. Viele sprachen perfekt Deutsch. Erzählten, das sie ein paar Jahre in Deutschland gearbeitet hatten und sich bei der Rückkehr von ihren Ersparnissen einen eigenen Laden leisten konnten. Na, warum auch nicht? Eigentlich wäre ich noch gern länger geblieben. Die Türkei faszinierte mich mit ihren Menschen und dem Trubel, sowie den vielfältigen Angebot an Waren. Einfach nur zu gucken, sich alles anzusehen war schon interessant. Für meine Begriffe viel zu schnell verließen wir dieses schöne Land um auf ein neues Ziel zuzusteuern.

51. Kapitel „Vergiss Italien, ich werd jetzt Oberstewardess"

Wir brachen auf nach Italien. Genauer Salerno. Der erste Eindruck war vielversprechend. Die Häuser sahen aus wie in den Fels gewachsen, wie im Märchen, verlockend und geheimnisvoll. Die Sonne schmiss merkwürdige Schatten auf die Gebäude. Ein schöner Anblick, der neugierig machte alles zu erkunden. Unbedingt wollte ich in dem Felsen rumkrabbeln und mir die Häuser ansehen. Mir kribbelte es in den Fingern und in den Füßen, loszulaufen und Geld auszugeben. Doch der Landgang entpuppte sich als erschreckend. Gleich nach Mittag stiefelten Ronny und ich los um die Stadt zu erobern. Ein Jammer, fast alle Geschäfte waren geschlossen. Sämtliche Banken waren dicht. An Geld tauschen war also nicht zu denken.

„Sag mal, was ist denn hier los?", entfuhr es mir gereizt, als ich an der verschlossenen Tür zur Bank rüttelte.

„Siesta", nuschelte ein Italiener im Vorbeigehen.

Achso!

Schon komisch das überhaupt einer vorbeiging. Die Straßen waren um die Uhrzeit fast menschenleer. „Siesta" eben.

Die Mode, die die Leute dort trugen, reizte mich auch nicht zur Schwärmerei. Die paar Typen, die sich die „Siesta" aus dem Kopf geschlagen hatten und durch die Straßen liefen, hatten sich dunkle, nichtssagende Klamotten übergeplünnt. So vampirtechnisch, alles düster wie Draculas Geschwister. Mamma Mia!

Was man in den Auslagen der Schaufenster sehen konnte, hatte Preise, die sich gewaschen hatten. Für diese Grottenklamotten! Reinweg nichts war erschwinglich für uns. Also einigten Ronny und ich uns einfach nur ein Eis zu essen und dann zurück zum Dampfer zu gehen. Bloß die Eisläden waren auch alle zu. Es war ein heißer Tag und nun wollten wir mit Gewalt ein Eis, was wir nirgends bekommen konnten. So schlenderten wir kaputt und genervt zum Hafen zurück. Auf dem Weg dorthin, schon im Hafengelände, bemerkten wir eine Kneipe, die geöffnet war und an der ein Eisschild vor der Tür im lauen Lüftchen baumelte. Hoffnungsvoll gingen wir hinein. Das einzige Eis, was man bekommen konnte, lagerte halb verloren, fast im Gefrierbrand, in einer riesigen Kühltruhe. Na, das war nun auch schon egal. Wir schnappten uns einen der wenigen größeren Becher und wollten bezahlen. Da wir keine Landeswährung besaßen, versuchten wir es mit DM. Die Tante an der Kasse zog uns doch tatsächlich zehn DM aus der Tasche für den lumpigen Becher Eis. So, nun standen wir da und hatten noch nicht einmal Löffel um das blöde Eis aus dem Becher zu kratzen. Als wir ihr höflich erklärten, wir möchten es nicht mit den Fingern essen, reichte sie uns recht aggressiv zwei Blechlöffel über ihren Tresen und machte uns klar, genau die zwei Löffel hätten wir wieder abzugeben, wenn wir unser Eis gegessen hätten. Na prima. Die war bösartig veranlagt, nicht eine Spur nett und forderte vehement ihre blöden Löffel zurück. Sauer hockten wir uns draußen vor der Tür dieser hässlichen Kneipe auf ein paar hölzerne Klappstühle und löffelten unsere einzige Errungenschaft von Italien.

„Ich hab keine Lust mehr in diese dämliche Stadt zu gehen, und du?"

„Wir gehen zurück, es hat keinen Zweck. Wir ärgern uns nur noch mehr. Außerdem, selbst wenn wir Geld tauschen, die Preise gefallen mir überhaupt nicht. Woanders bekommen wir mehr für unser Geld. Komm, wir schlenkern der Alten die Blechlöffel ans Knie und lassen Italien hinter uns."

Ronny hatte Recht. Wir verbrachten unsere Freizeit lieber an Bord, als in diesem ungastlichen Land. Irgendwann hatte ich einmal gehört, Italien wäre ein beliebtes Urlaubsland der Deutschen. Entweder hatte ich mich verhört, oder vielleicht waren wir auch in einer anderen Region. Jedenfalls hatten wir hier so gar keine Lust der Sache auf den Grund zu gehen, wir liefen nach kurzer Zeit aus und das war gut so. Einen neuen Versuch an Land zu gehen hätte ich auch nicht gestartet. Das war so ziemlich das erste Mal, dass es mir überhaupt nicht gefiel an Land zu gehen und ich auch verzichtet hätte, wenn wir dort länger gelegen hätten. Scheiß auf Italien. Alles in allem ging diese Reise schnell vorüber und eigentlich lockte uns nichts noch einmal mitzufahren.

Es ergab sich auch, dass wir absteigen durften, außerdem hatte ich vor endlich als Oberstewardess zu fahren, geeignete Empfehlungen meiner früheren Chefs hatte ich genug. Jeden Chiefmate, mit dem ich gefahren war, hatte ich um eine Einschätzung gebeten. Mit Hilfe der Oberstewardessen, die ich in der Vergangenheit auf den verschiedenen Schiffen kennen gelernt hatte, waren mir die Aufgaben dieses Postens vertraut. Meine Einschätzungen hatte ich bekommen, sodass ich mit meinem Sammelsurium an Empfehlungen in die Wirtschaftsabteilung der Reederei stürmte und fragte, ob ich denn eingewiesen werden dürfte. Ja, das durfte ich auch.

Tagelang hockte ich meine Zeit in der Wirtschaftsabteilung ab und ließ mich einweisen. Meine Güte. So eine Fülle an Listen und Protokollen. Das schluck mal erst in so kurzer Zeit. Mein Gehirn hatte zu arbeiten ohne Unterbrechung. Was tatsächlich alles daran hing, hatte ich mir nicht vorstellen können. Angefangen von der gesamten Schiffsausrüstung was Getränke in allen Formen betraf, vom simplem Wasser, bis zum Bier, über Zoll-Transitwaren, Schnaps, Zigaretten, Wein, Zahnpasta, Salzstangen, Haarwäsche, Duschgel, Seife und so weiter, bis hin zur Bettwäsche, Matratzen, Gardinen, Handtücher, Vasen, Tischdecken, Blumen plus Töpfe, um nur mal einen kleinen Einblick zu geben. Einfach alles, was auf einem Schiff benötigt wurde und zu sein hatte.

Ich hatte die Reisedauer zu berechnen, eventuelle Verspätungen einzuplanen, Feier-und Geburtstage zu bedenken und somit die Ausrüstung zu errechnen. Ebenso Arbeitspläne zu schreiben für die Stewardessen, die mit mir fuhren, Listen zu schreiben, welche die Preise der Getränke enthielten und sie sichtbar für die Besatzung auszuhängen. Es gab Umbuchungsbelege für die Kombüse, falls diese etwas von mir zum Kochen benötigte, oder für Barabende verbrauchte. Mit den Listen für eventuelle Umlagerungen auf andere Schiffe, falls diese bei einer Begegnung etwas von uns benötigten, musste ich mich auch auskennen. Ich hatte ein Buch zu führen, was vorschrieb, in welchem Hafen der Kapitän wie viel Valuta für Lotsen oder sonstige Besucher ausgeben durfte und wie viel er in Ostmark für Repräsentationszwecke verbrauchen durfte. Ich benötigte ein Getränke- und ein Transitbuch, in denen ich alle Besatzungsmitglieder aufzuführen hatte und vermerken musste, wer was und wie viel verbrauchte. Dabei durfte ein bestimmtes Limit nicht überschritten werden. Der Verbrauch dieser Dinge wurde mit der Reiserechnung am Ende der Reise bei mir bezahlt. Mit dem Schiffshändler hatte ich ständig Kontakt. Ohne eine Oberstewardess, die das Schiff mit allem notwendigen versorgte, konnte kein Schiff auslaufen. Da hing viel dran. Mir brummte der Schädel. Ich versuchte in der kurzen Zeit, die ich hatte um mich einarbeiten zu lassen, alles zu erfassen. Die Wäsche musste nach Benutzung gezählt und gebündelt werden. Das Leergut nach Einlaufen gezählt werden. Die Reiseabrechnung jedes Besatzungsmitglieds hatte ich nach Reiseende abzukassieren, auch die Rechnung des Funkers über Telegramme und Telefongespräche. Ich bekam die Einkaufspreise nach denen ich die Wiederverkaufspreise errechnete, die auch meinen Verdienst enthielten. Das wiederum war nicht schlecht. Ich verdiente an allem was ich verkaufte einen bestimmten Satz. Somit konnte man sagen, wenn alles gut lief, hatte ich keine Reiserechnung, sondern noch einen erheblichen Bonus, der zu meinem ohnehin schon gestiegenem Gehalt dazukam. Bloß das musste erst mal korrekt erwirtschaftet werden und Fehler konnte man sich nicht erlauben. Fakt war, dafür musste ich auch unterschreiben, dass alles was während der Reise bei Schlechtwetter oder aus anderen Gründen zu Bruch ging, ich alleine zu zahlen hatte. Aus diesem Grunde gab es nur eins, mit der Decksgang und dem Bootsmann immer gut Freund zu sein. Ich war auf sie angewiesen. Ohne die Jungs konnte ich meine Lasten nicht vollstauen. Denn nach Anlieferung der Ware durch den Schiffshändler, war ich da, um die Richtigkeit der Lieferung zu prüfen, aber Iaschen konnte ich die Getränkekisten in den Luken nicht selbst. Die wurden mittels Kran in die Luken geschwenkt und von der Decksgang übereinander gestapelt. Bis unter die Decke, höher als meine Körpergröße und so brauchte ich sie alle immer wieder.

Außerdem hatte ich beim Einstauen darauf zu achten, dass leicht verderbliches Bier nach vorne in die Last kam, damit ich es zuerst verkaufen konnte. Also, alles hatte ich zu beachten, auch die Temperaturen in den Lasten. Nicht, dass mir das Bier um die Ohren flog, bloß weil es einen Grad zu warm war. Das war richtig Geld wofür ich unterschrieben hatte und der Bruch ging auf meine Kappe. Da ist es egal, ob in der eigenen Kammer der Fernseher fliegt, da rennst nur du und hältst den Schnaps fest. Deswegen eben gut Freund mit der Decksgang und ab und zu mal 'nen Kasten Bier auf meine Rechnung springen lassen, damit alles seinen Gang geht. Das war eine Menge Arbeit und ein mächtiger Haufen zu bedenken. Auch das Einkaufen im Ausland. Es kam immer vor, dass eine Reise sich verzögerte und einiges vorzeitig ausging. So hatte man sich im jeweiligen Hafen einen Schiffshändler zu suchen, der den besten Preis machte um das Schiff neu zu versorgen, mit dem was gerade fehlte.

Dafür wurde dann erst die Genehmigung der Reederei eingeholt, was der Kapitän übernahm. Irgendwie erfuhr ich auch durch Mundpropaganda, dass die Lotsen in den verschiedenen Häfen bestimmte Marken von Genussmitteln bevorzugten. Es war gut, das zu wissen. Ich konnte mich darauf einstellen. Manch Kapitän war doch gut beraten, wenn er auf die Tipps seiner Oberstewardess oder seines Oberstewards einging. Es zahlte sich immer aus, wenn man den Geschmack des Lotsen traf, sowohl in Alkohol als auch in Zigaretten. So hat schon der richtige Tropfen und die richtige Zigarette zur richtigen Zeit am richtigen Ort Wunder gewirkt. Das lernte man nirgendwo, es sprach sich rum unter sich wohlgesonnenen Kollegen.

Was weniger Spaß machte waren die Inventuren. Diese ständige Zählerei, bevor der Zoll auftauchte und die Lasten versiegelte. Oft kam es mitten in der Nacht vor. Genauso oft, vor Einlaufen, kam auch der Lotse meist in der Nacht an Bord. Dann hatte ich den Lotsenkaffee, sowie die Lotsenplatte auf der Brücke zu servieren. Mit Tablett, Servietten und weißer Tischdecke schlich ich dann im Dunkeln auf der Brücke herum, nur mit Hilfe der Taschenlampe des Wachmatrosen. Für diese Aktion lag ich in Klamotten auf meinem Bett und wartete bis das Telefon klingelte. So hatte ich ab und zu locker lustig Tag und Nacht zu tun.

Der Koch oder die Köchin, je nachdem wer mitfuhr, hatten sich in punkto Lotsenplatte auch keinen Fehler zu erlauben. Da in einigen Ländern das Schweinefleisch und in anderen Ländern wiederum das Rindfleisch verpönt oder heilig war, hatten Koch oder Köchin darauf zu achten, wie sie die Lotsenplatte belegten. Das wäre ein fataler Schnitzer gewesen, wenn man zum Beispiel in Indien dem Lotsen ein Stück heilige Kuh auf die Semmel gezimmert hätte.

Das nötige Rüstzeug hatte ich in der Wirtschaftsabteilung bekommen, was dann noch auf mich zu kam, hatte ich operativ zu entscheiden, sozusagen von Fall zu Fall.

Von großem Vorteil war natürlich auch, dass ich in diesem Posten nur noch Freunde und mir wohlgesonnene Besatzungsmitglieder hatte. Im Nachhinein muss man doch ehrlich zugeben, dass der Schlüssel für die Getränke- und Transitlast einige Privilegien in sich barg. Dies kann keine Oberstewardess und kein Obersteward abstreiten. Die Schlüssel waren sozusagen regelrecht vergoldet. Wie schnell könnte doch sonst der bevorzugte Rum und die bestimmte Sorte Zigaretten ausgegangen sein. Das lag ja nun alles schön in meiner Hand.

Wir stiegen auf. Ein neues Schiff, MS „Porta" mit Ziel Albanien. Nonstop.

Ich stürzte mich auf meine neue Aufgabe mit all meinem Elan. Rüstete das Schiff aus, schrieb Arbeitspläne für meine Stewardessen, rechnete Getränkelisten aus, versorgte alle mit allem, was sie brauchten und machte mich mit der Besatzung bekannt.

Das Reiseziel hörte sich weniger attraktiv an, stellte sich aber im Nachhinein als Überraschung heraus.

Die Hand über die Kombüse hielt diesmal kein Koch, sondern eine Köchin. Wir waren uns von Anfang an sympathisch und es entwickelte sich eine tolle Freundschaft zwischen uns, die über Jahre halten sollte und in der, ohne jede Frage, auch mal die Fetzen flogen. Erstaunlich, aber es musste ab und zu mal sein.

Die Köchin Silke fuhr mit einem Maschinenassistenten zusammen, der natürlich auch mit zu unserem Clan gehörte. Ronny, Silke, Lars und ich waren ein tolles Team und wurden richtig dicke Freunde. Soviel Spaß wie wir miteinander hatten, konnte man suchen.

Da ich diesmal als Oberstewardess fuhr, schwamm ich alleine auf meiner Welle. Keinen konnte ich fragen, wie ich was machen musste. Entweder wusste ich es selber, oder keiner. Das war schon eine neue Situation. Ich saß ganze Nächte vor meinen Rechenaufgaben und ließ nicht locker. Teilweise völlig genervt, tüftelte und rechnete ich, bis ich zu einem zufriedenstellenden Ergebnis kam. Gut war, dass immer wer zum Reden da war, wenn mir auch keiner helfen konnte. Meine Abende waren ausgefüllt mit Transit- und Getränkeausgaben, mit Klarierung und Lotsendienst.

Ich schaffte es jedenfalls ab und zu meine Verpflichtungen auf die Abende zu verlegen, an denen der Politische zur FDJ-Versammlung trommelte. Ich hatte keine Lust meine Zeit mit so schwachsinnigem Palaver zu vergeuden, daher blieb ich aus wichtigen Gründen in meiner Kammer und erledigte überaus dringende „Schreibarbeiten".

52. Kapitel „Eine Lektion für den Backmann"

Der erste Schritt am Morgen führte mich immer in die Kombüse zu meiner Freundin Silke, gucken was die so zusammenrührte für den Tag.

„Na, hast du schon 'n Kaffee fertig?"

„Ja, komm, schnapp' dir ein heißes Brötchen und 'ne Tasse, wir gehen nach achtern und rauchen eine."

Ach wie schön, achtern stehen und aufs Wasser gucken. Das Schiff gehörte um diese Uhrzeit noch uns. Außer den Wachen schlief der Rest noch. Was hatten wir das doch gut. Gedankenversunken guckte ich auf das ruhige Meer und genoss die Stille. Da schnaufte es genervt neben mir und riss mich aus meiner Träumerei.

„Mit dem Backmann werde ich noch irre. Was soll ich bloß mit dem machen? Die Brötchen sind dermaßen winzig und tonnenschwer.

Wenn der so weitermacht, nageln sie ihm die ans Schott." Silke war sauer.

„Ja, dann zeig es ihm eben noch mal. Der muss lernen Brötchen zu backen. Schließlich fährt er als Bäcker mit und nicht um Ziegel zu brennen." Ich war auch sauer. Weil ich an der Basis war, nämlich in der Messe, und zuerst die Kommentare der Offiziere und der restlichen Besatzung „scheiß Backmann" um die Ohren geknallt bekam.

„Ich kann es versuchen, aber große Hoffnung hab ich nicht."

Der Typ war unfähig, zu dumm um aus dem Bus zu gucken, da konnte sie machen was sie wollte. Am Seemannssonntag, also am Donnerstag und am Sonntag, wenn Kaffeetime war, stand sie mit ihm mitten in der Nacht auf, um ihm zu zeigen wie man Brötchen backt. Der Bengel war einfach nicht talentiert um was Richtiges zu Stande zu bringen.

Silke war am verzweifeln.

„Wenn das so weitergeht, drehen die ihm ein Ding! Der wird sich wundern. Dabei ist gar nichts dran an so einem blöden Brötchen. Ich verstehe nicht warum der Bäcker geworden ist, wenn er einfach nicht kapiert, wie man so ein Brötchen fertig kriegt?" Silke hatte recht. Es würde bald eskalieren. Im Moment sowieso nur Seetage, keiner war durch Landgang oder was anderes abgelenkt, da richtet sich das Augenmerk auf das Essen. In der O-Messe, sowie in der Mannschaftsmesse wurden die Gesichter immer grimmiger. Die rassistischen Ausschreitungen Richtung Bäcker nahmen langsam Gestalt an. Und so trug es sich eines Tages zu, als die Brötchen und der Kuchen wieder „unter aller Sau" waren, dass der Bäcker seine Revanche bekam.

Mittagessen für die Wirtschaft war gerade vorbei, Silke und ich machten uns auf um duschen zu gehen, als wir an der Kammer des Bäckers vorbeiliefen. Der stand an seinem Schott, was er nicht auf bekam. Irgendwelche dunklen Elemente hatten es auf den Haken gehängt, und eine große Tonne voll Wasser in der Kammer direkt hinter der Tür postiert. So eine richtig große Tonne, in die man einsteigen kann, wo dann nur noch der Kopf raus guckt. Den Haken hatte jede Kammertür, damit man die Tür einfach einen Spalt aufbehalten konnte. Die leere Tonne hatten sie in die Kammer gebracht und knapp ans Schott gezogen und randvoll mittels einem Schlauch mit Wasser gefüllt.

Der Bäcker war völlig konfus und am Ende.

Silke und ich prusteten explosionsartig drauflos. So blöd wie der war, versuchte er verzweifelt mit einem Zahnputzbecher das Wasser aus der Tonne zu schöpfen. Denn er hatte vor, sein Schott wieder aufzukriegen, zu duschen und den Nachmittag faul in seiner Koje zu verbringen. Der Bursche angelte mit seinem Plastikbecher weiter sinnlos durch die Türspalte und legte sich fast in Falten. Klar spitzelten auch einige von den Übeltätern in unmittelbarer Nähe, so rein zufällig rum, um sich das Schauspiel anzusehen, die quietschten auch ganz hinterhältig über ihren gelungenen Gag.

„Das Rindvieh, statt sich 'nen Schlauch zu nehmen, in die Tonne zu hängen, anzusaugen und aus dem Bulleye zu legen. Dann läuft die Brühe von ganz alleine raus. Da nimmt der 'nen Zahnputzbecher", kicherte ich schadenfroh. Silke ging es nicht anders. Die peitschte sich vor Lachen und musste aufpassen, dass ihr Badetuch nicht vom Busen rutschte. Auch als ihm die Tränen unter der fettverschmierten Brille hervor kullerten. Schwermütig und hilflos schöpfte er vor sich hin. Er war selber schuld. Hätte er backen gelernt, so wie sich das gehörte, wäre alles perfekt für ihn gelaufen.

„Wenn der jetzt noch einen auf sauren Hering macht, dann kann der einpacken, soviel steht fest!", vermutete ich. Silke nickte schweratmend vor Lachen.

„Hauptsache der hüpft nachts nicht über die Reling. Manche sind da ja so sentimental!"

Aber selbst mit Silkes Hilfe, die nicht die Pflicht hatte mitten in der Nacht mit ihm aufzustehen um Brötchen zu backen, hat er es nicht gelernt. Im Gegenteil, Silke ist davon ausgegangen einen ausgebildeten Bäcker an Bord zu haben, der sein Handwerk versteht. Bloß dieser konnte nix. Geschweige denn einen ordentlichen Kuchen zusammen rühren. Der war schlichtweg unbegabt.

Schließlich hatte er, wenn er gebacken hatte, den ganzen Nachmittag frei und die Köchin musste schon zum Kaffeetime in der Kombüse sein, um den Kuchen aufgeschnitten mittels Fahrstuhl in die Pantry zu befördern. Außerdem bereitete sie während des Kaffeetimes das Abendessen vor, was an den Seemannssonntagen aus kalter Platte bestand. Also, Wurstplatten, Käseplatten, Salate, Brot, Butter, Gemüse und so weiter. Für den Bäcker war dann Feierabend, weil er schon nachts Brötchen gebacken hatte. Bloß diese Granitkegel konnte niemand genießen. Entweder prallte das Messer daran ab, oder es blieb in der feuchten, klebrigen Masse stecken. Das war streckenweise schwarze Teerpappe, die keiner aufschneiden geschweige denn essen konnte. Der Kuchen belastete die Zunge und hatte eine hartnäckige Konsistenz. Zerfranste Lippen und Beton im Magen. Einige waren der Annahme, dass kontinuierliche Einnahme dieser Produkte unweigerlich zum röchelnden Ableben führen würde. Womöglich hatte das System? Wer weiß, was der im Schilde führte? Oder war der wirklich nur dämlich? Jaaa, da kamen wir ins Spekulieren. Das Resultat: die Tonne in seiner Kammer.

Aber der kam und kam nicht drauf einen Schlauch reinzuhängen. Nein, er schöpfte wie ein Held mit dem Zahnputzbecher vor sich hin. Schweißperlen auf der Stirn, beschlagene Brille und Verzweiflung im Gesicht. Ihm war in diesem Moment schon klar, dass er keine Freunde auf dem Schiff hatte. Alle hatten sich gegen ihn verschworen. Irgendwie tat er mir plötzlich leid. Sein Nichttalent fürs Backen war vielleicht keine Absicht, er begriff es einfach nicht. Aber eine verwöhnte Besatzung hat dafür kein Verständnis, schon gar nicht, wenn der Tag mit Backmanns Sabotageakten begann.

„Ich werd' verrückt mit dem Kerl, das lernt der nie.", Silke gab sich seufzend der Verzweiflung hin.

„Tja was willst du denn machen?"

„Ja, was wohl. Selber aufstehen und backen. Die ganze Reise kann man solchen Kram nicht anbieten!" Dabei sah sie schon völlig überarbeitet aus.

Also stand sie selber auf und sorgte dafür, dass alle mit den Brötchen zufrieden waren und keiner den Bäcker damit tot schmiss. Es war schon ein Elend, aber dabei helfen konnte ich auch nicht. Zur Zufriedenheit aller waren die Brötchen dann auch wie sie sein sollten. Ich konnte tatsächlich nicht helfen. Denn ich hatte selber den Kopf voll. Schließlich war das meine „Oberstewardessenprüfungsreise" und zu allem Übel gab es dann noch die Währungsunion. Die Ostmark wurde auf D-Mark umgestellt. Bedeutete für mich eine ungeahnte Rechnerei. Wo mir in meinem Fall sowieso niemand helfen konnte, stand ich jetzt erst recht alleine da. Heute grübele ich manchmal noch wie ich das damals hinbekommen habe.

Jedenfalls näherten wir uns allmählich Durres, Albanien, und allesamt waren wir diesmal nicht so erwartungsfreudig was das Land betraf. Unsere vorhergegangenen Ziele waren alle bei Weitem attraktiver, als das, was uns jetzt erwartete. Es bestätigte sich eigentlich schon nach Einlaufen. Das Schiff wurde von Land aus rund um die Uhr bewacht, als wären wir alle Schwerverbrecher und seit Jahren von Interpol gesucht. Grimmig guckende Uniformträger, natürlich mit Knarre, standen an der Pier Spalier, um uns unter Kontrolle zu haben.

Wir, Silke, Lars, Ronny und ich, als eingeschworene Viererbande, hatten natürlich schon vor trotz allem an Land zu gehen.

„Was is, schleichen wir heute an Land?", fragte Silke unternehmungslustig.

„Klar, ich hab nichts dagegen mal 'nen schönen Nachmittag zu verbringen."

Kaum den Gedanken ausgesprochen, kam der Kapitän in die Messe und erklärte uns die Landgangsbestimmungen, die er gerade erfahren hatte. Wir dachten, wir hören schlecht. Hier konnte man nicht einfach so die Gangway runter stiefeln. Hier musste der Landgang mindestens eineinhalb Tage vorher bei den Behörden angemeldet werden und er war nur in Gruppen erlaubt. Na prima. Das war der Anfang vom Ende.

Wir vier meldeten gleich mal an. So, der Kapitän hatte den Rest in die Wege zu leiten. Er leitete dann auch und nach eineinhalb Tagen machten wir uns mit einigen anderen auf den Weg Richtung Hafentor. Bis dahin kamen wir und weiter nicht. Man ließ uns warten. Passport zeigen. Alles wurde kontrolliert. Es zog sich zwei Stunden hin und wir warteten geduldig, obwohl mir persönlich über so viel Ignoranz bald die Galle platzte.

„Was haben denn die Heinis vor? Wollen die warten bis unsere Freizeit auf eine halbe Stunde geschrumpft ist?", tuschelte ich leise Silke zu.

„Weißt du was, ich habe keinen Bock mehr auf das Scheiß Land, ich geh zurück zum Dampfer. Du siehst doch, auf eine Diskussion lassen die sich nicht ein. Die wollen uns doch gar nicht verstehen." Silke stand auf und machte Anstalten zu gehen. Sie hatte Recht, keiner versuchte uns aufzuhalten. Mit einem zufriedenen Grinsen registrierten die Uniformierten, wie wir auf gaben und das Zollgebäude verließen.

„Das ist das Letzte. Das hab ich noch nicht erlebt. Ich sage euch, hier geh ich nie wieder an Land. Die sind doch so was von borniert. Was bilden die sich ein? In diesem Kaff ist eh nichts zu holen und die tun so, als hätten wir vor hier 'ne Sphinx zu klauen, die es nicht gibt." Ich war so sauer über diese Frechheit und hätte am liebsten laut geschrien. Silke auch. Die Jungs und auch die anderen, die mit in der Gruppe waren, versuchten uns zu beruhigen.

„Wir probieren es noch mal, es muss ja irgendwann klappen.", Ronny machte einen auf Zuversicht. Na denn, wenn er das dachte. Wir werden ja sehen. Zweimal haben wir noch Landgang beantragt und zweimal wurden wir wieder verschaukelt. Das Maß war voll. Stinkig über so viel Frechheit hakten wir vier beim Kapitän nach. Wir wollten jetzt erst recht an Land und sehen was da los war. Es musste einen Grund geben, wenn es so schwierig schien dieses Land zu betreten. Irgendwas hatten die zu verbergen, das stank geradezu danach, soviel war uns schon mal klar! Der Kapitän schaffte es. Endlich, beim vierten Versuch kamen wir durch dieses Hafentor.

Tristes Einerlei. Armselig nur einmal. Entweder wollten sie mit aller Macht verhindern, dass sich irgendwer dieses Elend anguckt oder es war reine Schikane. Ich weiß es nicht. Auf jeden Fall hatten wir unser Ziel erreicht, wir waren hier, das erste Mal an Land. Das Ereignis schlechthin.

„Und was machen wir jetzt?", wollte ich von den anderen wissen.

„Na, was wohl, da gibt es Eis. Lasst uns erst mal ein Eis essen.", schlug Lars vor. So was, vor dem Eisverkäufer eine Riesenschlange Leute. Alle standen geduldig an. Schlimmer als im Osten, dachte ich. Wir stellten uns auch mit an. Zu diesem Zeitpunkt lief gerade die Fußballweltmeisterschaft. Die Albaner waren alle erstaunlicherweise für Deutschland. Wenn ein Spiel lief unterbrachen die alle ihre Arbeit. Als die nun in der Schlange vor dem Eisverkäufer merkten, dass wir Ausländer waren, staunten die nicht schlecht. Es war nicht normal für diese Menschen, dass Ausländer dort ohne Leine frei herumliefen. Als sie noch merkten, dass wir Deutsche waren, hatten wir auf einem Schlag sämtliche Sympathien auf unserer Seite. Wie auf Kommando machten alle Platz und ließen uns vor. Das war uns regelrecht fatal bis ins Mark. Aber so genötigt gingen wir nach vorne und bekamen unser Eis. Albanien war so isoliert, da kam kaum einer rein und es gab auch nichts. Wir schlenderten mit unserem Eis durch die Stadt und sahen uns das Wenige, was sie anboten, an. Im Schuhladen gab es nur ein einziges Modell von Schuhen. Die dafür in allen Größen. Eine Sorte Handtaschen und Ruhe. Das war alles. Hatte vielleicht den Vorteil, dass niemand auf den anderen neidisch sein musste. Lebensmittel waren generell karg und eine Auswahl an Klamotten gab es gar nicht. Aber alle Menschen, denen wir begegneten, hatten etwas an und waren überaus freundlich. Weil die Sonne schon brezelte, bevor wir von Bord gingen, steckten wir unsere Badesachen ein, denn es war heiß und wir wollten unbedingt an irgendeinen Strand zum Baden. Wieder einmal mit Gesten und langem Hin und Her erfuhren wir von den Einheimischen, dass wir mit einem Bus an den Strand fahren müssten. Die Haltestelle wurde uns netter Weise auch noch gezeigt.

„Ja, dann steigen wir einfach mal ein.", voller Tatendrang schlug Ronny uns das vor und wir kletterten in den Bus. Nachdem wir alle vier saßen und der Bus losgefahren war, stellten wir fest, wir hätten vorher irgendwo, wer weiß wo, eine Fahrkarte lösen müssen. Nun hatten wir blöderweise keine. Wir fragten die Fahrkartenknipserin wie wir bezahlen können, indem wir ihr Geld hinhielten. Sie schob uns erst mal wieder auf die Sitze und kontrollierte die anderen Fahrgäste, dabei riss sie die Scheine der Fahrgäste auseinander und steckte uns jedem einen Teil der Fahrkarten zu, ohne Geld anzunehmen. Wirklich sehr freundlich. So kamen wir an den Strand und genossen einen schönen Nachmittag mit Baden und in der Sonne faulenzen.

„Habt ihr euch schon mal Gedanken gemacht wie wir zurückkommen?", forschte ich.

„Na mit dem Bus.", war für Silke ganz selbstverständlich, „so wie her, auch zurück." „Klar, wieder ohne Fahrkarte und mit welchem Bus nun eigentlich?", so einfach fand ich es nicht zurückzukommen. Wo fuhr der richtige Bus ab?

„Wir steigen dort ein, wo wir ausgestiegen sind. So einfach ist das.", Lars sah das ganz gelassen. So machten wir es dann auch. Wir stiegen dort wieder ein, wo wir angekommen waren und glücklicherweise übersah man uns bei der Fahrkartenkontrolle. Sicherlich, weil wir eine andere Sprache sprachen. Der Bus fuhr wirklich nach Durres zurück. Aber die Endstation, an der er hielt, war ganz woanders. Wir kannten nur den Rückweg vom Busbahnhof zum Hafen und jetzt standen wir wieder ohne Plan da. Der Busfahrer merkte bald, dass wir orientierungslos waren und außerdem waren wir die letzten Fahrgäste. Langsam wurde es haarig. Keiner von uns vier wusste wo wir waren. Ausgestiegen sind wir und standen ratlos da. Der Busfahrer sah uns eine Weile an. Eigentlich hatte er wohl Feierabend. Denn wir standen an der Endstation. Doch er winkte uns zurück. So ratlos wie wir glotzten, erkannte er gleich, wie hilflos wir waren und dass wir nicht weiter wussten. Wir stiegen wieder ein und erklärten mit Händen und Füßen, wo wir eigentlich hin wollten. Da, er hatte verstanden und fuhr uns zu unserem Ausgangspunkt zurück. Das war dermaßen nett und wir versuchten ihm als Dankeschön ein Trinkgeld zu geben. Aber er lächelte nur freundlich und nahm es nicht an. Kaum zu glauben. So was von bescheiden die Leute, obwohl sie eigentlich kaum selbst richtig was zum Überleben hatten. Zum Abschluss des Tages hatten wir noch vor Essen zu gehen. Dazu brauchten wir Geld. Wir sprachen einige Einheimische an, um D-Mark in Landeswährung zu tauschen. Die boten uns schwindelerregende Kurse zu unseren Gunsten an. Mir wurde regelrecht übel.

„Das gibt's ja gar nicht. Das ist für die ein Vermögen, was die für die paar Kröten hergeben." Aber es war so. Wir tauschten und suchten uns ein Lokal. Nachdem wir einige Stufen erklommen hatten, betraten wir eine schön gelegene Terrasse mit Blick auf den Hafen. Wir aßen und tranken zu viert was das Zeug hielt. Lauter leckere Sachen, die sich wohl ein Albaner nicht leisten konnte. Am Ende rechneten wir noch mal alles aus. Sage und schreibe für zehn D-Mark haben wir gespeist, wie die Fürsten. Einfach irre. Zufrieden mit unserem Landgang, schlenderten wir zurück zum Dampfer. Alles in allem hatten wir schöne Stunden in Durres zugebracht. Nicht zuletzt wegen der Freundlichkeit der Menschen. Das war schon was. Wo sie selbst nicht mal über das Nötigste verfügten, haben uns doch alle denen wir begegnet sind, einen schönen Landgang verschafft. Wir nahmen nur gute Erinnerungen mit zurück. Trotz starker Anlaufschwierigkeiten überhaupt einen Fuß in diese Stadt setzten zu dürfen. Dann auch noch so ganz ohne Maulkorb und Leine!

Hinter uns an der Pier wurden Fischereifahrzeuge abgefertigt. Ronny sah sich das eine Weile mit an und war der Meinung, da wäre doch was zu holen. Aber wie anfangen? Er hatte beobachtet, dass die wirklich leckere Fische an Bord hatten und grübelte darüber nach, wie man ein paar davon ergattern könnte. Schließlich wurde unser Schiff immer noch Tag und Nacht streng bewacht. So beschloss er die Wachposten vor unserem Schiff und dem Fischereifahrzeug zu bestechen. Das funktionierte dann auch mittels Seife und Zigaretten. Da die Jungs aber nicht englisch sprachen, malte er ihnen einen Pulpo in den Sand an der Pier. Er nahm an der Wachposten begriff, denn er kam nach kurzer Zeit mit einem Karton angeschleppt und übergab ihn mit hektischen Blicken an Ronny. Als Ronny ihn auf unseren Dampfer hatte und hineinsah, entdeckte er, dass er einen Karton Thunmakrelen eingetauscht hatte. Also nichts mit Krake. Aber die Fische waren auch nicht schlecht.

„Silke, kannst du damit was anfangen?", hoffnungsvoll hielt er ihr den Karton unter die Nase. „Na klar, wir machen eine interne Wirtschaftsparty. Das wird lecker, verlass dich drauf." Silke bereitete die Fische hervorragend zu und die von uns geladenen Gäste sowie wir auch, hatten ein hervorragendes Essen mit passenden Getränken dazu. Doch das war wirklich etwas Feines und es gab so Einige, die gerne an dem Essen teilgenommen hätten. Durften die aber nicht! Zutritt für die Öffentlichkeit war untersagt.

Die Hafenliegezeit ging dann auch rasant schnell vorüber. All zu viel hatten wir wegen unserer gescheiterten Landgänge nicht von dem Land gesehen. Also beschränkten sich unsere Eindrücke auf den verblüffend schönen Strandausflug. Wir machten los und fuhren zurück. Das Schiff jetzt leer, da in Albanien nichts zu holen war, machten wir uns auf den Rückweg. Hingeschafft hatten wir landwirtschaftliche Geräte, Mähdrescher und LKWs. Nun ging es ohne Ladung wieder zurück. Schön angriffslustig für Schlechtwetter, so ein leeres Schiff. So kam es wie es kommen musste. Es begann zu schaukeln, aber heftig. Wir fuhren im Ballast nach Hause und ritten tagelang Schlechtwetter ab. Silke versuchte mit Schlingerleisten zu kochen, was fehl schlug. Mit der Folge, dass die Stewardessen und ich auch Großeinsatz in der Kombüse hatten, sowie Köchin und Bäcker. Tagelang machten wir Überstunden und hielten uns in der Kombüse fest und auf, um Brote mit irgendetwas, was nicht runterfiel, zu beschmieren. Nichts ging mehr. Nur noch kalte Latte. Bevor der erste Anschlag kam, war die Messe noch mal ordnungsgemäß mit allem eingedeckt, wie es sich gehörte. Und wieder einmal flog alles was da stand im hohen Bogen an die Wand und sickerte langsam zu Boden. Na, das kannten wir zur Genüge, war ja nicht das erste Mal. Das hielt tagelang an. Also schmierten wir Brote und legten nasse Tischdecken auf, um der Lage Herr zu werden. Der Dampfer holte ständig über und es machte keinen Spaß mehr. Ich musste leider auch auf meine Hühnerpopos und Knochen verzichten, die ich auf jeder Reise in der Kombüse für mich anmeldete und auch in Anspruch nahm. Das war nun auch erst mal vorbei.

Am Anfang der Reise hatte ich den Kapitän in der Kombüse erwischt, wie er die von mir reservierten Hühnerstieze auf seinem Teller abtransportieren wollte. Wir hatten daraufhin einen heftigen Disput, mit dem Ergebnis, dass wir uns einigten diese in Zukunft zu teilen. Von dem Tag an legte ich die Hälfte von den Hühnerpopos auf seinen Teller, wenn ich mittags in der O-Messe servierte. Bloß meine Hälfte musste ich auch noch mit Ronny teilen, da er auch eine Vorliebe dafür hatte. Na ja, das tat ich gerne. Nun mussten alle auf warmes Essen verzichten. Keiner bekam mehr einen Hühnerarsch. Ich nicht, der Kapitän nicht und Ronny auch nicht. Wegen meiner Knochenknabberei, besonders Kasseler, war ich sowieso schon als Deckshund verschrien. Wenn alle ihre Bratenscheibe aßen, saß ich mit einem riesigen Knochen auf einem Tablett am Tisch und knabberte an dem herum. Aber wie gesagt, erst mal war Dunkeltuten in dieser Angelegenheit. Es gab nur kalte Latte und Schaukelei ohne Ende. Das war diesmal wirklich eine Belastung. Die Stimmung war auf dem Nullpunkt. Das Essen immer das Gleiche und dazu die ewige Schaukelei. Hinzu kam, dass wieder ein Teil seekrank wurde und lieber kotzte, als etwas anderes zu machen. Na, da war ich wieder gut davor. Ich aß was das Zeug hielt und den anderen wurde bei diesem Anblick schlecht. Alle Kotzer wurden von mir nach achtern geschickt, ausgerüstet mit einem Kanten trockenes Brot. Es war besser dem Magen was anzubieten und aufs Wasser zu gucken und sich mit Arbeit abzulenken. Die meisten beherzigten meine Ratschläge und siehe da, es nützte was. Wer sich seinem Schicksal ergab, lag tagelang in der Koje, töfte vor sich hin und kam nur mühselig auf die Beine.

Doch auch das schlechteste Wetter nimmt mal ein Ende. Wir waren auf Heimreise und ließen auch das Schlechtwettergebiet hinter uns. Es wurde auch Zeit. Tagelang sich festzuklammern, dabei noch Überstunden um die Brote zu schmieren und diese leidlichen Aufräumarbeiten, weil wieder einmal alles fiel, das frisst auch bei dem gelassensten Gemüt an den Nerven.

Rostock war in Sicht. Damit die Eintönigkeit nicht gleich ein Ende hatte, wiederholte sich die Reise im Anschluss. Also noch mal Non Stop, Durres, Albanien, hin und zurück. Kaum erwähnenswert, fast der gleiche Ablauf, landgangsmäßig das gleiche Elend. Besser hingegen war, weder auf Hin- noch auf Rückreise schlechtes Wetter, kein Geschaukel, mehr kulinarische Vielfalt als kalte Latte.

Die Hafenliegezeit in Rostock, zwischen den beiden Reisen, ließ uns kaum Luft holen. Ich hatte Inventurstress und Rechnerei und gleich wieder neu auszurüsten. Was ich zuerst überhaupt nicht für möglich gehalten habe, hatte ich geschafft. Die ganze Währungsunionskiste, die Umrechnerei und Abrechnerei hatte ich geschafft. Ohne Hilfe. Etliche

Nächte hatte ich durchgerechnet. Es war ein Erfolg. Ich dachte ständig, ich wäre im Minus und alles wäre verkehrt. Das war am Ende doch nicht der Fall. Mein Einsatz, meine Wutausbrüche über meine vermeintliche Unwissenheit, das alles hatte mir geholfen mich durchzukrabbeln und zu einem erfolgreichen Ende zu führen. Alle meine Zweifel waren weggefegt, als ich in der Wirtschaftsabteilung meine Abrechnungen hinterlegte. Alles stimmte. Tatsächlich hatte ich ein schönes Plus für mich erwirtschaftet. Nervlich hatte ich ein paar Federn gelassen.

Kleinigkeiten wie diese dämliche Essensmarken-Verkauferei im Hafen setzten noch einen drauf. Da hatte ich am Morgen in der Messe zu hocken und Essensmarken für Frühstück, Mittag- und Abendessen zu verkaufen. Mein Kopf war voll und ich hatte nicht die geringste Lust mir einen Fehler zu erlauben. Irgendwie war Ronny und mir sehr nach Urlaub. Aus diesem Grunde hatten wir dem Kapitän auch schon erklärt, dass wir die nächste Reise aussetzten wollten um uns etwas zu erholen. So ganz einverstanden war er nicht, da mein mich abzulösender Kollege nicht ganz auf seiner Wellenlinie schwamm. Also versuchte der Kapitän mich zu überreden.

„Denken Sie noch mal darüber nach. Schließlich fahren wir nicht alle Tage nach Mombasa!"

„Ja, aber auch bestimmt nicht das letzte Mal. Mir wackelt der Kopf. Ich muss einfach mal Freizeit haben." Mein Entschluss stand fest. Obwohl er mich fast überzeugt und rumgekriegt hätte, doch mitzufahren.

„Ich war schon so oft in Mombasa und du kommst auch noch mal da hin. Außerdem hört sich das nur gut an, da is nix los, du verpasst reinweg gar nichts. Lass uns erst mal absteigen und ein bisschen Urlaub machen. Das tut uns ganz gut.", erwiderte Ronny auf meine Argumente hin. Tatsache war aber auch, dass mir mittlerweile immer öfter schwarz vor Augen wurde und ich irgendetwas mit dem Kreislauf hatte, mich ständig überfordert fühlte. Ich war nur im Schweinsgalopp unterwegs. Es gab so viel zu bedenken, erledigen und zu arbeiten, dass ich kaum Zeit für mich hatte und mein Körper verlangte nun tatsächlich mal ein bisschen Ruhe. So sah ich es dann doch noch ein, dass es vernünftiger war auf Mombasa zu verzichten, als sich kaputt zu stressen. Ich ließ mich nicht überreden. Wir stiegen ab.

Der große Urlaub lag vor uns. Ein paar Tage wollten wir in Rostock verbringen und ein paar Tage bei Ronny im Süden der Republik. Außerdem hatten wir Großes vor. Ronny hatte mich gefragt, ob ich ihn heiraten möchte. Ja, ich wollte.

53. Kapitel „Heiraten, Wohnung und vor allem Urlaub, aber nicht so!!!"

Wir freuten uns riesig und hatten natürlich vor so schnell wie möglich zu heiraten. Eine Wohnung hatten wir auch noch nicht. Somit gab es Einiges, worum wir uns in diesem Urlaub kümmern wollten. Doch als wir siegessicher auf das Standesamt stürmten, nahm man uns kurzerhand den Wind aus den Segeln.

„Ja, wann wollen Sie denn gerne heiraten?", das musste der Standesbeamte wissen.

„So in vier oder fünf Monaten.", klärte ich ihn frisch heraus auf.

„Ich meine den genauen Termin. Sehen Sie, man nennt einen genauen Tag, an dem man heiraten möchte und dann geht es noch um die Uhrzeit. Wenn das geklärt und festgelegt ist, können Sie an Ihrem Wunschtermin heiraten. So einfach ist das." Dieser Standesbeamte war so ein ganz genauer, der wollte uns festnageln, so mit Uhrzeit und Datum.

„Einen festen Tag und eine feste Uhrzeit können wir nicht sagen. Wir sind Seeleute und wissen nie genau wann wir wieder in Rostock sind. Das ist ziemlich kompliziert.", Ronny versuchte ihm klar zu machen, dass es nicht so einfach festzulegen ist.

„So sind die Voraussetzungen für eine Eheschließung schlecht. Ich rate Ihnen, sich noch einmal klar darüber zu werden, zu welchem Zeitpunkt es für Sie möglich ist und dann sehen wir uns wieder!", der Standesbeamte entließ uns kopfschüttelnd mit diesem nicht gerade aufmunternden Schluss-Satz. Wir standen da wie unentschlossene

Trottel und waren dermaßen enttäuscht. Nichts mit „kam, sah und siegte". Den Traum konnten wir erst mal auf Eis legen. Nicht anders erging es uns auf dem Wohnungsamt. Diese Antworten kannten wir von dem Verein zur Genüge. Von wegen: „Sie sind ja sowieso nie da, andere sind bedürftiger als Sie. Leute, die schon verheiratet sind und zum Beispiel Kinder haben, dabei noch immer bei den Eltern wohnen. Ist das nicht schrecklich?"

Ja, Mensch, das war derart schrecklich, mehr als das, richtiggehend Scheiße! Wir hatten keine Rechte. Waren eigentlich längst alt genug, aber es interessierte keine Sau und nichts und niemanden, sowas!

„Ihr habt doch Eure Kammer auf dem Schiff und seid doch wirklich so gut wie nie da. Vielleicht zu einem späteren Zeitpunkt?", das war's, und ab in die Schublade mit dem ach so unnützen Antrag. Ganz unten rein, schnell weg damit in die unterste Schublade. Was hatte das zu bedeuten? Abgeschrieben auf unbestimmte Zeit? So in etwa. Der letzte Satz, der allzu klugen, bebrillten Tante war: „Ihr wisst auch, dass man bis zum sechsunddreißigsten Lebensjahr bei den Eltern wohnen kann, ohne einen Anspruch auf eine Wohnung zu haben, wenn man ledig ist! Außerdem ist eine Kochstelle in der elterlichen Wohnung vorhanden, die Ihr mit nutzen könnt, oder nicht?", hochgezogene Augenbraue, prüfender Blick - die hatte kein Mitleid. Blöde Hexe!

Bums und aus. Mit dem Leitspruch der Wohnungsgesellschaft wurden wir entlassen. So, also auf der ganzen Linie frustriert, abgewiesen und noch nicht mal richtig vertröstet, mussten wir von dannen ziehen und allen Beteiligten war es so was von egal wie wir uns fühlten. Heiraten ging nicht, Wohnung gab es nicht, wenn man nicht verheiratet war, ja wie denn nun? Was wollten wir eigentlich? Unmögliches? Sah ganz danach aus. Naiv die Vorstellung von uns, zu denken, alles klappt genauso wie wir es gerne hätten. So war das eben schon immer im Osten. Wo war denn jetzt der Mauerfall? Wir sind tatsächlich an unsere Vorhaben blauäugig rangegangen und waren fest der Annahme ohne Probleme unsere Ziele zu erreichen. Schließlich hatten wir gerade jährlich eine Anfrage nach Wohnung auf dem Wohnungsamt gestellt. Öfter ging es nicht, da wir nie lange genug zu Hause waren um unsere

Zeit dort zu vertrödeln und denen ihre Bude einzurennen. Gut, es war nicht zu ändern, also machten wir erst mal ganz fix kehrt und Urlaub.

Nach ein paar Tagen in Rostock wollten wir nun Ronnys Eltern besuchen. Wir hockten uns ins Auto und fuhren los. Auf unserem Weg kamen wir durch eine Stadt, in der Ronny beim Durchfahren ein Autohaus entdeckte, mit seinem Traumauto drin. Da mussten wir erst mal Station machen um es uns anzusehen. Ich war von der Farbe nicht begeistert, irgendsoein taubengraublau. Der Verkäufer meinte, man könne ja rote Streifen dran kleben, das würde mir wahrscheinlich besser gefallen, alles kein Thema.

Haha, wie dämlich ist der denn? Ich guckte den fies an und grinste nicht ein bisschen. Wenn man was verkaufen will, benimmt man sich! Aber nach einigem Hin und Her einigten wir uns mit diesem Menschen. Das Auto sollte es sein und wir könnten es in ein paar Tagen dort abholen. Erst mal fuhren wir weiter zu Ronny nach Hause, denn wir benötigten jemanden, der uns hinfuhr, um das Auto zu holen, da ich während der Seefahrt noch keine Zeit hatte meinen Führerschein zu machen und somit keinen besaß.

Nach unserer Ankunft in Ronnys Heimatstadt, freuten wir uns auf das Wiedersehen mit seinen Eltern. Das war auch schön. Nur schön war nicht, dass seine Mutter sagte: „Ronny oben in deinem Zimmer liegt ein Telegramm für euch. Es war früher da als ihr."

Mit einem miesen Gefühl in der Magengegend gingen wir nach oben, nachsehen was es beinhaltet. Schock schwere Not, Kloß im Hals. Da stand tatsächlich drin, dass wir an diesem Tag, (wir waren gerade nach neun Stunden Autofahrt mit den verschiedensten Baustellenhindernissen angekommen!!!!), eigentlich schon wieder aufsteigen sollten. Das war kaum zu glauben.

„Was machen wir jetzt?", ich war entsetzt. Schließlich sagten wir nie einen Einsatz ab. Das kam uns gar nicht in den Kopf. Grundlos setzte niemand sein Seefahrtsbuch aufs Spiel.

„Ich weiß es nicht. Anrufen irgendwo. Auf alle Fälle fahre ich nicht, bevor ich dieses Auto abgeholt habe. Das steht fest.", Ronny war wild entschlossen sich erst das Taubengraublaue zu holen, egal was da komme. Das alte Auto wollten wir solange bei seinen Eltern stehen lassen, bis wir von der Reise zurückkommen, um es dann zu verkaufen.

„Wo kann man hier telefonieren?", wollte ich wissen. Kaum einer im Osten hatte privat Telefon. Also mussten wir auf eine Poststelle. Hier in dieser Stadt hatte die Post über Mittag zu, wie sich das gehörte! Also das ging nicht, es musste eine andere Möglichkeit her. Wir wollten in die nächste größere Stadt fahren um zu telefonieren. Aber es ging mit dem Teufel zu. Aus irgendeinem schwachsinnigen Grund hatten sich an diesem Tag sämtliche Vertreter der örtlichen Landwirtschaft und Viehzucht, sprich Bauern, zusammengerottet um zu demonstrieren. Jetzt hockten diese Massenstreiker mit verbissenen Gesichtern alle auf ihren Treckern und Mistschleudern und blockierten alle befahrbaren Straßen. Ooch Mensch, tat das denn Not? Wir kamen nirgends durch, es half nur eins - ab über die Koppeln. Dem alten Citroen die Beinchen hochgestellt und beschwingt durch die Wildnis. Wir fuhren irgendwelche Waldwege und Wiesen entlang um an unser Ziel zu kommen. Nach einer ewig dauernden Irrfahrt, mit einem nun mehr verdreckten Auto, kamen wir endlich in der Stadt an und stürzten zur Post. Zu allem Übel hatte dort das einzige Telefon vorübergehend ausgehaucht, sodass wir eine ganze Zeit warten mussten, ehe es wieder funktionierte. Dann endlich konnten wir die Reederei anrufen. Die Dame der Einsatzkräftelenkung hatte Gott sei Dank Verständnis für unsere Lage.

So schnurrte sie durch den Hörer: „Heute ist Mittwoch, am Samstag lauft ihr erst aus. Also holt euer Auto so schnell wie möglich und kommt dann sofort wieder nach Rostock zurück. Das Schiff muss noch ausgerüstet werden. An einem halben Tag ist das zu schaffen. Der Schiffshändler liefert auch noch am Sonnabendvormittag. Also seht zu. Wenn ihr in Rostock seid, meldet euch gleich retour."

So, wir hatten noch zwei üppige Tage und eine Nacht um zurückzukommen. Die nächste Amtshandlung war zurück zu Ronny nach Hause. Dort wollten wir die Mutter seines besten Kumpels fragen, ob sie uns mit ihrem Trabi dort hinfährt wo unser neues Auto stand. Als wir ankamen und erzählten worum es ging, war sie sofort bereit mit uns am nächsten Tag, also Donnerstag, dorthin zu fahren. Gleich morgens holte sie uns ab, rein in die Pappe und die Tour ging los. Die fuhr 'nen heißen Stiefel, so viel stand fest. Der Trabi raste los, als wären FBI und CIA in geballter Ansammlung hinter uns her. Mit lautem Getöse tobte sie über die Piste. Konsequent jedes Schlagloch mitnehmend steuerte sie das Wägelchen immer schön die Straße entlang. Mir kräuselten sich die Nackenhaare und ich hoffte, dass dies alles ein gutes Ende nahm. Tatsächlich hat sie es geschafft uns lebendig am Autohaus abzusetzen. Kräftig durchgeschüttelt nach der rasanten Fahrt, stürzten wir uns auf die Formalitäten mit dem Autohändler. Natürlich wartete sie solange bis alles geklärt war und wir unser neues Auto hatten. Danach wollten wir gemeinsam zurückfahren. Nun hatten wir das schnellere Auto, mussten aber Rücksicht auf den Trabi hinter uns nehmen, obwohl uns dermaßen die Zeit in den Nacken biss. Bloß falten und in den Kofferraum stecken konnten wir die Pappe auch schlecht. Es war dann irgendwann geschafft. Wir bedankten uns herzlich bei ihr und machten einen Satz ins Haus um unsere Klamotten zu holen und wieder im Auto zu verstauen. Was für eine Ironie, wir hatten ja noch nicht einmal ausgepackt. Zeit war kostbar. Acht bis neun Stunden Autofahrt hatten wir vor uns, wenn alles glatt lief auf den Straßen, um nach Rostock zu kommen. Während wir die Sachen wieder aus dem Haus schleppten, waren einige Männer aus der Nachbarschaft darauf aufmerksam geworden, dass ein schönes, neues Auto vor der Tür stand. So war bald eine kleine Versammlung um das neue Teil entstanden. Ronny, stolz wie er war, wollte auch mal vorführen, wie leise die Maschine läuft, schließlich original Honda-Sportausführung, ging er zu den Männern um das Auto anzulassen. Er hatte es vor seiner Garage geparkt, direkt vor dem geschlossenen Tor. Es war Ronnys Angewohnheit Autos im ersten Gang abzustellen. Schön im Mittelpunkt des Geschehens, öffnete er die Wagentür und setzte sich so, halb ein Bein drin, eines draußen, hinter das Steuer um den Wagen zu starten. In diesem Moment machte das Auto einen tollen Satz nach vorne und rummste gegen die Garagentür. Ich war gerade drinnen auf der Treppe mit meinem letzten Gepäck um es zum Auto zu tragen, als ich genau diesen Rumms hörte. Völlig erschrocken ließ ich meine Tasche fallen und stürzte ins Freie.

Nein, es hätte nicht schlimmer sein können. Ronny hatte das Auto gegen das Garagentor gesetzt und eines der Schlafaugen, die der Wagen besaß war völlig zerknittert und ließ sich nicht mehr öffnen. Richtig kaputt. Kein Licht. Es wurde schon langsam dunkel, wir wollten und mussten los und das Auto war im Dutt. Ist das Urlaub? Schlimmer hätte es wirklich nicht kommen können. Mir blieb die Luft weg. Das alles in ein paar Sekunden. Eben stand dieses brandneue Auto noch unversehrt glänzend im Lacke vor der Einfahrt und ein Satz von einem halben Meter hatte es so ruiniert, dass es nicht mehr straßentauglich war. Dabei hatte ich nicht einmal bemerkt, dass Ronnys Vater zwischen dem Garagentor und dem Auto eingeklemmt war, denn er stand bevor es passierte, direkt vor dem Wagen. Der hatte jetzt auch noch ein verklemmtes Gesicht, als ginge es um Leben und Tod. Ronny musste erst mal ein Stück zurücksetzten um seinen Vater zu erlösen. Das war ein Hammer. Natürlich hatte sein Vater Schmerzen am Bein. Drama! Auch das noch! Zuviel für meine Innereien. Die kräuselten sich in mir rum und mich erfasste eine Welle von Übelkeit.

„Nun könnt ihr gar nicht weg! Das schöne Auto!", rief seine Mutter ganz entsetzt, die auch angerannt kam.

„Mist, wir fahren trotzdem. Erst mal zu meinem Kumpel. Der kriegt das wieder hin und dann weiter nach Rostock.", Ronny war völlig aufgelöst, trotzdem noch rettende Gedanken. Er hatte Recht. Ich hatte auch keine Ruhe mehr. Irgendwie mussten wir zurück. Es half alles nichts. Sein Vater hatte Glück im Unglück. Es war ihm nichts Ernstes zugestoßen, vielleicht schleicht sich noch ´n blauer Fleck an, aber sonst schien er fit. Es wäre wahrscheinlich überhaupt nichts dergleichen passiert, wenn wir nicht so überfordert und in Zeitnot gewesen wären. Eigentlich hatten wir vor uns vom Stress zu erholen. Aber das hier übertraf alles.

Ach Mombasa. Da wäre es klüger gewesen, schön, in aller Ruhe, nach Mombasa zu jockeln, die Sonne zu genießen und alle angenehmen Vorzüge eines normalen Bordalltages zu erleben, so richtig schön stressfrei. Es war uns nicht vergönnt erholsamen Urlaub zu machen.

Der Rest wurde eingepackt und wir stiegen ein. Seine Eltern waren besorgt wegen der langen Fahrt, ich auch. Außerdem sah und merkte man uns die Aufregung an und seine Mutter fand es gar nicht gut uns in diesem Zustand wegzulassen. Aber wir waren nicht davon abzubringen. Zuerst mal ging es zu Ronnys Freund. Der war Automechaniker und hatte schon an allen Autos, die Ronny besessen hatte, rumgeschraubt. Wir tuckerten los, ein Schlafauge auf, ein Schlafauge zu. Als wir bei ihm ankamen, waren er und seine Freundin Gott sei Dank zu Hause. Sie freuten sich uns zu sehen, auch wenn der Grund nicht so erfreulich war und die Männer besahen sich zusammen den Schaden. Ich hatte endlich erst mal Zeit einen nervlichen Zusammenbruch zu erleiden, setzte mich in eine Ecke und heulte hemmungslos drauflos. Die Männer fuhren in die Werkstatt und ich ließ mich trösten. Wir zwei Frauen warteten und warteten. Ich rauchte zitternd Kette und wollte überhaupt an nichts mehr denken. Stunden vergingen und die beiden tauchten nicht wieder auf. Nachts gegen halb eins ging endlich die Tür und zwei fertig aussehende Männer waren wieder da. Ich sah eigentlich genauso aus.

„Das Auto ist wieder funktionstüchtig, Mark hat es hingekriegt. Wir können gleich losfahren.", sagte Ronny völlig erschöpft.

„Nichts da mit losfahren!", Sandra war schlichtweg dagegen, „ihr esst erst mal anständig und dann schlaft ihr ein paar Stunden. So lassen wir euch nicht weg!"

„Aber wir haben keine Zeit mehr. Wir müssen fahren.", drängelte Ronny.

„In eurem Zustand wird erst geschlafen. Ein paar Stunden nur. Ihr habt so einen weiten Weg.", widersprach auch Mark. Sie hatten beide recht. Ich war restlos fertig, Ronny auch. Außerdem musste er die weite Strecke ganz alleine fahren.

„Gut, bis um vier Uhr morgens. Die paar Stunden Schlaf haben wir anscheinend nötig. Dann fahren wir.", Ronny gab sich geschlagen. Das war auch das Vernünftigste. Ich zitterte am ganzen Körper. Die nervliche Anspannung hing mir so in den Knochen, ich konnte nur noch zittern. Seitdem wir abgestiegen waren, hatten wir nicht eine ruhige Minute. Es waren gerade ein paar Tage vergangen, ich kam mir vor, wie durch den Fleischwolf gedreht und wie auf der Flucht. War nur nicht klar vor wem.

Wir schliefen ein paar Stunden unruhig, ich träumte wild von Mombasa. Ich war gerade im Traum dort angekommen, da weckte uns Sandra. Es war vier Uhr morgens, ich fühlte mich wie kielgeholt. Der Frühstückstisch war gedeckt.

Realität, nichts mehr von Mombasa. Nicht ein bisschen erholt, geschweige denn beruhigt, versuchten wir wieder zu uns zu kommen. Mark und Sandra waren wirklich lieb. Sie hatten wegen uns einen Haufen Umstände und mussten am nächsten Tag selbst wieder arbeiten. Wir waren dermaßen dankbar, obwohl unsere Verfassung keinen Deut besser war als ein paar Stunden zuvor. Wir verabschiedeten uns und begaben uns Richtung Autobahn.

Um das Maß absolut voll zu machen, war ein dermaßen dicker Nebel aufgezogen, sodass wir und all die anderen nur sehr langsam fahren konnten.

„Auch das noch, wem haben wir eigentlich etwas getan?", jammerte ich. Ronny saß hochkonzentriert am Steuer und fuhr stumm langsam Richtung Rostock. Nur gut, das der Scheinwerfer wieder funktionierte. Auf keinen Fall hätten wir fahren können, wenn die beiden Männer das nicht geschafft hätten. Ansonsten wär nur noch der Straßengraben zum kampieren geblieben. Es war eine ewig andauernde Fahrt, die scheinbar kein Ende nehmen wollte. Langsam wurde es hell und der Nebel klarte auf. Die ganze Fahrt über sagten wir kaum ein Wort. Beide guckten wir wie hypnotisiert auf die Fahrbahn und hofften, dass nicht noch irgendetwas anderes dazwischen kam. So 'n blödes Reh hätte noch gefehlt. Erst gegen Mittag erreichten wir Rostock. Meine Mutter war völlig überrascht uns zu sehen. Sie hatte ja keine Ahnung. Es traf sich gut, dass mein Vater an diesem Tag nach Hause kam. Wir brauchten dringend eine Garage für das Auto, in welcher wir es während der nächsten Reise unterstellen konnten. Er ließ alle Beziehungen spielen und besorgte uns einen Platz bei einem Bauern in der Scheune. Gleich nach Ankunft in Rostock meldeten wir uns telefonisch (natürlich von 'ner Zelle aus) bei der Reederei. Ich erzählte was alles passiert war und bat darum uns einfach den Rest des Tages schlafen zu lassen, um am Samstagmorgen ganz früh aufzusteigen. Man erlaubte es uns. Ich wusste, dass ich am nächsten Morgen den

Stress pur genießen würde, da der Schiffshändler nur bis Mittag zu erreichen war und auch nur bis dahin lieferte. Außerdem musste ich auch noch Bettwäsche, Handtücher, Tischdecken usw. besorgen. Aber das war im Moment egal. Wir legten uns erst ein paar Stunden aufs Ohr. Nichts ging mehr. Die Luft war raus. Erst mal sicher angekommen schliefen wir völlig erschöpft wie die Murmeltiere.

54. Kapitel „Rizinusöl und Abführtee. Ich lass mich nicht ärgern."

Samstagmorgen. MS „Moldau" lag friedlich an der Pier. Auf den letzten Pfiff stiegen wir auf. Etwas Zeit blieb gerade noch, um uns locker bekannt zu machen, da stellten wir freudig erregt fest, dass Silke und Lars auch an Bord waren. Klasse. Meine Freundin die Köchin. Ein Lichtblick. Da freute ich mich tatsächlich. Ein mir unbekannter Bäcker aus Berlin fuhr auch mit, na ja.

Der Rummel begann. Zuerst hatte ich das Schiff von dem vor mir fahrenden Obersteward zu übernehmen. Das dauerte auch schon seine Zeit. Wir erfuhren das Ziel der Reise: Kuba, Mexiko, über Nuevitas, Moa, Tampico, Santiago de Kuba, Cartagena (Columbien), Bremen, Antwerpen, Hamburg, NOK.

So. Reisedauer, Besatzungsstärke hatte ich erfahren. Erst mal ab in die Kammer und schnellstmöglich ausrechnen was an Getränken, Transit, Bettwäsche usw. benötigt wird. Dann ans Telefon. Schiffshändler, Wäscheabteilung, die Bestellungen durchgeben, Bootsmann suchen und Zeit zum Einstauen und Laschen vereinbaren. Alles lief verhältnismäßig wie am Schnürchen. Die Stewardessen hatte ich kennen gelernt und die Arbeit war eingeteilt. Der Schiffshändler lieferte kurz vor Mittag. Die Jungs waren an Deck und in den Lasten, um die Getränke zu verstauen. Ich war da um die Rechnungen zu kontrollieren. Alles musste schnell gehen. Da passierte es. Während meiner Kontrolle sah ich, dass soweit alles stimmte, jedoch eine Sorte Bier war verkehrt geliefert worden. Auch das noch. Ich rief sofort alles zurück und stürzte ans Telefon. Der Schiffshändler war alles andere als erbaut davon. Aber das Bier musste weg und das andere, was ich bestellt hatte, her. Also ging alles retour und einmal neu. Überstunden für den Schiffshändler, aber nicht meine Schuld. Auf den letzten Drücker war dann auch endlich mein richtiges Bier an Bord. Mein Gott. So ein Desaster. Ich hatte dermaßen die Schnauze voll und freute mich nur noch auf meine Koje. Irgendwann. Jetzt hatte ich zu rechnen, Getränke- und Transitlisten zu erstellen und Arbeitspläne zu schreiben. Ich hatte das Gefühl mir hätte stundenlang jemand mit einem Gummihammer auf den Prägen geklopft. Tucker, tucker, ratter, ratter. Wie viel erträgt man eigentlich so unter Druck? Ruhe kehrte erst ein, als das Schiff vom Zoll freigegeben war und wir endlich ausliefen. Bis dahin rannten noch sämtliche Leute auf dem Dampfer umher und die meisten wollten irgendwas. Haut endlich ab!

Warum wollten wir eigentlich Urlaub? Nichts ist erholsamer als ein paar ruhige Seetage. Völliger Blödsinn da noch an Urlaub zu denken. Ich sah es immer mehr ein.

An unserem ersten Seetag tranken wir abends mit unseren Freunden in aller Ruhe ein Bier, erzählten von unseren haarsträubenden Erlebnissen und schlichen fix und fertig rechtzeitig in die Koje.

Das Schiff war von einem älteren Typ und die Kammern nicht sehr luxuriös. Die Kojen waren ziemlich schmal, aber Ronny und ich kringelten uns hinein und umeinander, so schliefen wir völlig erschöpft ein. Momentan mussten wir uns von unserem „Urlaub" erholen, der sich letztendlich als Treibjagd erwiesen hatte.

Die Überfahrt nach Nuevitas verlief sozusagen reibungslos. Wir hatten gutes Wetter. Die Besatzung war auch in Ordnung. Der Kapitän war nicht ganz so nach meinem Geschmack. Der gockelte rum wie so`n stocksteifer Marabu. So von oben herab und zum Würgen anstrengend. Aber ich konnte es mir nicht aussuchen. Generell hatte er etwas gegen Alkohol und er war dermaßen von sich eingenommen, dass er keinen Widerspruch, egal welcher Art, ob berechtigt oder nicht, duldete. Da es zu meinen Pflichten als Oberstewardess gehörte seine Kammer zu reinigen, dachte er, er könne mir sein Badezimmer und seine Koje aufs Auge drücken. Aber es stand nirgendwo geschrieben, dass ich sein Bett zu beziehen hatte, noch war Rede davon, dass ich sein Bad reinigen müsse. Das waren seine Aufgaben. Skrupellos verlangte er von mir beides sauber zu halten und er war der Meinung, ich hätte seinen Anweisungen strikt zu folgen. Da mir das überhaupt nicht schmeckte, streifte ich mir jedes Mal demonstrativ OP-Handschuhe über, wenn ich diese Arbeiten erledigen sollte. Er nahm wohl meinen Ekel zur Kenntnis ohne zu reagieren. Es war ihm egal wie ich es tat, mit oder ohne Handschuhe. Hauptsache für ihn war, dass ich es tat. Anweisung war Anweisung. Ich war stinksauer. Erst recht als ich in seiner Koje ein steifes Gästehandtuch fand. Das war der Gipfel der Geschmacklosigkeit und der Auslöser für meinen exakt geplanten Racheakt. Na warte, der Alte hatte mir indirekt den Kampf angesagt. Wer mich reizt geht auch nicht leer aus. Wenn es verbal nicht klappt, wehre ich mich anders. Pech gehabt Alter, du kannst dich schon mal warmlaufen!

Und ich hatte eine Strategie. Nach der Geschichte mit dem Gästehandtuch überlegte ich, ob ich mich gleich ganz desinfizieren sollte, lief dann aber erst mal völlig aufgeregt in die Kombüse zu meiner Freundin um mit ihr die Lage zu peilen. Sie war meiner Meinung.

„Weißt du was? Dem können wir ganz anders ans Leder. Ich hab ´ne riesen Flasche Rizinusöl und ´nen Haufen Abführtee dabei. Das Rizinusöl kippen wir in ein Sahnekännchen und ich mische es ihm in sein Essen. Abends kochst du wie üblich den Tee und ich koche oben eine extra Kanne mit Abführtee. Den kriegt nur der Alte. Mal sehen, ob der sich dann wohler fühlt!", schlug ich Silke vor. Die war von dem Attentat total begeistert. Sie konnte den Alten auch nicht ausstehen, wie so viele von der Besatzung nicht. Der Plan war geschmiedet. Ohne meine Zutaten verließ er ab diesem Zeitpunkt die Messe nicht mehr. Dabei achteten wir streng darauf, dass wir alles nur in den Häfen anwendeten. Denn auf See wäre es aufgefallen. Da hätten die anderen auch die Scheißerei kriegen müssen. Aber in den Häfen gingen alle an Land, nahmen irgendetwas zu sich, in Form von Essen oder Getränken, sodass es nicht nachvollziehbar war, wo er sich den Dünnschiss aufgegabelt hatte.

Nuevitas. Erster Hafen. Der Alte bekam regelmäßig was ihm zustand. Ich hatte ihn „auf Sicht", aber wie!

Nach getaner Arbeit, abends nach Feierabend, schleppten wir stets einen Kasten Bier nach achtern und begannen beim Feierabendbier zu angeln. Nur mit Handangeln. Einfach eine Sehne und einen Haken, Köder ran und ab damit ins Wasser. Wir fingen tatsächlich eine Menge Fische. Es war romantisch da achtern zu stehen und zu angeln. Die Lichter der umliegenden Schiffe erhellten, so wie unseres, den Hafen auf eine anheimelnde Art und Weise, das Wasser plätscherte leise gegen die Außenhaut, die Luft war nun mild nach der Hitze des Tages und wir angelten entspannt vor uns hin. Wir waren guter Laune und es lohnte sich fast jeden Abend. Ronny hatte besonderes Glück. Ziemlich spät an einem der Abende als wir in Nuevitas angelten, hatte er anscheinend einen dicken Brocken am Haken. Er bekam ihn nicht aus dem Wasser. Der Fisch hatte Kraft und kämpfte verzweifelt um sein Leben. Aber sehen konnten wir nur einen großen Schatten. Um das Biest aus dem Wasser zu bekommen, ließen die Jungs in dieser Nacht an der Wasserseite die Gangway runter.

Wir waren alle so aufgeregt und sahen uns das Schauspiel an.

Was da plötzlich auftauchte war ein Tier von Fisch. Ein Riesenfisch. Tatsächlich gelang es Ronny den Fisch zu erwischen und er zog das Untier die Stufen der Gangway nach oben an Deck. Der Fisch wehrte sich und sah bedrohlich aus. Er hatte einen sehr großen Kopf mit scharfen Zähnen und so starre Augen mit einem irren Blick. Huch, da kriegte man Angst. Keiner wusste im Augenblick was das war.

„Den müssen wir irgendwie schnell tot hauen. So krieg ich den Haken nicht raus. Den kann man nicht mal anfassen. Der hat zu viel Kraft.", Ronny, der Fischjäger, war völlig aufgeregt. Das war das Stichwort, der Bäcker raste mit seiner kleinkarierten Hose los und kam mit einer ziemlich großen Holzkeule wieder. Er kloppte wie besessen auf des Fisches Kopp ein, bis der sich nicht mehr rührte. Keiner hatte den dicken Bäcker zuvor laufen gesehen. Der schlich immer als hätte er Blei an den Hacken. Aber in dieser Nacht geschah das Wunder. Voll im Fieber war er los gerannt und hatte seine Keule angeschleppt um die Bestie zu killen, wie Iwan der schreckliche Drachentöter. Es stellte sich heraus, dass es ein Barrakuda war. Ronny, stolz über seinen Fang, ließ sich von mir fotografieren mit seinem Tier. Er hatte ihn senkrecht in der Hand und der Fisch reichte vom Deck bis über seinen halben Bauch. Trotz der Dunkelheit sind es prima Bilder geworden.

„Was machen wir denn mit diesem Ungeheuer?", der Bäcker leckte sich schon die Lippen.

„Der wird mit geräuchert, wie die anderen auch.", bestimmte Ronny. Wir hatten in dieser Hafenliegezeit so viele Fische gefangen, dass wir sowieso einen Räucherabend veranstalten wollten. Nun sollte der Barrakuda mit in der Tonne baumeln. Dass genau das eine super Idee war, stellte sich am Räucherabend heraus, denn alle waren scharf darauf den Fisch zu kosten. So mussten wir zusehen, selbst etwas abzubekommen. Er schmeckte hervorragend. Ganz lecker. Ronny hatte selbst beim Räuchern mitgemischt und war ganz stolz auf seinen leckeren Fang. So was bekommt man nicht jeden Tag, soviel stand fest.

Unser Chief war auch ein großer Angler und stand auch fast jeden Abend mit uns achtern um einige Fische zu angeln. Er hatte die glänzende Idee, doch mal ein Rettungsboot zu Wasser zu lassen, um zu den kleinen Fischerbooten zu rudern und dort mal zu versuchen von den Fischern gute Köder einzutauschen. Der Plan war prima. Die Fischer dort angelten mit kleinen Köderfischen, von denen sie auch bereit waren einige abzugeben. Für ein paar Flaschen Bier hatten wir dann anständiges Fischfutter an unseren Sehnen baumeln um weiter zu angeln.

Der Chiefmate hatte auf dieser Reise seine Frau dabei. Sie war sehr nett und wir verstanden uns gut. Eines Abends trug es sich zu, dass sie gleich nach dem Kapitän die O-Messe betrat. Ich stand gerade mit meiner Kanne Abführtee an seinem Tisch und goss ihm lieblich lächelnd ein. Es wäre für mich unmöglich gewesen zurück in die Pantry zu gehen, um die Kanne gegen schwarzen Tee zu tauschen. Zumal der „Alte" der erste in der Messe war. Also konnte meine Kanne noch gar nicht leer sein. Es tat mir sehr leid, aber ich schenkte ihr ein. Am nächsten Tag tauchte sie gar nicht in der Messe auf. Ich wunderte mich und ging sie in ihrer Kammer besuchen. Sie litt unter Magenkrämpfen und Durchfall. Es tat mir noch mehr leid. Ich kannte den Grund. Doch konnte ich es ihr nicht verraten. Also tröstete ich sie so gut ich konnte und brachte ihr später etwas Leichtes zu Essen auf die Kammer.

55. Kapitel „Eine heiße Nacht in einem singenden Frosch"

Nuevitas war alles in allem ein nicht besonders ansprechender Ort. Wir liefen auch mal spazieren, aber zu holen gab es nichts. Moa folgte als nächster Hafen und war auch nicht die Sahne auf dem Mokka. Irgendwie tranken alle eine Menge in sich rein. Kein Wunder bei der Hitze, die herrschte. Meine Getränkelasten schrumpften zusammen und ich begab mich zum Kapitän, um schon mal anzumelden, dass wir in Tampico etwas nachbunkern müssten. Da der Kapitän mir schon am Anfang der Reise versicherte, zu viel Alkohol benötigte keiner von uns, hatte ich auch den knapp bemessen, sodass nach den Transitausgaben auch der Alkohol sehr geschrumpft war. Obwohl jeder nur sein Limit bekam. Ich beschloss auch davon etwas einzukaufen. Der Kapitän willigte nach einigem Zögern ein, nicht ohne zu bemerken, es solle aber nicht zu viel Geld für Alkoholitäten ausgegeben werden und er wolle sich erst mal mit der Reederei in Verbindung setzen, wie viel Geld wir ausgeben dürften.

Nach der Ankunft in Tampico, hatte ich nun die Erlaubnis mir einige Schiffshändler an Bord zu holen. Das tat ich auch. Es kamen ein Chinese und zwei Mexikaner. Der Chinese war zu teuer. Die Mexikaner versuchten sich zu unterbieten. Zugegeben, einer der beiden war mir von Anfang an sympathischer. Sein Name war Leandros. Dieser machte wirklich gute Preise. Er verlangte tatsächlich für eine Literflasche Bacardi umgerechnet nur zehn DM. Das war ein Spottpreis. Auch die alkoholfreien Getränke waren billiger als bei den anderen beiden Schiffshändlern. So entschloss ich mich von Leandros liefern zu lassen.

Vorher hatte ich aber natürlich noch mit dem „Alten" zu reden. Der machte gleich einen Tanz wegen des Bacardis. „Die küssen mir die Füße, wenn sie ´nen Liter Bacardi für zehn DM einkaufen können. Die ganze Besatzung ist begeistert von dem Preis.", warf ich als Argument ein. Er aber, als Antialkoholiker und fieser Oberstewardessen-Drangsalierer, wollte es nicht wahrhaben. Nach langem Hin und Her erlaubte er mir ein bestimmtes Limit und ich konnte einkaufen. Dafür gab es dann auch 'ne extra Portion Rizinusöl und Abführtee. Das wollen wir doch erst mal sehen, gelle! Leandros freute sich. Und ich erst! Ich freute mich auch und mit mir die ganze Besatzung. Für diesen Einkauf lud Leandros mich abends in eine Nachtbar ein. Ich erzählte ihm, dass ich einen Freund hätte und er sagte es wäre kein Problem, er wäre auch eingeladen. Das konnte mir nun auch keiner mehr verbieten, schließlich war das ein geschäftlicher Anlass, ich hatte bei ihm eingekauft. Abends, nach Feierabend, wollte er uns mit seinem Auto vom Schiff abholen. Gute Idee. Wir waren schon ganz gespannt wie der Abend verlaufen würde. Pünktlich war er zur Stelle. Wir stiegen ein und ab ging die Fuhre. Er wollte zuerst noch ein paar Freunde abholen, erklärte er uns, um dann danach zur Bar zu fahren. Vor einer riesig großen, weißen Villa hielt das Auto an und Leandros bat uns mit hineinzukommen. Völlig erstaunt standen wir vor der Tür dieses imposanten Hauses.

Eine sehr hübsche, junge Frau öffnete uns, freute sich sichtlich Leandros zu sehen, umarmte ihn und bat uns herein. Leandros machte uns miteinander bekannt und es stellte sich heraus, dass wir auf englisch miteinander reden konnten. Mir blieben wahrscheinlich Mund und Augen offen, so etwas hatte ich noch nie gesehen. Oh Ehrfurcht! Alles Marmor. Hundertprozentig echt. Edle Möbel verzierten die Räume. Überall Klimaanlagen. An der Zimmerdecke die üblichen großen Ventilatoren, die auch sehr edel aussahen und zärtlich vor sich hinschnurrten. Die waren nicht nur zum Miefquirlen da, nein, das war edle Deko. Leise Musik klang unaufdringlich durch die Räumlichkeiten. Im Wohnzimmer angekommen, stellte sie uns ihrem Freund vor. Leandros und die zwei jungen Leute waren sehr nett, boten uns einen Platz und einen Drink an. Die drei sprachen wirklich perfekt englisch, so konnten wir uns prima unterhalten.

Sie erzählten, wir würden noch ein befreundetes Paar abholen um dann in die Nachtbar zu fahren. Wir erfuhren, der Papa der jungen Frau sei der reichste Bankier von Tampico. Hui, das konnte man förmlich riechen! Das Haus hatten sie zur Hochzeit als Geschenk erhalten. Ein Traum. Auch die Wohngegend. Perfekt im Grünen und doch irgendwie mitten in der Stadt. Eilig hatten sie es nicht aus dem Haus zu kommen. Also hielten wir uns noch eine Weile dort auf, um dann die anderen abzuholen. Das Paar war ebenso herzlich und lustig wie die anderen drei. Sie wohnten auch in einem schönen Haus, aber das erste war üppiger. Ich freute mich dermaßen auf diesen Abend, er konnte einfach in so netter Gesellschaft nur schön werden. Es war schon ziemlich spät, als wir uns endlich aufmachten um die Nachtbar zu betreten. Aber die Mexikaner sind so ganz anders als wir. Sie fangen erst nachts an zu leben, wie Leandros uns erklärte. Der Tag war zum Ausruhen da. Genial wie die ihr Leben lebten. Völlig unbeschwert und genusssüchtig. Schon der Eingang der Bar übertraf unsere Vorstellungen. „Singing Frog.", die Bar zum „singenden Frosch". Ein grünes Froschungetüm hockte als Statue vor dem Eingang und glotzte von oben herab. Ronny hatte sich genau wie ich in Schale geworfen, bloß blöderweise Turnschuhe an den Füßen. Das gefiel dem Frosch-Einlasser an der Tür nicht. Leandros führte ein leises Gespräch mit ihm. Wir wären Touristen und seine Gäste und hätten es einfach nicht gewusst, wohin er uns eingeladen hatte. So bekam er den Kröterich herum und uns hinein in die Bar. Das war noch mal gut gegangen. Ein Kellner geleitete uns zu einem der Tische, der an einem Platz stand, von dem aus man das ganze Lokal überblicken konnte. Natürlich hatten wir Geld dabei für alle Fälle. Jedoch wir waren von Leandros eingeladen und er ließ uns auch keine Chance Geld auszugeben. Wir tranken Kuba-Libre. Die anderen vier verhielten sich, ebenso wie Leandros, uns gegenüber als Gastgeber und luden uns zu einem Glas nach dem anderen ein. Das Lokal war sehr nobel eingerichtet und es bekam, soweit wir es mitkriegten, nicht jeder, der vor der Tür stand, die Gelegenheit es zu betreten. Wir jedoch hatten viel Spaß. Die Musik war schön laut und wir versuchten uns über den Tisch zu unterhalten. Durch die Lautstärke der Musik kamen teilweise nur Gesprächsfetzen an, was uns ziemlich belustigte. Es war schon nach Mitternacht, als eine besondere Musik erklang, die nicht so recht in die Atmosphäre passte.

Ronny und ich staunten nicht schlecht, als eine Reihe Kellner langsam im Gänsemarsch durch das Lokal einlief. Alle hatten riesige sprühende

Wunderkerzen in der Hand und warfen mit schillerndem Konfetti. Der Erste in der Reihe trug eine überdimensionale Sektflasche in den Händen. Die anderen anwesenden Gäste in der Bar grinsten und begannen zu klatschen. Wir wussten nicht was das zu bedeuten hatte, klatschten begeistert mit und sahen dem Schauspiel zu, bis wir bemerkten, die Kellner steuerten auf unseren Tisch zu. Jetzt dachte ich, hätte einer von unseren Gastgebern am Tisch Geburtstag oder ein Jubiläum. Doch nichts dergleichen. Die Kellner kamen auf Ronny und mich zu und die Leute klatschten immer lauter. Vor uns beiden blieben sie stehen und begannen Ronny und mir die Hände zu schütteln und beglückwünschten uns zu irgendetwas was wir nicht verstanden. Wir lachten mit und begriffen gar nichts. Man drückte uns die große überdimensionale Sektflasche in die Hand und nun klatschten auch die Kellner. Wie nett! Ich hätte etwas darum gegeben, wenn ich in diesem Augenblick gewusst hätte, warum wir so im Mittelpunkt standen. Vielleicht hatten wir ohne mitzuzählen die meisten Kuba-Libre in uns reingekippt und mal eben den letzten Rekord gebrochen? Als die Kellner dann nach der Zeremonie den Tisch verließen, begann das ganze Publikum im Chor zu schreien „We want him". Immer den gleichen Satz. Leandros machte Ronny klar, dass er auf die Bühne sollte. Bloß wussten Ronny und ich nicht warum. Das Publikum rief immer lauter im Takt und Ronny weigerte sich vehement nach vorne an das Mikrofon zu gehen. Leandros erklärte uns lachend, dass sie alle am Tisch einen Komplott geschmiedet hatten und dem Personal in der Bar erzählt hatten, wir hätten an diesem Tag unseren ersten Hochzeitstag, den wir heute hier feiern. Die steckten alle unter einer Decke und wir wussten von nichts. Zumal es ja nicht stimmte. Also doch das Getränkelimit nicht überschritten. War dort sowieso nicht möglich. Es nützte nun auch nichts mehr. Immer noch schrien die Gäste, Ronny solle auf die Bühne. Er gab sich einen Ruck und ging. Es blieb ihm nichts anderes übrig. Auf der Bühne angekommen, schnappte er sich das Mikrophon und bedankte sich erst auf Deutsch für die Aufmerksamkeit und dann auf englisch.

Alles johlte und freute sich. Ronny war froh, als er seinen Platz am Tisch wieder einnehmen konnte. Unsere Gastgeber grinsten uns schelmisch an und bestellten gleich noch eine Runde. Unglaublich, das war eine Nacht! Die hatten sich richtig was einfallen lassen für uns. Unvergesslich. Dabei kannten wir die Leute gerade mal ein paar Stunden. So unkompliziert und herzlich wurden wir in ihre Gemeinschaft aufgenommen. Die Nacht schien nicht enden zu wollen. Gegen fünf Uhr morgens war bei uns beiden die Luft endgültig raus. Wir bedankten uns für die tolle Nacht und baten Leandros uns zurückzufahren an Bord. Er erklärte sich auch sofort einverstanden, denn er wusste auch, dass uns in zwei Stunden ein Arbeitstag erwartete. Im Gegensatz zu uns, legte er sich am Tag auf die faule Haut und konnte schlafen. „Siesta" eben.

Gegen sechs Uhr morgens kamen wir auf dem Dampfer an. Wir konnten gerade mal noch duschen und uns dann an die Arbeit begeben. Das war hart. Nach der durchzechten Nacht gleich losackern war schon anstrengend. Aber um nichts in der Welt haben wir es bereut. Es war ein zu schönes Ereignis. In meinem Leichtsinn hatte ich als Revanche für das tolle Erlebnis Leandros für diesen darauffolgenden Abend zu uns an Bord eingeladen. Er hatte freudig angenommen. Mir war allzu klar, dass er auch diese Nacht wacker durchstehen würde, nur für uns sah ich richtiggehend schwarz. Auf alle Fälle legte ich mich gleich nach dem Mittagessen in meine Koje. Die Freizeit zwischen Mittag und Abendessen wollte ich mit schlafen verbringen. Das war auch das Beste was ich vorbeugend machen konnte. Leandros hatte allen Grund an diesem Abend zu kommen. Er lieferte die restlichen von mir bestellten Getränke. Damit es lustiger wurde, lud ich noch Silke und Lars zu unserer Party ein. Es wurde auch ganz lustig. Leandros sprühte vor Energie, was ich von mir nicht behaupten konnte, trotz des Mittagsschlafes. Ronny war auch noch ziemlich mitgenommen, hielt aber tapfer durch, bis er sich vorzeitig verabschieden musste, denn es war Zeit für die Koje, da er ein paar Stunden später Wache hatte. Kurz nachdem Ronny aus der Kammer war, fielen Silke die Augen zu.

Die steckten sich gegenseitig an.

Sie konnte sich vor Gähnen nicht mehr halten und wollte nur noch in ihr Schiffsbett. Mir ging es nicht anders. Aber ich hatte einen Gast. Silke verabschiedete sich und machte sich davon. Nun saß ich mit Leandros und Lars alleine da. Lars wollte sich auch schon schleichen, aber ich bat ihn noch zu bleiben. Ganz alleine wollte ich nicht mit Leandros den Tag beginnen. Irgendwann gegen sechs Uhr morgens erklärte ich, dass ich an die Arbeit müsse. Er hatte vollstes Verständnis. Der Einzige, der top fit war war Leandros. Keine Spur müde. Aber er sah ein, dass wir nun keine Zeit mehr zum Feiern hatten und verabschiedete sich. Nicht ohne uns für den Abend wieder in die Nachtbar einzuladen. Ich konnte es kaum glauben. In achtundvierzig Stunden hatte ich gerade mal einen Nachmittag geschlafen. Nun sollte ich noch eine Nacht dran hängen. Mir schwindelte bei dem Gedanken. Ich hatte einen Arbeitstag vor mir und mein Körper schrie nach Schlaf. Lachend vertröstete ich ihn auf ein anderes Mal. Er meinte es ja nur nett. Außerdem fiel ihm das überhaupt nicht schwer, er fuhr jetzt nach Hause und haute sich aufs Ohr. Noch eine Nacht durchzumachen ging über meine Vorstellungskraft. Ich lief wie in Trance herum und das lag nicht am Alkohol. Davon hatte ich recht wenig zu mir genommen, mir fehlte reinweg der Schlaf. Falls wir irgendwann einmal wieder nach Tampico kommen sollten, bat uns Leandros ihn zu besuchen. Er gab mir seine Karte und außerdem kannten wir sein Haus. Er hatte es uns am ersten Abend gezeigt. Also kein Problem. Wir waren immer herzlich willkommen. Das war ein sehr schöner, turbulenter, lustiger aber auch anstrengender Aufenthalt in Tampico. Der dringend Erholungszeit bedurfte.

Während unserer Liegezeit in Tampico vergaß ich natürlich nicht uns Kafftein, den Guten. Mittags Rizinusöl, abends Abführtee. Das Rizinusöl konnte ich prima ins Essen mauscheln. Gerade solche Gerichte wie Schnitzel mit Blumenkohl, was mit heißem Fett und gerösteten Semmelbröseln serviert wurde, boten sich dazu an. Da konnte ich völlig unauffällig und hemmungslos das Rizinusöl drunter mischen. Fiel überhaupt gar nicht auf. Der muss hoffentlich Qualen gelitten haben. Ahnungslos verlangte er Nachschlag. Hm gut, also „Sonderbehandlung". Warum auch nicht, wenn es doch sooo gut schmeckte! Bedenkenlos und völlig frei von jeglichen Skrupeln kippte ich drauf los. Noch ein Schwaps hinein, Strafe musste sein. Ich hatte auch nicht vor meine „Behandlung" vorzeitig aus irgendwelchen sentimentalen Mitleidsgründen abzubrechen. Er brach seine

„Behandlung" mir gegenüber auch nicht ab, siehe Koje beziehen! Das musste bestraft werden. Auch viele der Besatzungsmitglieder moften schon gegen ihn. Ich sah keinen Grund um locker zu lassen, obwohl er schon etwas spitz ums Näschen wirkte. Silke und ich lachten uns ins Fäustchen. Hihi, wenn der wüsste. Der konnte alles essen, aber nicht wissen. Zum Nachteil für ihn und zum Vorteil für uns.

56. Kapitel „Wirtschaftskrieg und eine verwegene Taxifahrt"

Silke, Lars, Ronny und ich hockten ständig zusammen und hatten viel Spaß.

Meistens bekamen wir an solchen Abenden noch Appetit auf was Leckeres. War schon schön das Silke Köchin war. Wir begaben uns dann einfach noch mal auf leisen Sohlen zu später Stunde in die Kombüse und schnippelten einen leckeren Salat zusammen.

Obwohl wir beide gute Freundinnen waren, krachte es zwischen uns teilweise dermaßen, dass wir uns in der Messe lautstark in die Haare kriegten und alle fluchtartig das Lokal verließen. So trug es sich zu, als wir in Santiago de Cuba einliefen. Ich hatte die Lotsenplatte zu servieren und Silke musste sie vorbereiten. Diese Platte war fertig nicht so wie sie sein sollte und auch nicht wie der Lotse sie wollte. Ich wusste das und hatte es auch so an die Kombüse weitergegeben. Aus irgendwelchen Gründen war ein Missverständnis aufgetreten und die Platte war falsch belegt. So hatte ich die Bestellung nicht aufgegeben. Schön hergerichtet und garniert war sie schon, aber eben nicht so wie sie sein sollte. Ich tobte. So schnell konnte kaum eine neue her wie ich sie benötigte. Silke kam und schoss dagegen. Alle, die noch in der Messe waren, hielten die Luft an.

„Wie kann dir denn bloß so ein Fehler unterlaufen? Ich soll sofort auf die Brücke und du machst nach Lust und Laune so eine Platte zurecht, die keiner haben will! Kannst du mir sagen, wie ich das erklären soll? Die da oben denken, ich bin so bekloppt, dass ich mir die paar Schritte hier runter so eine simple Bestellung nicht merken kann!", keifte ich sie an.

„Du hast sie doch nicht alle! Genau so hast du sie bestellt! Ich weiß doch, was ich gehört habe!", schimpfte Silke lautstark zurück.

„Änder das ab! Das Ding bring ich nicht hoch. Sonst schleppst du das Zeug selber auf die Brücke!"

„Du sagst mir nicht was ich zu tun habe! Nimm die blöde Platte und bring sie hoch!" „Das werde ich nicht. Du machst mir in Windeseile eine Neue!"

„Das sehe ich überhaupt nicht ein. Dann bestell doch, was du willst. Mit mir machst du das nicht! Basta!"

Silke rauschte ab. Alle anderen hatten schon die Messe verlassen. So war es meistens, wenn wir uns in die Wolle kriegten. Ich bebte. Sie bebte. Und die Anderen hauten ab. Unter lautem Geschimpfe machte sie fix eine Neue und schickte sie mir mit dem Fahrstuhl nach oben in die Pantry. Nachdem ich von der Brücke kam, ging ich in die Kombüse.

„Trinken wir noch 'n Bier?", fletschte ich sie an.

„Na klar, wenn du eins ausgibst.", fletschte sie zurück und schon kicherten wir wieder. Das begriff dann auch wieder keiner. Wenn wir einträchtig, als wäre nie etwas gewesen, die Kombüse verließen und uns auf 'n Bier zusammensetzten. Alle waren immer der Annahme, die Fetzen flögen nun tagelang. Aber dem war nicht so. Was gegrölt werden musste war raus und alles war dann wieder beim Alten. Beste Freunde nach wie vor.

Ja und der Lotse war an Bord, wir liefen in Santiago de Cuba ein. Na mal gucken, was da so los ist. Tropische Hitze, wie es sich gehörte. Was man kurz vorm Landgang trank, quoll im Schwall aus den Poren, wenn man nur die Gangway betrat. Wir hatten vor an Land zu gehen. Ronny und ich hatten das Mittagessen hinter uns und der „Alte" sein Rizinus. Der konnte schon mal so'n Schluck haben, lief sicher auch gleich heute noch an Land und da konnte man sich schließlich so allerhand einfangen. Zum Beispiel Magen-Darm.

Nun waren ein paar Stunden Zeit uns die Gegend anzusehen. Wir wussten von den anderen, viele Attraktionen gab es nicht zu sehen in

Santiago, aber es gab einen herrlichen Strand. Also hatten wir unser Badezeug dabei und stiefelten in Richtung Stadt um uns umzusehen, wo man baden könnte. Es stellte sich nach langem Suchen und Fragen heraus, dass der beste Strand etwas außerhalb lag. Infolge dessen suchten wir verzweifelt nach einem Taxi. Wir hätten auch mit einem Bus fahren können, hatten aber auch verstanden, dass dieser viel länger fahren würde als eben ein Auto. Soviel Zeit hatten wir nicht um ewig lange im Bus zu hocken. Den Taxistand fanden wir, bloß stand schon eine lange Schlange Menschen vor uns, die das Gleiche im Sinn hatten. Irgendwer zupfte uns plötzlich am Ärmel und fragte in schlechtem englisch, ob wir ein Taxi bräuchten. Und ob. Sehr vertrauenswürdig sah der Kandidat nicht aus, aber wir ließen uns darauf ein. Wir wollten mit aller Gewalt einen schönen Landgang und baden. Es dauerte eine geraume Weile bis der Mensch begriff, was wir vorhatten. Ich wedelte, um Verständnis heischend, mit meinem Bikini vor seiner dicken, braunen Nase herum. Ich fand, eindeutiger konnte man das Ziel nicht erklären. Schließlich nickte er und zeigte ein ungepflegtes Pferdegebiss, er würde uns fahren, für wenig Money. Na, das war doch schon was. Das Auto, zu dem er uns führte, sah aus wie sein Fahrer. Wenig Vertrauen erweckend, verlottert und ab und zu so löchrigrostig. Aber wir stiegen ein. Durch irgendwelche dubiosen Vororte kutschierte er mit uns, als das Auto begann zu streiken. Auf unsere nervösen Blicke hin versicherte uns der Fahrer, er hätte einen Boyfriend, der alles wieder in den Griff bekommen würde. Kein Problem, das hatten wir verstanden. Zu diesem Boyfriend fuhren wir erst mal. Endlich dort angekommen und nach langem Palaver entschloss sich der dunkle Boyfriend mit unregelmäßigen Zähnen, einer abgefault, einer da, breit grinsend, sich über das Auto herzumachen. Der war sich schon seiner Macht voll bewusst. Wir hatten ja so gar keine Ahnung wo wir uns befanden und ohne die Hilfe des schiefmäuligen Boyfriends auch keine Chance aus der unbekannten Gegend wegzukommen. Es dauerte und dauerte ehe der Motor wieder brummte. Ich kam mir vor wie in einer schlechten Komödie. Verstehen konnten wir kaum was abging, noch wie die Sache finanziell für uns enden würde. Ab und zu gönnten sie uns ein verschlagen zuversichtliches Grinsen, um uns wohl bei Laune zu halten. Mir war dermaßen mulmig. Ich bereute, nicht den Bus genommen zu haben.

„Wenn die uns jetzt hier was antun und uns kalt machen, weiß keiner wo wir sind!", flüsterte ich Ronny ängstlich zu.

„Bleib ruhig, der will nur 'ne schnelle Mark machen. Dem passt das auch nicht, dass die Karre nicht mitmacht. Es ist noch Zeit genug. Wenn sie den Wagen hinkriegen, kommen wir auch noch an den Strand. Weg können wir hier ohne ihn nicht, wir wissen nicht mal wo wir sind.", Ronny, ganz Herr der Lage, versuchte mir Mut zu machen. Na da bleib mal einer ruhig und guck dem Schlitzohr zu, wie er an dem alten Kasten fummelt, wenn man dann noch nicht mal weiß, wo man ist???

„Was is, wenn die uns wirklich eine auf die Rübe hauen, unsre Kohle schnappen und uns hier verbuddeln?", zischelte ich wieder ganz leise. Hinter meinem geistigen Auge spulte schon wieder der reinste Horrorfilm ab. Blutgetränkt und völlig hilflos sah ich uns irgendwo mit verrenkten Knochen stöhnend in der Gosse röcheln.

„Der Autoklempner wohnt doch hier. Das ist sein Haus. Meinst du das machen die so offensichtlich und schleppen uns als Leichen in den Keller? Mir gefällt das auch alles nicht, aber weg können wir auch nicht, also warten wir ab." Stimmte auch, wir konnten uns jetzt schlecht zu Fuß abseilen, so völlig orientierungslos. Sie hauten uns auch keinen auf den Prägen. Nein, sie reparierten das Auto. Und so lange dauerte das auch wieder nicht. Mit einem zufriedenen Lächeln bat uns der Fahrer wieder einzusteigen, als der Motor wieder summte. Das war geschafft. Kein Kidnapping. Wir fuhren jetzt zum Strand. Er hielt sein Versprechen. Ich hatte auch keine Sekunde daran gezweifelt. Ehrlich.

Malerisch war die Gegend, durch die er uns chauffierte, der Anblick der Landschaft ein Genuss. Tatsächlich brachte er uns an einen wunderschönen Strand. Als wir versuchten ihm klar zu machen, dass er uns in ein paar Stunden hier wieder abholen sollte, wussten wir nicht, ob er uns begriffen hatte. Er nickte nur und sagte: „Ok".

Es war im Moment egal. An einem luxuriösen Hotel hatte er uns abgesetzt und genau davor glitzerte der Sandstrand verlockend.

„Komm, das haben wir uns jetzt aber verdient. Guck dir mal das Wasser an! Ein Traum.", Ronny war verzückt. Ich auch. Das klare, glitzernde Meer lag einladend vor uns. Um die Wette rennend stürzten wir ans Wasser, zogen unsere Klamotten aus und nichts wie rein ins blaue Nass. Mein Gott, türkisfarbenes Wasser mit Korallenriffen und Seeigeln und alles, was da sonst noch so Exotisches rum schwamm. Traumhaft schön, wie im Film. Wir planschten fröhlich und sorglos unter tropischem Himmel und in brennender Hitze eine gute Stunde vor uns hin.

Schade, unsere Zeit war um. Ein Blick auf die Uhr sagte uns, wir sollten uns in die Klamotten zwängen und auf den Rückweg machen. Raus aus dem Wasser und langsam mal nach unserem Taxi geguckt. Vorsichtig wateten wir an den Strand. Es wimmelte vor bunten Fischen und anderen hübschen Meeresbewohnern zwischen unseren Beinen.

Ja und die Sonne schien immer noch schön und das Meer so blau und ich so blöd, latschte natürlich, einmal nicht nach unten gesehen, in etwas Stacheliges unter meinem Fuß. Es tat ziemlich weh.

„He, warte, ich bin auf etwas getreten und das tut weh."

Ronny kam zurück und sah mein schmerzverzerrtes Gesicht. Ich war auf einen dieser hübschen Seeigel getreten. Was dem Ausflug die richtige Würze gab. Mein Fuß blutete.

„Na komm, wir gehen langsam zum Strand und sehen uns den Fuß an. Du brauchst nicht mehr weit laufen. Das Taxi wartet bestimmt."

So humpelte ich an den Strand. Dort angekommen, sah es gar nicht so schlimm aus, wie es weh tat. Es war schmerzhaft aber doch nur eine Kleinigkeit. Wir rubbelten uns mit unseren Handtüchern trocken und machten uns vom Baden schön erfrischt auf den Weg zum Taxi. Doch das war nicht da. Den Fahrer hatten wir nach unserer Ankunft am Strand entlohnt und nun war er für die Rücktour nicht parat.

„Der hatte wohl keine Lust so lange zu warten. Nun müssen wir erst mal gucken wie wir zurückkommen. So ein Mist. Wir versuchen es zuerst im Hotel."

Entweder wollten oder konnten die uns nicht verstehen. Jetzt konnte ich schlecht mit meinem Bikini wedeln, um Klarheit zu schaffen. Und ein Schiff hatte ich zum wedeln gerade nicht dabei. Also kapierte auch keiner, dass wir zum Hafen in Santiago wollten. Nach einer Weile sinnloser Diskussionen gaben wir auf und machten uns auf die Suche nach einer Bushaltestelle, die, wie man uns mit Händen und Füßen erklärt hatte, in der Nähe sein sollte. Entlang der Straße setzten wir uns in Trab. Viel Zeit hatten wir nicht zur Verfügung, doch irgendwie mussten wir zurück. Der Fußmarsch dauerte schon eine geraume Zeit, als wir plötzlich doch noch die Bushaltestelle erspähten. Wie hilfreich, es war sogar ein Schild mit den Abfahrtszeiten angebracht. Erleichtert studierten wir den Plan in der Hoffnung, dass bald ein Bus vorbei käme. Die Hoffnung zerschlug sich abrupt, als wir lasen, dass der nächste Bus dieser Linie erst in gut zwei Stunden vorbeikommen würde.

„Da sind wir ja zu Fuß schneller. Jetzt weiß ich nicht mehr weiter. Seit wir hier lang laufen, fuhr nicht mal ein PKW vorbei. Was nun?"

„Zu Fuß sind wir garantiert nicht schneller. Durch die Umwege, die der mit uns vorhin gefahren ist, weiß ich nicht wie viel Zeit wir zurück brauchen. Tja, entweder bleiben wir hier hocken und warten oder wir stiefeln los. Einfach in ein Auto zu steigen, falls eins vorbei kommt, ist auch zu riskant."

„Zu spät kommen wir sowieso, also warten wir auf den Bus. Was anderes fällt mir nicht ein.", gab ich resigniert von mir. Aber ich hatte es kaum ausgesprochen, als wir ein Auto kommen sahen. Komisch, die Kiste kam uns bekannt vor. Auch den Fahrer erkannten wir, als er näher kam. Na so was, unsere klapprige alte Schäse mitsamt lebendem, grinsenden Inhalt hielt vor uns an. Er schubste uns zähnebleckend die Tür auf, sollte wohl ein Grinsen sein, und lockte uns mit Gesten einzusteigen. Dabei zeigte er von Weitem auf den Busplan und schüttelte mit dem Kopf. Aha, der wusste also, dass jetzt kein Bus fuhr.

Als wir eingestiegen waren verlangte er sofort den doppelten Fahrpreis der Hintour. Hm, wir staunten nicht schlecht.

„Der ist wohl bekloppt, so viel Geld. Das sehe ich nicht ein. Mach dem Idioten klar, wir steigen wieder aus!"

„Dann kommen wir zu spät. Wir wissen das und er weiß, dass kein Bus fährt. Wenn wir unser Geld zusammenschmeißen reicht es allemal. Bleib sitzen!"

Ronny schickte den Amigo mit einer Handbewegung los, der gab Gas. Ich hoffte die ganze Zeit, dass der Schinken nicht wieder anfängt zu knattern. Das hätte auch noch gefehlt. Diesmal hätte der uns bestimmt noch die Kosten für die Reparatur aufgebrummt. Ausgekocht, wie der war und hilflos, wie wir waren. Jedenfalls fuhr er uns nach einer ewig währenden Diskussion unter Sprachbarrieren, nein eher Sprachbarrikaden, direkt vor den Dampfer. So, wir hielten uns an die Regeln und gaben der berechnenden Ratte den doppelten Fahrpreis. Weg war er, wir waren wieder da, zwar zu spät aber doch wohlbehalten. Ein bisschen Mauschelei im Gangwaybuch und wir waren offiziell zwei Stunden früher an Bord. Hatte mal wieder geklappt. Prima Kuba. Frische Dusche, kaltes Bier und der Stress war vergessen.

Immer ein schöner Moment wieder an Bord zu sein, sich frisch zu machen und sich in seiner vertrauten Umgebung zu befinden. Es war als käme man nach Hause. Diese kleinen Abenteuer und Strapazen gehörten einfach dazu. Gerade auch Kuba. Ein Land voller Gegensätze. Armut und Reichtum dicht beieinander. Ein atemberaubender Sonnenaufgang auf dieser herrlich überhitzten Insel. Jeden Morgen aufs Neue. Luftfeuchtigkeit ohne Ende, aber die Hitze kurbelte meine Lebensgeister an. Heiß, heiß, heiß und fröhliche Menschen. Überall Geselligkeit mit „Havanna Club" in Form von Kuba-Libre, eiskalt serviert. Rhythmische Menschen, die auf den Straßen tanzten, Musik hörten und lachten. Beneidenswerte Mentalität. Ich fand es einfach nur schön. Eine selten schöne Insel mit selten fröhlichen Menschen, als hätte der liebe Gott gemeint, hier müsse aus irgendwelchen Gründen noch ein Häufchen mehr üppige Landschaft hingeschaufelt werden als anderswo. Klar Spitzbuben gibt es überall. Aber das Klima, die Sonne und die Schönheit des Landes machten alles mehr als wett. Noch heute kann ich die Augen zu machen und mich an die Düfte und Gerüche der verschiedenen Länder erinnern, als wäre ich gerade dort vor Ort.

Kuba schöne Insel, was konnte man am Strand für große Muscheln finden. Einfach so. Selbst in Santiago. Was zu Hause für viel Geld zu haben war, lag hier unbeachtet rum. Riesenmuscheln. Ich freute mich über jeden Fund wie ein Kind. Das ist etwas anderes. So etwas selbst zu finden, als in einem Andenkenladen für viel Geld zu kaufen. Leuchtend weiß-rosa lagen sie einfach so im Sand. Wir brauchten sie nur aufzuheben. Muscheln, in denen man das Meer rauschen hört. Wie kostenlose Dekoration lagen sie vor unseren Füßen.

Der Rest der Besatzung vergnügte sich auch an Land, versteht sich. Unser Kapitän kam auch nicht zu kurz, denn aus sicherer Quelle hatten wir erfahren, dass er sich des Nachts eine ziemlich dunkle Madame mit aufs Schiff brachte. Diese Unverfrorenheit hat sich kein anderer rausgenommen. Arme Ehefrau. Nicht mal meine „Abführpropaganda" hat ihn davon abgehalten. Aber fürs Geld nahm die Madame es sicherlich nicht so genau. Denn mein Programm lief natürlich wieder seit Beginn Landgang. Unauffällig, aber stetig nahm er meine „Zutaten" in enormen Dosen zu sich, daher auch das abgezehrte Aussehen. Nehme ich mal an.

Die Zeit in Santiago ging vorüber. Unser nächstes Ziel war Cartagena in Kolumbien. Darauf freute ich mich schon, denn da war ich vorher noch nie. Die Überfahrt verlief gut, ohne Zwischenfälle. Seit geraumer Zeit hatten wir wieder einen verdeckten Stasi-Mitarbeiter in Verdacht, konnten natürlich nicht frei reden, aber eben vermuten. Nur im zuverlässigsten Kreis sprachen wir darüber. Aber dagegen tun konnten wir nichts. Fakt war, es geisterte immer noch so ein Kamerad an Bord herum, trotz Grenzöffnung.

In Cartagena angekommen, stürzten wir, sowie Chance war, an Land. Ronny und ich machten uns am Nachmittag auf den Weg. Meine Güte konnte man da kaufen. Ausgeflippte Klamotten noch und nöcher. Es war unbeschreiblich. Natürlich kauften wir, was das Zeug hielt. Richtig tolle Sachen. Am Abend sind wir dann noch mal an Land um Essen zu gehen. Ganz große King Prawns haben wir bestellt in einem richtig romantischen Lokal. Kerzenschein erhellte die Tische und es roch überaus lecker.

Ein tolles, großes Tablett mit unserer Bestellung landete auf unserem Tisch. Wir konnten nicht dagegen an essen, obwohl wir einen süffigen Wein dazu bestellt hatten. Es schmeckte dermaßen gut. So frisch und so außergewöhnlich gut gewürzt.

Nicht die Hälfte haben wir geschafft zu essen. Doch galant wie der Kellner war, hatte er am Ende alles für uns eingepackt. Das gehörte sich dort so. Kein Gast verließ das Lokal ohne ein Päckchen mit seinen nicht gegessenen Speisen. Es wäre auch zu schade gewesen so etwas liegen zu lassen und womöglich wegzuwerfen. Also hatten wir am nächsten Tag auch noch ein richtig gutes Leckerli an Bord.

Eine geplante Ausfahrt brachte uns zu einem Goldhändler. Dort leuchteten die Juwelen. Richtig teures, rotes Gold. Aber auch wir fanden etwas für unseren Geldbeutel und Ronny kaufte mir einen wunderschönen Ring und ich zwei Paar Ohrringe. Ein Paar mit Smaragden und ein Paar mit Rubinen. Ich hatte vor meiner Mama ein Paar zu schenken. Wir genossen die Landgänge und die Sonne. Dies war unser letzter Hafen in den warmen Gefilden, bevor wir zurück nach Westeuropa fuhren. Die Stadt brodelte auch voll Leben und wir sogen alles in uns auf.

Dort hätte die Zeit stehen bleiben können, so schön fand ich es da, aber sie tat es einfach nicht und schon befanden wir uns auf Heimreise.

57. Kapitel „Alles hat ein Ende"

So wie gewohnt, mit Barabenden und Geburtstagsfeiern, vergnügten wir uns auf der Rückreise. Anfänglich lagen wir noch schön in der Sonne, aber als es allmählich kühler wurde, ging das eben auch nicht mehr. Schließlich war Winter in Westeuropa. Bremen, Antwerpen, Hamburg und durch den Nord-Ostsee-Kanal bis hin nach Rostock. Und rechnen musste ich auch wieder und zwar Tag und Nacht. Schlimm war, dass ich diesmal meine ganze mexikanische Bestellung noch an den Hacken hatte. Da hatte ich verschiedene Währungen umzurubeln, was enorm viel Zeit brauchte und ich mir nicht so sicher über den Ausgang meiner Rechnerei war. Keiner konnte mir helfen. Ich saß tatsächlich Stunde um Stunde und rechnete bis in die Nacht hinein. Was für eine Aufregung immer vor Einlaufen. Alles wurde hektisch. Jeder begann zu packen und die Schmuggelware ordnungsgemäß zu verstauen. Das hatte es jedes Mal in sich. Wieder einmal Lautsprecher abbauen, Stange Zigaretten rein und wieder zuschrauben. Der „Alte" klang dann etwas gedämpft während seiner Durchsagen, aber wen kümmerte das schon. Wir hatten ihn die ganze Reise kaum verstanden, was kam es da jetzt noch auf seine Aussprache an?

Jeder versteckte, im Vollbesitz seiner geistigen Kräfte, seine Schmuggelware so gut er konnte, wieder mal in der Hoffnung, dass die Beute nicht gefunden wurde, um sie letztendlich sicher durchs Hafentor abtransportieren zu können und um die illegale Ware als sein Eigentum zu bezeichnen.

Heute holen sich die Leute ihren Kick mit ganz anderen Sachen. Uns hat die Schmuggelei gereicht, um komplett aus dem körperlichen Gleichgewicht zu geraten.

Dabei lächerlich. Nichts wirklich Verbotenes war dabei. Außer, na ja, die Transitware.

Wir als Besatzung hatten uns einfallen lassen, einen Brief an die Reederei zu schicken mit sämtlichen unserer Unterschriften, in dem wir verlangten, dass uns die Stasimitarbeiter mit Namen genannt werden. Natürlich bekamen wir darauf nach Einlaufen keine Antwort. Obwohl wir dachten, endlich hätten wir das Recht zu erfahren wer uns kontinuierlich bespitzelt hatte. Aber über diesen Punkt schwieg man sich nach wie vor aus. Anscheinend rechneten die nun mit der ganz großen Abrechnung in Form von Selbstjustiz oder so was in der Richtung. Wir hatten nicht vor jemanden kalt zu machen, nur so ein kleines bisschen Rache, na ja gut, es sollte nicht sein.

„Decksbesatzung klar vorn und achtern, die Stationen besetzen!" Wir liefen ein.

Der Zoll war tatsächlich von Bord, es ging reibungslos ab und gefunden hatten sie nix. Normal ein Grund zum Feiern, aber plötzlich hatte keiner mehr Zeit dazu. Die Verwandten standen wie immer an der Pier und warteten die Gangway betreten zu dürfen, um ihren Seemann oder Seefrau in die Arme zu nehmen.

Und was mich betraf, mir ging es schon seit einiger Zeit gesundheitlich nicht so gut. Ständig wurde mir schwarz vor Augen und ich hatte immer öfter das Gefühl gleich umzukippen. Entweder Urlaub oder ganz aufhören? Aber was dann?

Die Hafenliegezeit hatten wir auch noch an Bord zu arbeiten. Die gewohnte Inventur, der Besuch in der Wirtschaftsabteilung (welcher wiederum erfreulich ablief, ich hatte jede Menge Umsatz gemacht und gut daran verdient) und der tägliche Stress, wenn so ein Schiff im Hafen liegt. Während dieser Hafenliegezeit gab es einen Umbruch in der Reederei. Tatsächlich wurden eine Menge Leute entlassen, auch von unserer Besatzung. So etwas hatte es noch nie gegeben. Ronny und ich rechneten auch mit so einem Brief. Außerdem hatten wir uns längst entschlossen mit der Seefahrt nach dieser Reise aufzuhören, endlich zu heiraten und uns eine Bleibe, so wie einen Job an Land zu suchen. Bloß ausgerechnet wir bekamen keinen „Blauen Brief." Nein, uns wollten sie sogar in den Golf schicken. Als Munitionsfutter sozusagen, bei den Unruhen die dort herrschten. Aber genau das wollten wir beide nicht. Also versuchten wir mit Gewalt der Sache ein Ende zu bereiten. Wir hatten mit ganz kurzen, hektischen Unterbrechungen fast ein Jahr Fahrenszeit ohne freien Tag hinter uns und das schlug jedenfalls bei mir gesundheitlich zu Buche.

Wir begaben uns ins Reedereihauptquartier und versuchten mit dem obersten Boss zu reden und wollten um die betriebliche Kündigung bitten. Doch so weit drangen wir gar nicht vor. Die Sekretärin im Vorzimmer, saß da wie ein fülliger Buddha mit Vollmondgesicht, bewachte die Tür, wild entschlossen niemanden vorbei zu lassen und stoppte unseren Enthusiasmus, indem sie uns klarmachte, der Chef sei in einer wichtigen Besprechung. So, wir waren auch nicht ganz blöde und hatten unsere vorgefertigten Schreiben mitgebracht, die eigentlich nur noch unterschrieben werden brauchten.